魯迅 루쉰전집

1

루쉰전집 1권 무덤 / 열풍

초판 1쇄 발행 _ 2010년 12월 10일
초판 2쇄 발행 _ 2014년 5월 15일
초판 3쇄 발행 _ 2019년 10월 10일
지은이 · 루쉰 | 옮긴이 · 루쉰전집번역위원회(홍석표, 이보경)

펴낸이 · 유재건 | 펴낸곳 · (주)그린비출판사 | 등록번호 · 제2017-000094호
주소 · 서울시 마포구 와우산로 180, 4층 | 전화 · 02-702-2717 | 팩스 · 02-703-0272
이메일 · editor@greenbee.co.kr

ISBN 978-89-7682-223-9 978-89-7682-222-2(세트)
이 도서의 국립중앙도서관 출판시도서목록(CIP)은 e-CIP 홈페이지(http://www.nl.go.kr/ecip)에서 이용하실 수 있습니다.(CIP제어번호 : CIP2010004000)

철학이 있는 삶 그린비출판사 www.greenbee.co.kr

53세 생일을 맞은 루쉰(1933). 일기에 따르면 루쉰은 9월 13일 아내, 아들과 함께 상하이의 한 사진관에 가서 이 사진을 찍었다.

『무덤』(왼쪽)과 『열풍』(오른쪽)의 초판 표지. 『열풍』의 표지는 루쉰이 직접 디자인한 것이고, 『무덤』은 루쉰이 타오위안칭(陶元慶)에게 부탁한 것이다. 타오위안칭은 1924년 루쉰이 번역한 『고민의 상징』의 표지를 그리며 루쉰과 처음 인연을 맺었다.

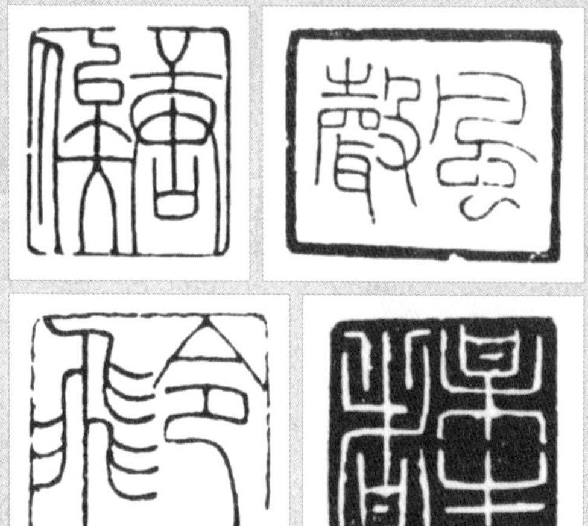

루쉰의 필명을 새긴 전각. 왼쪽 위부터 시계방향으로 탕쓰(唐俟), 펑성(風聲), 머우성저(某生者), 링페이(令飛) 순이다.

1907년 도쿄에서 중국유학생들이 창간한 월간지 『허난』(왼쪽)과 1925년 루쉰이 신진 청년들과 함께 발간한 『망위안』(오른쪽). 『허난』에는 루쉰의 글 「마라시력설」, 「과학사교편」 등이, 『망위안』에는 「등하만필」, 「'페어플레이'는 아직 이르다」 등이 발표되었다.

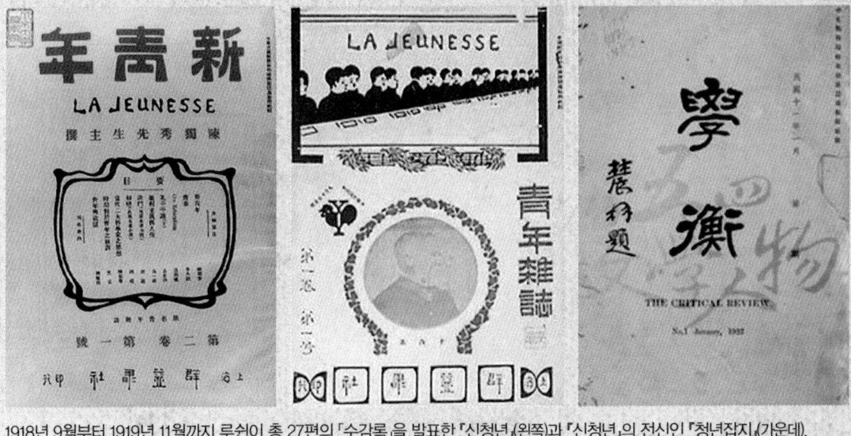

1918년 9월부터 1919년 11월까지 루쉰이 총 27편의 「수감록」을 발표한 『신청년』(왼쪽)과 『신청년』의 전신인 『청년잡지』(가운데). 오른쪽은 전통문화를 존중하고 신문화운동을 비난했던 잡지 『쉐헝』이다. 루쉰은 백화를 반대하고 고문의 부흥을 도모하고자 했던 이들의 글을 "가짜 골동품에서 발하는 거짓 빛발"이라고 비판했다.

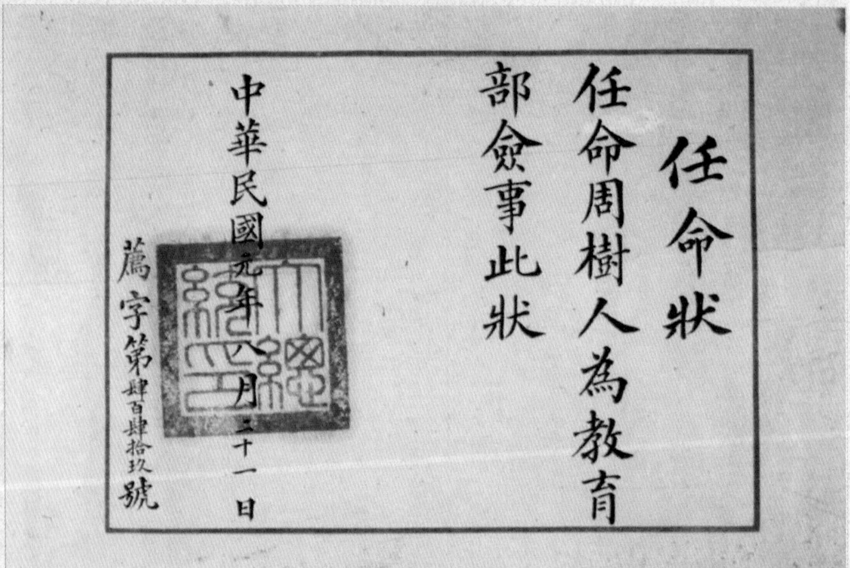
任命狀
任命周樹人為教育部僉事此狀
中華民國元年八月二十一日
薦字第肆百肆拾玖號

교육부에서 루쉰에게 발급한 첨사 임명장. "저우수런(루쉰의 본명)을 교육부 첨사로 임명하고 이 임명장을 수여함." 중화민국 원년(1912)에 루쉰은 교육부 첨사가 되었으나 1925년 여사대의 교장 축출투쟁을 지지했다는 이유로 면직당한다. 첨사는 말단 공무원에 해당한다.

루쉰 전집

1

무덤 墳
열풍 熱風

루쉰전집번역위원회 옮김

gB
그린비

| 일러두기 |

1 이 책은 중국에서 출판된 『魯迅全集』 1981년판과 2005년판(이상 北京: 人民文学出版社) 등을 참조하여 번역한 한국어판 『루쉰전집』이다.

2 각 글 말미에 있는 주석은 기존의 국내외 연구성과를 두루 참조하여 옮긴이가 작성한 것이다.

3 단행본·전집·정기간행물·장편소설 등에는 겹낫표(『 』)를, 논문·기사·단편소설·영화·연극·공연·회화 등에는 낫표(「 」)를 사용했다.

4 외국의 인명이나 지명, 작품명은 〈국립국어원〉에서 펴낸 '외래어 표기법'에 근거해 표기했다. 단, 중국의 인명은 신해혁명(1911년) 때 생존 여부를 기준으로 현대인과 과거인으로 구분하여 현대인은 중국어음으로, 과거인은 한자음으로 표기했으며, 중국의 지명은 구분을 두지 않고 중국어음으로 표기하는 것을 원칙으로 했다.

추천의 글

한국 중국현대문학계의 오랜 숙원이던 『루쉰전집』의 한국어 번역본이 마침내 완간되었다. 흔히 중국 현대문학을 일러 "루쉰 문학으로 입문하여 루쉰 문학으로 나온다"는 속설이 있다. 물론 극단적인 표현이기는 하나 중국 현대문학에서 루쉰 문학의 영향이 그만큼 크고 넓음을 뜻하는 것이라고 하겠다.

우리나라에 중국 현대문학 작품이 최초로 번역 소개된 것은 1927년 8월에 유학생 류기석柳基錫(호는 수인樹人)이 서울에서 출판되던 잡지 『동광』東光(18권)에 게재한 루쉰의 소설 「광인일기」狂人日記이다. 이후 1930년대 초에 중국에 유학 중이던 한국 학생들이 중국 현대문학을 국내에 소개하면서 루쉰이라는 작가와 그의 작품도 많이 소개되었다. 그러나 중일전쟁이 발발하면서 한국에서의 중국 현대문학은 번역은 물론 학계에서 연구조차도 제약을 받기 시작했다. 1945년 광복 후 다시 중국 현대문학 소개가 활성화되는가 싶었지만, 불과 4년 만인 1949년에 중화인민공화국이 수립되면서 국교가 단절되고 말았다. 1978년 중국이 개혁개방정책을 실시하면서 서방 제국과 교역을 시작하더니, 우리나라와는 1992년에야 국교 회복과 더불어 양국 간의 소통이 원활해지면서 문화예술계의 학자나 작가 간의 교류도 활발해졌다.

우리나라의 중국 현대문학 연구는 1985년에 중국현대문학학회가 설립되면서 시작되었다. 그러나 당시는 국교수립 이전으로, 중국 현대문학 작품이나 학술 서적을 반입하는 데 적지 않은 애로가 있었다. 이후 국교가 정상화되면서 우리 학회는 많은 소장학자들이 영입되었고, 아울러 번역 활동과 연구활동이 활성화되고, 또 중국학계와도 활발하게 학문 교류를 하게 되었다.

중국에서 『루쉰전집』이 최초로 발간된 것은 1938년 9월이다. 루쉰이 서거한 지 근 2년 만이다. 루쉰은 세상을 떠나기 얼마 전부터 자신이 발표했던 작품들을 모아 『삼십년집』三十年集이라는 제목으로 정리하기 시작하였다고 한다. 그러나 정리가 완성되기 전에 세상을 떠났다. 그는 아내 쉬광핑許廣平에게 뒷정리를 부탁했다고 전한다. 루쉰 서거 후 지인들은 루쉰선생기념위원회를 조직하고 서거 1주년인 1937년 10월 이전에 『루쉰전집』을 출간한다는 목표하에 이미 수집된 『삼십년집』과 초기 번역작인 『달나라 여행』月界旅行 및 중국 고전을 교감한 작품들까지 모두 망라하여 20권의 전집을 기획했다. 그러나 1937년 7월에 중일전쟁의 발발로 출판사들이 피난가거나 문을 닫는 등 출판이 여의치 않아 연기되었다가, 루쉰 서거 2주년이 되는 1938년 9월에 상하이 푸사復社에서 어렵게 상재되었다. 이것이 최초의 『루쉰전집』(전20권)이다.

이어 중화인민공화국 수립 후인 1958년에 런민人民문학출판사에서 두번째 『루쉰전집』 총 10권을 출판했다. 이 판본은 1938년 판본이 수록한 루쉰의 초기 번역과 고전의 교감을 제외하고 서문, 발문과 순수한 루쉰 저작만 수록했다. 또 누락된 것을 보유補遺하고 주석을 달았다. 세번째 전집은 1973년에 런민문학출판사에서 출판된 총 20권이다. 이 판본은 문화대혁명이 한창인 시기에 출판된 것으로 과거 58년판의 일부 주석이 정치적으로 왜곡되었다는 이유로 58년판의 편집인들을 정치비판에 회부한 뒤, 왜곡되었다는 부분을 삭제하고 바로 절판시켰다. 네번째는 문화대혁명이 끝난 후인 1981년, 루쉰 탄생 백주년 기념으로 런민문학출판사에서 출판되었다. 38년 판본을 저본으로 하되 초기 번역과 고전 교감은 제외하고 주석과 새로 발굴된 『보유』補遺, 『보유속편』補遺續編을 증보하여 총 16권으로 출판하였다. 다섯번째는 2005년에 런민문학출판사에서 출판된 총 18권으로, 과거 81년판에서 누락된 부분의 주석을 더 첨가하였다. 이 판본이 가장 최근 것이다.

한국에서는 2000년 무렵부터 우리 중국현대문학학회에서 루쉰 문학에 관심 있는 학자들이 모여 '루쉰독회'를 조직, 루쉰의 작품을 윤독하고 번역하기 시작하여 적지 않은 성과를 얻었다. 2007년 6월에는 중국 현대문학 연구자 십여 명이 모여 '루쉰전집번역위원회'를 조직하고 본격적으로 『루쉰전집』의 번역 작업에 착수했다. 수년 동안 주기적으로 모여 번역 과정에서 발생하는 문제점을 상호 토의하여 결정하는 방식으로 번역 작업을 진행한 결과, 마침내 결실을 보게 되었다.

번역에 참가한 학자들은 각자 강의와 연구, 학생지도 등으로 바쁜 생활을 하는 중에서도 번역 작업에 진력하여 상재의 기쁨을 얻게 되었다. 특히 그간 중국이나 일본에서 출판된 『루쉰전집』 판본 중 한국과 관련된 주석에 간혹 오류가 발견되었는데, 이번 번역 작업을 통해 오류가 완전히 교정되리라고 여겨져 참으로 다행이다. 번역자 여러분의 노고에 다시 한번 찬사와 경의를 표하는 바이다.

2010년 8월

한국 중국현대문학학회 명예회장

서울대학교 명예교수 김시준

『루쉰전집』을 발간하며

루쉰을 읽는다, 이 말에는 단순한 독서를 넘어서는 어떤 실존적 울림이 담겨 있다. 그래서 루쉰을 읽는다는 말은 루쉰에 직면直面한다는 말의 동의어가 되기도 한다. 그런데 루쉰에 직면한다는 말은 대체 어떤 입장과 태도를 일컫는 것일까?

2007년 어느 날, 불혹을 넘고 지천명을 넘은 십여 명의 연구자들이 이런 물음을 품고 모였다. 더러 루쉰을 팔기도 하고 더러 루쉰을 빙자하기도 하며 루쉰이라는 이름을 끝내 놓지 못하고 있던 이들이었다. 이 자리에서 누군가가 이런 말을 던졌다. 『루쉰전집』조차 우리말로 번역해 내지 못한다면 많이 부끄러울 것 같다고. 그 고백은 낮고 어두웠지만 깊고 뜨거운 공감을 얻었다. 그렇게 이 지난한 작업이 시작되었다.

혹자는 말한다. 왜 아직도 루쉰이냐고. 이에 대해 우리는 이렇게 대답할 수밖에 없다. 아직도 루쉰이라고. 그렇다면 왜 루쉰일까? 왜 루쉰이어야 할까?

루쉰은 이미 인류의 고전이다. 그 없이 중국의 5·4를 논할 수 없고 중국 현대혁명사와 문학사와 학술사를 논할 수 없다. 그는 사회주의혁명 30년 동안 누구도 건드릴 수 없는 성역으로 존재했으나 동시에 사회주의 이데올로기의 금구를 타파하는 데에 돌파구가 되었다. 그의 삶과 정신 역정은 그가 남긴 문집처럼 단순하지만은 않다. 근대이행기의 암흑과 민족적 절망은 그를 끊임없이 신新과 구舊의 갈등 속에 있게 했고, 동서 문명충돌의 격랑은 서양에 대한 지향과 배척의 사이에서 그를 배회하게 했다. 뿐만 아니라 1930년대 좌와 우의 극한적 대립은 만년의 루쉰에게 선택을 강요했으며 그는 자신의 현실적 선택과 이상 사이에서 끝없이 방황했다. 그는 평생 철저한 경계인으로 살았고 모순이 동거하는 '사이주체'間主體로 살았다. 고통과 긴장으로 점철되는 이런 입장과 태도를 그는 특유의 유연함으로 끝까지 견지하고 고수했다.

한 루쉰 연구자는 루쉰 정신을 '반항', '탐색', '희생'으로 요약했다. 루쉰의 반항은 도저한 회의懷疑와 부정否定의 정신에 기초했고, 그 탐색은 두려움 없는 모험정신과 지칠 줄 모르는 창조정신에서 비롯되었다. 또한 그의 희생정신은 사회의 약자에 대한 순수하고 여린 연민과 양심에서 가능했다.

이 모든 정신의 가장 깊은 바닥에는 세계와 삶을 통찰한 각자覺者의 지혜와 존재하는 모든 것들에 대한 허무 그리고 사랑이 있었다. 그에게 허무는 세상을 새롭게 읽는 힘의 원천이자 난세를 돌파해 갈 수 있는 동력이었다. 그래서 그는 굽힐 줄 모르는 '강골'强骨로, '필사적으로 싸우며'(쩡자爭扎) 살아갈 수 있었다. 그랬기에 '철로 된 출구 없는 방'에서 외칠 수 있었고 사면에서 다가오는 절망과 '무물의 진'無物之陣에 반항할 수 있었다. 그는 자신을 둘러싼 모든 것과 대결했다. 이러한 '필사적인 싸움'의 근저에는 생명과 평등을 향한 인본주의적 신념과 평민의식이 자리하고 있다. 이것이 혁명인으로서 루쉰의 삶이다.

우리에게 몇 가지 『루쉰선집』은 있었지만 제대로 된 『루쉰전집』 번역본은 없었다. 만시지탄의 감이 없지 않지만 이제 루쉰의 모든 글을 우리말로 빚어 세상에 내놓는다. 게으르고 더딘 걸음이었지만 이것이 그간의 직무유기에 대한 우리 나름의 답변이 될 수 있기를 희망해 본다.

번역저본은 중국 런민문학출판사에서 출판된 1981년판 『루쉰전집』과 2005년판 『루쉰전집』 등을 참조했고, 주석은 지금까지의 국내외 연구성과를 두루 참조하여 번역자가 책임해설했다. 전집 원본의 각 문집별로 번역자를 결정했고 문집별 역자가 책임번역을 했다. 이 과정에서 몇 년 동안 매월 한 차례 모여 번역의 난제에 대해 토론을 벌였고 상대방의 문체에 대한 비판과 조율의 과정을 거쳤다. 그러므로 원칙상으로는 문집별 역자의 책임번역이지만 내용상으론 모든 위원들의 의견이 문집마다 스며들어 있다.

루쉰 정신의 결기와 날카로운 풍자, 여유로운 해학과 웃음, 섬세한 미학적 성취를 최대한 충실히 옮기기 위해 노력했지만 많이 부족하리라 생각한다. 독자 제현의 비판과 질정으로 더 나은 번역본을 기대한다. 작업에 임하는 순간순간 우리 역자들 모두 루쉰의 빛과 어둠 속에서 절망하고 행복했다.

2010년 11월 1일

한국 루쉰전집번역위원회

| 루쉰전집 전체 구성 |

- 1권 _ 무덤(墳) | 열풍(熱風)
- 2권 _ 외침(吶喊) | 방황(彷徨)
- 3권 _ 들풀(野草) | 아침 꽃 저녁에 줍다(朝花夕拾) | 새로 쓴 옛날이야기(故事新編)
- 4권 _ 화개집(華蓋集) | 화개집속편(華蓋集續編)
- 5권 _ 이이집(而已集) | 삼한집(三閑集)
- 6권 _ 이심집(二心集) | 남강북조집(南腔北調集)
- 7권 _ 거짓자유서(僞自由書) | 풍월이야기(准風月談) | 꽃테문학(花邊文學)
- 8권 _ 차개정잡문(且介亭雜文) | 차개정잡문 2집 | 차개정잡문 말편
- 9권 _ 집외집(集外集) | 집외집습유(集外集拾遺)
- 10권 _ 집외집습유보편(集外集拾遺補編)

• 11권 _ 중국소설사략(中國小說史略)

• 12권 _ 한문학사강요(漢文學史綱要) | 고적서발집(古籍序跋集) |
역문서발집(譯文序跋集)

• 13권 _ 먼 곳에서 온 편지(兩地書) | 서신 1

• 14권 _ 서신 2

• 15권 _ 서신 3

• 16권 _ 서신 4

• 17권 _ 일기 1

• 18권 _ 일기 2

• 19권 _ 일기 3 (일기 주석집)

• 20권 _ 부집(附集)

• 열풍(熱風)

1918년

1919년

1922년

1924년

무덤 墳

『무덤』(墳)은 지은이가 1907년부터 1925년까지 쓴 에세이 23편을 수록하고 있다. 1927년 3월에 베이징(北京)의 웨이밍사(未名社)에서 초판이 나왔고, 1929년 3월 제2차 인쇄 때에는 지은이가 교정을 보았다. 제4차 인쇄 때에는 새로 상하이(上海) 베이신서국(北新書局)에서 출판되었다.

제기[1]

여기 형식이 전혀 다른 것들을 모아 한 권의 책 모양으로 만든 연유를 말하자면 아주 그럴듯한 것이 있는 것은 아니다. 우선 거의 20년 전에 쓴 이른바 글 몇 편을 우연히 발견했기 때문이다. 이것이 내가 쓴 것이란 말인가? 나는 생각했다. 읽어 보니 틀림없이 내가 쓴 것이었다. 그것은 『허난』[2]에 보냈던 원고였다. 그 잡지의 편집 선생은 이상한 기질이 있어 글은 길어야만 했고, 길수록 원고료는 더 많았다. 그래서 「마라시력설」摩羅詩力說과 같은 것은 그야말로 억지로 긁어모은 것이다. 요 몇 년 사이라면 아마 그렇게 하지는 않았을 것이다. 또 괴이한 자구를 짓고 옛 글자를 쓰기 좋아했으니, 이는 당시 『민보』[3]의 영향을 받았다. 지금 조판인쇄의 편리를 위해 조금 고쳐 놓았으며, 그 나머지는 모두 그대로 두었다. 이렇게 어색한 것들이라 만약 다른 사람의 것이었다면 나는 아마 "미련 없이 버려라" 하고 권했을 것이다. 그러나 나 자신은 오히려 꼭 이들을 남겨 두고 싶었고, 게다가 "나이 오십에 49년 동안의 잘못을 알다"[4] 하지 않고 늙을수록 더 나아진다고 여겼다. 그 글에서 언급한 몇몇 시인은 지금까지도 다시 제기하는 사람이 없으니 이것도 내가 차마 옛 원고를 버리지 못하는 작은 이유 중 하나이다. 그들의 이름은 예전에 얼마나 나를 격앙시켰던가. 민국[5]이 성립된 후 나는 곧 그들을 잊어버렸지만 뜻밖에 지금도 그들은 때때로 내 눈앞에 나타나곤 한다.

그 다음은, 물론 보려는 사람이 있기 때문이다. 더욱이 내 글을 증오하는 사람도 있기 때문이다. 말을 하는데 그 말을 싫어하는 사람이 있다면 전혀 반응이 없는 것보다야 그래도 행복한 일이다. 세상에는 마음이 편치 않은 사람들이 많지만, 오로지 스스로 마음 편한 세계를 만들어 내고 있는 사람들도 있다. 이는 그저 편한 대로 놓아둘 수 없는 일이어서, 그들에게 약간은 가증스러운 것을 보여 주어 그들에게 때때로 조금은 불편을 느끼게 하고, 원래 자신의 세계도 아주 원만하기는 쉽지 않다는 것을 알려 주려 한다. 파리는 날며 소리 내지만 사람들이 그를 증오하고 있다는 것을 알지 못한다. 이 점을 나는 잘 알고 있지만, 날며 소리 낼 수만 있다면 기어코 날며 소리 내려 한다.

내 가증스러움은 종종 스스로도 느끼고 있다. 예를 들어, 내가 술을 끊고 어간유[6]를 먹는 것은 내 생명을 연장하기 위한 것이지만, 도리어 내가 사랑하는 사람을 위한 것일 뿐 아니라 대부분은 바로 나의 적——그들에게 좀 점잖게 말한다 해도 적일 뿐이다——을 위해 그들의 좋은 세상에다 얼마간 결함을 남겨 주려는 것이다. 군자의 무리들[7]은 이렇게 말한다. "당신은 왜 사람을 죽이고도 눈 하나 깜짝하지 않는 군벌을 욕하지 않느냐?[8] 이 역시 비겁한 짓이다!" 그러나 나는 유인하여 죽이려는 이러한 수법에 넘어가고 싶지 않다. 목피도인[9]이 "몇 년 동안 집안의 부드러운 칼로 목을 베니 죽음을 느끼지 못했다"라고 잘 말했듯이, 나는 오로지, 자칭 '총이 없는 계급'이라고 하지만 실은 부드러운 칼을 들고 있는 요괴들을 질책하려 한다. 가령 필화를 당한다면 여러분은 그들이 여러분을 열사로 존경할 것이라고 생각하는가? 그렇지 않다. 그때가 되면 달리 비아냥거리는 말이 있다. 믿지 못하겠으면, 그들이 3·18 참사[10] 때 죽은 청년들을 어떻게 비평했는지 보라.

이 밖에 나 스스로에게도 하찮은 의미가 조금은 있다. 그것은 바로 아무래도 생활의 일부 흔적이라는 점이다. 그래서 비록 과거는 이미 지나가 버렸고 정신은 되밟을 수 없는 것임을 잘 알고 있지만, 모질게 끊어 버리지 못하고 찌꺼기들을 주워 모아 자그마한 새 무덤을 하나 만들어 한편으로 묻어 두고 한편으로 아쉬워하려 한다. 머지않아 사람들이 밟아 평지가 되더라도 그야 상관하고 싶지 않으며 상관할 수도 없다.

나는 몇몇 내 친구들에게 나를 대신해 원고를 수집·필사하고 교정을 보면서 돌아올 수 없는 많은 세월을 써 버린 것에 대해 깊은 감사를 드린다. 내 보답이란, 이 책이 인쇄되어 나왔을 때 혹시 여러 사람으로부터 진심으로 기뻐하는 웃음을 널리 자아낼 수 있지 않을까 하고 희망할 수 있는 것뿐이다. 다른 과분한 바람은 조금도 없다. 기껏해야, 넓고 두터운 대지가 작은 흙덩이를 수용하지 못하는 지경에 떨어지지는 않는 것처럼, 이 책이 잠시 책 판매대 위의 책 무덤에 자리를 잡았으면 한다. 한 걸음 더 나아가면 다소 본분에 맞지 않는 것이 있다. 그것은 바로, 중국인들의 사상과 취미는 현재 다행히도 이른바 정인군자正人君子들에 의해 아직 통일되지 않았는데, 예를 들어 어떤 사람은 오로지 황제의 무덤을 참배하기를 좋아하고, 어떤 사람은 버려진 무덤을 추모하기를 좋아하는데, 어찌되었건 잠깐이라도 기꺼이 한번 살펴보는 사람이 있었으면 하는 것이다. 그렇게만 된다면 나는 아주 만족스럽다. 그런 만족은 부자의 천금을 얻는 것보다 못하지 않을 것이다.

1926년 10월 30일

바람이 세차게 부는 밤

샤먼厦門에서 루쉰이 적다

주)

1) 원제는 「題記」이며, 1926년 11월 20일 베이징의 『위쓰』(語絲) 주간(週刊) 106기에 처음 발표되었고, 제목은 「『무덤』의 제기」(『墳』的題記)였다.
2) 『허난』(河南)은 월간(月刊)으로 일본으로 간 중국 유학생들이 1907년(청나라 광서光緒 33년) 12월 도쿄(東京)에서 창간했고, 청커(程克), 쑨주단(孫竹丹) 등이 주편을 맡았다. 1901년의 '신축조약'(辛丑條約) 이후부터 1911년 신해혁명(辛亥革命)에 이르는 기간 동안 일본에서 유학하던 중국인들은 수천 명에 달했고, 이들은 반청혁명(反淸革命) 활동을 전개하면서 여러 가지 신문잡지를 발행했다. 특히 동향(同鄕) 중심의 신문잡지가 많이 만들어졌는데, 『저장의 조수』(浙江潮), 『장쑤』(江蘇), 『한성』(漢聲), 『둥팅의 파도』(洞庭波), 『윈난』(雲南), 『쓰촨』(四川), 『허난』 등이 그에 해당한다.
3) 『민보』(民報)는 월간으로 동맹회(同盟會)의 기관지였다. 1905년 11월 도쿄에서 창간되었으며 도합 26기까지 나왔다. 1906년 9월 제7호부터 장타이옌(章太炎, 1869~1936)이 주편을 맡았다. 장타이옌은 이름이 빙린(炳麟)이고, 호가 타이옌(太炎)이며, 저장(浙江) 위항(余杭) 사람으로 청말(淸末)의 혁명가요 학자였다. 그는 『민보』에 글을 발표할 때, 옛 글자와 생소한 글자나 어구를 즐겨 사용했다. 여기서 『민보』의 영향을 받았다 함은 장타이옌의 영향을 받았다는 것을 가리킨다.
4) "나이 오십에 49년 동안의 잘못을 알다"(行年五十而知四十九年非)라는 말은 『회남자』(淮南子) 「원도훈」(原道訓)에 나온다. "거백옥(蘧伯玉)은 나이 오십이 되어 49년 동안의 잘못을 알게 되었다."(蘧伯玉年五十而知四十九年非)
5) 1911년 신해혁명의 성공으로 중국은 봉건왕조체제인 청조(淸朝)를 무너뜨리고 민주공화체제인 중화민국(中華民國)을 성립시켰으며, 이듬해인 1912년을 민국(民國) 원년으로 선포했다.

6) 어간유(魚肝油)는 주로 명태, 상어, 대구 같은 물고기의 간에서 짜낸 불포화도가 높은 지방유이다. 맑고 노란 색으로 비타민 A와 D가 많이 들어 있으며, 강장제, 영양불량, 야맹증 등에 많이 쓰인다.

7) '군자의 무리들'(君子之徒)과 다음에 나오는 이른바 '정인군자'(正人君子)는 당시 현대평론파(現代評論派)의 인물들을 가리킨다. 당시 베이양군벌정부를 옹호하던 『대동완바오』(大同晩報)가 1925년 8월 7일의 한 보도에서 현대평론파를 치켜세우며 '정인군자'라고 불렀다. 루쉰은 잡문(雜文)에서 항상 이 말을 인용하여 이 일파의 인물들을 풍자했다.

8) 여기서 말한 '군벌을 욕하지 않다'와 다음에 나오는 '총이 없는 계급'은 모두 『현대평론』 제4권 제89기(1926년 8월 21일)에 실린, 한루(涵廬; 즉 가오이한高一涵)로 서명된 「한담」(閑話)의 글에 나온다. "나는 일반 문인들이 서로 욕하는 법보(法寶)를 피차 거두어들이고 우리가 마땅히 해야 하고, 할 가치가 있는 일을 해나가기를 대단히 희망하는 바이다.…… 그렇지 않고 톈차오(天橋)로 갈 용기도 없으면서 욕을 그만두려 하지 않고 그래서 오로지 법보를 총이 없는 계급의 머리 위에 제멋대로 사용한다면, 남을 욕하는 것은 그야말로 남을 욕하는 것이며, 오히려 뽐내려 해도 뽐내는 것이 되기 어려울 것이다." 당시 베이징의 형장(刑場)은 톈차오 부근에 있었다.

9) 목피도인(木皮道人)은 목피산인(木皮散人)이라 해야 옳다. 명대(明代)의 유민(遺民) 가부서(賈鳧西)의 별호(別號)이다. 가부서(약 1592~1674)는 이름이 응총(應寵)이며, 산둥(山東) 취푸(曲阜) 사람이다. 여기서 인용하고 있는 말은 그가 지은 『목피산인고사』(木皮散人鼓詞)에서 주(周)나라 무왕(武王)이 상(商)나라 주왕(紂王)을 멸한 내용과 관련된 단락에 나온다. "산의생(散宜生)이 세운 연분계(胭粉計)에 따라 주(周)를 흥하게 하고 상(商)을 멸하게 할 아리따운 아가씨를 헌상했다.…… 그 나리들[주나라 문왕과 무왕 부자 등을 가리킴]이 주야로 인정(仁政)을 베풀 것을 상의하였고 주왕은 얼떨떨하게 어두운 그림자 속에서 지냈다. 몇 년 동안 집안의 부드러운 칼로 목을 자르니[은근히 사람을 죽인다는 뜻] 죽음을 느끼지 못했고, 태백기(太白旗)가 높이 걸리자 그제야 운명이 다했다는 것을 알았다." 루쉰은 여기서 '부드러운 칼'이라는 말을 차용하여 현대평론파의 보수적인 언론을 풍자하고 있다.

10) 3·18 참사. 1926년 3월 12일 펑위샹(馮玉祥)이 거느린 국민군(國民軍)과 펑계(奉系) 군벌 사이에 전쟁이 벌어졌고, 일본제국주의가 군함을 출동시켜 펑군(奉軍)을 지지하며 국민군을 폭격하는 한편 영국, 미국, 프랑스, 이탈리아 등과 연합하여 16일에는 베이양정부에 최후통첩으로 다구커우(大沽口)에 있는 국방설비를 철수할 것 등의 무리한 요구를 했다. 3월 18일에 베이징의 각계 인사들은 애국적인 열정으로 격분하여 톈안먼(天安門)에 모여 항의를 했고, 집회가 끝난 다음 무리를 지어 돤치루이(段祺瑞) 집권 정부로 가서 청원하며 8국의 통첩을 거절할 것을 요구했다. 돤치루이는 결국 위병

대에게 발포명령을 내렸고, 그 자리에서 사상자가 2백여 명이나 생겼다. 참사가 발생한 후 『현대평론』 제3권 제68기(1926년 3월 27일)에는 이 사건을 비평한 천시잉(陳西瀅)의 「한담」(閑話)이 발표되었다. 이 글은 참변을 당한 애국군중을 비방하면서, '판단력이 없어', '민중의 영수'로부터 속았으며, "스스로 영문도 모르는 여러 가지 운동에 참가하여", "쏟아지는 총탄의 위험을 무릅쓰고, 사상자를 짓밟는 고통을 받았다"라고 했다. 또 이 참사의 책임을 이른바 '민중의 영수'에게 떠넘기면서 "고의로 사람을 사지(死地)로 끌어들였다는 혐의가 있다"라고 했다.

인간의 역사[1)]

— 독일인 헤켈의 종족발생학에 대한 일원적 연구 해석

진화의 학설은 그리스의 철학자 탈레스(Thales)에서 그 빛이 처음으로 비치더니 다윈(Ch. Darwin)에 이르러 완전히 확정되었다. 독일의 헤켈(E. Haeckel)은 헉슬리(T. H. Huxley)와 마찬가지로 근세 다윈설의 주창자였다. 다만, 그는 이전의 학설에만 빠지지 않고 더욱 밀고 나가 생물의 진화를 도표로 만들었다. 고대로 거슬러 올라가 동식물의 연결된 흔적을 추적하여 그것이 이어져 내려온 유래를 밝혀내고, 간혹 부족한 것이 있으면 화석을 참고하여 보충한 다음 구분지어 기술했다. 그것은 거대한 체계를 이루어 위로는 단세포 미생물로부터 가까이로는 인류에 이르기까지 하나의 계통을 구성하게 되었는데, 그 논거가 확실하고 믿을 만하다. 비록 후세의 학자들이 그보다 더욱 위로 끝없이 거슬러 올라가 증명할 수도 있겠지만, 19세기 말 진화에 대한 논의는 참으로 이 사람에 의해 완성되었다.

요즘 중국에서 진화라는 말은 거의 상식적인 말이 되었다. 새로움을 좋아하는 사람들은 그 말을 미화하여 사용하고, 옛것을 고수하는 사람들은 그것이 인류를 원숭이와 나란히 보는 것이라 하여 전력을 다해 저지하려 한다. 독일의 철학자 파울젠(Fr. Paulsen)[2]도 헤켈의 저서를 읽는 사람이 많은 것은 독일의 수치라고 말했다. 무릇 독일은 학술의 온상지이고 파울젠 역시 철학자愛智之士이지만 이렇게 말하는 것을 보면, 중국에서 낡은 것들을 고수하려는 무리들이 새로운 소리만 들어도 질주하며 달아나는 것과 실로 크게 다르지 않다.

그렇지만 인류가 진화한다는 학설은 실제로 영장[3]을 모독한 적은 없다. 낮은 데서 높은 데로 날마다 무한히 전진하고 있다는 사실은 인류의 능력이 동물들보다 훨씬 뛰어나다는 것을 더 잘 보여 주는 것이니, 계통이 어떻게 시작되었는가 하는 것이 어찌 수치스러운 일이겠는가? 헤켈의 저서는 대단히 많지만 대부분 이런 요지를 밝히고 있다. 또한 종족발생학(Phylogenie)을 성립시켜 개체발생학(Ontogenie)과 더불어 멀리 인류의 유래 및 인류가 이어져 내려온 과정을 고증함으로써 많은 의문들이 얼음이 녹듯 풀어졌고 자연의 비밀이 분명하게 밝혀졌다. 그리하여 그는 최근 생물학의 최고봉이 되었다. 이제 그 내용을 펼쳐 보이려 하는데, 먼저 이 이론의 발단부터 시작하여 근세까지 서술할 것이며, 헤켈을 자세하게 설명하는 것으로 끝을 맺겠다.

인류의 종족발생학이란 인류의 발생 및 그 계통에 관한 학문을 말한다. 이것이 주로 다루는 부분은 동물종족에서 기원이 어떻게 되는가를 밝히는 것인데, 시작된 지 40년 정도밖에 되지 않았지만 생물학 분야에서 가장 새로운 영역이다. 대개 고대의 철학자나 종교가들은 인류가 만물의 영장으로서 다른 모든 생물들을 초월하는 존재라고 보았다. 그리하여 설령 생물[4]의 기원에 대해 의문을 품었다고 하더라도 기껏해야 신화神話의 주변에서 맴돌았고 신비하거나 불가사의한 것으로 해석했다.

예컨대, 중국의 옛 이야기에 따르면, 반고盤古가 땅을 개벽하고 여와女媧가 죽은 뒤 그 유해가 하늘과 땅으로 변했다고 한다.[5] 그렇다면 하늘과 땅이 아직 형성되지 않았는데 인류가 벌써 출현한 것이니 낮과 밤이 나뉘지 않은 혼돈상태에서[6] 어떻게 인류가 발을 내디딜 수가 있었겠는가? 굴영균[7]은 "바다자라가 태산을 등에 짊어지고 손뼉을 쳤다는데, 어찌하여 바다자라를 두었는가"라고 했다. 이것은 마음속에 품고 있던 의문을 말로 표현한 것이다. 서양의 창조에 관한 이야기 중에서는 모세의 이야기가 가장 오래되었다. 「창세기」의 첫 부분을 보면, 하느님이 칠 일 만에 천지만물을 창조했으며, 흙을 빚어 남자를 만들고 그 갈비뼈를 잘라내어 여자를 만들었다고 한다. 13세기 무렵에는 창조설이 유럽 전역에 위력을 떨치게 되어 과학은 빛을 감추었고 미신이 횡행하게 되었으며, 로마 교황은 또 전력을 다해 학자들의 입을 틀어막아 천하는 지혜의 암흑기가 되고 말았다. 헤켈이 그것을 가리켜 '세계사의 대기만'(Die grossten Gaukler Weltgeschichte)이라고 부른 것[8]은 결코 헛된 말이 아니다.

그후 종교개혁이 시작되고 기독교의 미신이 점차 타파되자 코페르니쿠스(Copernicus)가 먼저 나와 지구가 실제로 태양의 둘레를 돌며 운동하고 그 항상적인 운동은 멈추지 않는다는 것을 알게 되었으며, 이로 인해 지구중심설이 무너졌다. 그리고 인류를 탐구하려는 사람들도 조금씩 나타났다. 예컨대 베살리우스(Vesalius),[9] 유스타키(Eustachi)[10] 등은 해부의 기술을 가지고 지식을 광명으로 이끌었다. 동물계통론은 린네[11]가 나옴으로써 크게 떨치게 되었다.

린네(K. von. Linné)는 스웨덴의 명망가였다. 그는 당시 여러 나라의 생물 연구자들이 한결같이 자기네 지방 말로 생물의 이름을 붙이고 있어 번잡하고 이해할 수 없다는 점을 불만으로 여겼다. 그리하여 『생물계통론』을 저술하여 모든 동식물의 이름을 라틴어로 짓고 이명법二名法을 확립하여 속명屬名과 종명種名을 부여했다. 예컨대, 고양이, 호랑이, 사자 세 동물은 크게 보면 동일하기 때문에 고양이 속(Feris)이라 하고, 또 각각 다르기도 하기 때문에 고양이는 Felis domestika라 하고, 호랑이는 Felis tigris라 하고, 사자는 Feris leo라고 했다. 다시 이들과 서로 비슷한 것들을 한데 모아 그것을 고양이 과科라고 했다. 과科는 나아가 목目이 되고 강綱이 되고 문門이 되고 계界가 된다. 계는 동물과 식물을 구분하는 기준이다. 이 책은 일일이 그 특징을 기록하고 있어 펼치기만 하면 일목요연하게 이해할 수 있다.

그런데 생물은 다 헤아릴 수 없을 만큼 종류가 다양하므로 새로운 종이 발견될 때마다 반드시 새 이름을 붙여 주어야 한다. 그리하여 세상에는 새로운 종을 발견하여 영예를 넓히려는 사람들이 서로 경쟁하듯이 찾아 나섰고 소득도 대단히 많았으니, 그중에서 린네의 명성이 가장 두드러졌다. 그리고 생물의 종(Arten)이란 무엇인가, 그 내용과 경계는 어떠한가 하는 의문도 마찬가지로 많은 학자들로부터 주목을 받았다.

그렇지만 린네는 여기서 여전히 모세의 창조설을 답습했다. 「창세기」에서는 오늘날의 생물은 모두 세상이 처음 열렸을 때부터 만들어졌다고 했는데, 이에 따라 『생물계통론』에서도 노아 때 홍수의 재난을 피하여 오늘날까지 남아 있게 된 것들이 생물의 종이 되었고, 대개 동식물의 종류는 늘어나거나 줄어드는 변화가 전혀 없으므로 하느님이 손으로 창조한 것과 다르지 않다고 했다.

아마 린네는 현재의 생물만 알고 있었을 뿐, 그 헤아릴 수 없는 먼 옛날에 지구 위에 서식했다가 지금은 없어진 생물이 있다는 것을 깨닫지 못했기 때문에 기원에 관한 연구는 마침내 어찌할 수 없었다. 또한 세상의 박물학자들도 모두 구설舊說을 고수하고 조금도 더 나아가지 못했다. 가령 우연히 깨달은 사람이 있어 생물의 종류는 아주 오랜 세월을 거치는 동안에 미미한 변화가 생기지 않은 것이 없다고 했지만, 세상 사람들이 그 말을 듣고 모두 맹렬히 거부하였으므로 주장을 펼 수가 없었다. 19세기 초에 이르러 비로소 처음으로 진지하게 생물이 진화한다는 사실을 알고 이론을 세워 그에 대해 설명한 사람이 나타났는데, 그 사람을 라마르크[12]라고 말하지만 실제로는 퀴비에[13]가 그보다 앞선다.

퀴비에(G. Cuvier)는 프랑스 사람으로 학문에 힘쓰고 박식하여 학술면에서 위대한 업적을 남겼다. 특히 동물의 비교해부와 화석 연구에 주력하여 『화석골격론』을 저술했는데, 오늘날 고생물학의 시초가 되었다.

화석이란 태곳적 생물의 유체遺體가 돌 속에 흔적으로 남아 있는 것인데, 무수한 세월이 지난 지금까지도 그 형체를 뚜렷하게 알아볼 수 있다. 이 때문에 이전 세계의 동식물 모양을 알 수 있고, 또 옛날과 오늘날의 생물이 다르다는 것을 알 수 있다. 이는 실로 조물주의 역사歷史로서 스스로 자신의 업적을 인간을 위해 기록해 놓은 것이다. 짐작건대, 고대 그리스 철학자들도 이러한 것을 전혀 모르지는 않았을 것이다. 그러나 그후 견강부회의 설이 크게 유행하여 어떤 사람은 화석이 만들어진 것은 조물주의 유희에 불과하다고 했고, 어떤 사람은 하늘과 땅의 정기가 사람에 스며들면 태아가 되고 돌 속으로 잘못 스며들면 돌조개, 돌소라와 같은 것이 된다고 했다. 그러나 라마르크가 패류의 화석을 조사하고 퀴비에가 어류와 짐승의 화석을 조사함으로써 비로소 화석이란 고대 생물의 유체이며 현재는 존재하지 않는 종임을 알게 되었다. 그리하여 린네의 창조설 이래로 종에는 증감의 변화가 없다는 주장은 마침내 타당성을 잃게 되었다.

그렇지만 퀴비에의 인물됨은 생물의 종류는 영원히 변하지 않는다는 관념을 완고하게 따르고 있었으므로 이전의 설이 곧 무너질 순간에 달리 '변동설'을 확립하여 그것을 해석했다. 그의 주장에 따르면, 오늘날 생존해 있는 동물의 종류는 모두 천지개벽 때 하느님의 손에 의해 만들어진 것일 뿐이다. 다만 동식물이 만난 개벽은 비단 한 번으로 그치지 않았고, 매번 개벽이 이루어질 때마다 반드시 대大변화가 일어나 물이 땅으로 변하고 바다가 메워져 산이 되었는데, 그리하여 이전의 종은 죽고 새로운 종이 태어나게 되었다. 그러므로 오늘날 화석은 전부 신이 만든 것이며, 다만 만들어진 시기가 다르므로 그 모양도 다르고 그 사이에 연속성이 없는 것이다. 높은 산꼭대기에 실제로 어패류의 화석이 나타나는 것은 그것이 옛날에는 바다였다는 증거로 충분하고, 화석의 생김새가 대부분 고통에 완강히 버티고 있으므로 우리는 그 변동이 극렬했음을 알 수 있다. 개벽으로부터 지금까지 지구 표면의 변동은 적어도 열다섯 내지 열여섯 차례 이루어졌는데, 매번 변동이 일어날 때마다 이전의 종은 모두 죽어서 대부분 화석이 되어 후세에 전해지게 되었다는 것이다.

이런 주장은 실제로 증명할 수 없는 억측이지만, 당시에는 그 위력이 대단하여 종교를 믿는 사람들이 학계에 가득한 가운데 오직 생틸레르(E. Geoffroy St. Hilaire)[14]만이 파리 학사회원學士會院에 항의했을 뿐이었다. 그러나 퀴비에는 박식하고 차지하고 있는 진지 또한 견고했기 때문에 생틸레르의 동물진화설은 만족스럽지 못했다. 그리하여 1830년 7월 30일의 토론에서 생틸레르는 결국 패했고, 퀴비에의 변동설은 당시에 크게 유행하게 되었다.

그렇지만 불변설은 마침내 학자들의 마음을 오래 만족시켜 줄 수 없었다. 18세기 후엽에 이미 자연을 가지고 그 의문을 풀어 보고자 하는 사람들이 많아졌고, 그리하여 괴테(W. von Goethe)[15]라는 사람이 나타나 '형태론'形蛻論을 확립했다. 괴테는 독일의 대시인이었지만 철리哲理에도 조예가 깊었으므로 그의 이론은 비록 이상理想[16]에 의지하여 세워진 것이지만, 사실에 뿌리를 두고 있을 뿐 아니라 식견이 해박하고 사고력도 풍부했다. 그래서 모든 생물은 상호관계를 가지고 있으며, 그 유래는 하나의 근원에 뿌리를 두고 있다는 점을 분명히 알게 되었다. 1790년에 『식물형태론』植物形態論을 저술하여 모든 식물은 원형原型에서 나온다고 했다. 즉, 그 기관은 모두 원관原官에서 나오는데, 원관이란 바로 잎이라고 했다. 다음으로 골격의 비교에서도 조예가 대단히 깊어, 동물의 골격도 당연히 하나로 귀결된다는 것을 알았다. 즉, 인류도 다른 동물의 형태와 차이가 없고, 겉모습이 다른 것은 단지 특별한 계기로 형태가 변한 것일 뿐임을 알았다. 형태를 변화시키는 원인으로는, 큰 힘을 가진 두 가지 구성작용이 있는데, 내부에 있는 것을 구심력求心力이라 하고 외부에 있는 것을 이심력離心力이라 한다. 구심력은 동일성으로 모이는 것歸同이고, 이심력은 이질성으로 내달리는 것趨異이다. 동일성으로 모이는 것은 지금의 유전과 같고, 이질성으로 내달리는 것은 지금의 적응과 같다.

괴테의 연구는 자연철학으로부터 생물의 구조 및 변성變成의 원인으로까지 깊이 들어간 것으로서, 비록 라마르크나 다윈의 선구에 불과하지만 결코 무시할 수 없는 것이었다. 다만 유감스러운 것은 진화의 관념이 칸트(I. Kant)[17]와 오켄(L. Oken)[18] 같은 여러 철학자들의 입론과 대략 비슷하여 종족불변설의 기초를 뒤흔들 만큼 그 위력이 대단하지는 못했다는 점이다. 그러한 위력은 라마르크로부터 시작되었다.

라마르크(Jean de Lamarck)는 프랑스의 대大과학자이며, 1802년에 저술한 『생체론』生體論에서 이미 종족이란 항구적인 것이 아니며 형태도 변화한다는 점을 언급했다. 그러나 정력을 쏟은 것은 무엇보다 『동물철학』이라는 책이다. 이 책에서 그는 우선 생물에서 종이 다른 것은 인위적인 구분에 따른 것이라고 자세하게 설명하고 있다.

그의 주장에 따르면, 지구상에서 생물과 무생물은 분리하지 못하며 결코 차별이 없고 공간을 공유하고 있어 모두 하나로 귀결된다. 그러므로 무생물을 지배하고 있는 법칙 역시 생물을 지배하고 있는 법칙이 되며, 우리가 무생물을 연구하는 방법 역시 생물을 연구하는 수단이 된다. 세상에서 이른바 생명이란 역학力學의 현상일 따름이다. 모든 동식물과 인류는 동일하게 자연의 법칙으로 해석할 수 없는 것이 없다. 종 역시 마찬가지여서 『성서』에서 말하듯이 결코 하느님이 창조한 것은 아니다. 하물며 십여 차례에 걸쳐 개작했다는 퀴비에의 학설이야 더 말할 필요가 있겠는가? 무릇 생명이란 고대로부터 면면히 이어져 내려온 것으로서, 무기물의 지극히 간단한 구조에서 시작하여 지구의 변화에 따라 점차로 고등생물로 바뀌어 오늘날과 같이 되었다는 것이다.

라마르크는 최하등생물이 점차 고등생물로 변해 가는 원인에는 두 가지가 있다고 했다. 첫째, 가령 동물의 경우에 어려서 아직 성장하지 않았을 때부터 어느 한 기관만을 많이 사용하면 그 기관은 반드시 날이 갈수록 강해지고 그 작용도 날이 갈수록 왕성해진다. 새로운 능력의 대소와 강약은 오래 사용했느냐 그렇지 않느냐에 따라 차이가 난다. 쉬운 예를 들어 보자. 쇠를 단련하는 사람의 팔이나 짐꾼의 정강이는 처음부터 보통사람과 달랐던 것이 아니며, 그 일을 하는 날이 많아지면 힘도 더욱 세어진다. 반대로 버려두고 쓰지 않으면 그 기관은 점점 약해지고 능력도 없어진다. 맹장의 경우 조류에게는 음식물을 소화시키는 역할을 하지만 사람에게는 쓸모가 없으므로 날이 갈수록 위축됐다. 귀 근육의 경우 짐승은 그것으로 귀를 움직이지만 사람에게는 그 쓰임이 없어졌으므로 미미한 흔적만이 남아 있을 뿐이다. 이것이 적응이다. 둘째, 모든 동물은 일생 동안 외부의 원인으로 인해 새로 얻거나 잃는 성질을 가지게 되는데, 이것은 반드시 생식작용을 통해 자손에게 전수된다. 기관의 대소와 강약도 역시 그러하여 이 경우에는 반드시 그 부모의 성질과 서로 같아진다. 이것이 유전이다.

적응설은 오늘날에 이르러 학자들이 규범으로 받들고 있지만 유전설은 아직도 논쟁이 격렬하여 합의를 내지 못하고 있다. 다만 주장하고 있는 것은 진화의 대법칙에 관한 것인데, 즉 기계작용이 동물을 좀더 고등한 상태로 나아가게 한다는 것이다. 『동물철학』이라는 책을 펼쳐 보면, 순전히 일원론의 시각으로 생물의 계통을 밝히고 있는데, 그것이 의지하고 있는 바는 바로 진화론이다. 따라서 진화론의 성립은 신의 창조설을 무너뜨리는 것으로부터 시작한다.

라마르크도 역시 생틸레르처럼 퀴비에에게 힘껏 맞섰지만 세상은 여전히 알아주지 않았다. 그 당시에는 생물학 연구가 이제 막 일어나고 있었고, 비교해부와 생리학도 왕성해졌으며, 게다가 세포설이 처음으로 성립되어 개체발생학에 한 걸음 더 접근하게 되었다. 그리하여 사람들의 관심이 이곳으로 집중되어 마침내 생물 유래에 대해 흥미를 가지는 사람들이 없어졌다. 그리고 일반 사람들도 구설舊說을 고수하고 있어 새로운 견해를 들어도 전혀 마음을 움직이지 않았으므로 라마르크의 이론이 나왔지만 호응하는 사람이 없어 적막했다. 퀴비에의 『동물학 연보』에서도 전혀 기록하고 있지 않으니 그의 주장이 고립무원의 상태에 놓여 있었음을 알 수 있다. 1858년에 이르러 다윈과 월리스(A. R. Wallace)[19]의 '천택론'天擇論[20]이 등장하고 다시 일 년이 지나 다윈의 『종의 기원』이 출판되어 온 세상을 진동시켰다. 이는 생물학계의 서광으로서 모든 의심을 단번에 쓸어버렸던 것이다.

다윈의 생물학 방법은 라마르크의 그것과는 달리 주로 귀납법을 사용하여 지식을 집대성한 것이다. 그는 스물두 살에 해군 탐사선 비글호를 타고 세계를 일주하면서 생물들을 조사하는 과정 중에 생물의 종에는 그 기원이 있음을 깨닫게 되었다. 점차 사실을 수집하고 그것을 하나로 통일되게 융합하여 생물진화의 대원칙을 확립했다. 또 형태변화의 원인은 '도태'淘汰에 뿌리를 두고 있고 도태의 원리는 바로 생존경쟁에 놓여 있다는 점을 밝히고 '도태론', 즉 '다윈설'(Selektionstheorie od. Darwinismus)을 수립했다. 이는 이전에 전혀 없던 것이었다.

그 요지를 보면, 먼저 인위적인 선택으로서 가령 누군가가 일정한 목적을 세우고 동물 중에서 자기의 목적과 비슷한 것을 골라 기른다. 그것이 자손을 낳으면 다시 그 새끼 중에서도 유사한 것을 골라 기른다. 이렇게 여러 해 동안 계속해 나가면 처음의 목적에 알맞은 것만이 결국 전해지는 것이다. 옛날의 목자牧者나 원예가들도 이러한 방법을 이미 알고 있었다. 헉슬리의 말에 따르면, 미국의 어느 양치기가 양들이 울타리를 뛰어넘어 도망가 버리는 것을 염려하여 다리가 짧은 것들만 남기고 나머지는 점차 도태시켜 버렸는데, 그것이 번갈아 새끼를 낳고 보니 그 새끼도 역시 다리가 짧았다는 것이다. 오랫동안 다리가 짧은 것들만이 전해지다 보니 다리가 긴 것들은 마침내 없어지고 말았는데, 이것이 바로 인력으로 알맞은 종을 퍼뜨리는 경우라는 것이다.

그런데 이것은 특별히 사람이 의도적으로 동식물을 선택한 것일 뿐이다. 자연의 힘 역시 생물을 선택하는데, 사람이 동식물을 선택하는 것과 크게 다르지 않다. 다른 점이 있다면, 사람의 인위적인 선택은 사람의 의지에서 나온 것이지만 자연선택은 생물의 생존경쟁 때문에 생기는 것이므로 부지불식간에 이루어진다는 점이다. 대개 생물의 증가는 기하급수적으로 이루어지는데, 가령 동물 한 쌍이 여기 있다고 하자. 이 동물은 평생 동안 네 마리의 새끼를 낳을 수 있다면, 네 마리가 자라 여덟 마리가 생기고, 그것이 다섯 번 반복되면 예순네 마리가 되고 열 번 반복되면 천이십여덟 마리[21)]가 생긴다. 이렇게 계속 늘어나면서 번식은 급속도로 이루어진다. 그렇지만 때때로 그중에서 힘센 것이 나와 연약한 것들을 죽이고 성장을 저지하므로 강한 종은 날로 번창하고 약한 종은 날로 쇠퇴한다. 세월이 오래 지나면 마침내 알맞은 것만이 남게 되는데, 자연선택은 바로 그 사이에 진행되는 것으로서 생물에게 최고의 상태에 이르게 하는 것이다. 다윈의 이 같은 주장은 믿을 만한 증거를 끌어대어 증명하고 있는데, 방증이 풍부하고 견실했다. 따라서 진화론의 역사를 따져 보면, 당연히 탈레스가 먼저이고 이어 신의 창조론에 구속되었으며, 라마르크에 이르러 한 걸음 나아갔고 다윈에 이르러 집대성되었다. 헤켈이 등장함으로써 다시 이전의 성과들이 모두 종합되어 생물의 종족발생학이 성립되었으며, 그리하여 인류의 진화발전에 관한 일이 의심의 여지없이 밝혀지게 되었다.

헤켈 이전에는 발생이라 하면 모두 개체를 가리키는 것이었지만, 헤켈에 이르러 종족발생학이 성립되면서 개체발생학과 대립하였다. 그는 『생물발생학상의 근본법칙』이라는 책을 저술하여 그 두 학문은 대단히 밀접한 관계를 가지고 있으며, 종족의 진화 역시 유전과 적응이라는 두 가지 법칙 때문에 생기는 것이라고 밝혔다. 특히 그가 중점을 둔 것은 형태론이었다. 그의 법칙에 따르면, 개체발생이란 실제로 종족발생의 반복이며, 단지 그 기간이 짧고 상황이 빨리 진행될 뿐이다. 그것을 결정짓는 것은 유전과 적응이라고 하는 생리작용이다.

헤켈은 이러한 법칙으로 개체발생을 다룸으로써 조류, 짐승, 어류, 곤충은 그 종류가 헤아릴 수 없이 많지만 본질까지 깊이 파고들면 모두 하나로 귀결된다는 것을 알게 되었다. 또 종족발생을 다룸으로써 모든 생물은 실제로 가장 간단한 원관原官으로부터 시작하여 진화를 거치면서 복잡하게 되어 인간에 이르게 되었다는 것을 알게 되었다.

대개 인류 여성의 배란도 다른 척추동물의 배란과 마찬가지로 가장 간단한 세포로 이루어져 있으며, 남성의 정자 역시 다르지 않다. 이 두 가지 성이 결합하여 수정란이 만들어지고, 이 수정란이 성립되면서 개인의 존재가 드디어 시작되는 것이다. 만일 동물계에서 그러한 것을 구해 보면 아메바와 같은 것들이 이에 해당한다. 그 구조는 지극히 간단하여 단지 스스로 움직이고 먹을 것을 구하는 힘밖에 없다. 기하급수적으로 분열을 거듭하여 세포군을 이루게 되면 판도리나(Pandorina)[22]처럼 뽕나무 열매 모양으로 되고 가운데가 비게 되며, 점차 안으로 함몰해 들어가면 이것이 소화강[23]이 된다. 오늘날 민물 도랑에 사는 히드라(Hydra)라는 동물 역시 이와 같은 것이다.

더 진행되면 심방으로부터 네 곳에서 혈관이 나와 좌우로 구부러지고, 그 모양은 물고기의 아가미와 같아진다. 태아가 이 시기에 이르면 동물계의 어류에 해당하고, 다시 다음 단계로 발달하면 인류 이외의 고등동물과 조금의 차이도 없게 된다. 말하자면 뇌, 귀, 눈 및 발이 이미 생겨 다른 척추동물의 태아와 비교해서 거의 구분할 수 없게 된다. 이러한 연구는 눈으로 목격할 수 있어 날마다 태아의 발육을 살피면서 그 변화를 관찰할 수 있다. 그러나 종족발생학은 그렇지 않다. 과정을 추적할 경우, 상황이 지금으로부터 수천만 년이나 떨어져 있고, 또 그것은 조금씩 발전해 온 것이기 때문에 눈으로 볼 수 없다. 즉, 직접 관찰할 수 있는 경우는 지극히 협소한 영역에만 국한되어 있고, 의지할 수 있는 것이라고 해야 간접적인 추리와 비판반성이라는 두 가지 방법밖에 없으며, 또 여러 과학 분야에서 축적해 놓은 경험적인 자료를 가져다 비교하고 연구하는 것뿐이다. 그래서 헤켈은 이 분야의 학문은 다루기가 대단히 어려워 개체발생학과는 결코 비교할 수 없다고 했다.

헤켈 이전에 이에 대해 언급한 것으로는 다윈의 『원인론』原人論과 헉슬리의 『자연계에서 인류의 위치』가 있다. 헤켈의 저서 『인류발생학』은 고생물학, 개체발생학 및 형태학形態學을 가지고 인류의 계통을 증명했는데, 동물의 진화와 인류의 태아발달은 같은 과정이라는 것을 알게 되었다.

모든 척추동물의 시조는 어류이며 지질학상 태고대太古代의 추라기僦羅紀에서 볼 수 있고, 계속해서 질봉기迭逢紀의 와어류, 석묵기石墨紀의 양서류, 이질기二迭紀의 파충류를 거쳐 중고대中古代에는 포유류가 나타났다.[24] 다시 근고대近古代 제3기로 넘어오면 반원半猿이 보이고, 그 다음 진원眞猿이 나타나고, 원숭이猿 중에서 협비족狹鼻族이 생기고, 이로부터 태원太猿이 태어나고, 다시 인원人猿이 태어나고, 인원이 원인猿人을 낳았다. 말을 할 수 없던 것이 내려오면서 말을 할 수 있게 되었으니 이것이 인간이다. 이는 모두 비교해부와 개체발생 및 척추동물이 증명해 주고 있다. 개체발달의 순서도 역시 이와 같으므로 종족발생은 개체발생으로 반복된다고 말하는 것이다.

그렇지만 이것은 다만 척추동물일 경우에만 그렇고 무척추동물까지 거슬러 올라가 그 계통을 탐구하는 일은 이보다도 훨씬 어려운 작업이다. 이런 동물은 골격이 없는 존재이므로 화석에도 보이지 않는다.[25] 다만 생물학의 원칙에 의거할 때, 인류의 시초는 원생동물이며 이는 잉태했을 때의 수정란에 상당하고, 그 밑으로도 각각 상당하는 동물이 있다는 것을 알 수 있다. 그리하여 헤켈은 진화의 흔적을 추적하여 그것을 식별해 내고 간혹 부족한 것이 있으면 화석과 가상적인 동물로 보충하여 단세포로부터 인류에 이르는 도표를 마침내 완성했다. 도표에는 모네라(Monera)[26]에서 점차 진화하여 인류에 이르는 역사가 기록되어 있는데, 생물학의 이른바 종족의 발생이란 바로 이것이다. 그 도표는 다음(오른쪽 면)과 같다.

최근 삼십 년 동안 이루어진 고생물학의 발견도 유력한 증거가 되고 있는데 그중에서 가장 두드러진 것이 자바의 원인 화석[27]이다. 이 화석이 발견됨으로써 인류의 계통은 마침내 완성되었다. 이전에는 협비원류狹鼻猿類와 인간을 연결하는 부분이 빠져 알 수 없었지만, 이 화석이 발견됨으로써 그 증거가 확실해졌으며, 비교해부나 개체발생학에 뒤지지 않게 되었다. 따라서 인류의 기원은 생물의 가장 낮은 단계인 원생동물이다. 원생동물은 모네라에서 나왔고, 모네라는 프로비온(Probion)에서 나왔고, 프로비온은 원생물原生物이다. 만일 원생물의 유래까지 더 추적해 본다면, 네글리(Naegeli)[28]의 설명이 가장 그럴듯하다. 그의 설명에 따르면, 생물은

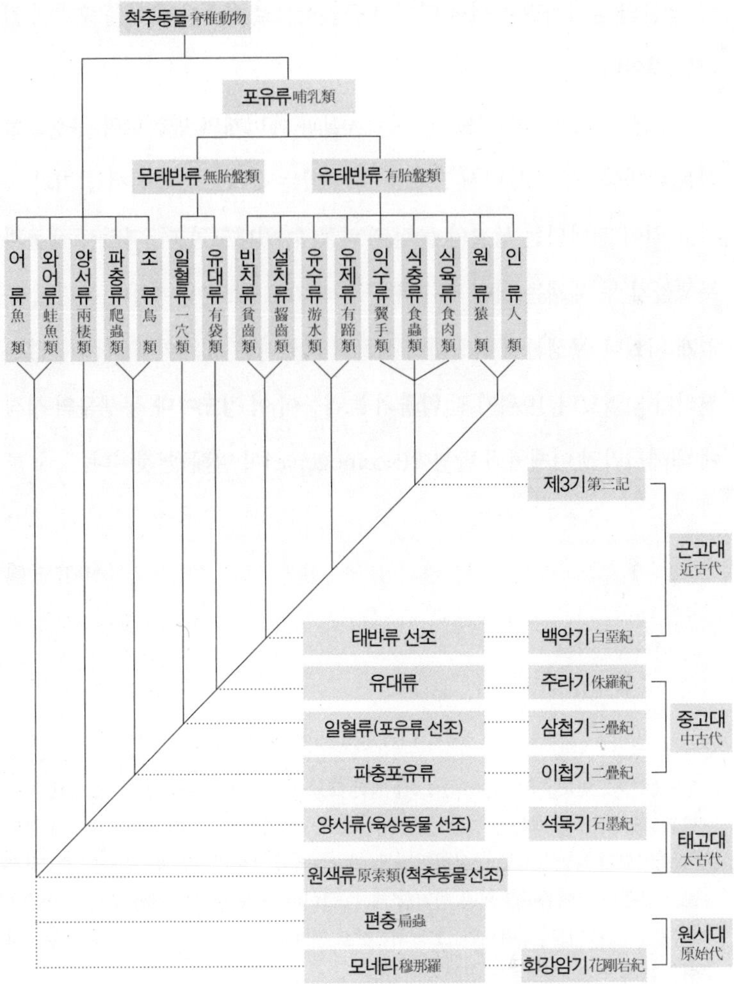

무생물에서 시작되었고, 이는 물질불멸의 법칙과 에너지보존의 법칙에 의해 생긴 결과이다. 만일 물질세계 전체가 인과에 의해 이루어지지 않는 것이 없고 우주에서의 모든 현상도 이 법칙을 따른다면, 무생물의 물질質에서도 그것이 성립되어 마침내 전화轉化하여 무생물이 생물로 되는 것이

니, 생물의 궁극적인 시원을 따지면 필연적으로 무생물에 이를 수밖에 없다는 것이다.

최근에 프랑스의 어느 학자는 물질과 에너지의 변화로써 무생물을 식물로 바꿀 수 있고, 다시 그것을 독이 있는 금속으로 죽여서 전기가 통하고 열이 전달되는 성질의 물질로 바꿀 수 있다고 했다. 따라서 생물과 무생물의 두 세계는 날이 갈수록 근접해 가고 있으며, 마침내 분리할 수 없게 되었다. 무생물이 전화하여 생물이 되었다는 것은 이제 바꿀 수 없는 진리가 되었으니, 19세기 말 학술의 놀라움이 이 정도이다. 무생물의 시작에 대해서라면 이제 우주발생학(Kosmogenie)이 말해 줄 것이다.

1907년 작

주)

1) 원제는 「人之歷史」이며, 1907년 12월 일본 도쿄에서 『허난』(河南) 월간 제1호에 처음 발표되었다. 원래 제목은 「人間之歷史」이며, 링페이(令飛)로 서명되어 있다. 이 글과 「과학사교편」(科學史教篇), 「문화편향론」(文化偏至論), 「마라시력설」(摩羅詩力說) 등은 모두 루쉰이 문예활동을 처음 시작할 때 쓴 글이며, 이때 루쉰은 일본 도쿄에 있었다. 『외침』(吶喊) 「서문」에 따르면, 그가 처음으로 문예운동을 제창한 것은 문예를 통해 사람들의 정신을 뜯어고치기 위한 것이었다.

2) 파울젠(Friedrich Paulsen, 1846~1908)은 독일의 철학자이다. 저서로는 『윤리학 체계』(*System der Ethik*), 『전투의 철학 : 교권주의와 자연주의를 반대하다』(*Philosophia militans : Gegen Klerikalismus und Naturalismus*) 등이 있다. 여기서 그가 한 말은 『전투의 철학』 1권 제5장 9절에 나온다. "나는 이 책(헤켈의 『우주의 수수께끼』를 가리킴)을 읽고 부끄러움을 크게 느꼈다. 우리 민족의 일반 교육과 철학 교육의 상황에 대해 부끄러움을 느꼈다."

3) '영장'(靈長)은 인류를 가리킨다. 생물진화의 계통분류에 의하면 최고에 속하는 것이

'영장목'(靈長目)이고, 그중에서 가장 진화한 것이 인류이다.

4) '생물'의 원문은 '관품'(官品)으로 되어 있다. 여기서 관(官)은 기관(器官)을 가리킨다. 옌푸(嚴復)는 그의 『천연론』(天演論) 「능실」(能實)에서 자신이 설명을 덧붙여 다음과 같이 말했다. "최근 생물학자들은 생명을 가지고 있는 사람, 조류, 곤충, 어류, 풀, 나무 등은 관을 가지고 있는 생물이라 하여 이를 관품(官品)이라 한다. 그리고 금석(金石)과 수토(水土)는 관이 없으므로 비관품(非官品)이라 한다." 여기서 루쉰은 옌푸의 용어를 그대로 빌려 쓰고 있는데, '관품'은 생물을 가리키고 '비관품'은 무생물을 가리킨다.

5) 반고(盤古)는 중국의 고대신화에 나오는 천지를 개벽한 사람이다. 『태평어람』(太平御覽) 권2에서는 삼국(三國)시대 오(吳)나라 서정(徐整)의 『삼오역기』(三五歷記)를 인용하여 다음과 같이 말했다. "천지가 혼돈되어 마치 계란과 같았는데, 반고가 그 속에서 태어나 일만 팔천 세를 살았다. 천지가 개벽되어 양청(陽淸)은 하늘이 되고 음탁(陰濁)은 땅이 되었다. 반고는 하늘과 땅 사이에 있으면서 하루에 아홉 번을 변신하여 하늘로부터는 신이 되고 땅으로부터는 성인이 되었다. 하늘은 하루에 일장(一丈)씩 높아지고, 땅은 하루에 일장씩 두터워지고, 반고는 하루에 일장씩 길어졌다. 이런 식으로 일만 팔천 세가 지나자 하늘은 헤아릴 수 없을 만큼 높아졌고 땅은 헤아릴 수 없을 만큼 깊어졌고 반고는 헤아릴 수 없을 만큼 키가 커졌다." 또 청대(淸代) 마숙(馬驌)의 『역사』(繹史) 권1에서는 서정의 『삼오역기』를 인용하여 다음과 같이 말했다. "처음 반고가 태어났다가 죽음에 이르러 다른 것으로 변했다. 그의 기운은 풍운이 되고 그의 음성은 천둥이 되었다. 왼쪽 눈은 태양이 되고 오른쪽 눈은 달이 되었다. 사지(四肢)와 오체(五體)는 사극(四極)과 오악(五岳)이 되고 피는 강물이 되고 근육은 지형이 되었다. 피부는 밭의 흙이 되고 머리털은 별이 되었다. 몸에 난 털은 초목이 되고 이빨과 뼈는 금석(金石)이 되었다. 정수(精髓)는 주옥(珠玉)이 되고 땀방울은 빗물이 되었다. 몸에 있던 여러 벌레들은 바람을 맞아 살아 있는 생물로 변했다." 남조(南朝)의 양(梁)나라 임방(任昉)의 『술이기』(述異記)에도 이와 비슷한 기록이 있다. 본문에서 말하고 있는 여와(女媧)는 반고(盤古)라고 해야 할 것 같다.

6) '하늘과 땅이 아직 형성되지 않았는데'(上下未形)와 '낮과 밤이 나뉘지 않은 혼돈상태에서'(冥昭瞢暗)는 『초사』(楚辭) 「천문」(天問)에 나온다. "하늘과 땅이 아직 형성되지 않았는데, 무엇으로 그것을 증명할 것인가? 낮과 밤이 나뉘지 않아 혼돈상태인데 누가 그것을 밝힐 수 있을 것인가?"

7) 굴영균(屈靈均, B.C. 약 340~약 278)은 이름이 평(平), 자가 원(原) 또는 영균(靈均)이며, 전국(戰國) 시기 말엽의 초(楚)나라 시인이다. 작품으로는 「이소」(離騷), 「구가」(九歌), 「구장」(九章), 「천문」(天問) 등이 있다. "바다자라가 태산을 등에 짊어지고 손뼉을 쳤다는데 어찌하여 바다자라를 두었는가"(鰲戴山抃, 何以安之)는 「천문」에 나온다. 한대(漢代) 왕일(王逸)은 주석에서 유향(劉向)의 『열선전』(列仙傳)을 인용하며 이렇게 말했다.

"신령스런 바다자라가 등에 봉래산을 짊어지고 손뼉을 치며 바다에서 춤을 추었다."

8) 헤켈(Ernst Heinrich Philipp August Haeckel, 1834~1919)은 독일의 생물학자·철학자이다. 그는 『우주의 수수께끼』(*Die Welträthsel*) 제1책에서 이렇게 말했다. "로마교의 전체 역사는 단지 허황되고 거짓된 말로 부끄러움 없이 꾸며 낸 것에 지나지 않는다. 그들은 대부분 부끄러움 없는 미신자이며 사기꾼이다."

9) 베살리우스(Andreas Vesalius, 1514~1564)는 벨기에의 인체해부학자이다. 그는 처음으로 시체를 해부하는 방법을 채택하여 해부학을 가르쳤고, 또 자신이 실험하고 연구한 것을 근거로 『인체의 구조』(*De humani corporis fabrica*)라는 책을 썼다.

10) 유스타키는 유스타키오(Eustachios, 1520?~1574)이다. 이탈리아의 해부학자로서 '유스타키관'과 '유스타키판막'을 발견했다. 『해부학 도해』(*Anatomical Engravings*) 등의 저서를 남겼다.

11) 린네(Carl von Linné, Carolus Linnaeus, 1707~1778)는 스웨덴의 생물학자이며, 동식물 계통분류의 창시자이다. 그는 다섯 가지의 서로 연속적인 분류의 명칭, 즉 강, 목, 속, 종, 변종을 정하여 분류학의 기초를 세웠다. 주요 저서로는 『자연계의 계통』(*Systema Naturae* ; 본문에 나오는 『생물계통론』天物系統論) 등이 있다.

12) 라마르크(Jean-Baptiste Lamarck, 1744~1829)는 프랑스의 생물학자이며 생물진화론의 선구자이다. 그는 생명이 맨 처음 무기물에서 가장 단순한 형태의 유기물로 변화되어 형성된다고 하는 자연발생설을 역설하면서 이것이 필연적으로 여러 기관을 발달시키고 진화시켜 왔다고 주장하였다. 또 진화에서 환경의 영향을 중시하고 습성의 영향에 의한 용불용설(用不用說)을 제창하였다. 이것은 획득형질 유전론으로서, 라마르크 학설의 핵심을 이룬다. 그의 진화론은 당시 학계의 주류를 이루고 있던 퀴비에의 '천변지이설'로부터 비판을 받아 인정되지 않았으며, 만년에는 가난과 실명으로 고통을 받았다. 주요 저서로는 『프랑스의 식물지』(*Flore française*), 『생명을 가진 자연물체에 관한 관찰』(*Recherches sur l'organisation des corps vivants* ; 본문에 나오는 『생체론』生體論), 『동물철학』(*Philosophie zoologique*) 등이 있다.

13) 퀴비에(Georges Cuvier, 1769~1832)는 프랑스의 동물학자이며 고생물학자이다. 1812년에 『화석골격론』(*Recherches sur les ossements fossiles de quadrupèdes*)을 저술하여 고생물학을 창립했다. 그는 캘빈파의 신도였기 때문에 진화론을 믿지 않았으며 종의 불변설을 확신했다. 서로 다른 지층에 서로 다른 생물이 있다는 사실로부터 그는 '격변설'을 주장했다. '격변설'은 '천변지이설'이라고도 하는데, 지질시대에는 천변지이가 몇 차례씩 되풀이되어, 그럴 때마다 전시대의 생물군은 거의 절멸되고, 살아남은 것이 번식하여 지구상에 널리 분포하기에 이른 것이라 한다. 주요 저서로는 『지구 표면의 생물진화』, 『비교해부학 강좌』 등이 있다. 그의 『화석골격론』은 라마르크의 『동물철학』이 씌어진 지 3년 후에 씌어졌기 때문에 본문에 나오는 "실제로 퀴비에가

그보다 앞선다"라는 말은 아마 잘못일 것이다.

14) 생틸레르(Étienne Geoffroy Saint-Hilaire, 1772~1844)는 프랑스의 동물학자이다. 그는 생물은 이전에 많지 않던 종에서 변화를 거쳐 번성했으며, 변화의 원인은 환경의 영향이라고 여겼다. 저서로는 『대형 짐승의 분류론』(*Sur la classification des mammifères*) 등이 있다. 1830년에 그가 퀴비에와 함께 파리 프랑스과학원(본문에 나오는 '파리 학사회원'巴黎學士會院)에서 행한 변론은 과학사에서 유명한 사건이다.

15) 괴테(Johann Wolfgang von Goethe, 1749~1832)는 독일의 시인이며 학자이다. 그는 동식물학, 해부학 면에서도 공헌을 했고, 동시에 진화론사에서 선구자 중 한 사람이다. 이 방면의 주요 저서로는 『식물형태론』(*Versuch die Metamorphose der Pflanzen zu erklären*) 등이 있다.

16) 관념론적이라는 뜻에 가깝다.

17) 칸트(Immanuel Kant, 1724~1804)는 독일의 철학자이다. 서유럽 근세철학의 전통을 집대성하고, 전통적 형이상학을 비판하며 비판철학을 탄생시켰다. 저서로는 『순수이성비판』(*Kritik der reinen Vernunft*), 『실천이성비판』(*Kritik der praktischen Vernunft*), 『판단력비판』(*Kritik der Urteilskraft*) 등이 있다. 그는 초기에 주로 자연철학을 연구했는데, 1755년에 『자연통사와 천체론』(*Allgemeine Naturgeschichte und Theorie des Himmels*)을 출판하여 태양계 기원에 관한 성운설을 제기했고 진화론 사상체계의 성립에 많은 시사점을 주었다.

18) 오켄(Lorenz Oken, 1779~1851)은 독일의 자연과학자이며 자연철학자이다. 그는 철학상 범신론에 가까웠다. 저서로는 『자연철학 교과서』(*Grundriss der Naturphilosophie*) 등이 있다.

19) 월리스(Alfred Russel Wallace, 1823~1913)는 영국의 동물학자이며, 자연선택설을 확립한 사람 중의 하나이다. 자연선택 이론에 관한 월리스의 논문과 다윈의 논문이 함께 린네학회에 발표되었다. 저서로는 『동물의 지리분포』(*Geographical Distribution of Animals*), 『바다 섬의 생명』(*Island Life*) 등이 있다.

20) 천택론(天擇論)은 자연선택론을 가리킨다. 옌푸는 『천연론』에서 자연선택을 '천택'(天擇)이라 번역했고, 생존경쟁을 '물경'(物競)이라고 번역했다.

21) 열 번 반복되면 이천사십여덟 마리가 되어야 한다.

22) 판도리나(Pandorina)는 단세포생물에서 다세포생물로 진화하는 중간단계의 생물이다. 몸체는 8개, 16개 또는 32개 세포로 구성되어 속이 꽉 차 있는 구형을 이루고 있다.

23) 판도리나에는 소화강(消化腔)이라는 기관이 없고, 강장동물에 와서야 이것이 있다.

24) 현대 지질학에 의하면 현생누대(顯生累代, Phanerozoic Eon)의 시대 구분은 크게 고생대, 중생대, 신생대로 나뉘며, 이는 본문에서 말한 태고대(太古代), 중고대(中古代), 근고대(近古代)에 가깝다. 그리고 태고대의 추라기(僦羅紀)는 오늘날의 실루리아기를 가

리키는 것으로 보이며, 질봉기(迭逢紀)는 데본기, 석묵기(石墨紀)는 석탄기, 이질기(二迭紀)는 페름기를 가리킨다.

25) 당시에는 무척추동물의 화석을 발견하지 못했지만, 지금은 많이 발견되었다.

26) '모네라'는 원생동물의 일종이다.

27) 자바의 원인(猿人) 화석은 세계에서 가장 일찍 발견된 원인 화석이다. 1891년 네덜란드의 인류학자 뒤부아(Eugène Dubois)가 인도네시아 자바 지방의 트리닐(Trinil)에서 발견했는데, 두개골 하나, 어금니 두 개, 왼쪽 팔뼈 하나였다. 형태적인 특징은 원숭이와 사람의 중간에 속한다. 추정컨대, 이곳의 지질연대는 홍적세(洪積世) 중기에 속하며 지금으로부터 약 50만 년 전이다.

28) 네글리(Karl Wilhelm von Nägeli, 1817~1891)는 스위스의 식물학자이다. 그는 종자의 기원을 연구하여 수조(水藻) 신분류법(新分類法)을 만들었다. 저서로는 『자연과학적 종의 개념과 발생』 등이 있다.

과학사교편(科學史敎篇)[1)]

오늘날 세상을 보고 놀라지 않을 사람이 몇이나 될까? 자연의 힘은 이미 인간의 명령을 따르며 조종당하고 있으니, 인간은 마치 말을 부리듯이 기계로써 제어하여 그것을 사용하고 있다. 교통수단은 바뀌어 이전 시대보다 편리하게 되었으며, 설령 고산대천高山大川이라 하더라도 장애가 되지 않는다. 기아와 질병의 폐해는 감소하고 교육의 효과는 완전해지고 있으니, 백 년 전의 사회와 비교하건대 개혁이 지금보다 더 맹렬한 적은 없었다. 누가 이의 선구가 될 것이며, 누가 이와 더불어 나아갈 것인가? 그 겉모습을 살펴보아서는 분명하게 알기 어렵지만 그 실질은 대부분 과학의 진보에서 비롯되었다. 대개 과학이란 지식을 가지고 자연현상의 심오하고 미세한 것을 두루 탐구하는 것이다. 오랜 시간이 지나면서 효과를 얻게 되어 개혁이 마침내 사회에까지 미치고, 계속 되풀이되면서 그 흐름이 넓어져 극동에까지 이르고 진단[2)]에까지 파급되었다. 그 큰 흐름이 향하는 바는 예로부터 호호탕탕하여 그침이 없었다. 내뿜는 강력한 힘을 보니 토대의 두터움을 짐작할 수 있어 과학의 성대함은 결코 하루아침에 이루어진 것이 아님을 알겠다. 그 근원을 더듬어 보면, 대개 멀리 저 그리스에 있었으나 그 뒤 거의 천여 년 동안 중단되었다가 17세기 중엽에 이르러 다시 커다란 흐름을 형성했다. 그 모습은 더욱 왕성해지고 흐름은 더욱 널리 퍼지면서 단절 없이 오늘에 이르게 되었다. 실익實益이 나란히 생겨나 인간생활의 행복이 참으로 증진되었다. 하지만 과학의 역사적 발달 과정을 살펴보면 노력과 고통의 그림자가 아로새겨져 있으니, 그 자체로서 교훈이라 하겠다.

그리스와 로마의 과학의 융성은 예문藝文에 비해 전혀 손색이 없었다. 당시의 위대한 업적을 보면, 피타고라스(Pythagoras)[3]의 생리음계生理音階, 아리스토텔레스(Aristoteles)[4]의 해부학과 기상학氣象學, 플라톤(Platon)[5]의 『티마이오스』(*Timaeus*)와 『국가』, 데모크리토스(Demokritos)[6]의 '원자론'이 있고, 유체역학은 아르키메데스(Archimedes)[7]에서 시작되었으며, 기하학은 에우클레이데스(Eukleides)[8]에 의해 확립되었고, 기계학械具學은 헤론(Heron)[9]에 의해 성립되었다. 그 밖의 다른 학자들은 열거하기도 어려울 정도이다. 저 알렉산드리아대학[10]은 특히 학자로 불리는 사람들이 운집해 있었고 장서가 십만여 권에 이르는 등 근자와 비교해도 손색이 없었다. 게다가 사상의 위대함은 오늘날에도 빛을 던져 주기에 충분했다.

당시의 지자智者들은 실로 제 학문의 기초를 열어 놓았을 뿐 아니라, 사변思理을 통해 정미함에 이르는 가운데 우주의 원소를 곧바로 해명하고자 했다. 탈레스(Thales)는 물이라 했고, 아낙시메네스(Anaximenes)[11]는 공기라 했고, 헤라클레이토스(Herakleitos)는[12] 불이라 했다. 이러한 주장이 근거가 없음은 새삼 말할 필요도 없을 것이다. 휴얼[13]은 일찍이 그 원인에 대해서 이렇게 말했다. 자연을 탐구하려면 반드시 추상적인 개념에 의존해야 하는데, 그리스 학자들에게는 이것이 없었거나 있었다고 하더라도 극히 보잘것없는 것이었다. 대개 추상적인 개념의 뜻을 규정하는 데는 논리학의 도움을 받지 않으면 효과가 없다. (중략) 그런데 당시의 여러 학자들은 오늘날 우리가 아무렇게나 쓰는 글자를 가지고 우주의 오묘한 이치를 곧바로 풀려고 달려들었다. 그렇지만 그 정신만큼은 의연해서 옛사람들이 몰랐던 것에 대해 의문을 제기했고, 자연을 탐구함에 피상적인 데 머무르지 않으려고 했으니, 근세와 비교하여 우열을 가리기 어려울 정도이다. 대개 어느 한 시대의 역사를 평가할 때 그 포폄褒貶이 언제나 일치하지 않는 것은 당시의 인문人文 현상을 가까운 오늘날에 맞춰 봄으로써 차이가 발견되고 그래서 불만이 생기기 때문이다. 만일 스스로 옛날의 한 사람으로 가정하고 옛 마음으로 되돌아가, 근세를 염두에 두지 않고 공평한 마음으로 탐색하는 가운데 비평한다면 논의가 비로소 망령되지 않을 것이며, 약간이라도 사리분별이 있는 사람이라면 다 그렇게 할 것이라고 했다. 만일 이러한 입론에 근거한다면, 그리스 학술의 융성은 대단히 칭찬할 만한 일이며 물리칠 일은 아니다. 다른 것들도 역시 마찬가지이다.

세상에는 신화를 미신이라 하여 비웃거나 옛 가르침을 천박하고 고루하다고 배척하는 사람들이 있으나 이들이야말로 미혹된 무리이니 불쌍히 여겨 바로잡을 일이다. 대개 고대의 인문을 논하면서 우열을 따질 때에는 반드시 다른 민족의 그에 상당하는 시대를 취하여 그 도달한 수준을 서로 헤아려 가며 비교하여 결론을 도출해야 올바름에 가까울 것이다. 오로지 근세의 학설은 옛사람에 뿌리를 두지 않은 것이 없고 일체의 새로운 목소리新聲는 전부 계승하여 발전시킨 것이라고 뽐낸다면, 그 속에 담긴 뜻은 옛것을 경멸하는 것이나 다름없을 것이다. 대개 상상력神思이라는 측면에서 비록 옛날이 지금보다 뛰어났던 전례가 없는 것은 아니지만, 학문이란 사유하고 실험하는 것으로서 반드시 시대의 진보와 더불어 발전하는 것이므로 옛사람들이 미처 몰랐다고 하여 후인들이 부끄러워할 것도 없으며 감출 필요도 없다. 예전에 영국 사람이 상수도를 천축[14]에 설치하려고 하자 그 나라 사람들이 싫어하며 거절했다. 누군가가 상수도는 본래 천축의 옛 성현이 창조한 것으로 오랫동안 그 기술이 전해지지 않았는데, 백인들이 그것을 훔쳐다가 새롭게 고친 데 불과하다고 했다. 그제야 상수도가 크게 유행하게 되었다. 오래된 나라는 옛것을 지나치게 고수하려는 나머지 이렇듯 언제나 아무렇지도 않게 스스로를 속이는 것이다. 진단에서도 국수國粹를 필사적으로 껴안고 있는 사람들 가운데 이런 주장을 펴는 사람이 가장 많은데, 일례로 오늘날의 학술과 예문藝文은 우리가 수천 년 전에 이미 다 갖추고 있었다는 것이다. 그 진의가, 저 날조하여 말하는 천축의 사람들처럼 술수를 부려 신학문을 들여오고자 하는 데 있는지, 아니면 진실로 지난 시대를 숭배하여 그것을 전능하고 넘어설 수 없는 것으로 여기는 데 있는지 모르겠다. 그럴지라도, 이렇게 하지 않으면 협조하지도 않고 듣지도 않는 사회 역시 죄가 있는 것이다.

그리스가 몰락하고 로마 역시 쇠퇴하자 아라비아인들이 뒤이어 일어나서 네스토리우스파[15]와 유대인으로부터 학문을 전수받아 번역과 주석 사업이 크게 성행했다. 그 신기함에만 눈이 어두워 망령된 믿음이 생겨났고, 그리하여 과학의 관념이 막연해졌으며 진보 역시 마침내 그치고 말았다. 대개 그리스와 로마의 과학은 미지를 탐구하는 것이었으나, 아라비아의 과학은 예전에 있던 것을 모방하는 것이었기 때문에 주석注疏으로써 실증實證을 대체하고 평정評定으로써 통찰會通을 대신하여 박람博覽의 풍조가 일어났다. 그리하여 발견 사업은 줄어들고 우주 현상은 당시에 다시 신비스러워져 측정할 수 없었다. 옛날을 그리워함이 이러하였으니 학문이 드디어 망령되어 과학은 모습을 감추고 마술이 흥성하였고, 천문학이 번창하지 않고 점성술[16]이 대신하여 일어났다. 이른바 연금술과 심령학은 모두 이때부터 시작되었다.

그래도 폄하할 수 없는 사실은, 당시의 학자들이 실은 게을러서 아무 일도 하지 않은 것이 아니라 정신이 느슨해져서 후퇴하고 말았다는 점이다. 다만 방법과 기술의 잘못으로 인해 그 결과가 아무런 효과도 없는 것으로 그쳤지만 기울인 노력은 참으로 경탄할 만한 것이었다. 이를테면 당시 회교가 새로 성립되어 정사政事와 학술이 서로 도와 가며 비약적으로 발전했는데, 코르도바[17]와 바그다드[18] 두 제국은 동서로 대치하면서 경쟁적으로 그리스와 로마의 학문을 도입하여 자기 나라에 전했고, 또 아리스토텔레스와 플라톤의 책을 즐겨 읽었다. 그리고 학교 역시 즐비하게 세워져 수사학, 수학, 철학, 화학 및 의약을 연구했다. 화학에서는 알코올, 아세트산, 황산의 발명이 있었고, 수학에서는 대수와 삼각함수의 진보가 있었다. 또 도량을 새롭게 만들어 땅을 측량하고 진자를 사용하여 시간을 계산하고 별자리표를 만든 것 역시 이 무렵이었다. 그 학술의 융성은 거의 세계의 중추가 되었다. 아울러 기독교도들 중에서 에스파냐의 학교에[19] 출입하는 사람들이 많아 아라비아의 과학을 가져다 자기 나라에 전했으며, 기독교 국가의 학술이 그로 인해 한 차례 진작되었다. 11세기에 이르러 점차 쇠퇴의 길로 접어들었다.

헉슬리는 『19세기 후반의 과학의 진보』라는 책을 지었는데, 거기서 이렇게 논했다. 중세 학교는 모두 천문, 기하, 산술, 음악을 고등교육의 네 분과로 삼았고 배우는 사람이 그중에서 하나라도 모르면 적당한 교육을 받았다고 할 수 없었는데, 오늘날 이렇지 못한 데 대해 우리는 부끄러워해야 한다고. 헉슬리의 이 말은 표면적으로는 진단에서 혁신을 도모하는 지식인이나 학문의 발흥을 크게 외치는 사람들과 동일한 것 같다. 하지만 그 속에 담긴 내용을 보면, 이론과학이 4분의 3을 차지하고 있어, 중국에서 눈에 보이는 응용과학을 중시하고, 그 기술이라는 것도 가져다 자신의 주장을 미화하고 분식粉飾하는 수단으로 삼는 것과는 다르다.

당시에 아라비아는 이러했지만 기독교 제국은 과학을 크게 발양하지 않았다. 발양하지 않았을 뿐 아니라 나아가 그것을 배척하고 저지하면서, 인간에게 가장 귀한 것은 도덕상의 의무와 종교상의 희망을 넘어서는 것이 없으며, 만일 과학에 힘을 쏟는다면 그것은 자기 능력을 잘못 사용하는 것이라 했다.

락탄티우스(Lactantius)[20]라는 사람은 기독교의 유능한 사제였는데, 일찍이 이렇게 말한 적이 있다. 만물의 원인을 탐구하고, 대지가 움직이느냐 정지하여 있느냐에 대해 의문을 품고, 달 표면의 융기와 함몰을 언급하고, 별들이 속한 별자리를 연구하고, 하늘을 구성하는 물질의 성분을 고찰하면서, 이러한 제 문제에 대해 초조해하며 고심하는 사람은 아직 가보지 못한 나라의 수도에 대해 이러쿵저러쿵 늘어놓는 것과 같아 그 어리석음은 이루 말할 수 없다고 했다. 현자가 이럴진대 보통사람들의 경우는 짐작할 수 있으니 과학의 빛은 마침내 암담해지고 말았다. 틴들(J. Tyndall)[21]의 말에 따르면, 그 당시 로마 및 기타 나라의 수도에서는 도덕이 피폐하고 기독교가 때마침 일어나 평민에게 복음을 선전하고 있던 차라 금제禁

制를 대단히 엄격히 하지 않으면 풍속을 바로잡을 수 없었기 때문에, 비록 종교도들에 대한 박해가 심하기는 했어도 마침내 금제가 승리할 수 있었다고 한다. 다만 오랫동안 생각이 속박을 받아 그 흔적이 쉽사리 소멸되지 않았으므로 영혼의 양식으로 받들고 있던 성경의 문장까지도 과학을 판단하는 근거로 제공되었다. 상황이 이러할진대 어찌 진보를 기대할 수 있겠는가? 그후에 일어난 교회와 열국列國 정부 간의 충돌도 연구에 방해가 되었다.

이로써 보건대, 인간사회 교육의 제 분야는 언제나 중도로 나아가는 것이 아니라 갑이 팽팽해지면 을이 느슨해지고, 을이 성행하면 갑이 쇠퇴하여, 시대에 따라 왕복하면서 종국이란 없다. 예컨대, 그리스와 로마의 과학은 극성했다고 할 수 있지만, 아라비아 학자들이 흥기하면서 한결같이 옛 문헌을 연구하는 것으로 돌아갔다. 기독교 제국은 엄격한 교리를 확립하여 도덕교육의 근본으로 삼았으므로 지식은 한갓 실낱처럼 끊어지지 않고 명맥만 유지했다. 하지만 세상일은 반복되고 시세時勢는 유동하기 마련이어서 과학이 마침내 우뚝하게 더욱 홍성하여 왕성한 모습으로 오늘에 이르렀다. 이른바 세계란 직진하지 않고 항상 나선형으로 굴곡을 그리며, 대파大波와 소파小波가 천태만상으로 기복을 이루면서 오랫동안 진퇴進退를 거듭하여 하류에 도달한다는 것은 대개 진실한 말이다. 더욱이 이는 지식과 도덕에만 그런 것이 아니라 과학과 예술의 관계 역시 그러하다. 중세 유럽에서 회화에 관한 일은 각기 원칙이 있었으나 과학이 진보하고 또 다른 원인이 더해지면서 미술이 중도에 쇠락했는데, 다시 원칙을 준수하게 된 것은 최근의 일이다.

다만 이러한 흥망성쇠에 대해 필자 역시 그 이해득실을 따질 수 없으니, 대개 중세에 종교가 폭발적으로 흥기하여 과학을 억압함으로써 사태가 놀랄 만한 지경에 이르렀으나 사회정신은 이로 인해 정화·감화·도야되어 아름다운 꽃을 배태했던 것이다. 이천 년 동안 그 색깔이 더욱 두드러져, 루터[22]가 되기도 하고 크롬웰[23]이 되기도 하고, 밀턴[24]이 되고 워싱턴[25]이 되고 칼라일[26]이 되었으니, 후세 사람들이 그 업적을 우러러 생각한다면 장차 누가 그것을 위대하지 않다고 말하겠는가? 이러한 성과는 과학의 진보를 가로막은 잘못을 보충하고도 남음이 있는 것이다. 대개 종교, 학술, 예술, 문학은 어느 것이나 다 인간이 성장하는 데 중요한 요소인데, 어느 것이 더 중요한 것인지 결정하는 것은 지금으로서는 불가능한 일이다. 다만 겉으로 드러난 실리에 현혹되어 표피적인 방법만 모방한다면 역사적 사실이 증명하거니와 본심에 위배되어 그릇된 결과를 얻게 될 것임은 단언할 수 있다. 이는 어째서 그러한가? 그렇게 한 민족이 오래 지속된 경우는 문명과 정사政事 두 역사에서 아직 보지 못했기 때문이다.

지금까지 서술한 것은 암흑시대에 관한 것일 따름이지만, 만일 그 시대에서 밝은 별을 구한다면 언급할 만한 사람이 한둘은 있다. 예컨대, 12세기의 매그너스(A. Magnus)[27]라든가 13세기의 로저 베이컨(Roger Bacon.[28] 그는 1214년에 태어났다. 중국에서 잘 알려진 인물은 16세기에 태어난 사람인데, 이 사람과는 다르다)은 일찍이 저서를 통해 학술이 전해지지 않게 된 까닭을 논하고 회복할 방책을 설계했는데, 그 속에는 대단히 칭찬할 만한 명언이 많다. 하지만 그것이 세상에 알려진 것은 지금으로부터 겨우 백여 년 전의 일이었다. 그 책에서는 우선 학술이 전해지지 않게 된 원인으로 크게 네 가지를 들었다. 옛것의 모방, 거짓 지혜, 습관에 빠짐, 상식에 미혹됨이 그것이다.[29]

근세의 휴얼 역시 이에 대해 논하면서, 당시의 현상에 의거하여 크게 네 가지 원인으로 귀결시켰는데, 베이컨의 설명과는 크게 다르다. 첫째 사고가 견실하지 못한 것, 둘째 저열하고 옹졸한 것, 셋째 근거에 의거하지 않는 기질, 넷째 열중하는 기질이 그것이며,[30] 많은 예를 들어 그것을 실증하고 있다. 틴들은 그후에 등장하여 네번째 원인은 이치에 어긋나는 말이라 하여, 이른바 열중하는 기질이 학술을 방해하는 것은 대개 지력이 약한 사람에게만 해당될 뿐이며, 만일 그것이 진정으로 강하다면 도리어 학술에 도움이 될 수 있다고 했다. 과학자가 연로하면 발견이 틀림없이 줄어드는데, 이것은 지력이 쇠약하기 때문이 아니라 가만히 앉아 열중하는 기질이 점차 미약해지기 때문이다. 따라서 지식 사업은 마땅히 도덕력과 구분해야 한다고 말하는 사람이 있으나 그 말은 옳지 않다. 가령 진정 도덕력에 의해 편달되지 않고, 오로지 지식에만 의존한다면 이룩할 수 있는 것은 보잘것없는 것이 되고 말 것이다. 발견의 요인 가운데 도덕력이 그중 하나이다.

이제 더욱 전진하여 발견의 깊은 요인을 궁구해 보면, 이 도덕력보다 더 큰 것이 있다. 대개 과학의 발견이란 항상 초과학超科學의 힘으로부터 영향을 받게 되는데, 이를 쉬운 말로 표현하면 비과학적 이상理想의 감동이라고 할 수 있을 것이다. 고금을 막론하고 유명한 학자들은 대체로 이러했다. 랑케[31]는 "무엇이 인간을 도와 그에게 진정한 지식에 이르도록 했는가? 그것은 실제적인 것도 아니요, 지각할 수 있는 것도 아니요, 바로 이상이다"라고 했다. 이는 움직일 수 없는 증거로 삼을 만하다. 영국의 헉슬리는, 발견은 영감에 뿌리를 두고 있으며 이는 인간의 능력과는 무관하다고 했다. 이러한 영감이야말로 곧 진리의 발견자라 할 수 있다. 이러한 영감이 있으면 중간 정도의 재능을 가진 자라도 위대한 업적을 이룰 수 있으며, 이러한 영감이 없으면 비록 천재의 재능을 가진 자라도 사업은 끝내 결실을 거두지 못하고 말 것이라 했다. 이러한 지적은 대단히 심각하고 절실하여 경청할 만하다.

프레넬[32]은 역학과 수학의 연구로 이름이 나 있었는데, 일찍이 친구에게 보낸 편지에서 명예심은 버린 지 이미 오래되었다고 했다. "내가 연구하는 것은 영예 때문이 아니라, 단지 내 뜻이 기꺼이 바라기 때문이다"라고 했다. 세상 물욕이 없음이 이러했다. 또한 발견의 영예는 대단했으나, 월리스[33]는 그 성취를 다윈에게 양보했고, 분젠은 그 노작을 키르히호프[34]에게 넘겨주었으니, 그 겸손함은 또한 이러했다. 그러므로 과학자는 항상 세상 물욕이 없어야 하고, 항상 겸손해야 하고, 이상이 있어야 하고, 영감이 있어야 한다. 이 모든 것들을 갖추지 못하고 후세에 업적을 남길 수 있었던 사람은 아직 들어 보지 못했다. 그 밖의 사업도 다 이와 마찬가지이다. 만일 누군가가 대대로 이어져 온 이런 말은 모두 공허하고 실제에 부합하지 않는다고 한다면, 그렇지만 그것은 근세의 실익을 증진시킨 어머니라고 하겠다. 여기서 어머니를 언급한 것은 그 아들 때문이라고 한다면 곧 위로가 될 것이다.

이전의 암흑기에 비록 고대 과학문화의 부흥을 도모했던 한두 명의 위대한 인물이 나왔지만 끝내는 기대했던 대로 할 수 없었고, 서광이 비친 것은 대체로 15, 6세기 무렵이었다. 다만 영락한 지 이미 오래되어 사상이 크게 황폐하였고 전인들의 옛 자취를 더듬고자 하여도 갑자기 얻을 수는 없었다. 그래서 17세기 중엽에 이르러서야 사람들은 진정 새벽의 소리를 듣게 되었다. 그 앞을 돌이켜 보면 바로 코페르니쿠스(Copernicus)가 먼저 나와 태양계를 말했고, 케플러(Kepler)[35]의 행성운동법칙이 그 뒤를 이었다. 이 밖에 갈릴레이(Galileo Galilei)[36]는 천문학과 역학 두 분야에서 많은 발견을 했고, 또 사람들을 선도하여 그 학문분야에 종사토록 했다. 그후 다시 스테빈(S. Stevin)[37]의 기계학, 길버트(W. Gilbert)[38]의 자기학, 하비(W. Harvey)[39]의 생리학이 생겨났다. 프랑스, 이탈리아 등 여러 나라 학교에서는 해부학이 크게 성행했으며, 과학협회 역시 창립되었는데, 린체이 아카데미(Accademia dei lincei)[40]는 바로 과학 연구의 요람이었다. 사업은 왕성하여 경탄할 만한 것이었다. 무릇 기운이 이미 이런 방향으로 기울었으므로 걸출한 학자가 스스로 재능을 타고나게 마련이어서 영국에서는 프랜시스 베이컨[41]이 나타났고 프랑스에서는 데카르트[42]가 나타났다.

베이컨(F. Bacon, 1561~1626)은 고대 이래 과학의 진보와 그 주된 목적에 도달하는 방법을 논술하여 『신기관』이라는 책을 저술했다. 비록 그 후의 성과는 저자가 희망한 대로 되지는 않았으나 그 업적을 공정하게 따져 볼 때 위대하다 하지 않을 수 없다. 다만 주장하고 있는 내용은 귀납적 방법을 따르고, 실험에 의한 검증을 말하지 않았기 때문에 훗날 이에 대해 의아하게 생각한 사람들이 많았다. 베이컨의 당시를 돌이켜 보면, 학풍이 전혀 달라 한두 가지 자질구레하고 말단적인 사실만 얻어도 즉시 위대한 법칙의 전인前因으로 여겼으므로, 베이컨은 그러한 습속을 바로잡기 위해 당연히 종전의 가설과 과장의 풍조를 배척하지 않을 수 없었고, 그래서 귀납법에만 치우쳤던 것이다. 그가 연역법을 숭상하지 않은 것은 진실로 부득이한 일이었다. 게다가 연역법도, 다만 그가 말하지 않았을 뿐이지 그의 사유를 고찰해 보면 역시 한쪽으로만 치우친 것이 아니었다. 즉, 베이컨은 자연현상을 이해하는 데에는 대체로 두 가지 방법이 있다고 논술했는데, 먼저 경험으로부터 공론公論[43]으로 나아가는 것이고, 다음으로 공론으로부터 새로운 경험으로 나아가는 것이라 했다.

그래서 그는 이렇게 주장했다. 사물의 완성은 손에 의해 이루어지는가, 아니면 마음에 의해 이루어지는가? 이 경우 어느 하나로는 완전하지 않다. 반드시 기계機械를 가지고 그 밖의 것을 보충해야 비로소 충분해진다.[44] 대개 사업이란 손으로 이루어지지만 역시 마음에 의존하는 것이라고 했다. 이러한 언급을 보건대, 『신기관』의 제2부에서는 틀림없이 연역법에 대해 논했을 것이나 제2부는 아직 세상에 전해지지 않고 있다. 다만 이로 말미암아 베이컨의 방법은 불완전하다고 여겨졌고, 그의 자세한 설명은 오직 귀납법을 충족하는 것으로 그치고 말았던 것이다. 귀납법의 충족은 인간에 의해 가능한 일은 아니며, 그것에 의해 성취되는 것은 실제의 경험을 넘어서지 못하는 법이니, 실제 경험으로부터 새로운 이치를 탐구하고 더욱 전진하여 우주의 위대한 법칙을 엿보는 일은 학자로서는 어려운 일이다. 더구나 가설은 비록 베이컨이 좋아하지 않았지만, 오늘날 과학이 대성공을 거두면서 성대한 경지에 이른 것은 실로 많은 가설이 있었기 때문이 아니겠는가? 하지만 베이컨의 학설이 한쪽으로 치우친 데 대해 그것은 세상을 바로잡는 방법으로 볼 수도 있으므로 지나치게 비난할 필요는 없을 것이다.

베이컨보다 거의 삼십 년 뒤에 데카르트(R. Descartes, 1596~1650)라는 사람이 프랑스에서 태어나 수학으로 이름을 날렸고, 근세 철학의 기초 역시 그에 의해 확립되었다. 일찍이 우뚝 서서 회의懷疑를 존중하는 대조류를 일으켰으며, 진리의 존재를 확신하여 한마음 한뜻으로 의식意識에서 그 기초를 구하고 수리數理에서 그 방법을 찾았다. 그는 이렇게 말했다. 기하幾何를 연구하는 사람은 지극히 간단한 명리名理를 가지고 정리定理의 복잡함을 풀 수 있다. 나는 이에 따라 인간의 인식 범위 이내의 모든 사물 역시 전부 이와 같은 방법으로 해명할 수 있다는 점을 깨달았다. 만일 참되지 않은 것을 참으로 여기지 않고 마땅히 밟아야 할 순서를 밟아 나간다면, 사물 가운데 아직 겉으로 드러나지 않은 것이라도 해명하지 못할 것은 앞으로 없을 것이다라고 했다.[45] 그러므로 그의 철리哲理는 전적으로 연역에 뿌리를 두고 이루어진 것이며, 그것을 확대하여 운용하면 바로 과학을 제어하게 된다. 이른바 원인으로부터 결과로 나아가는 것이지 결과로부터 원인을 도출하는 것이 아니다라는 말이 그의 저서 『철학요의』哲學要義 속에 자술되어 있는데, 이는 바로 데카르트의 방법의 근본이자 사변思理의 중추이다.

그 방법에 대해 필자는 역시 불완전하다고 생각한다. 그것을 유일무이한 것으로 받든다면, 그 폐해 역시 베이컨의 귀납법에 치우쳐 그저 경험만을 지나치게 중시하는 것과 다르지 않을 것이므로 바로잡을 필요가 있겠다. 만일 어느 하나에만 집중하여, 베이컨의 귀납법에만 치우치는 것도 진정 옳지 않고, 데카르트의 연역법에만 충실히 하는 것도 옳다고 할 수 없다. 두 가지 방법을 함께 운용해야 비로소 진리가 밝혀지는데, 과학이 오늘날처럼 발달하게 된 것은 실은 두 가지 방법을 함께 다룰 수 있는 사람이 있었기 때문이다. 예컨대 갈릴레이, 하비, 보일(R. Boyle),[46] 뉴턴(I. Newton)[47] 등은 모두 베이컨의 경우처럼 그렇게 귀납에만 치중하지도 않고, 데카르트의 경우처럼 그렇게 연역만을 고수하지도 않고, 탁월하게 독립적으로 중도에 머무르면서 연구에 종사했던 사람들이다.

베이컨은 생시에 국민의 부유와 실천의 성과를 강렬하게 기대했으나, 백 년이 지난 이후 과학이 더욱 진보했음에도 그 일은 그의 뜻대로 되지 않았다. 뉴턴의 발견은 지극히 탁월했고 데카르트의 수리 역시 지극히 정교했지만, 세상 사람들이 얻은 것이라곤 단지 사고를 풍부하게 하는 것에 그쳤을 뿐이다. 국가의 안녕과 민생의 안락은 여전히 획득할 수 없었다. 이 밖에 보일이 화학과 역학의 실험 방법을 확립했고, 파스칼(B. Pascal)[48] 및 토리첼리(E. Torricelli)[49]가 대기의 양을 측정했고, 말피기(M. Malpighi)[50] 등이 생물의 원리를 정밀하게 연구했지만, 공업은 예전과 다름없었고, 교통은 개량되지 않았고, 광업 역시 진보가 없었다. 다만 기계학의 성과를 통해 대단히 조잡한 시계가 처음으로 선을 보였을 뿐이었다. 18세기 중엽에 이르러 영국, 프랑스, 독일, 이탈리아 등 여러 나라에서 과학자들이 배출되어 화학, 생물학, 지학地學의 진보가 눈부시게 이루어졌으나, 그것이 사회를 얼마나 복되게 했는가에 대해서라면 필자는 아직 답변하기 어렵다. 오래 숙성되면 실익이 빛나게 마련이어서 같은 세기 말엽이 되자 그 효과가 급격하게 증대되어 공업 분야의 기기와 자재, 식물의 재배와 증식, 동물의 목축과 개량 등은 과학의 혜택을 입지 않은 것이 없었으며, 이른바 19세기의 물질문명 역시 바로 이때부터 배태되었던 것이다. 과학의 거대한 파도가 일렁이자 정신 역시 진작되었고, 국민의 기풍은 이로 인해 일신되었다.

과학을 연구했던 위대한 인물들을 돌이켜 보면, 그들은 그러한 관심을 가지고 있지 않았고, 앞서 언급한 바 있듯이 대체로 진리를 아는 것을 유일한 목표로 삼아서, 사고의 파도를 확대하고 학계의 황폐함을 일소하기 위해 몸과 마음, 시간과 정력을 다 바쳐 나날이 자연의 위대한 법칙을 탐구했을 뿐이다. 당시의 유명한 과학자들은 그렇게 하지 않은 사람이 없었으니, 허셜(J. Herschel)[51]과 라플라스(S. de Laplace)[52]는 천문학에서, 영(Th. Young)[53]과 프레넬(A. Fresnel)은 광학에서, 외르스테드(H. C. Oersted)[54]는 역학에서, 라마르크(J. de Lamarck)는 생물학에서, 드 캉돌(A. de Candolle)[55]은 식물학에서, 베르너(A. G. Werner)[56]는 광물학에서, 허튼(J. Hutton)[57]은 지학에서, 와트(J. Watt)[58]는 기계학에서 특히 두드러진 사람이었다. 대강 살펴보건대, 그들의 목표가 어찌 실리에 있었겠는가? 그렇지만 방화등防火燈이 제작되었고, 증기기관이 나왔고, 광업기술이 고안되었다. 그러나 사회의 이목은 이런 점에만 크게 놀라면서 날마다 눈앞의 성과만을 칭송했을 뿐 학자들에 대해서는 눈을 돌리지 않았다. 원인과 결과의 전도가 이보다 심한 경우는 없을 것이다. 이는 앞으로 나아가기를 바라면서 채찍으로 말고삐를 후려치는 것과 다름없으니 어찌 기대하는 대로 되겠는가?

하지만 과학만이 실업을 낳을 수 있고 실업은 전혀 과학에 도움이 되지 않는다고 말하면서 사람들이 다 과학의 번영만 흠모한다면 이 또한 옳은 것 같지 않다. 사회의 일이 복잡해지고 분업의 필요가 생기면서 사람들은 각자 전문으로 하는 일을 가지지 않을 수 없고, 서로 도와야 양쪽이 함께 발전할 수 있다. 따라서 실업이 과학으로부터 이득을 보는 경우는 참으로 많고, 과학이 실업의 도움을 받는 경우 역시 드물지 않다. 지금 만일 야만인들과 함께 산다고 할 때, 현미경과 천평[천칭]은 고사하고 알코올과 유리조차 손에 넣을 수 없다면 과학이라는 것이 어떻게 가능하겠는가. 근근이 사유만을 운용할 수 있을 뿐이다. 저 아테네 및 알렉산드리아의 과학이 도중에 쇠퇴한 것은 바로 사유만 외롭게 운용했기 때문이다. 일은 대부분

희비가 함께 따른다는 말은 실로 명언이라 할 것이다.

따라서 다른 나라의 강대함에 놀라서 전율하듯 스스로를 위태롭게 여긴 나머지 실업을 부흥하고 군대를 진작해야 한다는 주장을 매일같이 입으로 떠들어 대는 경우, 겉으로 보기에는 일순간 각성한 것 같지만, 그 실질을 따져 보면 눈앞의 사물에 현혹되었을 뿐 그 참뜻을 아직 얻지 못한 것이다. 유럽인들이 들어와서 사람들을 가장 현혹시킨 것은 앞서 예를 들었던 두 가지 일[59]만 한 것이 없었다. 하지만 이 역시 뿌리에 바탕을 둔 것이 아니라, 단지 꽃과 잎에 지나지 않는다. 그 근원을 찾아가면 바닥 모를 깊이에 이르니, 한 귀퉁이만을 배워서는 아무런 힘도 발휘하지 못한다. 그렇다고 필자가 여기서, 반드시 과학에 먼저 힘을 쓰고 그 결실이 이루어진 다음에야 비로소 군대를 진작하고 실업을 부흥시켜야 한다고 말하려는 것은 아니다. 다만 진보에는 순서가 있고 발전에는 근원이 있다는 점을 믿고 있어, 온 나라가 지엽枝葉만을 추구하고 뿌리를 찾는 사람이 전혀 없음을 우려하는 것이다. 즉 근원을 가진 자는 날마다 성장할 것이며 말단을 좇는 자는 전멸할 것이기 때문이다.

오늘날의 세상은 옛날과는 달라서 실리를 존중하는 것도 가능하며 방법을 모방하는 것도 가능하다. 그러나 대조류에 휩쓸리지 않고 홀로 우뚝 서서 물결을 가로질러, 옛 현인들처럼 장래에 아름다운 열매를 맺을 씨앗을 지금에 뿌리고, 뿌리가 튼튼한 행복의 품종을 조국에 옮겨 심을 수 있는 사람 역시 사회로부터 요구하지 않을 수 없고, 또한 마땅히 사회가 요구하는 사람이 되어야 할 것이다. 틴들은 이렇게 말하지 않았던가? 외물外物에만 주목하거나 정사政事의 감각만을 가지고 범사의 진실을 그르치는 사람이 매일같이 국가의 안위가 정치사상에 달려 있다고 떠들어도,

지공무사한 역사를 되돌아보면 그것이 올바르지 않다는 것을 입증할 수 있을 것이다. 무릇 프랑스의 오늘날이 있는 것은 어찌 다른 원인이 있었겠는가? 다만 과학이 다른 나라에 비해 앞섰기 때문이다. 1792년의 정변[60]으로 전 유럽이 시끄럽게 되자 앞다투어 창과 방패를 들고 프랑스를 공격했다. 밖으로는 연합군이 넘보고 안으로는 내분이 일어났고, 무기고는 텅 비고 전사자는 속출했다. 피로에 지친 병사로는 적의 정예부대를 막을 수 없었을 뿐 아니라 수비병에게 먹일 군량미도 떨어졌다. 병사들은 칼을 어루만지며 허공을 바라보고 정치가는 눈물을 삼키며 내일을 슬퍼하면서 속수무책으로 원한을 품고 하늘의 처분을 기다리고 있었다. 그러나 바로 그때 국민들을 진작시킨 것은 무엇이었던가? 외적을 공포에 떨게 했던 사람은 또한 누구였던가? 그것은 다름 아닌 과학이었다. 당시 학자들은 자신의 심력心力과 지능智能을 다하지 않은 자가 없었으니, 병사가 부족하면 발명을 통해 그것을 보충했고, 무기가 부족하면 발명을 통해 그것을 보충했다. 그러자 사람들은 방어할 때 과학자가 있으면 이후의 전쟁은 필승이라 믿게 되었다.

하지만 이는 틴들 자신이 과학을 연구하고 있었기 때문에 자기에게 유리하게 주장한 것이 아닌가 하고 말할 수도 있을 것이다. 그렇지만 아라고[61]의 저서를 통해 증명해 보면 그것이 빈말이 아님이 더욱 분명해질 것이다. 저서의 기록에 따르면, 당시 국민공회는 구십만 명을 징집했는데, 사방에서 몰려드는 외적에게 대항하기 위해서는 실로 그런 정도가 아니면 승리를 거둘 수가 없었다고 한다. 그러나 사람들은 그 정도로 모여들지 않았다. 군중들은 두려움에 떨고 있었기 때문이었다. 게다가 무기고는 오랫동안 텅 비어 있었고 전비戰備는 부족했으므로 목전의 위기를 인력으로 도저히 구할 수가 없었다. 그 당시 필요한 것은 첫째가 탄약이었으나 원료인 초석은 예전부터 전부 인도에서 들여왔으므로 그때는 이미 바닥이 난 뒤였다. 그 다음은 총포였으나 프랑스에서는 구리가 많이 생산되지 않으므로 반드시 러시아, 영국, 인도로부터 공급받아야 했지만 역시 그때는 공급이 끊어지고 난 뒤였다. 셋째는 강철이었으나 평시에는 외국에서 들여왔으므로 제조 기술을 알고 있는 사람이 없었다. 그리하여 최후의 방책으로 전국에서 학자들을 모집하여 회의를 열고 그에 대해 논의했는데, 그 가운데 가장 긴요하고 가장 구하기 어려운 것은 화약이었다. 정부의 대표자들은 모두 구할 수 없다는 것을 알고 탄식하며 초석은 어디에 있는가 하고 물었다. 그 말이 채 끝나기도 전에 몽주[62]라는 학자가 얼른 일어나 있노라고 말했다. 마구간이나 흙더미와 같은 적당한 곳에 가면 초석이 무한정 있으니 이는 여러분들이 꿈에도 생각지 못했을 것이라 했다. 몽주는 타고난 재능이 있었으며 게다가 지식까지 있었고 애국심이 남달리 지극했으므로 회의실을 둘러보며 자신이 그 흙을 모아서 화약을 만들 수 있다고 했던 것이다. 사흘을 넘기지 않고 화약이 만들어졌다. 그리하여 지극히 간단한 방법을 나라 전체에 알림으로써 남녀노소가 다 화약을 제조할 수 있게 되니 프랑스 전체가 순식간에 거대한 공장이 되었다. 이 밖에 어느 화학자는 종의 구리를 분해하는 방법을 고안하여 무기를 만드는 데 사용했고, 철을 제련하는 새로운 방법 역시 이때 개발되어 칼과 총기를 주조하는 데에 전부 국산을 사용할 수 있게 되었다. 가죽을 부드럽게 하는 기술 역시 지체 없이 개발되어 군화를 만드는 무두질 가죽이 모자라지 않았다. 당시 진기한 것으로 여겨지던 기구氣球 및 무선전신[63] 역시 개량·확장되어 전쟁에 사용되었는데, 전자는 모로[64] 장군이 그것을 타고 적진을 정탐하여 적의 정세를 파악함으로써 대승을 거둘 수 있었던 것이다. 이에 틴들은, 당시 프랑스에서는 실은 두 가지가 탄생했는데, 그것은 과학과 애국이라 했다. 이를 위해 가장 힘을 기울인 사람은 몽주(Monge)와 카르노(Carnot)[65]였고, 그들과 협력한 사람은 푸르크루아,[66] 모르보[67] 및 베르톨레[68] 같은 인물이었다. 대업을 완수하는 데 이것이 바로 중추역할을 했던 것이다. 그러므로 과학이란 신성한 빛을 세계에 비추는 것이며, 세상의 말류를 저지하고 감동을 낳을 수 있다. 시대가 태평하면 인성人性의 빛이 되고, 시대가 위태로워지면 그 영감을 통해 카르노와 같은 이론가를 낳고 나폴레옹보다 강한 장수를 낳는다.

이제 앞서 든 예를 종합적으로 살펴보건대, 근본의 중요성을 분명히 알 수 있을 것이다. 말단은 비록 일시적으로 찬란한 빛을 발할 수는 있지만 기초가 견실하지 않으면 금세 시들어 버리게 마련이니 처음부터 능력을 비축해야 비로소 오래가는 법이다. 다만 가볍게 볼 수 없는 것이 있으니 그것은 사회가 편향으로 기울어지는 것을 막아야 한다는 점이다. 나날이 한 극단으로 내달리면 정신은 점차 소실되고 곧 파멸이 뒤따를 것이다. 온 세상이 오로지 지식만을 숭상한다면 인생은 틀림없이 무미건조하게 될 것이고, 그것이 오래가면 아름다움에 대한 감정과 명민한 사상은 소실되어, 이른바 과학도 마찬가지로 없어지고 말 것이다. 따라서 사람들이 희구하고 요구하는 것은 뉴턴에만 그치는 것이 아니라 셰익스피어(Shakespeare)와 같은 시인 역시 바라며, 보일만이 아니라 라파엘로(Raphaelo)[69]와 같은 화가 역시 바란다. 칸트가 있다면 반드시 베토벤(Beethoven)과 같은 음악인도 있어야 하고, 다윈이 있다면 반드시 칼라일(Carlyle)과 같은 문인도 있어야 한다. 대부분 이들은 인성人性을 전면적으로 발전시켜, 그것을 편벽되게 하지 않음으로써 오늘날의 문명을 보게 한 사람들이다. 아, 저 인류문화의 역사적 사실이 교시教示하고 있는 바는 실로 이와 같도다!

1907년 작

주)

1) 원제는 「科學史教篇」이며, 1908년 6월 『허난』 월간 제5호에 처음 발표되었고, 링페이(令飛)로 서명되어 있다.
2) 진단(震旦)은 고대 인도(印度)에서 중국을 부르던 별칭이다. 진(震)은 진(秦)의 음으로부터 온 것인데, '진토'(秦土), 즉 '진나라 땅'을 의미하는 산스크리트어 치나스타나(Chīnasthāna)를 중국인이 한자어로 옮긴 것이다.
3) 피타고라스(Pythagoras, 약 B.C. 580~500)는 고대 그리스의 수학자, 철학자이다. 그는 수(數)가 만물의 본질이라고 생각했고, 또 음악의 조화를 수학과 관계 있는 것으로 결론짓고 이 이론에 근거하여 음률을 실험한 결과, 음의 고저는 음파의 장단에 의해 결정된다는 것을 알았으며, 이로써 음계를 발견했다. 그는 또 수학상의 '피타고라스 정리'를 발견했다. 여기서 말하는 '생리'(生理)는 마땅히 '수리'(數理)라고 해야 한다.
4) 아리스토텔레스(Aristoteles, B.C. 384~322)는 고대 그리스의 철학자이다. 그는 해부학, 기상학, 논리학, 미학 등에 관하여 연구했다. 주요 저작으로는 『오르가논』(*Organon*), 『형이상학』(*Metaphysica*), 『자연학』(*Physica*), 『시학』(*Peri poietikes*) 등이 있다.
5) 플라톤(Platon, B.C. 427~347)은 고대 그리스의 철학자이다. 『티마이오스』(*Timaios*)와 『국가』(*Politeia*)는 그의 저서인 『대화』(*Cleitophon*)에 있는 두 편목이다. 『티마이오스』는 우주 생성 이론에 관한 것이고, 『국가』는 정치사회적인 관점에 관해 논술하고 있다.
6) 데모크리토스(Demokritos, 약B.C. 460~370)는 고대 그리스 최대의 자연철학자이며 고대 원자론을 확립시켰다. 이 세계의 모든 것이 많은 원자로 이루어져 있으며, 세계는 이 원자와 텅 빈 공간으로 이루어지고 있다고 생각하였다. 그리고 "원자가 합쳐지기도 하고 떨어지기도 하면서 자연의 모든 변화가 일어난다"고 하였다.
7) 아르키메데스(Archimedes, 약B.C. 287~212)는 고대 그리스의 수학자이며 역학자(力學者)이다. 그는 지렛대와 부력의 원리를 발견했다. 저서로는 『구와 원기둥에 관하여』(*On the Sphere and the Cylinder*), 『부체론』(*On Floating Bodies*) 등이 있다.

8) 에우클레이데스(Eukleides/Euclid, 약 B.C. 330~275)는 고대 그리스의 수학자이다. 그의 『기하학원본』(*Stoikheia*)은 세계에서 가장 오래된 체계적 수학 저서로 현대기하학의 기초가 되었다.

9) 기계학의 원문은 계구학(械具學)으로 되어 있으며, 기계학을 가리킨다.
   헤론(Heron, 1세기 전후)은 고대 그리스의 수학자, 물리학자이다. 기계학과 유체동력학에서 많은 발견을 했고, 삼각형 면적의 공식을 만들었다. 저서로는 『기하학』(*Geometria*), 『공기역학』(*Pneumatica*), 『도량』(度量, *Metrica*) 등이 있다.

10) 알렉산드리아대학은 알렉산드리아대학의 도서관을 가리킨다. B.C. 3세기 초에 이집트의 알렉산드리아 성에 세워졌는데, 도서관에는 많은 자료가 소장되어 있었고 학자들이 운집하여 각종 과학을 연구하면서 당시 국제적인 학술연구의 중심이 되었다. B.C. 48년에 로마인들이 침입했을 때 절반 이상이 불에 탔고, 남은 부분은 642년에 아랍인들이 이 성을 쳐들어왔을 때 파괴되었다고 전한다.

11) 아낙시메네스(Anaximenes, 약 B.C. 588~약 525)는 고대 그리스의 철학자이며 자연과학자이다. 그는 공기를 만물의 근원이라고 생각했다. 공기는 무한하며, 만물은 모두 공기에서 생겨나고 다시 공기로 돌아간다고 생각했다.

12) 헤라클레이토스(Herakleitos, 약 B.C. 540~약 525)는 고대 그리스의 철학자이다. 그는 우주만물은 모두 불에서 기원하며 불은 만물의 근원이라고 생각했다.

13) 휴얼(William Whewell, 1794~1866)은 영국의 철학자, 과학사가이다. 저서로는 『귀납과학의 역사』(*History of the Inductive Sciences*) 등이 있다.

14) 고대 중국에서는 인도를 천축(天竺)이라 불렀다.

15) 네스토리우스파(Nestorians)는 기독교 일파로서 중국에서는 경교(景教)라고 불렀다.

16) 점성술은 천체현상을 관찰하여 인간의 운명이나 장래를 점치는 방법이다. 점성술이라 할 만한 방법과 체계는 바빌로니아와 고대 중국에서 시작되었다. 별의 모양이나 밝기 또는 자리 등을 고려하여 나라의 안위와 개인의 길흉을 점치는 술법이다.

17) 코르도바(Cordoba)는 스페인의 지명이다. 8세기 무렵 아랍의 옴미아족이 스페인을 침공하여 건립한 '백의대식국'(白衣大食國), 즉 서사라센 제국의 수도이다. 유럽 중세기에 과학과 예술의 중심지 중 하나였다.

18) 바그다드(Baghdad)는 메소포타미아의 지명이다. 지금은 이라크의 수도이다. 7세기 말 아랍의 압바스족이 건립한 '흑의대식국'(黑衣大食國), 즉 동사라센 제국의 수도이다. 그곳에 도서관과 대학이 세워져 있었다.

19) 에스파냐(스페인)의 학교는 코르도바에 세워진 대학을 가리킨다.

20) 락탄티우스(Caecilius Firminaus Lactantius, 약 250~330)는 고대 로마의 라틴어 수사학자이다. 아프리카에서 출생했다. 그는 기독교를 믿었으며, 저서로는 『신의 가르침』(*Divinae Institutiones*) 등이 있다.

21) 틴들(John Tyndall, 1820~1893)은 영국의 물리학자이다. 저서에 『열: 일종의 운동 형식』(*Heat as a Mode of Motion*), 『소리에 대하여』(*Sound: A Course of Eight Lectures*) 등이 있다.

22) 루터(Martin Luther, 1483~1546)는 16세기 독일의 종교개혁운동을 주도한 사람이다.

23) 크롬웰(Oliver Cromwell, 1599~1658)은 영국의 정치가이다. 그는 17세기 영국의 부르주아혁명을 이끌었고, 1649년 영국의 국왕 찰스 1세를 사형에 처하고 영국을 공화국으로 선포했다.

24) 밀턴(John Milton, 1608~1674)은 영국의 시인이며 정치가이다. 크롬웰 공화정부 시기에 국회의 비서를 맡았다. 주요한 저작으로는 『실낙원』(*Paradise Lost*), 『영국인을 위한 변명』(*Defensio pro Populo Anglicano*) 등이 있다.

25) 워싱턴(George Washington, 1732~1799)은 미국의 정치가이다. 그는 1775년부터 1783년까지 영국의 식민통치를 반대하는 미국의 독립전쟁을 이끌었고, 승리 후에는 미국의 초대 대통령이 되었다.

26) 칼라일(Thomas Carlyle, 1795~1881)은 영국의 평론가, 역사가이다. 이상주의적인 사회개혁을 제창하여 19세기 사상계에 큰 영향을 끼쳤다. 저서로는 『의상철학』(*Sartor Resartus*), 『프랑스혁명사』(*The French Revolution: A History*), 『영웅과 영웅숭배』(*Heroes and Hero Worship*; 한국어 번역본은 『영웅숭배론』), 『과거와 현재』(*Past and Present*) 등이 있다.

27) 매그너스(Albertus Magnus, 1193~1280)는 독일의 철학자, 자연과학자이다. 그는 실험을 중시했고 동물학과 식물학에 관해 연구했다.

28) 로저 베이컨(Roger Bacon, 약 1214~1292)은 영국의 중세 신학자이자 철학자이다. 근대과학의 선구자로 평가되어 '경이(驚異)의 박사'로 불리었다. 그의 언어연구의 중요성은 성서의 비판적 연구의 선구가 되었다. 저서로는 『대서』(大書, *Opus majus*), 『소서』(小書, *Opus minus*), 『제삼서』(第三書, *Opus tertium*) 등이 있다. "중국에서 잘 알려진 인물"이란 프랜시스 베이컨을 가리킨다.

29) 로저 베이컨은 인류가 무지하게 된 원인으로 네 가지를 들었다. 첫째 권위를 숭배하는 것, 둘째 구습을 그대로 따르는 것, 셋째 편견에 사로잡힌 것, 넷째 맹목적으로 자부하는 것이 그것이다. 이것은 그가 지은 『대서』에 나온다.

30) 휴얼이 말한, 당시 학술이 쇠미하게 된 네 가지 원인은 다음과 같다. 첫째 관념이 확실하지 않은 것, 둘째 스콜라 학파의 번쇄철학(煩瑣哲學), 셋째 신비주의, 넷째 단순히 열정에만 의존하고 이지(理智)에는 의존하지 않는 주관적이고 무단적인 것이 그것이다. 이것은 그가 지은 『귀납과학의 역사』라는 책에 나온다.

31) 랑케(Leopold von Ranke, 1795~1886)는 독일의 역사학자이다. 그가 쓴 저서에는 『세계사』(*Weltgeschichte*), 『로마교황사』(*Die römischen Päpste in den letzen vier*

Jahrhunderten) 등이 있다.

32) 프레넬(Augustin Jean Fresnel, 1788~1827)은 프랑스의 물리학자, 수학자이다. 그는 실험을 통해 빛의 파동성을 증명하여 광학상의 '파동설'을 창시했다. 또한 이와 관련된 수학이론을 확립하여 광파굴절의 법칙성을 설명했다.

33) 윌리스는 「인간의 역사」 주 19를 참조.

34) 분젠(Robert Wilhelm Bunsen, 1811~1899)은 독일의 화학자이다. 스펙트럼 분석 연구를 통해 루비듐과 세슘을 발견하였으며, 분젠 광도계, 분젠 버너, 분젠 얼음 열량계, 분젠 전지 따위의 실험용 기구를 고안하였다. 키르히호프(Gustav Robert Kirchhoff, 1824~1887)는 독일의 물리학자이다. 키르히호프의 법칙을 발견하여 복사론의 선구자가 되었으며, 1859년 분젠과 공동으로 스펙트럼 분석을 완성했다.

35) 케플러(Johannes Kepler, 1571~1630)는 독일의 천문학자이다. 그는 행성운동의 궤도를 연구하여 행성운동의 세 가지 법칙을 발견했는데, '케플러 법칙'이라고 한다. 저서로는 『신입체기하학』(*Nova stereometria doliorum vinariorum*) 등이 있다.

36) 갈릴레이(Galileo Galilei, 1564~1642)는 이탈리아의 천문학자, 물리학자, 수학자이다. 진자의 등시성 및 관성법칙 발견, 코페르니쿠스의 지동설에 대한 지지 등의 업적을 남겼다. 저서로는 『두 개의 신과학에 관한 수학적 논증과 증명』(*Discorsi e Dimostrazioni Matematiche, intorno a due nuove scienze*) 등이 있다.

37) 스테빈(Simon Stevin, 1548~1620)은 네덜란드의 수학자, 물리학자이다. 정역학(靜力學) 방면의 힘의 평형관계에 대하여 많은 사실을 밝혔다. 저서로는 『정역학과 유체역학』(*De Beghinselen der Weeghconst*) 등이 있다.

38) 길버트(William Gilbert, 1544~1603)는 영국의 물리학자, 의학자이다. 자기학에 관하여 적지 않은 공헌을 했고 자기분자설(磁氣分子說)을 창립했다. 저서로는 『자석론』(*De Magnete*) 등이 있다.

39) 하비(William Harvey, 1578~1657)는 영국의 의학자이다. 그는 혈액순환 현상을 발견했고, 생리학을 하나의 과학으로 확립했다. 저서로는 『동물심혈운동의 해부연구』(*Exercitatio Anatomica de Motu Cordis et Sanguinis in Animalibus*) 등이 있다.

40) 린체이 아카데미는 이탈리아의 과학원을 가리킨다. 1603년에 로마에서 설립되었다.

41) 프랜시스 베이컨(Francis Bacon, 1561~1626)은 근대 영국의 경험론 철학자이며 실험과학의 창시자이다. 저서로는 『신기관』(*Novum Organum*; 루쉰은 본문에서 『격치신기』格致新機, 『신기론』新機論 등으로 썼으며, 현대 중국에서는 『신공구』新工具로 번역하고 있다), 『학문의 진보』(*The Advancement of Learning*) 등이 있다.

42) 데카르트(René Descartes, 1596~1650)는 프랑스의 철학자, 수학자, 물리학자이며 해석기하학의 창시자이다. 그의 철학사상은 이원론에 기울어 있었다. 저서로는 『철학원리』(*Principia philosophiae*; 본문에 나오는 『철학요의』哲學要義), 『방법서설』(*Discours de*

la méthode) 등이 있다.

43) 공론(公論)은 정리(定理), 즉 사회에서 두루 통하는 진리나 도리를 가리킨다.

44) 베이컨의 이 말은 그의 저서 『신기관』 제1권 제2조에 나온다.

45) 데카르트의 이 말은 그의 저서 『방법서설』 제2장에 나온다.

46) 보일(Robert Boyle, 1627~1691)은 영국의 물리학자, 화학자이다. 그는 실험을 통해 기압의 상승과 하강 원리를 발표했으며, 유명한 '보일의 법칙'을 발견했다. 그는 화학 분석법 면에서도 중요한 공헌을 했다. 저서로는 『공기의 탄성과 그 반응의 원리에 관하여』(*New Experiments Physico-Mechanical : Touching the Spring of the Air and their Effects*), 『색에 관한 실험과 의견』(*Experiments and Considerations Touching Colours*) 등이 있다.

47) 뉴턴(Isaac Newton, 1643~1727)은 영국의 수학자, 물리학자이다. 그는 역학의 기본 법칙과 만유인력의 법칙을 발견했으며, 미적분학과 빛의 분석을 창립했다. 저서로는 『자연철학의 수학적 원리』(*Philosophiae naturalis principia mathematica*), 『광학』(*Opticks*) 등이 있다.

48) 파스칼(Blaise Pascal, 1623~1662)은 프랑스의 물리학자이며 수학자이다. 그는 수압기를 이용하여 대기의 압력을 측정하여 '파스칼 법칙'을 발견했다. 저서로는 『진공에 관한 새로운 실험』(*Experiences nouvelles touchant le vide*), 『산술 삼각론』(*Traité du triangle arithmétique*), 『팡세』(*Pensées*) 등이 있다.

49) 토리첼리(Evangelista Torricelli, 1608~1647)는 이탈리아의 물리학자, 수학자이다. 그는 수리공정에서 액체의 운동을 연구하여 기압계를 발명했다. 저서로는 『운동론』(*Trattato del moto*), 『기하학 연구』(*Opera geometrica*) 등이 있다.

50) 말피기(Marcello Malpighi, 1628~1694)는 이탈리아의 해부학자이다. 모세혈관 내의 혈행을 발견하고, 동맥에서 정맥으로의 이행을 관찰하여 혈액순환론을 완성하였다.

51) 허셜(John Frederick William Herschel, 1792~1871)은 영국의 천문학자, 물리학자이다. 그는 전체 천체체계의 관측을 완성했으며, 저서로 『천문학 대강』(*Outlines of Astronomy*) 등이 있다.

52) 라플라스(Pierre-Simon de Laplace, 1749~1827)는 프랑스의 천문학자, 수학자이다. 그는 우주진화론의 선구자 중 한 사람이며 칸트의 성운설을 발전시켜 태양계는 성운이 발전하여 이루어진 것이지 하느님이 창조한 것이 아니라고 생각했다. 그리고 천체의 운행을 통해 뉴턴의 학설을 증명했다. 저서로는 『천체 역학』(*Mécanique Céleste*) 등이 있다.

53) 영(Thomas Young, 1773~1829)은 영국의 의사, 물리학자, 고고학자이다. 물리학적 업적으로 '에너지'라는 술어에 과학적 의미를 부여하고, 빛의 간섭 원리를 발견하였으며, 탄성률의 하나인 영률을 도입하였다.

54) 외르스테드(Hans Christian Ørsted, 1777~1851)는 덴마크의 물리학자이다. 1820년 실험과 연구를 통해 전기와 자기 사이의 관계를 발견하여 전자기학의 기초를 세웠다.

55) 드 캉돌(Augustin Pyrame de Candolle, 1778~1817)은 스위스의 식물학자이다. 주로 식물의 자연분류법을 연구하여 식물생리학 및 해부학 등에 많은 공헌을 했다. 1805년 라마르크와 함께 『프랑스의 식물지』(*Flore française*)를 출판하였다.

56) 베르너(Abraham Gottlob Werner, 1750~1817)는 독일의 지질학자이다. 그는 일체의 암석은 모두 해저에서 침적되어 형성된 것이라고 생각하여 '수성학파'(水成學派)의 창시자가 되었다. 저서로는 『화석의 외관적 특징』(*Von den äusserlichen Kennzeichen der Fossilien*) 등이 있다.

57) 허튼(James Hutton, 1726~1797)은 영국의 지질학자이다. 그는 일체의 암석은 화산이 폭발하여 형성된 것이라고 생각하여 '화성학파'(火成學派)의 창시자가 되었다. 저서로는 『지구의 이론』(*Theory of the Earth*) 등이 있다.

58) 와트(James Watt, 1736~1819)는 영국의 발명가이다. 증기기관을 발명하여 공업 생산에 광범하게 이용할 수 있게 했으며, 산업혁명을 촉진시켰다.

59) 두 가지 일이란 실업의 부흥과 군대의 진작을 가리킨다.

60) 1789년의 프랑스대혁명을 가리킨다. 대혁명이 시작된 후 프랑스의 귀족, 성직자, 지주 등은 프로이센과 오스트리아의 군대를 끌어들여 1792년 7월 프랑스를 대대적으로 침공했다. 당시 프랑스혁명의 부르주아와 애국시민들은 떨쳐 일어나 저항했으며, 8월에는 군주제를 뒤엎고 9월에는 국민공회를 소집하여 프랑스공화국을 성립시켰다. 마침내 침략자를 물리쳤다. 다음에 나오는 과학자 몽주와 몰보는 이 전쟁에 참가했다.

61) 아라고(François Arago, 1786~1853)는 프랑스의 천문학자이며 물리학자이다. 파동설의 입장에 서서 프레넬을 지지하고, 광선은 횡파임을 발표하였다. '아라고의 원판'이라고 하는 '맴돌이 전류' 현상을 발견했다.

62) 몽주(Gaspard Monge, 1746~1818)는 프랑스의 수학자이다. 저서로는 『화법(畵法)기하학』(*Géométrie descriptive*) 등이 있다.

63) 유선전신은 1833년에 발명되었고 무선전신은 1898년에 이르러서야 실제 응용할 수 있게 되었다. 본문의 설명은 잘못된 것으로 보인다.

64) 모로(Jean Victor Marie Moreau, 1763~1813)는 프랑스의 장군이다. 처음에는 법률을 공부했고 프랑스대혁명 시기에는 군대에 들어갔다.

65) 카르노(Nicolas Léonard Sadi Carnot, 1753~1823)는 프랑스의 수학자이며 정치가이다. 저서로는 『불의 동력 및 그 힘의 발생에 적당한 기계에 관한 고찰』(*Réflexions sur la puissance motrice du feu et sur les machines propres à développer cette puissance*) 등이 있다.

66) 푸르크루아(Antoine François, comte de Fourcroy, 1755~1809)는 프랑스의 화학자이

다. 라부아지에(Antoine-Laurent Lavoisier) 등과 협력하여 화학의 체계화와 명명법을 고안, 『화학명명법』(*Méthode de nomenclature chimique*) 등의 저술을 남겼다.

67) 모르보(Louis-Bernard Guyton de Morveau, 1737~1816)는 프랑스의 화학자이다. 그는 라부아지에, 베르톨레, 푸르크루아와 함께 공동으로 『화학명명법』을 저술했다.

68) 베르톨레(Claude-Louis Berthollet, 1748~1822)는 프랑스의 화학자이다. 인조 초석을 발명한 사람이며, 가역반응, 화학평형 등을 알아내 친화력 연구를 근대적인 과학이 되게 하였다.

69) 라파엘로(Raffaello Sanzio da Urbino, 1483~1520)는 이탈리아의 화가, 조각가이다. 유럽의 문예부흥 시기에 예술 면에서 대표 인물 중의 한 사람이다. 작품으로는 「시스티나 성모」(*Sistine Madonna*), 「아테네 학당」(*Scuola di Atene*) 등이 있다.

문화편향론[1)]

중국은 이미 자존自尊으로 세상에 널리 알려져 있는데, 비판하기 좋아하는 사람들 중에 어떤 이는 이를 두고 완고頑固라고 한다. 부스러기 옛것을 껴안고 지키고 있으면 멸망에 이른다는 것이다. 최근에 세상 인사人士들은 신학문의 말들을 약간 듣고는 그것을 끌어다 스스로 부끄럽게 생각하며 완전히 생각을 바꾸어, 말은 서방의 이치와 합치되지 않으면 하지 않고, 일은 서방의 방식과 부합되지 않으면 하지 않는다. 구물舊物을 배격하고 오로지 힘쓰지 않음을 두려워하면서, 장차 이전의 오류를 개혁함으로써 부강을 도모하겠다고 한다. 근래에 이렇게 논한 적이 있다. 옛날 헌원씨軒轅氏가 치우蚩尤에게 이겨[2)] 화토華土에 자리를 잡은 후 문물제도가 시작되었고, 여기에 자손들이 번창하면서 새롭게 고치고 확대하여 더욱 화려하게 꽃을 피웠다고. 사방에서 함부로 날뛰고 있는 것은 다 손바닥만 한 하찮은 오랑캐들뿐이며, 그 민족이 창조해 낸 것들은 중국이 배울 만한 것이 하나도 없었다. 따라서 중국의 문화 형성과 발달은 모두 스스로에 의해 비롯된 것이지 남으로부터 받아들인 것은 아니었다. 주진周秦시대까지 내려

가면 서방에서는 그리스와 로마가 일어나서 문예와 사상이 찬란히 빛나 가히 볼만한 것이었으나, 길이 험난하고 파도가 격심하여 교통이 막혀 그곳의 훌륭한 문물을 골라 와서 모범으로 삼을 수가 없었다. 원명元明시대에 이르러 비록 기독교 선교사[3]가 한두 명 와서 교리 및 천문, 수학, 화학을 중국에 전했지만 이들 학술은 성행하지 못했다. 그래서 해금海禁이 풀려 백인들이 줄을 이어 들어올 무렵까지[4] 천하에서 중국의 지위를 보면, 사방 오랑캐들은 종주국으로 받들면서 회개하여 복종하러 오는 경우도 있었고, 또는 야심이 발동하여 침략의 야망을 품은 경우도 있었지만 문화의 발달 면에서 진실로 견줄 만한 것은 없었다. 중앙에 우뚝 서서 비교할 대상이 없었기 때문에 더욱 자존自尊은 커져 갔고, 자기 것만 소중하게 생각하며 만물을 깔보는 것은 인정상 당연한 것으로 여겨져 도리에 크게 위배되는 것이 아니었다. 그렇지만 다만 비교할 대상이 없었기 때문에 안일이 나날이 지속되면서 쇠퇴하기 시작했고, 외부의 압박이 가해지지 않자 진보 역시 중지되었으며, 사람들은 무기력해지고 제자리에 머물게 되면서 그것이 절정에 달해 훌륭한 것을 보아도 배울 생각을 하지 않게 되었다.

서양에서 신생국들이 즐비하게 일어나서 특이한 기술을 중국에 들여와 한번 보여 주며 선전하자, 사람들은 망연자실 기절하면서 그제야 큰일 났다는 것을 알게 되었으며, 하찮은 재주와 지혜를 가진 무리들이 그리하여 다투어 군사를 운위하게 되었다. 그후 이역에서 공부한 사람들은 가까이는 중국의 상황을 알지 못하고, 멀리는 구미의 실정을 살피지 않은 채, 주워 모은 잡동사니를 사람들 앞에 늘어놓으며 날카로운 발톱과 이빨[5]이야말로 국가가 가장 먼저 해야 할 일이라고 한다. 또 문명文明 용어를 끌어다 스스로 분식하며 인도와 폴란드[6]를 증거로 대면서 그것을 거울로 삼아야 한다고 말한다. 하지만 힘으로 우열을 겨룬다면 문명과 야만은 도대체 무슨 차이가 있겠는가? 멀리는 로마와 동서東西 고트족 사이에, 가까이는 중국과 몽고족·여진족 사이에 문화 수준의 차이가 얼마나 되는지 지자智者의 말을 빌리지 않더라도 알 수 있다. 그렇지만 그 승패의 결과는 과연 어떠했던가?[7] 가령 누군가는 오직 고대에만 그러했고 오늘날에는 기계가 제일이며 힘으로 제압하는 것이 아니므로 승패의 판가름이 곧 문명과 야만을 구분하는 것이라고 할지 모르겠다. 그렇다면 무엇으로 인지人智를 계발하고 성령性靈을 개발하여 덫이며 창·방패는 승냥이와 호랑이를 제어하는 수단에 지나지 않는다는 것을 알게 할 것인가? 그리고 고기를 빼앗아 먹으려는 백인의 마음을 재잘재잘 예찬하면서 이야말로 세계 문명의 절정이라고 생각하는 것은 또 무엇인가? 게다가 설령 그들이 말한 대로라 해도 온 나라가 허약하니 거대한 군대를 어떻게 감당할 수 있겠으며, 뻣뻣하게 굳어 죽을 수밖에 없지 않겠는가. 아아, 저들은 대개 군사軍事에 대한 학습을 생업으로 삼기 때문에 근본은 도모하지 않고, 겨우 자신이 배운 것만을 내세우며 천하에 나서고 있는 것이다. 비록 헬멧을 깊숙이 쓰고 얼굴을 감추고 있어 그 위세는 능가할 수 없을 듯하지만 벼슬을 구하고자 하는 기색이 진정 겉으로 생생하게 드러난다. 그 다음으로 문제가 되는 것은 바로 공업과 상업, 입헌과 국회에 대한 주장이다.[8] 앞의 두 가지[9]는 본래 중국 청년들 사이에서 중시되고 있기 때문에 굳이 주장하지 않더라도 그에 종사하는 사람들은 앞으로 헤아릴 수 없이 많을 것이다. 어쩌면 나라가 하루 존재한다 해도 부강富强을 도모한다는 이름을 빌려서 지사志士라는 영예를 떨칠 수 있을 것이다. 설령 불행을 당하여 종묘사직이 폐허가 되더라도 자금이 많으므로 안락하게 살아갈 수 있을 것이며, 설사 믿고 의지할 곳을 잃거나 유대 유민들[10]처럼 학살당하더라도 자신은 몸을 잘 숨기므로 그 화가 자신에게 미치지 않을지도 모른다. 설령 큰 화가 들이닥쳤다고 하더라도 요행히 화를 면할 수 있는 사람이 없지는 않을 것이니, 그 사람이 마침 자기 자신이라면 여전히 예전처럼 안락하게 살아갈 수 있을 것이다. 뒤의 두 가지[11]에 대해서는 말할 필요도 없다. 그중에서 비교적 나은 사람들은 거듭되는 외국의 침략에 대해 진정으로 비통해하면서 편할 날이 없지만, 스스로가 게으르고 변변치 못하기 때문에 어쩔 수 없이 타인의 찌꺼기를 주워 모아 대중들을 규합하여 대항하려 한다. 또한 그들은 쉽게 들떠서 소란을 잘 피우므로, 자기와 의견이 다른 사람이 나타나면 반드시 다수를 빌려 소수를 억압하며 대중정치衆治라는 구실을 붙이는데, 그 압제는 오히려 폭군보다 더욱 심하다. 이는 이치에 완전히 어긋날 뿐 아니라, 설령 구국을 도모하기 위해서라면 기꺼이 개인을 희생할 수도 있겠지만, 그들은 탐구도 하지 않고 사고도 꼼꼼하지 않아 그것이 그러한 까닭을 전혀 인식하지 못한 채 손쉽게 대중의 뜻에 귀의해 버린다. 그것은 아마 고질병을 앓고 있는 사람이 의약이나 요양의 방법을 강구하지 않은 채 이상한 힘에 영험을 구하고 주술사 무리에게 머리를 조아리며 기도를 올리는 것과 다름없다.

가장 밑바닥에 있으면서 다수를 차지하는 사람들은 적절히 구국이라는 허명虛名을 빌려 자신의 사욕을 채우면서 실정이 어떠한지도 돌아보지 않고, 직권이나 논의를 오로지 벼슬만을 향해 내달리는 무리나, 또는 우둔한 부자들, 아니면 농간을 부리는 데 능숙한 모리배들에게 내맡겨 버린다. 다만 자신도 권세에 빌붙어 이익을 꾀하는 데 뛰어나므로 당장에 그들과 한통속이 된다. 게다가 사리를 추구한다는 악명惡名을 세상 복리를 위한다는 미명으로 은폐시키고, 지름길이 눈에 보이면 지쳐 쓰러지는 한이 있더라도 그 길을 좇는다. 아아, 옛날에는 백성 위에서 군림하는 자가 폭군 한 사람뿐이었지만, 오늘날에 이르러 갑자기 변하여 수천수만의 무뢰한들 때문에 백성들은 목숨을 부지할 수 없게 되었으니, 국가를 부흥시키는 데 도대체 무슨 도움이 되겠는가. 그러나 이와 같은 사람들이 크게 떠들며 호소할 때에는 대개 틀림없이 근세 문명을 배후의 방패막이로 삼고 있어, 자신들의 주장에 거역하는 사람이 나타나면 이들을 야만인이라 부르며 나라를 욕되게 하고 군중을 해친 죄로 마땅히 추방되어야 한다고 말한다. 하지만 그들이 말하는 문명이라는 것이, 정확한 기준을 세우고 신중히 취사선택하여 중국에 실행할 수 있는 완벽한 문명을 가리키는 것인지, 아니면 기존의 문물제도를 모두 던져 버리고 오로지 서양 문화만을 가리키는 것인지 모를 일이다. 물질이라는 것과 다수라는 것은 19세기 말엽 문명의 일면이기는 하지만 지금으로서는 필자는 타당하다고 생각하지 않는다. 대개 오늘날 이루어 놓은 것을 보면, 이전 사람들이 남겨 놓은 것을 계승하지 않은 것이 하나도 없기에 문명은 반드시 시대에 따라 변하게 마련이며, 또 이전 시대의 대조류에 저항하는 것이기도 하기에 문명 역시 편향을 지니지 않을 수 없다. 진정으로 만약 현재를 위해 계획을 세우는 것이라면 지난 일을 고려하고 미래를 예측하여, 물질을 배척하여 정신을 발양시키고 개인에 맡기고 다수를 배격해야 마땅하다. 사람들이 의기가 크게 앙양되면 국가도 그에 따라 부흥될 것이다. 어찌하여 지엽적인 것들을 붙들고 주워 모아 헛되이 금철[12]이니 국회니 입헌이니 하고 외치는가? 권세와 이익에 대한 생각이 가슴속에 가득하면 시비판단이 흐려지고 일 처리나 주장도 제대로 되지 않는 법인데, 하물며 의지와 품행이 비천하면서도 신문명이라는 이름을 빌려 사욕만을 채우려는 사람들은 더 말할 필요가 있겠는가? 그러므로 오늘날 이른바 시대를 제대로 인식한다는 사람들도 그 실상을 따져 보면, 대부분은 붉은 콩을 검은 구슬이라 여기는 장님이며, 일부는 작은 미끼를 드리워서 고래를 낚으려는 악한이다. 설령 그렇지 않아 심중心中이 정직하고 한 점 부끄러움이 없으며, 그리하여 고심참담 자신의 웅재雄才를 발휘하면서 점차 뜻을 실현하고 일을 완성하여, 마침내 그들이 말하는 이른바 신문명을 들여와 중국에 적용하게 되었다 하더라도, 이는 편향으로 흐른 것들로서 이미 다른 나라에서는 진부한 것들이다. 이런 것들에 대해 향을 피우고 머리를 조아리며 예를 갖추고 있으니, 나는 어찌하여 이처럼 눈앞이 캄캄해지는가! 이는 무엇 때문인가? 물질이나 다수라는 것은 그 이치가 편향되어 있기 때문이다. 역사적 사실에 비추어 볼 때, 이것이 서양에서 나타난 것은 어쩔 수 없는 일이다. 하지만 이것을 아무렇게나 가져다 중국에 시행하는 것은 잘못이다. 무엇을 빌려 잘못이라 말하는가? 그 근원부터 살펴보자.

세기世紀의 원년은 예수가 출생하면서부터 시작되었다. 백 년이 지나면 이를 한 세기라 하고, 만일 큰 사건이 일어나면 이를 그 세기의 사건이라 한다. 대개 예로부터의 관례에 따라 이를 빌려 시대를 구분하여 왔는데, 심오한 뜻은 없다. 실로 세상의 일은 면면히 이어지고 깊은 곳에 그 근원이 있으니, 그것은 강물이 반드시 근원의 샘에서 시작되고 초목이 뿌리에서 발육하는 것과 같아 갑자기 나타나거나 사라지는 경우는 이치로 보아 있을 수 없다. 따라서 만일 그 인과관계를 깊이 연구해 보면 대체로 서로 연관되어 있어 분리할 수 없으니, 만약 이른바 어떤 세기의 문명 특색이 무엇이라 한다면 그것은 그 세기의 문명 중에서 특히 두드러진 것을 들어 말하는 것이다. 역사적 사실에 비추어 예를 들어 보자. 로마가 유럽을 통일한 이후에 유럽은 비로소 전체가 공유하는 역사를 가지게 되었다. 그 후 교황이 자신의 권력으로 전 유럽을 제어하여 각국을 마치 사회집단처럼 가두어 놓고 국경의 구분을 한 구역과 동일시했다. 더욱이 사람의 마음을 속박하여 사상의 자유가 거의 없었으므로 총명하고 영특한 사람이 비록 새로운 진리를 발견하거나 새로운 견해를 품고 있어도 교회에 구속되어 모두 입을 봉하고 혀를 묶고 있어 감히 말하지 못했다. 그렇지만 민중民은 거센 파도와 같아 저지할수록 더욱 거세어지는 법이니, 드디어 종교의 속박에서 벗어나야 한다고 생각하게 되었다. 영국과 독일 두 나라에서는 불만을 가진 사람들이 많았으며, 교황의 궁정은 실로 원한의 표적이 되었다. 또한 궁정이 이탈리아에 있었기 때문에 이탈리아 사람들도 가세했다. 수많은 민중이 모두 불만에 공명하여, 교회의 지시를 거부하거나 교황에게 저항할 수 있는 사람이 있으면 시비를 가리지 않고 찬성했다. 이때 루터(M. Luther)라는 사람이 독일에서 등장하여 종교의 근본은 신앙에 있고 제도와 계율은 다 곁가지에 불과하다고 말하면서 구교舊教를 신랄하게 공격하여 쓰러뜨렸다. 루터가 세운 신교新教는 계급을 폐지하고 교황이나 주교 등의 칭호를 제거했으며, 그 대신 목사를 두어 신의 가르침을 전파하는 것을 직분으로 했다. 목사는 일반 사회에서 생활하므로 보통사람들과 차이가 없었다. 의식儀式의 절차나 기도 방법 역시 간소화되었다. 이는 목사의 지위가 결코 평민보다 우월하지 않다는 데 정신을 두고 있다. 개혁이 시작되자 맹렬히 전 유럽에 두루 미치어 그 개혁의 영향은 종교뿐만 아니라 여타의 세상일에도 파급되었다. 국가들 사이의 이합이나 전쟁의 원인 등 그후의 대변동은 대부분 이 종교개혁에 기반을 두고 있었다. 게다가 속박이 완화되고 사색이 자유로워지면서 사회에서는 새로운 분위기가 생겨나 철학超形氣學[13]상의 발견과 자연과학形氣學상의 발명이 뒤따랐다. 이런 것들이 발단이 되어 새로운 일이 일어났다. 신대륙 발견, 기계 개량, 학술 발전 그리고 무역 확대 등은 굴레를 제거하거나 사람의 마음을 풀어 주지 않으면 있을 수 없는 일들이다. 다만 세상사는 항상 움직이고 고정되지 않는 법이니, 종교개혁이 끝나자 더 나아가 정치개혁이 요구되지 않을 수 없었다. 그 유래를 더듬어 보면, 이전의 경우에 교황을 전복할 때에는 군주의 권력을 빌렸으므로 개혁이 끝나자 이에 군주의 힘이 증대되었고, 군주가 제멋대로 만민 위에 군림하여도 피지배자는 이를 억제할 수 없었다. 군주는 오로지 영토 확장에만 급급한 나머지 백성들을 도탄에 빠뜨렸으나 전혀 마음의 동요를 보이지 않았다. 그리하여 인민생활은 궁핍해지고 인력人力은 낭비되었다. 그러나 사물은 막다름에 이르면 방향을 바꾸는 법, 민심이 드디어 발동하여 혁명이 영국에서 일어났고 미국으로 계속 이어졌으며 다시 프랑스에서 크게 일어났다.[14] 문벌이 일소되고 신분의 귀천이 평등하게 되었고, 정치권력은 백성이 주관하게 되었으며, 자유평등의 이념과 사회민주의 사상이 사람들 마음속에 널리 자리 잡았다. 그 여파는 지금까지도 계속되어, 사회·정치·경제상의 모든 권리는 의미상 다 군중이 공유하는 것으로 되었으며, 또 풍습·습관·도덕·종교·취미·기호·언어 및 그 밖의 행위에 대해 모두 상하와 현불초賢不肖의 울타리를 제거하고자 하여 거의 모든 차별이 없어지게 되었다. 다 함께 옳다고 하면 옳은 것으로 여기고, 혼자서 옳다고 하면 그른 것으로 여기며 다수로써 천하에 군림하면서 특이한 사람에게 횡포를 부리는 것이 실로 19세기 대大조류의 일파가 되었으며 지금까지도 만연되어 없어지지 않고 있다.

또 다른 경향을 들어 보면, 물질문명의 진보가 그것이다. 구교가 번창했을 때에는 그 위력이 절대적이었으므로 학자들은 견해가 있어도 대체로 침묵을 지켰으며, 만일 군중 앞에 의연히 자기 견해를 표명하는 날에는 감옥에 갇히거나 사형에 처해졌다. 그러나 교회의 권력이 땅에 떨어지고 사상이 자유롭게 되면서 각종 학술이 크게 발흥했고, 학술이론이 실제에 응용되면서 실익이 드디어 생겨났다. 그래서 19세기에 이르러 물질문명이 흥성하면서 그야말로 과거 2천여 년간의 업적을 깔보게 되었다. 두드러진 현상을 열거해 보면, 면화·철광석·석탄 등의 생산이 이전보다 배가 되었고, 여러 면에 응용되면서 전쟁·제조업·교통 등에 사용되어 이전보다 월등한 효과를 거두었다. 또 증기나 전기를 마음대로 부리게 되면서 세계 상황이 갑자기 바뀌어 인민들의 사업은 더욱 이익을 보게 되었다. 오랫동안 혜택을 누리고 있으면 그 믿음은 점점 더 단단해지고 점차 그것을 표준으로 받들어 마치 모든 존재의 근본인 양 생각하게 된다. 게다가 정신계精神界의 모든 것까지도 물질문명의 틀 안으로 끌어들여 현실생활에서 요지부동한 것으로 여기며 오직 그것만을 존중하고 오직 그것만을 숭상한다. 이 또한 19세기 대조류의 일파로서 지금까지도 만연되어 없어지지 않고 있다.

그렇지만 교권敎權이 거대해지면 제왕의 손을 빌려 그것을 뒤집고, 비교적 큰 권력이 한 사람에게만 집중되면 대중의 힘으로 그것을 뒤집는다. 진리는 대중에 의해 궁극적으로 결정되는 것 같지만, 대중이 과연 시비의 근원을 궁극적으로 결정할 수 있을 것인가? 향락이 법도를 넘어서면 종교로 그것을 교정하고 종교가 권위를 남용하면 다시 물질의 힘으로 그것을 공격한다. 사태는 물질에 의해 궁극적으로 결정되는 것 같지만, 물질이 과연 인생의 본질을 궁극적으로 결정할 수 있을 것인가? 공정한 마음으로 생각해 보면 전혀 그렇지가 않다. 그러나 대세가 그와 같은 것은, 앞서 말한 바와 같이 문명은 반드시 이전 세대가 남긴 것에 뿌리를 두고 발전하여 왔고, 또 지난 일을 교정함으로써 편향이 생기기 때문이다. 정확한 표준에 따라 비교해 보면 그것은 자못 분명해지는데, 편향은 마치 외팔이나 절름발이와 같을 뿐이다. 다만 그것이 유럽에 나타났던 것은 부득이한 일이었으며 또한 없앨 수도 없는 일이었다. 남은 팔과 남은 다리마저 없애 버리면 한쪽 팔과 한쪽 다리의 은혜마저 잃게 되어 남는 것은 아무것도 없게 된다. 잘 간수하고 소중히 여기지 않으면 어쩌겠는가? 그런데 전혀 관계가 없는 중국에 그것을 함부로 적용시키면서 머리를 조아리며 예를 갖춘다면 어찌 옳다고 하겠는가? 눈이 밝은 사람은 힐끗 보아도 다수의 범인보다 더 잘 살피는 법, 위대한 사람이나 철인哲人이 벌써 그 폐단을 인식하여 분개했으니, 이것이 19세기 말엽에 사조가 변하게 된 까닭이다. 독일인 니체(Fr. Nietzsche)는 차라투스트라(Zarathustra)의 입을 빌려 이렇게 말했다. "나는 너무 멀리까지 걸어와 짝을 잃어버린 채 혼자가 되었다. 되돌아 현세를 바라보니 그것은 문명의 나라요 찬란한 사회이다. 하지만 이 사회에는 확고한 신앙이 없고, 대중들도 지식을 만들어 낼 창조적 기질이 없다. 나라가 이 상태로 언제까지 오래 머무를 수 있을까? 나는 부모의 나라에서 추방되었다! 잠시나마 기대할 수 있는 것은 오직 자손들뿐이다."[15] 이는 그가 심사숙고 끝에 근대 문명의 허위와 편향을 보아 낸 것이며, 또한 지금 사람들에게 기대를 걸지 않고 어쩔 수 없이 후세에게 마음을 둔 것이다.

그렇다면 19세기 말 사상이 변하게 된, 그 원인은 어디에 있으며, 그 실제 모습은 어떠하며, 장래에 미칠 그 영향력은 또 어떠할 것인가? 그 본질을 말하자면, 바로 19세기 문명을 바로잡기 위해 생겨난 것이라 한다. 오십 년 동안 인간의 지혜가 더욱 나아지면서 점차 이전을 되돌아보게 되어 이전의 통폐通弊를 깨닫게 되었고 이전의 암흑을 통찰하게 되었다. 그리하여 새로운 사상이 크게 발흥하여 그것이 모여 대조류를 형성하면서, 그 정신은 반동과 파괴로 채워졌고, 신생新生의 획득을 희망으로 삼아 오로지 이전의 문명에 대해 배격하고 소탕하는 것이었다. 전 유럽의 인사人士들 중에는 이에 대해 두려워서 몹시 놀라는 자도 있고 망연자실한 자도 있어 그 힘은 사람들의 마음속 깊은 곳까지 파고드는 강렬함이 있었다. 그렇지만 이 조류는 19세기 초엽의 유심주의 일파[16]에 그 근원을 두고 있다. 19세기 말엽이 되자 그 조류는 당시 현실정신으로부터 감화를 받아 다시 새로운 형식을 확립하여 전대前代의 현실에 반항했는데, 이것이 바로 유심주의 일파에서 가장 최신의 것[17]이다. 그 영향력의 경우 아득히 먼 미래에 대해서는 예측하기 어렵지만, 다만 이 일파는 결코 갑자기 나타나 사람들 사이에서 풍미한 것은 아니며, 또한 갑자기 소멸해 무無로 돌아가지도 않을 것이므로 그것의 기초는 아주 견고하고 내포된 의미는 대단히 깊다는 것을 알겠다. 이 조류를 20세기 문화의 기초로 보는 것은 비록 경솔한 생각이지만, 그것은 장래 신사조新思潮의 조짐이며, 또한 신생활新生活의 선구라는 점은 역사적 사실에 비추어 보아 아주 분명하여 여러 말 하지 않아도 이해할 수 있는 일이다. 그러나 새것이 비록 나타났다고 해도 옛것 역시 아직 시들지 않고 유럽에 두루 퍼져 있어 그 지역 인민들과 은밀히 호흡을 맞추고 있으며, 그 여력餘力이 널리 퍼져 나감으로써 극동을 교란시켜 중국인들에게 옛 꿈에서 깨어나 새 꿈으로 빠져들게 하여 충격과 규환의 도가니로 몰아넣으며 광란을 연출시키고 있다. 바야흐로 옛것을 업신여기고 새것을 존중한다고 하지만 받아들인 것은 새것이 아닐뿐더러 완전히 편향과 허위이며, 게다가 제멋대로 받아들여 수습하기조차 대단히 어려운 상태이므로 한 나라의 비애는 이만저만한 것이 아니다. 지금 이 글을 쓰는 것은 최근 서방사상의 전모를 전부 언급하려는 것도 아니며, 또한 중국의 장래를 위해 어떤 기준을 세우려는 것도 아니다. 다만 최근의 경향이 극단으로 내달림을 염려하여 그에 대해 공격을 가하고자 하는 것뿐이며, 이는 새로운 유심주의 일파의 의도와 동일한 것이다. 따라서 여기서는 두 가지 사항, 즉 물질 배척과 개인 존중에 관한 것만 서술하고자 한다.

개인이라는 말이 중국에 들어온 지는 아직 삼사 년이 채 못 되는데, 시대를 잘 안다는 사람들은 자주 그 말을 끌어다가 사람을 매도할 때 사용하며, 만일 개인이라는 이름이 붙여지면 그는 민중의 적과 동일하게 취급된다. 그 의미를 깊이 알지도, 정확히 살피지도 않고 오히려 남을 해치고 자기를 이롭게 한다는 뜻으로 잘못 이해한 것이 아니겠는가? 공정하게 그 말의 실질을 따져 보면 전혀 그렇지 않다. 그리고 19세기 말엽의 개인 존중이라는 말은 아주 특이하고, 특수한 의미로 쓰이고 있어 더욱이 이전의 경우와 나란히 놓고 논할 수는 없다. 당시의 인성人性을 살펴보면 모두 그 이전과는 완전히 달라 자기의식 단계에 들어서고 자기집착의 경향으로 나아가고 완강하게 자기를 중심으로 하면서 속인에 대해서는 거리낌이 없었다. 예를 들어 시가詩歌나 소설에 기술된 인물을 보면 한결같이 오만불손한 자가 전편全篇의 주인공으로 묘사되고 있다. 이는 문필가가 상상에 의지하여 허구로 만들어 낸 것이 아니며, 사회사조에 먼저 그 조짐이 있었기 때문에 그것을 서적에 옮겨 놓은 것일 뿐이다. 프랑스대혁명 이후

평등과 자유는 모든 일에 으뜸이 되었고, 이어서 보통교육이나 국민교육은 모두 이를 기초로 해서 널리 실시되었다. 오랫동안 문화의 세례를 받아 사람들은 점차 인류의 존엄을 깨닫게 되었고, 자아를 알게 되어 갑자기 개성의 가치를 인식하게 되었으며, 더욱이 이전의 습관이 땅에 떨어지고 신앙이 동요하게 되어 자각의 정신이 일전一轉되면서 극단적인 자기중심主我으로 치닫게 되었다. 또한 사회민주의 경향이 점점 세력을 확대하여 모든 개인을 사회의 일분자로 취급하면서, 튀어나온 부분은 깎아 내고 패인 부분은 메우는 것을 지향해야 할 목표로 삼고 천하 만민을 일치시켜 사회적 귀천의 차별을 깨끗이 없애려 했다. 이는 이상理想으로서는 참으로 훌륭한 것이지만, 개인의 특수한 성격을 완전히 무시하여 그 구별을 시도하지 않을 뿐 아니라, 그것을 완전히 절멸시키려는 것이다. 어두운 측면을 좀더 예거하면, 그 폐해로 인해 문화의 순수정신은 점차 고루함으로 내달리고 날마다 더욱 쇠퇴해져 조금도 남아 있지 않게 되었다. 무릇 사회를 평등하게 하는 일이란 대체로 높은 곳은 깎아 내지만 낮은 곳은 메우지 못하는 법이니, 만약 정말로 대동大同 단계가 되었다면 틀림없이 이전의 진보했던 수준 이하로 떨어질 것이다. 더욱이 세상 사람들 중에는 명철한 사람이 많지 않고 비속한 사람들이 횡행하는 것을 막을 수 없기 때문에 풍조가 점점 침식되어 사회 전체가 평범함으로 빠져들게 된다. 속세를 초월하여 세상 만사로부터 도피하거나 우둔하고 무지하여 다수를 좇는 경우가 아니라면 어찌 입을 다물고 침묵하고 있겠는가?

사물이 극에 달하면 방향을 바꾸게 마련이니 투쟁하는 선각자가 출현하게 된다. 독일인 슈티르너(M. Stirner)[18]가 가장 먼저 극단적인 개인주의를 내걸고 세상에 나타났다. 그는 진정한 진보는 자기 발아래에 있다고 했다. 인간은 자기개성을 발휘함으로써 관념적인 세계의 속박에서 벗어날 수 있다. 이 자기개성이야말로 조물주이다. 오직 이 자기我만이 본래 자유를 소유하고 있다. 자유는 본래 자기에게 있는 것이므로 다른 데서 구한다면 이는 모순이다. 자유는 힘으로써 얻게 되는데, 그 힘은 바로 개인에게 있고, 또한 그것은 개인의 자산이면서 권리이기도 하다. 그러므로 만일 외부 압력이 가해진다면 그것이 군주에서 나왔든 또는 대중에서 나왔든 관계없이 다 전제이다. 국가가 나에게 국민의 의지와 함께해야 한다고 말하면 이 또한 하나의 전제이다. 대중의 의지가 법률로 표현되면 나는 그 속박을 곧 받아들이는데, 비록 법률이 나의 노예라고 하더라도 나 또한 마찬가지로 노예일 뿐이다. 법률을 제거하기 위해서는 어떻게 해야 하는가? 의무를 폐지해야 한다고 한다. 의무를 폐지하면 법률은 그와 함께 사라진다는 것이다. 그 의미인즉, 한 개인의 사상과 행동은 반드시 자기를 중추로 삼고 자기를 궁극으로 삼아야 한다는 것이며, 다시 말하면 자아 개성을 확립하여 절대적인 자유자가 되어야 한다는 것이다.

쇼펜하우어(A. Schopenhauer)[19]는 남보다 뛰어나다는 우월감과 고집으로 유명했으며 그의 기이한 언행은 세상에서 드문 일이었다. 그는 맹목적이고 비속한 대중이 세상에 가득한 것을 보고 그들을 최열등 동물과 같은 것으로 취급하면서 더욱더 자아를 주장하고 천재를 존중했다. 덴마크의 철학자 키르케고르(S. Kierkegaard)[20]는, 개성을 발휘하는 것만이 지고至高의 도덕이며 그 밖의 일을 돌아보는 것은 모두 무익한 것이라고 격앙하며 강력히 부르짖었다.

그후 헨리크 입센(Henrik Ibsen)[21]이 문예계에 등장하여 진기한 재능과 탁월한 식견으로 키르케고르의 해석자라는 말을 들었다. 그의 저서는 종종 사회민주의 경향에 반대하는 데 정력을 쏟고 있는데, 습관·신앙·도덕 중 어느 것이든 만일 우물 안 개구리처럼 편향된 것이라면 배척하지 않은 것이 없었다. 다시 근세의 인생을 들여다보면 한결같이 평등이란 이름을 내걸고 있지만, 실제로는 더욱더 추악함으로 내달리고 있으며, 평범함과 경박함이 날로 심해져 완고와 우매가 유행하고 허위와 기만이 위세를 떨치게 되었다. 기개와 도량의 품성이 탁월하여 세상 사람들과 다른 천재는 도리어 초야에서 가난하게 지내고 진흙 속에서 모욕을 당하게 되었다. 개성의 존엄과 인류의 가치는 있으나 마나 한 것이 되었으니 이들은 자주 분개하고 격앙하지 않을 수 없었다. 그의 『민중의 적』民敵이라는 책은, 어떤 인물이 진리를 지키며 세속에 아부하지 않자 사람들로부터 용납되지 않게 되고, 이에 교활하고 간사한 무리가 우매한 군중의 우두머리로 군림하면서 다수를 빌려 소수를 누르고 도당을 만들어 사리사욕을 꾀하게 되어 마침내 전쟁이 일어난다는 내용이다. 이 책은 이것으로 끝나지만 사회의 양상이 여실히 묘사되어 있다.

니체와 같은 사람은 개인주의의 최고 영웅이었다. 그가 희망을 걸었던 것은 오로지 영웅과 천재였으며, 우민愚民을 본위로 하는 것에 대해서는 마치 뱀이나 전갈을 보듯 증오했다. 그 의미인즉, 다수에게 맡겨 다스리게 하면 사회의 원기는 하루아침에 무너질 수 있으며, 그보다는 평범한 대중을 희생하여 한두 명의 천재의 출현을 기대하는 것이 더 나으며, 차츰 천재가 출현하게 되면 사회활동 역시 싹이 튼다는 것이다. 이것이 바로 이른바 초인설超人說이며, 일찍이 유럽의 사상계를 뒤흔들었던 것이다.

이로써 보건대, 저 다수를 노래 부르며 신명神明처럼 받드는 사람들은 대개 광명의 일단만 보고 두루 알지 못한 채 찬송까지 하고 있으니, 그들에게 암흑을 되돌아보게 한다면 당장에 그것이 그렇지 않음을 깨닫게 될 것이다. 한 사람 소크라테스를 독살시킨 것은 다수의 그리스인이었으며 한 사람 예수 그리스도를 십자가에 못 박은 것은 다수의 유대인이었다. 후세의 논자들 중에 누구라도 잘못되었다고 하지 않겠는가마는 그때에는 다수의 뜻에 따랐던 것이다. 가령 오늘날 다수의 뜻을 남겨 책으로 기록해 후세의 현자로부터 평가를 받는다면 아마 마치 오늘날 사람들이 옛날을 보는 것과 마찬가지로 그 시비가 전도될지도 모른다. 따라서 다수가 서로 붕당을 지으면 인의仁義의 방향이나 시비是非의 기준이 어지러워 혼란하게 되며, 오로지 상식적인 것만 이해하게 될 뿐 심오한 이치에 대해서는 막연해진다. 상식적인 것과 심오한 이치 중에서 어느 것이 올바름에 가깝겠는가? 이 때문에 브루투스가 카이사르를 죽이고[22] 시민들에게 이 사실을 알렸을 때 그 말은 질서정연했고 대의명분도 불을 보듯 아주 분명했지만, 대중이 받은 감명은 안토니우스가 카이사르의 피 묻은 옷을 가리키며 했던 몇 마디 말에 미치지 못했던 것이다. 그리하여 바야흐로 대중으로부터 애국의 영웅이라고 추대되었던 브루투스는 돌연 외국으로 추방되었던 것이다. 그를 예찬했던 사람도 다수이며 그를 추방했던 사람도 또한 다수였다. 순식간에 모든 것이 변하고 뒤집힌 것은 굳은 절개가 없었기 때문임은 두말할 필요도 없다. 현상을 보기만 하면 이미 불길한 내막을 충분히 알 수 있는 것이다. 따라서 시비를 대중에게 맡길 수는 없으며, 대중에게 맡긴다면 실효를 거두지 못할 것이다. 정치도 대중에게 맡길 수는 없으며, 대중에게 맡긴다면 잘 다스려지지 못할 것이다. 오로지 초인超人이 나타나야만 세상은 태평해질 것이다. 만일 그럴 수 없다면 지혜로운 사람英哲이 있어야 한다. 아아, 저 무정부주의를 주장하고 있는 사람들은 부의 독점을 전복하고 계급을 철폐함에 대단히 철저했지만, 이론을 세우고 사업을 일으켰던 여러 영웅들은 대체로 지도자를 자임하고 있다. 무릇 하나가 이끌고 다수가 따를 때, 지혜와 우매가 바로 여기서 구별된다. 지혜로운 사람을 누르고 평범한 사람들을 따르기보다는 대중을 버리고 지혜로운 사람을 바라는 것이 낫지 않겠는가? 그렇다면 다수라는 주장은 이치에 맞지 않고 개성의 존중이야말로 마땅히 크게 확대되어야 할 것임은 시비와 이해利害에 비추어 볼 때 여러 말이나 깊은 사고를 기다리지 않아도 알 수 있는 일이다. 하지만, 그러기 위해서는 또한 독립자강獨立自强하고 세상의 더러운 것으로부터 벗어나 여론을 배척하고 세속에 빠져들지 않는, 용맹스럽고 두려움 없는 사람에게 기대야 할 것이다.

비물질주의非物質主義 역시 개인주의의 경우처럼 세속에 대한 반항에서 일어났다. 대개 유물적인 경향은 원래 현실을 출발점으로 삼아 사람의 마음에 스며드는 것이므로 오래도록 그치지 않는다. 그래서 19세기에는 마침내 대조류를 형성하여 그 근거지는 대단히 견고해지고 후세에까지 영향을 미치게 되어, 마치 생활의 근본인 양 이를 버리면 존재의 근거가 없어지는 듯했다. 하지만 설령 물질문명이 현실생활의 근본이라 하더라도 숭배의 도가 지나쳐 그 경향이 편향으로 치달으면 그 이외의 다양한 기준은 모두 버려두고 고려하지 않게 되고, 그렇게 되면 궁극적으로는 편향이라는 악인惡因으로 인해 문명의 취지를 잃게 되어 처음에는 소모되다가 마침내는 멸망하며, 대대로 내려오는 정신도 백 년을 넘기지 못하고 모두 소멸해 버린다는 것을 모르고 있다. 19세기 말엽에 이르자 그 폐해가 더욱 두드러져 모든 사물이 물질화되어 정신은 나날이 침식되고 그 목적은 비속으로 흘렀다. 사람들은 오로지 객관적인 물질세계만을 추구하여 주관적인 내면의 정신은 버려두고 조금도 살피지 않았다. 외外를 중시하고 내內를 버리고 물질을 취하고 정신을 버리게 되어 수많은 대중들은 물욕에 사로잡혀 사회는 초췌해지고 진보는 멈추었다. 그리하여 모든 허위와 죄악이 이를 틈타 자라남으로써 인간의 성령性靈은 점점 그 빛을 잃게 되었다. 19세기 문명의 일면이 가진 통폐通弊가 대개 이러하다.

바로 그때 새로운 유심주의 일파 사람들이 등장하여 어떤 이는 주관을 숭배하고 어떤 이는 의지의 힘[23]을 크게 내세우면서 유행하던 습속을 마치 우레처럼 세차게 바로잡아 나가자 천하 사람들은 그들의 목소리를 듣고 흔들리기 시작했다. 그 밖에 비평가에서부터 학자나 문인에 이르기까지 비록 평화에 뜻을 두고 세상에 거스르지 않으려는 사람들도 극단적인 유물주의가 정신생활을 말살하는 것을 보고는 비분강개하며 주관주의나 의지주의의 흥기가 대홍수 때의 방주보다 더 위대한 효과가 있다는 것을 알게 되었다.

주관주의에는 대체로 두 가지 경향이 있다. 하나는 오로지 주관을 준칙으로 삼아 그것으로 모든 사물을 규제하는 경향이고, 또 하나는 주관적인 심령계心靈界를 객관적인 물질계物質界보다 더욱 존중하는 경향이다. 전자는 주관경향의 극단으로서 특히 19세기 말엽에 위세를 크게 떨쳤다. 그러나 그 방향은 자기중심이나 자기집착과는 꽤 다른 것으로 객관적인 습관에 맹종하지도 않고 또는 치중하지도 않으며 자신의 주관 세계를 지고至高의 표준으로 삼을 뿐이다. 이 때문에 이들의 사고나 행동은 모두 바깥 사물에서 벗어나 독자적으로 자신의 마음속 세계에서 움직이며, 확신도 거기에 달려 있고 만족도 역시 거기에 달려 있다는 것이다. 이는 내면적인 빛內曜을 점차 스스로 깨달은 결과라고 해도 좋을 것이다. 주관주의가 흥기한 원인을 외부에서 찾는다면, 대세의 방향이 다 저속한 객관적인 습관에 달려 있어 스스로 움직이지 못하고 기계처럼 움직이게 되어 식자들이 이를 견디다 못해 반항하게 되었기 때문이다. 그 원인을 내부에서 찾는다면, 근세의 인심人心이 점점 자각으로 나아가면서 물질만능설이 개인의 정감을 해쳐 독창적인 힘을 고갈시킨다는 것을 알게 되자 자신의 깨달음을 가지고 남을 깨우쳐 무너지기 직전의 광란을 수습하지 않을 수 없었기 때문이다. 니체와 입센 같은 사람들은 모두 자신의 신념에 따라 시대습속에 강력히 반항하여 주관경향의 극치를 보여 주었다. 그리고 키르케고르는 진리의 기준은 단지 주관에 놓여 있고, 오로지 주관성만이 진리라고 했으며, 일체의 도덕적 행위 역시 객관적인 결과가 어떠한가를 불문하고 오로지 주관의 선악에 일임하여 판단할 뿐이라고 했다. 그의 설이 세상에 나타나자 찬성하는 사람이 점차 늘었고, 그리하여 사조思潮는 이 때문에 더욱 확장되었다. 밖을 향해 질주하던 것이 점차 방향을 바꾸어 안으로 향하게 되어 깊이 생각하고 명상하는 기풍이 생겨나고, 스스로 반성하고 감정을 펼치려는 의지가 되살아났으며, 현실 물질과 자연의 속박을 제거함으로써 본래의 정신적 영역으로 되돌아왔다. 정신현상은 실로 인류생활의 극점이며, 정신의 빛을 발휘하지 못하면 인생에서는 무의미하다는 점을 알게 되었고, 또한 개인의 인격을 확장하는 것이 인생에서 가장 중요하다는 점을 알게 되었다.

그렇지만 그 당시에 요구되었던 인격은 이전의 그것과는 크게 달랐다. 과거에는 지성과 정서 양자를 서로 조절하는 것을 이상으로 했는데, 주지주의主智主義 일파의 경우는 객관적 대大세계를 주관 속으로 이입할 수 있는 총명과 예지를 이상으로 했다. 이와 같은 사유는 헤겔(F. Hegel)[24]이 등장함으로써 정점에 이르렀다. 낭만주의 및 고전주의 일파의 경우에는, 섀프츠베리(Shaftesbury)[25]가 루소(J. Rousseau)[26]의 뒤를 이어 정감의 요구를 용인하고, 특히 반드시 정서와 통일되고 조화되어야만 비로소 이상적인 인격에 합치된다고 했다. 그리고 실러(Fr. Schiller)[27]는 반드시 지성과 감성이 원만하게 일치한 다음에야 완전한 인격全人이 될 수 있다고 했다. 그러나 19세기가 끝날 무렵에 이르러 이상理想은 이 때문에 일변했다. 명철한 사람들은 내면에 대한 반성이 깊어지면서 옛사람들이 설정해 놓은, 두루 조화롭고 협력적인 인간은 지금의 세상에서 결코 찾을 수 없다는 것을 알게 되었다. 그들은 오로지 의지력이 남들보다 뛰어나 정감情意 측면에만 의지하여 현실 세계에서 살아갈 수 있기를 희구했고, 또한 용맹과 분투의 재능이 있어 비록 여러 번 넘어지고 쓰러져도 결국에는 그 이상을 실현하려고 했다. 그들의 인격은 바로 이러하였다. 따라서 쇼펜하우어는 자기를 내성內省함으로써 확연하게 모든 것에 통달할 수 있다고 주장하였고, 그래서 의지력이 세계의 본체라고 말했다. 니체는 의지력이 세상에서 가장 뛰어난, 거의 신명神明에 가까운 초인을 기대했다. 입센은 변혁을 생명으로 삼고 힘이 세고 투쟁에 강한, 즉 만인에게 거슬려도 두려워하지 않는 강자를 묘사했다. 그들의 이상이 대체로 이러했던 것은 실로, 세상이 크게 뒤바뀌려 할 때에 현실 세계에 그대로 남아 있는 한 그렇게 하지 않으면 언제나 자기를 버리고 남을 따르게 되어 물에 빠지거나 파도에 휩쓸려 그 방향을 모르게 되고 문명의 진수가 순식간에 사라지고 말 것이기 때문이었다. 오로지 불굴의 의지로 외부 사물에 부딪혀도 흔들리지 않아야 비로소 사회의 핵심 인물이 될 수 있기 때문이었다. 온갖 어려움을 몰아내고 전진에 힘써야만 인류의 존엄을 지킬 수 있으므로 절대적인 의지력을 갖추고 있는 사람이 귀한 것이다. 그렇지만 이것은 다만 한 측면일 뿐이다. 다른 측면을 살펴보면, 역시 세기 말 인민들의 약점이 드러난다. 과거 문명의 유폐流弊가 성령에 침투되어 대중들은 대부분 날로 더욱 섬약하고 위축되었으며, 이에 점차 자기를 되돌아보게 되어 불만을 느끼게 되었다. 그리하여 애써 의지력을 추구하는 사람들은 장래의 주춧돌이 되기를 희망했다. 이는 홍수가 넘쳐 머리까지 물에 잠기려는 순간 마음은 맞은편 언덕으로 내달리며 전력을 다해 물에 빠진 자신을 구해 달라고 외치는 것과 같은 것이니, 슬픈 일이로다!

이로써 보건대, 유럽의 19세기 문명은 과거보다 뛰어나며 동아시아를 능가하고 있다는 사실은 깊이 고찰하지 않더라도 알 수 있는 일이다. 그러나 19세기 문명은 개혁으로 시작되었고 반항을 근본으로 했기 때문에 한쪽으로 편향됨은 이치로 보아 당연한 일이다. 그 말류에 이르면 폐해가 마침내 분명해진다. 그리하여 새로운 유파가 갑자기 일어나 그 처음으로 되돌아가 열렬한 감정과 용맹한 행동으로써 큰 파란을 일으키며 구폐舊弊를 깨끗이 씻어 버렸다. 그것은 오늘날까지 이어져 더욱 확대되고 있다. 그것이 장래에 어떤 결과를 가져올지 아직 예측할 수는 없다. 그렇지만 그것은 구폐에 대한 약이 되고 신생新生을 위한 교량이 되어 그 흐름은 더욱 넓어지고 오래 지속될 것인즉, 그 본질을 살피고 그 정신을 관찰해 보면 믿을 만한 근거가 있는 것이다. 아마 문화는 항상 심원함으로 나아가고 사람의 마음은 고정됨에 만족하지 않을 것이므로 20세기 문명은 당연히 심원하고 장엄하여 19세기 문명과는 다른 경향을 보일 것이다. 신생新生이 일어나면 허위虛僞는 사라지고 내면적인 생활은 더욱 깊어지고 강해지지 않겠는가? 정신생활의 빛도 더욱 홍기하여 발양되지 않겠는가? 철저하게 각성하여 객관적 환상세계에서 벗어나면 주관과 자각의 생활이 이로 말미암아 더욱 확장되지 않겠는가? 내면적인 생활이 강해지면 인생의 의의도 더욱 심오해지고 개인 존엄의 의미도 더욱 분명해져 20세기의 새로운 정신은 아마 질풍노도 속에서도 의지력에 기대어 활로를 개척해 나갈 것이다.

오늘날 중국은 내부 비밀이 이미 폭로되어 사방 이웃들이 다투어 몰려들어 압박을 가하고 있으니, 상황을 보건대 스스로 변혁하지 않을 수 없게 되었다. 허약함에 안주하고 구습을 고수하고 있으면 진실로 세계의 생존경쟁에서 살아남을 수 없다. 그런데 이를 구제하는 방법이 잘못되어 올바름을 잃게 된다면 비록 날마다 옛 모습을 바꾸기 위해 끊임없이 울고 외치더라도 우환憂患에는 무슨 도움이 되겠는가? 이 때문에 명철한 사람들이 반드시 세계의 대세를 통찰하여 가늠하고 비교한 다음 그 편향을 제거하고 그 정신神明을 취해 자기 나라에 시행한다면 아주 잘 들어맞을 것이다. 밖으로는 세계사조에 처지지 않고, 안으로는 고유한 전통血脈을 잃지 않고, 오늘날 것을 취해 옛것을 부활시키고, 달리 새로운 유파를 확립하여 인생의 의미를 심원하게 한다면, 나라 사람들은 자각하게 되고 개성이 확장되어 모래로 이루어진 나라가 그로 인해 인간의 나라로 바뀔 것이다. 인간의 나라가 세워지면 비로소 전에 없이 웅대해져 세계에서 홀로 우뚝 서게 되고, 더욱이 천박하고 평범한 사물과는 상관이 없게 될 것이다. 그런데 오늘날 불현듯이 변혁을 생각한 지는 이미 많은 세월이 지났지만, 청년들이 사유하고 있는 것을 보면, 대개가 옛날의 문물에게 죄악을 덮어씌우고 심지어는 중국의 말과 글이 야만스럽다고 배척하거나 중국의 사상이 조잡하다고 경멸한다. 이러한 풍조가 왕성하게 일어나 청년들은 허둥대며 서구의 문물을 들여와 그것을 대체하려고 하는데, 앞서 언급한 19세기 말의 사조에 대해서는 조금도 주의를 기울이지 않는다. 그들의 주장은 대부분 물질에만 치중하고 있는데, 물질을 받아들이는 것은 괜찮겠지만 그 실상을 따져 보면 그들이 받아들이려고 하는 물질이란 완전히 허위에 차 있고 편향되어 있어 전혀 쓸모가 없는 것이다. 장래를 위해 계획을 세우려는 것이 아니라 단지 지금의 위기를 구제하려는 것이라 하더라도 그 방법이나 발상은 심각한 오류를 가지고 있다. 하물며 날조하여 그 일을 맡고 있다는 자가 개혁이라는 이름을 빌려 몰래 사욕을 채우고 있음에랴. 이제 지사志士라는 자들에게 감히 묻겠다. 부유함을 문명이라 여기는가? 유대인들은 본성적으로 재산을 모으는 데 뛰어나 장사에 뛰어난 유럽인들도 그들에게 비교될 수 없지만, 유대 민족의 처지는 어떠한가? 철도와 광산을 문명이라 여기는가? 오십 년 동안 아프리카와 오스트레일리아 두 대륙에서는 철로와 광산업이 성행했지만, 이 두 대륙의 토착문화는 어떠한가? 대중정치衆治를 문명이라 여기는가? 스페인과 포르투갈 두 나라는 헌법이 제정된 지 오래되었지만 이들 나라의 실정은 또 어떠한가? 만일 오로지 물질만이 문화의 기초라고 한다면 무기를 늘어놓고 식량을 전시해 놓기만 해도 천하의 영웅이 될 수 있지 않겠는가? 만일 다수만이 시비를 올바르게 판단할 수 있다고 한다면, 한 인간이 뭇 원숭이와 함께 있으면 그 인간도 나무 위에 살면서 도토리를 먹어야 할 것이 아닌가? 이는 여자나 아이라 하더라도 틀림없이 부정할 것이다.

그렇지만 구미의 열강이 모두 물질과 다수로써 세계에 빛을 드리우고 있는 것은 그 근저에 인간이 놓여 있기 때문이다. 물질이나 다수는 다만 말단적인 현상일 뿐이며, 근원은 깊어 통찰하기 어렵고 화려한 꽃은 드러나게 마련이어서 쉽게 눈에 띄는 법이다. 이 때문에 천지 사이에서 살아가면서 열강과 각축을 벌이려면 가장 중요한 것은 사람을 확립하는 일立人이다. 사람이 확립된 이후에는 어떤 일이라도 할 수 있다. 사람을 확립하기 위한 방법으로는 반드시 개성을 존중하고 정신을 발양해야 한다. 만약 그렇게 하지 않으면 나라가 망하는 데에는 한 세대도 걸리지 않을 것이다. 중국은 예로부터 본래 물질을 숭상하고 천재를 멸시해 왔으므로 선왕先王의 은택은 나날이 없어지고 외부의 압력을 받게 되면서 마침내 무기력해져 자기조차 보존할 수 없게 되었다. 그런데 하찮은 재주를 가진 교활한 무리들이 크게 부르짖고 과장하면서 물질로써 말살하고 다수로써 구속하여 개인의 개성을 남김없이 박탈하고 있다. 과거에는 내부에서 자발적으로 생긴 반신불수였고, 지금은 왕래를 통해 전해진 새로운 질병을 얻게 되었으니, 이 두 가지 질병이 교대로 뽐내면서 중국의 침몰을 더욱 가속화하고 있다. 아아, 다가올 미래를 생각하니 더 지속할 수가 없구나!

1907년 작

주)

1) 원제는 「文化偏至論」이며, 1908년 8월 『허난』 월간 제7호에 처음 발표되었고, 쉰싱(迅行)으로 서명되어 있다. '편지'(偏至)란 '편향'이라는 뜻이다.

2) 헌원씨는 황제(黃帝)를 가리키며, 중국의 전설에 나오는 한족의 시조요, 상고(上古)시대의 제왕이다. 전설에 따르면 그는 구려족(九黎族)의 지도자인 치우(蚩尤)와 싸워 탁록(涿鹿)에서 치우를 죽였다고 한다.

3) 중국에서 전도하던 천주교 선교사를 가리킨다. 1270년(원나라 지원至元 27년) 이탈리아의 선교사 조반니 디 몬테 코르비노(Giovanni da Monte Corvino)가 인도를 경유하

여 베이징에 왔다. 1581년(명나라 만력萬歷 9년) 마테오 리치(Matteo Ricci)와 루지에리(Michele Ruggieri)는 마카오에 도착했고, 자오칭(肇慶)을 경유하여 베이징에 왔다. 서양의 천문, 수학, 지리 등 근대과학이 비로소 이들에 의해 중국에 전해졌다. 그후 점점 많은 선교사들이 중국에 들어왔다. 명청(明淸) 간에 역법의 개혁을 주도한 독일의 선교사 아담 샬(Johann Adam Schall von Bell, 湯若望)은 그중에서 가장 유명한 사람이다.

4) 중국은 1840년에 일어난 아편전쟁에서 영국에 패함으로써 마침내 서양 열강에게 문호를 개방하고 불평등조약을 맺게 되었다. 아편전쟁 이전에 중국은 쇄국정책을 실시하여 민간의 해외무역을 금지하였는데, 이것을 '해금'(海禁)이라 한다. 따라서 해금이 풀렸다는 것은 아편전쟁 이후 서양 열강에게 문호를 개방한 것을 가리킨다.

5) 날카로운 발톱과 이빨은 군사력을 비유한다.

6) 인도는 1849년에 영국에게 점령당했고, 폴란드는 18세기 말에 러시아, 프로이센, 오스트리아 등 삼국에 의해 분할되었다.

7) 3세기 말에 고트족 등이 로마의 노예와 연합하여 로마제국을 공격했는데, 오랜 전쟁을 통해 476년 로마제국을 무너뜨렸다.

8) 당시 일부 지식인들은 민족의 위기와 양무운동(洋務運動)의 고취에 힘입어 중국은 서양 자본주의 국가의 자연과학과 생산기술을 배워 신식 무기와 교통수단 그리고 생산장비를 제조하여, 근대공업을 일으키고 상업을 진흥시켜 외국과 '상업전쟁'을 해야 한다고 주장했다. 또 캉유웨이(康有爲), 량치차오(梁啓超) 등 개량파는 무술정변 후부터 신해혁명 때까지 입헌군주제를 주장하고 유럽식 국회를 세우려고 했다. 이들은 쑨중산(孫中山) 등이 주장한 반청(反淸) 공화혁명에 반대했다.

9) 공업과 상업을 가리킨다.

10) 유대국은 B.C. 11세기에서 10세기 사이에 건국되었으나 1세기경에 로마에 의해 멸망했다. 그후 유대인들은 세계 각지로 흩어져 살게 되었고 이들을 유대 유민이라 한다.

11) 입헌과 국회를 가리킨다.

12) 당시 양뒤(楊度)가 제기한 이른바 '금철주의'(金鐵主義)를 가리킨다. 1907년 1월 양뒤는 도쿄에서 『중국신보』(中國新報)를 출판했는데, 「금철주의설」(金鐵主義說)을 연재했다. 금(金)은 '돈'(金錢)을 가리키며 경제를 뜻한다. 철(鐵)은 '철포'(鐵炮)를 가리키며 군사를 뜻한다. 이는 실제로 양무파(洋務派)의 '부국강병' 논조를 반복한 것이며, 당시 량치차오의 군주입헌설과 서로 호응하는 것이었다.

13) 초형기학(超形氣學)은 객관사물의 일반적인 발전 법칙을 연구하는 것으로서 형이상학적인 철학을 의미한다. 그리고 형기학(形氣學)은 형이하학적인 의미로서 구체적인 자연과학을 가리킨다.

14) 영국, 미국, 프랑스 세 나라의 혁명은, 1649년과 1688년 두 차례에 걸친 영국의 부르주아혁명, 1775년의 영국식민통치에 반대한 미국의 독립전쟁, 1789년의 프랑스대혁

명을 가리킨다.

15) 여기서 인용하고 있는 말은 니체의 주요 철학저서인 『차라투스트라는 이렇게 말했다』(*Also sprach Zarathustra*)의 제1부 36장 「문명의 땅」에 나온다. 원문과는 약간의 차이가 있다. 차라투스트라는 B.C. 6·7세기경 조로아스터교의 창시자인 조로아스터이다. 니체는 이 책에서 그의 입을 통해 자기주장을 펼치고 있는데, 조로아스터교의 교리와는 무관하다.

16) '유심주의 일파'의 원문은 '신사일파'(神思一派)로 되어 있는데, '신사'(神思)는 유심주의를 가리킨다. 여기서는 19세기 초엽 헤겔을 대표로 하는 유심주의 학파를 가리킨다.

17) 19세기 말엽의 극단적인 주관유심주의 학파를 가리킨다. 다음 글에서 소개하고 있는 니체, 쇼펜하우어를 대표로 하는 유의지론과 슈티르너를 대표로 하는 유아론(唯我論) 등이 그것이다.

18) 슈티르너(Max Stirner, 1806~1856)는 독일의 철학자 카스파르 슈미트(Johann Kaspar Schmidt)의 필명이다. 처음에는 무정부주의자, 유아론자였고, 청년헤겔파의 대표적 인물 중 한 사람이다. 그는 '자아'가 유일한 실재이고 전체 세계와 그 역사는 모두 '아'(我)의 산물이라고 보았으며, 일체의 외부 힘이 개인을 속박하는 것에 반대했다. 저서로는 『유일자와 그 소유물』(*Der Einzige und sein Eigentum*) 등이 있다.

19) 쇼펜하우어(Arthur Schopenhauer, 1788~1860)는 독일의 철학자이며 유의지론자이다. 그는 의지가 만물의 근본이라고 생각했다. 의지는 일체를 지배하고 동시에 인류에게 피할 수 없는 고통을 가져다준다. 사람들의 이기적인 '생활의지'는 현실 세계에서 만족할 수 없는 것이기 때문에 인생은 한바탕 재난일 뿐이며, 세계는 다만 맹목적이고 비이성적인 의지에 의해 통제될 수밖에 없다는 것이다. 그의 주요 저서로는 『의지와 표상으로서의 세계』(*Die Welt als Wille und Vorstellung*)가 있다.

20) 키르케고르(Søren Kierkegaard, 1813~1855)는 덴마크의 철학자이다. 그는 극단적인 주관유심주의 입장에서 헤겔의 객관유심주의를 반대했으며, 인간의 주관존재만이 유일한 실재이며 진리는 바로 주관성이라고 생각했다. 저서로는 『인생 역정의 단계』(*Stadier paa Livets Vei*), 『죽음에 이르는 병』(*Sygdommen til Døden*) 등이 있다.

21) 헨리크 입센(Henrik Ibsen, 1828~1906)은 노르웨이의 극작가이다. 그의 작품은 부르주아계급 사회의 허위와 저속함에 대해 맹렬히 비판하고 개성 해방을 부르짖고 있다. 그의 작품은 5·4시기에 중국에 소개되어 당시 반봉건운동과 여성해방운동 등에서 적극적인 작용을 했다. 주요 작품으로는 『인형의 집』(*Et Dukkehjem*), 『민중의 적』(*En Folkefiende*) 등이 있다.

22) 카이사르(Gaius Julius Caesar, B.C. 100~44)는 고대 로마공화국의 장군이며 정치가이다. 그는 B.C. 48년에 종신독재자로 임명되었고, B.C. 44년 공화파의 지도자 브루투스에 의해 암살당했다. 카이사르가 죽고 난 후 그의 친구인 안토니우스는 카이사르의

피 묻은 옷을 가리키며 그를 위해 복수해 주겠다고 맹세했다. 브루투스는 카이사르를 암살한 후 로마의 동방 영토로 도주하여 군대를 징집하고 공화정치를 보호할 준비를 했다. 그러나 그는 B.C. 42년 안토니우스의 공격을 받고 패하여 스스로 목숨을 끊었다. 여기서의 이야기는 셰익스피어의 역사극 『줄리어스 시저』(『시저전』 혹은 『율리시스 카이사르』라고도 함)의 제3막 제2장에 나오는 줄거리에 근거하고 있다.

23) '의지의 힘'의 원문은 '의력'(意力)으로 되어 있으며, 유의지론(唯意志論)을 가리킨다.

24) 헤겔(Georg Wilhelm Friedrich Hegel, 1770~1831)은 독일의 철학자로 칸트 철학을 계승한 독일 관념론의 집대성자이다. 18세기 합리주의적 계몽사상의 한계를 통찰하고 '역사'가 지니는 의미에 눈을 돌린 데 의미가 있다. 또한 모든 사물의 전개를 정(正)·반(反)·합(合)의 3단계로 나누는 변증법(辨證法)은 그의 논리학과 철학의 핵심이다. 주요 저작으로는 『정신현상학』(*Phänomenologie des Geistes*), 『논리학』(*Wissenschaft der Logik*), 『법철학 강요』(*Grundlinien der Philosophie des Rechts*) 등이 있다.

25) 섀프츠베리 3세(3rd Earl of Shaftesbury, 1671~1713)는 영국의 철학자이며 범신론자이다. 그는 '도덕직관론'을 주장했으며, 인간은 천성적으로 도덕감을 가지고 있다고 생각하여 개인의 이익과 사회의 이익은 서로 모순되지 않으며, 이 둘을 서로 조화롭게 통일시키는 것이 바로 도덕의 기초라고 강조했다. 저서로는 『덕성연구론』(德性研究論, *An Inquiry Concerning Virtue*)이 있다.

26) 루소(Jean-Jacques Rousseau, 1712~1778)는 프랑스의 사상가, 소설가이다. 철학 면에서 그는 감각이 인식의 근원이라는 점을 받아들였다. 하지만 인간은 '천부적인 감성'과 천부적인 '도덕관념'을 가지고 있다고 강조했다. 서간체 연애소설 『신 엘로이즈』(*Nouvelle Héloïse*), 인간의 자유와 평등을 논한 『민약론』(民約論; 사회계약론*Du Contrat social*), 소설 형식의 교육론 『에밀』(*Émile*) 등의 대작을 차례로 출판했다. 루소의 생존연대는 섀프츠베리보다 뒤진다.

27) 실러(Johann Christoph Friedrich von Schiller, 1759~1805)는 독일의 시인, 극작가이다. 사관학교를 졸업한 뒤 군의관으로 복무하면서 재학 중에 쓰기 시작한 『군도』(群盜, *Die Räuber*)를 극장에서 상연함으로써 큰 호응을 얻었고, 이는 독일적인 개성 해방의 문학운동인 '슈투름 운트 드랑'(Sturm und Drang; '질풍과 노도'라는 뜻)의 대표작으로 손꼽힌다. 독일의 국민시인으로서 괴테와 더불어 독일 고전주의문학의 2대 거성으로 추앙받는다. 그는 물질의 제약에서 벗어나 감각과 이성의 완전한 결합을 추구하게 되면 인간은 자유와 이상의 왕국으로 들어갈 수 있다고 보았다. 작품으로는 극본 『빌헬름 텔』(*Wilhelm Tell*), 『간계와 사랑』(*Kabale und Liebe*), 『발렌슈타인』(*Wallenstein*) 등이 있다.

마라시력설(摩羅詩力說)[1]

옛 근원에 대해 잘 아는 자는 마침내 미래의 샘물과 새 근원을 찾게 될 것이다. 오, 내 형제들이여, 새로운 생명이 탄생하고 새로운 샘물이 심연에서 솟아오를 때가 머지않았도다.—니체

1.

누구나 오래된 나라古國의 문화사를 읽으며 시대를 따라 내려가다 권말卷末에 이르면 틀림없이 처량한 느낌이 들 것이다. 그것은 마치 따뜻한 봄날을 벗어나 쓸쓸한 가을에 접어들어 생기를 잃고 앙상한 마른 나뭇가지만 눈앞에 펼쳐지는 듯하다. 나는 무어라 이름 붙일 수 없지만 아무래도 적막蕭條이라 부르는 것이 좋겠다. 대개 후세 사람들에게 남겨놓은 인문人文 가운데 가장 힘 있는 것은 마음의 소리[2]만 한 것이 없다. 옛사람의 상상력神思은 자연의 오묘함에 닿아 있고 삼라만상과 연결되어 있어, 그것을 마음으로 깨달아 그 말할 수 있는 바를 말하게 되면 시가詩歌가 된다. 그 소리

는 세월을 거치면서 사람의 마음속에 파고들면 함구緘口하듯이 그렇게 단절되지 않고, 오히려 더욱 만연되어 그 민족을 돋보이게 한다. 점차 문사文事가 쇠미해지면 민족의 운명도 다하고 뭇사람의 울림이 끊기면 그 영화榮華도 빛을 거둔다. 역사를 읽는 사람에게 적막한 느낌이 뭉클 일어나면, 이 문명사文明史의 기록도 점차 마지막 페이지에 이르게 된다. 무릇 역사의 초기에 영예를 가득 안고 문화의 서광을 열었지만 지금에 이르러 흔적만 남게 된 나라는 대개 이와 같다. 가령 우리나라 사람들의 귀에 익숙한 나라를 예로 든다면 인도가 가장 적절할 것이다. 인도에는 옛날 네 종류의 『베다』[3]가 있었는데, 아름답고 깊이가 있어서 세계의 위대한 문장이라 일컬어진다. 또한 『마하바라타』와 『라마야나』[4]라는 두 편의 서사시 역시 지극히 아름답고 오묘하다. 그후 칼리다사(Kalidasa)[5]라는 시인이 나와 극작劇作으로써 세상에 이름을 떨쳤고 간혹 서정적인 작품도 지었다. 게르만의 최고 시인 괴테(W. von Goethe)는 그것을 세상에서 가장 뛰어난 작품이라고 극찬했다. 민족이 힘을 잃게 되자 문사 역시 함께 영락하여 위대한 소리는 점차 그 국민의 가슴속에서 되살아나지 못하고 마치 망명자처럼 이역異域을 떠돌게 되었다. 다음으로 헤브라이[6] 민족을 예로 들면, 신앙의 가르침과 많이 관련되어 있지만 문장이 매우 심오하고 장엄하여, 종교적 문술文術은 바로 여기에 기원을 두고 있으며 사람들의 마음속에 스며들어 지금까지도 없어지지 않고 있다. 다만 이스라엘 민족의 경우, 예레미아(Jeremiah)[7]의 노랫소리로만 그친다. 역대 왕들이 방탕하여 하느님이 크게 노했고 예루살렘이 마침내 파괴되고 민족의 혀도 침묵하게 되었다. 그들이 다른 나라로 유랑할 때 비록 자기 조국을 잊지 않고 자기의 언어와 신앙을 정성스럽게 간직하려고 애를 썼지만 예레미아의 「애가」哀歌 이후로 이어지는 울림의 노랫소리가 없었다. 그 다음으로 이란과 이집트의 경우, 이들은 모두 두레박줄 끊어지듯 중도에서 무너지고 말았으니, 예전에는 찬란했지만 지금에는 쓸쓸하다. 만약 진단이 이 대열에서 벗어날 수 있다면 인생의 큰 행복 중에서 이보다 더 나은 것은 없을 것이다. 무엇 때문인가? 영국의 칼라일(Th. Carlyle)은 이렇게 말했다. "밝게 빛나는 소리를 얻어 마음의 뜻을 마음껏 노래 부르며 살아가는 것은 국민이 가장 먼저 바라는 일이다. 이탈리아는 여러 갈래로 나뉘어 있지만 실제로 통일되어 있다. 이탈리아는 단테(Dante Alighieri)[8]를 낳았고 이탈리아어를 가지고 있기 때문이다. 대제국 러시아의 차르는 병력과 무기를 가지고 있어 정치적으로 넓은 지역을 관할하고 대업大業을 수행할 수 있다. 그러나 어찌하여 소리가 없는가? 내부에 혹시 위대한 것이 있다고 하나 그 위대하다는 것도 목이 쉰 것에 지나지 않는다. (중략) 병력과 무기는 부식하지 않을 수 없지만 단테의 노랫소리는 의연하다. 단테를 가진 나라는 통일되어 있지만 소리의 조짐이 없는 러시아 사람은 결국 지리멸렬할 따름이다."[9]

니체(Fr. Nietzsche)는 야만인野人을 싫어하지 않고 그들은 새로운 힘을 가지고 있다고 했으니, 이는 움직일 수 없는 확실한 말이다. 대개 문명의 조짐은 진실로 야만 속에서 배태되며, 야만인은 개화되지 못한 상태이지만 숨겨진 찬란한 빛이 그 내부에 잠복해 있다. 문명이 꽃이라면 야만은 꽃받침이고 문명이 열매라면 야만은 꽃이어서 전진이 여기에 있고 희망도 여기에 있다. 다만 문화가 이미 멈춘 오래된 민족은 그렇지 않다. 발전이 멈추자 쇠락이 뒤따르고, 더욱이 오랫동안 옛 선조의 영광에 의지하여 수준이 낮은 주위 나라들 속에서 우쭐해하며 무기력한 모습을 하고서도 스스로 알지 못하고 미련하게 자기만 옳다고 고집하니 마치 죽은 바다처럼 가라앉아 있다. 찬란하게 역사의 초기를 차지했다가 마침내 권말卷末에 이르러 모습을 감추게 된 것은 아마 이 때문이 아니겠는가? 러시아가 소리가 없더니 이제 격렬한 소리를 울리고 있다. 러시아는 어린이에 불과하지만 벙어리는 아니며 지하수와 같지만 마른 우물은 아니다. 19세기 전기에 과연 고골(N. Gogol)이라는 사람이 나타나서 지금까지 볼 수 없었던 눈물과 슬픔으로써 자기 나라 사람을 진작시키니, 혹자는 마치 영국의 셰익스피어(W. Shakespeare)와 비슷하다고 했다. 셰익스피어는 바로 칼라일이 칭찬하고 숭배했던 사람이다. 세상을 돌아보면 새로운 소리가 다투어 일어나 특수하고 웅장한 언어로써 스스로 그 정신을 진작시키고 그 위대하고 아름다움을 세계에 소개하지 않는 민족이 없다. 만약 깊은 침묵 속에서 움직이지 않는 민족이 있다면 오직 앞에서 예로 든 인도 이하의 몇몇 오래된 나라들뿐이다.

아아, 오래된 민족의 문학心聲 유산은 장엄하지 않은 것이 없고 숭고하고 위대하지 않은 것이 없지만 오늘날과 호흡이 통하지 않으니, 옛날을 그리워하는 사람들에게 어루만지며 읊조리게 하는 것 이외에 달리 무엇을 자손에게 물려주겠는가? 그렇지 않으면 예전의 그 영광을 혼자 중얼거리면서 지금의 적막을 가리려고 하니, 도리어 새로 일어나는 나라만 못하다. 그 나라의 문화는 아직 번성하지는 못했지만 미래에 충분히 존경할 만하게 될 것이라는 큰 희망이 있는 것이다. 그래서 이른바 고古 문명국이란 처량悲涼의 말뜻이 들어 있고 풍자의 말뜻이 들어 있는 것이리라! 중도에 몰락한 귀족의 후예는 집안이 무너졌어도 사람들에게 떠벌리며, 우리 선조의 한창 때는 비할 데 없이 지혜롭고 무공이 혁혁하여 대궐 같은 집과 웅장한 누각, 주옥珠玉과 견마犬馬가 있었으니 존귀함은 범인을 훨씬 뛰어넘는 것이었다고 한다. 이런 말을 들으면 누구라도 배 잡고 웃지 않겠는가? 무릇 국민의 발전을 위해서 옛날을 그리워하는 것도 일정한 공로가 있다. 그렇지만 그리워한다는 말의 의미는 거울에 비춰 보듯 분명하다. 때로는 전진하고 때로는 되돌아보고, 때로는 광명의 먼 길로 나아가고 때로는 찬란했던 과거를 되새긴다. 그리하여 새로운 것은 날마다 새로워지고 옛것 역시 죽지 않는다. 만약 이런 까닭을 모르고 멋대로 자만하면서 스스로 즐거워한다면 바로 이때부터 긴긴 밤이 시작되는 것이다. 지금 중국의 큰 길거리로 발길을 옮겨 보면 틀림없이, 군인들이 시내를 오가는 것을 보고는 입을 크게 벌리며 군가를 지어 인도나 폴란드의 노예근성을 질타하는 사람이 있을 것이다.[10] 제멋대로 국가國歌를 짓는 사람도 역시 마찬가지이다. 대개 오늘날 중국은 자못 과거를 그리워하여 이전의 밝은 빛만 내세우고 특별히 소리를 내지 못하면서 왼쪽 이웃은 이미 노예가 되었고 오른쪽 이웃은 곧 망할 것이라고 이야기하며 망해 가는 나라를 택하여 자기와 비교하여 스스로 훌륭함을 드러내길 바란다. 인도와 폴란드 두 나라와 진단 가운데 도대체 어느 쪽이 더 열등한가에 대해서는 지금 잠시 말을 접어 두겠다. 만약 찬미의 시편詩篇과 국민의 소리에 대해 언급할 경우, 천하에 노래하는 자는 비록 많으나 참으로 이런 식으로 노래하는 경우는 보지 못했다. 시인은 자취를 감추고 하는 일은 대단히 미미하여 적막의 감정이 갑자기 내습한다. 생각건대, 조국의 진정한 위대함을 떨치려면, 먼저 자기를 살피고 또한 반드시 남을 알아야 하는바, 두루 비교해야 자각이 생기는 것이다. 자각의 소리가 나타나면 그 울림은 언제나 사람의 마음에 공명을 일으키고, 맑고 밝아서 보통의 울림과는 다르다. 그렇게 하지 않는 경우에는, 입과 혀가 달라붙고 말들이 나오지 않아 침묵의 내습이 이전보다 배가 된다. 정신이 몽롱하게 꿈을 꾸고 있으니 어찌 말이 있을 수 있겠는가? 말하자면 외부로부터 충격을 받아 강해지려고 스스로 분발하고 있으나 대단치 않을 뿐만 아니라 공연히 한숨만 더할 뿐이다. 따라서 국민정신의 발양發揚은 세계에 대한 넓은 식견과 함께한다고 하겠다.

이제 옛일은 언급하지 않기로 하고 달리 다른 나라의 새로운 소리新聲를 탐구해 보자. 그 원인은 바로 옛날을 그리워함에서 촉발되었다. 새로운 소리의 차이에 대해 자세히 따질 수는 없지만, 충분히 사람들을 진작시킬 만한 힘이 있고 또한 말이 비교적 깊은 뜻이 있는 것으로는 실로 마라시파摩羅詩派만 한 것이 없다. 마라라는 말은 인도에서 빌려 온 것으로 하늘의 마귀를 뜻하며, 유럽인들은 이를 사탄이라 불렀고, 사람들은 본래 바이런(G. Byron)[11]을 그것으로 지목했다. 여기서는 모든 시인들 중에서 대체로 반항에 뜻을 두고 행동에 목적을 두어 세상으로부터 탐탁지 않게 여겨지는 시인들을 다 이에 포함시켰다. 이들의 언행과 사유, 유파와 영향을 전할 것이며, 이 시파의 시조인 바이런에서 시작하여 마자르(헝가리)의 문인[12]에서 마칠 것이다. 무릇 이 시인들은 겉모습은 퍽 다르고 각자 자기 나라의 특색을 부여받아 찬란한 빛을 발하고 있지만, 그들의 주요한 경향을 총괄하면 하나로 모아진다. 대체로 세상에 순응하는 화락和樂의 소리를 내지 않았고 목청껏 한번 소리 지르면 듣는 사람들은 흥분하여 하늘과 싸우고 세속을 거부했으니, 이들의 정신은 후세 사람들의 마음을 깊이 감동시켜 끝없이 면면히 이어지고 있다. 아직 태어나지 않았거나 해탈한 이후라면 이 시인들의 소리는 들을 필요가 없겠지만, 만약 천지지간에서 생활하고 자연의 속박 속에서 살며 전전긍긍해도 그것을 벗어날 수 없는 사람들이라면 그 소리를 듣고 나면 진실로 소리 중에서 가장 웅대하고 위대하다고 여길 것이다. 그러나 평화를 말하는 사람들이라면 이런 시인들이 자못 두려울 것이다.

2.

평화란 인간 세상에서는 보이지 않는다. 억지로 평화를 말한다면, 그것은 전쟁이 바야흐로 끝났을 때나 아직 시작되지 않았을 때에 지나지 않는다. 겉모습은 조용한 것 같지만 암류暗流가 잠복하고 있어 일단 때가 되면 움직이기 시작한다. 그래서 자연에서 그것을 살펴보면, 산들바람이 숲을 어루만지고 단비가 사물을 적시어 마치 인간 세상에 복을 내려 주는 것 같지만, 뜨거운 불길이 땅속에 숨어 있다가 화산으로 바뀌어 일단 폭발하게 되면 만물이 함께 파괴되는 것이다. 비바람이 때때로 일어나는 것은 다만 잠복 현상으로서 영원히 평온할 수 없으니 이는 에덴동산과 같다. 인간의 일 역시 그러하여 의식衣食·가정·나라의 다툼은 뚜렷한 모습을 드러내고 있어 이미 가리거나 숨길 수 없다. 두 사람이 같은 방에 있어도 호흡을 하기에 공기에 대한 다툼이 생기고 폐가 강한 사람이 승리하게 된다. 따라서 생존경쟁은 생명 존재와 더불어 시작되었으니 평화라는 이름은 없는 것이나 마찬가지이다. 다만 인류가 처음 생겨났을 때에는 무력과 용맹으로써 저항하고 투쟁하여 점차 문명으로 나아갔으나, 교화가 고정되고 풍속이 변하여 새로운 나약함에 빠져들면서 전진의 험난함을 알아 아예 유순해지려고 한다. 전쟁이 눈앞에 닥치면 또 스스로 피할 수 없음을 알고 이에 상상력을 발휘하여 이상적인 나라를 만들어 낸다. 인간이 이른 적이 없는 곳에 기탁하는 경우도 있고, 헤아릴 수 없는 먼 훗날로 미루는 경우도 있다. 플라톤(Platon)의 『국가』가 나온 이후 서방의 철학자들 중에 이러한 생각을 가진 사람이 얼마나 되는지 헤아릴 수 없을 정도이다. 비록 예부터 지금까지 평화의 조짐은 전혀 없었지만 그것을 학수고대하면서 하루도 빠짐없이 앙모할 목표를 간절히 추구했으니, 요컨대 이 또한 인간 진화의 한 요소가 아닌가? 우리 중국의 지혜를 사랑하는 사람들[13]은 유독 서방과 달라 아득히 먼 요순시대에 마음을 기울이거나 태고시대로 돌아가 사람과 짐승이 혼재된 세상에서 노닌다. 그들은 그때에는 어떠한 재앙도 생기지 않았고 사람들은 본성에 만족할 수 있어서 지금의 세상처럼 추악하고 위험하여 생활할 수 없을 정도는 아니었다고 한다. 이러한 주장은 인류의 진화라는 역사적 사실에 비추어 볼 때 완전히 배치되는 일이다. 대개 옛날 사람들은 여기저기 흩어져 떠돌아다녔으니 그 다툼과 노고가 아마 지금보다 더 심하지는 않았겠지만 지금과 비교하여 꼭 덜하다고 말할 수는 없을 것이다. 다만 오랜 세월이 지나 역사 기록이 남아 있지 않고 땀자국과 피비린내가 모두 민멸泯滅되었기에, 추측하여 그때에는 지극히 만족스럽고 안락했으리라 생각할 뿐이다. 가령 누군가를 당시로 돌려보내어 옛사람들과 그 우환을 함께하도록 하면 풀이 죽고 실의에 빠져 저 먼 반고盤古가 아직 태어나지 않은, 개벽이 되지 않은 세계를 다시 그리워할 것이니, 이 또한 반드시 있을 수 있는 일이다. 따라서 이러한 생각을 가진 사람들은 희망도 없고 전진도 없고 노력도 없어 서방의 사상과 비교하면 물과 불의 관계와 같다. 자살로써 옛사람을 따르는 것이 아니면 평생토록 더 이상 바라거나 노력할 것이 없어, 사람들을 본보기로 삼을 만한 목표로 이끌어도 속수무책으로 크게 한탄이나 하며 정신과 육체가 함께 무너질 따름이다. 더욱이 그 주장을 헤아려 보고 또 옛날의 사상가들思士을 보건대, 결코 오늘날 사람들이 과장해서 말하는 것처럼 그렇게 화토華土[14]를 낙토樂土로 여기지는 않았다. 심히 나약하여 아무 일도 할 수 없음을 스스로 알고 오직 세속을 초월하려 했으며, 오래된 나라에 넋이 빠져 사람들을 곤충이나 짐승 수준으로 떨어뜨려 놓고 자신은 은일隱逸해 버렸던 것이다. 사상가들이 이런데도 사회에서는 그들을 칭찬하여 한결같이 고상한 인물이라고 하니 이는 스스로 나는 곤충이요 짐승이요 하는 것과 같다. 그렇지 않은 경우에는 달리 학설을 내세워 사람들을 모두 태고의 질박함으로 되돌아가게 했는데, 노자老子의 무리가 그중에서 가장 뛰어났다. 노자가 쓴 5,000자의 글은 그 요점이 사람의 마음을 어지럽히지 않는다는 데 있다. 사람의 마음을 어지럽히지 않아야 하기 때문에 반드시 먼저 스스로 고목[15]의 마음에 이르고 '무위지치'無爲之治를 확립해야 한다. 무위無爲로써 사회를 교화시키면 세상이 태평해진다는 것이다. 이들의 방법은 훌륭하다. 그렇지만 성운이 응결되고 인류가 출현한 이래로 생존경쟁이 나타나지 않은 시대와 생물은 없었으며, 진화가 간혹 정지할 수는 있어도 생물이 원래의 상태로 되돌아갈 수는 없으니 어찌하랴. 만일 전진을 거역한다면 그 세력은 곧 영락으로 떨어질 것이니 세계 내에서 그 실례는 대단히 많아서 오래된 나라를 일람一覽하기만 해도 그것이 사실임을 알 수 있다. 만약 진실로 인간을 이끌어 점차 금수나 초목 그리고 원시생물로 돌아가게 하고, 다시 점차 무생물에까지 접근시킬 수 있다면 우주는 거대한 한 덩어리가 되고 생물은 이미 사라져 일체가 허무로 변할 것이니, 이는 차라리 지극히 맑은 세계가 아닌가. 그러나 불행히도 진화는 날아가는 화살과 같아 떨어지지 않으면 멈추지 않고 사물에 부딪히지 않으면 멈추지 않으니 거꾸로 날아가 활시위로 되돌아가기를 바라더라도 이는 이치로 보아 있을 수 없는 일이다. 이것이 인간 세상이 슬픈 까닭이며 '마라시파'가 지극히 위대한 이유이다. 인간이 이 힘을 얻으면 왕성해지고 널리 퍼지고 향상되어 인간이 이를 수 있는 극점까지 도달할 것이다.

중국에서의 다스림은 그 이상이 어지럽히지 않는 데 있었지만, 그 의미는 앞의 주장과 달랐다. 사람들이 서로 어지럽히거나 사람들에게서 어지럽힘을 당하는 것을 제왕들이 크게 금했는데, 그 의도는 자리를 보존하는 데 있었으니 자손 대대로 천만세 동안 통치하며 그치지 않으려는 것이었다. 그래서 천재(Genius)가 나타나면 반드시 전력을 다해 죽인다. 사람들이 나를 어지럽히거나 내가 사람들을 어지럽힐 수 있는 것을 백성들이 크게 금했는데, 그 의도는 평안히 생활하는 데 있었으니 차라리 몸을 웅크리고 영락할지언정 진취적인 것을 싫어했다. 그래서 천재가 나타나면 반드시 전력을 다해 죽인다. 플라톤은 이상적인 나라를 세우고, 시인은 다스림을 어지럽히므로 마땅히 나라 밖으로 추방해야 한다고 했다. 비록 나라의 좋고 나쁨과 뜻의 높고 낮음에는 차이가 있지만 그 방법은 실로 하나에서 나온 것이다. 대개 시인이란 사람의 마음을 어지럽히는 자이다. 보통사람의 마음에도 시가 없을 수 없다. 시인이 시를 짓는다고 해도 시는 시인의 전유물이 아니다. 시인이 지은 시를 한번 읽어 보고 마음으로 이해할 수 있는 사람이라면 스스로 시인의 시를 가지고 있는 것이다. 그것이 없다면 어떻게 이해할 수 있겠는가! 다만 보통사람은 시가 있어도 말로 나타내지 못하는데, 시인이 대신하여 말로 표현한다. 시인이 활을 잡고 한번 퉁기면 마음의 현이 즉시 이에 호응하여 그 소리가 영부[16]에 맑게 울려 퍼져 감정이 있는 생물은 모두 아침 해를 바라보듯 고개를 들며, 더욱이 이로 인해 아름답고 강력하고 고상하고 분발하게 되어 혼탁한 평화가 이로써 파괴된다. 평화가 파괴되면 인도人道가 증진된다. 그렇지만, 위로는 황제로부터 아래로는 노예에 이르기까지 이로 인해 이전의 생활이 변하지 않을 수 없으니, 힘을 합쳐 그 변화를 막고 옛 상태를 영원히 보존하려는 생각 역시 인지상정일 것이다. 옛 상태가 영속하면 이를 오래된 나라古國라고 한다.

시는 어쨌든 완전히 멸할 수 없는 것인데도 틀을 만들어 그것을 가두어 놓는다. 예를 들어 중국의 시를 보면, 순임금은 시는 뜻을 말하는 것이라 했고,[17] 후대의 현자는 이론을 세워 시는 사람의 성정性情을 묶어 두는 것이며 『시경』 삼백 편의 요지는 '사악함이 없다'는 말로 요약할 수 있다고 했다.[18] 무릇 시는 뜻을 말하는 것이라 해놓고 어째서 묶어 둔다고 하는가? 억지로 사악함이 없다고 하면 그것은 사람의 뜻人志이 아니다. 이는 아마도 자유를 채찍이나 고삐 아래에 두려는 것이 아니겠는가? 그런데 그 후의 글들은 과연 엎치락뒤치락해도 그 한계를 넘어서지 못했다. 주인을 송축하거나 귀족에게 아첨하는 작품은 더 말할 필요도 없다. 간혹 벌레나 새 소리에 마음이 반응하고 숲이나 샘물에 감정이 동하여 운어韻語로 나타내기도 했지만, 역시 대부분은 무형의 감옥에 갇혀 천지지간의 진정한 아름다움을 표현할 수 없었다. 그렇지 않으면 세상일에 비분강개하고 이전의 성현에 대한 감회를 표현한, 있으나 마나 한 작품이 잠시나마 세상에 유행했었다. 만약 우물쭈물하며 남녀 간의 사랑을 우연히 언급하면 유학자들은 곧바로 입을 모아서 이를 비난한다. 하물며 상속常俗에 지극히 반대하는 말에 대해서는 어떠하겠는가? 오직 굴원屈原만이 죽음을 앞두고 머릿속 생각이 파도처럼 일어나 멱라수汨羅水에까지 이어지고, 조국을 되돌아보고 훌륭한 인재가 없음을 슬퍼하며 애원哀怨을 표현하여 기문奇文을 지었다. 망망한 물 앞에서 주저 없이 세속의 혼탁함을 원망하며 자신의 뛰어난 재능을 칭송했고, 태고 때로부터 만물의 보잘것없는 것에 이르기까지 모든 것을 회의하면서 이전 사람들이 감히 말할 수 없었던 것까지 거리낌 없이 말했다. 그러나 그중에 아름답고 슬픈 소리가 넘치고 있지만, 반항과 도전은 작품 전체에서 찾아볼 수 없으니 후세 사람들에 대한 감동은 강하지 않았다.

유협劉勰은, 재능이 뛰어난 자는 그 웅장한 체재를 따랐고, 기교 있는 자는 그 아름다운 문사를 구했고, 읊조리는 자는 작품에 나오는 산천을 음미했고, 초학자童蒙는 작품 속의 향초를 주워 모았다고 했다.[19] 모두 겉모습에만 뜻을 두고 본질적인 내용에까지 나아가지 못하여 위대한 시인이 죽은 이후 사회는 변함이 없었으니 유협이 말한 네 구절 속에는 깊은 슬픔이 담겨 있는 것이다. 따라서 위대하고 아름다운 소리가 우리의 귀청을 울리지 못하는 것은 역시 오늘날에 처음 시작된 것이 아니다. 대체로 시인이 먼저 제창하여도 백성은 현혹되지 않는다. 생각건대, 문자가 생긴 이래로 지금까지 시인이나 사인詞人들 중에서 멋진 시妙音를 지어 그들의 영감을 전하여 우리의 성정性情을 아름답게 하고 우리의 사상을 숭고하게 한 자가 과연 몇이나 되는가? 위아래로 찾아보아도 거의 없는 것 같다. 그러나 이 역시 그들의 잘못이라 할 수 없다. 사람들의 마음에는 실리實利라는 두 글자가 아로새겨져 있어 그것을 얻지 못하면 애쓰고 그것을 얻으면 곧 잠이 든다. 설령 격렬한 울림이 있어도 어찌 그들의 마음을 움직이겠는가? 무릇 마음이 움직여지지 않는 것은 말라죽어서가 아니면 위축되어 있기 때문인데, 하물며 실리에 대한 생각이 가슴속에서 뜨겁게 타오르는 데야 어찌하겠는가. 또한 실리라는 것은 지극히 비열하여 언급할 것이 못 되니, 점차 비겁과 인색, 퇴보와 두려움에 이르게 되어 옛사람들의 소박함은 없어지고 말세의 각박함이 남게 되는 것은 필연적인 추세이다. 이 역시 옛 철학자들이 예상하지 못했던 일이다.

이제 시는 사람들의 성정을 움직여 성실, 위대, 강력, 과감의 영역으로 나아가도록 한다고 말하면 듣는 사람은 그것이 터무니없는 것이라 비웃을지 모르겠다. 그러나 일이란 형체가 없고 효과란 금세 나타나지 않는다. 가령 확실한 반증을 하나 든다면, 아무래도 외적에게 멸망당한 지 오래된 나라를 드는 것이 가장 좋을 것이다. 대개 그와 같은 나라는 채찍질하거나 묶어 놓기가 금수보다 쉬울 뿐 아니라 침통하고 우렁찬 소리로써 후인들을 움직여 일어나게 할 수 없다. 간혹 있다고 하더라도 받아들이는 사람 역시 거기에 감동하지 않고 상처의 아픔이 조금 가시면 곧 다시 생계 유지에 급급해한다. 목숨을 부지하는 데에만 신경을 쓸 뿐 비열하게 살아가는 데에는 근심하지 않으며, 외적이 다시 들이닥치면 학대를 받으며 그런 삶을 지속한다. 따라서 싸우지 않는 민족이 전쟁을 만나는 경우는 싸움을 좋아하는 민족에 비해 더 많으며, 죽음을 두려워하는 민족이 영락하여 패망하는 경우도 꿋꿋하게 죽음에 맞서는 민족에 비해 더 많은 것이다.

1806년 8월 나폴레옹이 프로이센군을 크게 격파하자, 이듬해 7월 프로이센은 화평을 요구하고 종속국이 되었다. 그러나 그때 독일 민족은 비록 전쟁에 패하여 굴욕을 당했지만 옛날의 찬란한 정신을 굳게 간직하고 버리지 않았다. 그리하여 아른트(E. M. Arndt)[20]라는 사람이 나와 『시대의 정신』(*Geist der Zeit*)을 저술하여 위대하고 장엄한 필치로 독립자유의 소리를 드높이니, 국민들은 이를 받들어 적개심을 크게 불태웠다. 그 뒤 적이 알아차리고 엄중하게 수색하자 아른트는 결국 스위스로 달아났다. 1812년이 되어 나폴레옹은 모스크바의 혹한과 대화재로 인해 실패하고 파리로 도망하여 되돌아오자 유럽 땅은 드디어 구름처럼 술렁이더니 반항군들이 다투어 일어났다. 이듬해 프로이센의 국왕 빌헬름 3세[21]가 곧 국민들에게 조칙을 내리고 병력을 모아, 자유·정의·조국이라는 세 가지 슬로건을 내걸고 전쟁을 선언했다. 꽃다운 나이의 학생, 시인, 예술가들이 싸움터로 달려갔다. 아른트 역시 돌아와 「국민군이란 무엇인가」와 「라인은 독일의 강이지 국경이 아니다」라는 두 편의 시를 지어 청년들의 의기를 고양시켰다. 그리하여 의용군 중에서 때마침 테오도르 쾨르너(Theodor Körner)[22]라는 사람은 감개하여 펜을 던지고 예나국립극장 시인이라는 직위를 사임한 뒤 그의 부모와 애인을 이별하고 드디어 무기를 들고 나섰다. 그는 부모에게 이런 편지를 써 보냈다. "프로이센의 독수리가 이미 세차게 날갯짓하고 정성스런 마음을 가지고 있으니 독일 민족의 큰 희망을 깨달았습니다. 저의 노래는 모두가 조국을 위한 것입니다. 저는 모든 행복과 기쁨을 버리고 조국을 위해 전사할 것입니다. 아아, 저는 신명神明의 힘으로 이미 큰 깨달음을 얻었습니다. 우리나라 사람들의 자유와 인도人道라는 훌륭한 의미를 위해 희생하는 것보다 더 위대한 것이 무엇이겠습니까? 뜨거운 힘이 무한히 저의 마음속에서 용솟음치고 있으니, 저는 일어섰습니다." 그 뒤에 나온 『하프와 칼』(*Leier und Schwert*)이라는 시집도 이러한 정신을 응집하여 큰 울림을 내고 있으니 책을 펼쳐 읽노라면 혈맥血脈이 팽창한다. 그런데 당시에 이처럼 열성과 깨달음을 품은 자가 쾨르너 한 사람에만 그치지 않았으니, 모든 독일 청년들이 다 그러했다. 쾨르너의 소리는 바로 전 독일인의 소리였으며 쾨르너의 피 역시 바로 전 독일인의 피였다. 따라서 추론하건대, 나폴레옹을 물리친 것은 국가도 아니요, 황제도 아니요, 무기도 아니요, 바로 국민이었던 것이다. 국민은 모두 시를 가지고 있었고 또 시인의 자질을 가지고 있었기 때문에 독일은 결국 망하지 않았다. 공리功利를 애써 지키고 시가詩歌를 배척하며 다른 나라에서 못 쓰게 된 무기를 가져다 자신들의 의식주를 지키려는 자들은 어찌 여기까지 생각이 미칠 수 있겠는가? 그렇지만 이 역시 시의 위력을 쌀이나 소금에 비유하여, 다만 실리를 숭상하는 사람들을 일깨워 황금이나 흑철黑鐵이 국가를 부흥시키기에 부족하다는 것을 알게 하려는 것뿐이니, 독일과 프랑스 두 나라의 외형을 우리나라가 그대로 모방할 수는 없는 일이다. 그 본질적인 의미內質를 보여 주어 약간이나마 깨달아 이해하는 바가 있기를 기대할 따름이다. 이 글의 본의는 진실로 여기에 있지 않은가.

3.

순문학純文學의 입장에서 말하면, 모든 예술의 본질은 그것을 보고 듣는 사람에게 감정을 일으켜 기쁘게 하는 데 있다. 문학은 예술의 일종이므로 그 본질 역시 당연히 그러하여, 개인이나 국가의 존망과 관계가 없고 실리實利와 멀리 떨어져 있고 이치를 따지는 일도 없다. 따라서 문학의 효용은 지식을 넓히는 데에는 역사책만 못하고, 사람을 훈계하는 데에는 격언만 못하고, 부를 쌓는 데에는 공업이나 상업만 못하고, 공명功名을 떨치는 데에는 졸업장만 못하다. 그러나 세상에는 문학이 있으며, 사람들은 이에 거의 만족하는 것 같다. 영국인 다우든(E. Dowden)[23]은 이렇게 말했다. “세상에서 뛰어난 예술과 문학이라 하더라도 보고 읽은 뒤에 인간 세상에 도움이 되지 못하는 경우가 종종 있다. 그렇지만 우리가 보고 읽는 데에 즐거워하는 것은 큰 바다를 헤엄치는 것과 같아서 망망한 바다를 마주하고 유유히 파도를 타면 수영이 끝난 다음에 몸과 마음 모두에 변화가 생긴다. 그런데 저 바다라고 하는 것은 실은 파도가 넘실거릴 뿐이고 감정이란 전혀 없으니 처음부터 교훈이나 격언은 한 마디도 우리에게 주지 못한다. 그러나 헤엄치는 사람의 원기와 체력은 바로 그로 인해 급격히 증대된다." 따라서 문학의 인생에 대한 쓰임은 결코 의식衣食, 가옥, 종교, 도덕에 비해 못하지 않다. 대개 인간은 천지지간에 있기 때문에, 때로는 자각적으로 열심히 일하고, 때로는 자신을 잃어버리고 망연자실하기도 하고, 때로는 생계를 위해 전력을 다하고, 때로는 생계의 일을 잊고 주색에 빠지기도 하고, 때로는 현실의 영역에서 활동하기도 하고, 때로는 이상적인 영역에 마음을 두기도 한다. 만일 어느 한쪽에만 힘을 쏟는다면 그것은 완전하다 할 수 없다. 추운 겨울이 영원히 지속되고 봄기운은 오지 않으며, 육체는 살아 있으나 넋은 죽어 있어 그 사람이 비록 살아 있다고 하더라도 인생의 의미는 잃고 마는 것이다. 문학의 불용지용[24]의 의미가 바로 여기에 있지 않은가? 존 스튜어트 밀[25]은 이렇게 말했다. "근세 문명은 과학을 수단으로 하고 합리를 정신으로 하고 공리功利를 목적으로 한다." 대세가 이런데도 문학의 쓰임은 더욱 신비롭다. 그 까닭은 무엇인가? 우리의 정신과 마음神思을 함양할 수 있기 때문이다. 인간의 정신과 마음을 함양하는 것이 바로 문학의 직분이요 쓰임이다.

이 밖에 문학이 할 수 있는 일과 관련하여 특수한 쓰임이 하나 있다. 대개 세계의 위대한 문학은 인생의 오묘한 의미를 드러낼 수 있으니, 인생의 사실과 법칙을 직접 표현하는 것은 과학이 할 수 없는 일이다. 이른바 오묘한 의미란 인생의 진리 바로 그것이다. 그 진리는 미묘하고 심오하여 학생들에게 말로 설명할 수는 없다. 마치 얼음을 보지 못한 열대지방 사람에게 얼음에 대해 말해 주는 것과 같아, 비록 물리학이나 생리학으로 설명하여도 물이 얼 수 있는지 얼음이 차가운지 알 수 없는 것과 마찬가지이다. 다만 얼음을 직접 보여 주고 만져 보게 하면 질량과 에너지라는 두 가지 성질을 말하지 않아도 얼음 자체가 확연히 눈앞에 있으니 의심할 것 없이 직접 이해하게 된다. 문학 역시 그러하여, 판단이나 분석은 학술처럼 논리적으로 엄밀하지 못하지만 인생의 진리가 문학의 언어 속에 포함되어 있어 그 소리를 듣는 사람은 마음이 트이고 인생과 직접 만나게 된다. 열대 지방 사람이 얼음을 본 다음에야 이전에 열심히 연구하고 사색해도 이해할 수 없었던 것이 이제 분명해지는 것과 같은 것이다. 예전에 아널드(M. Arnold)[26] 씨가 시를 인생 비평으로 삼은 것 역시 바로 이러한 의미이다. 따라서 사람들은 호메로스(Homeros)[27] 이래의 위대한 문학을 읽을 때 시詩로만 접근한 것이 아니라 스스로 인생과 마주쳐 인생의 장점과 결함의 존재를 뚜렷이 발견하여 스스로 원만하게 나아가려고 더욱 힘썼다. 이러한 효과는 교육적인 의의를 가진다. 교육적인 의의가 있으므로 이는 인생에 도움이 된다. 게다가 그 교육은 일반적인 교육과 달리 자각, 용맹, 발휘, 정진精進을 가져오니, 문학은 실로 그러한 효과를 보여 준다. 대개 영락하고 풀 죽은 나라는 이러한 교육적인 의의에 귀를 기울이지 않은 데서 비롯된 것이다.

그러나 사회학의 입장에서 시를 바라보는 사람은 그 주장이 또 다르다. 그 요지는 문학과 도덕이 밀접하게 관련되어 있다는 데 있다. 시에는 주요 성분이 있다고 하는데, 그것을 관념의 진실이라 부른다. 그 진실이란 도대체 무엇인가? 시인의 사상감정이 인류의 보편적인 관념과 일치되어야 한다는 것이다. 진실을 얻기 위해서는 어떻게 해야 하는가? 지극히 넓은 경험에 의거해야 한다는 것이다. 따라서 의거하고 있는 사람들의 경험이 넓을수록 시가 넓은 것으로 간주한다. 이른바 도덕이라는 것은 인류의 보편적인 관념에 의해 형성된 것에 지나지 않는다. 그러므로 시와 도덕의 밀접한 관계는 대자연造化으로부터 나온 것이다. 시와 도덕이 합치되면 관념의 진실이 이루어지므로 생명이 여기 있고 영원성不朽이 여기에 있다. 그렇지 않은 것들은 반드시 사회규범과 배치된다. 사회규범에 배치되기 때문에 반드시 인류의 보편적인 관념에 반하고, 보편적인 관념에 반하기 때문에 반드시 관념의 진실을 얻지 못한다. 관념의 진실을 잃으면 그 시는 죽게 마련이다. 그러므로 시가 죽는 것은 항상 도덕에 반하기 때문이다. 그렇지만 시가 도덕에 반하면서도 여전히 존재하는 것은 무엇 때문인가? 그들은 잠시뿐이라고 할 것이다. 시는 사악함이 없다라는 설은 실로 여기에 꼭 들어맞는 경우이다. 가령 중국에 문예부흥의 날이 온다면, 이 설을 내세워 애써 그 싹을 자르려는 자가 틀림없이 때를 지어 나타날 것이 우려된다. 그리고 유럽의 비평가들 역시 대부분 이러한 설을 가지고 문학을 규제하고 있다. 19세기 초 세계는 프랑스혁명의 풍조에 동요하여 독일, 스페인, 이탈리아, 그리스가 모두 일어나 지난날의 꿈에서 하루아침에 깨어났으나 오직 영국만이 움직임이 비교적 없었다. 그러나 위아래가 서로 충돌하여 때때로 불평이 생기더니 시인 바이런이 바로 이때에 태어났다. 그 이전의 스코트(W. Scott)[28] 등은 그 문장이 평온하고 상세한 사실만 추구하여 옛 종교도덕과 대단히 융화가 잘 되었다. 바이런에 이르러 옛 규범에서 벗어나 믿는 바를 직서直抒했고 그 문장은 강건, 저항, 파괴, 도전의 소리가 담겨 있지 않은 것이 없었다. 평화로운 사람은 두렵지 않을 수 있겠는가?

그리하여 그를 사탄이라고 불렀다. 이 말은 사우디(R. Southey)[29]에서 비롯되었고 많은 사람들이 이에 동조했다. 나중에는 셸리(P. B. Shelly)[30] 이하의 여러 사람들을 지칭하는 말로 확대되었는데, 지금까지 폐기되지 않고 있다. 사우디도 시인으로서 그 작품이 당시 사람들의 보편적인 진실을 반영할 수 있었기 때문에 월계관을 받았고 바이런을 극심하게 공격했다. 바이런 역시 악성惡聲으로써 반격하며 그를 시상詩商이라고 불렀다. 그의 『넬슨 전』(*The Life of Lord Nelson*)은 지금도 세상에 크게 유행하고 있다.

『구약』의 기록에 따르면, 하느님이 7일 만에 천지를 창조하고 마지막으로 흙을 빚어 남자를 만들어 아담이라 했고, 그 뒤 그의 적막함을 근심하여 다시 그의 갈비뼈를 뽑아 여자를 만들어 하와라 하고 모두 에덴에 살게 했다. 또한 새와 짐승, 꽃과 나무를 더했고, 네 줄기 강물을 흐르게 했다. 에덴에는 생명이라는 나무와 지식이라는 나무가 있었다. 하느님은 인간에게 그 열매를 따먹지 말라고 금지했으나 악마가 뱀으로 변해 하와를 유혹하여 그 열매를 따먹도록 했고, 이에 생명과 지식을 얻게 되었다. 하느님이 노하여 즉각 인간을 내쫓고 뱀을 저주하니, 뱀은 배로 기어 다니며 흙을 먹게 되었고, 인간은 노동으로 살아가고 죽음을 얻게 되었으며 징벌이 자손에까지 이어져 예외가 없었다. 영국의 시인 밀턴(J. Milton)은 일찍이 그 이야기를 취하여 『실낙원』(*The Paradise Lost*)을 지어 하느님과 사탄의 싸움을 광명과 암흑의 싸움으로 비유했다. 사탄의 모습은 지극히 흉악하고 사나웠다. 이 시가 나온 이후로 사탄에 대한 사람들의 증오는 마침내 더욱 깊어졌다. 그러나 진단 사람들처럼 신앙이 다른 자의 입장에서 보면, 아담이 에덴에서 살아가는 것은 새장에 갇힌 새와 다를 바 없고, 무식하고 무지하여 오직 하느님만 기쁘게 하면 그만이니, 악마의 유혹이 없었다면 인류는 태어나지 않았을 것이다. 따라서 세상 사람들은 모두 당연히 악마의 피를 가지고 있으며 인간 세상에 혜택을 준 것은 사탄이 처음이다. 그러나 기독교도로서 사탄이라는 이름을 얻게 되면 마치 중국에서 정도正道를 배반하는 것처럼 사람들은 공동으로 그를 배척하여 몸 두기조차 어려우니, 격노하고 싸움을 좋아하고 활달하고 생각이 깊은 사람이 아니라면 이를 견뎌내지 못한다. 아담과 하와가 에덴을 떠난 다음 아들 둘을 낳아 첫째를 아벨이라 하고 둘째를 카인이라 했다.[31] 아벨은 양을 치고 카인은 농사를 지어 항상 수확한 것을 하느님에게 바쳤다. 하느님은 기름기를 좋아하고 과실을 싫어하여 카인이 바치는 것은 거절하며 거들떠보지도 않았다. 이로 인해 카인은 점차 아벨과 다투게 되었고, 결국 아벨을 죽였다. 하느님은 카인을 저주하여 땅을 척박하게 만들고 다른 지방으로 유랑하게 했다. 바이런은 이 이야기를 취하여 시극[32]을 지어 하느님을 크게 힐난했다. 기독교도들은 모두 노하여 신성을 모독하고 풍속을 해쳤다 하여 영혼이 고갈된 시라고 떠벌리며 바이런을 극심하게 공격했다. 오늘날의 비평가 중에도 아직 이런 이유로 바이런을 비난하는 사람이 있다. 그 당시에 다만 토머스 무어(Th. Moore)[33]와 셸리 두 사람만이 바이런의 시는 아름답고 위대하다고 크게 칭찬했다. 독일의 대시인 괴테 역시 절세의 문장이라 하여 영국의 문학 중에서 그것이 가장 훌륭한 작품이라 했다. 나중에 에케르만(J. P. Eckermann)[34]더러 영어를 배우도록 한 것은 그 작품을 직접 읽어 보고 싶었기 때문이라고 한다. 또 『구약』의 기록에 따르면, 카인이 떠난 후 아담은 다시 아들 하나를 얻었고, 오랜 세월이 흘러 인류는 더욱 번성하게 되었다. 그리하여 마음에 품은 생각들이 대부분 사악한 것들이었다. 하느님은 이에 후회하고 인류를 멸망시키려 했다. 오직 노아만이 하느님을 잘 섬기고 있었으므로 하느님은 그에게 고퍼gopher 나무로 방주를 만들게 하고 가족들과 동식물 각각 한 쌍씩을 태우게 했다. 드디어 큰비가 사십 일 주야로 내리더니 홍수가 나고 생물이 멸종했다. 그러나 노아의 가족만이 무사하여 물이 빠지자 땅 위에서 살게 되었고, 자손이 다시 태어나 지금까지 끊어지지 않고 있다. 이야기가 여기에 이르면 당연히 우리는 하느님도 후회할 수 있다니 참으로 기이한 일이구나 하고 느낄 것이다. 또한 사람들이 사탄을 싫어하는 것도 이치로 보아 이상할 것이 없다고 느낄 것이다. 대개 노아의 자손으로서 사람들이 반항자를 애써 배척하고 하느님을 존경하고 섬기면서 전전긍긍 조상의 유업을 계승하려는 것은 홍수가 다시 범람하는 날 다시 하느님의 밀령을 받아 방주에서 자신을 보존하기를 바라기 때문이다. 그런데 생물학자들의 말을 들어 보면 격세유전이라는 것이 있어서 생물 중에는 항상 먼 조상을 닮은 기이한 품종이 나타난다는 것이다. 예를 들어, 사람이 기르는 말 중에 종종 얼룩말인 제브러(zebra)와 비슷한 야생말이 태어나는데, 그것은 길들이기 이전의 모습이 지금에 나타난 것이다. 악마파 시인의 출현도 이와 같아 이상한 일은 아니다. 유독 뭇 말들衆馬이 길들여지지 않은 말에 대해 분노하며 무리 지어 일제히 발길질을 해댄다면 이는 참으로 가련하고 한탄스러운 일이다.

4.

바이런은 이름이 '조지 고든(George Gordon)이고 스칸디나비아의 해적 부룬(Burun)족의 후손이었다. 부룬족은 노르망디[35]에서 살았으며 윌리엄을 따라 영국으로 건너와 헨리 2세 때에 이르러 처음으로 지금의 성을 사용했다. 바이런은 1788년 1월 22일 런던에서 태어났고, 열두 살 때부터 시를 지었다. 케임브리지대학에서 오랫동안 공부했지만 학업을 마치지 못하고 영국을 떠나 널리 여행할 것을 결심했다. 포르투갈을 시작으로 동으로는 그리스와 터키 및 소아시아에까지 이르렀으며, 그곳 자연의 아름다움과 민속의 특이함을 두루 살피고 『차일드 해럴드의 편력』(*Childe Harold's Pilgrimage*) 두 권[36]을 지었다. 이 시들은 변화무상하여 세상에서는 경절[37]이라 불렀다. 그 다음에 지은 『이교도』(*The Giaour*)[38]와 『신부 아비도스』(*The Bride of Abydos*) 두 편은 모두 터키로부터 제재를 취했다. 전자는 이교도(이슬람교도)가 하산Hassan의 처와 간통하자 하산이 그의 처를 물에 빠뜨려 죽이고, 이교도가 달아났다가 나중에 마침내 돌아와 하산을 살해하고 사원에 들어가 스스로 참회한다는 내용이다. 절망의 비애가 작품 전체에 흘러 넘쳐 독자들은 슬퍼하게 된다. 후자는 줄레이카Zuleika라는 한 여인이 셀림Selim을 사랑했으나, 여인의 아버지가 그녀를 다른 사람에게 시집보내려 하자 여인은 셀림과 함께 달아나고, 그 뒤 붙잡혀 셀림은 싸우다 죽고 여인도 끝내 자살하고 만다는 내용이다. 이 작품에는 반항의 소리가 담겨 있다.

1814년 1월에 이르러 바이런은 『해적』(*The Corsair*)이라는 시를 지었다. 작품 속의 주인공 콘래드Conrade는 세상에 대해 일절 미련을 가지고 있지 않았으며, 일체의 도덕을 버리고 오직 강인한 자신의 의지에 의존하여, 해적의 수령이 되어 부하들을 거느리고 해상에서 거대한 왕국을 세웠다. 외로운 배와 날카로운 칼은 가는 곳마다 다 자기 뜻대로 움직였다. 오직 집에는 사랑하는 아내만 있었을 뿐, 그 밖에 아무것도 없었다. 예전에는 신앙이 있었지만 콘래드는 일찍부터 그것을 버렸고, 신 역시 이미 콘래드를 버렸다. 그리하여 칼 하나의 힘으로 권력을 잡게 되자 국가의 법도와 사회의 도덕을 모두 멸시했다. 권력을 갖추어 그 권력으로 자신의 의지를 수행한다면 남들이 어찌할 것이며 하느님도 어떻게 명령을 내리겠는가? 이는 물을 것도 없는 일이다. 만약 그의 운명은 어떠한가 하고 묻는다면, 칼이 칼집 속에 있다가 일단 밖으로 나와 번쩍이면 혜성조차 빛을 잃게 된다고 할 수 있다. 그렇지만 콘래드의 사람됨은 원래부터 악한 것은 아니었다. 안으로는 고상하고 순결한 이상을 품고 있었으며, 일찍이 자신의 마음과 몸을 다해 인간 세상에 도움이 되고자 했다. 소인배들이 그의 밝음을 덮어 버리고, 험담과 아첨이 사람의 귀를 막아 버리고, 범인凡人들이 아옹다옹 시기하고 중상하는 버릇이 만연되어 있음을 보고 점차 냉담해졌고, 냉담함은 점차 굳어져 혐오로 바뀌었다. 마침내 사람들로부터 원한을 받게 되자 일어나 사회에 복수하려 했다. 날카로운 칼과 조그마한 배에 의지하여 사람과 신을 가리지 않고 가는 곳마다 항전했다. 복수라는 말은 오직 그의 정신세계 전체를 관통하고 있었다. 어느 날 세이드Seyd를 공격하다가 패하여 감옥에 갇히게 되었다. 세이드의 첩이 콘래드의 용기를 사랑하여 탈옥시켜 주고 배를 타고 그와 함께 달아났다. 파도가 치는 바다 한가운데서 그의 부하와 마주치자 그는 크게 소리치며, 이 배는 내 핏빛을 상징하는 깃발이며, 내 운명은 바다 위에서 마칠 수는 없다고 말했다. 그런데 자기 집으로 돌아가 보니 등불은 어두웠고 사랑하는 아내가 죽어 있었다. 얼마 후 콘래드 역시 실종되었다. 그의 부하들이 바다 위 구석구석을 뒤졌지만 종적이 묘연했다. 오직 헤아릴 수 없는 죄악만 남아 있고 정의를 좇는 정신만이 세상에 영원히 존재할 뿐이었다. 바이런의 조부인 존[39]은 조상이 바다의 왕이었다는 것을 그리워하여 해군에 입대하여 해군 원수元

帥가 되었다. 바이런이 이러한 시를 창작한 것도 그 동기가 비슷하다. 누군가가 바이런을 해적이라 하자 바이런은 그 말을 듣고 몰래 기뻐했는데, 작품 속 콘래드의 사람됨은 실로 시인 자신의 화신이라 할 수 있으니, 이는 아마 의심할 수 없는 사실이다.

3개월이 지나 또 『라라』(*Lara*)라는 작품을 창작했다. 라라Lara라는 인물은 사람을 죽이는 데 해적과 다르지 않았고, 후에 반란을 일으켰으나 실패하여 상해傷害를 입었다. 날아오는 화살이 그의 가슴을 뚫었고, 마침내 죽었다. 그 내용을 보면, 자존심이 강한 사람이 피할 수 없는 운명에 저항하는 그 처절한 모습은 어디에도 비길 데가 없다. 그 밖에 다른 작품들도 있지만 그렇게 위대한 작품은 아니다. 이러한 시들의 풍격은 스코트를 본받았는데, 스코트는 이 때문에 소설 창작에 진력하여 다시 시를 짓지는 않았다. 이는 바이런을 피하기 위함이었다. 그 뒤 바이런이 그의 부인과 이혼하자 세상 사람들은 이혼의 이유를 모르면서 다투어 그를 비난했고, 회의에 참석할 때마다 사방에서 비웃고 욕했으며, 또한 그가 극장에 가는 것조차 금지했다. 그의 친구 토머스 무어는 바이런의 전기를 쓰면서 이 사건에 대해 다음과 같이 평했다. "세상이 바이런을 대하는 태도는 그 어머니의 태도와 다르지 않았는데, 사랑했다 싫어했다 하여 일정한 틀이 없었다." 그런데 천재를 곤궁하게 하고 살해하는 경우는 모름지기 사회에 늘 있는 일로서 도도하게 이어져 왔으니, 어찌 영국만의 일이겠는가? 중국에서도 한진漢晉 이래로 문명文名을 날리던 사람들이 대부분 비방을 많이 받았으니 유협은 이들을 변호하며 이렇게 말했다. "사람이 타고난 다섯 가지 천부적 재능은 장단이 있고 쓰임이 다르니, 예부터 뛰어난 철인이 아니면 모두 갖추기 어렵다. 그러나 장상將相은 지위가 높아 앞길이 크게 트여 있고 문사文士는 직위가 비천하여 비난을 많이 받는다. 이는 장강과 황하는 물살이 세차지만 연수涓水와 하찮은 물줄기들은 마디마디 꺾이는 것과 같기 때문이다."[40] 동방의 악습은 이 몇 마디 말로써 모두 표현할 수 있을 것이다. 그러나 바이런이 받은 재앙은 그 원인이 앞에서 설명한 것과 같은 것만은 아니었다. 사실은 도리어 이름이 너무 유명했기 때문이다. 사회가 완고하고 우매하여 적들은 몰래 엿보다가 기회를 잡아 일제히 공격했고, 대중들은 깊이 살피지 않고 망령되이 그들에 부화뇌동했다. 만약 고관을 찬양하고 빈한한 선비를 괴롭힌다면 그 부패함은 차라리 명성을 시기하는 것보다 더 심한 것이다. 바이런은 이 때문에 끝내 영국에서 살 수 없었으니, 스스로 이렇게 말했다. "만약 세상의 평가가 정확하다면 나는 영국에서 아무런 가치 없는 존재일 것이고, 만약 평가가 잘못되었다면 영국은 나에게 아무런 가치 없는 존재일 것이다. 나는 떠나 버릴까? 그렇지만 여기에 그치지 않고, 비록 다른 나라로 떠난다고 해도 그들은 또 나를 미행할 것이다." 그 뒤 그는 마침내 영국을 떠나 1816년 10월 이탈리아에 도착했다. 이때부터 바이런의 작품은 더욱 위대해졌다.

바이런이 이국異國에서 쓴 작품 중에는 『차일드 해럴드의 편력』 속편, 『돈 후안』(*Don Juan*)[41]이라는 시 그리고 세 편의 시극詩劇이 가장 훌륭하다고 한다. 이들 작품은 모두 사탄을 높이고 하느님에게 저항하는 내용인데, 사람들이 감히 말할 수 없는 것들을 말하고 있다. 첫번째 시극은 『맨프레드』(*Manfred*)이다. 맨프레드는 실연의 절망으로 깊은 고통의 구렁텅이에 빠져 잊고자 했으나 잊을 수 없었다. 마귀가 나타나 잊고자 하는 것이 무엇이냐고 물었다. 맨프레드가 잊고자 하는 것에 대해 말하자 마귀는 죽음이 모든 것을 잊게 해준다고 일러 주었다. 그러자 죽음이 과연 잊을 수 있게 해줍니까 하고 대답했다. 마음속에 의심이 들어 믿지 못했던 것이다. 후에 마귀가 맨프레드를 굴복시키려 했지만 맨프레드는 의지로써 고통을 극복하면서 의연하게 마귀를 몰아내며 이렇게 말했다. "너희들은 결코 나를 유혹하여 멸망시킬 수 없다. (중략) 나는 스스로 무너진 자이다. 가거라, 마귀들이여! 죽음의 손은 진실로 나에게 달려 있지 너희 손에 달려 있지 않다." 이는 스스로가 선과 악을 만들었다면 그에 대한 포폄褒貶과 상벌 역시 모두 스스로에 달려 있으니 신이나 마귀도 굴복시킬 수 없고 하물며 다른 것들이야 말할 필요가 있겠는가 하는 뜻이다. 맨프레드의 의지력은 이처럼 강했고 바이런 역시 그러했다. 어떤 비평가는 이 작품을 괴테의 시극『파우스트』(*Faust*)에 비유했다고 한다.

두번째 시극은『카인』(*Cain*)이다. 이 작품이 성경에 근거했음은 이미 앞에서 언급했다. 이 작품에는 루시퍼[42]라는 마귀가 등장하는데, 카인을 우주로 인도하여 선악과 생사의 원인에 대해 논한다. 카인은 크게 깨닫고 마침내 악마를 스승으로 삼는다. 작품이 세상에 나오자 기독교도들은 일제히 공격했고, 바이런은『하늘과 땅』(*Heaven and Earth*)이라는 작품을 창작하여 이에 맞섰다. 주인공 아페테[야벳]는 박애와 염세의 사상을 가지고 역시 종교를 힐난하며 종교의 불합리를 폭로했다. 사탄은 어떻게 생겨났는가? 기독교의 학설에 따르면, 사탄은 천사의 우두머리였지만 공연히 갑작스레 큰 희망이 떠올라 하느님을 배반하는 마음이 생겼고, 패하여 지옥에 떨어져 이때부터 악마가 되었다. 이로써 보건대 악마도 하느님이 제 손으로 창조한 것이다. 그후 낙원에 잠입하여 지극히 아름답고 안락한 에덴을 말 한마디로 무너뜨렸으니 대단한 능력을 갖추지 않고서 어찌 그런 일을 할 수 있었겠는가? 에덴은 하느님이 보호하고 있었지만, 악마가 그것을 파괴했으니 신은 어찌 전능하다고 하겠는가? 게다가 스스로 악물惡物을 창조해 그것 때문에 징벌하고 또한 전 인류를 연루시켜 징벌했으니 그의 인자함은 도대체 어디에 있는가? 그래서 카인은 이렇게 말했다. "신은 불행의 원인이다. 신 역시 불행하여 제 손으로 파멸이라는 불행을 만들어 낸 자이니 어찌 행복을 말할 수 있겠는가? 그런데 내 아버지는 신은 전능하다고 말한다. 나는 그에게 '신이 선하다면 어째서 또 사악합니까' 하고 물었다. 그러자 '악이라고 하는 것은 선으로 나아가는 길이다'라고 말했다." 신의 선함은 진실로 이 말과 같다. 먼저 춥고 굶주리게 하고 나서 그에게 옷과 음식을 준다. 먼저 전염병을 주고 나서 구원을 베푼다. 제 손으로 죄인을 만들어 놓고 내가 너희 죄를 용서하노라, 라고 말한다. 그러면 사람들은 신을 찬미하세, 신을 찬미하세 말하면서 애써 교회당을 짓는다. 루시퍼는 그렇지 않아 이렇게 말했다. "나는 하늘과 땅에 맹세한다. 나를 이기는 강자가 진실로 있다고 하더라도 내 위에서 군림할 수는 없다. 신이 나를 이겼기 때문에 나를 악이라 부른다. 만약 내가 승리했다면 악은 오히려 신에게 있고 선과 악은 위치가 뒤바뀔 것이다." 이러한 선악론은 니체와는 정반대이다. 니체는 강자가 약자를 이겼기 때문에 약자가 강자가 한 일을 악이라 부른다고 했다. 그러므로 악은 실로 강자의 대명사이다. 루시퍼는 악을 약자의 억울한 이름으로 간주했다. 따라서 니체는 스스로 강해지려고 하면서 또한 강자를 찬양했고, 루시퍼 역시 스스로 강해지려고 하면서 강자에게 강력히 저항했으니, 호오好惡는 다르지만 강해지려고 한 점에서는 일치한다. 사람들은 신은 강하므로 지극히 선하다고 말한다. 그런데 선한 자가 과실을 좋아하지 않고 비린내 나는 고기를 더 좋아하여 카인이 바친 제물은 비할 데 없이 순결한데도 회오리바람으로 날려 버리듯 그것을 팽개쳐 버렸다. 인류는 실로 하느님에 의해 시작되었지만 한 번 하느님의 마음을 배반하자 하느님은 홍수를 일으켰고, 또 죄 없는 동식물들을 죽였다. 이를 두고 사람들은, 그리하여 죄악을 멸했으니 하느님을 찬미하세, 라고 말한다. 야페테는 이렇게 말했다. "너희 구원받은 어린 자들이여! 너희는 무서운 파도에서 벗어난 것이 천행天幸을 얻었기 때문이라고 생각하는가? 너희는 구차하게 살기만을 구하고 음식과 색色만 탐하여 세계의 멸망을 목격하여도 그에 대해 동정하거나 탄식하지 않았다. 게다가 큰 파도를 감당할 용기도, 동포인 인류와 그 운명을 같이 할 용기도 없었다. 너희는 아버지를 따라 방주로 달아났고 세계의 묘지 위에 도읍을 세웠으니 결국 부끄럽지 않은가?" 그렇지만 사람들은 끝내 부끄러워하지 않았다. 오히려 땅에 엎드려 그칠 줄 모르고 하느님을 찬송했다. 이런 이유로 하느님은 마침내 강자가 되었다. 만약 중생들이 하느님을 떠나 그를 거들떠보지 않았다면 어찌 그와 같은 위력을 가질 수 있었겠는가? 사람들은 먼저 신에게 힘을 주고 다시 신의 힘을 빌려 사탄을 저주했던 것이다. 그러나 이런 사람들은 하느님이 이전에 멸종시키려 했던 바로 그런 무리이다. 사탄의 입장에서 보면, 그들의 우매함과 비열함을 어떻게 말할 수 있겠는가? 그것을 알려 주려고 하면 말이 입 밖으로 나오기도 전에 그들은 벌써 멀리 달아나고 내용이 어떠한가에 대해서는 성찰하지 않는다. 그대로 내버려두자니 사탄의 마음에 어긋나니, 그래서 권력을 가지고 세상에 나타나는 것이다. 신은 일종의 권력이요, 사탄 역시 일종의 권력이다. 다만 사탄의 권력은 신으로부터 생겨났기 때문에 신의 힘이 없어져도 사탄의 힘이 그것을 대신하지 못한다. 위로는 힘으로 하느님에게 저항하고 아래로는 힘으로 중생을 제약하니 행동이 서로 배치됨은 이보다 더 심한 경우가 없다. 그러나 중생을 제약하는 것은 바로 저항 때문이다. 만일 중생들이 함께 저항한다면 무엇 때문에 그들을 제약하겠는가? 바이런 역시 그러하여, 스스로 반드시 사람들 앞에 서서 무리 뒤에 서 있는 사람에 대해 분개했다. 대개 스스로 사람들 앞에 서지 않으면 사람들에게 무리 뒤로 떨어지지 말라고 할 수 없기 때문이다. 사람들을 뒤에 내버려두고 자기만 앞서는 것 또한 사탄이 크게 부끄러워했기 때문이다. 그래서 바이런은 위력을 떠받들고 강자를 찬미했으며, 게다가 "나는 아메리카를 사랑한다. 이곳은 자유의 땅이요, 신이 준 푸르름의 땅이요, 억압을 받지 않은 땅이다"라고 했다. 이것으로 보건대, 바이런은 나폴레옹이 세계를 파괴한 것을 좋아했고, 워싱턴이 자유를 위해 싸운 것을 사랑했으며, 해적의 거침없는 행동을 충심으로 흠모했고, 홀로 그리스의 독립을 도왔으니, 한 사람이 억압과 반항을 겸하고 있었던 것이다. 그렇지만 자유가 여기에 있고 인도人道 역시 여기에 있다.

5.

자존심이 대단한 사람은 항상 끊이지 않고 세상과 세속에 대해 분개하고 싫어하며 거대한 진동을 일으켜 대척되는 무리와 한바탕 싸움을 일으킨다. 대개 자존심이 강한 사람이라면 스스로 물러서지도 않고 타협하지도 않으며, 의지대로 내맡겨 목적을 달성하지 않으면 그만두지 않는다. 그리하여 이로 인해 점차 사회와 충돌하고, 이로 인해 점차 세상으로부터 배척당한다. 바이런과 같은 자가 바로 그중 하나이다. 그는 이렇게 말했다. "척박한 땅에서 우리들은 무엇을 얻을 수 있겠는가? (중략) 모든 사물은 다 습속이라는 지극히 잘못된 저울에 의해 가늠된다. 이른바 여론이라는 것은 실로 큰 힘을 가지고 있다. 하지만 여론은 암흑으로써 전 지구를 덮어 버린다."[43] 이 말의 의미는 근세 노르웨이의 문인 입센(H. Ibsen)의 견해와 합치한다. 입센은 근세에 태어나 세속의 혼미함에 대해 분개했고 진리가 빛을 잃는 데 대해 슬퍼했다. 『민중의 적』이라는 작품을 빌려 주장을 폈는데, 의사 스토크만Stockmann이 작품 전체의 주인공으로 그는 진리를 사수하고 저속함을 거부하여 마침내 사회의 적이라는 이름을 얻는다. 스스로 집주인에게 쫓겨났고 그의 아들 역시 학교에서 배척당했지만 끝까지 분투하며 흔들리지 않았다. 말미에서 "나는 진리를 보았다. 지구상에서 가장 강한 사람은 가장 독립적인 사람이다"라고 했다. 스토크만의 처세에 대한 철학은 이러했다. 하지만 바이런은 그와 완전히 일치한 것은 아니었으니, 바이런이 묘사한 인물들은 모두 각자 다양한 사상을 가지고 있고 각자 다양한 행동을 보여 준다. 어떤 인물은 불평하고 염세적이어서 사회와 거리가 아주 멀었으니 어찌 세상과 짝을 이룰 수 있었겠는가? 차일드 해럴드가 그런 사람이다. 어떤 인물은 극도로 염세적이어서 멸망을 바랐는데, 맨프레드가 그런 사람이다. 어떤 인물은 사람들과 신으로부터 참혹한 고통을 받아 그것이 뼈에 사무쳐 마침내 모든 것을 파괴하고 이로써 복수하려 했는데, 콘래드와 루시퍼가 그런 인물이다. 어떤 인물은 도덕적 믿음을 버리고 오만하게 거리낌 없이 노닐며 사회를 조롱함으로써 스스로 통쾌하게 여겼는데, 돈 후안이 그런 인물이다. 이들과 다른 경우로서, 의협을 숭상하고 약자를 도우며 불공평을 바로잡고 힘 있는 자의 어리석음을 전복하여 비록 사회로부터 죄를 얻었지만 결코 두려워하지 않았으니, 바로 바이런의 최후 시기가 이에 해당한다. 그는 전기前期에는 상술한 책 속의 인물들과 동일한 경험을 했으며, 그래도 비탄에 빠지거나 절망하지 않고 스스로 세상으로부터 멀리 떨어져 있기를 바랐으니, 이는 맨프레드가 취한 행동과 같았다. 따라서 바이런은 가슴에 품었던 불만을 과감히 발설했으며, 자신만만하고 거침이 없었고 여론을 고려하지 않았으며, 파괴와 복수에 대해서도 전혀 주저하지 않았다. 그러나 의협의 성격 역시 바로 이러한 뜨거운 열기 속에 숨어 있었으니, 독립을 중시하고 자유를 사랑하여 만약 노예가 눈앞에 서 있으면 반드시 진심으로 슬퍼하고 질시했다. 진심으로 슬퍼한 것은 그들의 불행을 안타까워했기 때문이며, 질시한 것은 그들이 싸우지 않음을 분노했기 때문이다. 이것이 바로 시인이 그리스의 독립을 원조했고, 그래서 끝내 그들의 군대에서 죽었던 까닭이다. 바이런은 자유주의자로서 일찍이 이렇게 말했다. "만약 자유를 위한 것이라면 꼭 자신의 나라에서만 투쟁할 필요는 없고, 당연히 다른 나라에서도 투쟁해야 한다."[44] 이때 이탈리아가 마침 오스트리아로부터 통치를 받고 있어 자유를 상실했다. 비밀정당을 결성하여 독립을 꾀하고 있었는데, 이에 바이런은 비밀리에 이 일에 가담하여 자유의 정신을 고취하는 사명을 스스로 떠맡았다. 비록 저격하려거나 밀탐하려는 무리들이 그의 주위를 에워싸고 있었으나 산책을 하거나 말 타는 일을 끝까지 그만두지 않았다. 나중에 비밀정당이 오스트리아인에 의해 깨어지고 희망이 모두 끝났지만 그 정신은 끝내 없어지지 않았다. 바이런의 독려는 그 영향력이 그대로 후일에까지 파급되어 마치니[45]와 카보우르[46]가 나왔으며, 그리하여 이탈리아의 독립이 완성되었다.[47] 그래서 마치니는 이렇게 말했다. "이탈리아는 실로 바이런의 도움을 크게 받았다. 그는 우리나라를 일으켜 세운 사람이다!" 이 말은 아마 참말일 것이다.

바이런은 평시에 또 그리스를 대단히 동정하여 자석이 남쪽을 가리키듯 마음이 그쪽으로 향했다. 그런데 그리스는 당시 자유를 전부 상실하고 터키의 판도 내로 들어가 그들로부터 속박받고 있었지만 감히 항거하지 못했다. 시인이 그리스를 안타까워하고 비통해하는 모습은 작품 속에서 종종 발견되는데, 예전의 영광을 그리워하고 후인들의 영락을 슬퍼하고 있다. 때로는 책망하기도 하고 때로는 격려하기도 했으니, 그리스인들에게 터키를 몰아내고 나라를 부흥시키도록 하여 찬란하고 장엄했던 예전의 그리스를 다시 보고 싶었던 것이다. 『이교도』와 『돈 후안』 두 작품 속에 나오는, 원망하고 책망하는 절절한 마음과 희망의 진실한 믿음을 뚜렷한 증거로 삼을 수 있겠다. 1823년 무렵 런던의 그리스협회[48]는 바이런에게 편지를 띄워 그리스의 독립을 위해 도와줄 것을 요청했다. 바이런은 평시에 당시의 그리스인들에 대해 대단히 불만을 가지고 있었고 일찍이 그들을 '세습적인 노예', '자유 후예의 노예'[49]라고 했기 때문에 즉각적인 반응을 보이지 않았다. 그러나 의분 때문에 마침내 수락하고 드디어 행동으로 옮겼다. 그리스 인민의 타락은 실로 앞서 말한 바와 같아서 그들을 격려하여 다시 진작시킨다는 것은 대단히 어려운 일이었다. 그리하여 체팔로니아 섬[50]에 정박한 것은 5월이었고 이어 미솔롱기[51]로 향했다. 그때 육해군은 매우 어려운 처지에 놓여 있어 바이런이 도착했다는 소식을 듣고 뛸 듯이 기뻐하며 마치 천사를 맞이하듯 그를 영접하기 위해 모여들었다. 이듬해 1월 독립정부는 바이런을 총독으로 임명하고 군정과 민정에 관한 전권을 주었다. 그러나 그리스는 이때 재정적으로 큰 어려움을 겪고 있었고 군대는 군량미가 없어 대세가 거의 기울어 가는 듯했다. 게다가 술리오트[52] 용병이 바이런의 관대함을 알고 여러 가지를 요구하면서 다소 불만을 터뜨리더니 투항하려고 했다. 타락한 그리스 백성들도 그들을 부추기니 바이런은 난처한 처지가 되었다. 바이런은 크게 격분하며 그 국민성이 비열함을 크게 꾸짖었다. 앞서 말한 이른바 '세습적인 노예'는 과연 이처럼 구제할 수 없었다. 그래도 바이런은 실망하지 않고 혁명의 중추를 스스로 세우고 주위 사방의 험난함에 맞섰다. 장군과 병사 사이에 내분이 생기면 화해를 시키고 스스로 모범을 보이며 사람들에게 인도人道를 가르쳤다. 더욱이 대책을 강구하여 돈을 빌려 가난을 구휼하고, 인쇄제도를 정했으며, 게다가 성채를 견고하게 하여 전쟁에 대비했다. 내부 분쟁이 한창 뜨거울 때 터키가 과연 미솔롱기를 공격했고, 술리오트 용병 300명이 혼란을 틈타 요충지를 점령했다. 바이런은 때마침 병이 들었으나 이 소식을 듣고도 태연한 자세로 당쟁을 평정하여 한마음으로 적과 싸울 것을 호소했다. 그러나 안팎으로 핍박을 받아 정신과 육체가 대단히 피로했으며 얼마 후 병이 점점 위중해졌다. 임종 시 수행원이 종이와 펜을 들고 그의 유언을 기록하려고 했다. 바이런은 이렇게 말했다. "그럴 필요 없네. 때는 이미 지났어." 말을 하지 않고 있다가 잠시 후 낮은 목소리로 사람의 이름을 부르더니 마지막으로 이렇게 말했다. "내 말은 이제 끝났네." 수행원이 이렇게 말했다. "저는 나리의 말씀을 알아듣지 못했습니다." 바이런이 말했다. "허, 알아듣지 못했다고? 아아, 너무 늦었네!" 몹시 괴로운 표정이었다. 잠시 틈을 두었다가 다시 말을 이었다. "나는 내 몸과 건강을 전부 그리스에게 바쳤네. 이제 다시 내 생명을 그리스에게 바치네. 그리스인들은 더 무엇을 원하는가?" 끝내 숨을 거두었으니, 때는 1824년 4월 18일 저녁 6시였다. 지금 과거를 돌이켜 보면, 바이런은 큰 희망을 품고 그의 천부적인 재능을 그리스가 예전의 영예를 회복하는 데 바치려 했다. 그는 앞장서서 크게 외치면 사람들이 반드시 쏠리듯 그를 따를 줄 알았다. 다른 나라 사람이 의분 때문에 그리스를 위해 전력을 다하고 있는데, 자기 나라 사람이, 비록 타락하고 부패한 지 오래되었다고 하나 예전의 훌륭한 전통이 아직 남아 있고 인심人心이 아직 죽지 않았는데, 어찌 고국을 위하는 마음이 없단 말인가? 하지만 지금에 이르러 앞서 가졌던 생각이 모두 헛된 꿈이었으니, '자유 후예의 노예'는 과연 이처럼 구제할 수 없다는 것을 알겠다. 이튿날 그리스 독립정부는 국민장을 거행했다. 상점들은 모두 문을 닫았고, 바이런의 나이에 따라 서른일곱 발의 대포를 쏘았다.

우리는 이제 바이런의 행위와 사상에 근거하여 시인의 일생의 비밀을 탐구해 보자. 그는 부딪히는 것마다 늘 저항했고 의도한 것은 반드시 이루려고 했다. 힘을 귀중하게 여기고 강자를 숭상했으며 자기를 존중하고 전쟁을 좋아했다. 그가 좋아한 전쟁은 야수와 같은 것이 아니라 독립과 자유와 인도를 위한 것이었다. 이에 대해서는 이미 앞 단락에서 대략 언급했다. 따라서 그는 평생 동안 미친 파도처럼, 맹렬한 바람처럼 일체의 허식과 저속한 습속을 모두 쓸어버리려고 했다. 앞뒤를 살피며 조심하는 것은 그에게는 아예 모르는 일이었다. 정신은 왕성하고 활기차 억제할 수 없었고, 힘껏 싸우다 죽는 한이 있더라도 그 정신만은 반드시 스스로 지키려고 했다. 적을 굴복시키지 않으면 싸움을 그만두지 않았던 것이다. 또한 진솔하고 성실하여 조금도 거짓되거나 꾸미는 일이 없었다. 세상의 명예와 불명예, 포폄, 시비, 선악은 모두 습속에서 연유하므로 진실하지 않다고 여겼으니, 이 때문에 이들을 모두 버려두고 상관하지 않았다. 당시 영국에서는 허위가 사회에 만연하여 형식적이고 화려하게 꾸민 예의를 진정한 도덕이라 여겼고, 자유사상을 가지고 탐구하는 사람들을 세상에서 악인이라 불렀다. 바이런은 저항을 잘하고 성격이 솔직하여 가만히 있을 수 없었다. 그리하여 카인을 빌려 이렇게 말했다. "악마라는 것은 진리를 말하는 자이다." 드디어 그는 사람들의 적이 되는 것을 두려워하지 않았다. 도덕을 귀하게 여기는 세상 사람들은 바로 이런 이유로 일제히 그를 비난했다. 에케르만 역시 괴테에게 바이런의 글 속에 교훈이 있는지 질문했다. 괴테가 이렇게 대답했다. "바이런은 강인하고 웅대하다 할 것이니, 교훈은 바로 여기에 담겨 있다. 만일 이를 알 수 있다면 그에게서 교훈을 얻을 것이다. 우리는 어찌하여 순결이니 도덕이니 하면서 그에게 질문하는가?" 대개 위대한 인물을 알아보는 사람은 역시 위대한 인물이다. 바이런도 일찍이 번스(R. Burns)[53]를 평하여 이렇게 말했다. "이 사람은 심정心情이 모순되어 있다. 부드러우면서도 강직하고, 느슨하면서도 주도면밀하고, 정신적이면서도 육체적이고, 고상하면서도 저속하고, 신성함이 있는가 하면 깨끗하지 못함이 있으니, 이런 모순이 서로 화합을 이루고 있다." 바이런도 역시 그러했다. 자존심이 강하지만 남들의 노예상태를 불쌍히 여겼고, 남을 제압하지만 남의 독립을 원조했고, 미친 파도를 두려워하지 않지만 말타기를 크게 조심했고, 전쟁을 좋아하고 힘을 숭상하여 적을 만나면 용서하지 않지만 감옥에 갇힌 사람의 고통을 보면 동정을 아끼지 않았다. 생각건대, 악마의 성격이 이렇지 않겠는가? 비단 악마만 그런 것이 아니라 모든 위대한 인물은 대체로 이와 같다. 말하자면 일체의 사람들에 대해 그 가면을 벗기고 진실한 마음으로 생각해 보면, 세상에서 말하는 착한 성품을 갖추고 사악함이 전혀 없는 사람이 과연 몇이나 될까? 중생들을 두루 살펴보아도 틀림없이 거의 없을 것이며, 바이런이 비록 '악마'라는 이름을 얻었지만 역시 인간이었을 따름이니 무엇이 이상하겠는가. 그러나 그가 영국에서 수용되지 못하고 마침내 유랑하다가 이국땅에서 죽은 것은 다만 가면이 그를 해쳤기 때문이다. 그것[54]은 바로 바이런이 반항하고 파괴하고자 했던 것으로서 지금까지도 진정한 인간眞人을 살해하면서 멈추지 않고 있는 것이다. 아아, 허위의 해독은 이와 같도다!

바이런은 평시에 지극히 성실하게 시를 창작했는데, 언젠가 이렇게 말했다. "영국인들의 비평에 대해 나는 개의치 않는다. 만약 내 시를 유쾌한 것으로 여긴다면 그냥 내버려 둘 뿐이다. 내가 어찌 그들이 좋아하는 것에 아부할 수 있겠는가? 내가 글을 쓰는 것은 부녀자나 어린이나 저속한 사람들을 위한 것이 아니다. 내 온 마음과 정감과 의지를 무한한 정신과 결합하여 그것으로써 시를 짓는 것이며 저들의 귀에 부드러운 소리를 들려주고자 창작하는 것은 아니다." 무릇 이러했으니, 그의 시 한 글자 한 단어는 그 사람의 호흡과 정신의 모습을 드러내지 않은 것이 없었다. 사람들의 가슴에 닿아 즉각 심금을 울렸고 그의 영향력이 유럽 땅에 두루 미쳐 영국 시인 중에서 그러한 예를 달리 찾을 수가 없다. 아마 스코트의 소설만이 이에 필적할 수 있을 따름이다. 만약 그 영향력이 어떠했는가 하고 묻는다면, 이탈리아와 그리스 두 나라에 대해서는 이미 상술했으니 더 말할 필요가 없을 것이다. 그 밖에 스페인과 독일 역시 모두 그의 영향을 받았다. 다음으로 다시 슬라브족으로 건너가 그들의 정신을 새롭게 했으니 그 은덕이 얼마나 오래갔는지 자세히 기술할 수가 없다. 본국의 경우에는 셸리(Percy Bysshe Shelley)라는 한 사람이 더 있다. 키츠(John Keats)[55]는 비록 '악마파' 시인이라는 이름을 얻었지만 바이런과는 다른 유파에 속하므로 여기서는 서술하지 않는다.

6.

셸리는 삼십 년을 살다가 죽었지만 그의 삼십 생애는 모두 기이한 행적이었으니, 말하자면 운율 없는 시無韻之詩였다. 시대는 이미 어렵고 위태로운 상황이었고, 그의 성격은 강직하여 세상이 그를 좋아하지 않자 그도 역시 세상을 좋아하지 않았으며 사람들이 그를 수용하지 않자 그도 역시 사람들을 수용하지 않았다. 그래서 이탈리아의 남방을 나그네로 떠돌다가 마침내 젊은 나이에 요절했으니 그의 일생은 비극 그 자체라고 해도 지나친 과장은 아닐 것이다. 셸리는 1792년 영국의 명문가문에서 태어났으며, 외모가 준수하고 어려서부터 고요히 생각하기를 좋아했다. 중학교에 들어가자 대부분의 학생들과 선생들이 그를 좋아하지 않아 그 학대를 견딜 수 없었다. 시인의 마음은 그래서 일찍부터 반항의 조짐이 싹트고 있었다. 나중에 소설을 써서 그 소득으로 친구 여덟 명에게 음식과 술을 대접했으나 친구들은 오히려 셸리를 미친 사람이라고 하며 가 버렸다. 다음으로 옥스퍼드대학에 입학하여 철학을 공부하면서 명인名人들에게 가르침을 청하며 여러 번 서신을 띄웠다. 그러나 당시 종교는 그 권력이 모두 우매하고 완고한 목사들의 수중에 있었기 때문에 자유로운 신앙생활을 방해하고 있었다. 셸리는 벌떡 일어나서 「무신론의 필연」이라는 글을 지어 대략 자비·사랑·평등 이 세 가지가 세계를 낙원으로 만드는 요소라고 하면서, 만약 종교가 이런 것들을 위해 기여하지 못한다면 있을 필요가 없다고 말했다. 책이 완성되어 세상에 나오자 교장이 이를 보고 크게 놀라며 마침내 그를 내쫓았다. 그의 아버지 역시 대경실색하며 그더러 사죄하고 학교로 돌아오라고 했다. 그러나 셸리는 따르지 않았기 때문에 돌아올 수 없었다.

세상은 넓지만 고향을 이미 잃었으니 런던으로 왔다. 그때 나이 18세였다. 그러나 이미 세상에서 홀몸이 되어 즐거움과 사랑이 다 끊겼으니 사회와 싸우지 않을 수 없었다. 그 뒤 고드윈(W. Godwin)[56]을 알게 되어 그의 저술을 읽고 박애정신을 더욱 넓혔다. 이듬해 아일랜드로 건너가 그곳의 지식인을 성토하는 글을 발표하고 정치와 종교에 대해 혁신하고자 했으나 끝내 성공하지 못했다. 1815년에 이르러 그의 시 『알라스터』(*Alastor*)가 비로소 세상에 나왔는데, 깊은 생각神思을 품은 사람이 아름다움美이라는 것을 찾아 세상을 누볐으나 발견하지 못하고 마침내 광야에서 죽는다는 내용으로 되어 있으며 자신의 경험을 서술한 것처럼 보인다. 이듬해 스위스에서 바이런을 알게 되었다. 바이런은 셸리를 극찬하면서 사자처럼 재빠르다고 했고 또 그의 시를 칭찬했지만, 세상에서는 알아주는 사람이 없었다. 또 이듬해 『이슬람의 반란』(*The Revolt of Islam*)이라는 작품을 완성했다. 셸리가 가슴에 품었던 생각들은 대부분 여기에 서술되어 있다. 작품의 주인공 라온Laon은 열정적인 웅변으로 그의 국민들에게 경고하면서 자유를 고취하고 압제를 배격한다. 그러나 정의는 끝내 실패하고 압제가 승리하여 돌아오니 라온은 드디어 정의 때문에 죽게 된다. 이 시가 담고 있는 의미는, 무한한 희망과 신앙 및 무궁한 사랑을 가지고 끝까지 추구했지만 결국은 죽음에 이른다는 것이다. 라온은 실로 시인의 선각자이니, 말하자면 셸리의 화신인 것이다.

셸리의 걸작은 무엇보다 시극詩劇에 있다. 특히 뛰어난 것은 『해방된 프로메테우스』(*Prometheus Unbound*)와 『센시 가家』(*The Cenci*)라는 두 작품이다. 전자는 그 이야기가 그리스 신화에 근거하고 있으며, 그 의도는 바이런의 『카인』과 비슷하다. 프로메테우스는 인류를 위하는 정신으로 사랑과 정의와 자유 때문에 고난을 무릅쓰고 압제자 주피터에게 필사적으로 저항하면서 불을 훔쳐 인간에게 주었고, 그는 그것 때문에 산꼭대기에 묶여서 맹금이 날마다 그의 육체를 뜯어먹었지만 끝까지 항복하지 않았다. 주피터도 결국 놀라 물러서고 말았다. 프로메테우스는 아시아Asia라는 여인을 사랑하여 끝내 그 사랑을 얻어 냈다. 아시아라는 것은 이상理想을 의미한다. 『센시 가』라는 작품은 이탈리아에서 이야기를 가져왔다. 센시라는 여인의 아버지는 잔학무도하고 극악하여 못하는 짓이 없었는데, 센시가 마침내 그를 죽이고 계모와 형제들과 함께 사람들 앞에서 교수형을 당했다. 어떤 논자는 이를 두고 불륜不倫이라 할 것이다. 그러나 상도常道를 잃는 일은 인간 세상에서 끊어질 수 없는 법이다. 중국의 『춘추』春秋는 성인의 손으로 지어진 것이지만 유사한 일들이 자주 보이고 또 대부분 거리낌 없이 직서直書하고 있으니, 우리는 유독 셸리의 작품에 대해서만 대중들의 말에 부화뇌동하여 비난할 수 있겠는가? 상술한 두 작품은 시인이 전력을 다한 것으로 일찍이 스스로 이렇게 말했다. "내 시는 대중을 위해 지은 것으로 독자들이 장차 많아질 것이다." 또 이렇게 말했다. "이것은 여러 극장에서 상연될 것이다." 그러나 시가 완성된 후에 실제로는 이와 반대였다. 사회는 읽을 가치가 없다고 했고 배우들은 상연할 수 없다고 했다. 셸리는 거짓되고 나쁜 습속에 반항하면서 시를 지었으므로 시 역시 거짓되고 나쁜 습속으로부터 저지를 당했다. 이것이 19세기 초엽의 정신계精神界의 전사戰士들이 대부분 정의를 품고 있었지만 정의와 나란히 죽게 된 까닭이다.

그렇지만 지난 시대는 지나가 버렸으니 가는 대로 내버려 둘 일이다. 만약 셸리의 가치를 따진다면 오늘에 이르러 크게 밝아지고 있다. 혁신의 조류라는 이 거대한 유파는 고드윈의 책이 나오면서 처음으로 서막을 열었고, 시인의 음성을 빌리자 세상 사람들의 마음속에 더욱 깊이 파고들었다. 정의, 자유, 진리 및 박애, 희망 등의 여러 주장이 서서히 무르익으면서 어떤 것은 라온이 되고 어떤 것은 프로메테우스가 되고 어떤 것은 이슬람의 장사壯士가 되어 우리 앞에 나타나 구습과 대립하면서 가차 없이 개혁하고 파괴했다. 구습이 파괴되고 나면 무엇이 남겠는가. 오직 개혁의 새로운 정신만이 있을 뿐이다. 19세기의 새로운 기운機運은 실로 여기에 의지하고 있다. 번스가 앞서 제창하고 바이런과 셸리가 그 뒤를 따르며 배격하고 배척하니 사람들은 점차 깜짝 놀라게 되었다. 깜짝 놀라는 사이에 삶의 개선이 빨라졌다. 그러므로 세상에서 파괴를 질시하며 그들에게 악명을 덮어씌우는 자들은 다만 한쪽만을 보고 전체를 보지 못하는 사람들이다. 만약 그 진상을 따져 보면 광명과 희망은 실로 그 속에 잠복해 있다. 나쁜 것들이 다 뒤집어져도 사회에 무슨 해독이 되겠는가? 파괴라는 말은 다만 우매하고 완고한 목사들의 입에서 나온 것으로 전체 사회로부터 나왔다고 할 수 없다. 만약 사회가 그 말을 알아듣는다면 파괴의 일은 더욱더 귀하게 될 것이다! 하물며 셸리는 상상력神思을 가진 사람으로서 지칠 줄 모르고 추구하고 맹렬히 전진하며 뒤로 물러설 줄 몰랐으니, 식견이 좁은 사람이라면 관찰하여도 아마 그 심연을 알지 못할 것이다. 만약 그의 사람됨을 진실로 알 수 있다면, 그의 품성은 탁월하여 구름 사이를 뚫고 나오고 열정은 왕성하여 막을 수 없으며 스스로 상상력을 좇아 상상의 세계로 내달린다는 것을 알게 될 것이다. 이러한 상상의 세계는 아름다움의 본체를 담고 있다. 아우구스티누스[57]는 이렇게 말했다. "나는 아직 사랑할 대상이 없지만 사랑하고 싶다. 그래서 나는 희망을 품고 사랑할 만한 것을 추구하고 있다." 셸리 역시 그러했으니, 마침내 인간 세상에서 벗어나 상상력을 발휘하여 스스로 믿고 있는 경지에 도달하기를 바랐다. 멋진 시妙音로써 아직 깨닫지 못한 일체의 사람들을 일깨워 인류가 크게 번성하게 된 원인을 알게 하고 인생의 가치가 어디에 있는지 알게 하여 동정의 정신을 발휘하도록 했으며, 전진과 갈망의 사상을 선전하여 그들이 큰 희망을 품고 앞으로 내달리며 시대와 더불어 끝없이 나아가도록 했다. 세상은 그러자 그를 악마라고 불렀고, 셸리는 드디어 고립되었다. 사회는 셸리를 더욱 배척하며 인간 세상에 오래 머물지 못하게 했으며, 그리하여 압제가 승리하여 돌아오니 셸리는 이에 죽게 되었다. 대개 알라스터가 광막한 사막에서 죽음을 맞이한 것과 흡사하다.

그렇지만 오직 시인의 마음을 위로한 것은 대자연뿐이었다. 인생은 알 수 없고 사회는 믿을 수 없으니 자연의 거짓 없음에 대해 무한한 온정을 기탁했다. 어느 누구든 사람의 마음은 그렇지 않겠는가. 그러나 받은 영향이 다르고 느낀 감정이 다르기 때문에 실리에 눈을 빼앗기면 자연을 이용하여 재물을 얻으려고 한다. 지력智力을 과학에 집중하는 사람이라면 자연을 제어하여 그 법칙을 발견하려고 한다. 만약 수준이 낮은 사람이라면 봄부터 겨울까지 천지간의 숭고하고 위대하고 아름다운 현상에 대해 마음에 감응이 전혀 없고 스스로 정신과 지혜를 심연 속에 가라앉혀서 100년을 산다고 해도 광명이 어떤 것인지 알지 못한다. 또 이른바 "대자연의 품안에 눕다"라는 말과 "갓난아이의 웃음을 짓다"라는 말을 어찌 이해할 수 있겠는가. 셸리는 어릴 때부터 본래 자연과 친하여 이렇게 말한 적이 있다. "나는 어릴 때 산과 물, 숲과 계곡의 고요함을 좋아했고, 위험한 단애斷崖와 절벽에서 노닐었는데, 이것이 내 반려자였다." 그의 생애를 고찰해 볼 때 참으로 자신에 대한 서술처럼 보인다. 어린 시절에 이미 밀림의 깊은 계곡을 배회하며 새벽에는 아침해를 보고 저녁에는 무성한 별을 관찰했다. 굽어보아 대도시 인간사의 흥망성쇠를 조감하면서 이따금 이전 시대의 압제와 항거의 옛 자취를 생각했고, 황폐하고 오래된 도시라면 이따금 낡은 집 가난한 사람들의 기아와 추위에 울부짖는 모습이 때때로 그의 눈 속에 역력히 들어왔다. 그의 상상력의 고결함은 보통사람과 지극히 달랐으니, 자연을 널리 관찰함에 스스로 신비를 느꼈고, 그의 눈앞에서 마주친 삼라만상은 모두 감정이 있는 듯이 그리움을 자아냈다. 따라서 심현心弦의 울림이 천뢰天籟와 하모니를 이루어 서정시로 나타나니 그 품격은 지극히 신비로워 비슷한 작품이 없고, 셰익스피어나 스펜서[58]의 작품이 아니면 비교할 만한 대상이 못 된다.

1819년 봄에 셸리는 로마에 거처를 정했고 이듬해 피사로 이사했다. 바이런도 여기에 왔고 그 밖의 친구들도 많이 모였는데, 이때가 그의 일생 중에 가장 즐거웠던 시기였다. 1822년 7월 8일 그는 친구들과 함께 배를 타고 바다로 나갔다. 그런데 폭풍이 갑자기 일어나고 천둥번개까지 몰아쳤는데, 잠시 후 파도가 잠잠해졌으나 배는 행방이 묘연해졌다. 바이런은 소식을 듣고 크게 놀라며 사람을 파견하여 사방으로 그를 찾게 했다. 결국 시인의 시체를 어느 물가에서 발견하고 로마에서 장례를 치렀다. 셸리는 생시에 오랫동안 생사문제에 대해 해석하려고 했는데, 스스로 이렇게 말했다. "미래의 일에 대해 나는 이미 플라톤과 베이컨의 견해에 만족하고 있다. 내 마음은 지극히 안정되어 있어 두려움은 없고 많은 희망이 있다. 사람들은 지금이라는 껍데기에 갇혀 있고 능력은 어두운 구름에 가려져 있으니 오직 죽음이 찾아와 몸에서 해탈되어야 비로소 생사의 비밀이 밝혀질 것이다." 또 이렇게 말했다. "나는 아는 바가 없고 증명할 수도 없다. 정신의 오묘한 사상은 언어로써 표현할 수 없으니 이런 일은 아무래도 나로서는 이해할 수 없다." 아아, 생사의 일은 크도다! 그 이치는 지극히 신비로워 이해하지 못하나니, 시인도 이해할 수 없었다. 그러나 그것을 이해할 수 있는 방법은 오직 죽음뿐이다. 그래서 셸리는 배를 타고 나가 바다에 떨어지면서 크게 기뻐하며 이렇게 말한 적이 있다. "이제야 그 비밀을 밝힐 수 있겠구나!" 그러나 그는 죽지 않았다. 하루는 바다에서 목욕을 하다 물속에 잠겨 일어나지 않았고, 친구가 그를 밖으로 꺼내 응급처치를 하니 비로소 깨어났다. 그러자 그는 말했다. "나는 항상 우물 속을 찾아보고 싶었는데 사람들은 진리가 그 속에 숨어 있다고 했네. 마침 내가 진리를 발견하려는 순간 자네가 내 죽음을 발견했던 것일세." 그렇지만 이제 셸리는 정말로 죽었고 인생의 비밀 역시 진실로 밝혀졌다. 다만 그것을 알고 있는 사람은 오직 셸리뿐이다.

7.

슬라브 민족은 그 사상이 서유럽과 퍽 다르지만 바이런의 시는 거침없이 질주하여 들어갔다. 러시아는 19세기 초엽에 문사文事가 비로소 새로워져 점차 독립하고 날로 분명해지더니 지금은 이미 선각적인 여러 나라와 어깨를 나란히 하게 되었다. 서유럽 사람들은 그 아름답고 위대함에 깜짝 놀라지 않을 수 없었다. 그러나 그 맹아를 고찰해 보면, 실은 푸시킨,[59] 레르몬토프,[60] 고골이라는 세 사람에 뿌리를 두고 있다. 앞의 두 사람은 시로써 세상에 이름을 날렸는데, 모두 바이런으로부터 영향을 받았다. 다만 고골은 사회인생의 암흑을 묘사한 것으로 유명하여 두 사람과 방향이 다르므로 여기에는 포함시키지 않는다.

푸시킨(A. Pushkin)은 1799년 모스크바에서 태어났다. 유년 시절부터 시를 지었고 처음으로 문단에 낭만파를 세워 이름을 크게 떨쳤다. 그런데 당시 러시아는 내분이 잦았고 시국이 급박했는데, 푸시킨의 시는 대부분 풍자를 띠고 있어 사람들이 그것을 빌미로 그를 배척했다. 푸시킨이 시베리아로 유배당하자 여러 명망 있는 전배前輩들이 그를 위해 힘써 변호함으로써 비로소 사면을 받아 남방에서 귀양을 살게 되었다.[61] 그때 처음으로 바이런의 시를 읽고 그 위대함에 깊이 감동하여 시의 내용과 형식이 모두 변화하게 되었으며, 단시短詩 역시 바이런을 모방하게 되었다. 특히 유명한 것으로는 『캅카스의 포로』가 있는데, 『차일드 해럴드의 편력』과 아주 비슷하다. 이 작품은 러시아의 절망한 청년이 이역異域에 감금되었다가 한 소녀가 풀어 주어 도망하게 되었고 청년의 애정이 다시 살아났으나 그 후 마침내 홀로 떠난다는 내용이다. 『집시』(*Gypsy*)라는 시도 역시 그러하다. 집시란 유럽을 유랑하는 민족으로서 유목으로 생활하는 자들이다. 세상에 실망한 아르크라는 사람이 있었다. 그는 집시족 중 절세의 미인을 사모하게 되어 그 종족 속으로 들어가 그녀와 혼인했다. 그러나 질투심이 많아 그녀가 다른 사람을 사랑하고 있다는 것을 점차 알게 되어 결국 그녀를 죽여 버렸다. 여인의 아버지는 그에게 보복하지 않고 다만 함께 살지 말고 떠나라고 했다.

이 두 편의 시는 비록 바이런의 색채를 띠고 있지만, 그것과 퍽 다르다. 대개 작품 속 용사들은 한결같이 사회로부터 추방되었지만 알렉산드르 시대의 러시아 사회로부터 조금도 벗어나지 못하여 쉽게 실망하고 쉽게 흥분했으며, 염세의 분위기는 있으나 그 의지는 견고하지 않았다. 푸시킨은 여기서 그들에게 동정을 보내지 않고, 보복을 간절히 바라지만 사상이 남들보다 뛰어나지 못한 잘못을 숨기거나 꾸미지 않고 모두 지적했다. 그리하여 사회의 위선이 사람들 앞에 확연히 드러났으며, 집시의 순박함과 순진함이 상대적으로 더욱 두드러졌다. 어떤 논자는, 푸시킨이 점차 바이런 식의 용사에서 벗어나서 조국의 순박한 인민을 묘사하기를 좋아하게 된 것은 실로 이때부터라고 했다. 얼마 후 거작 『예브게니 오네긴』(*Eugiene Onieguine*)을 창작했다. 시의 제재는 극히 간단하지만 문장은 특히 웅대하고 아름다우며, 당시 러시아 사회의 모습이 여기에 잘 표현되어 있다. 다만 8년 동안 퇴고했으므로 받은 영향은 한 가지가 아니며, 그래서 인물의 성격에 변화가 많고 수미가 크게 다르다. 이 작품의 처음 2장은 그래도 바이런의 감화를 받았으니, 주인공 오네긴의 성격은 사회에 반항하고 세상에 절망하고 있어 바이런 식 주인공의 특색을 지니고 있다. 다만 상상력에 기대지 않고 점차 진실에 가까워지면서 당시 러시아 청년들의 성격을 닮게 되었다. 그후 외부 사정이 변하고 시인의 성격도 달라져 점차 바이런을 벗어나니 작품은 날로 독립적인 방향으로 나아갔다. 그리고 문장이 더욱 아름다워지고 저술도 많아졌다.

바이런과 길을 달리한 원인을 보면, 그 설 역시 한 가지가 아니다. 어떤 이는 "바이런은 절망하여 분투했고 의지가 대단히 높아 실로 푸시킨의 성격과 서로 용납되지 않는다. 이전에 푸시킨이 바이런을 숭배했던 것은 일시적인 격동에서 비롯되었으며, 풍파가 크게 잦아들자 스스로 바이런을 버리고 원래의 모습으로 되돌아갔다"라고 했다. 어떤 이는 "국민성의 차이가 길을 달리한 가장 중요한 요소이다. 서유럽 사상은 러시아와 현격하게 다르니 푸시킨이 바이런을 떠난 것은 실로 천성 때문이며, 천성이 합치되지 않으니 당연히 바이런이 오래 머물러 있기가 어려웠던 것이다"라고 했다. 이 두 가지 설은 모두 이치에 맞다. 특히 푸시킨 자신도 그에 대해 논하면서, 자신은 바이런에 대해 겉모습만 모방했을 뿐이며 방랑의 생애가 끝날 무렵에는 자기 본연의 모습으로 되돌아왔다, 라고 했다. 이는 레르몬토프가 끝까지 소극적인 관념을 붙잡고 놓지 않은 것과 다르다. 그리하여 모스크바로 돌아온 후, 푸시킨은 더욱 평화에 힘쓸 것을 주장하면서 사회와 충돌할 만한 것들은 모두 애써 피하며 말하지 않았고, 게다가 찬송이 많아지면서 국가의 무공을 찬미했다. 1831년 폴란드가 러시아에 저항하자[62] 서유럽 여러 나라들은 폴란드를 도왔는데, 러시아에 대해 증오심이 많았기 때문이다. 푸시킨은 이에 「러시아를 비방하는 사람들」 및 「보로디노의 기념일」이라는 두 편[63]의 시를 지어 스스로 애국을 표명했다. 덴마크의 비평가 브란데스(G. Brandes)[64]는 이에 대해, 무력에 기대어 인간의 자유를 어지럽혀 놓는다면 비록 애국이라 하더라도 그것은 짐승의 사랑獸愛이다, 라는 의미 있는 말을 했다. 다만 이는 푸시킨에만 그런 것이 아니라 오늘날의 지식인도 마찬가지여서, 날마다 애국을 말하지만 나라에 대해 진실로 사람의 사랑人愛을 하고 짐승의 사랑으로 떨어지지 않는 자는 극히 드물다. 만년에 이르러 네덜란드 공사관의 아들 단테스를 만나 결국 결투하다 복부에 칼을 맞고 이틀 후에 죽었다. 이때가 1837년이었다. 러시아는 푸시킨이 등장하면서부터 문학계가 비로소 독립하게 되었다. 그래서 문학사가인 피핀[65]은 진정한 러시아 문학은 실로 푸시킨과 함께 시작되었다고 했다. 그리고 바이런의 악마사상은 또 푸시킨을 거쳐 레르몬토프에 전해졌다.

레르몬토프(M. Lermontov)는 1814년에 태어나 푸시킨과 대략 같은 시대에 살았다. 그의 선조 리어몬트(T. Learmont)[66]는 영국의 스코틀랜드 사람이었다. 그래서 레르몬토프는 불만이 있을 때마다 얼음과 눈으로 덮여 있고 경찰 통치가 이루어지는 이곳을 떠나 고향으로 돌아가겠다고 말하곤 했다. 그러나 성격은 완전히 러시아인을 닮아 상상력이 풍부하고 감정이 다감하고 끊임없이 슬픔에 잠겼으며, 어려서부터 독일어로 시를 지을 수 있었다. 후에 대학에 들어갔으나 쫓겨났고, 다시 육군학교를 2년 다녔다. 학교를 나온 후 장교가 되었지만 보통의 군인과 다를 바 없었으며, 다만 스스로 "샴페인만 있으면 약간의 시의 흥취를 더할 수 있다"라고 했다. 차르의 근위병 기병장교가 되었을 때 비로소 바이런의 시를 모방하여 동방의 이야기를 기록하게 되었으며, 또 바이런의 사람됨을 지극히 흠모했다. 그의 일기에 이런 기록이 있다. "오늘 나는 『바이런 경 전기』를 읽었는데, 그의 생애가 나와 같음을 알게 되었다. 이 우연의 일치가 나를 크게 놀라게 했다." 또 이런 기록이 있다. "바이런에게 나와 똑같은 일이 하나 있다. 그가 스코틀랜드에 있을 때 한 노파가 바이런의 어머니에게 '이 아이는 틀림없이 위대한 사람이 될 것이며 두 번 결혼할 것입니다'라고 말했다. 그런데 내가 캅카스에 있을 때 역시 한 노파가 내 할머니에게 그와 같은 말을 했다. 설령 바이런처럼 불행을 겪는다 하더라도 나는 노파의 말대로 되기를 바란다."[67]

그러나 레르몬토프의 사람됨은 셸리에 가까웠다. 셸리가 지은 『해방된 프로메테우스』는 그에게 깊은 감동을 주었으며, 이것은 인생의 선악과 경쟁의 제 문제에 대해 고민하도록 했다. 그러나 시에서는 그것을 모방하지 않았다. 처음에는 바이런과 푸시킨을 모방했지만 후에는 자립했다.

또 사상 면에서는 독일의 철학자 쇼펜하우어와 유사했는데, 습속의 도덕적 대원칙은 모두 마땅히 개혁해야 한다는 것을 알고 그 뜻을 두 편의 시에 기탁했다. 하나는 『악마』(*Demon*)이고, 하나는 『견습수도사』(*Mtsyri*)이다. 전자는 거대한 영혼에게 자기 뜻을 기탁했는데, 천당에서 쫓겨난 자로서 다시 인간 도덕을 증오하는 자가 되어 세속의 정욕을 초월하려 한다. 이로 인해 몹시 미워하는 마음이 생겨 천지와 투쟁을 벌이고, 만일 중생들이 세속의 정욕에 따라 움직이는 것을 보면 즉시 멸시하는 태도를 취한다. 후자는 한 소년의 자유를 추구하는 부르짖음이다. 한 아이가 수도원山寺에서 자랐는데, 장로들은 그가 이미 정감과 희망을 다 끊어 버렸다고 생각했다. 그러나 아이의 영혼은 고향을 떠나지 않았고, 폭풍우가 있던 어느 날 밤 그는 장로들이 기도하는 틈을 타서 몰래 수도원을 빠져나왔다. 3일 동안 숲속에서 방황하며 평생토록 비길 데 없이 무한한 자유를 느꼈다. 후에 그는 이렇게 말했다. "그때 나는 야수와 같다고 느꼈습니다. 비바람, 번개, 사나운 호랑이와 힘껏 싸웠습니다." 그러나 소년은 숲속에서 길을 잃어 돌아올 수 없었고, 며칠이 지난 다음 사람들이 그를 발견했을 때 이미 표범과 싸우다 상처를 입었으니, 결국 이 때문에 죽고 말았다. 소년은 병을 간호하던 장로에게 이렇게 말한 적이 있다. "저는 무덤을 두려워하지 않습니다. 사람들은 수면에 빠져들면 평생의 우환은 그와 더불어 영원히 잠들게 될 것이라고 말하지요. 다만 저는 삶과 이별하는 것이 걱정입니다. …… 저는 아직 소년입니다. …… 당신은 소년 시절의 꿈을 아직 기억하고 있나요? 아니면 이전의 세상 증오와 사랑을 이미 잊었나요? 만약 그렇다면 당신에게 이 세상은 아름다움을 잃어버린 것입니다. 당신은 허약하고 늙었으니 모든 희망이 사라진 것입니다." 소년은 또 숲속에서 본 것과 스스로 느낀 자유의 감정과 표범과 싸우던 일에 대해 설명하면서 이렇게 말했다. "당신은 내가 자유를 얻었을 때 무엇을 했는지 알고 싶습니까? 나는 삶을 얻었습니다. 장로님, 나는 삶을 얻었습니다. 가령 내 삶에서 이 3일간이 없었다면 나는 아마 당신의 만년보다 더욱 참담하고 어두웠을 것입니다."

푸시킨이 결투하다 죽게 되자 레르몬토프는 시를 지어 그 슬픔을 표현했는데,[68] 시의 말미 해설에서 이렇게 말했다. "당신네 관리들은 천재와 자유를 죽인 도살자입니다. 지금 스스로 비호할 수 있는 법률이 있으니 법관들은 당신들을 어떻게 할 수 없겠지요. 그러나 존엄한 하느님이 하늘에 계시니 당신들은 돈을 뇌물로 삼을 수 없을 것입니다. …… 당신들의 검은 피로는 우리 시인의 핏자국을 씻을 수 없습니다." 시가 발표되자 전국적으로 널리 읽혔다. 레르몬토프는 이로 인해 죄명을 얻어 시베리아로 유배되었다. 그후 그는 어떤 도움을 받아 캅카스에서 변방을 지키게 되었고, 그곳의 자연경치를 보면서 그의 시는 더욱 웅장하고 아름답게 되었다. 다만 젊은 시절 품었던 세상에 대한 불만의 뜻이 더욱 깊어져 『악마』라는 시를 지었다. 이 인물은 사탄과 같아 인생의 여러 가지 비열한 행위를 증오하며 그에 힘껏 맞섰다. 이는 용맹한 자가 저속하고 나약한 것을 만나면 격노하는 것과 같다. 타고난 숭고하고 아름다운 감정을 뭇 중생들이 알아보지 못하니 드디어 염증이 생겨 인간 세상을 증오하게 되는 것이다. 그러나 후에는 점차 현실적인 일에 눈을 돌려 불만은 천지나 인간에 두지 않고, 후퇴하여 한 시대에 대한 것으로 그쳤다. 나중에는 또 더욱 변했지만, 결투하다 갑자기 죽고 말았다. 결투의 원인을 보면, 바로 레르몬토프가 지은 『우리 시대의 영웅』이라는 책 때문에 야기되었다. 사람들은 처음에 책

속의 주인공은 바로 저자가 자신을 서술한 것이 아닌가 하고 의심했는데, 책이 다시 인쇄되었을 때 레르몬토프는 해명하며 이렇게 말했다. "주인공은 한 사람만을 의미하지 않으며, 실은 우리 세대 사람들의 모든 악의 형상이다." 대개 이 책에서 서술하고 있는 것은 실은 바로 당시 사람들의 모습이었다. 그리하여 마르티노프[69]라는 친구가 레르몬토프가 자신의 모습을 책 속에 기술했다고 하여 결투를 요구해 왔다. 레르몬토프는 그의 친구를 죽이고 싶지 않아 총을 들어 공중으로 쏘았을 뿐이다. 그러나 마르티노프는 조준하여 그를 쏘았다. 마침내 레르몬토프는 죽었고, 이때의 나이가 스물일곱 살에 불과했다.

앞에서 서술한 두 사람은 동일하게 바이런으로부터 그 흐름을 이어받았지만 또한 구별이 있다. 푸시킨은 염세주의의 외형에 놓여 있었고 레르몬토프는 줄곧 소극적인 관념에 놓여 있었다. 그래서 푸시킨은 마침내 황제의 힘에 굴복하여 평화 속으로 들어갔지만 레르몬토프는 분전하고 저항하면서 조금도 물러서지 않았다. 보덴슈테트[70]는 이에 대해 이렇게 평가했다. "레르몬토프는 추격해 오는 운명을 이길 수가 없었다. 그러나 항복해야 할 때에도 지극히 용맹스럽고 자신감에 차 있었다. 대부분 그의 시에는 강렬한 비타협과 날카로운 불평의 울림이 있는 것은 진실로 이 때문이다." 레르몬토프도 역시 애국심이 강했다. 그러나 푸시킨과는 전혀 달라 무력이 어떠한가로써 조국의 위대함을 표현하지 않았다. 그가 사랑한 것은 바로 시골의 넓은 들판과 시골 사람들의 생활이었다. 그리고 이러한 사랑을 밀고 나가 캅카스 토착인에까지 미쳤다. 그곳 사람들은 자유 때문에 러시아와 맞서 싸우는 자들이었다. 레르몬토프는 비록 군대를 따라 두 차례나 전쟁에 참가했지만 끝까지 캅카스 사람들을 사랑했다. 그가 지은 『이즈마일 베이』(*Ismail-Bey*)[71]라는 작품은 바로 그 일을 기록하고 있다. 레르몬토프가 나폴레옹에 대해 취한 태도는 바이런과 약간 다르다. 바이런은 처음에 나폴레옹 혁명사상의 오류에 대해 비난했지만, 혁명이 실패하자 들개가 죽은 사자를 뜯어먹는 데 대해 분노하면서 나폴레옹을 숭배했다. 레르몬토프는 오로지 프랑스인들을 비난하면서 프랑스인들이 스스로 영웅을 함정에 빠뜨렸다고 했다. 그는 자신에게 보낸 편지에서 바이런처럼, "내 훌륭한 친구는 오로지 한 사람뿐이며, 그것은 바로 나 자신이다"라고 했다. 또 그는 웅대한 마음을 품고 있었으니 지난 일이 반드시 흔적으로 남기를 기대했다. 그러나 바이런의 이른바 "인간 세상을 증오할 것이 아니라 다만 그곳을 떠날 뿐이다"라든지, "내가 인간을 덜 사랑해서가 아니라 자연을 더 사랑할 뿐이다"라든지 하는 의미는 레르몬토프에서 찾아볼 수 없다. 그는 평생 늘 인간을 증오하는 자임을 자처했다. 자연의 아름다움은 영국 시인에게는 충분히 즐거움을 줄 수 있었지만, 러시아 영웅의 눈에는 줄곧 암담한 것이었으니, 먹구름과 천둥으로 인해 맑은 하늘을 보지 못했기 때문이다. 대개 두 나라 사람의 차이를 그런대로 여기서 발견할 수 있을 것이다.

8.

덴마크 사람 브란데스는 폴란드의 낭만파 시인으로 미츠키에비치(A. Mickiewicz),[72] 스워바츠키(J. Slowocki),[73] 크라신스키(S. Krasinski)[74] 세 시인을 들었다. 미츠키에비치는 러시아 문학가 푸시킨과 동시대 사람이며 1798년 차오시아Zaosia의 조그만 마을의 고가故家에서 태어났다. 마을은 리투아니아에 있어 폴란드와 인접하고 있었다. 18세에 빌노Wilno대학[75]에 입학하여 언어학을 공부했고, 처음으로 이웃집 아가씨 마릴라 베레슈차코브나Maryla Wereszczakowna를 사랑했으나 마릴라가 떠나 버리자 그로 인해 미츠키에비치는 우울하게 지냈다. 그후 점차 바이런의 시를 읽었고, 또 『선인의 제사』(*Dziady*)[76]라는 시를 지었다. 작품에는 군데군데 리투아니아의 구습이 묘사되어 있다. 매년 11월 2일에는 반드시 무덤에 술과 과일을 차려 놓고 죽은 자를 위해 제사를 지내는데, 마을 사람, 목자牧者, 술사術士 1인 및 뭇 귀신들이 모인다. 그중에 실연하여 자살한 사람이 있어 이미 저승에서 판결을 받았으나 이날이 되면 항상 예전의 괴로움이 되살아난다는 것이다. 그런데 이 시는 단편斷片으로 그치고 완성되지는 않았다. 그후 미츠키에비치는 코브노(Kowno)[77]에 살면서 교사로 지냈고, 2~3년 뒤에 빌노로 돌아왔다. 1822년 그는 러시아 관리에게 체포되어 10여 개월이나 감옥에 갇혀 있었고, 감옥의 창이 모두 나무로 만들어져 있어 밤과 낮을 구별할 수 없었다. 결국 페테르스부르크로 보내졌고, 또 오데사[78]로 옮겨졌다. 그러나 그곳에서는 교사가 필요 없었기 때문에 결국 크리미아[79]로 가서 그곳의 풍물을 구경했다. 이것이 시 창작에 도움이 되어 그후 『크리미아 시집』[80] 1권이 완성되었다. 그 뒤 모스크바로 돌아와서 총독부에서 근무하면서 시 두 편을 지었다.

그중 『그라지나』(*Grazyna*)[81]라는 작품은 그 내용이 다음과 같다. 왕자 리타보르가 그의 장인 비토르트와 불화가 생겨 외국 군대에 구원을 청했다. 그의 아내 그라지나는 그 사실을 알았지만 모반을 막을 수가 없었고, 다만 수비병에게 명하여 게르만인들이 노보크로데크 성으로 들어오지 못하도록 했다. 원군이 드디어 노하여 비토르트를 공격하지 않고 군대를 돌려 리타보르 쪽으로 향했다. 그라지나는 직접 갑甲[82]을 꽂고 왕자로 변장하여 싸움을 벌였다. 그 뒤 왕자가 돌아와 보니 다행히 승리는 했지만 그라지나는 유탄에 맞아 곧 숨을 거두었다. 장례를 치를 때 발포한 자를 잡아 함께 불 속에 집어넣었으며, 리타보르 역시 따라 죽었다. 이 시의 의의는 대개 한 여인을 빌려 다만 조국 때문에 남편의 명을 거역하여 원군을 배척했고 자신의 병사들을 속여 나라를 위험에 빠뜨리고 전쟁을 초래했지만 모두 그녀의 잘못은 아니며, 만일 이 지고至高의 목적 때문이라면 무슨 일이든지 할 수 있다는 데 있다. 다른 한 작품은 『발렌로트』(*Wallenrod*)[83]이다. 이 시는 고대에서 제재를 취했는데, 한 영웅이 패배하자 나라의 원수를 갚으려고 적진에 거짓으로 투항했고 점차 적군의 장군이 되어 일거에 원수를 갚는다는 내용이다. 이 작품은 대개 이탈리아 문인 마키아벨리(Machiavelli)[84]의 뜻을 바이런의 영웅에 덧붙이고 있는데, 그래서 언뜻 보면 낭만파의 애정 이야기가 담긴 작품일 뿐이다. 검열관들이 작품의 의미를 이해하지 못하고 출판을 허락했으며, 미츠키에비치는 마침내 명성을 크게 떨쳤다.[85]

그 밖에 『타데우시 선생』(*Pan Tadeusz*)[86]이라는 시가 있다. 이 시는 소플리카족과 코시아츠코족 사이의 사건을 서술하고 있으며, 자연경물에 대한 묘사가 훌륭하다고 세상으로부터 칭찬을 받았다. 작품에서 주인공은 타데우시이지만 그의 아버지 제세크가 이름을 바꾸어 출가한다는 것이 실은 이 작품의 주제이다. 이 작품의 첫 부분에는 두 사람이 곰을 사냥하는 장면이 기록되어 있는데, 보이스키라는 자가 호루라기를 불자 처음에는 미미한 소리였지만 거대한 울림으로 바뀌어 느릅나무에서 느릅나무로 참나무에서 참나무로 날아가며 점차 마치 천만 개의 호루라기 소리가 한 개의 호루라기로 모이는 듯했다. 바로 미츠키에비치가 시를 지은 것은 고금의 폴란드 사람의 소리를 여기에 기탁하려는 것 같았다. 시 전체에 울리는 소리는 맑고 웅대하고 온갖 감정들이 다 모여드는데, 폴란드의 한쪽 하늘가에 이르러서는 노랫소리로 가득 차니, 오늘날까지도 폴란드 사람의 마음에 끼치는 영향력이 무한하다. 시 속에 담긴 내용을 기억하건대, 듣는 사람은 보이스키의 호루라기 소리가 멈춘 지 오래되었지만 오히려 방금 울린 호루라기 소리가 끝나지 않은 듯한 착각에 빠질 것이다. 미츠키에비치는 바로 자신의 노랫소리의 메아리 속에서 태어나 불멸에 이른 것이다.

미츠키에비치는 나폴레옹을 지극히 숭배하여 "실은 나폴레옹이 바이런을 만들었고 바이런의 생애와 그 영광은 러시아에서 푸시킨을 각성시켰으니 나폴레옹 역시 간접적으로 푸시킨에 영향을 주었다"라고 했다. 나폴레옹의 사명은 국민을 해방시키고 그것을 세계에 파급하는 것이었다. 그래서 그의 일생은 바로 최고의 시였다. 미츠키에비치는 바이런에 대해서도 지극히 숭배하여 이렇게 말했다. "바이런의 창작은 실은 나폴레옹에서 나왔다. 영국의 동시대 사람들은 비록 그 천재로부터 영향을 받았지만 끝내 그와 나란히 위대해질 수는 없었다. 시인이 죽은 이후 영국의 문학은 이전 세기의 상태로 다시 되돌아갔다." 만약 러시아의 경우라면 미츠키에비치는 푸시킨과 가까웠으니, 이들 두 사람은 동일하게 슬라브 문학의 영수로서 역시 바이런의 한 분파였다. 나이가 점점 들어감에 따라 두 사람은 다 같이 국수國粹 쪽으로 점차 나아갔다. 다른 점이 있다면, 푸시킨은 젊었을 때 황제의 힘에 반역하고자 한번 떨쳐 일어났으나 실패하자 끝내 실의에 빠졌고 또 황제의 은총에 감사하여 그의 신하가 되고 싶어 했으니[87] 그의 젊은 시절의 이념을 잃어버렸지만, 미츠키에비치는 오랫동안 그것을 지켜 나가다가 죽음에 이르러 비로소 그만두었다. 두 사람이 서로 만났을 때, 푸시킨은 「청동기사」라는 시를 짓고 미츠키에비치는 「표트르 대제의 기념비」라는 시를 지어 서로 기념했다. 1829년 무렵 두 사람은 동상 아래에서 비를 피하게 되었는데, 미츠키에비치는 시를 지어 그들이 나눈 대화를 기록하고 푸시킨의 말을 빌려 말미의 해설에서 이렇게 말했다. "말은 이미 허공을 내디뎠지만 황제는 고삐를 잡아당겨 되돌리지 못했다. 황제는 고삐를 잡아끌며 가다가 떨어져 몸이 부서졌다. 100년이 지났지만 말은 지금도 넘어지지 않았다. 이는 산속의 샘에서 솟아 나온 물이 혹한에 얼음이 되어 가파른 절벽에 드리워져 있는 것과 같다. 그러나 자유의 태양이 떠오르고 따스한 바람이 서쪽으로 불어와 추위로 얼어붙은 땅이 서서히 깨어나니 폭포는 장차 어떻게 될 것이며 폭정은 장차 어떻게 될 것인가?" 그렇지만 이것은 실제로 미츠키에비치의 말이며, 다만 푸시킨에 기탁했을 뿐이다. 폴란드가 무너진 후[88] 두 사람은 끝내 만나지 못했다. 푸시킨은 그를 그리워하는 시를 지었으며, 푸시킨이 부상으로 죽게 되자 미츠키에비치 역시 애절하게 그를 그리워했다. 다만 두 사람은 비록 서로를 잘 알고 있었고 또 바이런을 함께 본받았지만 역시 크게 다른 점도 있었다. 예를 들면, 푸시킨은 만년에 나온 작품에서 항상, 젊었을 때에는 자유에 대한 꿈을 대단히 사랑했지만 이미 거기서 멀어졌다고 말했고, 또 전도에는 이제 목표가 보이지 않는다고 말했다. 그러나 미츠키에비치는 목표가 푸시킨과 같았지만 결코 회의하지는 않았다.

스워바츠키는 1809년 크제미에니에츠(Krzemieniec)[89]에서 태어났고, 어려서 고아가 되어 의붓아버지 밑에서 자랐다. 빌노대학에 입학했으며, 성격이나 사상이 바이런과 비슷했다. 21세 때 바르샤바의 재정부에 들어가 서기로 일했다. 2년이 지난 후 어떤 일로 인해 갑자기 나라를 떠나게 되었고, 다시 돌아올 수 없었다. 처음에는 런던에 도착했고, 그 뒤 파리로 가서 바이런의 시체詩體를 모방한 시집 한 권을 완성했다. 이때 미츠키에비치와 만났지만 곧 불화가 생겼다. 그가 창작한 시들은 대부분 비참하고 고통스런 소리로 되어 있다. 1835년 파리를 떠나 동방을 유람하여 그리스, 이집트, 시리아를 경유했다. 1837년 이탈리아로 돌아왔지만, 도중에 엘 아리시[90]에서 역병이 돌아 길이 막혀 그곳에서 오래 체류하면서 『사막에서의 페스트』라는 시를 지었다. 이 시는 어느 한 아랍인이 아내 뒤를 이어 네 명의 아들과 세 명의 딸이 차례로 전염병으로 죽어 가는 것을 목격한 이야기를 기록하고 있다. 슬픔이 작품 전체에 넘치는데, 읽어 보면 그리스의 니오베(Niobe)[91]를 연상시켜 망국의 통한이 그 속에 은은히 배어 있다. 스워바츠키는 이러한 고난에 관한 시로만 그치지 않고 흉악하고 잔인한 작품도 항상 함께 지었는데, 이 점이 그의 뛰어난 점이다. 대개 시 작품 속에는 직접 경험한 고초에 대한 인상이나 자신의 견문이 표현되어 있으며, 가장 유명한 것은 역사적 사실에 근거하고 있는 작품이다. 예를 들어, 『정신의 왕』(*Król Duch*)[92]에는 러시아 황제 이반 4세가 사자使者의 발을 땅에 대고 검으로 못 박는다는 이야기가 서술되어 있는데, 이는 고전에 근거한 것이다.

폴란드 시인들은 대부분 옥중이나 변방에서 일어나는 형벌사건을 묘사하고 있다. 예를 들어, 미츠키에비치의 작품인 『선인의 제사』 제3편에는 자신이 직접 경험한 것을 자세히 그려 내고 있다. 그의 작품 『치호브스키』(*Cichowski*)의 1장이나 『소볼레브스키』(*Sobolewski*)의 1절을 읽어 보면, 젊은이들이 20대의 썰매에 실려 시베리아로 이송되는 사건이 기록되어 있는데, 이에 격분하지 않을 사람은 드물 것이다. 그리고 앞에서 서술한 두 사람의 작품을 읽어 보면 종종 보복의 소리를 들을 수 있다. 예를 들어, 『선인의 제사』의 제3편에는 수인囚人들이 노래하는 장면이 나온다. 그 중에 잔코브스키라는 수인이 이렇게 말했다. "내가 신도라면 반드시 예수와 마리아를 만나서 먼저 우리나라 땅을 유린하는 러시아 황제를 징벌하라고 한 다음에야 마음이 편해지겠다. 러시아 황제가 만약 살아 있다면 내게 예수님의 이름을 부르게 하지 못할 것이다." 두번째로 콜라코브스키는 이렇게 말했다. "설령 내가 유배를 당하여 노역하고 감금되어 러시아 황제를 위해 일한다 해도 무엇이 아깝겠는가? 나는 형벌을 받는 중에도 마땅히 힘써 해야 할 것에 대해 스스로 이렇게 다짐할 것이다. '이 검은 쇳덩어리로 언젠가 황제를 위해 쓸 도끼를 만들고 싶다.' 내가 만약 출옥한다면 타타르족[93]의 여인을 부인으로 맞이하여 그녀에게 이렇게 말할 것이다. '황제를 위해 표트르 팔렌(파벨 1세의 암살자)[94]을 하나 낳아 주오.' 내가 만약 식민지로 이주하여 산다면 반드시 그곳의 우두머리가 되어 내 모든 논밭을 바쳐 황제를 위해 마麻를 심겠다. 그것으로 거대한 검은 밧줄을 만들고 은색의 실을 짜서 오를로프(표트르 3세의 살해자)[95]에게 주어 러시아 황제의 목을 조를 수 있게 할 것이다." 마지막으로 콘래드의 노래를 부르며 이렇게 말했다. "내 정신은 이미 잠들었고 노래는 무덤 속에 있다. 다만 내 영혼은 이미 피비린내를 맡고 한번 외치며 일어나니 마치 흡혈귀(Vampire)가 사람의 피를 빨아먹으려는 듯하다. 피를 빨아먹어라, 피를 빨아먹어라! 복수하라, 복수하라! 내 도살자를 복수하라! 하늘의 뜻이 그러하니 반드시 복수하라. 설령 하늘의 뜻이 그렇지 않더라도 복수하라!"

복수의 시적 정화가 모두 여기에 모였으니, 가령 하느님이 바로잡지 못한 다면 그가 직접 복수하겠다는 것이다.

위에서 언급한 복수의 일은 대개 감추어 있다가 불의不意에 나타난다. 그 취지는, 하늘과 인간으로부터 괴로움을 당한 백성은 모든 수단을 동원하여 자기 조국을 구해야 하고, 그것은 신성한 법칙이라고 하는 데 있다. 따라서 그라지나가 비록 자기 남편을 거역하고 적에 대항했지만 도리는 잘못되지 않았던 것이다. 발렌로트도 역시 그러하다. 비록 이민족의 군대를 물리치기 위해 거짓을 이용했지만 법도에 맞지 않다고 할 수 없다. 발렌로트는 거짓으로 적에게 투항하여 게르만의 군대를 섬멸시키고 고국 땅에 자유를 가져다주었으며 스스로는 참회하고 죽었던 것이다. 이는 누군가가 만일 어떤 계획을 가지고 반드시 보복해야 한다면 비록 적에게 투항하더라도 죄악은 아니라는 의미이다. 예를 들어, 「알푸하라스」(*Alpujarras*)[96]라는 시는 이러한 의미를 더욱 잘 드러내고 있다. 내용은 이렇다. 무어[97]족의 국왕 무함마드 12세는 성내에 바야흐로 전염병이 크게 돌고, 또 그라나다 땅을 스페인에게 넘겨주지 않을 수 없게 되자 밤을 틈타 빠져 나왔다. 스페인 병사들이 모여 술을 마시고 있는데 갑자기 어떤 사람이 회견을 요구한다는 보고가 있었다. 나타난 사람은 아라비아인이었고 그는 앞으로 나아가 크게 소리치며 말했다. "스페인 사람들이여, 저는 당신들의 신명神明을 받들 것이며, 당신들의 위대한 성인을 믿을 것이며 당신들의 노복이 되겠나이다." 모두 그가 무함마드 12세라는 것을 알았다. 스페인 사람들의 우두머리가 그를 포옹하며 입맞춤 예를 행했다. 여러 명의 대장들도 다 그러한 예를 행했다. 그러자 무함마드 12세는 갑자기 땅에 엎드려 두건을 벗어들고 크게 기뻐하며 이렇게 소리쳤다. "나는 전염병에 걸렸도다!" 그가 치욕을 무릅쓰고 이렇게 달려온 것은 전염병이 스페인 군대에도 퍼지게 하기 위해서였다. 스워바츠키는 시에서 종종 나라를 속인 간신들의 행위를 비난했지만 거짓 술책으로 적을 함정에 빠뜨린 경우에는 그것을 매우 찬미했다. 예를 들어, 「람브로」(*Lambro*), 「코르디안」(*Kordjan*)이 모두 그러하다. 「람브로」는 그리스인에 관한 이야기이다. 그리스인이 종교를 배반하고 도둑이 되었는데, 그것은 자유를 얻어 터키에 복수하기 위한 것이었다. 그 성격은 지극히 흉포하여 세상에서 비길 사람이 없었다. 다만 바이런의 동방시東方詩에서나 찾아볼 수 있을 뿐이다. 코르디안이라는 자는 폴란드인으로서 러시아 황제 니콜라이 1세를 암살하려 했던 사람이다. 대개 이 두 시의 주된 취지는 모두 복수에 있을 따름이다.

위의 두 시인은 절망에 빠졌기 때문에 적에게 화를 가져다줄 수 있는 것이라면 무엇이든지 허용할 수 있었다. 예컨대 그라지나의 거짓행위라든지, 발렌로트의 거짓항복이라든지, 무함마드 12세의 전염병 옮기기라든지, 코르디안의 암살 기도라든지, 이런 것들이 다 이에 해당한다. 그러나 크라신스키의 견해는 이와 반대이다. 전자는 힘으로 복수하는 데 주력했고, 후자는 사랑으로 감화시키는 데 주력했다. 그러나 그들의 시는 모두 은덕이 끊겼음을 추도하고 조국의 우환을 염려하지 않은 것이 없었다. 폴란드인들은 이들 시에 감동을 받았으며, 이로 인해 1830년의 의거가 일어났다. 그 기억의 여파가 파급되어 1863년의 혁명[98] 역시 그로 인해 일어났다. 지금까지도 그 정신은 잊혀지지 않고 있으며, 고난도 아직 끝나지 않았다.

9.

헝가리가 침묵하며 웅크리고 있을 무렵 페퇴피(A. Petőfi)[99]라는 사람이 나타났다. 그는 1823년 키슈쾨뢰시(Kiskőrös)에서 식육점 주인의 아들로 태어났다. 이 지역은 헝가리의 저지대로서 드넓은 푸스타(Puszta. 이 말은 평원으로 번역됨) 평원이 있고, 길 주위에는 조그만 여관과 촌락이 있으며, 갖가지 자연경치가 감동을 주기에 충분했다. 대개 헝가리에서 푸스타 평원은 러시아의 스텝(Steppe. 이 말 역시 평원으로 번역됨) 평원처럼 시인을 배출하기에 훌륭한 곳이었다. 부친은 비록 상인이었지만 유달리 학식이 있고 라틴어를 이해할 수 있었다. 페퇴피는 열 살 때 컬투어[100]로 가서 배웠고, 그후 아소드에서 3년간 문법을 공부했다. 그렇지만 특이한 성품을 타고나 자유를 진정 사랑하여 배우가 되고자 했으며, 또 천성적으로 시 창작에 뛰어났다. 페퇴피는 셀메스[101]에서 고등학교에 입학했고, 3개월이 지나자 그의 부친이 페퇴피가 배우들과 사귄다는 소식을 듣고 공부를 그만두도록 했다. 마침내 그는 걸어서 부다페스트로 갔고, 국민극장에 들어가 잡역 일을 했다. 후에 친척에게 발각되어 그 집에서 교육을 받았으며, 이때 비로소 시를 지어 이웃집 아가씨를 노래했다. 당시 나이는 갓 열여섯 살이었다. 그러나 친척의 말에 따르면, 아무런 성과가 없고 연극에만 재능이 있어서 결국 그를 떠나도록 내버려 두었다고 했다. 페퇴피는 갑자기 군에 입대하여 군인이 되었는데, 비록 성격이 압제를 싫어하고 자유를 사랑했지만 그래도 18개월이나 군대에서 복무했고, 결국 말라리아 때문에 그만두었다. 다시 파퍼대학[102]에 들어갔고, 이때도 역시 배우였으니 생계가 매우 곤란하여 영국과 프랑스 소설을 번역하며 스스로 생활을 유지해 갔다. 1844년 뵈뢰슈머르치(M. Vörösmarty)[103]를 방문했고, 뵈뢰슈머르치가 그의 시를 출판해 주자 이때부터 드디어 문학에만 힘을 쏟아 더 이상 배우의 일은 하지 않았다. 이것이 그의 반생半生의 전환점이 되었으니, 명성이 갑자기 높아져 사람들은 그를 헝가리의 대시인으로 바라보았다. 이듬해 봄 그는 사랑하던 여인이 죽자 북방으로 여행을 떠나 마음을 진정시켰고, 가을이 되어서야 돌아왔다.

1847년 시인 어러니(J. Arany)[104]를 살론타에서 만났다. 어러니의 걸작 『욜디』(*Joldi*)가 마침 완성되자 작품을 읽고 칭찬하며 서로 사귈 것을 약속했다. 1848년부터 페퇴피의 시는 점차 정치에 기울었고, 이는 혁명이 도래할 것임을 마치 들새가 지진을 알아차리듯 무의식적으로 느꼈기 때문이다. 동년 3월 오스트리아의 인민혁명[105] 소식이 부다페스트에 보도되자 페퇴피는 이에 감동하여 「일어나라, 마자르인이여」(*Tolpra Magyar*)[106]라는 시를 지었고, 다음 날 군중들 앞에서 공개적으로 낭송했다. 매 단락 말미의 후렴구인 "맹세코 다시는 노예가 되지 말자"에 이르러서는 군중들이 일제히 합창했으며, 시를 가지고 검열 당국으로 달려가 그곳의 관리를 내쫓고 직접 인쇄했다. 인쇄가 끝날 때까지 서서 기다렸다가 각자 그것을 가지고 떠났다. 글이 검열을 벗어나게 된 것은 실로 이때부터 시작되었다. 페퇴피 역시 스스로 이렇게 말한 적이 있다. "내가 금琴을 타거나 펜을 휘두르는 것은 이익 때문이 아니다. 내 마음속에 하느님이 있어 그가 내게 노래 부르게 한다. 하느님은 다름 아닌 바로 자유이다."[107] 그러나 그가 지은 글은 때때로 감정이 지나치거나 군중과 위배되었다. 『국왕들에게』[108]라는 시를 짓자 사람들은 그에 대해 비난을 퍼부었다. 페퇴피는 일기에서 이렇게 말했다. "3월 15일부터 며칠이 지나자 나는 갑자기 군중이 싫어하는 사람이 되었다. 화관은 박탈당했고, 깊은 계곡에서 홀로 헤맸다. 그러나 나는 결국 다행히 굴하지는 않았다." 나랏일이 점차 위급해지자 시인은 전쟁과 죽음이 가까이 있음을 알고 그것을 알리려고 극히 노력했다. 스스로 이렇게 말했다. "하늘은 나를 고독 속에 살아가도록 낳지 않았으니, 전쟁터로 부를 것이다. 내가 지금 전쟁터로 부르는 호루라기 소리를 들을 수 있다면 명령을 기다릴 필요 없이 내 영혼은 즉시 앞으로 달려갈 것이다." 드디어 국민군(Honvéd)에 지원하여 1849년 벰[109] 장군의 막하로 들어갔다. 벰 장군은 폴란드 무인武人으로서 1830년의 전투에서 러시아인과 맞서 싸웠던 인물이다. 이때 코슈트[110]가 벰을 불러 트랜실바니아[111] 지역을 맡도록 했고, 벰 장군은 페퇴피를 극진히 사랑하여 마치 집안의 부자父子와 같았다. 페퇴피는 세 차례나 그곳을 떠났으나, 마치 무엇인가가 그를 이끈 듯이 머지않아 돌아왔다. 동년 7월 31일 세게슈바르 전투[112]에서 마침내 그는 전사했다. 평시의 이른바 "사랑을 위해 노래 부르고 조국을 위해 죽을 것이다"라는 말이 비로소 실현된 것이다.

페퇴피는 어렸을 때 바이런과 셸리의 시를 공부했다. 그의 창작은 대체로 거침없이 자유를 말하고 호탕하고 격렬했으며, 그의 성격 역시 바이런이나 셸리와 흡사했다. 스스로 이렇게 말한 적이 있다. "내 마음은 메아리를 일으키는 산림과 같아 외치는 소리가 들려 오면 수백 가지의 울림으로 반응한다." 또 그는 자연경치를 잘 이해하여 그것을 시가詩歌 속에 묘사하여 천하의 절묘한 작품이 되도록 했는데, 스스로 그것을 끝없는 자연 속의 들꽃이라 불렀다. 그의 장편서사시 『용사 야노시』(*János Vitéz*)라는 작품은 옛날 전설에서 제재를 취하여 주인공의 비환과 기이한 행적을 서술하고 있다. 또 그의 소설 『교수 집행인의 밧줄』(*A Hóbér Kötele*)은 사랑 때문에 다툼이 일어나고 이로 인해 인과응보를 받아 테르니아가 마침내 안톨로키의 아들을 법에 걸리게 한다는 내용이다. 안톨로키는 사랑을 잃고 절망하여 그의 아들 무덤 위에 움막을 짓고, 어느 날 테르니아를 데려와 죽이려 했다. 그러자 안톨로키를 따르던 사람이 말리며, "생과 사 중에서 어느 것이 고통이 더 심하겠나이까?" 하고 물었다. 대답하기를, "생이겠지"라고 했다. 이에 그를 풀어 주어 떠나도록 했다. 안톨로키는 끝내 테르니아의 손자를 유인하여 스스로 목매어 죽도록 했다. 이때 사용한 밧줄은 바로 예전에 테르니아가 안톨로키의 아들의 목을 맸던 그것이었다. 이 작품의 머리부분을 보면 여호와의 말이 인용되어 있는데, 그 의미는 조상이 지은 죄악은 그 후손에 이르러 보복을 당하며, 피해를 받으면 반드시 보복하고 게다가 더 심하게 보복해도 무방하다는 것이다. 시인의 일생 역시 지극히 특이하여 유랑과 변화무상이 그칠 날이 없었다. 비록 일시적으로 편안한 시기가 있었지만, 그 고요함도 진정한 고요함이 아니었다. 아마 그것은 바다의 소용돌이 중심에 자리한 고요한 한 점과 같을 뿐이었다. 가령 외로운 배가 회오리바람에 휘말리면 일순간 갑자기 고요해지는데, 마치 풍운이 잠잠해지고 파도가 일지 않고 물 색깔이 미소 짓듯 파랗게 드러나는 것과 같다. 그러나 소용돌이는 급해지고 배는 다시 휘말려 들어 마침내 난파되어 물속에 잠겨 버린다. 저 시인의 일시적인 고요함도 대개 이와 같을 뿐이었다.

앞에서 서술한 여러 사람들은 그 품성과 언행과 사유 면에서 종족이 다르고 외부의 환경이 달라서 다양한 형태로 나타났지만, 실로 하나의 유파로 통일된다. 모두 강건하여 흔들리지 않고 성실과 진실을 지켜 나갔으며, 대중에게 아첨하며 구습을 따르는 일은 하지 않았고, 웅대한 목소리를 내어 자기 나라의 신생新生을 일깨우고 자기 나라를 천하에 위대한 나라로 만들려고 했다. 화토華土에서 그런 사람을 찾아보아, 어느 누가 그들에 비견될 것인가? 무릇 중국은 아시아에 우뚝 서서 선진 문명을 이루었고 사방의 이웃 중에 견줄 자 없어 으스대며 활보하니, 이에 더욱 특별히 발달하게 되었다. 지금은 비록 영락했지만 그래도 서구와 대립하고 있어 이는 다행스러운 일이다. 그러나 과거부터 쇄국을 일삼지 않고 세계의 대조류와 접하면서 사상을 만들어 내어 날마다 새로움을 추구했더라면, 오늘날 우주 내에 우뚝 서서 다른 나라로부터 멸시받지 않고 영광이 엄연하여 허둥대며 변혁하는 일은 없었을 것이니, 이는 미루어 짐작할 수 있는 일이다. 따라서 한번 중국의 위치를 따져 보고 중국이 직면하고 있는 문제를 고찰해 본다면 나라로서 중국의 장단점이 분명히 드러날 것이니 하찮은 일은 아닐 것이다. 장점을 보면, 문화 면에서 다른 나라의 영향을 받지 않고 스스로 특이한 광채를 갖추었으니, 최근에 비록 중도에서 쇠락했지만 역시 세계에서 보기 드문 일이다. 단점을 보면, 고립적으로 스스로 옳다고 여기고 남들과 비교하지 않으니 마침내 타락하여 실리를 추구하게 되었다. 그런 지가 이미 오래되어 정신이 무너지고 새로운 힘에게 일격을 당하자 얼음이 깨어지듯 무너져 다시 일어나 저항하지 못하게 되었다. 게다가 낡은 습관이 깊이 뿌리박혀 관습의 눈빛으로 일체를 관찰하니 긍정적이든 부정적이든 잘못이 대부분이다. 이것이 유신을 부르짖은 지 20년이 지났지만 새로운 소리가 아직 중국에 일어나지 않고 있는 이유이다. 무릇 이러할진대 정신계의 전사가 귀중한 것이다.

18세기의 영국을 보면, 사회는 허위에 젖어 있었고 종교는 천박함에 안주하고 있었으며, 문학 역시 옛것을 모방하고 도식塗飾만 일삼아 진실한 마음의 소리를 들을 수 없었다. 그리하여 철학자 로크[113]가 먼저 나와 정치와 종교에 누적된 폐단을 극력 배척하고 사상과 언론의 자유를 제창했다. 혁명의 기운이 일어난 것은 그가 뿌린 씨앗 때문이었다. 문학계에서는 농민인 번스가 스코틀랜드에서 태어나 전력을 다해 사회에 저항하며 중생 평등의 목소리를 높였다. 그는 권력을 두려워하지 않고 재물에 굴복하지 않고 뜨거운 피를 뿌려 시에 쏟아부었다. 그렇지만 정신계의 위인은 결국 인간사회로부터 사랑받는 인물이 되지 못하고 험난한 길을 떠돌다가 결국은 요절하고 말았다. 그러나 바이런과 셸리가 그를 계승하여 싸우며 반항한 것은 앞에서 서술한 바와 같다. 그들의 힘은 거대한 파도처럼 구사회의 초석을 향해 곧장 돌진했다. 그 여파와 지류가 러시아에 건너가 국민시인 푸시킨을 낳았고, 폴란드에 건너가 복수시인 미츠키에비치를 만들었고, 헝가리에 건너가 애국시인 페퇴피를 각성시켰다. 그 밖에 같은 유파에 속하는 사람들을 다 언급할 수는 없다. 바이런과 셸리가 비록 악마라는 이름을 얻었지만 역시 인간일 따름이다. 그 동인同人들 역시 실제로 악마파라고 부를 필요는 없다. 인간사회에 살고 있는 한 반드시 그렇게 될 수 있는 것이다. 이들은 대개 열성적인 소리를 듣고 문득 깨달은 자들이며, 이들은 대개 열성적인 마음을 품고 서로 의기투합한 자들이다. 그리하여 그들의 일생 역시 대단히 흡사하여 대부분 무기를 잡고 피를 흘렸다. 이는 검투사처럼 군중이 보는 앞에서 엎치락뒤치락 싸우며 그들에게 전율과 유쾌함을 주며 격렬한 싸움의 구경거리를 제공하는 것과 같다. 따라서 군중이 보는 앞에서 피 흘리는 자가 없다면 그것은 그 사회의 재앙이다. 비록 그런 사람이 있어도 군중이 거들떠보지 않거나 오히려 달려들어 그를 죽인다면, 그와 같은 사회는 재앙이 더욱 심할 것이며 구제할 수조차 없을 것이다!

이제 중국에서 찾아보아, 정신계의 전사라고 할 만한 사람은 어디에 있는가? 지극히 진실한 소리를 내어 우리를 훌륭하고 강건한 데로 이끌 사람이 있는가? 따스하고 훈훈한 소리를 내어 황폐하고 차가운 데서 우리를 구원해 낼 사람이 있는가? 가정과 나라가 황폐해졌지만 최후의 애가哀歌를 지어 천하에 호소하고 후손에게 물려 줄 예레미아는 아직 나오지 않고 있다. 그런 사람이 태어나지 않았거나 아니면 태어났지만 군중에게 살해되었을 텐데, 그중 한 경우이거나 두 경우 다이기 때문에 중국은 마침내 적막해졌다. 사람들은 오로지 표피적인 일만 도모하여 정신이 날로 황폐해졌으니, 새로운 조류가 밀려와도 마침내 그것을 지탱하지 못한다. 사람들은 모두 유신을 말하고 있는데, 이는 바로 지금까지의 역사가 죄악이었다고 자백하는 소리이며, 회개합시다, 라고 하는 것과 같다. 그러나 유신이라고 했으니 희망 역시 그와 함께 시작될 것이므로 우리가 기대하는 바는 신문화를 소개할 지식인이다. 다만 10여 년 동안 소개가 끊이지 않았지만 가지고 들어온 것들을 살펴보면, 떡을 만들고 감옥을 지키는 기술 이외에 다른 것은 없었다. 그렇다면 중국은 이후 적막이 영원히 계속될 것이다. 그러나 제2의 유신 소리가 장차 다시 일어날 것임은 예전의 일로 미루어 보아 의심할 수 없는 사실이다. 러시아의 문인 코롤렌코(V. Korolenko)[114]가 지은 『최후의 빛』이라는 책에는 시베리아에서 한 노인이 아이에게 책 읽는 방법을 가르치는 장면이 나온다. 여기서 책 속에는 벚꽃과 꾀꼬리가 등장하지만 시베리아는 몹시 추워서 그런 것이 없다고 했다. 노인은 이에 대해 이렇게 설명한다. "이 새는 벚나무에 앉아서 목을 길게 빼고 아름다운 소리를 낸다." 소년은 이에 깊은 사색沈思에 잠긴다.

그렇다. 소년은 적막蕭條 속에 놓여 있어 설령 그 아름다운 소리를 진실로 듣지 못했다 하더라도 선각자의 해설을 이해할 수 있었던 것이다. 그런데 그러한 선각자의 소리가 중국의 적막을 깨뜨리기 위해 나타나지 않고 있다. 그렇다면 우리 역시 깊은 사색에 잠길 뿐이로다. 오직 깊은 사색에 잠길 뿐이로다!

1907년 지음

주)

1) 원제는 「摩羅詩力說」이며, 1908년 2월과 3월에 『허난』 월간 제2호와 제3호에 처음 발표되었고, 링페이(令飛)로 서명되어 있다. '마라'(摩羅)는 산스크리트어 Mára를 음역한 것으로 악마를 뜻한다. '마라시력'(摩羅詩力)은 악마파 시의 힘을 뜻하며, '설'(說)은 자기주장을 펼치는 글의 형식이다. 따라서 제목은 '악마파 시의 힘을 논하는 글'로 풀이할 수 있다.

2) 마음의 소리(心聲)는 시가(詩歌) 또는 문학 창작을 가리킨다. 양웅(揚雄)의 『법언』(法言) 「문신」(問神)에는 "말은 마음의 소리요, 글은 마음의 그림이다"(言心聲也, 書心畵也)라는 구절이 있다.

3) 『베다』(*veda*)는 인도에서 가장 오래된 종교, 철학, 문학의 경전이다. 대략 B.C. 2500~B.C. 500년의 작품이다. 송시(頌詩), 기도문, 조문, 제사의식 등을 기록하고 있는데, 『리그』(*Rig*), 『야주르』(*Yajur*), 『사마』(*Sama*), 『아타르바』(*Atharva*) 등 네 종류이다.

4) 『마하바라타』(*Mahābhārata*)와 『라마야나』(*Rāmāyana*)는 인도의 고대 양대 서사시이다. 『마하바라타』는 대략 B.C. 7~B.C. 4세기의 작품으로 제신(諸神)이나 영웅의 이야기를 서술하고 있다. 『라마야나』는 대략 B.C. 5세기의 작품으로 고대의 왕자 라마의 이야기를 서술하고 있다.

5) 칼리다사(Kālidāsa, 약 5세기)는 인도의 고대 시인, 극작가이다. 그의 시극(詩劇) 『사쿤탈라』(*Śakuntalā*)는 인도의 고대 서사시 『마하바라타』 중에 나오는 국왕 두샨타(Dushyanta)와 사쿤탈라의 사랑 이야기를 서술하고 있다. 1789년 존스(William Jones)가 영어로 번역했고, 그것이 독일로 전해져 괴테가 읽고 1791년 시를 지어 칭찬했다. "봄날의 아름다운 꽃이여, 향기를 풍기고 있구나. 가을날의 늘어진 열매여, 진주를 품

고 있구나. 아득한 하늘가, 넓은 대지에, 아름다운 그대 이름 하나 사쿤탈라."(쑤만수蘇曼殊의 번역에 근거)

6) 헤브라이(Hebrai)는 유대 민족의 별칭이다. B.C. 1320년 유대 민족의 지도자 모세가 유대 민족을 이끌고 이집트에서 팔레스타인으로 돌아와 유대와 이스라엘이라는 두 개의 국가를 건설했다.

7) 예레미아(Jeremiah)는 이스라엘의 예언가이다. 『구약전서』의 「예레미아」 52장에 그의 언행이 기록되어 있다. 또 「예레미아 애가」는 유대 민족의 고도(故都)인 예루살렘이 함락된 사실을 애도한 것으로 그의 작품이라 전해지고 있다.

8) 단테(Dante Alighieri, 1265~1321)는 이탈리아의 시인이다. 유럽의 문예부흥 시기 대표적인 문학가이다. 그의 작품은 대부분 봉건전제나 교황통치의 죄악을 폭로하고 있다. 그는 가장 먼저 이탈리아어로 작품 활동을 했으며, 이탈리아어를 풍부하고 세련되게 하는 데 큰 공을 세웠다. 주요 작품으로는 『신곡』(神曲, *La Divina Commedia*)과 『신생』(新生, *Vita Nuova*)이 있다.

9) 여기서 인용된 부분은 칼라일의 『영웅과 영웅숭배』라는 책의 제3강 「시인으로 나타난 영웅—단테, 셰익스피어」의 마지막 단락에 나온다.

10) 청말에 유행하던 군가나 문인들의 시 작품에 이러한 내용이 많았다. 예컨대, 장지동(張之洞)이 지은 「군가」(軍歌)에는 이런 구절이 있다. "보라, 인도는 국토가 결코 작지 않지만, 노예처럼 말처럼 굴레를 벗어 버리지 못하고 있네." 또 그가 지은 「학당가」(學堂歌)에도 이런 구절이 있다. "폴란드가 무너지고, 인도가 망하고, 유대 민족은 사방으로 흩어졌네."

11) 바이런(George Gordon Noel, 6th Baron Byron, 1788~1824)은 영국의 시인이다. 그는 이탈리아의 부르주아혁명과 그리스 민족의 독립전쟁에 참가하기도 했다. 그의 작품은 전제억압자에 대한 반항과 부르주아 계급의 허위와 잔혹함에 대한 증오를 표현하고 있으며, 낭만주의 정신이 충만하다. 그는 유럽의 시가 발전에 큰 영향을 끼쳤다. 주요한 작품으로는 장편시 『돈 후안』(*Don Juan*), 『맨프레드』(*Manfred*) 등이 있다.

12) 마자르의 문인은 페퇴피를 가리킨다. 마자르는 헝가리의 주요 민족이다.

13) '지혜를 사랑하는 사람들'의 원문은 '애지지사'(愛智之士)이며, 철학자를 가리킨다.

14) 화토(華土)는 중국을 가리킨다.

15) 고목(槁木)은 말라죽은 나무라는 뜻이다.

16) 영부(靈府)는 혼령이 깃들어 있는 곳으로 마음을 가리킨다.

17) 『상서』(尙書) 「순전」(舜典)에 "시는 뜻을 말하고, 노래는 말을 길게 읊고, 소리는 길게 읊음과 어울리고, 음률은 소리를 조화롭게 하는 것이다"라는 말이 나온다. 여기서 '소리'는 오성(五聲), 즉 궁, 상, 각, 치, 우를 가리키고, 음률은 육률(六律)과 육려(六呂)를 가리킨다.

18) 시는 사람의 성정을 묶어 둔다는 주장은 한(漢)나라 때 사람이 지은 『시위함신무』(詩緯含神霧)에 나온다. "시란 묶어 두는 것이다. 사람의 성정을 묶어 두어 함부로 날뛰지 못하게 하는 것이다."(「옥함산방집일서」玉函山房輯佚書) 이에 앞서 공자도 이렇게 말한 적이 있다. "시 삼백 편을 한마디로 요약하면 생각함에 사악함이 없다."(『논어』, 「위정」爲政) 후에 남조(南朝) 양(梁)나라의 유협(劉勰)은 『문심조룡』(文心雕龍) 「명시」(明詩)에서 종합하여 이렇게 말했다. "시란 묶어 둔다는 뜻으로 사람의 성정을 묶어 두는 것이다. 시 삼백 편을 요약하면, 그 뜻은 사악함이 없는 것으로 귀결된다."

19) 유협(劉勰, ?~약 520)은 자가 언화(彦和)며, 남조의 양나라 난동완(南東莞 ; 지금의 장쑤 전장鎭江) 사람으로 문예이론가이다. 그가 저술한 『문심조룡』은 중국 고대 문학비평의 명저이다. 본문에서 인용한 네 구절은 『문심조룡』의 「변소」(辨騷)편에 나온다.

20) 아른트(Ernst Moritz Arndt, 1769~1860)는 독일의 시인, 역사학자이다. 저서로는 『시대의 정신』(*Geist der Zeit*) 등이 있다.

21) 빌헬름 3세(Frederick Wilhelm III, 1770~1840)는 프로이센의 국왕이다. 1806년 프랑스와의 전쟁에서 나폴레옹에게 패했다. 1812년 나폴레옹이 모스크바에서 패주한 후 그는 다시 교전하여 승리를 거두었다. 1815년 러시아, 오스트리아와 함께 봉건군주제를 옹호하는 '신성동맹'(神聖同盟)을 맺었다.

22) 테오도르 쾨르너(Carl Theodor Körner, 1791~1813)는 독일의 시인, 극작가이다. 1813년 나폴레옹의 침략에 반항하는 의용군에 참가했고 전쟁 중에 전사했다. 그의 『하프와 칼』(*Leier und Schwert*)은 애국 열정을 토로하고 있는 시집이다.

23) 다우든(Edward Dowden, 1843~1913)은 19세기 아일랜드의 문학비평가, 전기작가이다. 뛰어난 셰익스피어 연구가로서 그의 『셰익스피어, 그 정신과 예술』(*Shakespeare, his Mind and Art*)은 셰익스피어의 정신, 예술의 발전 모습을 체계적으로 파악한 획기적 저작이다. 여기에 인용된 말은 그의 『초본(抄本)과 연구』(*Transcripts and Studies*)라는 책에 나온다.

24) '불용지용'(不用之用)은 쓰임이 없는 듯이 쓰임이 있다는 뜻이다.

25) 존 스튜어트 밀(John Stuart Mill, 1806~1873)은 영국의 철학자, 경제학자이다. 저서로는 『논리학체계』(*A System of Logic*), 『정치경제원리』(*Principles of Political Economy*), 『공리주의』(*Utilitarianism*) 등이 있다.

26) 아널드(Matthew Arnold, 1822~1888)는 영국의 문예비평가, 시인이다. 저서로는 『문학비평론집』(*Essays in Criticism*), 『집시 학자』(*The Scholar Gipsy*) 등이 있다.

27) 호메로스(Homeros)는 B.C. 9세기경 고대 그리스의 맹인 음유시인이라고 한다. 서사시 『일리아스』(*Ilias*)와 『오뒷세이아』(*Odysseia*)의 작가이다.

28) 스코트(Walter Scott, 1771~1832)는 영국의 작가이다. 그는 광범위하게 역사적인 제재를 취해 창작활동을 했다. 유럽의 역사소설 발전에 영향을 끼쳤다. 작품으로는 『아이

반호』(*Ivanhoe*), 『십자군 영웅기』(*Tales of the Crusaders*) 등이 있다.

29) 사우디(Robert Southey, 1774~1843)는 영국의 시인, 산문작가이다. 워즈워스(William Wordsworth), 콜리지(Samuel T. Coleridge) 등과 함께 '호반시인'(湖畔詩人)으로 불렸고, 1813년에는 계관시인(桂冠詩人)이 되었다. 그는 장편시 『심판의 환상』(*A Vision of Judgment*) 서언에서 바이런을 '악마파' 시인으로 암시했으며, 후에 바이런의 작품을 판금할 것을 정부에 요청했다. 또한 바이런에게 답하는 글에서 바이런을 '악마파'의 영수라며 공개적으로 비난했다. 본문의 『넬슨 전(傳)』은 나폴레옹의 침략에 저항한 영국 해군 원수인 넬슨(Horatio Nelson, 1758~1805)의 생애와 사적을 기술한 작품이다.

30) 셸리(Percy Bysshe Shelley, 1792~1822)는 영국의 시인이다. 아일랜드의 독립전쟁에 참가했다. 그의 작품은 전제군주와 종교적인 기만에 대한 분노와 반항을 표현하고 있으며 낭만주의 정신이 풍부하다. 작품으로는 『이슬람의 반란』(*The Revolt of Islam*), 『해방된 프로메테우스』(*Prometheus Unbound*) 등이 있다.

31) 『구약』「창세기」에 의하면 카인이 아벨의 형이다.

32) 바이런의 장편 서사시 『카인』을 가리키며, 1821년에 지어졌다.

33) 토머스 무어(Thomas Moore, 1779~1852)는 아일랜드의 시인이다. 작품은 대부분 영국 정부의 아일랜드 인민에 대한 억압에 반대하고 있으며 민족독립을 칭송하고 있다. 그는 바이런과 우정이 두터웠으며, 1830년 『바이런 전』(*Letters & Journals of Lord Byron, with Notices of his Life*)을 써서 바이런을 비방하는 사람들에 대해 반박했다.

34) 에케르만(Johann Peter Eckermann, 1792~1854)은 독일의 작가이다. 괴테의 개인비서를 역임했다. 저서로는 『괴테와의 대화』(*Gespräche mit Goethe*)가 있다. 본문에서 인용한 괴테의 말은 이 책의 1823년 10월 21일 대화기록에 나온다.

35) 노르망디(Normandie)는 지금의 프랑스 북부에 있다. 1066년 노르망디의 봉건영주 윌리엄(William the Conqueror) 공작이 런던을 공격하여 영국의 국왕이 되었고, 이윽고 노르망디는 영국에 속하게 되었다. 같은 해 바이런의 선조 랄프 드 바이런은 윌리엄을 따라 영국으로 건너왔다. 1450년에 이르러 노르망디는 프랑스로 귀속되었다.

36) 『차일드 해럴드의 편력』(*Childe Harold's Pilgrimage*)은 영향력이 컸던 바이런의 초기 장편시이다. 앞 2장은 1810년에 완성되었고, 뒤 2장은 1817년에 완성되었다. 이 작품은 해럴드의 편력을 통하여 작자가 동남부 유럽을 여행하면서 보고들은 견문을 서술하고 있으며, 그곳 인민들의 혁명투쟁을 칭송하고 있다.

37) '경절'(驚絶)은 비할 데 없이 뛰어난 작품을 가리킨다.

38) 『이교도』(*The Giaour*)와 다음에 나오는 『신부 아비도스』(*The Bride of Abydos*), 『해적』(*The Corsair*), 『라라』(*Lara*)는 1813년부터 1814년 사이에 완성되었고, 대부분 동유럽이나 남유럽에서 제재를 취하고 있기 때문에 그 밖의 비슷한 몇 수의 시를 합쳐 '동방 서사시'라고 통칭한다.

39) 바이런의 조부인 존 바이런(Captain John Byron, 1723~1786)은 영국 해군제독이었다.

40) 유협(劉勰)의 "사람이 타고난 다섯 가지 천부적 재능"이라는 말은 『문심조룡』「정기」(程器)에 나온다. 옛날 사람들은 금(金), 목(木), 수(水), 화(火), 토(土)가 모든 물질을 구성하는 기본원소이며, 사람의 천부적인 재능도 이 다섯 종류의 원소에 의해 결정된다고 생각했다.

41) 『돈 후안』(*Don Juan*)은 정치풍자시이며 바이런의 대표적인 작품이다. 1819년에서 1824년에 걸쳐 씌어졌다. 이 작품은 전설 속 스페인의 귀족 청년인 돈 후안이 그리스, 러시아, 영국 등지를 다니면서 경험한 여러 가지 경험을 통해 당시 유럽의 사회생활을 광범위하게 반영하고 있으며, 봉건전제를 공격하고 이민족의 침략에 반대하고 있다.

42) 루시퍼(Lucifer)는 유대교 경전인 『탈무드』(*Talmud* ; 약 350~500년의 작품)에 기록되어 있다. 그는 원래 하느님의 천사장(天使長)이었지만 후에 명령을 어겨 그의 부하들과 함께 천당에서 쫓겨나 지옥으로 떨어졌고 악마가 되었다.

43) 바이런의 이 말은 1820년 11월 5일 토머스 무어에게 보낸 편지에 나온다.

44) 바이런의 이 말은 1820년 11월 5일 토머스 무어에게 보낸 편지에 나온다. 원문은 "만약 국내에서 투쟁할 자유가 없는 사람이 있다면 그에게는 이웃나라의 자유를 위해 투쟁하도록 해야 한다"로 되어 있다.

45) 마치니(Giuseppe Mazzini, 1805~1872)는 이탈리아의 정치가이며 민족해방운동 중에 민주공화파의 지도자가 되었다. 바이런에 대한 그의 평가는 그의 논문 「바이런과 괴테」에 나온다.

46) 카보우르(Camillo B. Cavour, 1810~1861)는 이탈리아의 자유귀족과 부르주아 군주입헌파의 지도자였다. 그는 통일 후 이탈리아 왕국의 초대 총리를 역임했다.

47) 이탈리아는 1800년 나폴레옹에 의해 정복당했고 나폴레옹이 물러난 후 오스트리아가 1815년 빈 회의를 통해 이탈리아 북부의 통치권을 획득했다. 1820년에서 1821년 사이에 이탈리아인들은 '카르보나리'(Carbonari ; '숯 굽는 사람'이라는 뜻을 가진 이탈리아 비밀결사)의 원조를 받아 반(反)오스트리아 봉기를 일으켰다. 그러나 오스트리아를 맹주로 하는 '신성동맹'(神聖同盟)에 의해 진압되었다. 1848년 이탈리아는 재차 독립과 통일을 요구하는 혁명을 일으켰는데, 최후로 1860~1861년의 민족혁명전쟁을 통해 승리하여 통일된 이탈리아왕국을 세웠다.

48) 1821년 그리스는 터키의 통치에 반대하는 독립전쟁을 일으켰고, 유럽의 몇몇 나라가 그리스의 독립을 지원하는 위원회를 조직했다. 여기서는 영국의 지원위원회를 가리킨다. 바이런은 이 위원회의 주요 성원이었다.

49) 그리스인은 원래 자유를 추구한 민족이었지만 지금은 노예로 전락하였다는 점을 풍자하는 말이다.

50) 체팔로니아 섬(Cephalonia)은 그리스의 이오니아 군도 중 하나이다. 바이런은 1823

년 8월 3일 여기에 도착했으며, 이듬해 1월 5일 미솔롱기로 갔다.

51) 미솔롱기(Missolonghi)는 그리스 서부의 주요 도시이다. 1824년 바이런은 여기서 터키 침략자에 대항하는 전투를 지휘했고, 후에 전선에서 열병에 걸려 4월 19일(본문에서는 18일로 잘못 기록하고 있음) 이곳에서 세상을 떠났다.

52) 술리오트(Suliote)는 당시 터키의 통치하에 있던 한 민족이다. 바이런은 미솔롱기에 술리오트족 병사들을 주둔시키고 있었다.

53) 번스(Robert Burns, 1759~1796)는 영국의 시인이다. 빈농 가정에서 태어나 일생 동안 곤궁하게 지냈다. 그의 시는 대부분이 스코틀랜드의 농민생활을 반영하고 있으며 통치계급에 대한 증오를 표현했다. 저서로는 장편시 『샌터의 탬』(*Tam o'Shanter*)과 수백 편의 유명한 단편시가 있다. 본문의 번스에 대한 평론은 바이런의 1813년 12월 13일의 일기에 나온다.

54) '그것'은 가면을 가리킨다.

55) 키츠(John Keats, 1795~1821)는 영국의 시인이다. 그의 작품은 바이런과 셸리의 지지와 칭찬을 받았다. 그러나 그는 '순예술'적이고 유미주의적인 경향이 있어 바이런과 같은 일파에 넣지 않는다. 작품으로는 서사시 『라미아』(*Lamia*), 『이사벨라』(*Isabella*) 등이 있다.

56) 고드윈(William Godwin, 1756~1836)은 영국의 작가이며 공상사회주의자이다. 그는 봉건제도와 자본주의 착취관계에 반대하여 독립된 자유생산자동맹을 건설할 것을 주장했고 도덕교육을 통해 사회를 개조하려 했다. 정치논문으로는 「정치적 정의」(Political Justice)가 있고 소설로는 『칼렙 윌리엄스』(*Caleb Williams*)가 있다.

57) 아우구스티누스(Aurelius Augustinus Hipponensis, 354~430)는 카르타고의 신학자이며, 기독교 주교였다. 저서로는 『고백록』(*Confessiones*) 등이 있다.

58) 스펜서(Edmund Spenser, 1552~1599)는 영국의 시인이다. 엘리자베스 1세 시대인 영국 문예부흥기에 있어서 희곡의 셰익스피어와 함께 가장 위대한 시인으로 꼽힌다. 그의 우화적인 장편 서사시 『요정 여왕』(*The Faerie Queene*) 6권은 영국의 시 가운데 가장 뛰어난 시의 하나이다.

59) 푸시킨(Александр Сергеевич Пушкин, 1799~1837)은 러시아의 시인이다. 그의 작품은 대부분 농노제도를 공격하고 귀족 상류사회를 질책하고 있으며 자유와 진보를 칭송하고 있다. 작품으로는 『예브게니 오네긴』(Евгений Онегин), 『대위의 딸』(Капитанская дочка) 『캅카스의 포로』(Кавказский пленник), 『집시』(Цыганы) 등이 있다.

60) 레르몬토프(Михаил Юрьевич Лермонтов, 1814~1841)는 러시아의 시인이다. 그의 작품은 농노제도의 어두운 면을 예리하게 공격하고 인민들의 반항투쟁을 동정하고 있다. 작품으로는 서사시 『악마』(Демон), 『견습수도사』(Мцыри)가 있으며, 연작소설 『우리 시대의 영웅』(Герой нашего времени)이 있다.

61) 1820년 차르 알렉산드르 1세(Александр I)가 푸시킨이 당국을 풍자하는 시를 썼다는 이유로 원래 그를 시베리아로 추방하려고 했으나 작가 카람진(Николай Карамзин), 주콥스키(Николай Егорович Жуковский) 등이 변호하여 그를 캅카스로 추방했다.

62) 1830년 11월 폴란드 군대는 차르의 명령에 반항하여, 혁명을 진압하기 위해 벨기에로 출발할 것을 거절하고 무장봉기를 일으켰다. 인민의 지지를 받아 바르샤바를 해방시키고 차르 니콜라이 1세(Николай I)의 통치를 폐지한다고 선포하여 신정부를 수립했다. 그러나 봉기는 귀족과 부호들에 의해 마침내 실패하고 말았고, 그리하여 바르샤바는 다시 차르의 러시아 군대에게 점령당했다.

63) 「러시아를 비방하는 사람들」, 「보로디노의 기념일」은 모두 1831년에 씌어졌다. 당시 제정 러시아는 밖으로 팽창정책을 실시하여 도처에서 혁명을 진압했는데, 피침략국 인민들의 반항을 불러일으켰다. 푸시킨의 이 두 편의 시는 모두 차르의 침략행위를 변호하는 경향을 가지고 있다. 보로디노는 모스크바의 서쪽 교외에 있는 한 마을이다. 1812년 8월 26일 러시아 군대는 이곳에서 나폴레옹 군대를 격파했으며, 1831년 차르 군대가 바르샤바를 점령한 것도 8월 26일이었기 때문에 푸시킨은 「보로디노의 기념일」로 제목을 정했던 것이다.

64) 브란데스(Georg Brandes, 1842~1927)는 덴마크의 문학비평가이며 급진적인 민주주의자이다. 저서로는 『19세기 유럽문학의 주요 흐름』(*Hovedstrømninger i det 19de Aarhundredes Litteratur*), 『괴테 연구』(*Wolfgang Goethe*) 등이 있다. 푸시킨의 두 편의 시에 대한 그의 비평적 견해는 『러시아 인상기』(*Intryk fra Rusland*)에 나온다.

65) 피핀(Alexandr Nikolaevich Pypin, 1833~1904)은 러시아의 문학사가이다. 저서로는 『러시아 문학사』 등이 있다.

66) 리어몬트(Thomas Learmont, 약 1220~1297)는 스코틀랜드의 시인이다.

67) 레르몬토프의 이 두 단락의 말은 그가 1830년에 쓴 『자전 노트』에도 나온다. 『바이런 경 전기』는 무어가 지은 『바이런 전(傳)』을 가리킨다.

68) 「시인의 죽음」을 가리킨다. 이 시는 제정 러시아 당국이 푸시킨을 살해하려는 음모를 폭로했는데, 이 시가 발표되자 열렬한 반향을 불러일으켰으며, 레르몬토프는 이로 인해 구속되었고 캅카스로 추방되었다. 본문에 나오는 말미 해설이란 마지막 한 절이며, 레르몬토프가 「시인의 죽음」을 보충하여 쓴 최후 16행의 시를 가리킨다.

69) 마르티노프(Николай Соломонович Мартынов, 1816~1876)는 러시아 장교이다. 그는 관청의 사주를 받아 1841년 7월 캅카스의 파티코르스크의 결투에서 레르몬토프를 살해했다.

70) 보덴슈테트(Friedrich Martin von Bodenstedt, 1819~1892)는 독일의 작가이다. 그는 푸시킨, 레르몬토프 등의 러시아 작가의 작품을 번역했다.

71) 『이즈마일 베이』(Измаил-Бей)는 장편 서사시로서 1832년에 씌어졌다. 내용은 캅카

스 인민들의 민족해방을 쟁취하려는 전쟁과 차르 전제통치에 반대하는 전쟁을 묘사하고 있다.

72) 미츠키에비치(Adam Mickiewicz, 1798~1855)는 폴란드의 시인이며 혁명가이다. 그는 일생 동안 차르 통치에 반항했고 폴란드 독립의 쟁취를 위해 분투했다. 저작으로는 『청춘예찬』(*Oda do młodości*)과 장편 서사시 『타데우시 선생』(*Pan Tadeusz*), 시극 『선인의 제사』(*Dziady*) 등이 있다.

73) 스워바츠키(Juliusz Słowacki, 1809~1849)는 폴란드의 시인이다. 그의 작품은 폴란드 인민들의 민족독립에 대한 강렬한 소망을 반영하고 있다. 1830년 폴란드 봉기 때 시집 『송가』, 『자유예찬』 등을 발표하여 투쟁의 의지를 고무시켰다. 주요 작품으로는 시극 『코르디안』(*Kordian*) 등이 있다.

74) 크라신스키(Zygmunt Krasiński, 1812~1859)는 폴란드의 시인이다. 주요한 작품으로는 『비신곡』(非神曲), 『미래의 찬가』(*Psalmy Przyszłości*) 등이 있다.

75) 빌노대학은 현재 리투아니아 영토 내의 빌뉴스(Vilnius)에 있다.

76) 『선인의 제사』는 시극으로 미츠키에비치의 대표작이다. 1823~1832년 씌어졌다. 이 작품은 차르 전제에 대한 폴란드 인민들의 강렬한 항의를 표현하여, 조국의 독립을 쟁취하기 위해 헌신할 것을 호소하고 있다.

77) 코브노(Kowno)는 리투아니아의 도시로 카우나스(Kaunas)이다. 미츠키에비치는 이곳에서 4년간 중학교 교사생활을 했다.

78) 오데사(Odessa)는 현재 우크라이나 공화국의 남부에 있다.

79) 크리미아는 크림(Krym) 반도이다. 소련 서남부의 흑해와 아조프 해 사이에 있다.

80) 『크리미아 시집』(*Sonety Krymskie*)는 전체 18수이며 1825~1826년에 씌어졌다.

81) 『그라지나』(*Grażyna*)는 장편 서사시로 1823년 리투아니아에서 씌어졌다.

82) '갑'(甲)은 옛날 전사들의 호신물을 가리키는데, 가죽 또는 금속으로 만들었다.

83) 『발렌로트』(*Konrad Wallenrod*)는 장편 서사시로서 1827~1828년에 씌어졌으며, 프로이센의 침략에 반항하는 고대 리투아니아의 이야기에서 제재를 취했다.

84) 마키아벨리(Niccolò Machiavelli, 1469~1527)는 이탈리아 작가이며 정치가이다. 그는 전제군주제의 옹호자이며, 통치자는 정치목적을 달성하기 위해 수단을 가리지 않을 수 있다고 주장했다. 저서로는 『군주론』(*Il Principe*) 등이 있다. 미츠키에비치는 『발렌로트』라는 시의 서두에서 『군주론』 제18장의 한 단락을 인용했다. "따라서 그대는 승리를 거두는 데는 두 가지 방법이 있다는 것을 알아야 한다. 반드시 여우가 되어야 하고 또 사자가 되어야 한다."

85) 미츠키에비치는 1829년 8월 17일 독일의 바이마르에 가서 8월 26일에 거행된 괴테의 80세 생일 축하연에 참가하여 괴테와 면담했다.

86) 『타데우시 선생』은 장편 서사시로서 미츠키에비치의 대표작이다. 1832~1834년에 씌

어졌다. 이 작품은 1812년 나폴레옹의 러시아 침공을 배경으로 하고 있으며, 리투아니아의 구석진 한 마을의 작은 귀족에게 발생한 이야기를 통해 민족의 독립을 쟁취하려는 폴란드 인민들의 투쟁을 반영하고 있다. 내용 중에 나오는 보이스키(Wojski)는 폴란드어로서 호민관이란 뜻이다.

87) 푸시킨은 1831년 가을 차르 정부의 외교부에 임관했고 1834년에는 또 궁정직(宮廷職)에 임명되었다.

88) 1830년 폴란드의 11월 봉기의 실패를 가리킨다. 이듬해 8월 차르 군대는 바르샤바를 점령하여 대학살을 자행했다. 그리하여 폴란드는 다시 러시아의 통치를 받게 되었다.

89) 크제미에니에츠(Krzemieniec)는 현재 우크라이나의 테르노폴 성(省)에 있다.

90) 엘 아리시(El Arish)는 이집트의 해구(海口)이다.

91) 니오베(Niobe)는 그리스 신화에 나오는 테베성의 왕후이다. 그녀는 태양의 신 아폴론의 어머니를 멸시하면서 자신의 일곱 아들과 일곱 딸을 자랑했기 때문에 아폴론과 여동생인 달의 여신 아르테미스가 함께 그녀의 자식들을 모두 죽여 버렸다.

92) 『정신의 왕』(*Król Duch*). 애국주의 사상이 담긴 철리시(哲理詩)이다. 사실 본문에서 말한 이반 4세에 관한 이야기는 없다.

93) 타타르족은 여기서 중앙아시아에 살고 있는 몽고족의 후예를 가리킨다.

94) 표트르 팔렌(Пётр Пален)은 차르 파벨 1세(Павел I)가 총애하는 신하였다. 그러나 팔렌은 파벨 1세를 1801년 3월에 암살했다.

95) 오를로프(Орловы)는 러시아 귀족의 실력자이다. 1762년 궁정혁명이 일어났을 때 그는 사람을 시켜 차르 표트르 3세(Пётр III)를 암살했다.

96) 「알푸하라스」(*Alpujarras*)는 1834년에 씌어진 시극으로서 미츠키에비치의 작품이다.

97) 무어(Moors)는 아프리카 북부의 민족이다. 1238년에 서남 유럽의 이탈리아 반도로 가서 그라나다 왕국을 세웠고, 1492년 스페인에 의해 멸망했다. 무함마드 12세(Abu 'abd-Allah Muhammad XII)는 그라나다 왕국(나스르 왕조)의 마지막 왕이다.

98) 1863년 폴란드의 1월 봉기를 가리킨다. 이 봉기의 결과 임시민족정부가 성립되었으며, 농노해방을 위한 선언과 법령을 선포했다. 1865년 차르의 진압으로 인해 실패하고 말았다.

99) 페퇴피 샨도르(Petőfi Sándor, 1823~1849). 헝가리의 혁명가이며 시인이다. 1848년 오스트리아의 지배에 저항하는 전쟁에 참여하였고, 1849년 오스트리아를 도운 러시아 군대와 싸우던 중 희생되었다(세게슈바르Segesvár 전투, 1849. 7. 31). 그의 작품은 사회의 추악한 면을 풍자하고 피압박민족의 고통스런 생활을 묘사하고 있으며, 자유를 쟁취하기 위한 인민들의 봉기를 고무하고 있다. 『용사 야노시』(*János Vitéz*), 「민족의 노래」(*Nemzeti Dal*) 등을 썼다.

100) 컬투어(科勒多)는 현재 어떤 지명을 가리키는지 분명하지 않다. 페퇴피의 관련 자료

에 의거하면, 페퇴피의 나이 10세 때 부친이 그를 페스트(오늘날의 부다페스트의 일부)로 보내 기독교가 운영하는 중학교에 다니게 했다고 한다.

101) 셀메스(Selmec, 舍勒美支)는 헝가리의 도시 이름이다.

102) 파퍼(Pápa)대학은 헝가리 서부의 파퍼 시에 있는 유명한 학교이다.

103) 뵈뢰슈머르치(Mihály Vörösmarty, 1800~1855)는 헝가리의 시인이다. 저서로는 『절란의 도주』(*Zalán futása*), 『두 성(城)』(*A két szomszédvár*) 등이 있다. 그는 페퇴피의 첫번째 시집을 출판해 주었다.

104) 야노시 어러니(János Arany, 1817~1882)는 헝가리의 시인이다. 1848년 헝가리혁명에 참가했다. 주요작인 『톨디』(*Toldi*) 3부작(본문에서는 『욜디』*Joldi*, 約爾提로 표기)은 1846년에 씌어졌다. 살론타(Salonta)는 헝가리 동쪽, 루마니아 내에 있는 농촌이다.

105) 1848년 3월 13일 오스트리아의 수도 빈에서 무장봉기가 발생하여, 오스트리아 황제는 총리 메테르니히의 해임을 받아들였고, 국민회의의 소집에 동의하고 헌법을 제정했다.

106) 「일어나라, 마자르인이여」는 「민족의 노래」를 가리킨다. '일어나라, 마자르인이여'는 이 시의 첫 구이며 원어는 'Talpra magyar'이다. 이 시는 1848년 3월 13일 빈 무장봉기 당일에 씌어졌다.

107) 페퇴피의 이 말은 1848년 4월 19일의 일기에 나온다. 번역을 하면 다음과 같다. "아마 세상에는 더욱 아름답고 장엄한 칠현금과 거위털 펜이 많겠지만 내 순결한 거위털 펜보다 더 멋진 것은 절대 없을 것이다. 내 칠현금의 어떤 한 음도 내 거위털 펜의 어떤 한 획도 이익을 위해 사용한 적이 없었다. 내가 쓴 것은 모두 내 영혼의 주재자에 의해 씌어진 것이다. 영혼의 주재자는 바로 자유의 신이다!"(『페퇴피 전집』 제5권)

108) 『국왕들에게』는 1848년 3월 27일에서 30일 사이에 씌어졌다. 이 시에서 페퇴피는 전 세계 폭군의 통치는 곧 전복될 것이라고 예언했다. 다음에 인용된 일기 내용은 1848년 3월 17일자에 나온다.

109) 벰(Józef Bem, 1794~1850)은 폴란드의 장군이다. 1830년 11월 폴란드 봉기의 지도자 중 한 사람이었으며, 실패 후 외국으로 망명했고, 1848년 빈 무장봉기와 1849년 헝가리 민족해방전쟁에 참가했다.

110) 코슈트(Kossuth Lajos, 1802~1894)는 1848년 헝가리혁명의 주요 지도자이다. 그는 군대를 조직하여 1849년 4월 오스트리아군을 격퇴시키고 헝가리 독립을 선포했다. 공화국이 성립된 후 신국가의 원수로 선출되었다. 실패한 후에는 망명했고 이탈리아에서 죽었다.

111) 트랜실바니아(Transilvania)는 당시에는 헝가리의 동남부였고 지금은 루마니아에 속한다.

112) 1849년 여름에 차르 니콜라이 1세가 10만여 군대를 파견하여 오스트리아를 원조했

다. 벰의 부대는 세게슈바르에서 패배했고, 페퇴피도 바로 이 전투에서 희생되었다.

113) 로크(John Locke, 1632~1704)는 영국의 철학자이다. 그는 지식은 감각에서 기원하며 후천적인 경험이 인식의 원천이라고 생각했으며, 왕권신수설을 반대했다. 저서로는 『인간오성론』(*An Essay Concerning Human Understanding*)과 『통치론』(*Two Treatises of Government*) 등이 있다.

114) 코롤렌코(Владимир Галактионович Короленко, 1853~1921)는 러시아의 작가이다. 1880년 혁명운동에 참가했다는 이유로 시베리아에서 6년간 유배되었다. 유배지에 관한 중단편 소설을 많이 썼다. 작품으로는 소설집 『시베리아 이야기』(Сказание о Флоре)와 문학회상록 『내 동시대인들의 이야기』(История моего современника) 등이 있다. 「최후의 빛」은 『시베리아 이야기』 중 한 편이다.

나의 절열관(節烈觀)[1]

'세상의 도리가 야박해지고 사람의 마음人心이 날로 나빠져 나라가 나라답지 않다'라는 말은 본래 중국에서 역대로 있어 왔던 탄식의 소리이다. 그렇지만 시대가 다르면 이른바 '날로 나빠지는' 일에도 변화가 있게 마련이다. 과거에는 갑의 일을 지적했고, 오늘날에는 을의 일을 탄식할지 모른다. 감히 함부로 말하지 못하는, '임금에게 올리는' 것 이외의 나머지 글의 논의 속에는 줄곧 이런 말투가 있어 왔다. 왜냐하면 이렇게 탄식하면 세상 사람들을 훈계할 수 있을 뿐만 아니라 '날로 나빠지는' 것으로부터 자기를 제외시킬 수 있기 때문이다. 그래서 군자들이 서로를 개탄한 것은 물론이거니와 살인, 방화, 주색잡기, 돈 갈취를 일삼는 무리와 일체의 빈둥대는 사람들조차도 행패를 부리는 틈을 타서 고개를 가로 저으며 '사람들의 인심人心이 날로 나빠졌다'라고 말한다.

세상 풍조와 사람의 마음이라는 것은 그르치도록 부추겨 '날로 나쁘게 할' 수 있을 뿐만 아니라, 설령 부추기지는 않았다 하더라도 옆에서 구경·감상·탄식만 해도 그것을 '날로 나쁘게 할' 수 있다. 그래서 요 몇 년 사이에, 과연 공연히 빈말만 하지 않겠다는 몇몇 사람이 나타나 한 차례 탄식한 다음에 구제할 방법까지 생각하고 나섰다. 첫번째가 캉유웨이이다. 그는 손짓·발짓을 해대며 '입헌군주제'虛君共和라야만 된다고 했는데,[2] 천두슈가 곧바로 시대에 맞지 않다고 물리쳤다.[3] 그 다음은 영학파靈學派의 사람들이다. 그토록 낡고 케케묵은 사상을 어떻게 생각해 냈는지 모를 일이지만, '성인 맹자'의 혼을 불러내어 획책하려 하는데, 천바이녠, 첸쉬안퉁, 류반눙이 이는 허튼소리라고 했다.[4]

이 몇 편의 논박문은 모두 『신청년』[5]에 실린 것 중에서 가장 간담을 서늘케 하는 글이다. 때는 이미 20세기가 되었고, 인류의 눈앞에는 벌써 서광이 번뜩이고 있다. 가령 『신청년』에서 지구가 네모냐 둥그냐 하고 다른 사람과 논쟁하는 글을 싣는다면 독자는 이를 보고 아마 틀림없이 어리둥절해할 것이다. 그런데 지금 변론하고 있는 것은 바로 지구가 네모나지 않다고 말하는 것과 거의 다를 바 없다. 시대와 사실事實을 가지고 대조해 볼 때, 어찌 간담이 서늘해지지 않을 수 있겠으며 두려움을 느끼지 않을 수 있겠는가?

근래에 입헌군주제는 제기하지 않게 되었지만 영학파는 여전히 저쪽에서 장난을 치고 있는 것 같다. 이때 일군의 사람들이 다시 나타나서 만족할 수 없다고 하여 여전히 고개를 가로 저으며 '사람의 마음이 날로 나빠지고 있다'고 한다. 그리하여 한 가지 구제 방법을 또 생각해 내어 그들은 그것을 '절열節烈을 표창한다'[6]라고 했다.

이러한 묘방은 군정복고시대[7] 이래로 위아래 할 것 없이 제창한 지 이미 여러 해가 되었다. 지금은 기치를 높이 들어 올리는 때에 지나지 않는다. 글의 논의 가운데에 '절열을 표창한다'라는 말이 예전처럼 항상 등장하고 또 그것을 시끄럽게 떠들어 대고 있다. 이런 말을 하지 않으면 '사람의 마음이 날로 나빠지다'로부터 자신을 빼낼 수 없는 것이다.

절열이라는 이 두 글자는 예전에는 남자의 미덕으로 간주되었는데, 그래서 '절사'節士, '열사'烈士라는 명칭이 있었다. 그렇지만 오늘날 '절열을 표창한다'는 것은 오로지 여자만을 가리키고, 결코 남자는 포함하지 않는다. 오늘날 도덕가의 견해에 따라 구분해 보면, 대략 절節은 남편이 죽었을 때 재가하지도 않고 몰래 달아나지도 않는 것을 말하는데, 남편이 일찍 죽으면 죽을수록 집안은 더욱 가난해지고 여인은 더욱 절節을 잘 지키게 된다. 그런데 열烈에는 두 가지가 있다. 하나는, 시집을 갔든 가지 않았든 남편이 죽기만 하면 여인도 따라 스스로 목숨을 끊는 경우이다. 하나는, 폭행을 당하여 몸을 더럽혔을 때, 자살을 기도하거나 저항하다 죽임을 당하는 경우이다. 그것도 참혹하게 죽을수록 여인은 더욱 열烈을 잘 지킨 것이 된다. 만약 방어할 겨를도 없이 끝내 모욕을 당하고 그런 다음 자살했다면 곧 사람들의 입방아를 피할 수 없게 된다. 천만다행으로 너그러운 도덕가를 만난다면 가끔은 약간 사정을 봐주어 여인에게 열烈 자를 허락할 수도 있다. 그러나 문인학사文人學士들이라면 여인을 위해 전기 짓는 일을 썩 달가워하지 않을뿐더러, 설령 마지못해 붓을 들었다 하더라도 끝에 가서는 "애석하도다, 애석하도다"라는 몇 마디의 말을 덧붙이고야 만다.

종합하여 말하면, 여자는 남편이 죽으면 수절하거나 죽어야 하고, 폭행을 당하면 죽어야 한다. 이런 유의 사람들을 한바탕 칭찬해야 세상의 도리와 사람의 마음이 곧 좋아지고 중국이 곧 구제될 수 있다는 것이다. 대의는 단지 이런 것이다.

캉유웨이는 황제의 허명虛名에 신세를 지고 있고, 영학가들은 오로지 허튼소리에 의지하고 있다. 그러나 이 절열을 표창한다는 것에는, 그 모든 권력이 인민에 달려 있으므로 다분히 스스로의 힘에 의해 점차 발전해 가고 있다는 뜻이 들어 있다. 그렇지만 나는 여전히 몇 가지 의문이 있으므로 이를 제기해야겠다. 그리고 내 견해에 따라 그 해답을 주려고 한다. 나는 또 절열이 세상을 구제할 수 있다는 설은 대다수 국민들의 뜻이며, 주장하는 사람들은 목구멍과 혀에 지나지 않는다고 믿는다. 그것이 소리를 낸다고 하지만 그것은 사지, 오관, 신경, 내장과 모두 관련이 있다. 그래서 나는 이 의문과 해답을 대다수 국민들 앞에 제기하는 바이다.

첫번째 의문은, 절열을 지키지 않는(중국에서는 절을 지키지 않는 것을 '실절'失節이라 하는데, 열을 지키지 않은 경우에는 성어가 없다. 그래서 둘을 합쳐 '절열을 지키지 않는다'라고 할 수밖에 없다) 여자가 어떻게 나라를 해치게 되는가 하는 것이다. 현재의 상황에 비추어 볼 때, '나라가 나라답지 않다'는 것은 더 말할 필요도 없다. 양심을 팔아먹는 일들이 줄줄이 나타나고, 또 전쟁, 도둑, 홍수와 가뭄, 기근이 연달아 일어나고 있다. 그러나 이러한 현상들은 새로운 도덕과 새로운 학문을 따지지 않은 까닭에 행위와 사상이 옛것을 그대로 답습하고 있기 때문에 나타난 것이며, 그래서 여러 가지 암흑 현상이 결국 고대의 난세를 방불케 하고 있는 것이다. 게다가 정계, 군대, 학계, 상계 등을 들여다보면 모두가 남자들이며 절열을 지키지 않은 여자는 전혀 그 속에 끼어 있지 않다. 또 권력을 가진 남자가 여자들에게 유혹당하여 양심을 팔아먹고 마음 놓고 나쁜 짓을 한다고 할 수도 없다. 홍수와 가뭄, 기근도 오로지 용왕에게 빌고 대왕大王을 맞이하면서 삼림을 남벌하고 수리시설을 갖추지 않은 데 대한 벌이며, 새로운 지식이 없는 데 대한 결과이므로, 여자와는 더욱 관계가 없다. 다만 병사나 도둑만이 때때로 절열을 지키지 않는 여인들을 많이 만들어 낸다. 그러나 역시 병사와 도둑이 먼저이며 절열을 지키지 않는 것은 나중이다. 결코 여자들이 절열을 지키지 않았기 때문에 병사와 도둑을 불러들인 것은 아니다.

그 다음의 의문은, 어째서 세상을 구제하는 책임이 오로지 여자에게만 있는가 하는 것이다. 구파舊派의 입장에서 말하면, 여자는 '음류'陰類이며, 안을 주관하는 사람으로서 남자의 부속품이다. 그렇다면 세상을 다스리고 나라를 구하는 일은 양류陽類에게 맡겨져야 하며 전적으로 바깥주인에게 의지하고 주체主體가 수고해야 한다. 결코 중대한 과제를 모두 음류의 어깨 위에 놓을 수는 없다. 새로운 학설에 따른다면 남녀가 평등하므로 의무도 대강 비슷할 것이다. 설령 책임을 져야 한다 하더라도 분담하지 않으면 안 된다. 그 나머지 반인 남자도 각자 의무를 다해야 하는 것이다. 폭행을 제거해야 할 뿐만 아니라 자신의 미덕을 발휘해야 한다. 그저 여자를 칭찬하고 징벌하는 것만으로 천직을 다했다고 말할 수는 없다.

그 다음의 의문은 표창한 다음에 무슨 효과가 있는가 하는 것이다. 절열이 근본이라는 것에 근거하여, 살아 있는 모든 여자를 분류해 보면 대략 세 부류에서 벗어나지 않는다. 한 부류는 이미 수절하여 표창을 받아야 하는 사람(열이라는 것은 죽지 않으면 안 되기 때문에 제외한다)이고, 한 부류는 절열을 지키지 않은 사람이고, 한 부류는 아직 출가하지 않았거나 남편이 아직 살아 있으며 또 폭행을 당하지도 않아 절열의 여부를 알 수 없는 사람이다. 첫번째 부류는 이미 훌륭한 일을 했으므로 표창을 받고 있어 더 말할 필요가 없다. 두번째 부류는 이미 잘못을 했고, 중국에서는 지금까지 참회를 허락하지 않으므로 여자가 한 번 잘못하면 잘못을 고치려고 해도 소용이 없어 그 부끄러움을 감내하지 않을 수 없으니 역시 말할 가치가 없다. 가장 중요한 것은 세번째 부류인데, 오늘날 일단 감화를 받으면 그들은 "만약 앞으로 남편이 죽으면 절대 재가하지 않겠으며, 폭행을 당하면 서슴없이 자살하겠다!"고 다짐을 한다. 묻건대, 이러한 결심이 중국의 남자들이 주관하는 세상의 도리와 사람의 마음과 무슨 상관이 있겠는가? 그 이유에 대해서는 이미 앞에서 설명했다. 부대적인 의문이 하나 더 있다. 절열을 지킨 사람은 이미 표창을 받아 당연히 품격이 제일 높다. 그런데 성현은 사람마다 배울 수 있지만, 이 일만은 그렇게 할 수 없는 측면이 있다. 가령 세번째 부류의 사람들은 비록 포부가 대단히 높다고 하더라도 만일 남편이 장수하고 천하가 태평하면 그들은 원한을 꾹 참고 삼키면서 평생 동안 이류의 사람으로 지낼 수밖에 없다.

이상은 옛날의 상식에 의거하여 대강 따져 본 것인데, 이미 여러 가지 모순을 발견하게 되었다. 만약 약간이라도 20세기의 정신을 가지고 보면, 또 두 가지 의문이 생긴다.

첫번째는 절열이 도덕인가 하는 것이다. 도덕이란 반드시 보편적이어서 사람마다 따라야 하고 사람마다 할 수 있고 또 자타 모두에게 이로워야 비로소 존재할 가치가 있다. 오늘날 이른바 절열이라는 것을 보면, 남자는 전혀 상관없는 것으로 제외되어 있을 뿐만 아니라, 여자라 하더라도 전체가 모두 영예를 입을 기회를 가질 수 있는 것도 아니다. 그래서 결코 도덕으로 인정할 수도 법식法式으로 간주할 수도 없다. 지난번 『신청년』에 실린 「정조론」[8]에서 이미 그 이유를 밝힌 바 있다. 다만 정조는 남편이 아직 살아 있을 때의 일이고 절節이란 남자가 이미 죽었을 때의 일이라는 점에서 구분될 뿐이며 그 이치는 유추할 수가 있다. 다만 열烈만은 특히 기괴하므로 좀더 따져 보아야 한다.

앞에서 말한 절열의 분류법에 의거하여 볼 때, 열烈의 첫번째 부류는 기실 절節을 지키는 것일 뿐이며 죽느냐 사느냐 하는 차이에 지나지 않는다. 도덕가의 분류는 전적으로 죽느냐 사느냐 하는 데 근거를 두고 있기 때문에 그것을 열의 분류에 넣은 것이다. 성질이 전혀 다른 것은 바로 두번째 부류이다. 이 부류의 사람들은 약자(현재의 상황에서 여자는 여전히 약자이다)일 뿐이며, 갑자기 남성 폭도를 만나 부형이나 남편은 구해 줄 힘이 없고 이웃집 사람들도 도와주지 않으면, 그리하여 여인은 죽고 만다. 끝내 모욕을 당하고 그대로 죽는 경우도 있고, 마침내 죽지 않는 경우도 있다. 오랜 시일이 지난 다음 부형이나 남편이나 이웃집 사람들이 문인 학사와 도덕가를 끼고 점점 모여들어 자신의 비겁이나 무능을 부끄러워하지도 않고 폭도들을 어떻게 징벌할 것인가를 말하지도 않고, 여인이 죽었느냐 살았느냐, 모욕을 당했느냐 그렇지 않느냐, 죽었으면 얼마나 훌륭한가, 살았으면 얼마나 나쁜가를 이러쿵저러쿵 따질 뿐이다. 그리하여 영광스런 수많은 열녀와, 사람들로부터 말과 글로써 비난받는 수많은 불열녀不烈女를 만들어 낸다. 마음을 가라앉히고 생각해 보기만 해도 이는 인간세상에 있어서는 안 되는 일이라 느껴지는데, 하물며 도덕이라 할 수 있겠는가.

두번째는 다처주의多妻主義인 남자는 절열을 표창할 자격이 있느냐 하는 것이다. 이전의 도덕가를 대신해 말하면, 틀림없이 표창할 수 있어야 한다. 왜냐하면 무릇 남자는 남다른 면이 있어 사회에는 오로지 그의 뜻만이 존재하기 때문이다. 한편으로 또 남자들은 음양내외陰陽內外라는 고전에 기대어 여자들 앞에서 거드름을 피운다. 그렇지만 오늘날에 이르러 인류의 눈앞에는 광명이 비치고 있으므로 음양내외의 설이 황당무계하기 짝이 없다는 것은 분명하다. 가령 음양내외가 있다 하더라도 역시 양이 음보다 존귀하고 외가 내보다 숭고하다는 이치를 증명해 낼 수는 없다. 하물며 사회와 국가는 남자 혼자 만들어 낸 것이 아님에랴. 그러므로 일률적으로 평등하다는 진리를 믿을 수밖에 없다. 평등하다고 했으니 남녀는 모두 일률적으로 지켜야 하는 계약이 있다. 남자는 결코 자신이 지킬 수 없는 일을 여자에게 특별히 요구할 수는 없다. 매매나 사기나 헌납에 의한 결혼이라 하더라도 생시에 정조를 지키라고 요구할 아무런 이유도 없는데, 하물며 다처주의인 남자가 여자의 절열을 표창할 수 있겠는가.

이상으로 의문과 해답은 모두 끝났다. 이유가 이처럼 앞뒤가 맞지 않은데 어찌하여 지금까지도 절열이 여전히 존재할 수 있었던가? 이 문제를 다루려면 먼저 절열이 어떻게 생겨났고 어떻게 널리 시행되었고 왜 개혁이 일어나지 않았는지 하는 연유를 살펴보아야 한다.

고대 사회에서 여자는 대체로 남자의 소유물로 여겨졌다. 죽이든 먹여 살리든 모든 것이 마음대로였다. 남자가 죽은 후 그가 좋아하던 보물과 일상적으로 사용하던 무기와 함께 순장하더라도 그것은 마음대로였다. 그후 순장의 풍습이 점차 고쳐지자 수절이 곧 점차 생겨났다. 그러나 대개 과부는 죽은 사람의 아내로서 죽은 혼이 따라다닌다고 하여 감히 데려가는 사람이 없었던 것이지, 여인은 두 지아비를 섬겨서는 안 된다는 것은 결코 아니었다. 이러한 풍습은 오늘날 미개인 사회에 여전히 남아 있다. 중국 태고 때의 상황에 대해 지금으로서는 상세하게 고증할 길이 없다. 다만 주대周代 말에 비록 순장이 있었지만 오로지 여인만을 사용한 것도 아니고 재가하든 그렇지 않든 자유롭게 맡겨져 어떤 제재도 없었으므로 이러한 풍습에서 벗어난 지가 이미 오래되었음을 알 수 있다. 한대로부터 당대에 이르기까지도 절열을 부추기지는 않았다. 송대에 이르자 '유학을 업으로 하는'業儒 무리들이 비로소 "굶어 죽는 일은 대수롭지 않지만 절節을 잃는 일은 중대하다"[9]라는 말을 했고, 역사책에서 '재가'라는 두 글자만 보아도 대수롭지 않은 일에 펄쩍 뛰었다. 진심에서 나온 것인지, 아니면 일부러 그랬는지 지금으로서는 추측할 길이 없다. 그때도 바야흐로 '사람의 마음이 날로 나빠져 나라가 나라답지 않은' 시대여서 온 나라의 선비와 백성들은 정말 말이 아니었다. 혹시 '유학을 업으로 하는' 사람들이 여자는 수절해야 한다는 말을 빌려서 남자를 채찍질하려고 했는지도 모를 일이다. 그러나 빙빙 에둘러서 하는 방법은 본래 떳떳치 못한 혐의가 있고 그 뜻도 분명히 알아차리기 어렵다. 나중에 이 때문에 몇몇 절부節婦가 더 생겼는지 모르겠으나 아전, 백성, 장수, 졸병은 여전히 감동을 받지 못했다. 그리하여 '가장 일찍 개화하여 도덕이 제일인' 중국은 마침내 '하늘이 은총을 내린' '설선 황제, 완택독 황제, 곡률 황제'[10] 등의 지배를 받게 되었다. 그후 황제가 여러 번 바뀌었지만 수절사상은 오히려 발달했다. 황제가 신하에게 충성을 다할 것을 요구하자 남자들은 더욱더 여자에게 수절을 요구했다. 청조에 이르자 유학자들은 실로 더욱더 극심하게 굴었다. 당대 사람이 쓴 글에 공주가 재가한 내용이 들어 있는 것을 보고 발끈 화를 내면서 "이게 무슨 일이람! 존자尊者를 위해 감추지 않다니, 이래서야 되겠는가!" 하고 말했다. 만약 이 당대 사람이 살아 있다면 유학자들은 틀림없이 그의 공명功名을 빼앗고[11] '그로써 사람의 마음을 바로잡고 풍속을 단정히 했을' 것이다.

국민이 피정복의 지위로 떨어지면 수절은 성행하게 되고 열녀도 이때부터 중시된다. 여자는 남자의 소유물이기 때문에 자기가 죽으면 재가

하지 못하게 할 것이고, 자기가 살아 있다면 더욱이 남에게 빼앗기는 것을 허락하지 않을 것이다. 그렇지만 자기는 피정복 국민으로서 보호할 힘도 없고 반항할 용기도 없으니 다만 여인들에게 자살하도록 부추기는 기발한 방법을 내지 않을 수 없다. 아마 처첩이 넘쳐나는 높은 분들과 비첩이 줄을 잇는 부자들은 난리통에 그들을 제대로 돌보지도 못하고, '반란군'(또는 '황제의 군대')이라도 만나면 어떻게 해볼 도리도 없었을 것이다. 겨우 자기만 목숨을 구하고 다른 사람은 모두 열녀가 되라고 한다. 열녀가 되고 나면 '반란군'은 얻을 것이 없어지고 만다. 그는 난리가 진정되는 것을 기다렸다가 천천히 돌아와서 몇 마디 칭찬을 한다. 다행히도 남자가 재취再娶하는 것은 불변의 진리이므로 다시 여인을 맞이하면 모든 것이 그만이다. 이 때문에 세상에는 마침내 '두 열녀의 합전合傳'이니 '7녀의 묘지墓誌'니[12] 하는 것이 있게 되었고, 심지어 전겸익[13]의 문집에도 '조씨 절부'趙節婦, '전씨 열녀'錢烈女라는 전기와 찬사가 가득 차게 되었다.

자기만 있고 남은 돌보지 않는 민심에 여자는 수절해야 하고 남자는 오히려 여러 아내를 가져도 되는 사회에서, 이처럼 기형적인 도덕이 만들어지고, 게다가 그것이 날로 정밀·가혹해지는 것은 조금도 이상할 것이 없다. 그러나 주장하는 사람은 남자이고 속는 사람은 여자이다. 여자 자신들은 어찌하여 조금도 이의가 없었는가? 원래 "부婦는 복종하다라는 뜻이다"[14]라고 했으니 남에게 복종하고 남을 섬기는 것은 당연하다. 교육은 고사하고 입을 여는 것조차 법을 어기는 일이었다. 그들의 정신은 그들의 체질과 마찬가지로 기형이 되어 버렸다. 그래서 이러한 기형적인 도덕에 대해 실로 이렇다 할 의견이 없었던 것이다. 설령 이견이 있다고 하더라도 발표할 기회가 없었다. "규방에서 달을 바라보노라", "뜰에서 꽃을 구경하

네"라는 몇 수의 시를 지으려 해도 춘심을 품었다고 남자가 꾸지람을 할까 봐 걱정할 정도이니 하물며 '천지간의 바른 기풍'을 감히 깨뜨릴 수 있겠는가? 다만 소설책說部書에서 몇몇 여인이 처지가 어려워서 수절을 원치 않았다고 기록하고 있는데, 책을 지은 사람의 말에 따르면, 그러나 여인은 재가한 후에 곧 전 남편의 귀신에게 붙잡혀 지옥으로 떨어졌으며, 또는 세상 사람들이 욕을 해대어 거지가 되었고, 결국 구걸할 곳조차 없어서 마침내 참혹함을 견디다 못해 죽었다고 한다.[15)]

이러한 상황에서 여자는 '복종하지' 않을 수 없는 것이다. 그렇지만 남자 쪽에서는 어찌하여 진리를 주장하지 않고 다만 그저 어물어물 넘기고 말았는가? 한대 이후 언론 기관은 모두 '유학자'業儒들에 의해 농단되었다. 송원대 이후에는 더욱 극심했다. 우리는 거의 유학자들의 책이 아닌 것은 하나도 찾아볼 수 없고 사인士人들의 말이 아닌 것은 하나도 들어볼 수 없다. 중이나 도사가 임금의 명을 받들어 말을 할 수 있는 것 이외에 다른 '이단'의 목소리는 절대 그의 침실 밖으로 한 발자국도 나갈 수 없었다. 더구나 세상 사람들은 대개 "유儒자는 부드럽다는 뜻이다"[16)]라는 영향을 받아, 기술하지 않고 짓는 것을 가장 금기시했다.[17)] 설령 누군가가 진리를 알았다고 하더라도 목숨으로 진리를 바꾸고자 하지는 않았다. 이를테면 실절失節은 남녀 양성兩性이 있어야 비로소 실현될 수 있다는 것을 그가 어찌 몰랐겠는가마는, 그러나 그는 오로지 여성만을 질책하고 남의 정조를 깨뜨린 남자와 불열不烈을 만들어 낸 폭도들에 대해서는 그저 어물어물 넘어가고 말았다. 남자는 어쨌든 여성보다 건드리기 어렵고 징벌도 표창보다 어려운 일이다. 그동안 정말 마음속으로 불안을 느껴 처녀가 수절하고 따라 죽어서는 안 된다는 온건한 말을 한 몇몇 남자들이 있었지만[18)] 사회는 그 말을 듣지 않았고, 계속해서 주장할 경우에는 실절한 여인과 같은 것으로 취급하면서 용납하지 않았다. 그도 '부드럽다'로 변하지 않을 수 없어 더 이상 입을 열지 않게 되었다. 그래서 절열에 지금까지도 변혁이 생기지 않은 것이다.

(여기서 나는 꼭 밝혀둘 것이 있다. 지금 절열을 부추기는 사람들 중에는 내가 아는 사람이 적지 않다. 확실히 좋은 사람이 포함되어 있고 저의도 좋다고 감히 말할 수 있다. 그러나 세상을 구제하는 방법은 틀려서, 서쪽으로 향하고서 북쪽으로 가려 하고 있다. 그러나 그가 좋은 사람이라고 해도 정서正西 방향으로 가면서 곧장 북쪽에 이를 수는 없는 것이다. 그래서 나는 그들이 방향을 바꾸기를 바라는 바이다.)

그 다음에 또 의문이 있다.

절열은 어려운 것인가? 몹시 어렵다고 대답할 수 있다. 남자들은 모두 대단히 어렵다는 것을 알고 있기 때문에 그것을 표창하려 한다. 사회 전체의 시각에서 지금까지 정조를 지키는가, 음탕한가의 여부는 전적으로 여성에게만 달렸다고 생각하여 왔다. 남자가 비록 여인들을 유혹했지만 책임을 지지 않는다. 예를 들어, 갑이라는 남자가 을이라는 여인을 유인하자 을이라는 여인이 허락하지 않으면 곧 정조를 지킨 것이 되고, 죽으면 곧 열녀가 된다. 하지만 갑이라는 남자는 결코 악명을 얻지 않으니 사회는 예전대로 순박하다 할 수 있다. 만약 을이라는 여인이 허락을 했다면 곧 실절이 된다. 하지만 갑이라는 남자는 역시 악명을 얻지 않고 다만 세상의 기풍은 을이라는 여인에 의해 문란해진 것으로 된다. 다른 일 역시 마찬가지이다. 그래서 역사상 나라가 망하고 가정이 파괴된 원인은 늘 여자의 탓으로 돌렸다. 여인들이 어리둥절한 채로 모든 죄악을 대신 짊어진

지가 이미 삼천여 년이나 되었다. 남자는 책임을 지지 않을뿐더러 스스로 반성도 할 수 없어 당연히 마음 놓고 유혹을 했으며, 문인들은 글을 지어 오히려 그것을 미담으로 전하고 있다. 그러므로 여자의 신변에는 거의 위험으로 가득 차 있다. 그 자신의 부형이나 남편을 제외하면 모두가 얼마간 유혹의 귀기鬼氣를 지니고 있는 것이다. 그래서 나는 절열은 몹시 어렵다고 말한다.

절열은 고통스러운 것인가? 몹시 고통스럽다고 대답할 수 있다. 남자는 모두 몹시 고통스럽다는 것을 알고 있기 때문에 그것을 표창하려 한다. 사람은 누구나 살기를 원하는데, 열烈은 반드시 죽어야 하므로 더 말할 필요가 없다. 절부節婦는 그래도 살아 있어야 하는데, 정신적인 고초는 잠시 접어 두고 다만 생활 면에서만 보더라도 이미 크나큰 고통이다. 가령 여자가 독립적으로 생계를 꾸려 갈 수 있고, 사회도 도와줄 줄 안다면 혼자서도 그럭저럭 살아갈 수 있다. 불행히도 중국의 상황은 정반대이다. 그러므로 돈이 있으면 별문제이겠지만 가난한 사람이라면 굶어 죽을 수밖에 없다. 굶어 죽은 이후 간혹 표창을 받거나 지리서誌書에 기록되기도 한다. 그래서 각 부府나 각 현縣 지리서의 전기류傳記類 말미에는 보통 '열녀' 몇 권이 들어 있다. 한 줄에 한 사람씩, 한 줄에 두 사람씩 조趙씨, 전錢씨, 손孫씨, 이李씨가 기록되어 있으나 지금까지 뒤져 보는 사람은 없었다. 설령 평생 동안 절열을 숭상한 대大도덕가라 할지라도 그에게 당신네 현 지리지에 나오는 열녀문烈女門의 첫번째 열 명이 누구인가 하고 물으면 아마도 대답하지 못할 것이다. 기실 그는 살아생전이나 죽은 이후나 결국 사회와는 전혀 상관이 없는 것이다. 그래서 나는 절열은 몹시 고통스럽다고 말한다.

그렇다면 절열을 지키지 않으면 고통스럽지 않은가? 역시 몹시 고통스럽다고 대답할 수 있다. 사회 전체의 시각에서, 절열을 지키지 않은 여인은 하등급에 속하므로 그는 그 사회에서 용납될 수 없는 것이다. 사회적으로 다수의 옛사람들이 아무렇게나 전해 준 도리는 실로 무리하기 이를 데 없는데도 역사와 숫자라는 힘으로 마음에 들지 않는 사람들을 죽음에 몰아넣을 수 있다. 이름도 없고 의식도 없는 이러한 살인 집단 속에서 예부터 얼마나 많은 사람들이 죽었는지 모른다. 절열을 지킨 여자도 이 속에서 죽었다. 그렇지만 그들은 죽은 후에 간혹 한 차례 표창을 받고 지리서에 기록된다. 절열을 지키지 않은 사람이라면 살아생전에 아무에게서나 욕을 먹고 이름 모를 학대를 받아야만 한다. 그래서 나는 절열을 지키지 않는 것도 역시 몹시 고통스럽다고 말한다.

여자들은 스스로 절열을 원하는가? 원하지 않는다고 대답할 수 있다. 인간은 언제나 이상이라는 것도 있고 희망이라는 것도 있다. 비록 높고낮음의 차이는 있으나 모름지기 의의는 있어야 한다. 자타 양쪽에 다 이로우면 더욱 좋겠지만 적어도 자신에게만은 유익해야 한다. 절열을 지키는 일은 몹시 어렵고 고통스러우며 남에게도 이롭지 않고 자기에게도 이롭지 않다. 이런 일을 두고 본인이 원한다고 한다면 이는 실로 인정人情에 맞지 않은 것이다. 그래서 가령 젊은 여인을 보고 앞으로 절열을 지키게 될 것이라고 성의껏 축원을 하면 여인은 틀림없이 화를 낼 것이고, 그 사람은 여인의 부형이나 남편으로부터 주먹으로 얻어맞아야 할지도 모른다. 그렇지만 그것이 여전히 깨뜨릴 수 없을 만큼 견고한 것은 바로 역사와 숫자라는 힘에 의해 짓눌려 있기 때문이다. 그러나 누구를 막론하고 다 이 절열을 두려워한다. 그것이 뜻밖에 자기나 자기 자식의 몸에 닥치지 않을까

겁을 낸다. 그래서 나는 절열을 원하지 않는다고 말한다.

이상에서 말한 사실과 이유에 근거하여 나는 다음과 같이 단정하고자 한다. 절열이라는 이 일은 대단히 어렵고 대단히 고통스럽고 직접 당하기를 원하지 않으며, 게다가 자타에도 이롭지 않고 사회와 국가에도 무익하고, 인생의 장래에 조금도 의의가 없는 행위로서 오늘날 이미 존재할 생명과 가치를 잃어버린 것이다.

마지막으로 또 한 가지 의문이 있다.

절열은 오늘날에 와서 이미 존재할 생명과 가치를 잃어버렸다고 했는데, 그렇다면 절열을 지킨 여인들은 한바탕 헛수고를 한 것이 아니겠는가? 이에 대한 대답으로, 그래도 애도할 가치는 있다고 할 수 있다. 그들은 불쌍한 사람들이다. 불행히도 역사와 숫자라는 무의식적인 덫에 걸려들어 이름 없는 희생이 되고 말았다. 추도대회를 열 수 있을 것이다.

우리는 지나간 사람들을 추도한 뒤에 자기나 다른 사람이나 모두 순결하고 총명하고 용감하게 앞으로 나아갈 것을 빌어야 한다. 허위의 가면을 벗어 버리고 자기와 남을 해치는 세상의 몽매와 폭력을 제거할 것을 빌어야 한다.

우리는 지나간 사람들을 추도한 뒤에 인생에 조금도 의의가 없는 고통을 제거할 것을 빌어야 한다. 다른 사람의 고통을 만들어 내고 감상하는 몽매와 폭력을 제거할 것을 빌어야 한다.

우리는 또 인간은 다 정당한 행복을 누리게 해야 한다고 빌어야 한다.

1918년 7월

주)______

1) 원제는 「我之節烈觀」이며, 1918년 8월 베이징의 『신청년』(新青年) 제5권 제2호에 처음 발표되었고, 탕쓰(唐俟)로 서명되어 있다.

2) 캉유웨이(康有爲, 1858~1927)는 자가 광샤(廣厦), 호는 창쑤(長素)이며, 광둥(廣東) 난하이(南海) 사람이다. 청말 유신운동(維新運動)의 지도자이고, 1898년 무술변법(戊戌變法)을 일으켰다. 변법이 실패한 후 외국으로 도망하여 보황당(保皇黨)을 조직하고 쑨중산(쑨원)이 지도한 공화혁명운동을 반대했다. 1917년에는 베이양군벌 장쉰(張勛)과 함께 청나라 폐위 황제 푸이(溥儀)를 받들어 복벽(復辟)운동을 일으켰다. 1918년 1월 그는 상하이의 『불인』(不忍) 제9·10 양기 합간(合刊)에 「공화평의」(共和平議)와 「쉬타이푸(쉬스창)에게 주는 편지」(與徐太傅[徐世昌]書)를 발표하여, 중국은 '민주공화'를 실행해서는 안 되고 '허군공화'(虛君共和; 즉 입헌군주)를 실행해야 한다고 말했다.

3) 천두슈(陳獨秀, 1880~1942)는 자는 중보(仲甫)이며, 안후이(安徽) 화이닝(懷寧) 사람이다. 베이징대학 교수, 『신청년』 창간자였으며, 5·4 시기에 신문화운동을 제창한 주요 인물이었다. 중국공산당이 성립된 후에 당 총서기를 맡았다. 1918년 3월 그는 『신청년』 제4권 제3호에 「캉유웨이의 공화평의를 반박한다」(駁康有爲共和平議)라는 글을 발표하여 '입헌군주제'에 대해 반박했다.

4) 1917년 10월 위푸(兪復), 루페이쿠이(陸費逵) 등이 상하이에 성덕단(盛德壇)을 세우고 부계(扶乩; 나무로 된 틀에 목필木筆을 매달고 그 아래 모래판을 두고 두 사람이 틀 양쪽을 잡고 신이 내리면 목필이 움직여 모래판에 쓰인 글자나 기호로 길흉을 점친다)점을 치면서 영학회를 조직했고, 1918년 1월에 『영학총지』(靈學叢誌)를 간행하여 미신과 복고를 제창했다. 성덕단을 세운 날 부계점에 "성현선불이 함께 내리다", 맹자를 '주단'(主壇)으로 "선정하다"가 나왔고, '유시'(諭示)에는 "이와 같이 주단자(主壇者)는 성인 맹자에게 돌아가야 한다" 등의 말이 있었다. 1918년 5월 『신청년』 제4권 5호에 천바이녠(陳百年)의 「영학을 규탄한다」(辟靈學), 첸쉬안퉁(錢玄同)·류반눙(劉半農)의 「영학총지를 배척한다」(斥靈學叢誌) 등의 글이 게재되어 그들의 황당무계함을 반박했다.

   천바이녠은 이름이 다치(大齊)이고 저장 하이옌(海鹽) 사람이며, 베이징대학 교수를 역임했다. 첸쉬안퉁(1887~1939)은 이름이 푸(復)이고, 장쑤 장인 사람이며, 베이징대학 교수를 역임했다. 두 사람은 모두 5·4신문화운동에 적극적으로 참가했다.

5) 『신청년』(新青年)은 종합월간이며 5·4 시기에 신문화운동을 제창한 주요 간행물이다. 1915년 9월 상하이에서 창간되었고 천두슈가 주편을 맡았다. 제1권의 이름은 『청년잡지』(青年雜誌)였고, 제2권부터 『신청년』이라는 이름으로 바뀌었다. 1916년 말에 베이징으로 옮겼다. 1918년 1월부터 리다자오(李大釗) 등이 편집일에 참가했다. 1922년 휴간되기까지 도합 9권이 나왔으며, 권당 6기로 되어 있다. 루쉰은 5·4 시기에 이 잡지의 중요한 기고가였고, 이 잡지의 편집회의에 참가하기도 했다.

6) 1914년 3월 위안스카이는 봉건예교를 옹호하려는 취지에서 「포양조례」(褒揚條例)를 반포하여 '부녀자의 절열과 정조는 세상을 교화시킬 수 있는 것'으로서 편액(匾額), 제자(題字), 표창 등을 부여하여 장려하도록 규정했다. 5·4 전후까지도 신문·잡지에는 항상 '절부'(節婦), '열녀'(烈女)에 관한 기사와 시문이 실렸다.

7) 군정복고시대(君政復古時代)는 위안스카이가 황제로 자칭하던 시대이다. 당시 위안스카이의 어용단체인 주안회(籌安會)의 '6군자(君子)' 중 한 사람인 류스페이(劉師培)는 『중국학보』(中國學報) 제1·2기(1916년 1·2월)에 「군정복고론」(君政復古論)이라는 글을 발표하여 제제(帝制)의 부활을 고취했다.

8) 「정조론」(貞操論)은 일본의 여류작가 요사노 아키코(與謝野晶子)의 글인데, 그 번역문은 『신청년』 제4권 제5호(1918년 5월)에 게재되었다. 이 글은 정조 문제에 있어 여러 가지 모순적인 관점과 태도를 열거하고 동시에 남녀불평등 현상을 지적하면서 정조는 도덕 표준이 되어서는 안 된다고 했다.

9) 송대(宋代) 도학가 정이(程頤)의 말이며 『허난 정씨 유서』(河南程氏遺書) 권22에 나온다. "또 묻기를, '혹시 과부나 빈궁한 사람이나 무의탁자도 재가할 수 있습니까?' 했다. 대답하기를, '다만 후세에 추위나 굶주림으로 죽는 것을 두려워하여 이런 말이 생겼다. 그러나 굶어 죽는 일은 대수롭지 않지만 절을 잃는 일은 지극히 중대하다!'고 했다." '유학을 업으로 하는(業儒) 무리'는 공맹(孔孟) 학설을 신봉하고 봉건예교를 제창하던 도학가를 가리킨다.

10) "하늘이 은총을 내리다"(長生天氣力裏大福蔭護助裏)는 원대(元代) 백화문으로서 당시 황제가 유지(諭旨)를 내릴 때 반드시 이 말을 사용했다. 원나라 황제들은 모두 몽고어의 칭호를 가지고 있었으며, '설선'(薛禪)은 원 세조(世祖) 홀필열(忽必烈)의 칭호로서 '총명이 하늘에 닿다'라는 뜻이고, '완택독'(完澤篤)은 원 성종(成宗) 철목이(鐵穆耳)의 칭호로서 '장수하다'라는 뜻이고, '곡률'(曲律)은 원 무종(武宗) 해산(海山)의 칭호로서 '걸출하다'라는 뜻이다.

11) 과거시험이 있던 시대에 과거에 급제하면 공명(功名)을 얻었다고 했는데, 공명을 얻은 자가 죄를 짓게 되면 반드시 먼저 공명을 빼앗은 후 재판하여 형벌에 처했다.

12) '두 열녀의 합전'은 두 열녀의 사적을 함께 서술한 전기(傳記)로서 옛날 각 성의 부(府)나 현(縣)의 지리지에 자주 보인다. 또 원말명초 장사성(張士誠)의 사위 반원소(潘元紹)가 서달(徐達)에게 패하자, 자신의 일곱 첩을 빼앗길 것을 염려하여 여인들이 일제히 목을 매어 자살하도록 강요했는데, 일곱 여인이 죽자 쑤저우(蘇州)에 합장했다. 명대 장우(張羽)는 이들을 위해 묘지(墓誌)를 지어 「칠희권조지」(七姬權厝誌)라 했다.

13) 전겸익(錢謙益, 1582~1664)은 자는 수지(受之), 호는 목재(木齋), 창수(常熟; 지금은 장쑤에 속함) 사람이다. 명나라 숭정(崇禎) 때 예부시랑(禮部侍郎)을 역임했고, 남명(南明) 홍광(弘光) 때 다시 예부상서(禮部尚書)를 역임했다. 청나라 병사가 난징(南京)을 점령

하자 그는 먼저 항복했고, 이 때문에 사람들에게 멸시를 받았다. 청 건륭(乾隆) 때 『이신전』(貳臣傳)에 수록되었다. 저서로는 『초학집』(初學集), 『유학집』(有學集) 등이 있다.

14) "부(婦)라는 것은 복종하다라는 뜻이다"(婦者服也)라는 말은 『설문해자』(說文解字) 권12에 나온다. 원문은 "婦, 服也"라고 되어 있다.

15) 여기서 말하고 있는, 여인이 재가한 후 참혹한 고통을 당했다는 이야기는 『호천록』(壺天錄)과 『우태선관필기』(右台仙館筆記) 등의 필기소설 속에 유사하게 기록되어 있다. 『호천록』(청대 백일거사百日居士 지음)에는 다음과 같은 이야기가 있다. "쑤저우군(蘇州郡)의 차실부(茶室婦) 모씨(某氏)는 시골에서 자라났는데, 행실이 방탕하여 남편이 죽은 후 종칠(終七; 사람이 죽은 후 49일째를 말함)도 되기 전에 재가했다. …… 갑자기 뒷문을 두드리는 소리가 요란하게 들렸다. 문을 열고 내다봤더니 살을 파고들고 뼈를 에는 듯한 찬바람이 느껴졌고 등불이 어두워지며 흐느끼는 귀신 소리가 들렸다. 부인은 겁에 질려 부들부들 떨며 집 안으로 들어왔다. 부인은 헛소리를 하며 인사불성이 되었다. 스스로 전남편이 자신을 데리러 왔다고 했다. …… 이렇게 며칠 신음하다가 죽고 말았다." 또 『우태선관필기』(청대 유월兪樾이 지음)의 「산둥의 진 부인」(山東陳媼)에는 다음과 같은 이야기가 있다. "을(乙)이란 사람이 외지에서 죽자 을의 부인이 재산을 가지고 재가했는데, 그 남편이 술과 도박에 빠져 일은 하지 않고 몇 년 사이에 그 재산을 탕진했다. 얼마 후 그 남편까지 죽어 버리자 을의 부인은 혼자 살아갈 수 없어 길거리에서 걸식했다. …… 얼마 후 부인은 이질에 걸려 죽고 말았다."

16) "유(儒)라는 것은 부드럽다는 뜻이다"(儒者柔也)라는 말은 『설문해자』 권8에 나온다. 원문은 "儒, 柔也"라고 되어 있다.

17) 공자는 『논어』 「술이」(述而)에서 "기술하되 짓지 않고, 믿고 옛것을 좋아한다"(述而不作, 信而好古)라고 말했다. 주희(朱熹)의 주석에 따르면, 술(述)은 옛것을 전하다는 뜻이고, 작(作)은 창조하다는 뜻이다. 공자는 육경을 편찬했다고 전해지는데, 스스로 옛것을 전한 것이지 새로 창조한 것은 아니라고 보았다.

18) 처녀가 수절하고 따라 죽어야 한다는 봉건도덕에 대해, 명청간에 일부 개명된 문인들이 비난한 적이 있었다. 명대 귀유광(歸有光)의 「정녀론」(貞女論), 청대 왕중(汪中)의 「여자가 약혼했으나 그 남편이 죽을 경우 따라 죽는 것과 수절하는 것에 대하여」(女子許嫁而婿死從死及守志議) 등은 모두 그것의 불합리를 지적한 것이다. 후에 유정섭(兪正燮)은 「정녀설」(貞女說)을 지어 더욱 분명하게 반대를 표명했다. "동침하지 않았는데 같은 무덤에 묻어도 무방하다면 혼례를 올릴 필요가 있겠으며, 사당에 참배할 필요가 있겠으며, 술과 음식을 마련하여 마을 친구들을 부를 필요가 있겠으며, 세상에 남녀구별을 할 필요가 있겠는가? 이는 아마 현자들이 깊이 생각하지 못한 것일 게다. …… 아아, 남아는 충의로 자책하는 것이 마땅하거늘 부녀자의 정열(貞烈)이 어찌 남자의 영광이 되겠는가."

지금 우리는 아버지 노릇을 어떻게 할 것인가[1]

내가 이 글을 쓰는 본뜻은 사실 어떻게 가정을 개혁할 것인가를 연구하려는 것이다. 중국에서는 친권親權이 중시되고 부권夫權은 더욱 중시되기 때문에 지금까지 특히 신성불가침한 것으로 여겨 온 부자父子 문제에 대해 약간의 의견을 발표하려는 것이다. 요컨대, 혁명은 아버지에까지 미치어 이루어져야 한다는 것뿐이다. 그러나 어째서 버젓하게 이런 제목을 사용했는가? 여기에는 두 가지 이유가 있다.

첫째, 중국에서 '성인의 무리'[2]는 사람들이 자신들의 두 가지 일을 동요시키는 것을 가장 싫어한다. 한 가지는 우리와 전혀 상관이 없으므로 말할 필요가 없는 것이다. 또 한 가지는 바로 그들의 윤상倫常[3]인데, 우리는 그래도 가끔 그에 대해 몇 마디 따져 들므로 연루되고 말려들어 '윤상을 해쳤다', '금수의 행동이다' 따위의 여러 가지 악명을 흔히 듣게 된다. 그들은 아버지는 아들에 대해 절대적인 권력과 위엄을 가지고 있다고 생각한다. 만약 아버지의 말이라면 당연히 안 될 것이 없고, 아들의 말이라면 입 밖에 나오지도 않았는데 벌써 틀린 것이라 생각한다. 그러나 할아버지, 아

버지, 아들, 손자는 본래 각각 모두 생명의 교량에서 한 단계씩을 차지하므로 절대 고정불변의 것은 아니다. 지금의 아들은 곧 미래의 아버지가 되고 또 미래의 할아버지가 된다. 우리와 독자들이 만약 지금 아버지의 역을 맡고 있지 않다면 틀림없이 후보로서의 아버지일 것이며, 또한 조상이 될 희망도 가지고 있다는 점을 나는 알고 있다. 차이가 나는 것은 다만 시간에 달려 있을 뿐이다. 여러 가지 번거로움을 덜기 위해서 우리는 예의를 차릴 것 없이 아예 미리부터 유리한 고지에서 아버지의 존엄을 드러내면서 우리와 우리들 자녀의 일을 이야기해야 한다. 그래야 앞으로 일을 구체적으로 시행함에 곤란함이 줄어들 것이고, 중국에서도 이치에 딱 들어맞아 '성인의 무리'로부터 두렵다는 말을 듣지 않게 되어 어쨌든 일거양득에 이르는 일이 될 것이다. 그래서 '우리는 아버지 노릇을 어떻게 할 것인가'라고 말하는 것이다.

둘째, 가정 문제에 대해 나는 『신청년』의 「수감록」[4](25, 40, 49)에서 대략 언급한 적이 있는데, 그 대의를 총괄하면, 바로 우리부터 시작하여 다음 세대 사람들을 해방시키자는 것이었다. 자녀해방에 대한 논의는 원래 지극히 평범한 일로서 당연히 그 어떤 토론도 필요하지 않을 것이다. 그러나 중국의 노인들은 옛 습관, 옛 사상에 너무 깊이 중독되어 있어 전혀 깨달을 수 없다. 예를 들어 아침에 까마귀 소리를 들었다고 할 때, 젊은 이들은 전혀 개의치 않지만 미신을 따지는 노인들은 한나절이나 풀이 죽어 지내야 한다. 아주 불쌍하지만 구제할 방법이 없다. 방법이 없는 데에야 우선 각성한 사람부터 시작하여 각자 자신의 아이들을 해방시켜 나갈 수밖에 없다. 스스로 인습의 무거운 짐을 짊어지고 암흑의 수문水門을 어깨로 걸머지어 그들을 넓고 밝은 곳으로 놓아주면서, 그후 그들이 행복하게 살아가고 도리에 맞게 사람 노릇을 하도록 해야 한다.

그리고 나는 내 자신이 결코 창작자創作者가 아니라고 말한 적이 있는데, 곧바로 상하이 신문에 실린 「신교훈」이라는 글에서 한바탕 욕을 얻어먹었다.[5] 그러나 우리가 어떤 일을 비평할 때는 반드시 우선 자신을 비평하고 또 거짓으로 하지 말아야 비로소 말이 말 같아지고 자신이나 다른 사람에게 면목이 설 것이다. 나는 스스로 결코 창작자도 아닐 뿐 아니라 진리의 발견자도 아님을 알고 있다. 내가 말하고 쓰고 하는 모든 것은 평상시에 보고 들은 사리事理 속에서 마음으로 그래야 한다고 생각되는 약간의 도리를 취한 것일 뿐이며, 종국적인 일에 관해서는 오히려 알지 못한다. 바로 수년 이후의 학설의 진보나 변천에 대해서도 어떤 형편에 이르게 될지 말할 수 없는 것이다. 다만 지금보다는 아무래도 진보가 있고 변천이 있을 것이라는 사실만은 확신하고 있다. 그래서 '지금 우리는 아버지 노릇을 어떻게 할 것인가' 하는 것이다.

내가 지금 마음으로 그래야 한다고 생각되는 도리는 아주 간단하다. 바로 생물계의 현상에 근거하여, 첫째는 생명을 보존해야 한다는 것이고, 둘째는 이 생명을 계속 이어 가야 한다는 것이고, 셋째는 이 생명을 발전시켜야 한다(바로 진화이다)는 것이다. 생물은 다 이렇게 하는데, 아버지 역시 이렇게 해야 한다.

생명의 가치와 생명 가치의 고하에 대해서는 지금 논하지 않는 것이 좋겠다. 다만 상식적인 판단에 따를 때, 생물이라면 첫번째로 중요한 것이 당연히 생명이라는 점을 안다. 왜냐하면 생물이 생물일 수 있는 것은 오로지 이 생명이 있느냐에 달려 있으며, 그렇지 않으면 생물의 의의를 잃게 되기 때문이다. 생물은 생명을 보존하기 위해 여러 가지 본능을 갖추고 있는데, 가장 두드러진 것이 식욕이다. 식욕이 있어야 음식물을 섭취하고, 음식물이 있어야 열이 생겨 생명을 보존하게 된다. 그러나 생물의 개체는 어쨌든 노쇠함과 죽음에서 벗어날 수 없어 생명을 이어 가기 위해서는 또 하나의 본능이 필요한데, 그것이 바로 성욕이다. 성욕이 있어야 성교가 있고, 성교가 있어야 후손이 생겨 생명을 이어 가게 된다. 그래서 식욕은 자기를 보존하는, 즉 지금의 생명을 보존하는 일이고, 성욕은 후손을 보존하는, 즉 영구한 생명을 보존하는 일이다. 먹고 마시는 것은 결코 죄악이 아니요, 불결한 것도 아니며, 성교도 역시 죄악이 아니요, 불결한 것도 아니다. 먹고 마신 결과 자신을 기르게 되지만 그것은 자신에 대한 은혜가 아니다. 성교의 결과 자녀가 태어나지만 그것은 물론 자녀에 대한 은혜로 여길 수 없다. ― 앞서거니 뒤서거니 하며 모두가 생명의 긴 여정을 향해 나아가고 있으니, 선후의 차이가 있을 뿐 누가 누구의 은혜를 입었는지 구분할 수 없다.

애석하게도 중국의 옛 견해는 이러한 도리와 완전히 상반된다. 부부는 '인륜의 중간'인데도 오히려 '인륜의 시작'[6]이라 하고, 성교는 일상사인데도 오히려 불결한 것으로 여기고, 낳고 기르는 일도 일상사인데도 오히려 하늘만큼 큰 대단한 공로라고 여긴다. 사람들은 혼인에 대해 대체로 우선은 불결한 생각을 가지고 있다. 친척이나 친구도 몹시 놀리고 자기도 몹시 부끄러워하고, 이미 아이까지 생겼는데도 여전히 우물쭈물 피하며 감히 드러내 놓고 밝히려 하지 않는다. 오로지 아이에 대해서만은 위엄이 대단하다. 이러한 행실은 돈을 훔쳐 부자가 된 자와 서로 우열을 가릴 수 없다. 나는 ― 저 공격자들이 생각하는 것처럼 ― 인류의 성교도 마땅히 다른 동물처럼 아무렇게나 해도 된다고 말하려는 것이 결코 아니며, 또는 염치없는 건달처럼 오로지 천한 행동만 하고 저 잘났다고 떠들어 대어도 된다고 말하려는 것이 결코 아니다. 이후에 각성한 사람이 먼저 동방의 고유한 불결한 사상을 깨끗이 씻어 버리고 다시 얼마간 순결하고 분명하게 해서 부부는 반려자요 공동의 노동자요 또 새 생명의 창조자라는 의미를 이해해야 한다고 말하려는 것이다. 태어난 자녀는 물론 새 생명을 부여받은 사람이지만 그들도 영원히 생명을 점유하지 못하고 그들의 부모처럼 장래에 다시 자녀에게 전해 주어야 한다. 앞서거니 뒤서거니 할 뿐으로 모두가 중개인일 뿐이다.

생명은 어째서 반드시 이어 가야 하는가? 그것은 바로 발전해야 하고 진화해야 하기 때문이다. 개체는 죽음에서 벗어날 수 없고 진화는 전혀 끝이 없는 것이기에 계속 이어 가면서 이 진화의 행로를 걸어갈 수밖에 없다. 이 길을 걸어가는 데에는 반드시 일종의 내적인 노력이 있어야 한다. 예를 들어, 단세포동물에게 내적인 노력이 있어 그것이 오랜 세월 누적되어 복잡하게 되고, 무척추동물에게 내적인 노력이 있어 그것이 오랜 세월 누적되어 척추가 생겨나는 것과 같다. 그래서 나중에 태어난 생명은 언제나 이전의 것보다 더욱 의미가 있고 더욱 완전하며, 이 때문에 더욱 가치가 있고 더욱 소중하다. 이전의 생명은 반드시 그들에게 희생해야 하는 것이다.

그러나 애석하게도 중국의 옛 견해는 공교롭게도 이러한 도리와 완전히 상반된다. 중심은 마땅히 어린 사람에게 놓여 있어야 하는데도 도리어 어른에게 놓여 있고, 마땅히 장래에 치중해야 하는데도 도리어 과거에 치중한다. 앞선 사람은 더욱 앞선 사람의 희생이 되어서 스스로는 생존할 힘이 없고, 오히려 뒷사람에게 모질게 굴면서 오로지 그들의 희생을 끌어

내며 일체의 발전 그 자체의 능력을 파멸시켜 버린다. 나는 또 — 저 공격자들이 생각하는 것처럼 — 손자는 종일토록 그의 할아버지를 호되게 때려야 마땅하고 딸은 아무 때나 아버지 어머니에게 반드시 욕을 퍼부어야 한다고 말하려는 것이 아니다. 이후에 각성한 사람이 먼저 동방의 예로부터 내려오는 그릇된 사상을 깨끗이 씻어 버리고, 자녀에 대한 의무사상은 더 늘리고 권리사상은 오히려 적절하게 줄여서 어린 사람 중심의 도덕으로 고쳐 나갈 준비를 해야 한다고 말하려는 것이다. 더구나 어린 사람이 권리를 받았다 해도 결코 영원히 점유하는 것이 아니며, 장래에 자신들의 어린 사람에 대해 여전히 의무를 다해야 하는 것이다. 다만 앞서거니 뒤서거니 할 뿐 일체가 중개인일 뿐이다.

"아버지와 아들 사이에는 어떤 은혜도 없다"라는 단언은 실로 '성인의 무리'에게 얼굴을 붉히도록 만드는 하나의 큰 원인이다. 그들의 잘못된 점은 바로 어른 중심과 이기利己사상에 있으며, 권리사상은 무겁지만 의무사상과 책임감은 오히려 가벼운 데 있다. 부자관계에서 다만 "아버지가 나를 낳아 주셨다"[7]는 이 일만으로 어린 사람 전부가 어른의 소유가 되어야 한다고 생각한다. 더욱 타락한 경우에는 이 때문에 보상을 강요하면서 어린 사람의 전부가 어른의 희생이 되어야 마땅하다고 생각한다. 자연계의 배치는 오히려 무엇이든지 이러한 요구와 반대된다는 것을 전혀 모르고 우리는 예로부터 자연을 거역하면서 일을 처리해 왔다. 그리하여 인간의 능력이 크게 위축되었고, 사회의 진보도 그에 따라 멈추었다. 우리는 비록 멈추면 곧 멸망한다고 말할 수는 없지만, 진보와 비교할 때에 아무래도 멈춤과 멸망의 길은 서로 근접해 있다.

자연계의 배치는 비록 결점이 있게 마련이지만 어른과 어린 사람을 결합시켜 주는 방법은 전혀 잘못이 없다. 자연계는 결코 '은혜'라는 말을 사용하지 않고 오히려 생물에게 일종의 천성을 부여하고 있는데, 우리는 그것을 '사랑'이라 부른다. 동물계에서 새끼를 낳는 숫자가 너무 많아 일일이 주도면밀하게 사랑할 수 없는 어류 따위를 제외하고는 모두가 자기 새끼를 진실하게 사랑한다. 이익을 보려는 마음은 절대로 없을 뿐만 아니라 심지어 자신을 희생하면서까지 자신의 장래 생명에게 발전의 긴 여정을 향해 나아가도록 한다.

인류도 여기서 벗어나지 않는다. 구미의 가정은 대체로 어린 사람과 약한 사람을 중심으로 삼는데, 바로 이 생물학적 진리의 방법에 가장 잘 들어맞는다. 중국의 경우에도 생각이 순결하고 '성인의 무리'로부터 아직 짓밟힌 적이 없는 사람이라면 그들에게서 이러한 천성을 아주 자연스럽게 발견할 수 있다. 예를 들어, 농촌 부녀자가 갓난아이에게 젖을 먹일 때 결코 스스로 은혜를 베풀고 있다고 생각하지 않고, 농부가 아내를 맞이할 때에도 결코 빚을 놓는 것이라고 생각하지 않는다. 다만 자녀가 생기면 천성적으로 사랑해 주고 그가 생존하기를 바랄 뿐이다. 한발 더 나아가면 바로 자녀가 자기보다 더욱 훌륭하기를, 즉 진화하기를 바라게 된다. 교환관계나 이해관계에서 떠난 이러한 사랑은 바로 인륜의 끈이며 이른바 '벼리'綱이다. 만약 옛 주장처럼 '사랑'을 말살하고 한결같이 '은혜'만을 말하면서 이 때문에 보상을 강요한다면 곧 부자 사이의 도덕은 파괴될 뿐 아니라 부모로서의 실상과도 크게 어긋나고 불화의 씨앗을 뿌려 놓게 된다. 어떤 사람은 악부[8]를 지어 '효를 권면한다'勸孝고 했는데, 그 대체적인 뜻은 "아들이 학교에 가자, 어머니는 집에서 살구씨를 갈아, 돌아오면 아들에게 먹일 준비를 하니, 아들이 어찌 불효를 하겠는가"와 같은 것으로,[9] 스스로 '필사적으로 도를 지킨다'고 여긴다. 부자의 살구씨 즙이나 가난한 사람의 콩국은 애정 면에서 가치가 동등하고, 그 가치는 바로 부모가 그때에 전혀 보답을 바라는 마음이 없다는 데 있다. 그렇지 않으면 매매행위로 변하여 비록 살구씨 즙을 먹였다고 하더라도 "사람 젖을 돼지에게 먹여"[10] 돼지를 살찌우는 것과 다르지 않아 인륜도덕 면에서 조금도 가치가 없게 된다.

그래서 내가 지금 마음으로 그래야 한다고 여기는 것은 바로 '사랑'이다.

어느 나라, 어느 누구를 막론하고 대개 '자기를 사랑하는 것'은 마땅한 일이라고 인정하고 있다. 이는 바로 생명을 보존하는 요지이며 또 생명을 이어 가는 기초이다. 왜냐하면 장래의 운명은 이미 지금 결정되어 있어 부모의 결점은 바로 자손 멸망의 복선이요, 생명의 위기이기 때문이다. 입센이 지은 『유령』(판자쉰潘家洵의 번역본이 있는데, 『신조』新潮 1권 5호에 실려 있음)은 비록 남녀 문제에 치중하고 있지만, 우리는 또 유전의 무서움을 알 수 있다. 오스왈드는 생활에 애착이 있고 창조적인 사람이었으나 아버지의 방탕한 생활 때문에 선천적으로 병균에 감염되어 중도에서 사람 노릇을 할 수 없게 되었다. 그는 또 어머니를 몹시 사랑하여 차마 어머니더러 돌봐 달라고 부탁하지 못하고 모르핀을 숨겨 놓고 하녀 레지네더러 발작하면 자기에게 먹여 독살하도록 했다. 그러나 레지네는 떠나 버렸다. 그래서 그는 어머니에게 부탁하지 않을 수 없었다.

오스왈드 어머니, 지금은 당신이 저를 도와주셔야겠어요.

알빙 부인 내가?

오스왈드 누가 당신만 하겠습니까.

알빙 부인 난 말이야! 너의 어머니가 아니니!

오스왈드 바로 그 때문이지요.

알빙 부인 난 너를 낳아 준 사람이 아니더냐!

오스왈드 저는 당신더러 나를 낳아 달라고 하지 않았어요. 게다가 내게 주신 것은 어떤 세월이었던가요? 저는 그것이 필요치 않아요! 당신이 도로 가져가셔요!

이 단락의 묘사는 실로 아버지 노릇을 하고 있는 우리가 놀라고 경계하고 탄복해야만 할 내용이다. 결코 양심을 속여 아들은 죄를 받아 마땅하다고 할 수는 없다. 이런 사정은 중국에도 흔해서 병원에서 일하고 있는 사람이라면 곧 선천성 매독에 걸린 아이의 참상을 종종 볼 수 있을 것이다. 게다가 버젓하게 아이를 데리고 오는 사람은 대개 그의 부모이다. 그러나 무서운 유전은 그저 매독에만 그치지 않는다. 그 밖의 여러 가지 정신상·체질상의 결점도 자손에게 유전될 수 있으며, 그리고 오랜 세월이 지나면 사회까지도 영향을 받는다. 우리는 고상하게 인류에 대해 말하지 말고 단순히 자녀를 위해 말한다면 자신을 사랑하지 않는 모든 사람은 실로 아버지 노릇을 할 자격이 부족하다고 할 수 있다. 억지로 아버지가 되었다고 하더라도 고대에 비적이 스스로 왕이라 칭하는 것과 같아 도저히 정통이라 할 수 없다. 장래에 학문이 발달하고 사회가 개조되면 그들이 요행으로 남겨 놓은 후예들은 아마 우생학(Eugenics)[11]자들의 처치를 받지 않을 수 없을 것이다.

만일 지금 부모가 어떤 정신상·체질상의 결점을 자녀에게 전혀 물려

주지 않고 또 의외의 일을 만나지 않는다면, 자녀는 당연히 건강할 것이고, 어쨌든 생명을 이어 가는 목적은 이미 달성되었다고 할 수 있다. 그러나 부모의 책임은 아직 끝나지 않았다. 왜냐하면 생명은 비록 이어졌다고 하더라도 멈추어서는 안 되며 이 새 생명이 발전해 나가도록 가르쳐 주어야 하기 때문이다. 대개 비교적 고등동물은 새끼에게 양육하고 보호하는 것 이외에 종종 그들이 생존하기 위해 꼭 필요한 요령을 가르쳐 준다. 예컨대, 날짐승은 높이 나는 법을 가르치고 맹수는 공격하는 법을 가르친다. 인류는 몇 등급 더 높아 자손들이 한층 더 나아지기를 바라는 천성을 가지고 있다. 이것도 사랑인데, 윗글에서 말한 것은 지금에 대한 것이고 이것은 장래에 대한 것이다. 사상이 아직 막히지 않은 사람이라면 누구나 자녀가 자기보다 더 강하고 건강하고 총명하고 고상하면—더 행복하면 기뻐할 것이다. 바로 자기를 초월하고 과거를 초월하면 기뻐할 것이다. 초월하기 위해서는 반드시 고쳐 나가야 하는데, 그래서 자손은 선조의 일에 대해 응당 고쳐 나가야 한다. "3년 동안 아버지의 도를 고치지 않으면 효라 할 수 있다"[12]라는 말은 당연히 잘못된 말이며 퇴영의 병근病根이다. 가령 고대의 단세포동물도 이 교훈을 따랐다면 영원히 분열하여 복잡한 것으로 될 수 없었을 것이며, 세상에 더 이상 인류도 있을 수 없었을 것이다.

다행히 이 교훈은 비록 많은 사람을 해쳤지만 모든 사람의 천성을 완전히 쓸어버리지는 못했다. '성현의 책'을 읽지 않은 사람은 그래도 명교名敎라는 도끼 밑에서도 이 천성을 때때로 몰래 드러내고 때때로 움트게 할 수 있었다. 이것이 바로 중국인들이 비록 조락凋落하고 위축되었지만 아직 절멸하지 않은 원인이다.

그래서 각성한 사람은 이후에 마땅히 이 사랑이라는 천성을 더욱 확장하고 더욱 순화시켜야 한다. 무아無我의 사랑으로써 뒤에 태어난 신인新人들에게 스스로 희생해야 한다. 무엇보다 첫째는 이해하는 것이다. 옛날 유럽인은 아이들에 대해 성인成人의 예비단계라고 오해했고, 중국인은 성인의 축소판이라고 오해했다. 근래에 이르러 여러 학자들의 연구에 의해 비로소 아이들의 세계는 성인과 전혀 다르다는 사실을 알게 되었다. 만일 미리 이 점을 이해하지 못하고 그저 거칠게만 대하면 아이들의 발달은 크게 장애를 받는다는 것을 알게 되었다. 그래서 모든 시설은 아이들을 중심으로 해야 한다. 근래 일본에서는 각성한 사람들이 많아 아이들을 위한 시설과 아이들을 연구하는 사업이 대단히 성행하게 되었다. 둘째는 지도하는 것이다. 시세時勢가 이미 변했으니 생활도 반드시 진화해야 한다. 그래서 뒤에 태어난 사람들은 틀림없이 이전과 크게 다를 것이므로 결코 동일한 모형을 사용하여 무리하게 끼워 맞추려고 해서는 안 된다. 어른은 지도하는 사람이요, 협상하는 사람이 되어야지, 명령하는 사람이 되어서는 안 된다. 자기를 봉양하라고 어린 사람에게 강요해서는 안 될 뿐 아니라, 모든 정신을 바쳐 오로지 그들 스스로를 위해 힘든 일에 견딜 수 있는 체력, 순결하고 고상한 도덕, 새로운 조류를 받아들일 수 있는 넓고 자유로운 정신, 즉 세계의 새로운 조류 속에서 헤엄치며 매몰되지 않을 수 있는 힘을 그들이 가질 수 있도록 길러 주어야 한다. 셋째는 해방시키는 것이다. 자녀는 나이면서도 내가 아닌 사람이다. 그러나 이미 분립한 이상 인류 중 한 사람이다. 곧 나이기 때문에 더욱 교육 의무를 다해 그들에게 자립 능력을 전해 주어야 한다. 내가 아니기 때문에 동시에 해방시켜 전부가 그들 자신의 소유가 되도록 하여 독립된 한 개인이 되게 해야 한다.

이처럼 부모는 자녀에 대해 마땅히 건전하게 낳고 전력을 다해 교육하고 완전하게 해방시켜야 하는 것이다.

그런데 어떤 사람은 그러면 부모는 그후부터 가진 것이 아무것도 없고 대단히 무료하게 되는 것이나 다름없지 않을까 걱정할 것이다. 이러한 공허에 대한 공포나 무료에 대한 감상感想 역시 잘못된 옛 사상에서 발생한다. 만일 생물학의 진리를 잘 알게 되면 자연히 곧 소멸될 것이다. 그러나 자녀를 해방시키는 부모가 되려면 또 한 가지 능력을 준비해야 한다. 그것은 바로 스스로는 비록 이미 과거의 색채를 띠고 있다 하더라도 독립적인 재능과 정신을 잃지 않고 폭넓은 관심과 고상한 오락을 가지고 있어야 한다는 점이다. 행복을 원하는가? 당신의 장래 생명도 행복해질 것이다. '늙어도 도리어 젊어지고', '늙어도 다시 장정이 되기'[13]를 원하는가? 자녀가 바로 '다시 장정이 된' 것이니, 이미 독립하고 더욱 훌륭해진 것이다. 이렇게 되어야만 비로소 어른의 임무를 다한 것이며 인생의 위안을 얻게 될 것이다. 만약 사상과 재능이 하나같이 옛날 그대로여서 오로지 '집안싸움'[14]만 일삼고 항렬을 가지고 뽐낸다면 자연히 공허와 무료의 고통에서 벗어나지 못할 것이다.

혹자는 또 해방된 이후에 부자 사이는 소원해질 것이 아닌가 하고 걱정할 것이다. 구미의 가정은 그 전제專制가 중국에 미치지 못한다는 것을 사람들은 이미 다 알고 있다. 옛날에는 비록 그들을 금수에 비교한 사람이 있었지만, 지금은 '도를 지키는' 성인의 제자들도 그들을 변호하면서 결코 '불효한 자식'은 없다고 말하게 되었다.[15] 이로부터 알 수 있는 바와 같이, 오직 해방시켜야만 서로 사이가 좋아지고 오직 자식을 '구속하는' 부형이 없어야 '구속'에 반항하는 '불효한 자식'이 없는 법이다. 만약 협박하고 회유한다면 여하를 막론하고 결코 '오랜 세월 만세'가 있을 수 없다. 예를 들어 우리 중국처럼, 한대에는 거효擧孝가 있었고, 당대에는 효제역전과孝悌力田科가 있었고, 청말에도 효렴방정孝廉方正[16]이 있어 모두 그것으로 벼슬을 할 수 있었다. 아버지의 은혜를 일깨우기 위해서 황제의 은혜가 베풀어졌지만, 자기의 허벅지 살을 베어 낸[17] 인물은 끝내 아주 드물었다. 이는 중국의 옛 학설, 옛 수단은 실제로 예로부터 지금까지 전혀 좋은 효과가 없었으며, 나쁜 사람에 대해서는 허위를 더욱 조장시켰고, 좋은 사람에 대해서는 이유 없이 남이나 자기에게 모두 이익이 되지 않는 고통을 크게 안겨 주었을 따름이라는 사실을 충분히 증명해 준다.

오직 '사랑'만이 진실하다. 노수路粹는 공융孔融의 말을 인용하여 다음과 같이 말했다. "아버지가 아들에 대해 당연히 무슨 정이 있겠는가? 그 근본적인 의미를 논한다면 실은 정욕 때문에 생겨난 것일 뿐이다. 아들이 어머니에 대해서도 어찌 그렇지 않겠는가. 비유를 든다면, 병에 담긴 물건이 밖으로 나오면 곧 서로 갈라지는 것과 같다."(한말漢末에 공자 집안에서는 몇몇 특이한 기인이 나타났었고, 오늘날처럼 그렇게 영락하지는 않았는데, 이 말은 아마 확실히 북해선생이 한 말일 것이다. 다만 그를 공격한 사람이 공교롭게도 노수와 조조였으니 웃음을 자아낼 뿐이다.)[18] 이는 비록 낡은 주장에 대한 일종의 공격이기는 하지만 실제로는 사리에 맞지 않는다. 왜냐하면 부모가 자녀를 낳으면 동시에 천성적인 사랑이 생기고, 이 사랑은 또 아주 깊고 넓으며 아주 오랫동안 이어지므로 이내 갈라지지는 않을 것이기 때문이다. 오늘날 세상에는 대동大同이 없고 서로 사랑함에도 아직은 차등이 있으니, 역시 자녀가 부모에 대해 가장 사랑하고 가장 정이 두터워 이내 갈라지지는 않을 것이다. 그래서 조금 사이가 벌어지더라도 크게 염려할 필요는 없다. 예외적인 사람의 경우라면 어쩌면 사랑으로도 연결시킬 수 없을 것이다. 그러나 만약 사랑의 힘으로도 연결시킬 수 없다면 어떤 '은위恩威, 명분, 천경지의'[19] 따위에 내맡긴다고 해도 더욱 연결시킬 수 없을 것이다.

혹자는 또 해방시킨 후에는 어른이 고생하게 되지 않을까 걱정할 것이다. 이 일은 두 가지 차원으로 나누어 볼 수 있다. 첫째는 중국의 사회는 비록 '도덕이 훌륭하다'고 하지만 실제로는 오히려 서로 사랑하고 서로 돕는 마음이 대단히 결핍되어 있다는 점이다. 바로 '효'니 '열'烈이니 하는 도덕도 다 옆 사람은 조금도 책임지지 않고 오로지 어리고 약한 사람들을 혼내 주는 방법일 뿐이다. 이러한 사회에서는 늙은 사람만 살아가기 어려운 것이 아니라 해방된 어린 사람도 살아가기 어렵다. 둘째는 중국의 남녀는 대개 늙지도 않았는데 미리 노쇠하여, 심지어 스무 살도 되지 않았는데 벌써 늙은 티를 물씬 풍기며 다른 사람이 부축을 해야만 할 형편이다. 그래서 나는 자녀를 해방시킨 부모는 미리 한 차례 준비를 해두어야 하고, 또 이러한 사회에 대해서는 특히 개조하여 그들이 합리적인 생활에 적응할 수 있도록 해야 한다고 하는 것이다. 많은 사람들이 오랫동안 계속 준비해 나가고 개조해 나가면 자연히 실현될 가망이 있을 것이다. 다른 나라의 지난 일만 보더라도 스펜서[20]는 결혼을 하지 않았지만, 그가 실의에 빠져 무료했다는 말을 듣지 못했으며, 와트는 일찍이 자녀를 잃었으나 확실히 '천수를 다했으니' 하물며 장래에 대해, 더욱이 아들딸이 있는 사람에 대해 더 말할 필요가 있겠는가?

혹자는 또 해방시킨 후 자녀가 고생하지 않을까 걱정할 것이다. 이 일도 두 가지 차원이 있는데, 전부 윗글에서 말한 바와 같지만, 다만 하나는 늙어 무능하기 때문이고, 하나는 어려 경험이 부족하기 때문이다. 이 때문에 각성한 사람은 더욱더 사회를 개조하려는 임무를 느끼게 된다. 중국에서 내려오는 기존의 방법은 오류가 너무 많다. 하나는 폐쇄하는 것인데, 사회와 단절하면 영향을 받지 않을 수 있다고 생각한다. 하나는 나쁜 요령을 가르쳐 주는 것인데, 그렇게 해야만 사회에서 살아갈 수 있다고 생각한다. 이런 방법을 사용하는 어른은 비록 생명을 이어 가려는 좋은 뜻을 품고 있지만 사리에 비추어 볼 때 오히려 결정적으로 잘못이다. 이 밖에 또 하나가 있는데, 그것은 몇몇 교제하는 방법을 전수하여 그들이 사회에 순응하도록 가르치는 것이다. 이는 수년 전에 '실용주의'[21]를 따지던 사람들이 시장에서 가짜 은화가 유통되고 있다는 이유로 학교에서 학생들에게 은화 보는 법을 널리 가르치려고 했던 것과 동일하게 잘못이다. 가끔은 사회에 순응하지 않을 수 없겠지만, 결코 정당한 방법은 아니다. 왜냐하면 사회가 불량하여 나쁜 현상이 매우 많으면 일일이 순응할 수도 없는 노릇이고, 만약 모두 순응하게 된다면 합리적인 생활에 위배되고 진화의 길을 거꾸로 가게 될 것이기 때문이다. 그래서 근본적인 방법은 사회를 개량하는 것뿐이다.

사실대로 말하면, 중국에서 예전의 이상적인 가족관계·부자관계 따위는 이미 붕괴되었다. 이것도 '오늘날에 더 심해졌다'가 아니라 바로 '옛날에 이미 그랬다'이다. 역대로 '오세동당'五世同堂을 극력 표창했으니 실제로 함께 살기가 어려웠음을 충분히 보여 준다. 필사적으로 효를 권장했으니 사실상 효자가 드물었음을 충분히 보여 준다. 그리고 그 원인은 바로 전적으로 오직 허위도덕을 제창하여 진정한 인정人情을 멸시한 데 있다. 우리가 대족大族들의 족보를 펼쳐 보면, 처음 자리 잡은 조상들은 대체로 홑몸으로 이사하여 가업을 일으켰고, 문중들이 한데 모여 살고 족보를 출판하게 되었을 때에는 이미 영락의 단계에 들어섰다는 것을 알 수 있다. 더구나 장래에 미신이 타파되면 대밭에서 울지 않을 것이고 얼음에 눕지도 않을 것이며, 의학이 발달하게 되면 역시 대변을 맛보거나[22] 허벅지 살을 베어 낼 필요도 없을 것이다. 또 경제 문제 때문에 결혼은 늦어지지 않을 수 없고, 낳고 기르는 것도 이 때문에 늦어질 것이니, 아마 자녀가 겨우 자립할 수 있게 되었을 때 부모는 이미 노쇠하여 그들의 공양을 받지 못하게 될지도 모른다. 그러면 사실상 부모가 의무를 다한 셈이 된다. 세계 조류가 들이닥치고 있으니 이렇게 해야만 생존할 수 있고, 그렇지 않으면 다 쇠락할 것이다. 다만 각성한 사람이 많아지고 노력을 더해 가면 위기는 비교적 적어질 수 있을 것이다.

그런데 이상에서 말한 것처럼 중국의 가정은 실제로 오래전에 이미 붕괴되었고 또 '성인의 무리'가 지상紙上에서 하는 공담空談과 다르다고 한다면 어째서 지금도 여전히 옛날 그대로여서 전혀 진보가 없는 것인가? 이 문제는 대답하기 아주 쉽다. 첫째, 붕괴하는 자는 나름대로 붕괴하고, 다투는 자는 나름대로 다투고, 무언가를 세우는 자는 나름대로 세우고 하지만 경계심은 조금도 없고, 개혁도 생각하지 않기 때문에 그래서 옛날 그대로이다. 둘째, 이전에 가정 내에서는 원래 늘 집안싸움이 있었지만 새로운 명사가 유행하면서부터 그것을 모두 '혁명'이라는 말로 고쳐 불렀다. 그렇지만 기실은 기생과 놀아나기 위해 돈을 구하려다 서로 욕지거리를 하는 지경에 이르고 도박 밑천을 구하려다 서로 때리는 지경에 이르는 경우이며, 각성한 사람의 개혁과는 전혀 다르다. 스스로 '혁명'이라 부르며 집안싸움을 하는 이런 자제들은 완전히 구식에 속하여 자신에게 자녀가 생겨도 결코 해방시키지 않는다. 어떤 경우는 전혀 관리하지 않고 어떤 경우에는 도리어 『효경』[23]을 구해 강제로 소리 내어 읽도록 하여 그들이 "옛 교훈을 배워서"[24] 희생이 되었으면 하고 생각한다. 이런 경우라면 낡은 도덕, 낡은 습관, 낡은 방법에 그 책임을 돌릴 수 있을 뿐 생물학의 진리에 대해서는 결코 함부로 책망할 수는 없다.

이상에서 말한 것처럼 생물은 진화하기 위해서 생명을 이어 가야 한다. 그렇다면 "불효에는 세 가지가 있는데, 후손이 없는 것이 가장 심하다"[25]라고 했으니 아내 셋, 첩 넷도 대단히 합리적이지 않은가. 이 문제도 대답하기 아주 쉽다. 인류에게 후손이 없어 장래의 생명이 끊어진다면 비록 불행하겠지만 만약 정당하지 않은 방법과 수단을 사용하여 구차히 생명을 이어 가면서 사람들에게 해를 끼친다면 그것은 한 사람에게 후손이 없는 것보다 더욱 '불효한' 일이다. 왜냐하면 오늘날의 사회는 일부일처제가 가장 합리적이고 다처주의는 실로 사람들을 타락하게 만들 수 있기 때문이다. 타락은 퇴화에 가까운 것으로 생명을 이어 가려는 목적과 완전히 상반된다. 후손이 없다는 것은 자신만이 없어지는 것이지만 퇴화 상태에서 후손이 있다면 남까지 파괴시킬 것이다. 인류는 어쨌든 남을 위해 자기를 희생하는 정신을 약간은 가져야 한다. 더욱이 생물은 발생한 이래로 서로 관련되어 있어서 한 사람의 혈통은 대체로 다른 사람과 얼마간 관계를 가지고 있으므로 완전히 없어지지는 않을 것이다. 그러므로 생물학의 진리는 결코 다처주의의 호신부가 아니다.

종합하면, 각성한 부모는 전적으로 의무를 다하고, 이타적·희생적이어야 하는데, 그렇게 하기란 쉽지 않고, 중국에서는 더더욱 쉽지 않다. 중국의 각성한 사람들이 어른에게 순종하고 어린 사람을 해방시키기 위해서는 한편으로 낡은 것들을 청산하고 한편으로 새 길을 개척해야 한다. 바로 처음에 말한 바와 같이 "스스로 인습의 무거운 짐을 짊어지고 암흑의 수문水門을 어깨로 걸머지어 그들을 넓고 밝은 곳으로 놓아주면서 그후 그들이 행복하게 살아가고 도리에 맞게 사람 노릇을 하도록 해야 한다." 이것은 대단히 위대하고 긴요한 일이며 또 대단히 어렵고 지난한 일이다.

그런데 세상에는 또 한 부류의 어른이 있다. 그들은 자녀를 해방시키려 하지 않을 뿐 아니라 자녀들이 그 자신의 자녀를 해방시키려는 것조차 허락하지 않는다. 바로 손자, 증손자도 모두 의미 없는 희생이 되어야 한다고 생각한다. 이것도 하나의 문제인데, 나는 평화를 원하는 사람이기 때문에 이 문제에 대해서는 지금 대답할 수가 없다.

1919년 10월

주)

1) 원제는 「我們現在怎樣做父親」이며, 1919년 11월 『신청년』 제6권 제6호에 처음 발표되었고, 탕쓰로 서명되어 있다.

2) '성인의 무리'(聖人之徒)는 여기서 당시 구도덕과 구문학을 극력 옹호하던 린친난(林琴南) 등을 가리킨다. 린친난은 1919년 3월 베이징대학 교장 차이위안페이(蔡元培)에게 보내는 공개서한에서 "반드시 공자와 맹자를 뒤엎고, 윤상(倫常)을 없애 버려야만 기뻐할 것이다"라느니, "이탁오(李卓吾)가 내뱉은 침을 주워 모으고 있다"라느니, "탁오는 금수의 행위를 했다"라느니 하면서 신문화운동의 참가자들을 공격했다.
이탁오(1527~1602)는 이지(李贄)이며, 명대의 진보적인 사상가이다. 그는 당시의 도학파를 반대하며 남녀 혼인의 자유를 주장했는데, "기생을 끼고 대낮에 함께 목욕을 하고 선비의 아내와 딸을 유혹하는 등 금수의 행위"를 했다는 모함을 받았다.

3) 윤상(倫常)은 봉건사회의 윤리도덕이다. 당시에 군신, 부자, 부부, 형제, 친구를 오륜(五倫)이라 하여 그들 사이의 관계를 제약하는 도덕원칙은 바꿀 수 없는 상도(常道)라고 여겼고, 그래서 윤상이라고 했다.

4) 「수감록」(隨感錄)은 『신청년』이 1918년 4월 제4권 제4호부터 발표하기 시작한, 사회와 문화에 대한 단평(短評)의 칼럼 제목이다.

5) 『시사신보』(時事新報)가 루쉰을 매도한 것을 가리킨다. 루쉰은 『신청년』 제6권 제1, 2, 3호(1919년 1, 2, 3월)에 「수감록」 43, 46, 53을 발표하여 상하이의 『시사신보』 부간(副刊) 『포커』(潑克)에 실린 풍자화(諷刺畵)의 저열한 현상과 잘못된 경향을 비판했으며, 또 새로운 미술 창작에 대해 자신의 의견을 발표했다. 「수감록 46」에는 "우리 세대가 재주와 능력이 모자라 창작을 하지 못한다면 공부는 해야 한다"고 했다(『열풍』에 수록). 이에 『시사신보』는 1919년 4월 26일 '기자'(記者)라고 서명된 「신교훈」(新教訓)이라는 글에서, 루쉰은 "경망스럽고", "오만하고", "두뇌가 명석하지 못한 것이 틀림없으니, 가련하도다!"라고 비난했다.

6) '인륜의 시작'(人倫之始)이라는 말은 『남사완효서전』(南史阮孝緒傳)에 나온다.

7) "아버지가 나를 낳아 주셨다"(父兮生我)라는 말은 『시경』 「소아(小雅) · 요아(蓼莪)」에 나온다.

8) 악부(樂府)는 원래는 한나라 때 민가 따위를 수집하는 등 가사 · 악률을 맡아 보던 관청을 가리키는 말이었으나 후에 악부에서 수집한 민가나 이를 모방한 문인의 작품을 가리키는 말로 사용되었다.

9) 여기서 말하는 '효를 권면하는' 악부는 1919년 3월 24일 『공언보』(公言報)에 실린 린친난의 「세상을 권면하는 백화로 된 신악부」(勸世白話新樂府)의 '어머니가 아들을 배웅하다'(母送兒)편을 가리킨다. 여기에는 다음과 같은 말이 있다. "어머니가 아들을 배웅하고, 아들이 학교에 가니 어머니는 마음이 아팠다. …… 어머니는 손수 살구 씨를 갈아, 아들이 돌아오면 먹였다. 기특한 아들은 눈물을 글썽이며 어머니를 부여잡고, 학교를 그만두겠다고 하자 어머니는 그러지 말라고 꾸짖었다. …… 아들의 말이, 가서 가르침을 받고 있지만 선생님이 효를 가르치지 않는다는 것이었다. …… 그러니 『효경』 한 권을 다 읽으면 학교에 가지 않아도 그만이다."

10) 『세설신어』(世說新語) 「태치」(汰侈)에 다음과 같은 기록이 있다. "무제(武帝 ; 사마염司馬炎)가 한번은 왕무자(王武子 ; 이름은 왕제王濟)의 집을 갔더니 무자가 음식을 대접했다. …… 삶은 돼지고기가 통통하고 먹음직스러워 보통 맛과 달랐다. 무제가 이상히 여기고 물었더니 사람 젖을 돼지에게 먹였다고 대답했다."

11) 우생학은 영국의 골턴(Francis Galton)이 1883년에 제기한 '인종개량' 학설이다. 사람 또는 인종 사이에 생리와 지능 면에서 차이가 나는 것은 유전에 의해 결정되는데, 이른바 '우등인'을 발전시키고 '열등인'을 도태시키면 사회 문제를 해결할 수 있다는 것이다. 루쉰은 그후에 생물학을 사회생활에 그대로 옮겨 놓은 이러한 학설에 대해 부정적인 태도를 취했다. 『이심집』(二心集) 「'딱딱한 번역'과 '문학의 계급성'」('硬譯'與'文學的階級性') 참조.

12) "3년 동안 아버지의 도를 고치지 않으면 효라 할 수 있다"(三年無改於父之道可謂孝矣)라는 말은 『논어』 「학이」(學而)에 나온다.

13) '늙어도 다시 장정이 되기'(老復丁)라는 말은 늙은이가 다시 장년이 된다는 뜻이며, 한대 사유(史游)의 『급취편』(急就篇)에 나온다. "오래도록 즐거움이 끝이 없으니, 늙어도 다시 장정이 된다."

14) '집안싸움'(勃谿)은 고부간의 싸움을 가리킨다. 이 말은 『장자』(莊子) 「외물」(外物)에 나온다. "집안에 공간이 없으면, 고부간에 싸움이 생긴다."(室無空虛, 則婦姑勃谿)

15) 구미의 가정에 "결코 '불효한 자식'은 없다"라는 말은 린친난이 번역한 소설 『효우경』(孝友鏡; 벨기에의 헨드릭 콘시엔스Hendrik Conscience의 *De arme edelman*)의 「역여소지」(譯餘小識)에 나온다. "이 책은 서양 사람들을 변호하기 위한 것이다. 중국 사람 중에 서학을 배우는 사람들은 항상 '남자가 20세가 넘으면 반드시 자립하게 되어 부모가 단속하거나 구속하지 못한다. 형제들은 제각기 가정을 따로 꾸리고 서로 돕지 않는다. 이를 사회주의라고 하며 나라가 이로써 부강해진다'라고 말한다. 그렇지만 근년의 (중국) 상황을 보면, 가정 혁명에 불효자식이 끊임없이 나타나고 있지만 나라는 어찌하여 부강해지지 않는가? 이것은 과연 진정으로 서양 사람의 모범을 본받은 것인가? 아니다. 흉악한 기운이 오장육부에 넘쳐서 함부로 날뛰는 것으로서 서양의 습속과 아무런 상관이 없다. 이 책에 나오는 …… 우정으로 알려진 아버지와 효성으로 알려진 딸은 인륜의 거울이 되기에 충분하다. 제목을 『효우경』이라고 한 것은 우리 중국 사람들에게 남을 모함하지 말고 망언을 하지 못하도록 일깨우기 위한 것이다."

16) 거효(擧孝)는 한나라 때 관리를 선발하는 방법의 하나로서 각지에서 '부모를 잘 섬기는' 효자를 추천받아 조정의 관리로 삼는 것이다. 효제역전(孝悌力田)은 한·당대에 실시된 과거(科擧)의 명칭 중 하나로서 지방관이 이른바 '효제의 덕행이 있고 열심히 경작하는 사람'을 조정에 추천하여, 그중에서 선발된 사람을 관리로 임용하거나 상을 내리는 것이다. 효렴방정(孝廉方正)은 청대에 특별히 설치된 과거의 명칭으로서 지방관이 이른바 효성스럽고, 청렴하고, 품행이 방정한 사람을 추천하면 예부(禮部)의 시험을 거쳐 지현(知縣) 등의 관직을 제수하는 것이다.

17) 이른바 "허벅지 살을 베어 내어 어버이를 치료하다"는 것을 가리킨다. 자식이 자기 허벅지 살을 베어 내어 약으로 달여 부모의 중병을 치료한다는 것이다. 『송사』(宋史) 「선거지」(選擧志) 1에 "조정에서 효행에 따라 사람을 뽑자 용감한 자는 허벅지 살을 베어 내었고, 겁이 많은 자는 무덤에 오두막을 짓고 지켰다"는 기록이 있다.

18) 노수(路粹)가 인용한 공융(孔融)의 말은 『후한서』(後漢書) 「공융전」(孔融傳)에 나온다. 노수는 자가 문울(文蔚)이며, 천류(陳留; 지금의 허난河南 카이펑開封의 동남쪽) 사람이며, 조조(曹操)의 군모제주(軍謀祭酒)로 있었다. 그는 조조의 뜻을 받들어 공융을 고발하여 말하길, 공융이 이형(禰衡)에게 그런 말을 했다고 했다. 조조는 곧 '불효'라는 죄명을 씌워 공융을 살해했다. 그러나 조조는 「구현령」(求賢令)이라는 글에서 재능만 있으면 "어질지 않고 불효한" 사람도 등용할 수 있다고 했으니 스스로 모순되는 것이다.

그래서 루쉰은 "웃음을 자아낸다"라고 했다.

공융(153~208)은 자가 문거(文擧)이고, 노국(魯國; 지금의 산둥 취푸) 사람이다. 한나라 헌제(獻帝) 때 북해상(北海相)으로 있었으므로 '북해선생'(北海先生)으로 불렸다.

19) '천경지의'(天經地義)는 천지의 대의(大義), 즉 영원히 변할 수 없는 도(道)를 의미한다. 예(禮) 등이 이에 해당한다.

20) 스펜서(Herbert Spencer, 1820~1903)는 영국의 철학자이다. 그는 죽을 때까지 결혼하지 않은 학자였다. 주요 저작으로는 『종합적인 철학체계』(*A System of Synthetic Philosophy*) 등이 있다.

21) '실용주의'(實用主義)는 19세기 말~20세기 초 미국에서 생겨난 철학사조로서 퍼스(Charles Sanders Peirce), 듀이(John Dewey) 등이 대표 철학자이다. 진리의 객관성을 부인하고 쓰임이 있으면 진리가 된다고 주장했다.

22) "대밭에서 울다"는 삼국(三國)시대 오(吳)나라 맹종(孟宗)의 이야기이다. 당대(唐代) 백거이(白居易)가 편찬한 『백씨육첩』(白氏六帖)에 다음과 같은 기록이 있다. "맹종의 계모는 죽순을 좋아하여 동짓달에 맹종에게 그것을 구해 오라고 했다. 맹종은 대나무 숲에 들어가 몹시 슬퍼하며 울자 이에 죽순이 돋아났다."

"얼음에 눕다"는 진대(晋代) 왕상(王祥)의 이야기이다. 『진서』(晋書) 「왕상전」(王祥傳)에 다음과 같은 이야기가 있다. 그의 계모가 "항상 생선을 좋아했으므로 추운 날 얼음이 꽁꽁 얼었지만 왕상은 옷을 벗고 얼음을 깨고 들어가 물고기를 잡으려 했다. 그때 갑자기 얼음이 저절로 녹더니 잉어 두 마리가 튀어나와서 그것을 가지고 돌아왔다."

"대변을 맛보다"는 남조(南朝) 양(梁)나라 유검루(庾黔婁)의 이야기이다. 『양서』(梁書) 「유검루전」(庾黔婁傳)에는 다음과 같은 이야기가 있다. 그의 부친 유역(庾易)이 "병에 걸린 지 이틀째가 되는 날 의원이 '병의 경중을 알려면 대변을 맛보아 그것이 단가 쓴가를 보아야 한다'고 했다. 유역이 설사를 하자 유검루는 얼른 가져다 그것을 맛보았다." 이 세 가지 이야기는 모두 『이십사효』(二十四孝)에 수록되어 있다.

23) 『효경』(孝經)은 유가 경전의 하나로 공자 문하의 후학들이 저술했으며 전체 18장이다.

24) "옛 교훈을 배워서"(學於古訓)라는 말은 『상서』 「설명」(說命)에 나온다.

25) "불효에는 세 가지가 있는데, 후손이 없는 것이 가장 심하다"라는 말은 『맹자』 「이루상」(離婁上)에 나온다. 한대 조기(趙岐)의 주에 따르면, "예에 비추어 볼 때, 불효에는 세 가지가 있다. 아부하거나 굴종하여 부모를 불의(不義)에 빠뜨리면 첫번째 불효이고, 집안이 가난하고 부모가 늙었는데 녹을 받는 벼슬을 하지 못하면 두번째 불효이고, 아내를 얻지 못하고 자식이 없어 선조의 제사가 끊어지면 세번째 불효이다. 이 세 가지 중에서 후손이 없는 것이 가장 심하다."

송대 민간의 이른바 소설 및 그 이후[1)]

송대宋代 민간에서 유행한 소설은 역대 사가史家들의 기록과는 달라 당시에는 문사文辭가 아니라 기예技藝에 속하는 '설화'[2)]의 일종이었다.

설화가 언제 시작되었는지 분명하지 않지만 옛 책에 근거할 때 당대唐代부터 이미 있었다는 것을 알 수 있다. 단성식[3)](『유양잡조 속집』 4, 「폄오」貶誤)은 이렇게 말했다.

"나는 태화太和 말에 동생의 생일을 계기로 잡희雜戲를 구경했다. 시정인의 소설이 있었는데, 편작扁鵲을 편작編鵲이라는 글자로 상성上聲으로 읽었다. 나는 임도승任道昇을 시켜 글자를 바로잡게 했다. 시정인은, '이십 년 전 도읍지에서 재회[4)]가 있을 때 공연했는데, 한 수재秀才가 편扁 자를 편編과 같은 성조로 읽는 것을 몹시 칭찬하면서 세상 사람들이 모두 틀렸다고 했다'고 말했다."

자세한 내용은 알기 어렵지만 이로써 다음 몇 가지 사항을 짐작할 수 있다. 첫째, 소설은 잡희 중의 하나였고, 둘째 시정인의 구술에 의한 것이었고, 셋째 경축 및 재회가 있을 때 사용했다. 낭영[5](『칠수유고』 22)이 "소설은 송대 인종仁宗 때 생겨났는데, 대체로 시대가 태평성세였고 국가가 한가로워서 날마다 기이한 일에 빠져 즐기기를 좋아했다. 그래서 소설의 '득승두회'得勝頭回 뒤에 바로 화설조송모년話說趙宋某年이라 하게 되었다"고 한 말은, 이로써 보건대 일종의 터무니없는 이야기에 지나지 않는다는 것을 분명히 실증할 수 있다.

송대에 이르러 소설의 정황은 비로소 비교적 상세하게 알 수 있게 되었다. 맹원로가 남도南渡한 후 변량의 화려한 모습을 추억하면서 『동경몽화록』[6]을 지었는데, '경와기예'[7] 항목에서 당시 설화의 종류를 소설小說, 합생合生, 설원화說諢話, 설삼분說三分, 설『오대사』說『五代史』 등으로 나누었다. 그리고 이러한 직업에 종사하는 사람들을 '설화인'說話人이라 불렀다.

고종 때 도읍을 린안으로 정하고,[8] 다시 효종과 광종 2대[9]를 거치면서 변량식의 문물이 점차 도성에 가득 넘치게 되었고, 기예인들도 모두 갖추어졌다. 설화에 관한 기록은 옛 서적 속에 더욱 상세하게 나온다. 단평[10] 연간의 저작으로 관원 내득옹의 『도성기승』[11]이 있고, 원대 초의 저작으로 오자목의 『몽양록』,[12] 주밀의 『무림구사』[13]가 있는데, 모두 설화의 분과分科를 상세하게 설명하고 있다.

『도성기승』

설화에는 사가四家가 있다.

하나는 소설小說이다. 은자아銀字兒라는 것에는 연분烟粉, 영괴靈怪, 전기傳奇 등이 있다. 설공안說公案은 모두 칼과 곤봉을 휘두르고, 공을 세우고 이름을 날리는 이야기이다. 설철기아說鐵騎兒는 무사들이 전쟁하는 이야기이다.

설경說經은 불경을 풀어 설명하는 것이다. 설참청說參請은 빈객과 주인이 참선하며 도를 깨치는 등에 관한 이야기이다.

강사서講史書는 전대前代의 역사책에 나오는 흥망성쇠와 전쟁에 관한 이야기를 강설한다…….

합생合生은 기령수령起令隨令과 비슷한 것으로서 각각 한 가지 이야기를 읊는다.

『몽양록』(20)

설화說話라는 것은 설변舌辯을 일컫는다. 사가四家의 유파가 있지만 각기 영역을 가지고 있다.

또 소설은 은자아라고 하는데, 연분烟粉, 영괴靈怪, 전기傳奇가 있다.

공안은 칼과 곤봉을 휘두르고 발발종참發發踪參(이 네 글자는 잘못된 것으로 생각됨)하는 이야기이다. …… 고금에 관한 이야기가 마치 물 흐르는 듯하다.

설경이란 불경을 풀어 설명하는 것이다. 설참청이란 빈객과 주인이 참선하며 도를 깨치는 등에 관한 이야기이다. …… 또 설원경說諢經이라는 것이 있다.

강사서란 『통감』通鑑이나 한당漢唐 역대의 역사서에 나오는 흥망성쇠와 전쟁에 관한 이야기를 강설한다.

합생은 기금수금起今隨今 비슷한 것으로 각각 한 가지 이야기를 읊는다.

그러나 주밀이 기록하고 있는 것은 약간 다른데, 연사演史, 설경원경說經諢經, 소설小說, 설원화說諢話로 되어 있고 합생合生은 없다. 당대 중종 때 무평일[14]이 상서를 올리면서 "근래 요술을 부리는 호인胡人, 길거리 아이와 시정 사람이, 혹은 왕비와 임금의 사랑을 이야기하고, 혹은 왕공王公들의 진면목을 열거하며, 노래하고 춤을 추는 것을 합생이라 일컫습니다"(『신당서』新唐書 권119)라고 말했다. 그렇다면 합생은 실제로 당대에 시작되었고, 또 우스개나 농담을 사용하고 있어 아마도 설원화일 것이다. 다만 송대에 이르러 다소 변화가 있었음은 물론인데, 지금으로서는 자세히 알 수 없다.[15] 기금수금의 '금'今은 『도성기승』에서는 '령'令으로 되어 있고, 명대의 필사본 『설부』 중의 『고항몽유록』[16]에는 또 기령수합起令隨合이라 되어 있는데, 어느 것이 옳은지 아직은 자세히 알 수 없다.

내득옹과 오자목의 설명에 따르면, 설화의 한 분과인 소설은 내용의 차이에 따라 다시 세 가지 항목으로 나뉜다.

1. 은자아 : 내용은 연분(연화분대烟花粉黛), 영괴(신선귀괴神仙鬼怪), 전기(이합비환離合悲歡) 등이다.
2. 설공안 : 내용은 칼과 곤봉을 휘두르고(권용拳勇), 공을 세우고 이름을 날리는(우합遇合) 이야기이다.
3. 설철기아 : 내용은 사마금고士馬金鼓(전쟁)의 이야기이다.

소설만이 설화 중에서 가장 어려운 한 분과이다. 그래서 설화인들은 "소설을 가장 두려워했고, 대개 소설이라는 것은 한 왕조 한 시대의 이야기를 강설하고 짧은 시간에 이야기의 결말을 설명할 수 있는데"(『도성기승』에 따르면, 『몽양록』도 같으나 다만 '이야기의 결말을 짓다'提破가 '역사적 사실과 허구를 결합하다'捏合로 되어 있음), 강사와는 달리 길게 늘어놓기가 쉽다. 또한 "물 흐르는 듯이 고금을 이야기하는" 말재주가 있어야 한다. 그렇지만 린안에도 소설을 강설하는 고수가 적지 않았는데, 오자목의 기록에는 담담자譚淡子 등 6명이 있고, 주밀의 기록에는 채화蔡和 등 52명이 있다. 그중에는 진랑낭조아陳郎娘棗兒, 사혜영史蕙英 등 여류女流도 있다.

린안의 문사文士와 불도佛徒들은 집회를 많이 가졌고, 와사瓦舍의 기예인들도 집회를 많이 가졌는데, 그 취지는 대체로 기술을 연마하는 데 있었다. 소설의 전문가들이 세운 사회는 웅변사雄辯社라 불렸다(『무림구사』 3).

원대 사람들의 잡극雜劇은 이미 없어졌지만 전해 내려오는 곡본曲本이 아직 있어 대체적인 상황을 보여 준다. 송대 사람들의 소설도 마찬가지인데, 다행히 '화본'話本 속에 우연히 남겨 놓은 것이 있어 지금 다소나마 당시의 와사에 있던 설화의 모양을 짐작하여 알 수 있다.

그 화본을 『경본통속소설』이라 부르는데, 책 전체가 모두 몇 권으로 되어 있는지 알 수 없고, 지금 볼 수 있는 것은 잔본殘本뿐이며, 장인江陰의 먀오씨繆氏에 의해 영각影刻된 것으로 권10에서 16까지 7권이 남아 있다. 처음에는 단행본으로 나왔으나 후에 『연화동당소품』[17] 내에 수록되었다. 그리고 한 권은 금나라 해릉왕의 추잡한 행위를 서술하고 있어 아마도 문장이 지나치게 눈에 거슬렸기 때문에 먀오씨가 영각하지 않았을 것인데, 그렇지만 해원郋園에서 나온, 제목을 바꾼 활자본이 있다. 해원은 창사長沙에 있는 예더후이의 정원 이름이다.[18]

영각본 일곱 권에 수록되어 있는 소설의 편목 및 이야기의 발생 연대는 다음과 같다.

권10 전옥관음碾玉觀音 '소흥紹興 연간'.

권11 보살만菩薩蠻 '대송大宋 고종高宗 소흥 연간'.

권12 서산일굴귀西山一窟鬼 '소흥 10년간'.

권13 지성장주관志誠張主管 연대는 없고, 다만 둥징東京 볜저우汴州 카이펑開封에서의 일이라고 되어 있음.

권14 요상공拗相公 '선조'先朝.

권15 착참최녕錯斬崔寧 '고종高宗 때'.

권16 풍옥매단원馮玉梅團圓 '건염建炎 4년'.

매 제목은 각각 전편全篇을 이루어 시작과 끝이 있고, 서로 연관되어 있지는 않다. 전증의 『야시원서목』[19](권10)에 기록되어 있는 '송인사화'宋人詞話 16종 중에는 『착참최녕』과 『풍옥매단원』 두 종이 있는데, 이로써 구각본舊刻本에는 단편본도 있었음을 알 수 있고, 또 『통속소설』通俗小說은 몇몇 단편본을 모아 놓은 것으로서 결코 한 사람의 손에 의해 완성된 것이 아님을 알 수 있다. 강설하는 이야기가 발생한 시대를 보면, 남송 초가 많다. 북송 때도 적었으니, 하물며 한대와 당대는 말할 필요가 없다. 또 소설의 제재는 반드시 가까운 시기에서 취해야 했다. 왜냐하면 옛일을 풀어서 이야기하면 강사의 범위에 속하기 때문인데, 비록 소설가는 "물 흐르는 듯이 고금을 이야기한다"고 말했지만 옛 이야기는 반드시 인증引證하고 꾸며 대야 하므로 소설의 본문이 아니었다. 『요상공』의 경우, 그 첫 부분에서 왕망王莽을 이야기하고 있지만 그 취지는 왕안석王安石을 이끌어 내는 데 있었으니, 이것이 바로 그 예이다.

7편 중에서 처음부터 본문으로 바로 들어가는 것은 『보살만』뿐이다.

나머지 6편은 강설하기 전에 먼저 시사詩詞 또는 다른 사실을 인용하고 있는데, 바로 "먼저 하나의 이야기를 인용하여 잠시 '득승두회'得勝頭回로 삼는다"(권15)는 것이다. '두회'란 첫머리 한 회라는 뜻이고, '득승'이란 덕담인데, 와사瓦舍는 군민軍民들이 모여드는 곳이므로 당연히 장사를 위해 그 말을 하지 않을 수 없고 황제에게 보여 주기 위해 그렇게 한 것은 아니다.

'득승두회'는 몇몇 정해진 양식이 있는데, 설명할 수 있는 것은 다음 네 가지이다.

1. 대략 관련 있는 시사詩詞를 가지고 본문을 암시한다. 예를 들어, 권10에서 『춘사』春詞 11수를 사용하여 연안군왕延安郡王의 봄놀이를 암시하고, 권12에서 선비인 심문술沈文述의 사詞를 한 구절 한 구절 해석함으로써 귀신을 만난 선비를 암시하는 것이 그것이다.
2. 비슷한 유형의 사건을 가지고 본문을 암시한다. 예를 들어, 권14에서 왕망을 가지고 왕안석을 암시하는 것이 그것이다.
3. 좀 못한 일을 가지고 본문을 암시한다. 예를 들어, 권15에서 위생魏生이 농담 때문에 자리에서 쫓겨난 것을 가지고 유귀劉貴가 농담 때문에 큰 화를 입게 되는 것을 암시하고, 권16에서 "서로 바꾼 부부 인연"에서 "두 부부가 다시 원래의 상태로 되돌아갔다" 함으로써 "풍속교화와 관련해서 나은 점이 몇 배나 된다"는 것이 그것이다.
4. 상반되는 사건을 가지고 본문을 암시한다. 예를 들어, 권13에서 왕처후王處厚가 거울을 보며 백발을 발견한다는 말에는 지족知足의 뜻이 들어 있다 함으로써, 늙음을 받아들이지 않으려는 장사염張士廉이 만년에 아내를 맞이하여 가정을 파탄 낸 것을 암시하는 것이 그것이다.

그리고 이 네 가지 정해진 양식은 또 나중에 나온 여러 가지 모작들에도 그대로 적용되었다.

일본에는 중국의 구각본인 『대당삼장취경기』 3권이 전해져 오는데, 도합 17장이며, 장마다 반드시 시가 있다. 또 다른 소책본은 그 제목이 『대당삼장취경시화』[20]라고 되어 있다. 『야시원서목』에는 『착참최녕』과 『풍옥매단원』을 '송인화본'宋人話本의 항목에 넣고 있는데, 아마도 이런 유의 화본은 때때로 사화詞話라고도 했으니 바로 소설의 다른 명칭이다. 『통속소설』은 편마다 시사詩詞를 많이 인용하고 있다. 사실 강사講史(『오대사평화』,[21] 『삼국지전』,[22] 『수호전』[23] 등)보다 훨씬 많아, 이야기의 시작, 중간의 서술이나 증명, 말미의 결말이나 영탄에서 시사를 인용하지 않는 것이 없는데, 이러한 것도 소설의 한 가지 필요조건이었던 것 같다. 시를 인용하여 증명하는 것은 중국에서는 본래 그 기원이 아주 오래되었다. 한대 한영의 『시외전』,[24] 유향의 『열녀전』[25]은 모두 일찍부터 『시』를 인용하여 잡설과 고사를 증명하고 있다. 그러나 꼭 송대 소설과 직접적인 연관이 있다고 볼 필요는 없다. 다만 "옛말을 빌려 하는 것을 중하게 여기는" 정신은, 한대의 학자나 송대의 시정인이나 시대와 학문이 크게 다르다고 해도 실로 일치하는 점이 있었다. 당대 사람의 소설 중에도 대부분 시가 있는데, 설령 요괴나 악마라 하더라도 시로 서로 화답할 수 있고, 어떤 경우에는 즉흥시 몇 구를 짓기도 한다. 이러한 풍아風雅한 거동들은 송대 시정인 소설과 관계없지는 않지만, 송대 소설은 대체로 시정에서 일어나는 사건을 다루었으므로 인물 중에 괴물이나 시인이 적어서 시를 읊는 데서 인증하는 것으로 변하지 않을 수 없었다. 상황은 비록 달라졌지만 시적 분위기에서 벗어나지는 않았다. 오자목은 강사의 고수에 대해, "강설하는 문자가 진정 속되지 않고, 외우고 있는 것의 연원이 정말 넓다"(『몽양록』 20)고 기록하고 있는데, 이를 가져다가 소설이 시사를 많이 사용하고 있는 원인을 해석할 수 있다.

이상의 추론에 따를 때, 송대 시정인 소설의 필요조건은 대체로 세 가지가 있다.

1. 가까운 시기의 사건을 강설해야 한다.
2. 열 중 아홉은 '득승두회'가 있어야 한다.
3. 시사로 인증해야 한다.

송대 민간에서 유행한 이른바 소설의 화본은 『경본통속소설』을 제외하고 지금은 아직 두번째 종류가 발견되지 않았다.[26] 『대당삼장취경시화』는 극히 서툰 의화본[27]이며, 또한 강사로 분류해야 한다. 『대송선화유사』[28]는 전증이 '송인화본'으로 분류했으나 사실은 강사의 모작이며, 다만 그것은 필사본 10종의 서적을 묶어 만든 것이기 때문에 아마도 소설의 성분이 그 속에 포함되어 있었을 것이다.

그렇지만 『통속소설』이 번각되기 이전에도 송대의 시정인 소설은 단절되지 않았다. 그것은 간혹 제목이 바뀌어 후인들의 모작이 끼워진 채 유전流傳되었다. 이 모작은 대체로 명대 사람의 손에서 나왔는데, 송대 사람의 화본이 당시에 상당히 많이 남아 있었기 때문에 모작의 정신 형식은 비록 변화가 생겼다고 하더라도 대체적으로 별 차이가 없었던 것 같다.

다음은 알고 있는 몇몇 책이다.

1. 『유세명언』.[29] 아직 발견되지 않았다.

2. 『경세통언』.[30] 아직 발견되지 않았다. 왕사진[31]은 이렇게 말했다. "『경세통언』에는 『요상공』이라는 한 편이 있는데, 왕안석이 재상 직에서 파면되어 진링金陵으로 돌아온 일을 서술하고 있으며, 사람의 마음을 매우 즐겁게 해준다. 바로 노다손盧多遜이 링난嶺南으로 좌천되었던 일을 근거로 해서 거기에 다소 부풀리어 덧붙이고 있다."(『향조필기』 권10) 『요상공』은 『통속소설』 권14에 보이는데, 『통언』에는 틀림없이 송대 시정인 소설이 들어 있었다.

3. 『성세항언』.[32] 40권이며, 도합 39가지 이야기로 되어 있다. 작자의 성명을 기록하지 않았다. 앞에는 천계天啓 정묘년(1627)에 농서隴西의 가일거사可一居士가 쓴 서序가 있어 이렇게 말했다. "육경六經과 국사國史 이외에 대부분의 저술이 소설이다. 이치理를 숭상함에 어떤 것은 어렵고 심오한 병폐가 있고, 문사를 꾸밈에 문채가 지나쳐 평범한 사람들의 귀를 자극하거나 항심恒心을 진작시키기에 부족하다. 이 『성세항언』은 『명언』明言과 『통언』通言을 계승하여 지은 것이다……." 이로써 삼언三言 중에서 가장 나중에 나온 것이 『항언』임을 알겠다. 이야기 내용을 보면, 한대의 이야기가 둘, 수대의 이야기가 셋, 당대의 이야기가 여덟, 송대의 이야기가 열하나, 명대의 이야기가 열다섯이다. 그중에서 수당대의 이야기는 당대 사람의 소설에서 많이 취하고 있다. 그러므로 당대 사람의 소설은 원대에 이미 잡극과 전기에 침투했는데, 명대에 이르러 다시 화본에 침투한 것이다. 그렇지만 옛일을 근거 없이 상상하다 보니 확신하기가 쉽지 않았고, 그래서 명대의 이야기를 서술하고 있는 10여 편과 비교하면 손색遜色이 아주 두드러진다. 송대의 일을 다루고 있는 것은 3편이 있는데 모작인 것 같고, 7편

(『매유랑독점화괴』賣油郞獨占花魁, 『관원수만봉선녀』灌園叟晩逢仙女, 『교태수란점원앙보』喬太守亂點鴛鴦譜, 『감피화단증이랑신』勘皮靴單證二郞神, 『요번루다정주승선』鬧樊樓多情周勝仙, 『오이내린주부약』吳衙內隣舟赴約, 『정절사립공신비궁』鄭節使立功神臂弓)은 송대 사람의 화본에서 나온 것이 아닌가 하는 생각이 들고, 1편(『십오관희언성교화』十五貫戲言成巧禍)은 바로 『통속소설』 권15의 『착참최녕』이다.

송선노인宋禪老人이 『금고기관』今古奇觀의 서를 쓰면서, "묵감재가 『평요』[33]를 증보할 때 기교를 마음껏 부리고 변화를 몹시 추구했지만 본래의 모습을 잃지 않았다. …… 『유세』, 『성세』, 『경세』의 삼언을 편찬할 때에는 인정세태의 여러 가지를 잘 모사하고 비환이합의 흥취를 충분히 그려 냈다……"고 했다. 삼언을 편찬하고 『평요』를 증보한 사람은 한 사람인 것이다. 명대 본本인 『삼수평요전』三遂平妖傳에는 장무구張無咎의 서가 있어, "이번 간행의 횟수는 이전의 두 배로 했는데, 내 친구 용자유龍子猶가 늘린 것이다"라고 했다. 그리고 첫 페이지에는 '풍유룡馮猶龍 선생 증정增定'이라고 기록하고 있다. 삼언 역시 풍유룡이 지은 것인데, 용자유는 바로 그가 글을 쓸 때 자신을 숨기기 위해 사용하던 이름임을 알 수 있다.

풍유룡은 이름이 몽룡夢龍이고 창저우長洲 사람이며(『곡품』[34]에는 우현吳縣 사람으로 되어 있음), 공생貢生[향교의 학생]에서 서우닝壽寧의 지현知縣으로 발탁되었고, 『칠락재고』七樂齋稿를 남겼다. 그렇지만 주이존[35]은 "웃기는 말을 잘했고 때로는 통속적인 해학 가락에 빠지기도 했는데, 시인이라고 할 수는 없다"(『명시종』明詩綜 권71)라고 여겼다. 그는 사곡詞曲에 뛰어났으며, 『쌍웅기전기』雙雄記傳奇를 지었고, 또 『묵감재전기정본십종』墨憨齋傳奇定本十種을 간행했는데, 당시 사람들의 명곡을 많이 뽑아 다시 삭제하고 정정하여 당시에 상당히 유명했다. 그중에서 『만사족』萬事足, 『풍류몽』風流夢, 『신관원』新灌園은 스스로 지은 것이다. 그는 또 패설[36]에 크게 관심을 두어 소설 분야에서는 『유세』, 『경세』, 『성세』의 삼언을 편찬했고, 강사 분야에서는 『삼수평요전』을 증보했다.

4. 『박안경기』.[37] 36권이며, 권마다 하나의 이야기로 되어 있다. 당대 이야기 6권, 송대 이야기 6권, 원대 이야기 4권, 명대 이야기 20권이다. 앞에는 즉공관주인卽空觀主人의 서가 있어 이렇게 말했다. "용자유龍子猶 씨가 편찬한 『유세』 등의 책은 자못 올바른 도道가 들어 있고 때로는 훌륭한 규범을 보여 주고 있다. 게다가 고금의 자질구레한 이야기 속에서 사람들의 이목을 새롭게 할 수 있고 해학적인 이야기에 도움이 되는 것을 뽑아 놓았는데, 공연에서 창을 할 수 있는 것이 몇 권 된다.……" 그렇다면 마치 이 책도 풍유룡이 지은 것처럼 보인다. 그렇지만 서술이 단조롭고 인증이 빈약하고 '두회'와 본문의 '결합'이 자연스럽지 못하여 때로는 두 개의 서로 다른 단락과 같다. 풍유룡은 '문단의 익살'이었지만, 이 지경에 이르지는 않았을 것이다. 동시대의 송선노인松禪老人도 믿지 않아, 이 때문에 『금고기관』의 서에서 묵감재墨憨齋가 삼언을 편찬했다고 서술한 다음, "즉공관주인이 잇달아 일어나서 『박안경기』를 간행했는데, 수집에 많은 노력을 들였고 청담淸談을 충분히 제공하고 있다"고 했다.

5. 『금고기관』.[38] 40권이며, 권마다 하나의 이야기로 되어 있다. 이것은 선집본이며, 쑤저우 우현 사람인 송선노인松禪老人의 서序가 있고, 거기서 포옹노인抱甕老人이 『유세』, 『성세』, 『경세』의 삼언과 『박안경기』 중에서 뽑아 간행한 것이라고 했다. 『성세항언』에서 뽑은 것은 11편(제1, 2, 7, 8, 15, 16, 17, 25, 26, 27, 28회)인데, 송대 사람의 구화본舊話本이 아닐까 생각되는

『매유랑』賣油郎, 『관원수』灌園叟, 『교태수』喬太守가 그 속에 들어 있고, 『십오관』十五貫은 빠져 있다. 『박안경기』에서 뽑은 것은 7편(제9, 10, 18, 29, 37, 39, 40회)이다. 그 나머지 22편은 당연히 『유세명언』과 『경세통언』에서 뽑은 것이다. 그래서 현재 쉽게 구할 수 있는 『금고기관』에 기대어 희귀한 『명언』, 『통언』의 대강을 짐작할 수 있다. 그중에는 또 한대보다 더 오래된 이야기가 있는데, 예를 들어 유백아兪伯牙, 장자휴莊子休 그리고 양각애羊角哀가 바로 그것이다. 그러나 뽑은 작품이 반드시 훌륭한 것은 아니다. 대체로 두 편마다 제목을 한 글자 한 글자 대구가 되도록 해야 했기 때문에 작품을 뽑을 때 많은 속박을 받았을 것이다.

6. 『금고기문』.[39] 22권이며, 권마다 하나의 이야기로 되어 있다. 앞에는 '동벽산방주인東壁山房主人 편차編次'라는 서명이 붙어 있는데, 누구인지 알 수 없다. 이 책 속에 '장발적'長髮賊 이야기를 언급하고 있으므로 청대 함풍咸豐 연간 또는 동치同治 연간 초기의 저작이다. 일본에는 번각본이 있으며, 왕인王寅(자가 야매冶梅)이 일본에 그림을 팔러 갔다가 그것을 다시 중국으로 가져왔다. 거기에는 광서光緖 17년의 서가 있고, 오늘날 간행되고 있는 것은 모두 이 책에 근거하고 있다. 이것도 선집본이다. 『성세항언』에서 뽑은 것은 4편(권1, 2, 6, 18)이며, 『십오관』도 들어 있다. 애석하게도 '득승두회'는 빼 버렸다. 『서호가화』[40]에서 뽑은 것이 1편(권10) 있다. 그 나머지에 대해서는 잘 알 수 없고, 편말에 자이헌주인自怡軒主人의 평어評語가 많이 있는데, 아마 다른 종류의 소설 화본일 것이다. 그러나 문장은 졸렬하고 더욱이 『박안경기』에 미치지 못한다.

7. 『속금고기관』.[41] 30권이며, 권마다 1회로 되어 있다. 엮은이의 이름이 없고 간행 연월이 없지만, 대체로 동치 연간 말이나 광서 연간 초기의 것

이다. 동치 7년에 장쑤 순무巡撫였던 정일창[42]이 음란한 이야기 소설을 엄금했는데, 『박안경기』도 그 속에 포함되어 있었다. 생각건대, 그때 도회지에서는 그 책을 얻기 어렵게 되자, 『박안경기』를 조금 빼고 고쳐서 『속금고기관』으로 만들어 내었고, 여전히 세간에 유행하게 되었다. 그러나 『금고기관』에 이미 실려 있는 7편을 없애고 『금고기문』 속의 1편(『강우인경재중의득과명』康友仁輕財重義得科名)을 더하여, 제목을 고쳐 30권의 정수整數를 채웠다.

이 밖에 명대 사람의 모작소설도 있다. 예컨대, 항저우 사람 주즙의 『서호이집』[43] 34권, 동로東魯 고광생의 『취성석』[44] 15권이 바로 그것이다. 그러나 이들은 몇 차례 선각選刻되어 계속 전해 내려온 책과는 무관하므로 더 이상 언급하지 않겠다.

1923년 11월

주)

1) 원제는 「宋民間之所謂小說及其後來」이며, 1923년 12월 1일 베이징의 『선바오 5주년 기념 증간』(晨報五周年紀念增刊)에 처음 발표되었다.

2) '설화'(說話)는 당송시대 사람들이 널리 쓰던 말로서 사람들에게 이야기를 들려주던 것이며 나중의 설서(說書)에 해당한다.

3) 단성식(段成式, ?~863)은 자가 가고(柯古)이며, 당대 린쯔(臨淄; 지금의 산둥 쯔보淄博) 사람이다. 교서랑(校書郎)을 역임했으며, 관직은 태상소경(太常少卿)에 이르렀다. 필기소설과 변체문(駢體文)으로 이름을 날렸다. 저작으로는 『유양잡조』(酉陽雜俎) 20권, 『속집』(續集) 10권이 있다.

4) 재회(齋會). 선사(禪寺)에서 특정한 날에 열리는 집회를 가리킨다.

5) 낭영(郎瑛, 1487~1573)은 자가 인보(仁寶)이며 명대 런허(仁和; 지금의 저장 항저우杭州)

사람이다. 『칠수유고』(七修類稿)는 그의 필기(筆記)로서 51권이며, 『속고』(續稿)는 7권이다.

6) 『동경몽화록』(東京夢華錄)은 송대 맹원로(孟元老)가 편찬한 것으로 10권이다. 맹원로의 사적은 미상이며, 어떤 이는 송대 휘종(徽宗)을 위해 간악산(艮嶽山)을 감독하여 만들었던 맹규(孟揆)일 가능성이 있다고 한다. 이 책은 송나라 도읍지 볜량(汴梁; 지금의 카이펑)의 도시, 마을, 절기, 풍속 그리고 당시의 전례(典禮)와 의위(儀衛)에 대해 기록하고 있는데, 북송시대 문물제도의 일면을 엿볼 수 있다.

7) '경와기예'(京瓦技藝)는 『동경몽화록』 권5에 나온다. 와(瓦)는 바로 '와사'(瓦肆)이며, 또 '와자'(瓦子) 또는 '와사'(瓦舍)라고도 하는데, 송나라 때 기예(伎藝)를 공연하던 장소가 밀집되어 있던 곳이다.

8) 고종(高宗)은 송나라 고종 조구(趙構)이며, 남송의 첫번째 황제이다. 린안(臨安)은 지금의 저장 항저우이며, 남송의 수도였다.

9) 송나라 효종(孝宗) 조신(趙愼)과 광종(光宗) 조돈(趙惇) 2대를 가리킨다.

10) 단평(端平)은 송나라 이종(理宗) 조윤(趙昀)의 연호이다.

11) 『도성기승』(都城紀勝)은 관원(灌園; 어떤 책에는 관포灌圃로 되어 있음) 내득옹(耐得翁)이 편찬한 것으로 되어 있으며, 1권이다. 이 책은 단평 2년(1235)에 이루어졌고, 내용은 남송의 도읍지 항저우의 시정(市井)의 풍속잡사를 기술하고 있어 남도(南渡) 이후 풍속의 일면을 엿볼 수 있다.

12) 『몽양록』(夢粱錄)은 오자목(吳自牧)이 편찬한 것으로 20권이다. 『동경몽화록』의 체재(體裁)를 모방하여 남송 교묘(郊廟)와 궁전(宮殿) 및 온갖 수공업과 잡희(雜戱) 등에 관한 것을 기록하고 있다.
오자목은 첸탕(錢塘; 지금의 저장 항저우) 사람이며, 생애는 미상이다.

13) 『무림구사』(武林舊事)는 주밀(周密)이 편찬한 것으로 10권이다. 남송의 도읍지 항저우의 잡사(雜事)를 기록하고 있다. 그중에는 남도 이후의 유문(遺聞)이나 일화, 그리고 문인들의 단편적인 책이나 글을 적지 않게 보존하고 있다.
주밀(1232~1298)은 자가 공근(公謹), 호가 초창(草窗)이며, 지난(濟南) 사람이다. 우싱(吳興)에 살았으며 남송의 사(詞) 작가이다.

14) 무평일(武平一)은 이름이 견(甄)이며, 산시(山西) 타이위안(太原) 사람이다. 당대 중종(中宗) 때 수문관직학사(修文館直學士)가 되었다.

15) 송대의 '합생'(合生)에 대해서는 송대 홍매(洪邁)의 『이견지』(夷堅志) 「지을집」(支乙集)의 한 기록을 참고할 수 있다. "장쑤·저장의 갈림길에 있는 여인들 중에서, 영리하고 글자를 알며 연회석에서 사물을 품평하는 능력이 있어 명을 받으면 즉시 해낼 수 있는 사람을 합생이라 부른다. 그 골계(滑稽)에 우스개와 풍자가 포함되면, 그것을 교합생(喬合生)이라 하는데, 대체로 도읍지의 유풍이다."

16) 『설부』(說郛)는 필기(筆記)의 총서이며 명대 도종의(陶宗儀)가 펴낸 것으로 100권이다. 명대 이전의 필기소설을 발췌해 놓은 것이다. 『고항몽유록』(古杭夢游錄)은 『도성기승』(都城紀勝)의 다른 이름이며, 『설부』(說郛) 제3권에 수록되어 있다. 여기에 "합생은 기령수합과 서로 비슷하다"라는 말이 있다.

17) 『경본통속소설』(京本通俗小說)은 작자의 성명이 기록되어 있지 않고, 현재 잔본(殘本) 7권이 남아 있다. 1915년 먀오취안쑨(繆荃孫)이 원(元)나라 사람의 필사본을 영각(影刻)했는데, 그후 각종 통행본이 생겼다.

먀오취안쑨(1844~1919)은 자가 샤오산(筱珊), 호가 이펑(藝風)이고, 또 자칭 강동노담(江東老蟫)이라 했으며, 장쑤 장인(江陰) 사람이다. 장서가이며 판본학가였다. 『연화동당소품』(烟畫東堂小品)은 그가 편각(編刻)한 총서이다.

18) 금(金)나라 해릉왕(海陵王)은 황제 완안량(完顔亮)이다. 먀오취안쑨이 쓴 『경본통속소설』 발어(跋語)에 따르면, 이 책은 "『금주량황음』(金主亮荒淫) 2권이 더 있지만 지나치게 추잡하여 감히 번각하여 전하지 못했다"는 것이다. 1919년 예더후이(葉德輝)가 단행본으로 번각하여 "『금로해릉왕황음』(金虜海陵王荒淫), 『경본통속소설』 21권"이라는 제목을 달았다. 『성세항언』(醒世恒言) 제23권 『금해릉종욕망신』(金海陵縱欲亡身)과 예더후이의 번각본은 서로 같으니, 예더후이의 책은 아마 『성세항언』을 근거로 번각했을 것이다. 예더후이(1864~1927)는 자가 환빈(奐彬), 호가 해원(郋園)이고, 후난(湖南) 샹탄(湘潭) 사람이며, 장서가이다.

19) 전증(錢曾, 1629~1701)은 자가 준왕(遵王), 호가 야시옹(也是翁)이고, 장쑤 창수(常熟) 사람이며, 청대 장서가이다. 『야시원서목』(也是園書目)은 그의 장서목록이며, 전체 10권이다.

20) 『대당삼장취경기』(大唐三藏取經記)는 일본 교토(京都) 고잔지(高山寺)의 구장본(舊藏本)이었는데, 후에 도쿠토미 소호(德富蘇峰)의 성궤당문고(成簣堂文庫)에 들어갔다. 전체 3권이다. 『대당삼장취경시화』 역시 일본 고잔지의 구장본이었는데, 후에 오쿠라 기시치로(大倉喜七郎)의 소유가 되었다. 전체 3권이다. 이 책은 건상본(巾箱本; 소책본)으로 되어 있어 루쉰은 '또 다른 소책본'이라고 한 것이다. 이 두 책은 실제로 한 책이며 각기 결손 부분이 있다. 내용은 당승(唐僧)이 후행자(猴行者)와 함께 서천(西天)으로 불경을 구하러 간다는 이야기인데, 『서유기』(西游記)의 추형(雛形)이 대강 갖추어져 있다.

21) 『오대사평화』(五代史平話)는 작자의 성명이 기록되어 있지 않으나 송대 설화인(說話人)들이 사용했던 강사(講史)의 저본 중 하나임에 틀림없다. 양(梁), 당(唐), 진(晋), 한(漢), 주(周) 등 5대의 역사적 사실을 서술하고 있는데, 각 조대는 균일하게 상하(上下) 2권으로 나뉘어 있다. 양사(梁史)와 한사(漢史)의 하권이 결손되어 있다.

22) 『삼국지전』(三國志傳)은 바로 『삼국지연의』(三國志演義)이다. 명대 나관중(羅貫中)이

지은 것으로 현재 유행하고 있는 것은 청대 모종강(毛宗崗)이 고치고 다듬은 판본이며, 전체 120회로 되어 있다.

23) 『수호전』(水滸傳)은 명대 시내암(施耐庵)이 지은 것이다. 유행하고 있는 것으로는 100회본, 120회본 그리고 청대 김성탄(金聖嘆)이 고치고 다듬은 71회본이 있다.

24) 한영(韓嬰)은 한초(漢初) 옌(燕; 지금의 베이징 지역) 사람이며, 한 문제(文帝) 때의 박사(博士)이다. 그가 전한 『시경』을 일반적으로 '한시'(韓詩)라고 부른다. 저작으로는 『시내전』(詩內傳)과 『시외전』(詩外傳)이 있었으나 지금은 『외전』(外傳) 10권만 남아 있다. 내용을 보면, 고사(古事)와 고어(古語)에 관한 이것저것을 기록하고 있는데, 매 단락 끝에는 『시』(詩)를 인용하여 증명하고 있지만 결코 『시』의 뜻을 해석하지는 않는다. 보통 『한시외전』(韓詩外傳)이라고 부른다.

25) 유향(劉向, B.C. 77~6)은 자가 자정(子政)이고, 페이(沛) 사람이며, 서한(西漢)의 학자이다. 그가 지은 『열녀전』(列女傳)은 7권이며, 『속전』(續傳) 1권이 더 있다. 매 전의 끝에는 대체로 『시경』의 몇 구를 인용하여 결어로 삼고 있다.

26) 송대 민간 화본에 관하여 루쉰이 이 글을 쓸 때에는 아직 일본의 나이카쿠 문고(內閣文庫)에 소장되어 있던 청평산당(淸平山堂) 간행의 화본이 발견되지 않았다. 이 책은 현재 잔본 3책이 남아 있고, 전체 15종이다. 청평산당은 명대 가정(嘉靖) 연간 홍편(洪楩)의 서실(書室) 이름이다. 마롄(馬廉; 중국 고대소설을 연구한 학자)은 이 책의 간행 연대를 가정 20~30년(1541~1551)으로 추정하고 있다. 1929년 마롄은 이 책을 영인하여 세상에 통행시켰다. 그후 그는 또 같은 책 속의 『우창』(雨窗), 『의침』(欹枕) 두 집의 잔본을 발견했는데, 13종을 헤아리며 1934년에 영인했다. 그중에서 「간첩화상」(簡帖和尙), 「시후 삼탑기」(西湖三塔記), 「뤄양 삼괴기」(洛陽三怪記) 등은 모두 송대 사람의 작품이다.

27) 의화본(擬話本)은 중국 당송 시기의 백화소설인 화본(話本) 형식을 모방하여 지은 소설을 가리킨다.

28) 『대송선화유사』(大宋宣和遺事)는 작자의 성명이 기록되어 있지 않다. 청대 오현(吳縣)의 황비열(黃丕烈)이 최초로 번각하여 『사예거총서』(士禮居叢書)에 넣었는데, 2권으로 나뉘어 있고 결손 부분이 있다. 1913년 함분루(涵芬樓)에 소장된 『금릉 왕씨 낙천 교정 중간본』(金陵王氏洛川校正重刊本)은 원(元), 형(亨), 이(利), 정(貞) 4집으로 나뉘어 있고, 황본(黃本)보다 더 훌륭하여 결손 부분이 없다.

29) 『유세명언』(喩世明言)은 바로 『고금소설』(古今小說)로서 40권이며, 화본 40편이 수록되어 있다. 이 책은 중국에서는 이미 오래전에 없어졌고, 1947년 상하이 함분루에서 일본의 나이카쿠 문고가 소장하고 있던 명대 천허재(天許齋) 간행본을 근거로 활자본으로 출판했다. 원서(原序)에는 편찬자가 무원야사(茂苑野史)라고 되어 있는데, 무원야사는 명대 사람 풍몽룡(馮夢龍)의 초기 필명이다.

풍몽룡(1574~1646)은 자가 유용(猶龍)이고, 창저우(長洲 ; 지금의 장쑤 우현吳縣) 사람이며, 명대 문학가이다. 그가 편각한 화본집 『유세명언』, 『경세통언』, 『성세항언』은 보통 '삼언'(三言)이라 하며, 대략 태창(泰昌), 천계(天啓) 연간(1620~1627)에 출판되었다.

30) 『경세통언』(警世通言)은 풍몽룡이 편찬한 것으로 40권이며, 화본 40편이 수록되어 있다. 명대 천계 4년(1624)에 간행되었다. 일본의 호사 문고(蓬左文庫)에는 금릉겸선당(金陵兼善堂)의 명간본(明刊本)이 소장되어 있는데, 1935년 상하이 생활서점(生活書店)에서 이를 근거로 출판하여 '세계문고'(世界文庫)에 넣었다. 그후 중국에서 또 삼계당(三桂堂)의 왕전화(王振華)가 명본(明本)을 다시 찍은 것이 발견되었다. 『경세통언』은 남아 있는 『경본통속소설』 중에서 『착참최녕』(錯斬崔寧)을 제외한 그 밖의 6편, 제4권 『요상공음한반산당』(拗相公飮恨半山堂) 즉 『경본통속소설』의 『요상공』(拗相公), 제7권 『진가상단양선화』(陳可常端陽仙化) 즉 『보살만』(菩薩蠻), 제8권 『최대조생사원가』(崔待詔生死冤家) 즉 『전옥관음』(碾玉觀音), 제12권 『범추아쌍경중원』(范鰍兒雙鏡重圓) 즉 『풍옥매단원』(馮玉梅團圓), 제14권 『일굴귀라도인제괴』(一窟鬼癩道人除怪) 즉 『서산일굴귀』(西山一窟鬼), 제16권 『소부인금전증연소』(小夫人金錢贈年少) 즉 『지성장주관』(志誠張主管)이 수록되어 있다.

31) 왕사진(王士禛, 1634~1711)은 자가 태상(貽上), 호가 완정(阮亭), 별호가 어양산인(漁洋山人)이고, 산둥 신청(新城 ; 지금의 산둥 환타이桓台) 사람이며, 청대 문학가이다. 순치(順治) 연간에 진사가 되었고 관직은 형부상서(刑部尙書)에 이르렀다.

『향조필기』(香祖筆記)는 12권이며, 고사를 고증하고 시문을 품평한 필기(筆記)이다.

32) 『성세항언』(醒世恒言)은 풍몽룡이 편찬한 것으로 40권이며, 화본 40편이 수록되어 있다. 명대 천계 7년(1627)에 간행되었다. 일본의 나이카쿠 문고에는 명대 섭경지(葉敬池) 간행본이 소장되어 있는데, 1936년 중국에서는 이를 근거로 활자본으로 인쇄한 '세계문고'본이 나왔다. 루쉰이 본 것은 통행되고 있던 연경당(衍慶堂) 번각본이다. 이 책은 권23의 『금해릉종욕망신』(金海陵縱欲亡身) 1편을 없애고 권20의 『장정수도생구부』(張廷秀逃生救父)를 상하 2편으로 나누어 권20 및 권21로 편입시키고 있는데, 원래의 권21의 『장숙아교지탈양생』(張淑兒巧智脫楊生)을 권23로 채워 넣어 40권의 숫자가 되도록 했다. 그래서 루쉰은 "40권이며 도합 39가지 이야기로 되어 있다"고 했던 것이다.

33) 묵감재(墨憨齋)는 풍몽룡(馮夢龍)의 서재 이름이다. 『평요』(平妖)는 바로 『평요전』(平妖傳)이다. 원래 나관중(羅貫中)이 지은 것으로 20회뿐이었으나 후에 풍몽룡이 40회로 증보했다. 내용을 보면, 송대 패주(貝州)에서 일어난 왕칙(王則)·영아(永兒) 부부의 봉기 때 관군 문언박(文彦博)이 제갈수(諸葛遂), 마수(馬遂), 이수(李遂)를 기용하여 봉기를 평정했다는 것을 서술하고 있다. 그래서 원래의 책이름은 『삼수평요전』(三遂平妖傳)이었으며, 농민봉기를 비방하는 소설이다.

34) 『곡품』(曲品)은 명대 여천성(呂天成)이 지은 것으로 희곡 작가와 작품을 비평하고 있는 책이다.

35) 주이존(朱彝尊, 1629~1709)은 자는 석창(錫鬯), 호는 죽타(竹垞)이고, 저장 슈쉐이(秀水; 지금의 자싱嘉興) 사람이며, 청대 문학가이다. 『명시종』(明詩綜) 전체 100권은 그가 편선(編選)한 명대 시인 작품의 선집으로서 시인마다 모두 약전(略傳)이 달려 있다.

36) 패설(稗說)은 야사나 민간의 자질구레한 이야기를 가리킨다.

37) 『박안경기』(拍案驚奇)는 명대 능몽초(凌濛初)가 편선한 의화본(擬話本) 소설집이며 초각(初刻), 이각(二刻) 2집이 있는데, 일반적으로 '이박'(二拍)이라고 한다. 여기서는 '초각'을 가리킨다. 루쉰이 당시에 본 것은 36권 번각본이며, 후에 일본에서 명 시기 상우당(尙友堂) 간행의 40권 원본(당나라 때의 이야기 3편과 원나라 때의 이야기 1편이 더 많음)이 발견되었는데, 중국에서 비로소 활자로 인쇄된 완전본이 나왔다.

능몽초(1580~1644)는 자가 현방(玄房), 호가 초성(初成), 별호가 즉공관주인(即空觀主人)이고, 저장 우청(烏程; 지금의 우싱吳興) 사람이며, 상하이현승(上海縣丞), 쉬저우판(徐州判)을 역임했다. 그의 저작으로는 『연축구』(燕築謳), 『남음삼뢰』(南音三籟) 등이 있었다.

38) 『금고기관』(今古奇觀)은 명대 포옹노인(抱甕老人)이 선집한 것으로 40권이며, 화본 40편이 수록되어 있다. 숭정 초년에 간행되었다. 내용을 보면, '삼언'과 '이박'에서 뽑은 것이다. 서문의 작자는 시소송선노인(姑蘇松禪老人)이며, 어떤 책에는 시소소화주인(姑蘇笑花主人)으로 되어 있다.

39) 『금고기문』(今古奇聞)은 22권이고, 22편이 수록되어 있으며, '동벽산방주인편차'(東壁山房主人編次)라고 기록되어 있다. 원서(原序)에는 '상완동벽산방주인왕인야매'(上浣東壁山房主人王寅冶梅)라고 서명되어 있는데, '동벽산방주인'은 바로 왕인(王寅)임을 알 수 있다. 광서 17년(1891)에 간행되었다. 내용을 보면, 『성세항언』에서 뽑은 4편과 『서호가화』(西湖佳話)에서 뽑은 1편을 제외하고, 15편은 『오목성심편』(娛目醒心編)에서 뽑았다. 다른 2편의 전기문(傳奇文)은 그 내력이 미상이다. 루쉰이 "아마 다른 종류의 소설 화본일 것이다"라고 말한 것은 바로 『오목성심편』을 가리킨다. 이 책의 작자인 초정노인(草亭老人)은 청대 쿤산(昆山)의 두강(杜綱)이며, 평자(評者)인 자이헌주인(自怡軒主人)은 쑹장(松江)의 허보선(許寶善)이다. 『오목성심편』은 전체 16권, 39회이며, 청나라 건륭 57년(1792)에 간행되었다. 『금고기문』은 이 책에서 가장 많이 뽑았으며, 그래서 '편말에 자이헌주인의 평어가 더 있게' 되었다.

40) 『서호가화』(西湖佳話)의 전체 이름은 『서호가화고금유적』(西湖佳話古今遺迹)이며, '고오묵랑자찬'(古吳墨浪子撰)이라 서명되어 있다. 16권이며, 화본 16편을 수록하고 있다. 청대 강희 16년(1677)에 간행되었다.

41) 『속금고기관』(續今古奇觀)은 30권이며 화본 30편이 수록되어 있다. 내용을 보면, 제

27권 '배유금암중획준, 거미색안하등과'(賠遺金暗中獲雋, 拒美色眼下登科) 1편이 『오목성심편』 권9(즉, 본문에서 말한 『금고기문』 중 1편)에서 뽑은 것이고, 그 나머지 전부는, 『금고기관』에서 뽑지 않은 『초각박안경기』(初刻拍案警奇)의 29편을 수록한 것이다.

42) 정일창(丁日昌, 1823~1882)은 자가 우생(雨生)이고, 광둥 펑순(豊順) 사람이며, 청말 양무파(洋務派) 인물이다. 동치 7년(1868)에 그는 장쑤 순무(巡撫)로 지낼 때, 두 차례에 걸쳐 '음란소설' 269종을 '조사하여 금지시켰는데', 여기에는 『박안경기』, 『금고기관』, 『홍루몽』, 『수호전』 등이 포함되었다.

43) 『서호이집』(西湖二集)은 명대 주즙(周楫)이 편찬한 것으로 전체 34권이며 권마다 1편으로 되어 있다. '무림제천자청원보찬, 무림포슬노인우모보평'(武林濟川子淸原甫纂, 武林抱膝老人訏謨甫評)이라 서명되어 있다. 숭정 연간에 간행되었다.

44) 『취성석』(醉醒石)에는 '동로(東魯) 고광생(古狂生) 편집(編輯)'이라고 적혀 있으며, 15회이고 매회는 1편이다. 숭정 연간에 간행되었다.

노라는 떠난 후 어떻게 되었는가?[1)]
—1923년 12월 26일 베이징여자고등사범학교 문예회 강연

오늘 내가 이야기하려는 것은 '노라는 떠난 후 어떻게 되었는가?'입니다.

입센은 19세기 후반 노르웨이의 문인입니다. 그의 저작은 몇십 수의 시를 제외하고는 모두 극본입니다. 이들 극본 속에는 대체로 어느 한 시기의 사회 문제들이 포함되어 있는데, 세상 사람들도 '사회극'社會劇이라고 불렀습니다. 그중 한 편이 바로 『노라』娜拉입니다.

『노라』는 일명 Ein Puppenheim이라고 하며, 중국에서는 『인형의 집』傀儡家庭이라고 번역했습니다. 그런데 Puppe는 끈으로 조종하는 꼭두각시일 뿐 아니라 아이들이 안고 노는 인형이기도 합니다. 원의原義가 더 확대되어 남이 시키는 대로 그냥 따라하는 사람을 가리키기도 합니다. 노라는 처음에는 이른바 행복한 가정에서 만족스럽게 살아가고 있었습니다. 그러나 그녀는 결국 자기는 남편의 인형이고 아이들은 또 자기의 인형이라는 것을 깨달았습니다. 그녀는 그리하여 떠나게 되었고, 문 닫는 소리와 함께 곧 막이 내려집니다. 생각해 보니 이것은 모두가 알고 있는 일이라 자세히 말할 필요가 없을 것입니다.

노라는 어떻게 해야 떠나지 않을까요? 혹자는 입센 자신이 해답을 주었는데, 그것은 바로 Die Frau vom Meer, 즉 『바다의 여인』이라고 합니다. 중국에서 어떤 사람은 그것을 『해상부인』海上夫人이라고 번역했습니다. 이 여인은 이미 결혼한 사람이었습니다. 그런데 이전에 애인이었던 사람이 바다 저쪽에 살고 있었는데, 어느 날 갑자기 찾아와 그녀에게 함께 떠나자고 했습니다. 그녀는 곧 자기 남편에게 그 사람과 함께 떠나겠다고 했습니다. 이윽고 그녀의 남편은 "이제 당신을 완전히 자유롭게 놓아주겠소. (떠나든 떠나지 않든) 당신이 스스로 선택할 수 있고, 게다가 스스로 책임을 져야 하오"라고 말했습니다. 그러자 사태는 완전히 바뀌었고, 그녀는 떠나지 않았습니다. 그러고 보면 노라도 만일 이러한 자유를 얻었다면 아마도 안주할 수 있었을 것입니다.

그러나 노라는 마침내 떠났습니다. 떠난 이후에 어떻게 되었을까요? 입센은 결코 해답을 주지 않았고, 그는 이미 죽었습니다. 설령 죽지 않았다고 하더라도 그는 해답을 줄 책임을 지지 않을 것입니다. 왜냐하면 입센은 시를 짓는 것이었지, 사회를 위해 문제를 제기하고 대신해서 해답을 주는 것이 아니었기 때문입니다. 바로 꾀꼬리와 같습니다. 왜냐하면 꾀꼬리는 스스로 노래 부르고 싶어 노래 부르는 것이지 사람들에게 재미있고 유익한 노래를 들려주려고 부르는 것이 아니기 때문입니다. 입센은 세상물정을 잘 모르는 사람이었습니다. 전해 오는 이야기에 따르면, 많은 부녀자들이 다 같이 그를 초대한 연회석에서 대표자가 일어나서 그가 『인형의 집』을 지어서 여성을 자각시키고 여러 가지 일을 해방시킴으로써 사람들의 마음에 새로운 계시를 주었다고 사의를 표했을 때, 그는 오히려 이렇게 대답했다고 합니다. "내가 그 작품을 쓴 것은 결코 그런 뜻이 아니었습니다. 나는 그저 시를 지었을 뿐입니다."

노라가 떠난 후 어떻게 되었을까요? ── 그런데 다른 사람도 이 문제에 대해 역시 의견을 발표한 적이 있습니다. 어느 영국인은 희곡을 한 편 지어 한 신식여자가 집을 나왔으나 더 이상 갈 길이 없자 마침내 타락하여 기생집으로 들어갔다고 했습니다. 그리고 중국인이 한 사람 있는데 ── 내가 그를 어떻게 불러야 할지요? 상하이의 문학가라고 합시다 ── 그는 자기가 본 『노라』는 지금의 번역본과는 다르며, 노라는 마침내 돌아왔다고 했습니다. 이런 판본은 애석하게도 두번째로 본 사람이 없으니 입센이 직접 그에게 보내 준 것인지도 모르겠습니다. 그런데 사리에 따라 추론해 보면, 노라는 실제로 두 가지 길밖에 없을 것입니다. 타락하는 것이 아니라면 바로 돌아오는 것입니다. 왜냐하면 만약 한 마리 작은 새라면 새장에서는 물론 자유롭지 못하지만 새장 문을 나와도 바깥에는 매가 있고, 고양이가 있고, 또한 다른 무엇들이 있기 때문입니다. 만일 갇혀 있어 이미 날개가 마비되었고 나는 법을 잊어버렸다면, 확실히 갈 수 있는 길이 없을 것이기 때문입니다. 또 하나의 길이 있는데, 바로 굶어 죽는 것입니다. 그러나 굶어 죽는 것은 이미 생활을 떠난 것이기 때문에 더욱 문제될 것이 없고, 그래서 아무 길도 아닙니다.

인생에서 가장 고통스러운 것은 꿈에서 깨어났을 때 갈 수 있는 길이 없다는 것입니다. 꿈을 꾸는 사람은 행복한 사람입니다. 만일 갈 수 있는 길을 찾아내지 못했다면 가장 중요한 것은 그를 놀래 깨우지 말아야 한다는 것입니다. 아시다시피 당대 시인 이하[2]는 평생 몹시 고달프지 않았습니까? 그런데 그가 죽음에 이르렀을 때 자기 어머니에게 이렇게 말했습니다. "어머니, 하느님이 백옥루白玉樓를 지어 놓고 저더러 낙성식落成式을 위한 글을 지어 달라고 했습니다." 이 어찌 그야말로 허풍이 아니며 꿈이 아니겠습니까? 그렇지만 한 젊은이와 한 늙은이, 한 사람은 죽고, 한 사람은 살아 있는데, 죽는 사람은 기쁘게 죽고, 살아 있는 사람은 마음 놓고 살아갈 것입니다. 허풍을 떨고 꿈을 꾸는 일은 이때서야 위대해 보입니다. 그래서 나는 가령 길을 찾지 못했다면 우리에게 필요한 것은 도리어 꿈이라고 생각합니다.

그러나 절대로 장래의 꿈을 꾸어서는 안 됩니다. 아르치바셰프[3]는 자신이 지은 소설을 빌려 장래의 황금세계를 몽상하는 이상가를 힐문한 적이 있습니다. 왜냐하면 그러한 세계를 만들어 내려면 먼저 수많은 사람들을 불러일으켜 고통을 받도록 해야 하기 때문입니다. 그는 이렇게 말했습니다. "여러분들은 그들의 자손들에게 황금세계를 예약해 주었습니다. 그러나 그들 자신에게 줄 것은 무엇이 있습니까?" 있기야 있습니다. 그것은 바로 장래의 희망입니다. 그러나 대가가 너무 큽니다. 이 희망을 위해서는 사람들에게 감각을 예민하게 하여 더욱 절실하게 자신의 고통을 느끼도록 하고 영혼을 불러일으켜 자신의 썩은 시체를 목도하도록 해야 합니다. 허풍을 떨고 꿈을 꾸는 일은 오직 이러한 때에 위대해 보입니다. 그래서 나는 가령 길을 찾지 못했다면 우리에게 필요한 것은 바로 꿈이라고 생각합니다. 그러나 장래의 꿈은 필요하지 않으며, 단지 지금의 꿈이 필요합니다.

그렇지만 노라는 이미 깨어났으니 꿈의 세계로 되돌아오기란 그리 쉽지 않습니다. 이 때문에 떠날 수밖에 없습니다. 그러나 떠난 이후에 때에 따라서는 타락하거나 돌아오지 않을 수 없을 것입니다. 그렇지 않으면 곧 이런 질문을 할 수 있습니다. 그녀는 각성한 마음 이외에 무엇을 가지고 떠났는가? 만일 제군들처럼 자홍색 털실 목도리만을 가지고 떠났다면 그야 너비가 두 척이든 세 척이든 관계없이 아무 소용이 없을 것입니다. 그는 더 부유해야, 즉 손가방에 준비가 되어 있어야 합니다. 직설적으로 말하자면 바로 돈이 있어야 합니다.

꿈이 좋습니다. 그렇지 않으면, 돈이 중요한 것입니다.

돈이라는 이 글자는 아주 귀에 거슬립니다. 고상한 군자들로부터 비웃음을 살지도 모릅니다. 그러나 나는 어쩐지 사람들의 의론은 어제와 오늘뿐 아니라 설령 식전과 식후라도 종종 차이가 있다고 생각합니다. 대개 밥은 돈을 주고 사야 한다고 승인하면서도 돈은 비천한 것이라고 말하는 사람이 있는데, 만일 그의 위를 눌러 볼 수 있다면 그 속에는 어쩌면 미처 소화되지 않은 생선과 고기가 들어 있을지도 모릅니다. 모름지기 하루 동안 그를 굶긴 다음에 다시 그의 의론을 들어 보아야 합니다.

그래서 노라를 위해 헤아려 볼 때, 돈이 — 고상하게 말하자면 바로 경제가 가장 중요한 것입니다. 자유는 물론 돈으로 살 수 있는 것이 아닙니다. 그러나 돈 때문에 팔아 버릴 수도 있습니다. 인류에게는 한 가지 큰 결점이 있는데, 바로 항상 배고프게 된다는 점입니다. 이러한 결점을 보완하기 위해, 꼭두각시가 되지 않도록 하기 위해, 오늘날 사회에서 경제권은 가장 중요한 것으로 보입니다. 첫째, 가정에서는 우선 남녀에게 평등한 분배가 이루어져야 합니다. 둘째, 사회에서는 남녀가 서로 대등한 세력을 차지해야 합니다. 애석하게도 나는 이러한 권리를 어떻게 얻을 수 있을지는 모릅니다. 단지 여전히 투쟁이 필요하다는 것만은 알고 있습니다. 어쩌면 참정권을 요구할 때보다 더 극렬한 투쟁이 필요할지도 모르겠습니다.

경제권을 요구하는 것은 물론 아주 평범한 일입니다. 그렇지만 아마 고상한 참정권과 거대한 여성해방을 요구하는 것보다 더욱 번거롭고 어려울 것입니다. 세상일이란 작은 일이 큰 일보다 더욱 번거롭고 어려운 법입니다. 예를 들어 지금과 같은 겨울에 우리는 단지 솜옷 한 벌뿐인데, 그렇지만 당장에 얼어 죽을 불우한 사람을 돕든지, 그렇지 않으면 보리수 아래에 앉아 모든 인류를 제도濟度할 방법[4]을 명상해야 한다고 합시다. 모든 인류를 제도하는 일과 한 사람을 살리는 일은 그 크기에 있어 실로 엄청난 차이가 있습니다만, 나더러 선택하라고 하면 저는 당장에 보리수 아래로 가서 앉겠습니다. 왜냐하면 하나뿐인 솜옷을 벗어 주고 스스로 얼어 죽기는 싫기 때문입니다. 그래서 가정에서는 참정권을 요구한다고 해도 크게 반대에 부딪히지 않겠지만, 경제적인 평등한 분배를 말했다가는 아마 눈앞에서 적을 만나지 않을 수 없을 것입니다. 그러니 당연히 극렬한 투쟁이 필요하겠지요.

투쟁은 좋은 일이라고 할 수 없고, 우리는 또 사람들에게 다 전사가 되라고 책임을 지울 수도 없습니다. 그렇다면 평화적인 방법도 소중한 것일 텐데, 이는 바로 장래에 친권親權을 이용해 자신의 자녀를 해방시키는 일입니다. 중국에서는 친권이 최고이므로 그때 가서 자녀들에게 재산을 균등하게 분배하여 그들에게 평화스럽고 충돌 없이 서로 대등한 경제권을 갖도록 해주면 됩니다. 그런 다음에 공부를 하든, 돈을 벌든, 스스로 즐기든, 사회를 위해 일하든, 다 써 버리든, 마음대로 놓아 주고 스스로 책임지게 하면 됩니다. 이것도 비록 아득한 꿈이기는 하지만 그러나 황금세계의 꿈보다는 아주 가깝습니다. 그러나 무엇보다 기억력이 필요합니다. 기억력이 좋지 않으면 자기에게는 이롭고 자손에게는 해롭습니다. 사람들은 망각할 수 있기 때문에 스스로 겪었던 고통에서 점차 멀어질 수 있습니다. 또 망각할 수 있기 때문에 종종 예전 그대로 다시 이전 사람의 잘못을 범하게 됩니다. 학대받던 며느리가 시어머니가 되면 여전히 며느리를 학대하고, 학생들을 혐오하는 관리들은 다 이전에 관리들을 욕하던 학생이며, 때로는 지금 자녀를 억압하는 사람도 10년 전에는 가정혁명가였습니다. 이는 아마 연령과 지위와 관계가 있을 것입니다만, 기억력이 좋지 않은 것도 한 커다란 원인입니다. 이에 대한 구제법은 바로, 각자가 note-book 한 권씩을 사서 지금 자신의 사상과 행동을 다 기록해 두고 앞으로 연령과 지위가 모두 바뀌었을 때 참고로 삼는 것입니다. 가령 아이가 공원에 가려는 것을 몹시 싫어하게 되었을 때, 그것을 가져다 펼쳐 보고 거기서 "나는 중앙공원에 가고 싶다"라는 글귀를 발견하게 되면 즉시 마음이 평안해질 것입니다. 다른 일 역시 마찬가지입니다.

세상에는 무뢰정신이라는 것이 있는데, 그 요점은 바로 끈기입니다. 듣자 하니 권비[5]의 난이 있은 후 톈진天津의 건달들, 즉 이른바 무뢰한들이 크게 발호했다고 합니다. 예를 들어 남의 짐을 하나 옮겨 주면서 그들은 2원을 요구하고, 짐이 작다고 말해도 그들은 2원을 내라고 말하고, 길이 가깝다고 말해도 그들은 2원을 내라고 말하고, 옮기지 말라고 말해도 그들은 여전히 2원을 내라고 말합니다. 물론 건달들을 본받을 것까지는 없지만 그래도 그들의 끈기만은 크게 탄복할 만합니다. 경제권을 요구하는 것도 마찬가지입니다. 누군가가 이런 일은 너무 진부한 것이라고 말하더라도 경제권을 요구한다고 대답해야 하고, 너무 비천한 것이라고 말해도 경제권을 요구한다고 대답해야 하고, 경제제도가 곧 바뀔 것이므로 조바심을 낼 필요까지 없다고 말하더라도 여전히 경제권을 요구한다고 대답해야 합니다.

사실 오늘날에 한 사람의 노라가 집을 떠났다면 아마도 곤란을 느낄 지경에는 이르지 않을 것입니다. 왜냐하면 이 인물은 아주 특별하고 행동도 신선하여 몇몇 사람들로부터 동정을 얻어 도움을 받으며 살아갈 수 있기 때문입니다. 사람들의 동정을 받으며 살아간다는 것은 이미 자유롭지 못한 일인 데다가, 만일 백 명의 노라가 집을 떠났다면 동정도 줄어들 것이고, 천 명의 노라, 만 명의 노라가 집을 떠났다면 혐오감을 받을 것이니 결코 스스로 경제권을 쥐는 것만큼 미덥지는 못합니다.

경제적인 면에서 자유를 얻었다면 꼭두각시가 아닐까요? 그래도 꼭두각시입니다. 남에게 조종당하는 일은 줄어들 수 있겠지만 자기가 조종할 수 있는 꼭두각시가 더 늘어날 수 있을 것입니다. 왜냐하면 오늘날 사회에서 여자는 늘 남자의 꼭두각시가 될 뿐 아니라 바로 남자와 남자, 여자와 여자 사이에도 서로 꼭두각시가 되고, 남자도 늘 여자의 꼭두각시가 되고 있으니, 이는 결코 몇몇 여자가 경제권을 얻음으로써 구제할 수 있는 것이 아니기 때문입니다. 그러나 사람은 굶으면서 이상세계가 도래하기를 조용히 기다릴 수는 없고, 적어도 목숨이라도 부지해야 합니다. 마른 수레바퀴 자국에 빠진 붕어에게는 한 되나 한 말의 물을 구해 주는 것[6]이 다급한 것과 마찬가지로 바로 비교적 가까이에 있는 경제권을 요구하고 한편으로 다시 다른 방도를 생각해야 합니다.

만약 경제제도가 바뀐다면 윗글은 당연히 전혀 쓸데없는 말입니다.

그렇지만 윗글은 또 노라를 보통의 인물로 보고서 말한 것입니다. 가령 그녀가 아주 특별하여 스스로 뛰쳐나가 희생이 되기를 진심으로 원했다면 그야 별문제입니다. 우리는 남에게 희생하도록 권유할 권리도 없고 남이 희생하는 것을 저지할 권리도 없습니다. 더욱이 세상에는 희생을 즐기고 고생을 즐기는 인물도 있게 마련입니다. 유럽에는 전설이 하나 있습니다. 예수가 십자가에 못 박히러 갈 때 Ahasvar[7]의 처마 밑에서 쉬려고 했는데, Ahasvar는 예수를 허락하지 않았고, 그리하여 그는 저주를 받아 최후의 심판 때까지 영원히 쉴 수 없게 되었습니다. Ahasvar는 이때부터 쉬지 못하고 계속 걸을 뿐인데, 지금도 걷고 있습니다. 걷는 것은 괴로운 일이고 편히 쉬는 것은 즐거운 일인데, 그는 어째서 편히 쉬지 않을까요? 비록 저주를 짊어지고 있다고 할 수 있지만, 그는 아마 틀림없이 걷는 것을 편히 쉬는 것보다 더 달가워하여 계속 미친 듯이 걷고 있을 것입니다.

다만 이 희생을 달가워하는 것은 자신에게 속하는 것으로 지사志士들의 이른바 사회를 위한다는 것과는 관계가 없습니다. 군중—특히 중국의 군중—은 영원히 연극의 관객입니다. 희생이 무대에 등장했을 때, 만약 기개가 있다면 그들은 비장극悲壯劇을 본 것이고, 만약 벌벌 떨고 있다면 그들은 골계극滑稽劇을 본 것입니다. 베이징의 양고기점 앞에는 항상 몇몇 사람들이 입을 벌리고 양가죽을 벗기는 것을 구경하고 있는데, 자못 유쾌해 보입니다. 인간의 희생이 그들에게 주는 유익한 점도 역시 그러한 것에 불과합니다. 더욱이 일이 끝난 다음 몇 걸음도 채 못 가서 그들은 얼마 안 되는 이 유쾌함마저도 잊어버리고 맙니다.

이러한 군중에 대해서는 방법이 없습니다. 차라리 그들이 볼 수 있는 연극을 없애 버리는 것이 도리어 치료책입니다. 바로 일시적으로 깜짝 놀라게 하는 희생은 필요하지 않고 묵묵하고 끈기 있는 투쟁이 더 낫습니다.

애석하게도 중국은 바꾸기가 너무 어렵습니다. 설령 탁자 하나를 옮기고 화로 하나를 바꾸려 해도 피를 흘려야 할 지경입니다. 게다가 설령 피를 흘렸다고 하더라도 반드시 옮길 수 있고 바꿀 수 있는 것도 아닙니다. 커다란 채찍이 등에 내려쳐지지 않으면 중국은 스스로 움직이려 하지 않습니다. 나는 이 채찍이 어쨌든 내려쳐질 것이라고 생각합니다. 훌륭한 것인지 나쁜 것인지는 별문제입니다만, 어쨌든 내려쳐질 것입니다. 그러나 어디서 어떻게 내려쳐질지 나도 확실하게 알 수는 없습니다.

이것으로 이번 강연을 끝내겠습니다.

주)

1) 원제는 「娜拉走後怎樣」이며, 1924년 베이징여자고등사범학교 『문예회간』(文藝會刊) 제6기에 처음 발표되었다. 같은 해 8월 1일 상하이 『부녀잡지』(婦女雜誌) 제10권 제8호에 전재(轉載)되었을 때, 편말에는 이 잡지의 편자 부기(附記)가 붙어 있었다. "이 글은 루쉰 선생이 베이징여자고등사범학교에서 강연한 원고인데, 이 학교에서 출판되던 『문예회간』 제6기에 게재되었다. 최근에 우리가 선생의 글을 청탁했더니 선생은 승낙하여 원문을 다시 수정하여 본 잡지에 발표하여 주었다."

2) 이하(李賀, 790~816)는 자가 장길(長吉)이고 창구(昌谷; 지금의 허난 이양宜陽) 사람이며, 당대 시인이다. 일생 동안 관직이 비천하여 뜻을 이루지 못하고 우울하게 지냈다. 저서로는 『이장길가시』(李長吉歌詩) 4권이 있다. 그의 '부름을 받아 옥루로 가다'(玉樓赴召)라는 이야기에 대해서 당대 시인 이상은(李商隱)은 『이하소전』(李賀小傳)에서 이렇게 말했다. "장길이 죽으려 할 때, 홀연 대낮에 붉은 옷을 입은 사람이 붉은 규룡(虯龍)을 타고 내려오는 것을 보았다. 패쪽을 하나 들고 있었는데, 그 글자가 태고 때의 전(篆)이 아니면 벽력(霹靂)의 석문(石文) 같은 것이었다. 그는 '장길을 모시러 왔습니다' 했다. 장길은 글자를 읽을 수 없음을 알고 얼른 침상을 내려가서 머리를 조아리며 '어머니가 연로하고 병이 들어 저는 가고 싶지 않습니다'라고 했다. 붉은 옷을 입은 사람이 웃으면서 '하느님이 백옥루를 지어 놓고 그대를 불러 글을 짓게 하려는 것이니, 하늘에서 하는 일은 즐겁고 괴롭지는 않습니다'라고 했다. 장길이 혼자 울고 있는데, 옆에 있던 사람들이 다 그것을 보았다. 얼마 후 장길은 숨을 거두었다."

3) 아르치바셰프(Михаил Арцыбашев, 1878~1927)는 러시아 소설가이다. 그의 작품은 주로 정신이 퇴폐적인 사람들의 생활을 묘사했다. 차르 통치의 암흑을 반영하고 있는 작품들도 있다. 러시아 10월혁명 이후 그는 외국으로 도망하여 바르샤바에서 죽었다. 본문에서 이후 서술되고 있는 것은 그의 소설 『노동자 셰빌로프』에서 셰빌로프가 야라체

프에게 한 말이다. 소설의 제9장에 나온다.

4) 이것은 석가모니에 대한 전설을 차용한 것이다. 전설에 따르면, 불교의 시조 석가모니(약 B.C. 565~486)는 인생의 생로병사 같은 고뇌에 대해 느낀 바가 있어 29세 때 뜻을 세우고 출가하여 수행하며 각지를 두루 돌아다녀 6년을 고행했다. 그러나 여전히 도를 깨달을 수 없었고, 나중에 보리수나무 아래에 앉아 "만약 참다운 깨달음을 이루지 못하면 뼈가 부서지고 살이 썩어도 이 자리에서 일어나지 않겠다"고 맹세했다. 7일 동안 고요히 생각하니 마침내 각종 번뇌가 극복되었고, '참다운 깨달음'을 이루었다.

5) 1900년(경자년庚子年)에 제국주의에 반대하는 의화단(義和團)운동이 일어났는데, 중국 북부의 농민, 수공업자, 수륙운수업 노동자, 병사 등이 광범하게 참가했다. 그들은 미신적인 조직과 투쟁 방식으로 권회(拳會)를 설립하고 무술을 수련했다. 그들은 스스로 '권민'(拳民)이라고 불렀고, 당시 통치자들과 제국주의자들은 그들을 '권비'(拳匪)라고 부르며 멸시했다.

6) 마른 수레바퀴 자국에 빠진 붕어(涸轍之鮒)라는 말은 『장자』 「외물」에 나온다. "장주(莊周)가 집이 가난하여 감하후(監河侯)에게 곡식을 꾸러 갔었다. 감하후는 '그럽시다. 내가 봉읍(封邑)에서 세금을 거두어들이면 삼백 금(金)을 꾸어 드리리다. 괜찮겠소?' 말했다. 장주는 성이 나서 얼굴빛이 변하면서 말했다. 제가 어제 이곳을 오는데, 도중에 나를 부르는 자가 있기에 돌아보았더니 수레바퀴 자국에 붕어가 한 마리 있었습니다. 제가 붕어에게 '붕어가 여기 있다니, 그대는 무얼 하고 있는가?' 하고 물었습니다. 붕어가 대답하며 '저는 동해(東海)의 파도 신하인데, 당신은 물 한 되, 한 말을 가져다 나를 살려주겠습니까!' 했습니다. 내가 '그러지. 내가 남쪽으로 오월(吳越)의 왕을 찾아가서 서강(西江)의 물을 끌어다가 그대를 맞이하도록 하면 어떻겠나?' 했습니다. 붕어는 성이 나서 얼굴빛이 변하면서 '저는 제게 늘 있어야 하는 물을 잃어버려 몸 둘 곳이 없습니다. 나는 한 되나 한 말의 물만 있으면 살 수가 있습니다. 그런데 당신이 그런 말을 하니 차라리 건어물전에 가서 저를 찾아보는 것이 낫겠습니다' 했습니다."

7) 아하스바르(Ahasvar ; 또는 Ahasver)는 유럽의 전설에 나오는 구두를 수선하는 구두장이이며, '유랑하는 유대인'이라고도 한다.

천재가 없다고 하기 전에[1)]

—1924년 1월 17일 베이징사범대학 부속중학 교우회 강연

나는 스스로 내 이 강연이 제군들에게 유익하거나 흥미롭지 못할 것이라 생각합니다. 왜냐하면 나는 정말 아무것도 모르기 때문입니다. 그러나 부탁을 오랫동안 끌어왔으므로 마침내 여기 와서 몇 마디 하지 않을 수 없었습니다.

내가 보기에, 지금 많은 사람들이 문예계에 바라는 목소리 중에서 천재의 탄생을 바라는 목소리가 가장 크다고 할 수 있습니다. 이로써 분명 다음의 두 가지 사실을 반증할 수 있습니다. 하나는 중국에는 현재 한 사람의 천재도 없다는 것이고, 또 하나는 사람들이 현재의 예술에 대해 혐오감을 느끼고 있다는 것입니다. 천재는 도대체 없는 것입니까? 아마도 있겠지만 여기 모인 우리들과 그 밖의 사람들이 모두 보지 못했을 뿐입니다. 보고 들은 바에 따르면, 천재뿐만 아니라 천재를 자라게 하는 민중조차도 없다고 말할 수 있습니다.

천재란 깊은 숲속이나 황량한 들판에서 스스로 태어나 스스로 자라는 괴물이 아닙니다. 천재를 낳고 자라게 하는 민중에 의해 태어나고 성장하게 됩니다. 그래서 이러한 민중이 없으면 천재도 없습니다. 나폴레옹이 Alps 산을 넘으면서 이렇게 말한 적이 있습니다. "나는 Alps 산보다 더 높다!" 얼마나 호기로운 말입니까! 그렇지만 그의 뒤를 따르고 있는 수많은 병사들을 잊어서는 안 됩니다. 만약 병사들이 없었다면 그는 산속에 숨어 있는 적에게 붙잡혔거나 쫓겨 돌아왔을 것이며, 그의 행동과 말은 모두 영웅의 틀을 벗어나 미치광이의 것으로 떨어지고 말았을 것입니다. 그래서 나는 천재가 태어나기를 바라기 전에 먼저 천재를 낳고 자라게 할 만한 민중이 있어야 한다고 생각합니다. ―비유를 들어, 교목이 있기를 바라거나 아름다운 꽃이 피기를 바란다면 반드시 좋은 흙이 있어야 합니다. 흙이 없으면 꽃과 나무도 없습니다. 따라서 흙은 진실로 꽃이나 나무에 비해 더욱 중요합니다. 꽃과 나무가 흙이 없으면 안 되는 것과 마찬가지로 나폴레옹도 좋은 병사들이 없으면 안 되는 법입니다.

그런데 오늘날 사회적인 논조나 추세를 보면, 한쪽으로는 천재를 진정으로 바라면서도 한쪽으로는 천재를 멸망시키려 하고, 이미 마련된 흙조차도 깨끗이 쓸어버리려 합니다. 몇 가지 예를 들어 말하겠습니다.

첫째는 '국고國故 정리'[2]입니다. 새로운 사조가 중국에 들어온 이후 사실 언제 그 힘을 발휘한 적이 있습니까? 그런데도 일군의 늙은이와 젊은이들은 오히려 넋 나간 듯이 국고를 말하게 되었습니다. 그들은 이렇게 말합니다. "중국은 스스로 수많은 훌륭한 것들을 가지고 있음에도 정리와 보존을 하지 못하고 도리어 새로움을 추구하니, 이는 바로 조상의 유산을 버려두는 불초함이다." 조상을 들먹이며 하는 말은 물론 대단한 위엄이 있습니다. 그렇지만 나는 어쨌든 낡은 마고자를 깨끗이 빨아 잘 개어 두기 전에는 새로운 마고자를 지을 수 없다고 생각하지는 않습니다. 현재의 상황으로 말하자면, 일이라는 것은 본래 각자 편리한 대로 하면 됩니다. 늙은 선생들이 국고를 정리해야 한다면 당연히 남창 아래에 틀어박혀 죽은 서적을 읽어도 무방합니다. 청년들은 오히려 자신들의 살아 있는 학문과 새로운 예술이 있어 각자 자기 일을 해나간다 해도 크게 방해될 것은 없습니다. 그러나 만약 그러한 깃발을 들어 사람들을 불러 모은다면 중국은 영원히 세계와 단절될 것입니다. 만약 모두 그렇게 하지 않으면 안 된다고 여긴다면 그야 더욱 황당무계한 일이겠지요! 우리가 골동품 상인과 한담을 나눌 때면 그는 당연히 자신의 골동품이 얼마나 좋은지를 칭찬할 것입니다. 그렇지만 그는 화가나 농부나 장인에게 조상을 잊고 있다고 욕설을 퍼붓지는 않을 것입니다. 그는 정말 국학자들보다야 훨씬 총명합니다.

둘째는 '창작 숭배'[3]입니다. 표면상으로 보아 이것은 천재를 바라는 것과 아주 흡사합니다만, 사실은 그렇지 않습니다. 그 정신 속에는 외래사상과 다른 나라의 정서를 배척하려는 요소가 들어 있습니다. 그래서 이는 중국을 세계 조류와 단절시킬지도 모릅니다. 많은 사람들이 톨스토이, 투르게네프, 도스토예프스키의 이름에 대해 싫증이 나도록 들었습니다. 그렇지만 그들의 저작 중에 중국에 번역되어 나온 것이 어디에 있습니까? 시선을 한 나라에 가두어 놓고 피터나 존[4]이라는 이름만 들어도 싫어합니다. 꼭 장삼이사張三李四라야 된다고 하며, 그래야 창작가가 나온다고 합니다. 사실대로 말하면, 좋은 작품은 외국 작품의 기교와 정신으로부터 자극을 받아들이지 않을 수 없습니다. 문장이 혹시 아름답다고 하더라도 사상은 종종 번역 작품에 미치지 못할 때가 있습니다. 더욱이 전통사상을 가미하여 중국 사람들의 입맛에 맞춘다고 하지만 독자들은 오히려 거기에 갇히게 되고, 그리하여 시야가 점점 좁아지게 되어 낡은 우리 속으로 축소되어 버리게 마련입니다. 작가와 독자가 서로 원인과 결과가 되어 색다른 흐름을 배척하면서 국수國粹를 내세운다면 천재가 어떻게 태어날 수 있겠습니까? 설령 태어났다고 해도 살아갈 수 없을 것입니다.

이러한 기풍을 가진 민중은 흙이 아니라 먼지입니다. 거기에서는 훌륭한 꽃과 교목이 자라날 수 없습니다.

또 한 가지는 악의가 있는 비평입니다. 사람들이 비평가들의 출현을 바란 지가 이미 오래되었고, 지금에 이르러 많은 비평가들이 나타났습니다. 애석하게도 그들 중에는 불평가들이 아주 많습니다. 비평가와는 달리 그들은 작품이 자기 앞에 나타나면 단단히 마음을 먹고 먹을 갈아 즉각 고명한 결론을 내리며 말합니다. "아니, 매우 유치하군. 중국에는 천재가 필요하단 말이야!" 나중에 와서는 전혀 비평가가 아닌 사람도 이렇게 떠들게 되었습니다. 그는 남의 말을 들었던 것이지요. 사실 천재라 하더라도 태어날 때의 첫 울음은 보통아이들과 마찬가지입니다. 결코 좋은 시일 수는 없습니다. 유치하다는 이유로 대번에 상처를 주어 시들어 죽게 만듭니다. 나는 친히 몇몇 작가들이 그들에게서 진저리가 나도록 욕을 먹는 것을 보았습니다. 그 작가들은 대개 천재가 아님은 물론입니다. 그렇지만 내가 바라는 것은 보통사람도 남아 있어야 한다는 것입니다.

악의가 있는 비평가가 새싹이 돋은 풀밭 위로 말을 달리는 것은 그야말로 대단히 유쾌한 일입니다. 그렇지만 화를 입는 것은 어린 새싹—보통의 새싹과 천재의 새싹—입니다. 유치함과 노련함의 관계는 아이와 어른의 관계와 같아 전혀 부끄러운 일이 아닙니다. 작품도 이와 같아 처음에 유치하더라도 부끄럽게 여길 것은 아닙니다. 왜냐하면 상처를 입지 않는다면 그는 성장하고 성숙하고 노련해질 수 있기 때문입니다. 오직 노쇠와 부패만 있다면 그것이야말로 구제할 약이 없는 일입니다! 나는 나이 어린 사람이나 나이 든 사람이나 유치한 마음을 가지고 있으면 유치한 말을 해야 한다고 생각합니다. 스스로 말하고 싶으면 말하면 그만입니다. 말이 입 밖으로 나온 후에는, 기껏해야 인쇄되어 나온 후에는 자신의 할 일은 끝났습니다. 깃발을 앞세운 어떠한 비평에 대해서도 버려두고 신경 쓰지 않아도 됩니다!

이 자리에 앉아 있는 제군들은, 생각건대 십중팔구는 천재의 탄생을 바랄 것입니다. 그렇지만 상황은 이러하여, 천재가 태어나기도 어려울 뿐만 아니라 천재를 배양하는 흙이 마련되기도 어렵습니다. 내 생각으로는, 천재는 대부분 천부적인 것입니다만, 모두들 천재를 배양하는 흙이 될 수는 있을 것 같습니다. 흙이 되는 역할은 천재를 바라는 것보다 더욱 절실합니다. 그렇지 않으면, 수많은 천재가 있다고 하더라도 흙이 없어 잘 자랄 수 없게 되어 마치 접시에 담은 녹두 콩의 싹과 같아질 것입니다.

흙이 되려면 정신을 확대해야 합니다. 바로 새로운 조류를 받아들이고 낡은 외투를 벗어던져야 장래에 태어날 천재를 받아들이고 이해할 수 있습니다. 또 작은 일 하는 것을 두려워해서는 안 됩니다. 창작할 수 있는 사람은 당연히 창작을 하고, 그렇지 않으면 번역하고, 소개하고, 감상하고, 읽고, 보고, 심심풀이하는 것도 다 좋습니다. 문예를 가지고 심심풀이한다는 것은, 말하고 보니 다소 우스운 것 같습니다. 그러나 어쨌든 천재에게 상처를 주는 것보다야 낫습니다.

흙은 천재에 비하여 당연히 보잘것없습니다. 그렇지만 어려움을 잘 참아 내지 않으면 흙이 되기도 쉽지 않은 것 같습니다. 하지만 일이란 사람이 하기에 달렸으니 공연히 천부적인 천재를 기다리는 것보다야 확실함이 있습니다. 이 점이 흙의 위대한 점이며 도리어 큰 희망을 가질 수 있는 점입니다. 또한 보답이 있습니다. 예를 들어, 아름다운 꽃은 흙으로부터 나오는데, 보는 사람이 즐겁게 감상하는 것은 물론이요, 흙 자신도 즐겁게 감상할 수 있습니다. 꼭 자신이 꽃이 되어야 마음이 흐뭇해지는 것은 아닙니다. ―이는 흙도 영혼이 있다면 그렇다는 말입니다.

주)

1) 원제는 「未有天才之前」이며, 1924년 베이징사범대학 부속중학의 『교우회간』(校友會刊) 제1기에 처음 발표되었다. 같은 해 12월 27일 『징바오 부간』(京報副刊) 제21호에 전재되었을 때 첫머리에 다음과 같은 루쉰의 짧은 머리말이 붙어 있었다. "푸위안(伏園) 형, 정월달에 사범대학 부속중학에서 행한 강연을 오늘 읽어 보니, 아직도 그 생명력이 있는 듯하여 교정을 보아 보내니 전재하여 주시기 바랍니다. 22일 밤, 루쉰 올림."
2) '국고 정리'(整理國故)는 후스(胡適) 등이 제창한 주장이다. 후스는 1919년 7월 "문제를 더 많이 연구하고 주의(主義)를 더 적게 말하자"고 주장했다. 같은 해 12월 그는 또 『신청년』 제7권 제1호에 「신사조의 의의」(新思潮的意義)라는 글을 발표하여 '국고 정리'라는 구호를 제창했다. 1923년 베이징대학의 『국학계간』(國學季刊)의 「발간 선언」(發刊宣言)에서 그는 더욱 체계적으로 '국고 정리'의 중요성을 주장하였다. 본문에서는 당시 후스에게 동조하던 사람들이 내세운 주장을 비판하고 있다.
3) 루쉰이 후에 쓴 「중러 문자의 교류를 축하하며」(祝中俄文字之交; 『남강북조집』南腔北調集)라는 글에 따르면, 여기서 말한 내용은 궈모뤄(郭沫若)의 견해 때문에 촉발된 것 같다. 궈모뤄는 1921년 2월 『민탁』(民鐸) 제2권 제5호에 발표한 리스링(李石岑)에게 보내는 편지에서, "내 생각으로는, 국내 사람들은 매파만을 중시하고 처녀를 중시하지 않는 것 같다. 번역만 중시하고 생산을 중시하지 않는 것 같다"라고 말했다. 그의 이 말은 당시 상하이의 『시사신보』(時事新報) 부간 『학등』(學燈)의 쌍십절 증간(增刊)을 보고 나온 것인데, 증간에 게재된 첫번째 작품은 번역소설이고, 두번째 작품은 루쉰의 「두발 이야기」(頭髮的故事)였다. 사실 궈모뤄도 번역을 중시하여 많은 외국 문학작품을 번역하였으니 루쉰의 견해도 한 개인을 비판한 것으로만 여길 수는 없다.
4) '피터', '존'은 서양 사람들이 자주 쓰는 이름이며, 여기서는 외국 사람을 두루 가리킨다.

뇌봉탑이 무너진 데 대하여[1]

듣자 하니, 항저우의 시후西湖에 있는 뇌봉탑[2]이 무너졌다고 한다. 들었을 뿐이지 내가 직접 보지는 않았다. 그러나 나는 무너지지 않았을 때의 뇌봉탑을 본 적이 있다. 남루한 탑이 맑은 호수와 푸른 산 사이에 자태를 드러내고 서산으로 지는 태양이 그 언저리를 비추면 그것이 바로 시후십경西湖十景 중의 하나인 '뇌봉석조夕照'이다. '뇌봉석조'의 실제 모습을 나도 보았지만, 내 느낌으로는 그다지 아름다워 보이지는 않았다.

그런데 시후의 모든 명승고적의 이름 중에서 내가 가장 일찍 알았던 것은 이 뇌봉탑이다. 예전에 내 할머니는 백사白蛇 낭자가 이 탑 아래에 눌려 있다는 말을 내게 자주 들려주었다. 허선許仙이라는 어떤 사람이 푸른 뱀, 흰 뱀, 두 마리를 구해주었는데, 나중에 흰 뱀은 여인으로 변하여 은혜를 갚으려고 허선에게 시집을 왔고, 푸른 뱀은 여복으로 변하여 역시 함께 따라왔다. 법해선사法海禪師라는 득도한 한 중이 허선의 얼굴에 요사한 기운—보통 요괴를 아내로 맞이한 사람의 얼굴에는 요사한 기운이 도는데, 비범한 사람이라야만 그것을 볼 수 있다—이 도는 것을 보고, 곧 허선을 금산사金山寺의 불상 뒤에 숨겨 두었고, 백사 낭자가 남편을 찾으러 오자 "금산사를 물바다로 만들었다". 내 할머니가 이야기를 들려주었다면 훨씬 재미있을 것이다. 아마 『의요전』[3]이라는 탄사彈詞에 나오는 것일 텐데, 나는 이 책을 보지 못했기 때문에 '허선'과 '법해'에 대한 묘사가 이렇게 되어 있는지 어떤지는 알 수 없다. 종합하여 말하면, 백사 낭자는 마침내 법해의 계책에 말려들어 자그마한 바리때 속에 갇히고 말았다. 바리때를 땅 속에 묻고 그 위에 짓누르는 탑을 하나 세우니, 그것이 바로 뇌봉탑이다. 그후에도 예를 들어 "백장원白狀元이 탑에 제를 지내다"와 같은 이야기가 아주 많은데, 그러나 나는 지금 모두 잊어버렸다.

그때 내 유일한 희망은 바로 이 뇌봉탑이 무너졌으면 하는 것이었다. 후에 내가 어른이 되어 항저우에 가서 이 남루한 탑을 보았을 때 마음이 편치 않았다. 후에 내가 책을 보았더니, 항저우 사람들은 또 이 탑을 보숙탑保叔塔이라 하지만, 사실은 전왕錢王의 아들이 세운 것이므로 '보숙탑'保俶塔이라고 해야 마땅하다고 씌어 있었다.[4] 그렇다면 그 속에는 당연히 백사 낭자가 없는 것이다. 그렇지만 내 마음은 여전히 편치 않았고, 탑이 무너졌으면 하고 여전히 희망했다.

지금 탑이 확실히 무너졌으니 온 세상 인민들에게 그 기쁨이 얼마나 클 것인가?

이는 사실로 증명할 수 있다. 오월吳越 지방의 산간 마을이나 해변으로 가서 백성들의 말을 들어 보라. 농부나 누에 치는 아낙이나 농촌 사람들 중에 머리가 좀 이상한 몇몇을 제외하고 백사 낭자에 대해 의분을 느끼지 않는 사람이 있으며, 법해가 지나치게 쓸데없는 짓을 했다고 나무라지 않는 사람이 있는가?

중이라면 제 염불이나 하면 될 일이다. 흰 뱀이 스스로 허선에게 반했고, 허선은 스스로 요괴를 아내로 맞이했는데, 다른 사람과 무슨 상관이 있겠는가? 중이 기어이 불경을 버려두고 공연히 시비만을 일으켰으니 아마도 질투심을 품었기 때문일 것이다——아니 이는 틀림없는 사실일 것이다.

듣자 하니, 나중에 옥황상제도 법해가 쓸데없는 짓을 했고 무고하게 생명을 해쳤다고 나무라면서 법해를 데려와서 처벌하려 했다고 한다. 법해는 이리저리 도망 다니다가 마침내 게 껍질 속으로 숨어서 화를 면하게 되었는데, 감히 다시는 나오지 못하고 지금도 그렇게 지낸다고 한다. 나는 옥황상제가 한 일 가운데 마음속으로 불만을 품은 것이 매우 많았지만 오직 이 일만은 아주 마음에 들었다. 왜냐하면 "금산사를 물바다로 만든" 이 사건은 확실히 법해의 책임이기 때문이다. 옥황상제는 정말 일을 잘 처리한 것이다. 다만 애석하게도 나는 그때 이 이야기의 출처를 알아보지 못했는데, 어쩌면 그것은 『의요전』에 나오는 것이 아니라 민간의 전설인지도 모른다.

가을날 벼가 무르익는 계절이면 오월 지방에는 게들이 넘쳐난다. 빨갛게 삶아 아무것이나 하나 집어 들어 등껍질을 열어젖히면 그 속에는 노란 게장과 하얀 살점이 들어 있다. 암놈일 경우에는 석류처럼 빨간 알이 들어 있다. 먼저 이것들을 다 먹고 나면 어김없이 원추형의 엷은 막이 하나 드러난다. 다시 조그마한 칼로 조심스레 원추형의 밑을 따라 도려내어 터지지 않게 뒤집어서 안쪽을 밖으로 향하게 하면 아라한阿羅漢 형상이 되는데, 얼굴도 있고 몸도 있는 것이 앉아 있는 모습을 하고 있다. 우리 고장의 아이들은 그것을 '게 중'이라고 하는데, 바로 거기 피난하여 숨어 있는 법해인 것이다.

애초에 백사 낭자는 탑 아래에 눌려 있었고 법해선사는 게 껍질 속에 숨어 있었다. 그러나 지금은 이 늙은 선사만이 혼자 정좌하고 있으니 게가 멸종되는 그날이 오지 않고서는 밖으로 나올 수 없을 것이다. 그가 탑을 세웠을 때는, 탑이란 결국 무너지고야 만다는 것을 생각하지 못했지 않았을까?

그래도 싸다.

1924년 10월 28일

주)______

1) 원제는 「論雷峰塔的倒掉」이며, 1924년 11월 17일 베이징에서 발간한 『위쓰』 제1기에 처음 발표되었다.
2) 뇌봉탑(雷峰塔)은 원래 항저우 시후(西湖)의 정자사(淨慈寺) 앞에 있었다. 송나라 개보(開寶) 8년(975)에 오월(吳越)의 왕 전숙(錢俶)이 세운 것으로 처음에는 서관전탑(西關磚塔)이라 했고, 후에는 왕비탑(王妃塔)이라 했다. 뇌봉(雷峰)이라는 작은 산 위에 세워져 있기 때문에 보통 뇌봉탑이라 한다. 1924년 9월 25일에 무너졌다.
3) 『의요전』(義妖傳)은 백사(白蛇) 낭자에 관한 민간전설을 다룬 탄사(彈詞)로서 청대 진우건(陳遇乾)이 지은 것이다. 전체 4권 53회이며, 또 『속집』(續集) 2권 16회가 있다. "금산사는 물바다가 되었다"(水滿金山)와 "백장원이 탑에 제를 지내다"(白狀元祭塔)는 모두 백사 이야기에 나오는 줄거리이다. 금산(金山)은 장쑤 전장(鎭江)에 있으며, 산 위에는 금산사(金山寺)가 있고, 동진(東晋) 때 세워진 것이다. 백장원(白狀元)은 이야기에 나오는 백사 낭자와 허선 사이에 난 아들 허사림(許士林)이다. 그는 후에 장원급제하여 돌아와 탑에 제를 지냈으며, 그때 법해선사(法海禪師)에 의해 뇌봉탑 아래에 눌려 있던 백사 낭자와 만나게 된다.
4) 이 글이 처음 발표되었을 때 글의 말미에 루쉰의 부기(附記)가 적혀 있었다. "이 글은 1924년 10월 28일에 지은 것이다. 오늘 쑨푸위안(孫伏園)이 왔길래 나는 초고를 그에게 보여 주었다. 그는 뇌봉탑은 보숙탑이 아니라고 했다. 그렇다면 아마 내 기억이 틀렸

을 것이다. 그렇지만 나는 뇌봉탑 아래에는 백사 낭자가 없다는 것을 확실히 이전부터 알고 있었다. 지금 이 기자(記者) 선생의 지적을 듣고 보니 이 이야기는 결코 내가 책을 보고 안 것이 아님을 알게 되었다. 그러면 당시에 어떻게 그것을 알게 되었을까. 정말 모를 일이다. 이 기회에 특별히 밝혀 바로잡는다."

보숙탑은 시후(西湖) 바오스산(寶石山) 꼭대기에 있으며, 지금도 남아 있다. 일설에 의하면, 오월(吳越)의 왕 전숙이 송나라에 가서 조공을 바칠 때 세운 것이라 한다. 명대 주국정(朱國楨)의 『용당소품』(涌幢小品) 권14에 간단한 기록이 나온다. "항주에는 보숙탑(保俶塔)이 있는데, 전숙이 조정에 들어갈 때 억류될까 염려하여 탑을 세워 자신을 지키려 했다. …… 지금은 보숙(保叔)이라 잘못 부르고 있다." 다른 전설에 의하면, 송나라 함평(咸平, 998~1003) 연간에 스님 영보(永保)가 보시를 받아 세운 것이라 한다. 명대 낭영(郎瑛)의 『칠수류고』(七修類稿)에는 다음과 같은 말이 있다. "함평 연간에 스님 영보(永保)가 보시를 받아 탑을 세웠는데, 사람들은 그를 사숙(師叔)이라 했으므로 탑 이름을 보숙(保叔)이라 했다."

수염 이야기[1)]

올해 여름에 창안[2)]을 한번 다녀왔다. 1개월 남짓 있다가 어리둥절한 채로 돌아왔다. 이 사실을 알고 있던 친구가 내게 물었다. "그쪽은 어땠나?" 나는 그제야 깜짝 놀라 창안을 회상해 보았다. 많은 은백양나무, 커다란 석류나무, 도중에 적지 않게 마셨던 황허의 물을 보았다는 기억이 났다. 그렇지만 이런 것들은 이야기할 만한 것이 못 되었다. 나는 그래서 이렇게 말했다. "이렇다 할 만한 것이 없었네." 그는 그래서 실망하여 돌아갔고, 나는 여전히 넋을 잃고 멎은 채로 "아랫사람에게 묻기를 부끄러워하지 않는"[3)] 친구들에게 그지없이 부끄러웠다.

오늘 차를 마신 뒤에 책을 보다가 책 위에 약간 물이 묻었다. 나는 윗입술의 수염이 또 자라났다는 것을 알았다. 가령 『강희자전』을 펼쳐 보면 윗입술, 아랫입술, 볼 옆, 아래턱에 난 각종 수염은 아마 다 특별한 명칭들이 있을 것이다.[4)] 그렇지만 나는 그렇게 할 만한 한가하고 별난 취미가 없다. 한마디로 이 수염이 또 자라난 것이다. 나는 또 여느 때처럼 우선 국물이 묻거나 물에 젖지 않도록 하기 위해 수염을 짧게 자르려고 했다. 그래서 거울과 가위를 찾아내어 자르기 시작했다. 그 목적은 수염을 윗입술의 위쪽 가장자리와 가지런하게 만들어서 예서隷書의 한일자(一)가 되도록 하려는 것이었다.

나는 한편으로 자르면서, 또 한편으로는 문득 창안을 생각하고 내 청년시절을 생각하노라니 끊임없이 가슴이 북받쳐 왔다. 창안의 일은 이미 분명하게 기억나지 않았지만, 아마 확실히 공묘孔廟를 구경했을 때 그 속에 집이 하나 있었다. 거기에는 여러 가지 인쇄된 그림이 걸려 있었는데, 이이곡[5]의 초상이 있었고, 역대 제왕의 초상이 있었다. 그중 하나는 송宋나라 태조太祖의 것인지 아니면 아무개 종宗의 것인지 분명하게 기억나지는 않지만, 요컨대 장포長袍를 입고 수염은 위로 치켜져 있었다. 그리하여 어느 명사名士는 의연하고 결연하게 이렇게 말했다. "이것은 다 일본인을 위조한 것입니다. 보세요, 이 수염은 일본식 수염이 아닙니까."

실로 일본인들의 수염은 확실히 그처럼 위로 치켜져 있는데, 그들도 송나라 태조나 아무개 종의 초상화를 위조하지 않았다고는 할 수 없다. 하지만 그들이 중국 황제의 초상을 위조했는데도 반드시 거울을 보며 자기네 수염을 법식으로 여긴다면 그 수단이나 사상의 괴이함은 참으로 "의표 밖으로 벗어났다"[6]고 말할 수 있다. 청나라 건륭 연간에 황이黃易는 한대에 지어진 무양사武梁祠에서 돌에 새겨진 초상화를 발굴했는데,[7] 남자의 수염이 대부분 위로 치켜져 있었다. 우리가 지금 볼 수 있는 북위로부터 당대에 이르는 시기의 불교 조상造像 중에 신도의 상[8]은 대개 수염이 있는 경우라면 위로 치켜져 있다. 원명대의 초상화에 이르면 수염은 대체로 지구의 중력 작용을 받아 아래로 늘어뜨려져 있다. 일본인들은 얼마나 부지런하기에 번거로움을 마다 않고 이토록 많은, 한나라로부터 당나라에 이르는 시기의 가짜 골동품을 만들어 중국의 제齊, 노魯, 연燕, 진晋, 진秦, 농隴, 파巴, 촉蜀의 심산유곡과 폐허 황무지에 묻어 놓을 수 있단 말인가?

나는 아래로 늘어뜨린 수염은 오히려 몽고식이라고 생각한다. 몽고인들이 가져온 것인데도 우리의 총명한 명사들은 오히려 국수國粹라고 여기고 있다. 일본에 유학한 학생들은 일본을 증오한 나머지 몽고의 원元나라를 동경하면서 "그때 만약 천운이 따르지 않았다면 이 섬나라는 벌써 우리에게 멸망당했을 것이다"[9]라고 말한다. 그러니 아래로 늘어뜨린 수염을 국수라고 여기는 것도 무리는 아니다. 하지만 그렇다면 또 어떻게 황제의 자손이라 하겠는가? 또 어떻게 타이완臺灣 사람들이 푸젠福建에서 중국 사람들을 때린 것[10]을 보고 노예근성이라고 말하겠는가?

나는 그때 논쟁을 벌이고 싶었으나 금방 논쟁하고 싶은 마음이 사라졌다. 독일에서 유학하던 애국자 X군 ── 나는 그의 이름을 잊어버렸기 때문에 잠시 X로 그것을 대신한다 ── 은 내가 중국을 비방하는 것은 일본 여인을 아내로 맞이했기 때문에 그들을 대신해서 본국의 나쁜 점을 선전하는 것이라고 말하지 않았던가? 내가 이전에 간단히 몇 가지 중국의 결점을 들었을 뿐인데도 '하찮은 아내'[11]까지 연루시켜 국적을 바꾸려고 하는데 하물며 지금 일본과 관련된 문제에 대해서는 더 말할 필요가 있겠는가? 다행히 설령 송나라 태조나 아무개 종의 수염이 억울한 누명을 썼다고 하더라도 당장 홍수가 나고 지진이 나는 것은 아닐 테니 크게 상관은 없을 것이다. 나는 그래서 연신 고개를 끄덕이며 "허허, 그래 맞아요"라고 했다. 왜냐하면 나는 실로 이전과 비교해서 많이 능글맞아졌기 ── 좋아졌기 때문이다.

나는 내 수염의 왼쪽 끝자락을 다 자른 다음에 생각했다. 산시陝西 사람들은 물심양면으로 애를 써서 식사를 준비하고 돈을 쓰면서 열차나 배나 수레나 승용차에 태우고 창안으로 초청하여 강연을 부탁했는데, 아마 내가 목숨을 잃을 만한 재앙이 아닌 하찮은 일에 대해서조차 자신의 의견을 솔직하게 털어놓지 않고 그저 "허허, 그래 맞아요"라고 할 뿐임을 전혀 예상하지 못했을 것이다. 그들은 완전히 속은 것이다.

나는 다시 거울 속의 내 얼굴을 마주하고 오른쪽 입아귀를 들여다보면서 수염의 오른쪽 끝자락을 잘라 바닥으로 떨어내면서 내 청년시절을 떠올렸다.——

그것은 이미 옛 이야기로서 대략 16~17년은 되었을 것이다.

나는 일본에서 고향으로 돌아올 때, 입 위에는 바로 송나라 태조나 아무개 종처럼 위로 치켜진 수염을 달고 작은 배에 앉아 뱃사공과 잡담을 나누었다.

"선생님, 당신은 정말 중국어를 잘 하시는군요." 한참 뒤에 그는 이렇게 말했다.

"저는 중국 사람입니다. 게다가 당신과 동향同鄕인데, 이럴 수가……."

"하하하, 당신은 농담도 잘하시는군요."

내가 그때의 어처구니없음은 확실히 X군의 통신을 보았을 때보다 열 배는 더했다는 기억이 난다. 나는 그때 전혀 족보를 몸에 지니고 있지 않았으니 확실히 내가 중국 사람이라는 것을 증명할 수가 없었다. 설령 족보를 지니고 있었다고 하더라도 그 위에는 글자만 있고 초상화는 없으니 그 글자가 바로 나인지 증명할 수도 없었을 것이다. 설령 초상화가 있었다고 하더라도 일본인은 한나라로부터 당나라에 이르기까지의 석각石刻, 송나라 태조나 아무개 종의 초상화를 잘 위조하므로 설마 목판본의 족보야 손

쉽게 위조하지 못하겠는가?

무릇 진담을 농담으로 보고, 농담을 진담으로 보고, 농담을 농담으로 보는 사람에 대해서는 오직 한 가지 방법뿐이다. 그것은 바로 말을 하지 않는 것이다.

그래서 나는 그 뒤에 말을 하지 않았다.

그렇지만 가령 지금이라면 나는 대개 "허허, …… 오늘 날씨가 대단히 좋지요? …… 저쪽에 보이는 마을은 이름이 뭔가요?……" 하고 말했을 것이다. 왜냐하면 나는 실로 이전과 비교하여 많이 능글맞아진—좋아진 듯하기 때문이다.

지금 생각해 보니 뱃사공이 내 국적을 바꾸어 놓은 것은 아마 X군의 고견高見과는 다를 것이다. 그 원인은 단지 수염에만 있었을 것이다. 왜냐하면 나는 그 이후로 수염 때문에 늘 고통을 당했기 때문이다.

나라는 망해도 국수가國粹家는 줄어들지 않는 법이다. 그리고 국수가가 줄어들지 않는 한 그 나라는 망했다고 할 수도 없다. 국수가란 국수를 보존하는 사람이고, 국수란 내 수염과 같은 것이다. 이 무슨 '논리'법인지 알 수 없지만 당시의 실정은 확실히 이러했다.

"당신은 어찌하여 일본인의 모양을 흉내 내어, 신체도 왜소한 데다 수염까지 그렇게……." 한 국수가 겸 애국자가 거창하고 탁월한 의론을 전개한 다음 바로 이 같은 결론에 도달했다.

애석하게도 나는 그때 아직 세상물정을 모르는 젊은이였기 때문에 분연히 논쟁을 벌였다. 첫째, 내 신체는 본래 그 정도의 크기이며, 결코 일부러 무슨 서양오랑캐의 기계로 압축하여 그것을 왜소하게 만들어 속이려고 했던 것은 아니다. 둘째, 내 수염은 실로 여러 일본인들과 닮았다. 하지만 비록 나는 일본인들의 수염양식 변천사를 연구한 적은 없지만, 여러 옛 일본인들의 초상화를 보아 하니 모두 위로 치켜져 있지 않고 다만 밖으로 향해 있고, 아래로 향해 있어 우리의 국수와 큰 차이가 없었다. 그러나 유신維新 이후에 치켜지기 시작했는데, 그것은 아마 독일식을 흉내 낸 것이겠다. 빌헬름 황제의 수염을 보면 눈 꼬리를 향해 올라가 있고 콧날과 평행하게 되어 있지 않은가? 비록 그는 나중에 담배를 피우다가 한쪽을 태워 버려 양쪽을 모두 평평하게 자를 수밖에 없었지만, 일본의 메이지 유신明治維新 무렵에는 그의 한쪽 수염에 아직 불이 나지 않았었다…….

이 한바탕 해명은 대략 2분이나 걸렸으나 아무튼 국수가의 노여움을 풀어 줄 수는 없었다. 왜냐하면 독일도 서양오랑캐이고, 게다가 내 신체는 또 왜소했기 때문이다. 더욱이 국수가는 숫자도 많고 의견도 통일되어 있어 내 해명도 빈번해졌다. 그렇지만 아무런 효과도 없이 한 번, 두 번, 열 번, 십 수 번에 이르렀는데, 내 자신도 무료해지고 귀찮아졌다. 그럴 필요가 있겠는가 여겼고, 게다가 수염을 손질하는 끈적이는 기름膠油도 중국에서는 구하기 어렵고 해서, 나는 그후로 되는대로 내버려 두기로 했다.

되는대로 내버려 두니까 수염의 양 끝이 곧 아래쪽으로 늘어지는 현상이 나타났고, 그리하여 지면과는 90도 직각을 이루었다. 국수가들도 과연 더 이상 말을 하지 않았다. 아마도 중국이 이미 구제되었던 모양이다.

그렇지만 이어서 개혁가들의 반감을 샀는데, 이도 당연한 일이었다. 나는 그리하여 또 해명하며 한 번, 두 번, 여러 번에 이르렀는데, 내 자신도 무료해지고 귀찮아졌다.

대략 4~5년 또는 7~8년 전이었을 것이다. 나는 회관會館에 혼자 앉아서 몰래 내 수염의 불행한 처지를 슬퍼하면서 그것이 비방을 받게 된 원인을 따져 보았다. 불현듯이 크게 깨닫게 되었는데, 그 화근은 오로지 양쪽 끝자락에 있었다는 것을 알게 되었다. 그리하여 거울과 가위를 꺼내 와서 당장에 평평하게 잘라서 위로 치켜지지도 않고 아래로 늘어뜨려지기도 어렵게 예서의 '한 일'一 자 모양으로 만들었다.

"아니, 당신의 수염이 이렇게 되다니?" 처음에는 이렇게 묻는 사람도 있었다.

"그래요, 내 수염은 이렇게 되었어요."

그는 그러나 말이 없었다. 양 끝자락을 찾지 못해 입론의 근거를 잃어 버려 그런 것인지, 아니면 내 수염이 "이렇게 된" 후라서 중국 존망의 책임을 지우지 못해 그런 것인지 알 수는 없었다. 아무튼 나는 그 이후로 무사태평이 지금까지 계속 이어지고 있는데, 귀찮은 일이 있다면 자주 잘라 주어야 한다는 것뿐이다.

1924년 10월 30일

주)

1) 원제는 「說胡須」이며, 1924년 12월 15일 『위쓰』 제5기에 처음 발표되었다.
2) 창안(長安)은 지금의 시안(西安)이다. 1924년 7월 7일 루쉰은 시베이대학(西北大學)의 초청을 받아 베이징을 떠나 시안으로 가서 이 학교와 산시성(陝西省) 교육청이 공동으로 주관한 여름학교에서 「중국소설의 역사적 변천」(中國小說的歷史的變遷)을 강의했다. 8월 12일에 베이징으로 돌아왔다.
3) "아랫사람에게 묻기를 부끄러워하지 않는"(不恥下問)이라는 말은 『논어』 「공야장」(公冶長)에 나온다. "민첩하면서도 배우기를 좋아하고, 아랫사람에게 묻기를 부끄러워하지 않는다."
4) 『강희자전』(康熙字典)에는 각종 수염의 명칭이 나온다. 윗입술에 난 것을 자(髭), 아랫입

술에 난 것을 수(鬚), 볼 옆에 난 것을 염(髯), 아래턱에 난 것을 호(鬍)라고 한다. 『강희자전』은 청대 강희 연간에 장옥서(張玉書) 등이 황제의 명을 받들어 편찬한 자전이며 강희 55년(1716)에 간행되었다. 전체 42권이며, 4만 7035자가 수록되어 있다.

5) 이이곡(李二曲, 1629~1705)은 이름이 옹(顒), 자가 중부(中孚), 호가 이곡(二曲)이며, 산시(陝西) 저우즈(周至) 사람으로서 청대 이학가이다. 저서로는 『사서반신록』(四書反身錄) 등이 있다.

6) "의표 밖으로 벗어났다"(出乎意表之外)라는 말은, 린친난(林琴南)의 글에서 뜻이 통하지 않는 어구를 가리킨다. 당시 린친난 등은 신문학 작가들이 백화문을 제창하는 것은 스스로 고문을 이해하지 못하기 때문이라고 공격했다. 이 때문에 백화문을 주장하는 사람들은 뜻이 통하지 않는 린친난 등의 고문(古文)의 글귀를 자주 인용하여 그들을 풍자했다.

7) 황이(黃易, 1744~1801)는 자가 대이(大易), 호가 소송(小松)이고, 저장 런허(仁和) 사람이며, 청대 금석(金石) 수집가이다. 저서로는 『소봉래각금석문자』(小蓬萊閣金石文字) 등의 책이 있다.

산둥 자상현(嘉祥縣) 우자이산(武宅山)에 있는 한대 무씨(武氏)의 묘 앞에 있는 석실의 네 벽에는 옛사람들의 초상화와 기이한 금수 등이 새겨져 있는데, 한대 석각(石刻) 예술의 대표적인 작품의 하나이다. 송대 조명성(趙明誠)의 『금석록』(金石錄)에 기록이 나온다. 후에 강줄기가 바뀌면서 흙으로 뒤덮여 버렸는데, 청나라 건륭 51년(1786) 가을에 황이는 그곳에서 석실의 여러 곳을 발굴하여 초상화 20여 석(石), 「무반비」(武斑碑), 「무씨석궐명」(武氏石闕銘) 등을 얻었다.

8) 중국에서는 삼국시대부터 불교를 믿는 사람들이 보통 절에 비용을 대어 절벽에다 불상을 만들거나 조각했다. 종종 비용을 댄 사람 본인의 상을 그 사이에 곁들여 새기는 경우도 있었는데, 그것을 '신도의 상'이라 불렀다.

9) 원나라 군대가 일본을 침략했으나 실패한 사실을 가리킨다. 지원(至元) 7년(1280)에 원 세조(世祖) 홀필열(忽必烈)은 범문호(范文虎) 등에게 명하여 10여만 명의 군대를 이끌고 일본을 침공하게 했다. 이듬해 7월 일본의 히라도 섬(平戶島)을 쳐들어갔다. 『신원사』(新元史) 「일본전」(日本傳)의 기록에 따르면, 당시 일본의 정세는 매우 긴박했다고 한다. "일본의 전선(戰船)은 작아 전후의 공격을 막아 낼 수 없어 모두 패퇴했는데, 일본 내에서는 인심이 흉흉하고 시장에 쌀을 내다 팔지 않았다. 일본의 군주는 친히 팔번사(八幡祠)에 가서 기도했고, 또 태신궁(太神宮)에 칙령을 내려 자신의 몸을 바쳐 국난을 대신하겠다고 빌었다. …… 8월 갑자(甲子) 초하루에 태풍이 크게 일어나서 (원나라 군대의) 전함이 모두 부서지고 뒤집혀 침몰했다."

10) 푸저우(福州) 참사 때 일어난 사건을 가리킨다. 1919년 5·4운동이 발발한 이후 중국 각지에서는 일본제품 배척운동이 전개되었다. 이때 푸저우 주재 일본영사관에서는

이 운동을 저지하기 위해 11월 15일에 일본 낭인들과 사복 경찰들을 파견하여 애국 신극(新劇)을 공연하던 학생들을 구타했다. 당시 타이완은 일본의 점령하에 있었는데, 이 사건이 일어났을 때 타이완의 부랑배들도 참가했다.

11) '하찮은 아내'(賤內)는 자기 아내를 낮추어 부르는 말이다. 여기서 '하찮은 아내'까지 연루시킨다고 한 것은 두 가지 풍자의 의미를 담고 있다. 하나는 아내는 하찮지 않다는 것이고 또 하나는 하찮은 아내까지 들먹이는 그는 소인배라는 것이다.

사진 찍기 따위에 대하여[1)]

1. 재료 따위

나는 어렸을 때 S시[2)]에 있었다——어렸을 때라는 것은 삼십 년 전이지만 진보가 아주 빠른 영재의 입장에서 보면 한 세기에 해당할 것이다. 또 S시라는 것에 대해서는 나는 그 진짜 이름을 말하지 않을 것이며, 어째서 말하지 않는가 하는 이유도 말하지 않겠다. 아무튼 나는 S시에서 항상 남녀노소 할 것 없이 모두가 서양놈은 눈알을 빼 간다고 이야기하는 것을 옆에서 들었다. 이전에 한 여인이 원래 서양놈의 집에서 고용되어 일하다가 나중에 그만두고 나왔는데, 듣자 하니 그 여인이 나온 원인은 바로, 소금에 절인 눈알이 담긴 단지를 직접 보았기 때문이라는 것이다. 붕어새끼 크기의 눈알이 한 층 한 층 쌓여 곧 단지 위까지 찰랑찰랑 넘치려 하더라는 것이다. 그래서 그 여인은 위험에서 벗어나기 위해 얼른 나와 버렸다고 한다.

S시에는 먹고살 만한 집에서 겨울이 오면 반드시 한 독씩 배추를 소금에 절여 한 해 동안 먹는 습관이 있다. 그렇게 하는 의도가 쓰촨의 자채[3)]

와 같은지 그렇지 않은지 나는 모른다. 그러나 서양놈이 눈알을 절이는 것은 그 의도가 당연히 다른 데 있겠지만, 유독 방법만은 S시에서 배추를 절이는 법의 영향을 크게 받았다. 전해 오는 말에 따르면 중국은 대외적으로 동화력을 많이 가지고 있다고 하는데, 이것도 그 증거의 하나가 될 것이다. 그렇지만 모양이 붕어새끼 같다는 것은 무엇 때문인가? 대답하자면, 이는 확실히 S시 사람들의 눈알임에는 틀림없다. S시의 불당 가운데 안광마마眼光娘娘[4]라는 보살이 하나 있다. 눈병이 있는 사람은 거기에 가서 빌고, 나으면 무명이나 비단으로 눈알을 한 쌍 만들어 신불이 있는 방이나 그 주위에 걸어 두어 신의 가호에 보답한다. 그래서 눈알이 얼마나 많이 걸려 있는가를 보기만 하면 이 보살이 영험한지 그렇지 않은지 알 수 있다. 그런데 걸려 있는 눈알은 양 끝이 뾰족한 게 붕어새끼 닮아서, 서양놈의 생리도生理圖에 그려진 것처럼 둥글게 생긴 것은 전혀 찾아볼 수 없다. 황제와 기백의 일[5]은 먼 옛날의 이야기이고, 왕망이 적의 일당을 죽일[6] 때 사지를 분해하여 의원들에게 관찰하도록 하여 그림으로 그리게 했는지는 알 수 없으나, 설령 그림으로 그리게 했다고 하더라도 지금은 없어졌을 것이므로 "예로부터 이미 있었다"고 하는 것은 부질없는 일이다. 송대의 『석골분경』[7]은 눈으로 직접 보고 한 것이라고 전해지지만, 『설부』說郛에 그것이 있어 나는 본 적이 있는데, 대부분이 허튼소리여서 아마 거짓일 것이다. 그렇지 않다면, 눈으로 직접 본 것조차 그처럼 엉터리인데 S시 사람들이 눈알을 붕어새끼처럼 이상화한 것도 실은 크게 이상할 것이 없다.

그렇다면 서양놈은 눈알을 절여 절인 채소를 대신하여 먹었단 말인가? 그렇지 않다. 듣자 하니 다른 데 사용하기 위한 것이라고 한다. 첫째, 전선電線에 사용한다는 것이며, 이것은 어느 한 시골사람의 말에 근거한 것인데, 어떻게 사용하는지 그도 말하지 않았고, 다만 전선에 사용한다고 말했을 뿐이다. 전선의 사용에 대해서는 그도 말한 적이 있어, 매년 철사를 더 늘려 앞으로 서양 군대鬼兵가 들어올 때 중국인들에게 도망갈 곳이 없게 하려는 것이라고 했다. 둘째, 사진을 찍는 데 사용한다는 것인데, 이치가 분명하여 더 말할 필요가 없을 것이다. 왜냐하면 우리가 다른 사람과 마주 보고 서 있으면 그 사람의 눈동자 속에 틀림없이 내 작은 사진이 하나 있을 것이기 때문이다.

그리고 서양놈은 또 심장을 빼 가는데, 그 의도도 역시 다른 데 사용하기 위한 것이다. 나는 염불하는 한 노파가 그 이유를 설명하는 것을 옆에서 들은 적이 있다. 서양놈들은 그것을 빼 가서 달여 기름으로 짜서는 등에 불을 붙여 곳곳의 땅 밑을 비춘다고 한다. 사람의 마음은 재물을 탐하게 마련이므로 보물이 묻혀 있는 곳을 비추면 불꽃이 아래로 구부러진다. 그들은 즉시 그곳을 파내어 보물을 가져가는데, 그래서 서양놈은 그렇게 돈이 많다는 것이다.

도학道學 선생들이 말하는 이른바 "만물은 다 나를 위해 갖추어져 있다"[8]라는 것은 사실 전국에서, 적어도 S시에서 '낫 놓고 기역자도 모르는' 사람들도 다 알고 있으므로 사람은 '만물의 영장'인 것이다. 그리하여 월경과 정액은 수명을 늘릴 수 있고, 모발과 손톱은 혈기를 도울 수 있고, 대소변은 많은 병을 치료할 수 있고,[9] 팔의 살은 부모를 먹여 살릴 수 있다. 그렇지만 이것은 결코 본론의 범주에 속하지 않으므로 지금은 잠시 말하지 않기로 한다. 게다가 S시 사람들은 체면을 대단히 중시하므로 말해서는 안 되는 일들이 많다. 그렇게 하지 않으면 음모에 의해 징벌을 당한다.

2. 형식 따위

요약하면, 사진 찍기는 흡사 요술과 같다. 함풍 연간에 어느 한 성省에서 사진을 찍을 수 있다는 이유 때문에 시골 사람들로부터 가산을 파괴당한 일이 있었다. 그러나 내가 어렸을 때에 ── 즉 삼십 년 전에 S시에는 이미 사진관이 있어 사람들도 그다지 의구심을 갖지 않았다. 하기야 '의화권민'義和拳民의 소동이 일어났을 때 ── 즉 이십오 년 전에 어느 성에서는 쇠고기 통조림을 보고 서양놈이 죽인 중국 아이의 고기라고 하던 일도 있었다. 그렇지만 이는 예외적인 일로서 만사와 만물에는 언제나 예외가 있게 마련이다.

요약하면, S시에는 이미 사진관이 있었고, 이곳은 내가 지날 때마다 언제나 빠짐없이 감상하던 곳이다. 다만 일 년 중에서도 네댓 번 지나간 것뿐이지만 말이다. 크기와 길이가 다르고 색깔이 다른 유리병들, 그리고 반질반질하고 가시 달린 선인장은 모두 내게는 진기한 물건으로 보였다. 또 벽에는 액자에 들어 있는, 증대인, 이대인, 좌중당, 포군문[10] 등의 사진이 걸려 있었다. 친절한 문중의 한 어른이 이를 빌려 내게 교육한 적이 있다. 그는 저분들은 모두 당시의 대관大官으로서 '장발'長毛의 난을 평정한 공신이며 너는 그들을 잘 배워야 한다고 말했다. 그때 나도 그러고 싶었는데, 그러자면 얼른 또다시 '장발'의 난이 일어나야 한다고 생각했다.

그러나 S시 사람들은 오히려 사진 찍기를 그다지 좋아하지 않는 것 같았다. 왜냐하면 정신이 함께 찍혀 가기 때문인데, 그래서 운세가 바야흐로 좋을 때에는 특히 찍어서는 안 된다. 그리고 정신이라면 일명 '위엄의 빛'威光이 아닌가. 내가 당시 알고 있던 것은 단지 이 점뿐이다. 근년에 와서 또 원기를 잃을까 두려워서 영원히 목욕을 하지 않는 명사名士가 있다는 말을 들었는데, 원기는 아마도 위엄의 빛일 것이다. 그렇다면 나는 좀 더 많은 것을 알게 되었는데, 중국인의 정신인 일명 위엄의 빛, 즉 원기는 찍혀 나갈 수도 있고 씻겨서 나갈 수도 있는 것이다.

그런데 비록 많지는 않았지만 그때 그래도 찾아와 사진을 찍는 사람이 확실히 있었다. 나 역시 그들이 어떤 사람들인지 알 수 없었으나 운수가 좋지 않은 사람들이거나 아니면 신당[11] 사람들이었을 것이다. 다만 상반신 사진만은 대체로 기피했던 것 같다. 왜냐하면 허리가 잘리는 것 같았기 때문이다. 물론 청조는 이미 허리를 잘리는 형벌을 폐지했지만, 그러나 우리는 희곡에서 포包 나리가 포면包勉을 작두질하는[12] 것을 볼 수 있는데, 한 칼에 두 동강을 내니 얼마나 무서운 일인가. 그렇다면 그것이 설령 국수國粹라고 하더라도 역시 다른 사람이 내게 가하는 것은 바라지 않을 것이다. 확실히 그런 사진을 찍지 않는 것이 옳았다. 그래서 그들이 찍는 것은 대부분이 전신 사진이었는데, 옆에는 큼직한 차 탁자가 있고, 그 위에는 모자걸이, 찻잔, 물담뱃대, 화분이 있고, 탁자 아래에는 타구唾具를 놓아두어 이 사람의 기관지에는 가래가 많아 수시로 뱉어야 한다는 것을 보여준다. 사람의 경우, 서 있기도 하고 앉아 있기도 하고, 또는 손에 서책을 들기도 하고 또는 앞섶에 커다란 시계를 걸기도 한다. 우리가 만일 확대경으로 비춰 본다면 지금도 그 당시 사진을 찍을 때의 시간을 알 수 있으며, 게다가 그때에는 플래시를 사용했을 리가 없으므로 밤인가 하고 의심할 필요도 없다.

그런데 명사들의 풍류는 어느 시대인들 없겠는가? 풍류객들은 벌써부터 천편일률적인 그러한 바보들에 대해 불만을 가지게 되었다. 그리하여 벌거벗고 진대晋代 사람[13]을 흉내 낸 사람도 있었고, 비스듬한 옷깃에 옷고름이 달린 옷을 입어 X사람처럼 흉내 낸 사람도 있었는데, 많지는 않았다. 비교적 유행한 것은, 먼저 옷차림을 달리하여 자신의 사진을 두 장 찍고 난 후, 한 장으로 합쳐 두 사람의 자기가, 또는 주인과 손님 같아 보이고 또는 주인과 노복 같아 보이도록 하여, 그것을 '이아도'二我圖라고 이름 붙이는 경우였다. 그러나 만약 하나의 자기가 거만하게 앉아 있고, 또 하나의 자기가, 앉아 있는 하나의 자기를 향해 비열하고 가련하게 무릎을 꿇고 있을 때, 그 이름은 또 달라져 '구기도'求己圖라고 한다. 이러한 '도'圖가 인화되어 나오면 '조기만정방'調寄滿庭芳, '모어아'摸魚兒 따위의 사詞와 같은 시들을 써넣게 되는데, 그런 다음 서재에 걸어 둔다. 귀인이나 부호들이라면 바보들 축에 들기 때문에 절대로 이와 같은 우아한 양식을 생각해 낼 수도 없다. 특별한 행동 양식이 있다면, 그것은 기껏해야 자기는 가운데 앉고 무릎 아래에 그의 백 명의 아들, 천 명의 손자 그리고 만 명의 증손자(이하 생략)를 줄지어 놓고 '가족 사진'을 찍는 것일 뿐이다.

Th. Lipps[14]는 그의 『윤리학의 근본문제』라는 책에서 다음과 같은 뜻의 말을 한 적이 있다. 무릇 모든 주인은 쉽게 노예로 변할 수 있다. 왜냐하면 그가 한편으로 주인이 될 수 있다는 것을 인정하는 이상, 다른 한편으로 당연히 노예가 될 수 있다는 것을 인정하기 때문이다. 그래서 위세가 일단 떨어지면 군말 없이 새 주인 앞에서 굽신거리게 된다. 그 책은 애석하게도 내 손에는 없어 그 대의만을 기억하고 있을 뿐이다. 다행히도 중국에 이미 번역본이 나왔으므로 비록 발췌역이기는 해도 이런 말은 틀림없이 들어 있을 것이다. 사실을 가지고 이 이론을 증명할 수 있는 가장 뚜렷한 예가 손호[15]이다. 손호는 오나라를 다스릴 때에 그토록 오만방자하고 잔학한 폭군이었는데, 진나라에 항복하자 그토록 비열하고 파렴치한 노예가 되었다. 중국에는 항상, 아랫사람에 대해 오만한 자는 윗사람을 섬길 때 반드시 아첨한다는 말이 있는데, 역시 바로 이러한 속임수를 꿰뚫어 보고 있는 것이다. 그러나 가장 철저하게 표현하고 있는 것으로는 오히려 '구기도'만 한 것이 없다. 이것은 앞으로 중국에서 만약 『그림으로 그린 윤리학의 근본문제』라는 책을 찍는다면 참으로 대단히 훌륭한 삽화가 될 것이다. 세계에서 가장 위대한 풍자화가라도 도저히 생각해 내지 못할 것이며 그려 내지 못할 것이다.

그러나 지금 우리가 볼 수 있는 것으로는, 비열하고 가련하게 무릎을 꿇고 있는 사진은 이미 없어졌고, 어떤 모임의 기념으로 찍은 사람들 아니면 확대한 상반신 사진들인데, 모두 늠름하다. 내가 이것들을 늘 반쪽짜리 '구기도'쯤으로 보고자 하는 것이 곧 내 기우이기를 바란다.

3. 무제 따위

사진관에서는 하나 또는 몇몇의 세력가闊人들의 사진을 골라 확대하여 문 앞에 걸어두는데, 베이징에서 특히 두드러지고 근래에 유행하고 있는 듯하다. 내가 S시에서 본 증대인과 같은 것들은 모두 6~8인치에 지나지 않았고, 게다가 걸려 있는 것은 오랫동안 증대인과 같은 것들이어서 베이징에서 수시로 바뀌고 해마다 달라지는 것과는 역시 달랐다. 그러나 정확하지는 않지만 혁명 이후에는 아마 치워졌을 것이다.

최근 십 년 동안의 베이징의 일이라면, 그러나 나는 아는 바가 약간은 있다. 틀림없이 그 사람이 세력가라면 그 사진은 확대되고, 그 사람이 '벼슬에서 물러나면' 그 사진은 보이지 않게 된다. 물론 번갯불보다는 훨씬 오래간다. 만일 대낮에 촛불을 밝히고 베이징 시내에서 저 세력가들처럼 축소되었다 확대되었다 걸렸다 치워졌다 하지 않는 사진을 하나 찾는다면, 식견이 좁은 내 소견으로는 실로 메이란팡[16] 군 한 사람뿐이다. 그리고 마고[17] 선녀 같은 메이란팡 군의 '천녀산화',[18] '대옥장화'[19]의 사진은 축소되었다 확대되었다 걸렸다 치워졌다 하는 것들보다는 확실히 아름답다. 바로 이는 중국인들은 실로 심미안을 가지고 있다는 것을 증명하기에 충분하다. 또 다른 한쪽에 가슴을 펴고 배를 내밀고 있는 사진을 확대해 놓는 것은 아마 부득이해서 그랬을 것이다.

나는 이전에 『홍루몽』[20]을 읽기만 하고 '대옥장화'의 사진을 보지 못했을 때에는 대옥의 눈이 그처럼 튀어나오고 입술이 그처럼 두터운지 전혀 생각지도 못했다. 나는 대옥은 수척하여 폐병 앓은 얼굴일 거라고 생각했는데, 이제 보니 제법 복스러운 얼굴에 마고 선녀 같다는 것을 알았다. 하지만 뒤이어 나타난 모방자들의 천녀 닮은 사진을 보면 모두가 어린아이에게 새 옷을 입혔을 때와 같아 어색하여 몹시 초라한 울상이었는데, 그만 하면 메이란팡 군이 오랫동안 걸려 있게 된 연유를 즉각 깨달을 수 있고, 그 눈과 입술은 아마 부득이해서 그렇게 한 것이리라. 이 역시 중국인들은 실로 심미안을 가지고 있다는 것을 증명하기에 충분하다.

인도의 시성詩聖 타고르[21] 선생이 중국에 왔을 때, 마치 커다란 병에 담긴 좋은 향수처럼 몇몇 선생들에게 우아한 향기文氣와 그윽한 향기玄氣를 풍겨 주었다. 하지만 함께 앉아서 축하할 수 있을 정도에 이른 사람은 오직 메이란팡 군 한 사람뿐이었다. 이른바 양국 예술가의 악수였다. 이 노시인이 성과 이름을 바꾸어 '축진단'竺震旦이라 하고 그의 이상향에 가까운 진단震旦을 떠난 후에 진단의 시현詩賢들의 머리 위에 있던 인도 모자도 그다지 보이지 않게 되었고 신문·잡지에서도 그의 소식을 싣는 경우가 적어졌다. 그리고 이 이상향에 가까운 진단을 장식한 것은 역시 예전처럼 사진관의 유리창에 우뚝하게 걸려 있는 저 '천녀산화도' 또는 '대옥장화도'뿐이었다.

오직 이 '예술가'의 예술만이 중국에서 영구적인 것이다.

내가 본 외국의 유명한 배우의 미인사진은 결코 많지 않았고, 여장한 남자 사진은 본 적이 없다. 다른 명인의 사진은 몇십 장 보았다. 톨스토이, 입센, 로댕[22]은 모두 늙었고, 니체는 험상궂게 생겼고, 쇼펜하우어는 울상이었고, 와일드[23]는 자신의 심미적인 의상을 입었을 때에 이미 다소 바보스런 모습이었다. 그리고 로맹 롤랑[24]은 괴상한 모습을 띠었고, 고리키[25]도 아주 건달 같아 보였다. 모두 비애와 고투의 흔적을 볼 수 있다고 말할 수 있어도 아무래도 천녀처럼 명명백백하게 '좋지'는 않았다. 가령 우창쉬[26] 옹이 인장을 새기는 것도 조각가라고 할 수 있고, 더욱이 그의 윤필료潤筆料도 그렇게 비싸므로 중국에서는 확실히 예술가이겠지만, 그러나 그의 사진을 우리는 보지 못했다. 린친난[27] 옹은 그토록 대단한 문명文名을 날렸는데도 세상에는 '식형'[28]에 열심인 사람이 그다지 없는 듯하다. 나는 비록 어느 약방의 사용 설명서仿單에서 그의 존영尊影을 본 적이 있지만, 그러나 그것은 그의 '여부인'[29]을 대신하여 환약의 효험에 감사한다는 편지를 보내 왔기 때문에 사진이 찍힌 것이지 결코 그의 문장 때문이 아니었다. '수레꾼이나 장사꾼 같은 사람들'의 문자[30]로 글을 쓰는 제군들을 두고 말하자면, 남정정장[31]과 아불산인[32]은 돌아갔으니 잠시 생략하기로 하고, 근래에 비록 분전분투하며 여러 작품을 지은 창조사[33] 같은 제군들도 세 사람이 함께 찍은 자그마한 사진 한 장만을 인쇄했을 뿐이며 그것마저도 동판이었다.

우리 중국의 가장 위대하고 가장 오래가는 예술은 남자가 여장하는 것男人扮女人이다.

이성異性은 대체로 서로 사랑한다. 환관은 다른 사람을 안심하게 할 수 있을 뿐이며 그를 사랑하는 사람은 결코 없다. 왜냐하면 그는 무성無性이기 때문이다—가령 내가 이 '무'無 자를 사용하여도 어폐 따위는 없다고 한다면 말이다. 그러나 여기서 비록 가장 안심하기 어렵겠지만 가장 소중하게 여기는 것은 남자가 여장하는 것임을 알 수 있다. 왜냐하면 양성兩性에서 볼 때 모두 이성異性에 가까우므로 남자는 '분장한 여인'扮女人을 보고, 여인은 '남자가 분장한'男人扮 것으로 보기 때문이다. 그래서 그것은 영원히 사진관의 유리창에 걸려 있고 국민의 마음속에 걸려 있는 것이다. 외국에는 이처럼 완전한 예술가가 없다. 그래서 망치와 끌을 거머쥐고, 색깔을 배합하고, 먹물을 놀리는 사람들이 발호하도록 내버려 둘 수밖에 없는 것이다.

우리 중국의 가장 위대하고 가장 영구적이고, 게다가 가장 보편적인 예술은 역시 남자가 여장하는 것이다.

1924년 11월 11일

주)

1) 원제는 「論照相之類」이며, 1925년 1월 12일 『위쓰』 제9기에 처음 발표되었다.
2) S시는 루쉰의 출생지인 사오싱(紹興)을 가리킨다.

3) 자채(榨菜)는 쓰촨성 특산의 2년생 초본식물이지만, 보통 자채의 뿌리줄기를 그늘에 말려 소금에 절인 다음 눌러 짜 물기를 뺀 뒤 다시 고추·산초열매·생강·감초·회향(茴香)·소주 따위를 넣어 절인 식품을 가리킨다.

4) 마마(娘娘)는 민간신앙에서 여신을 가리킨다. 예컨대, 삼신할미를 '자손마마'(子孫娘娘)라고 한다.

5) '황제(黃帝)와 기백(岐伯)의 일'은 『황제내경』(黃帝內經)을 가리킨다. 이 책은 황제와 기백의 이름을 빌려 지은, 중국의 유명한 의학 고서이다. 대략 전국(戰國)·진한(秦漢)시대에 의가(醫家)들이 고대 및 당시의 의학 자료를 모아서 편찬한 것이다. 이 책은 「소문」(素問)과 「영추」(靈樞) 두 부분으로 나누어져 있는데, 전자는 황제와 기백의 문답 형식을 사용하여 생리, 병리의 치료 상황을 토론하고 있고, 후자는 주로 순환계 및 일반해부학, 침술치료법 등을 서술하고 있다.

6) 서한 말에 왕망(王莽)이 한 왕조의 권력을 찬탈했을 때 동군(東郡)의 태수(太守) 적의(翟義)와 그의 외조카 진풍(陳豊)이 기병하여 왕망을 토벌하려 했으나 패하여 "사지가 찢긴 채 효시되었고" 적의를 따라 기병했던 사람들도 학살당했다. 『한서』(漢書) 「왕망전」(王莽傳)에 따르면, 적의의 일당인 왕손경(王孫慶)이 붙잡힌 후 "왕망은 태의(太醫)와 상방(尙方)을 시켜 백정과 함께 배를 가르고 가죽을 벗겨 내어 오장(五臟)을 재고 대자리에 혈관(脈)을 펼쳐놓게 했다. 그 처음과 끝을 알면 병을 치료할 수 있다"고 했다.

7) 『석골분경』(析骨分經)은 명대(이 글에서는 '송대'라고 말하고 있으나 잘못임) 영일옥(寧一玉)이 지은 것으로 청대 도정(陶珽)이 편찬한 『속설부』(續說郛) 제30권에 수록되어 있다.

8) "만물은 다 나를 위해 갖추어져 있다"(萬物皆備於我)라는 말은 『맹자』 「진심상」(盡心上)에 나온다.

9) 월경과 정액, 모발과 손톱 등을 약으로 쓸 수 있다는 것에 대한 이야기는 명대 이시진(李時珍)의 『본초강목』(本草綱目) 권52 「인부」(人部)에 기록되어 있다.

10) 증대인(曾大人)은 증국번(曾國藩), 이대인(李大人)은 이홍장(李鴻章), 좌중당(左中堂)은 좌종당(左宗棠), 포군문(鮑軍門)은 포초(鮑超)이다. 그들은 모두 청조의 대신으로서 태평천국(太平天國)의 난을 진압한 사람들이다.

11) 청말에 유신파(維新派) 인물들을 신당(新黨)이라 불렀다.

12) '포면을 작두질하다'(鍘包勉)는 중국에서 과거 유행하던 극(劇) 종목 중 하나이다. 민간전설에 근거하여 송대 포증(包拯)이 공정하게 법을 집행하여 사사로운 정에 얽매이지 않고 죄를 지은 자신의 조카 포면을 작두질했다는 이야기를 다루고 있다.

13) 진대(晋代) 문인 유령(劉伶)을 가리킨다. 『세설신어』(世說新語) 「임탄」(任誕)에 다음과 같은 말이 있다. "유령은 항상 폭음하고 대범하여 가끔 옷을 벗고 나체로 집에 있었는데, 사람들이 보고 그를 비웃었다. 유령은 '나는 천지를 집으로 삼고 집을 잠방이 바지로 여기는데, 그대들은 어찌하여 내 잠방이 바지 속에 들어왔는가?' 했다." 또 「덕행」

(德行)에는 "왕평자(王平子), 호모언국(胡母彦國) 등의 사람들은 모두 구애됨이 없어, 가끔 벌거벗고 지내는 경우도 있었다"라고 했다.

14) 립스(Theodor Lipps, 1851~1914)는 독일의 심리학자, 철학자이다. 그는 『윤리학의 근본문제』(*Die ethischen Grundfragen*)의 제2장 「도덕상의 근본동기와 악」에서 다음과 같이 말했다. "무릇 남을 노예로 삼으려는 사람은 자기도 노예근성을 가지고 있다. 폭군이 되기를 좋아하는 전제자는 도덕 면에서 자부심이 결여되어 있는 사람이다. 무릇 거만하기를 좋아하는 사람은 자기보다 강한 자를 만나면 항상 비굴해진다."(양창지楊昌濟의 번역에 의거함. 『倫理學之根本問題』, 北京大學出版部, 1919)

15) 손호(孫皓, 243~283)는 삼국시대 오(吳)나라 최후의 황제이다. 재위 시절에 음란·사치하고 잔혹하여 함부로 신하와 궁중 사람들을 죽였으며, 사람의 얼굴 가죽을 벗기거나 사람의 눈을 도려내는 등 못하는 짓이 없었다. 진(晋)나라에 항복한 다음 귀명후(歸命侯)로 책봉되었다. 『세설신어』「배조」(排調)에 다음과 같은 기록이 있다. 진 무제(武帝)가 그에게 "듣자 하니 남쪽 사람들은 「이여가」(爾汝歌)를 잘 부른다고 하는데, 그대는 잘할 수 있는가?" 하고 물었다. 그는 술을 마시고 있다가 얼른 술잔을 들어 무제를 향해 "어제는 당신의 이웃이었고 오늘은 당신의 신하가 되었으니 당신에게 한 잔 술을 올리며 당신의 만수무강을 비나이다"라고 노래 불렀다.

16) 메이란팡(梅蘭芳, 1894~1961)은 이름이 란(瀾), 자가 완화(畹華)이고, 장쑤 타이저우(泰州) 사람이며, 경극(京劇) 예술가이다. 그는 여자 주인공(旦角)을 맡는 남자 배우로서 경극의 공연예술 면에서 중요한 성과를 거두었다.

17) 마고(麻姑)는 신화전설에 나오는 선녀이다. 진대 갈홍(葛洪)의 『신선전』(神仙傳)에 따르면, 동한 시기 선인(仙人) "왕방평(王方平)이 채경(蔡經)의 집에 내려와 마고 선녀를 불러들였는데, 아름다운 여자로서 나이가 18~19세 되어 보였고, 손은 새 발톱 같았고, 머리꼭지에는 쪽을 틀고 있었고, 옷에는 무늬가 있었으나 비단 수는 아니었다"고 한다.

18) '천녀산화'(天女散花)는 '선녀가 꽃을 뿌리다'라는 뜻이다.

19) '대옥장화'(黛玉葬花)은 '임대옥(林黛玉)이 꽃장사를 지내다'라는 뜻이다.

20) 『홍루몽』(紅樓夢)은 장편소설로 청대 조설근(曹雪芹)이 지었다. 통행본은 120회이며, 뒤의 40회는 고악(高鶚)이 속작(續作)한 것으로 알려져 있다.

21) 타고르(Rabindranath Tagore, 1861~1941)는 인도의 시인이다. 작품집으로는 『초승달』(*The Crescent Moon*; 중국어 번역명 『신월집』新月集), 『비조집』(飛鳥集) 등이 있다. 1924년 4월 중국에 온 적이 있다. 본문에 나오는 '축진단'(竺震旦)은, 타고르가 중국에서 64세 생일을 맞이했을 때 량치차오가 그에게 붙여 준 중국식 이름이다.

22) 로댕(Auguste Rodin, 1840~1917)은 프랑스의 조각가이다. 작품으로는 「칼레의 시민」(*Les Bourgeois de Calais*), 「생각하는 사람」(*Le Penseur*) 등이 있다.

23) 와일드(Oscar Wilde, 1854~1900)는 영국의 유미주의 작가이다. 작품으로는 『도리언 그레이의 초상』(*The Picture of Dorian Gray*), 『윈더미어 부인의 부채』(*Lady Windermere's Fan*), 『살로메』(*Salomé*) 등이 있다.

24) 로맹 롤랑(Romain Rolland, 1866~1944)은 프랑스의 작가이며 사회활동가이다. 작품으로는 장편소설 『장 크리스토프』(*Jean-Christophe*), 극본 『사랑과 죽음의 장난』(*Le Jeu de l'amour et de la mort*) 등이 있다.

25) 고리키(Максим Горький, 1868~1936)는 소련의 프롤레타리아 작가이다. 작품으로는 장편소설 『포마 고르지예프』(Фома Гордеев), 『어머니』(Мать) 그리고 자전소설 3부작 『어린 시절』(Детство), 『세상 속으로』(В людях), 『나의 대학』(Мои университеты) 등이 있다.

26) 우창숴(吳昌碩, 1844~1927)는 이름이 쥔칭(俊卿)이고, 저장 안지(安吉) 사람이며, 서화가(書畵家), 전각가(篆刻家)이다.

27) 린친난(林琴南, 1852~1924)은 이름이 수(紓), 호가 웨이루(畏廬)이고, 푸젠 민허우(閩侯; 지금의 푸저우) 사람이며, 번역가이다. 그는 다른 사람의 구술을 통해 구미소설 170여 종을 고문으로 번역했는데, 그중 많은 작품이 외국문학 명작이며 청말에서 5·4 시기까지 그 영향력이 매우 컸다. 5·4 시기에 이르러 그는 신문화운동을 가장 격렬하게 반대하였는데, 차이위안페이(蔡元培)에게 보낸 공개서한과 『형생』(荊生), 『요몽』(妖夢)이라는 소설을 통해 신문화운동을 비난했다. 『형생』이라는 작품의 대체적인 내용은 다음과 같다. 톈비메이(田必美; 천두슈를 빗댐), 진신이(金心異; 첸쉬안퉁을 빗댐), 디모(狄莫; 후스를 빗댐) 세 사람이 도연정(陶然亭)에 모여, 톈비메이는 공자를 크게 욕하고 디모는 백화를 주장하는데, 갑자기 옆집에서 늠름한 사내 형생이 나타나서 세 사람을 한바탕 욕하며 때려 준다는 이야기이다.

28) '식형'(識荊)이라는 말은 당대 이백(李白)의 시 「한형주에 주는 글」(與韓荊州書)에 나온다. "생은 만호의 제후로 책봉하는 것도 필요치 않고, 다만 한형주를 한번 만나고 싶다."(生不用封萬戶侯, 但愿一識韓荊州) 후에 '식형'(한형주를 만나다)은 처음 만남에 대한 높임말로 사용되었다.

29) '여부인'(如夫人)은 첩이란 뜻이다. 이 말은 『좌전』(左傳) '희공(僖公) 17년'에 나온다.

30) 린친난은 1919년 3월 차이위안페이에게 보낸 공개서한에서 백화문을 공격하며 이렇게 말했다. "만약 고서(古書)를 전폐하고 토어(土語)를 문자로 사용한다면 도시의 수레꾼이나 장사꾼들이 사용하는 말도 따져 보면 모두 문법에 맞으므로 …… 이에 근거할 때 베이징이나 톈진의 장사치들도 모두 교수로 채용할 수 있을 것이다."

31) 남정정장(南亭亭長)은 이보가(李寶嘉, 1867~1906)를 가리킨다. 자는 백원(伯元)이고, 장쑤 우진(武進) 사람이며, 소설가이다. 작품으로는 장편소설 『관장현형기』(官場現形記), 『문명소사』(文明小史) 등이 있다.

32) 아불산인(我佛山人)은 오옥요(吳沃堯, 1866~1910)를 가리킨다. 자는 견인(趼人)이고, 광둥 난하이의 포산(佛山) 사람이며, 소설가이다. 작품으로는 장편소설 『이십년목도지괴현상』(二十年目覩之怪現狀), 『한해』(恨海) 등이 있다.

33) 창조사(創造社)는 5·4신문화운동 중의 유명한 문학단체이며, 1920년에서 1921년 사이에 성립되었다. 주요 성원으로는 궈모뤄(郭沫若), 위다푸(郁達夫), 청팡우(成仿吾) 등이 있다. 1923년에 출판된 『창조계간』(創造季刊) 제2권 제1기 1주년 기념호에 이 세 사람이 함께 찍은 사진이 게재되었다.

다시 뇌봉탑이 무너진 데 대하여[1)]

충쉬안 선생의 통신[2)](2월의 『징바오 부간』)에서 알게 되었지만, 충쉬안 선생은 배 위에서 두 사람의 여행객이 나누는 이야기를 들었는데, 항저우의 뇌봉탑이 무너진 까닭은, 시골 사람들이 미신에 따라 그 탑의 벽돌을 자기 집에 가져다 놓으면 모든 일이 평안하고 뜻대로 되며 흉조가 길조로 바뀐다고 믿고서 너도나도 파 가는 바람에 세월이 지나면서 무너졌기 때문이라는 것이다. 한 여행객은 또 시후십경은 이제 훼손되고 말았다고 거듭 탄식했다고 한다.

이 소식을 접하면서 아닌 게 아니라 나는 다소 후련함을 느꼈다. 남의 재앙을 보고 기뻐하는 일은 신사답지 못하다는 사실을 잘 알고 있지만, 본래 신사가 아닌 사람이 거짓으로 신사인 체할 수도 없는 노릇이다.

우리 중국의 많은 사람들 ― 나는 여기서, 4억의 동포 전체를 포함하는 것이 아님을 특히 정중하게 밝혀 둔다 ― 은 대체로 '십경병'十景病, 적어도 '팔경병'八景病을 앓고 있으며, 병이 심각하게 도진 때는 아마 청대였을 것이다. 어느 현의 지리서縣誌를 보더라도 그 현에는 '벽촌의 명월'遠村

明月, '고요한 절간에 맑은 종소리'蕭寺淸鐘, '옛 연못의 맑은 물'古池好水 따위의 십경이나 팔경이 있다. 그리고 '십'十자 형의 병균은 이미 혈관에 침투하여 전신을 돌아다니면서, 그 세력은 벌써 '느낌표'(!) 형의 경탄驚歎 망국 병균[3]을 웃돌고 있는 듯하다. 과자에는 십양금十樣錦이 있고, 요리에는 십완十碗이 있고, 음악에는 십번十番[4]이 있고, 염라전에는 십전十殿이 있고, 약에는 십전대보十全大補탕이 있고, 손으로 하는 벌주놀음[5]에는 전복수全福手복수전福手全[6]이 있다. 사람들의 나쁜 행실이나 죄상을 선포할 때도 대체로 10조목을 열거하니, 9조목을 범하고도 그만두지 못하는 모양이다. 이제 시후십경은 훼손되고 말았다! "무릇 천하 국가를 다스리는 데에는 9경이 있다"[7]고 했으니 9경은 원래 예부터 있었으나 흔히 볼 수 있는 것이 아니다. 그래서 그것은 십경병에 대한 좋은 치료약으로서 적어도 환자들에게 예사롭지 못함을 느끼게 하고 스스로 아끼던 지병에 갑자기 그 십분의 일이 달아나 버렸음을 깨닫게 할 수 있을 것이다.

그러나 그 이면에는 여전히 비애가 서려 있다.

사실, 당연히 그렇게 되고야 마는 이러한 파괴도 부질없는 짓이다. 후련하다고 하더라도 무의미한 자기기만에 지나지 않는다. 풍류객이나 신자信士나 전통 숭배자는 고심참담 감언이설로 다시 십경을 보충하고야 만다.

파괴가 없으면 새로운 건설도 없다는 말은 대체로 옳은 말이다. 그러나 파괴가 있다고 해서 반드시 새로운 건설이 있는 것은 아니다. 루소, 슈티르너, 니체, 톨스토이, 입센 등은 브란데스의 말을 빌리면 '질서軌道 파괴자'들이다. 사실 그들은 파괴했을 뿐만 아니라 깨끗이 쓸어버렸는데, 큰소리 지르며 돌진하면서 전체든 조각이든 발길에 채는 낡은 질서면 말끔히 쓸어버렸다. 또한 그들은 폐철이나 헌 벽돌 한 덩이라도 파내어 집으로 가져가서 고물상에 팔아먹을 생각은 하지 않았다. 중국에는 이러한 사람이 아주 적으며, 설령 있다고 하더라도 대중들이 내뱉는 침 속에 빠져 죽을 것이다. 공구 선생은 확실히 위대하다. 무당과 귀신의 세력이 그토록 성행하던 시대에 태어나 세속을 좇아 귀신에 대한 말을 기어코 하지 않으려 했다. 다만 애석하게도 그는 너무 총명하여 "조상을 제사 지낼 때에는 생존해 있는 듯이 하고, 신을 제사 지낼 때에는 신이 앞에 있는 듯이 했다"고 하여 『춘추』春秋를 편찬할 때의 수법 그대로를 사용하여 두 개의 '듯하다'如라는 글자 속에 다소 '날카로운 풍자'의 뜻을 깃들여 놓았는데, 사람들에게 한동안 영문을 모르게 하고 그의 속내에 반대의 뜻이 있다는 것을 알아차리지 못하게 했다. 그는 자로子路에 대해서는 맹세했지만 귀신에 대해서는 선전포고를 하려 하지 않았다.[8] 왜냐하면 일단 선전포고를 하면 평화를 깨는 것이고 남人을 욕했다——귀신을 욕한 것일 뿐이지만——는 죄를 쉽게 범하기 때문이다. 즉, 「형론」衡論(1월의 『선바오 부전』晨報副鐫에 나옴)의 작가 TY 선생처럼 훌륭한 사람이 귀신을 대신해서 그에게 다음과 같이 야유하지 않을 수 없을 것이다. 이름 때문인가? 남을 욕하면 이름을 얻을 수 없다. 이익 때문인가? 남을 욕하면 이익을 얻을 수 없다. 여인을 유혹하려 하는가? 그러면 치우蚩尤의 얼굴을 글 속에 새겨 넣을 수 없다.[9] 그러니 어찌 기뻐서 그 짓을 하겠는가?

공구 선생은 세상물정에 정통한 노선생老先生이기 때문에 대체로 얼굴을 새겨 넣는 문제를 제외하고는 생각이 깊어 공공연하고 대담한 파괴자가 될 필요까지는 없었다. 그래서 단지 귀신에 대해 말하지 않았을 뿐 결코 욕하지는 않았는데, 그리하여 엄연히 중국의 성인이 되었다. 도道란

커서 포함하지 않는 것이 없어야 하기 때문이다. 그렇지 않았다면 오늘날 성묘聖廟에 모셔져 있는 사람은 아마 공孔씨 성이 아니었을 것이다.

연극 무대 위에서일 뿐이기는 하지만, 비극은 인생에서 가치 있는 것들을 파괴시켜 사람들에게 보여 주고, 희극은 가치 없는 것들을 찢어서 사람들에게 보여 준다. 풍자는 또 희극을 간단히 변형시킨 한 지류支流에 불과하다. 그러나 비장悲壯과 익살滑稽은 모두 십경병의 원수이다. 왜냐하면 파괴의 측면은 다르더라도 모두 파괴성을 지니고 있기 때문이다. 중국에서 만일 십경병이 그대로 존재한다면 루소 같은 미치광이는 절대 나오지 않을뿐더러 비극작가나 희극작가나 풍자시인도 절대 나오지 않을 것이다. 있을 수 있는 일이란, 희극적인 인물이나 희극적이지도 비극적이지도 않은 인물이 서로 모방한 십경 속에서, 한편으로는 각자 십경병을 안고 살아가는 것뿐이다.

그렇지만 완전무결하게 정체되어 있는 생활은 세상에서 찾아보기 드문 일이다. 그래서 파괴자가 들이닥치는데, 그러나 결코 자체 내에서 먼저 각성한 파괴자가 아니라 강포한 강도이거나 외래의 오랑캐이다. 험윤[10]이 일찍이 중원으로 들어왔었고, 5호[11]가 들어왔으며, 몽고도 들어왔다. 동포인 장헌충[12]은 풀을 베듯 사람을 죽였는데, 만주 병사의 화살 하나를 맞고 숲속에서 죽었다. 어떤 사람은 중국을 논하면서, 만약 신선한 혈액을 가진 야만족의 침입이 없었더라면 그 자체로 얼마나 부패하게 되었을지 정말 모르는 일이라고 했다. 이는 물론 몹시 가혹한 악담이지만, 우리가 역사책을 펼쳤을 때, 아마 틀림없이 등골에서 진땀이 흐를 때가 있을 것이다. 외부의 적이 들어오면 잠시 동요를 일으키다가 마침내 그를 상전으로 모시고 그의 창칼 아래에서 낡은 관습을 손질한다. 내부의 적이 들어오면 역시 잠시 동요를 일으키다가 마침내 그를 상전으로 모시거나 달리 한 사람을 상전으로 모시고 자신의 부서진 기와와 자갈 속에서 낡은 관습을 손질한다. 다시 한번 현의 지리서를 펼쳐 보면, 매번 병란이 있은 뒤에는 수많은 열부·열녀의 이름이 새롭게 첨가됨을 볼 수 있다. 최근의 병란을 볼 때, 아마 이번에도 크게 절열을 표창하게 될 것이다. 수많은 남자들은 다 어디로 가 버렸는가?

무릇 이런 도적식의 파괴는 결국 온통 부서진 기와와 자갈만을 남겨 놓을 수 있을 뿐이며 건설과는 무관하다.

그러나 태평한 시대에, 바로 낡은 관습을 손질하고 있는, 도적이 없는 시대에는 나라에 잠시나마 파괴가 없는가? 물론 그렇지 않다. 그때에는 노예식의 파괴 작용이 끊임없이 일어나고 있다.

뇌봉탑의 벽돌을 파 간 것은 비근한 작은 실례에 지나지 않는다. 룽먼의 석불[13]은 사지의 대부분이 온전하지 않고, 도서관의 서적들도 삽화를 찢어 가지 못하도록 방비를 해야 하니, 모든 공공물 또는 주인 없는 물건은, 옮겨 가기 어려운 것이라면 온전할 수 있는 것이 아주 드물다. 그러나 그 파괴의 원인을 보면, 혁신자들처럼 제거하기 위한 것도 아니고, 도적들처럼 약탈이나 단순한 파괴를 위한 것도 아니다. 겨우 눈앞의 하찮은 자기 이익 때문에 기꺼이 완전한 형태의 대물大物에 몰래 상처를 입힌다. 이런 사람의 수가 많으니 상처는 자연히 몹시 커지고, 무너진 다음에도 누가 가해를 했는지 알기 어렵게 된다. 그래서 뇌봉탑이 무너진 다음에 우리는 그저 시골 사람들의 미신 때문이라고만 알 뿐이다. 공공소유였던 탑은 없어지고 시골 사람들의 소득이란 벽돌 한 장뿐인데, 이 벽돌도 앞으로 또 다른 자기 이익을 챙기는 사람의 소장품이 되어 결국 사라지고 말 것이다.

백성이 안락하고 물산이 풍부해지면 십경병이 발작하여 새 뇌봉탑이 다시 세워질 수도 있을 것이다. 그러나 그 탑의 앞으로의 운명은 미루어 짐작하여 알 수 있는 것이 아니겠는가? 만약 시골 사람들이 그대로의 시골 사람들이라면 낡은 관습도 여전히 그대로의 낡은 관습일 것이다.

이러한 노예식의 파괴는 결국 온통 부서진 기와와 자갈만을 남겨 놓을 수 있을 뿐이며 건설과는 무관하다.

어찌 시골 사람들의 뇌봉탑에 대한 태도뿐이겠는가. 날마다 중화민국의 초석을 몰래 파 가는 노예들이 지금 얼마나 되는지 모를 일이다!

부서진 기와와 자갈 마당은 그래도 슬픈 일이 못 된다. 부서진 기와와 자갈 마당에서 낡은 관습을 손질하는 것이야말로 슬픈 일이다. 우리는 혁신적인 파괴자를 필요로 한다. 왜냐하면 그들의 마음속에는 이상의 빛이 있기 때문이다. 우리는 혁신자와 도둑·노예를 구별할 줄 알아야 하며, 스스로 후자의 두 종으로 떨어지지 않도록 유의해야 한다. 이 구별은 결코 복잡하고 어렵지 않으며 남을 관찰하고 자기를 반성하면 된다. 앞에 내세우고 있는 것이 아무리 선명하고 보기 좋은 깃발이라 할지라도, 무릇 언동이나 사상 속에 그것을 빙자하여 자기 소유로 하려는 조짐이 보이는 자는 도적이며, 그것을 빙자하여 눈앞의 하찮은 이득을 차지하려는 조짐이 보이는 자는 노예이다.

1925년 2월 6일

주)

1) 원제는 「再論雷峰塔的倒掉」이며, 1925년 2월 23일 『위쓰』 제15기에 처음 발표되었다.

2) 충쉬안(崇軒) 선생의 통신은 1925년 2월 2일 『징바오 부간』 제49호에 게재된 후충쉬안(胡崇軒)이 편집자 쑨푸위안(孫伏園)에게 보낸 편지 「뇌봉탑이 무너진 원인」(雷峰塔倒掉的原因)을 가리킨다. 편지에는 다음과 같은 말이 있다. "그 뇌봉탑이 언제 절반이 무너져 버렸는지 모르겠습니다. 절반만 남아 있어 아주 허름해 보였습니다. 그런데 우리 그곳 시골 사람들은 대체로 이런 미신이 있습니다. 뇌봉탑의 벽돌을 하나 가지고 와서 집에 놓아두면 집안이 평안해지고 일이 뜻대로 되며 모든 흉사가 길조로 바뀔 수 있답니다. 그래서 뇌봉탑을 구경하러 가는 시골 사람들은 모두 남몰래 탑의 벽돌을 하나씩 파와 집으로 가져갑니다.—내 이종사촌 형도 그렇게 했습니다. 생각해 보십시오. 한 사람이 하나씩 가져간다고 해도 세월이 지나고 또 지나면 그 뇌봉탑의 벽돌은 사람들이 다 파 가게 되므로 탑이 어찌 무너지지 않을 수 있겠습니까? 지금 뇌봉탑은 이미 무너졌습니다. 아아, 시후십경은 이제 훼손되고 말았습니다!" 후충쉬안은 후예핀(胡也頻)이다. 당시 『징바오』의 부간 『민중문예』(民衆文藝) 주간의 편집자였다.
3) 망국병균(亡國病菌)은 당시의 기괴한 논조 중 하나이다. 1924년 4월 『심리』(心理) 제3권 제2호에 장야오샹(張耀翔)의 「신시인의 정서」(新詩人的情緒)라는 글이 실렸다. 이 글은 당시 출판된 일부 신시집(新詩集)에 나오는 경탄부호(!)의 통계를 내고, 이 부호는 "축소하면 세균 같아 보이고, 확대하면 몇 줄의 탄알 같아 보인다"라고 하면서, 이것은 소극적·비관적·염세적인 정서의 표현이므로 경탄부호를 많이 쓰는 백화시(白話詩)는 모두 '망국의 소리'(亡國之音)라고 했다.
4) 십번(十番)은 '십번고'(十番鼓), '십번라고'(十番鑼鼓)라고도 하는데, 몇 개의 곡패(曲牌)와 징과 북의 단락을 연이어 엮어서 만든 일종의 투곡(套曲)이다. 푸젠, 장쑤, 저장 등지에서 유행했다. 청대 이두(李斗)의 『양주화방록』(楊州畫舫錄) 권11의 기록에 따르면, 십번고는 적(迪), 관(管), 소(簫), 현(弦), 제금(提琴), 운라(雲鑼), 탕라(湯鑼), 목어(木魚), 단판(檀板), 대고(大鼓) 등 10종의 악기를 사용하여 번갈아 합주하는 것이다.
5) 벌주놀음(猜拳). 술자리에서 흥을 돋우기 위하여 두 사람이 동시에 손가락을 내밀면서 각각 한 숫자를 말하는데, 말하는 숫자와 쌍방이 내민 손가락의 총수가 일치하면 이기는 것으로, 진 사람이 벌주를 마시는 놀이이다.
6) 손으로 하는 벌주놀음(猜拳)에서 장단을 맞추기 위해 십(十) 대신에 '전복수'(全福手) 또는 '복수전'(福手全)이라 소리 지른다.
7) "무릇 천하 국가를 다스리는 데에는 9경이 있다"(凡爲天下國家有九經)라는 말은 『중용』(中庸)에 나온다. "무릇 천하 국가를 다스리는 데에는 9경이 있다. 즉, 자신의 몸을 닦고, 어진 사람을 존경하고, 어버이를 섬기고, 대신(大臣)을 공경하고, 군신(群臣)을 아끼고, 백성을 사랑하고, 백공(百工)을 애호하고, 변경 사람들을 보살피고, 제후들을 품어 주는 것이 그것이다." 천하 국가를 다스리는 데 반드시 해야 하는 아홉 가지 일을 뜻한다. 여기서는 다만 '경'(經)과 '경'(景) 두 글자의 발음이 같음을 취했다.

8) 공구(孔丘, B.C. 551~479)는 공자(孔子)이며, 춘추시대 노(魯)나라 쩌우이(陬邑 ; 지금의 산둥 취푸曲阜) 사람이다. 『논어』「술이」에는 "공자는 괴이한 일, 힘으로 하는 일, 어지러운 일, 귀신에 관한 일은 말하지 않았다"라는 기록이 있다. "조상을 제사 지낼 때에는 생존해 있는 듯이 하고, 신을 제사 지낼 때에는 신이 앞에 있는 듯이 했다"라는 말은 『논어』「팔일」(八佾)에 나온다. 공자는 『춘추』(春秋)를 수정했는데, 후대의 경학가들은 공자가 한 글자로 포폄(褒貶)하여 미언대의(微言大義)를 나타내었다고 하여 그것을 '춘추필법'이라 했다. 공자가 제자인 자로(子路)에게 맹세한 일은 『논어』「옹야」(雍也)에 나온다. "공자가 남자(南子)를 만났는데, 자로가 좋아하지 않자 공자는 맹세하면서 말하기를, '내게 그릇된 점이 있다면 하늘이 버릴 것이다, 하늘이 버릴 것이다' 했다." 남자는 위(衛) 영공(靈公)의 부인이다. 그는 당시 송조(宋朝)를 비롯하여 여러 사람과 음란한 행위를 하여 유명했다.

9) 「형론」(衡論)은 1925년 1월 18일 『천바오 부간』(晨報副刊) 제12호에 발표된 글이며, 지은이는 TY라고 서명되어 있다. 이 글은 비평문 쓰기를 반대하고 있는데, 그중에 다음과 같은 말이 있다. "이런 사람들(비평문을 쓰는 사람)은 그 본심이 어디에 있는지 정말 모르겠다. 돈을 벌려고 하는 것이라고 말하자니, 종종 손해를 보면서까지 출판을 하니 그렇지도 않다. 여인을 유혹하려는 것이라고 말하자니, 그의 주원장(朱元璋) 같은 얼굴 모습이 글에 새겨지는 것도 아니니 그렇지도 않다. 이름을 얻기 위한 것이라고 말하자니, 그의 신랄한 글을 본 것으로도 족한 판에 누가 그를 믿어 주겠는가?" 여기서 루쉰은 말이 나온 김에 이 글에 대해 슬쩍 풍자하고 있다.

10) 험윤(玁狁)은 중국 고대 북방민족의 하나로 주(周)나라 때 험윤(玁狁)이라 했고, 진한(秦漢) 때는 흉노(匈奴)라고 했다. 주나라 성왕(成王), 선왕(宣王) 때 그들과 전쟁을 치른 적이 있다.

11) 5호(五胡)는 역사에서 흉노(匈奴), 갈(羯), 선비(鮮卑), 저(氐), 강(羌) 등 다섯 소수민족을 합하여 부르던 말이다.

12) 장헌충(張獻忠, 1606~1646)은 옌안(延安) 류수젠(柳樹澗 ; 지금의 산시 딩볜定邊의 동쪽) 사람이며, 명말 농민봉기의 지도자였다. 숭정 3년(1630)에 봉기를 일으켜 산시성(陝)과 허난성(豫) 각지에서 싸웠다. 숭정 17년(1644)에는 쓰촨성(川)으로 들어가 청두(成都)에서 대서국(大西國)을 세웠다. 청나라 순치 3년(1646)에 쓰촨성을 나오다가 쓰촨성 북부 옌팅제(鹽亭界)에서 졸지에 청병(淸兵)을 만나 펑황푸(鳳凰坡)에서 화살을 맞고 말에서 떨어져 죽었다. 옛 역사서(야사野史나 잡기雜記를 포함하여)에는 그가 사람을 죽인 것에 대한 기록이 과장되어 많이 나온다.

13) 룽먼(龍門)은 산 이름이며, 허난 뤄양(洛陽)의 남쪽에 있다. 북위(北魏)에서 당대에 이르기까지 불교를 믿는 사람들이 절벽에 불상을 조각하여 놓았는데, 그 수효가 대략 9만여에 이른다.

거울을 보고 느낀 생각[1]

옷상자를 뒤졌더니 헌 구리거울 몇 개가 나왔다. 아마 민국 초년 처음 베이징에 왔을 때 거기서 산 것일 게다. '사정이 바뀌면 마음도 변한다'는 격으로 완전히 잊어버리고 있었는데, 흡사 전혀 다른 세상의 것처럼 보였다.

하나는 지름이 두 치밖에 되지 않았다. 묵직하고, 뒷면에는 포도가 가득 새겨져 있고 또 뛰어오르는 날다람쥐가 있고, 테두리에는 작은 날짐승이 한 바퀴 그려져 있었다. 골동품가게 주인은 모두 '해마포도경'海馬葡萄鏡이라 했다. 그러나 내 이 거울은 전혀 해마가 없으니 사실 이름과 맞지 않은 것이다. 다른 것을 보았더니 거기에는 해마가 있었지만 너무 비싸서 사지 못했다는 기억이 났다. 이것들은 모두 한대漢代의 거울이다. 나중에는 모조나 주조한 것들도 생겼는데, 무늬는 몹시 거칠고 조잡했다. 한나라 무제가 대완大宛과 안식安息을 개통시켜 천마天馬와 포도를 가져왔는데,[2] 아마 당시에는 대단한 일로 여겨서 곧 그것을 일상 집기의 장식으로 삼았던 것이다. 옛날에는 외부에서 가져온 물품은 일일이 해海라는 글자를 붙였다. 예를 들어 해류海榴, 해홍화海紅花, 해당海棠 따위가 그것이다. 해海자는 오늘날 이른바 양洋자이며, 해마海馬를 오늘날의 말로 번역하면 당연히 양마洋馬가 되어야 한다. 거울 코는 두꺼비였다. 거울은 보름달과 같고 달 속에는 두꺼비가 있기[3] 때문에 그렇게 한 모양인데, 한나라 때의 일과는 상관이 없을 것이다.

멀리 생각해 보면 한나라 사람들은 다소 도량이 넓어 새로 가져온 동식물에 대해 조금도 꺼리지 않고 장식을 위한 무늬로 삼았다. 당나라 사람들도 그에 못지않았다. 예를 들어, 한나라 사람들이 무덤 앞에 세운 돌짐승은 대부분 양, 호랑이, 천록, 피사[4]였고, 창안의 소릉에는 화살을 맞은 준마가 새겨져 있고,[5] 또 타조도 한 마리 있다. 그 방법은 이전의 옛사람들이 전혀 사용하지 않은 것이다. 요즈음이라면 무덤 앞에서는 말할 것도 없고 일반적인 회화에서조차 감히 외국의 꽃이나 외국의 새를 사용하는 사람이 있겠는가, 개인의 도장에서조차 초서草書나 속자를 사용하려는 사람이 있겠는가? 많은 고상한 사람들은 연월을 기억하는 데에도 반드시 갑자甲子를 사용하고 민국民國 기원紀元의 사용은 꺼려한다. 그토록 대담한 예술가가 없어 그런지, 아니면 있었지만 민중에게 박해를 받아 마침내 위축되었거나 죽지 않을 수 없게 되어 그런지 모를 일이다.

송대의 문예는 지금처럼 국수의 분위기가 물씬 풍겼다. 그렇지만 요나라, 금나라, 원나라가 잇달아 쳐들어왔으니 그 분위기는 꽤 의미심장하다. 한당대에도 비록 변경의 우환이 있었지만 기백이 어쨌든 웅대하여 인민들은 이민족의 노예로 떨어지지 않을 것이라는 자신감이 있었고, 아니면 그 점을 전혀 생각지 않았다. 그래서 대개 외래의 사물을 가져다 사용할 때에도 마치 포로로 잡아 온 것인 양 마음대로 부리면서 절대로 개의치 않았다. 일단 쇠락하고 기울어질 무렵이면 신경이 쇠약해지고 과민해져 외국의 물건을 볼 때마다 마치 그것이 나를 잡으러 온 것인 양 생각하면서 거절하고 두려워하고 주춤거리고 도피하고 벌벌 떨고, 또 반드시 한편의 도리를 짜내어 그것을 덮어 숨기려 한다. 그리하여 국수가 드디어 나약한 왕이나 나약한 노예의 보배가 된다.

어디서 가져온 것인지 상관없이 음식물이기만 하면 건장한 사람은 대체로 깊이 생각할 필요도 없이 먹을 수 있는 것으로 인정한다. 다만 쇠약하고 병든 사람은 오히려 늘 위를 해칠까, 몸을 상하게 할까 염려하여 특히 금기가 많고 기피하는 것이 많다. 더욱이 대체로 이해득실을 따지는 것이겠지만 끝내 요령부득인 이유를 한 뭉치 가지고 있다. 예컨대, 먹어도 무방하지만 먹지 않는 것이 더 안전하다느니, 먹으면 혹 이로울 수도 있겠지만 어쨌든 먹지 않는 것이 마땅하다느니 하는 따위이다. 그러나 이런 인물은 어쨌든 날로 쇠약해지게 마련이다. 왜냐하면 그는 종일토록 벌벌 떨고 또 스스로 미리부터 활기를 잃어버렸기 때문이다.

남송은 지금과 비교하여 어떠했는지 모르겠으나 외적에 대해서는 그야말로 이미 신하로 자처했고, 유독 국내에서는 번거롭고 불필요한 예절과 시끌벅적한 잡소리가 특히 많았다. 바로 재수 없는 인물에게는 공교롭게도 기피하는 것이 많은 것처럼 활달하고 웅대한 기풍은 깨끗이 사라졌다. 그후 내내 큰 변화는 없었다. 나는 옛 물건들을 진열해 놓은 곳에 진열되어 있는 옛 그림 속에서 인장을 하나 본 적이 있다. 그것은 로마자모 몇 글자로 되어 있었다. 그러나 그것은 이른바 '우리 성조 인황제'[6]의 인장이었는데, 한족을 정복한 주인이었으니 그는 감히 그렇게 할 수 있었다. 한족의 노예라면 감히 그렇게 할 수 없었을 것이다. 지금이라면 예술가라 하더라도 외국 문자로 된 도장을 감히 사용할 수 있겠는가?

청나라 순치 연간에 시헌서[7]에 "서양의 새 역법에 따르다"依西洋新法라는 다섯 글자를 찍었는데, 통곡하고 눈물을 흘리며 서양인 아담 샬湯若望을 탄핵한 사람은 다름 아닌 한인漢人 양광선이었다.[8] 강희 초에 이르러 그가 논쟁에서 이기자 그를 흠천감정欽天監正 자리에 앉히게 되었다. 그런데 또 머리를 조아리며 상소하여 "그러나 천문을 연구하는 이치는 알겠으나 천문을 연구하는 계산은 알지 못하겠나이다" 하고 사직하려 했다. 사직을 허락하지 않자 또 통곡하고 눈물을 흘리면서 『부득이』不得已라는 글을 지어서 "중하[9]에 훌륭한 역법이 없을지언정 중국에 서양인이 있게 해서는 안 됩니다" 하고 말했다. 하지만 마침내 윤월閏月마저 잘못 계산했다. 그는 아마도 훌륭한 역법은 오로지 서양인에 속하는 것으로 중국 사람들은 스스로 배워서는 안 되고 또 잘 배울 수도 없다고 생각한 모양이다. 그러나 그는 결국 사형선고를 받았으나 죽이지 않고 돌아가도록 놓아주었는데, 도중에 죽고 말았다. 아담 샬이 중국에 들어온 것은 명나라 숭정 초였지만 그의 역법은 그때까지도 사용되지 못했다. 후에 완원[10]이 이에 대해 논하면서 이렇게 말했다. "명대 말엽에 군신들은 대통력[11]이 점차 잘 들어맞지 않게 되자 기구를 설치하여 수정에 들어갔는데, 새 역법의 정밀함을 알게 되었지만 끝내 시행하지는 않았다. 성조聖朝 정정定鼎 연간에 이 역법을 시헌서로 만들어 천하에 반포하여 시행했다. 십여 년 동안 논쟁하고 번역한 노고가 우리 조대에 와서 채용될 준비가 되었다는 것은 실로 기이한 일이다! …… 우리나라는 대대로 성군으로 이어져 와 인재 등용과 정치가 오직 올바름을 추구하고 미리부터 편견을 가지는 법은 없었다. 이 일단만 보더라도 하늘만큼 큰 도량을 우러러 알 수 있다!"(『주인전』45)

오늘날 전해져 오는 옛 거울들은 무덤에서 출토된 것이 대부분을 차지하는데, 원래 순장품이었다. 그런데 나도 일상용 거울을 하나 가지고 있다. 얄팍하고 큼직하여 한나라의 것을 모방한 것이나 아마도 당대의 것으로 보인다. 그 증거로, 첫째 거울 코가 이미 상당히 마모되었다는 점이고, 둘째 거울 면에 생긴 모래눈은 다른 구리를 사용하여 메꾸어 놓았다는 점이다. 당시 규방에서 당인唐人들의 황색 이마와 녹색 눈썹[12]을 비추던 것이 지금은 내 옷상자 속에 갇혀 있으니 거울은 아마 금석今昔에 대한 느낌이 많을 것이다.

그러나 구리거울의 공급은 대략 도광道光·함풍咸豊 연간까지도 유리거울과 병행되었다. 가난한 시골이나 궁벽한 곳에서는 지금도 사용하고 있을 것이다. 내가 살던 곳에서는 혼인과 장례의식을 제외하고는 전부가 유리거울로 대체되었다. 그렇지만 아직도 그 여업餘業은 찾아볼 수 있다. 가령 길거리에서, 위에 갈색돌이나 청색돌이 매달려 있는 긴 의자 모양의 물건을 등에 지고 있는 노인을 만날 수 있는데, 그가 외치는 소리를 한참 서서 들어 보면 바로 "거울 갑니다, 가위 갑니다!" 하는 것이다.

송나라 때의 거울은 나는 아직 훌륭한 것을 보지 못했다. 십중팔구 무늬가 전혀 없고 다만 상점 이름이나 "의관을 바르게 하다"正其衣冠 따위의 진부한 경구만이 있을 뿐이다. 참으로 "세상 기풍이 날로 나빠지다"와 같은 격이다. 그러나 진보하며 퇴보하지 않기 위해서는 아무래도 스스로 새로운 스타일을 만들어 내어야 하고, 적어도 이역異域에서 재료를 취해 와야 한다. 만일 여러 가지로 망설이고, 여러 가지로 조심하고, 여러 가지로 떠들어 대면서, 이렇게 하면 조상에게 위배되고, 저렇게 하면 또 오랑캐와 같아진다고 한다면 평생 살얼음 위를 걷는 듯이 두려워 벌벌 떨다 때를 놓칠 것이니, 어찌 훌륭한 것들을 만들어 낼 수 있을 것인가. 그래서 사실

"지금이 옛날보다 못하다"라는 것은 바로 "지금이 옛날보다 못하다"라고 떠들어 대는 제위諸位 선생들이 많기 때문이다. 오늘날의 상황도 여전히 이러하다. 만일 도량을 넓혀 대담하고 두려움 없이 신문화를 마음껏 새로 흡수하지 못한다면 양광선처럼 서양 주인 앞에서 중국의 정신문화를 숨김없이 드러낼 때가 아마 머지않을 것이다.

그러나 나는 여태껏 유리거울을 배척하는 사람을 만나 보지는 못했다. 다만 함풍 연간에 왕왈정[13] 선생이 그의 대저 『호아』湖雅에서 공격한 적이 있다는 것을 알고 있을 뿐이다. 그는 비교연구까지 한 다음에 마침내 그래도 구리거울이 좋다고 결론을 내렸다. 가장 이해할 수 없는 것은, 그가 얼굴을 비추었더니 유리거울은 구리거울만 못하다고 말한 것의 정확성 문제이다. 혹시 그때의 유리거울이 정말 그렇게 나빴던 것일까, 아니면 그 노선생도 국수라는 안경을 끼고 있었기 때문일까? 나는 옛날의 유리거울을 보지 못했다. 이 점에 대해서는 끝내 정확히 추측할 수 없다.

1925년 2월 9일

주)

1) 원제는 「看鏡有感」이며, 1925년 3월 2일 『위쓰』 제16기에 처음 발표되었다.

2) 한나라 무제 유철(劉徹)은 건원(建元) 3년(B.C. 138)부터 장건(張騫), 이광리(李廣利) 등을 사신으로 여러 차례 서역(西域)에 파견하여 대완(大宛)·안식(安息) 등지까지 가도록 했는데, 서아시아와 무역거래, 문화교류가 이루어지는 길을 열었다. 대완·안식은 모두 고대국가 이름이다. 대완의 옛 땅은 지금의 우즈베키스탄공화국 영토 내에 자리 잡고 있었다. 안식의 옛 땅은 지금의 이란 영토 내에 자리 잡고 있었다. 천마(天馬)와 포도는 모두 대완에서 가져왔다. 『사기』(史記) 「대완열전」(大宛列傳)에는 다음과 같은 기록이 있다. "오손마(烏孫馬)를 얻었는데 훌륭하여 그 이름을 천마(天馬)라고 했다. 대완의 한

혈마(汗血馬)를 얻었는데 더욱 멋져서 오손마는 서극(西極)이라 고쳐 부르고, 대완마(大宛馬)를 천마라고 했다." 또 다음과 같은 기록이 있다. "대완 일대에서는 포도로 술을 빚는데, 부자들은 만여 석(石)의 술을 저장하여 두었고, 오래된 것은 수십 년이나 되지만 썩지 않는다. 세간에서는 술을 좋아하고 말은 개자리(콩과의 식물로 목초나 거름으로 씀)를 좋아한다. 한나라 사신이 그 씨를 가져와 천자가 처음으로 비옥한 땅에 개자리와 포도를 심었다. 천마가 많아지고 외국의 사신이 늘어나자 이궁(離宮)이나 별관(別觀) 옆에 전부 포도와 개자리를 심었는데 멀리까지 바라보였다."

3) 중국 고대의 신화전설이다. 『회남자』(淮南子) 「정신훈」(精神訓)에 나온다. "해 속에는 세 발 달린 까마귀(踆烏)가 있고, 달 속에는 두꺼비가 있다."

4) 천록(天祿)과 피사(辟邪)는 『한서』 「서역전」(西域傳) 및 맹강(孟康)의 주석에 따르면, 서역의 오익산이국(烏弋山離國; 지금의 아프카니스탄 서부에 해당)에 사는 동물이다. "사슴과 비슷하며 꼬리가 길고, 뿔이 하나인 것을 천록(天鹿[祿])이라 하고 뿔이 둘인 것을 피사(辟邪)라 한다."

5) 소릉(昭陵)은 당나라 태종(太宗) 이세민(李世民)의 무덤이며, 산시(陝西) 리취안(醴泉)의 동북쪽 주쭝산(九嵕山)에 있다. 소릉의 화살 맞은 준마는, 태종이 무덕(武德) 4년(621)에 뤄양(洛陽)을 평정할 때 탔던 명마 삽로자(颯露紫)를 돌에 새겨 놓은 부조상으로 소릉의 여섯 준마 중에서 대표적인 걸작이다. 당나라 태종은 이 전쟁에서 삽로자 말이 부상을 당하여 위험에 빠졌는데, 구행공(丘行恭)이라는 용감한 병사가 자신이 타던 말을 헌상하여 위험에서 벗어날 수 있었다. 석각(石刻)에는 갑옷을 입고 칼을 찬 구행공이 말을 헌상한 다음 삽로자 앞에 서서 손으로 말고삐를 잡고 말의 가슴에 박힌 화살을 뽑아내는 장면이 표현되어 있다. 소릉의 여섯 준마는 삽로자, 권모과(拳毛騧), 백제오(白蹄烏), 특륵표(特勒驃), 청추(靑騅), 집벌적(什伐赤)이다. 당나라 태종은 전사한 자신의 여섯 준마를 기념하기 위해 정관(貞觀) 10년(636)에 조서를 내려 부조석상을 새기게 했는데, 소릉 침전(寢殿)의 동서 양쪽의 회랑 벽에 상감되었다. 삽로자와 권모과 두 석각은 1921년 미국이 약탈하여 갔는데, 지금은 필라델피아대학 박물관에 전시되어 있다. 나머지 네 준마는 옮겨 가려고 할 때 그곳 사람들로부터 저지를 당했다. 그러나 이미 여러 조각으로 잘리어졌고, 지금은 시안(西安) 역사박물관에 보존되어 있다.

6) '우리 성조(聖祖) 인황제(仁皇帝)'는 청나라 강희 황제 현엽(玄燁)을 가리킨다.

7) 시헌서(時憲書)는 역서(曆書)를 가리킨다. 청대에 고종(高宗) 홍력(弘曆)의 이름을 피하기 위해 역서를 '시헌서'라고 고쳐 불렀다.

8) 아담 샬(Johann Adam Schall von Bell, 湯若望, 1591~1666)은 독일 사람이며, 천주교 선교사이다. 명나라 천계 2년(1626) 중국에 와서 전도했으며, 이후 역국(曆局)에서 일을 맡았다. 청나라 순치 원년(1644)에 흠천감(欽天監) 감정(監正; 천문을 관찰하고 절기와 역법을 계산하는 주요 장관)에 임명되어 역법(曆法)을 바꾸고 역서(曆書)를 새로 편찬했다.

양광선(楊光先, 1597~1669)은 자가 장공(長公)이며, 안후이(安徽) 서셴(歙縣) 사람이다. 순치 때 그는 예부(禮部)에 상서하여 역서의 표지에 "서양의 새 역법에 따르다"(依西洋新法)라는 다섯 글자를 사용해서는 안 된다고 했으나 효과가 없었다. 강희 4년(1665)에 그는 또 예부에 상서하여 역서에서 그 해 12월 1일의 일식을 잘못 계산한 것을 질책했다. 그래서 아담 샬 등은 유죄판결을 받았고, 양광선이 뒤를 이어 흠천감 감정이 되어 옛 역법을 다시 부활시켰다. 강희 7년에 그는 윤달을 잘못 계산하여 하옥되었는데, 처음에는 사형이 언도되었으나 후에 연로함을 참작하여 변방으로 귀양 보내졌고 다시 사면을 받아 고향으로 돌아가게 되었다. 본문의 『부득이』(不得已)는 양광선이 수차례에 걸쳐 아담 샬의 죄상을 고발한 상서문을 모아놓은 것이다.

9) 원문은 '중하'(中夏)로 중국인들 스스로가 중국을 부를 때는 쓰는 말이다.

10) 완원(阮元, 1764~1849)은 자는 백원(伯元), 호는 운태(芸台)이고, 장쑤 의정(儀征) 사람이며, 청대 학자이다. 광둥·광시(廣西) 총독, 체인각대학사(體仁閣大學士)를 역임했다. 저서로는 『연경실집』(揅經室集), 『주인전』(疇人傳) 등이 있다.

『주인전』은 전체 8권이며, 중국 고대에서 청대까지의 천문학자, 역학계산학자 400명과 중국에 체류한 적이 있는 아담 샬, 마테오 리치(Matteo Ricci), 페르디난트 페르비스트(Ferdinand Verbiest) 등 서양인 52명의 전기를 수록하고 있다. 주인(疇人)은 천문학자, 역학계산학자라는 뜻이다.

11) 대통력(大統曆)은 역법의 하나이다. 명대 초에 유기(劉基)가 『대통력』(大統曆)을 올렸다. 홍무(洪武) 17년에는 난징(南京) 지밍산(鷄鳴山)에 관상대를 설치하고 박사 원통(元統)에게 역법을 고치도록 했는데, 여전히 『대통』(大統)이라고 불렀다.

12) '황색 이마와 녹색 눈썹'은 옛날 부녀자들이 이마와 눈썹에 하던 화장을 가리킨다. 황색 이마는 육조(六朝) 때 시작되었고, 녹색 눈썹은 대략 전국 시기에 이미 시작되었는데, 이 둘은 당대에 성행했다.

13) 왕왈정(王曰楨, 1813~1881)은 자가 강목(剛木), 호가 사성(謝城)이며, 저장 우싱(吳興) 사람이다. 청나라 함풍 시기에 회계교유(會稽敎諭)를 역임했다. 저서로는 『호아』(湖雅), 『역대장술집요』(歷代長術輯要) 등이 있다.

『호아』는 전체 9권이며 자신이 편찬한 『여장총각』(荔墻叢刻)에 수록되어 있다. 『호아』 권9의 '기용지속'(器用之屬)에서 거울에 대해 언급할 때 다음과 같이 말했다. "근년에 유리거울이 성행하고 설경(薛鏡; 명대 사람 설혜공薛惠公이 주조한 구리거울을 가리킴)은 오래전부터 다시 만들지 않게 되었다. 그런데 유리거울은 사물을 제대로 비추지 못하여 사람들은 비뚤어진다고 말하는데, 구리거울은 이런 병폐가 없다. 또 유리는 쉽게 부서지고 구리만큼 내구성이 없는데도 세속에서는 오히려 구리거울을 버리고 유리거울을 취하니 정말 모를 일이다. 세상 기풍이 날로 야박해지고 옛것을 싫어하고 새것을 좋아한다는 것은 바로 이 한 가지 사실로도 알 수 있는 일이다."

춘말한담(春末閑談)[1]

베이징은 지금 바야흐로 늦봄이다. 아마 나는 지나치게 성미가 급해 그렇겠지만 여름이라는 기분이 들었다. 그래서 갑자기 고향의 나나니벌[2]이 생각났다. 그때는 아마 한여름이었을 것이다. 파리가 차일을 매어둔 밧줄에 빽빽이 앉아 있고, 새까만 나나니벌이 뽕나무 사이나 담벼락 구석에 걸린 거미줄 주변을 맴돌며 날다가 이따금 작은 파란벌레를 물고 가거나 거미를 잡아끌었다. 파란벌레나 거미는 처음에는 끌려가지 않으려고 버티었지만 끝내 힘이 빠져 비행기를 탄 듯이 물린 채 공중으로 날아갔다.

노인들은 나에게, 그 나나니벌은 바로 책에서 말하는 과라蜾蠃인데, 모두가 암컷이고 수컷이 없어 반드시 명령螟蛉[3]을 잡아다 양자로 삼는다고 일러 주었다. 나나니벌은 작은 파란벌레를 둥지 속에 가두어 놓고 자신은 밖에서 밤낮으로 둥지를 두드리면서 "나를 닮아라, 나를 닮아라" 하고 빌고, 며칠 ── 분명하게 기억나지는 않지만 아마 칠칠은 사십구일일 것이다 ── 이 지나면 그 파란벌레는 나나니벌이 된다고 한다. 그래서 『시경』에서 "명령이 새끼를 낳으니 과라가 업어 간다"고 했다. 명령은 바로 뽕나무 위에 사는 작은 파란벌레이다. 그렇다면 거미는 어찌된 일인가? 그들은 말하지 않았다. 내 기억으로 몇몇 고증학자들은 이미 이설異說을 제기했는데, 나나니벌은 사실 스스로 알을 낳을 수 있으며, 파란벌레를 잡아가는 것은 바로 둥지에 두었다가 부화하여 나온 어린 벌에게 먹이로 주려는 것이라고 한다. 그러나 내가 만난 선배들은 다 이 설을 취하지 않고 그냥 데려가서 딸로 삼는다고 했다. 우리가 세상의 아름다운 이야기를 좀 남겨 두기 위해서는 오히려 그렇게 하는 것이 더 나을 것이다. 긴 여름날 아무 일 없이 나무그늘 아래에서 더위를 식히며 벌레 두 마리가 한 마리는 잡아끌고 한 마리는 버티고 있는 것을 보고 있노라면, 자애로운 어머니가 가슴 가득 호의를 품고 딸아이를 타이르는 것 같고, 파란벌레가 이리저리 뒤틀며 버티는 모습은 흡사 철없는 계집아이와 같다.

그러나 결국 오랑캐 사람들은 밉살스러워 굳이 무슨 과학이라는 것을 따지고 든다. 과학은 비록 우리에게 경이로움을 많이 가져다주었지만 역시 우리의 좋은 꿈을 많이 깨뜨려 놓았다. 프랑스의 곤충학 대가인 파브르(Fabre)[4]가 자세하게 관찰한 이후 어린 벌에게 먹이로 주려는 것이 사실로 증명되었다. 그리고 이 나나니벌은 평범한 살인범일 뿐만 아니라 아주 잔혹한 살인범이며, 또 학식과 기술이 대단히 고명한 해부학자라는 것이다. 나나니벌은 파란벌레의 신경구조와 작용을 알고 있어 신기한 독침으로 그의 운동신경구에 한 번 찌르기만 해도 파란벌레는 마비되어 죽지도 살지도 않은 상태가 된다. 이렇게 하여 나나니벌은 파란벌레의 몸에 벌의 알을 까고 둥지 속에 가두어 놓는다. 파란벌레는 죽지도 살지도 않았기 때문에 움직일 수 없다. 그러나 죽지도 살지도 않았기 때문에 나나니벌의 새끼가 부화하여 나올 때까지 썩지 않아 이 먹이는 잡았을 당시와 마찬가지로 여전히 신선하다.

삼 년 전 나는 신경이 과민한 러시아 사람 E군[5]을 만났는데, 어느 날 그는 갑자기 근심스러운 표정으로, 앞으로 과학자들은 누군가의 몸에 주사하기만 하면 그 사람은 기꺼이 영원히 복역이나 전쟁을 하는 기계가 되고 말 그러한 신기한 약품을 발명하기에 이르지 않을 수 없다고 했다. 그때 나도 미간을 찌푸리고 탄식하며 함께 근심하는 척하면서 "생각이 대체로 같다"는 성의를 표했다. 그런데 알고 보니 우리나라의 성군, 현신賢臣, 성현, 성현의 제자들은 오히려 일찍부터 이러한 황금세계에 대한 이상을 가지고 있었다. "오직 임금만이 복을 누리고, 오직 임금만이 권세를 누리고, 오직 임금만이 진수성찬玉食을 먹는다"[6]고 하지 않았던가? "군자는 마음을 쓰고 소인은 힘을 쓴다"[7]고 하지 않았던가? "남에게 지배당하는 사람은 남을 먹여 살리고, 남을 지배하는 사람은 남이 먹여 살린다"[8]고 하지 않았던가? 애석하게도 이론은 아주 탁월하지만 끝내 완전무결한 훌륭한 방법을 발명하지는 못했다. 권세에 복종하려면 살지 말아야 하고 진수성찬을 바치려면 죽지 말아야 한다. 지배당하려면 살지 말아야 하고 지배하는 자를 공양하려면 역시 죽지 말아야 한다. 인류가 만물의 영장으로 올라선 것은 물론 축하할 일이다. 그러나 나나니벌의 독침이 없으니 오히려 성군, 현신, 성현, 성현의 제자들 그리고 오늘날의 높은 분, 학자, 교육가를 아주 난처하게 만들고 있다. 앞으로의 일은 아직 알 수 없지만 지난 과거라면 지배자들이 비록 전력을 다해 각종 마비술을 시행했지만 역시 과라와 나란히 앞을 다투는 데 크게 효과를 보지 못했다. 즉, 황제의 무리를 놓고 보더라도 자주 성이 바뀌고 조대가 바뀌지 않을 수 없었으니 '만대에 천하가 태평한' 경우는 없었다. 『24사』二十四史를 보더라도 스물네 번이나 바뀌었으니 이는 바로 슬퍼할 만한 움직일 수 없는 증거이다. 지금은 또 새로운 국면이 열리게 되었다. 세상에 이른바 '특수한 지식계급'[9]인 유학생들이 튀어나와 연구실에서 연구한 결과, 의학이 발달하지 않은 것은 인종개량에 유리하고 중국 부녀자들의 처지는 대단히 평등하며 세상 돌아가는 이치가 다 훌륭해졌고 조건들도 다 괜찮아졌다고 말한다. E군이 근심하는 것도 아마 이유가 없는 것은 아닐 것이다. 그렇지만 러시아는 별문제 될 것이 없다. 왜냐하면 그들은 우리 중국과 달리 이른바 '특별한 나라 사정'[10]도 '특수한 지식계급'도 없기 때문이다.

그러나 이러한 일도 아마 끝내 옛사람과 마찬가지로 아주 효과를 보지는 못할 것이다. 왜냐하면 이는 참으로 나나니벌이 하는 것보다 더 어려운 일이기 때문이다. 나나니벌은 파란벌레에 대해 움직이지 못하게만 하면 되니까 운동신경구에 한 번 침을 놓기만 하면 성공이 된다. 그런데 우리의 일은 운동은 할 수 있으되, 지각은 없게 만들어야 하므로 지각신경중추에 완전한 마취를 가해야 하는 것이다. 그러나 지각을 잃으면 이에 따라 운동도 그 주재자를 잃게 되므로 진수성찬을 바칠 수 없어 위로는 '최고봉極峰에서 아래로는 특수한 지식계급'에 이르기까지 그들에게 즐기거나 누리게 할 수 없게 된다. 바로 오늘날을 두고 말한다면, 내 생각으로는 유로遺老들의 성현의 경전을 서술하는 방법, 학자들의 연구실로 들어가자는 주의主義,[11] 문학가와 찻집 주인의 국사國事를 말하지 말라[12]라는 계율, 교육가들의 보지 말고 듣지 말고 말하지 말고 움직이지 말라[13]라는 주장을 제외하고는 확실히 더 좋고 더 완전하고 더 폐단이 없는 방법은 없는 것 같다. 바로 유학생들의 특별한 발견도 사실은 이전 성현들의 범위를 결코 넘어서지 못했다.

그렇다면 또 "예禮를 잃으면 오랑캐에게서 구해야 하는"[14] 법이다. 오랑캐라, 지금은 그들에게서 본받으려고 하므로 잠시 그들을 외국이라 부르기로 하자. 그들 쪽에도 비교적 훌륭한 방법이 있는가? 애석하게도 역시 없다. 그들의 것들도 집회를 금지한다, 입을 열지 못한다와 같은 것에서 벗어나지 않으므로 우리 중화와 아주 다를 것이 없다. 그러니 역시 지극한 이치와 훌륭한 계책은 사람마다 같은 마음이요, 마음마다 같은 이치로 여기므로 참으로 화이華夷의 구별이 없음을 알 수 있다. 맹수는 단독으로 움직이지만 소나 양은 무리를 짓는다. 들소 무리는 뿔을 가지런히 하여 성벽을 이루어 강적을 방어하지만 한 마리를 떼어 놓으면 틀림없이 음매음매 하고 부르짖을 수밖에 없을 것이다. 인민은 소나 말과 같은 부류이므로—이것은 중국의 경우에 그렇다는 것이고 오랑캐에게는 다른 분류법이 있다고 한다—그들을 다스리는 방법으로서, 당연히 한데 모이는 것을 금지시켜야 하는 것이다. 이 방법은 옳은 것이다. 그 다음은 말하는 것을 막아야 한다. 사람이 말을 할 수 있는 것만 해도 이미 화근인데 더구나 때로는 글을 쓰려고까지 한다. 그래서 창힐蒼頡이 글자를 만들자 밤에 귀신이 울었던 것이다.[15] 귀신도 반대하는데 관리들이야 오죽하겠는가? 원숭이는 말을 할 줄 모르므로 원숭이의 세계에는 지금까지 풍파가 없었다—물론 원숭이의 세계에는 관리도 없는데, 다만 이는 또 따로 취급할 문제이다. 확실히 겸허하게 이를 본받아 본래의 순박하고 순수함으로 돌아간다면 입도 열지 않을 것이고 글도 자연히 소멸될 것이다. 이 방법도 옳은 것이다. 그렇지만 위에서 한 말은 이론적으로 그렇다는 것뿐이고 실제 효과가 있는지에 대해서는 여전히 말하기 곤란하다. 가장 두드러진 예를 든다면, 그렇게 전제적이었던 러시아를 보더라도 니콜라이 2세가 '붕어하신'[16] 이후 로마노프 왕조는 마침내 '전복당하고' 말았던 것이다. 요컨대 그 최대 결점은 비록 두 가지 커다란 훌륭한 방법을 가지고 있었지만 하나가 부족했다는 데 있었다. 그것은 바로 사람들의 사상을 금지시키지 못한 것이다.

그리하여 우리의 조물주——가령 하늘에 정말 이 같은 '주인'이 있다면——가 원망스러운 것이다. 첫번째 원망은, 그가 '지배자'와 '피지배자'를 영원히 구분해 놓지 않은 것이고, 두번째 원망은, 그가 지배자에게 나나니벌과 같은 독침을 하나 주지 않은 것이고, 세번째 원망은, 그가 감추어져 있는 사상 중추의 뇌를 잘라 내더라도 움직일 수 있도록——복역할 수 있도록 그렇게 피지배자를 만들어 놓지 않은 것이다. 세 가지 중에 하나를 얻으면 높은 분들의 지위는 곧 영구히 공고해질 것이고 통치하는 데에도 영구히 힘이 덜 들 것이며, 천하는 그리하여 태평해질 것이다. 지금은 그렇지 않아서 설령 높은 데 앉아 잠시 호사스러운 기분을 유지한다 하더라도 날마다 수단을 강구하고 밤마다 신경을 써야 하니, 참으로 그 억울함과 걱정스러움은 견디기 힘들 정도이다…….

가령 머리가 없어도 복역이나 전쟁을 하는 기계가 될 수 있다면 세상 형편이 얼마나 눈에 뜨이게 좋아지겠는가! 이때라면 더 이상 무슨 모자나 훈장을 사용하여 높은 분闊人이나 비천한 사람窄人을 나타낼 필요도 없게 된다. 단지 머리가 있느냐 없느냐만 보면 주인과 노예, 관리와 백성, 윗사람과 아랫사람, 귀한 사람과 천한 사람을 구별할 수 있을 것이다. 게다가 무슨 혁명이니 공화니 회의니 하는 등의 소동이 일어나지도 않을 테니, 전보 치는 일만 하더라도 대단히 많이 줄어들 것이다. 옛사람들은 어쨌든 총명하여 벌써부터 이와 비슷한 것을 생각해 놓은 것 같다. 『산해경』

에는 '형천'刑天이라는 이름을 가진 괴물이 기록되어 있다.[17] 그는 생각할 수 있는 머리가 없어도 살아갈 수 있는데, "젖꼭지를 눈으로 삼고 배꼽을 입으로 삼는다"—이 점에서 아주 주도면밀하게 생각해 놓았는데, 그렇지 않다면 그는 어떻게 보고 어떻게 먹을 것인가—고 했으니 이는 참으로 본보기로 받들 만한 것이다. 가령 우리 국민들이 모두 이렇게 할 수 있다면 높은 분들闊人은 또 얼마나 안전하고 즐거울 것인가? 그러나 그는 또 "방패와 도끼를 들고 춤을 추었다"고 하니 여전히 조금도 분수에 만족하지 않으려 했던 모양인데, 내가 오로지 높은 분들의 편리를 도모하기 위해 고안해 놓은 이상적인 훌륭한 국민과는 또 다른 것이다. 도잠[18] 선생은 또 시에서 "형천이 방패와 도끼를 휘두르는데, 용맹스러움은 참으로 변함이 없다"라고 했다. 이 달관한 노은사老隱士조차도 이렇게 말했으니 머리가 없어도 여전히 용맹스러움을 가질 수 있음을 알 수 있으니, 어쨌든 높은 분들의 세상에서 잠시라도 태평해지기는 어려울 것 같다. 그러나 너무 많은 '특수한 지식계급'의 국민들이 있어서 특별히 예외적인 희망이 있을지 모르겠다. 게다가 정신문명이 너무 발달한 후에는 정신적인 머리가 먼저 날아가 버릴 것이므로 구구한 물질적인 머리가 있느냐 없느냐 하는 것은 그다지 어려운 문제도 아닐 것이다.

1925년 4월 22일

주)

1) 원제는 「春末閑談」이며, 1925년 4월 24일 베이징의 『망위안』(莽原) 제1기에 처음 발표되었고, 밍자오(冥昭)라고 서명되어 있다.

2) 나나니벌이 종을 이어 가는 방법에 대해서는 중국 고대에 여러 가지 다른 기록이 있다. 『시경』 「소아·소완(小宛)」에서는 "명령(螟蛉)이 새끼를 낳으면 과라(蜾蠃)가 업어 간다"라고 했는데, 한대 정현(鄭玄)은 주석에서, "포로(蒲盧; 과라를 가리킴)는 뽕나무벌레의 새끼를 데려다가 곱게 길러 자신의 새끼로 삼는다"고 했다. 한대 양웅(揚雄)의 『법언』(法言) 「학행」(學行)에서는 "명충(螟)의 새끼가 죽으면 과라가 그것을 보고 '나를 닮아라! 나를 닮아라!'라고 비는데, 오래 빌면 과라를 닮는다"고 했다. 이상의 견해에 대해 최초로 반대한 사람은 육조(六朝) 때의 도홍경(陶弘景)이다. 그는 『본초』(本草)의 '열옹(蠮螉; 나나니벌의 일종), 일명 땅벌(土蜂)'이라는 조항에 대한 주석에서 이렇게 말했다. "(열옹은) 땅벌이라고 하지만 땅 밑에 집을 짓지는 않고 흙을 날라다 집을 짓는다고 한다. 검고 허리가 잘록한 것은 벽이나 기물 가에 진흙을 물어다 집을 짓고 거기에 좁쌀 같은 알을 낳는다. 그리고 풀 위의 파란 거미 10여 마리를 잡아다가 그 속에 놓아두고 입구를 틀어막아 그 알이 자라면 양식으로 삼게 한다. 그중에서 어떤 것은 갈대나 대나무의 관(管) 속에 알을 낳고 역시 풀 위의 파란벌레를 잡아 놓아둔다. 그것은 일명 과라라고 하는데, 『시경』에서는 '명령이 새끼를 낳으면 과라가 업어 간다'라고 했다. 또는 나나니벌은 암컷이 없어 파란벌레를 잡아다 빌면 자기의 새끼가 된다고 한다. 이는 다 잘못이다." 그후 송대 섭대경(葉大慶)은 『고고질의』(考古質疑) 권6에서 이렇게 말했다. "우리 조대(朝代)의 가우중(嘉祐中), 장우석(掌禹錫) 등은 촉본(蜀本)의 주석에 의거하여 이렇게 말했다. '열옹(蠮螉)은 바로 포로(蒲蘆)이며, 포로는 바로 나나니벌이다. 그들은 뽕나무벌레만 업어 가는 것이 아니라 다른 벌레도 굴속에 집어넣고 진흙으로 거기를 봉하는데, 수일이 지나면 벌이 되어 날아간다. 오늘날 어떤 사람이 굴을 봉하는 것을 기다렸다가 굴을 헐고 들여다보니 좁쌀 같은 알이 죽은 벌레 위에 있었다. 바로 도홍경이 말한 것과 같았다.'"

3) 명령(螟蛉)은 빛깔이 푸른 나방이나 나비의 애벌레를 가리킨다.

4) 파브르(Jean Henri Fabre, 1823~1915)는 프랑스의 곤충학자이다. 저서로는 『파브르 곤충기』(*Souvenirs entomologiques*) 등이 있다.

5) E군은 예로센코(Василий Яковлевич Ерошенко)를 가리킨다.

6) "오직 임금만이 복을 누리고, 오직 임금만이 권세를 누리고, 오직 임금만이 진수성찬을 먹는다"(唯辟作福, 唯辟作威, 唯辟食)라는 말은 『상서』 「홍범」(洪范)에 나온다.

7) "군자는 마음을 쓰고 소인은 힘을 쓴다"(君子勞心, 小人勞力)라는 말은 『좌전』 '양공(襄公) 9년'에 나온다. "군자는 마음을 쓰고 소인은 힘을 쓴다는 것은 선왕(先王)이 만든 법이다."

8) "남에게 지배당하는 사람은 남을 먹여 살리고, 남을 지배하는 사람은 남이 먹여 살린다"(治於人者食人, 治人者食於人)라는 말은 『맹자』 「등문공상」(滕文公上)에 나온다. "혹자는 마음을 쓰고, 혹자는 힘을 쓴다. 마음을 쓰는 사람은 남을 지배하고, 힘을 쓰는 사람

은 남에게 지배당한다. 남에게 지배당하는 사람은 남을 먹여 살리고, 남을 지배하는 사람은 남이 먹여 살린다. 이것은 천하의 일반적인 도리이다."

9) 1925년 2월 돤치루이는 쑨중산이 제출한, 국민회의(國民會議) 소집 주장을 저지하기 위해 어용단체 '선후회의'(善後會議)를 규합하여 중간에서 가짜 국민회의를 만들어 내려고 했다. 그때 외국에서 유학한 적이 있는 일부 사람들이 베이징에서 '국외대학 졸업생의 국민회의 참가 동지회'(國外大學畢業參加國民會議同志會)를 조직하여 3월 29일에 중앙공원(中央公園)에서 집회를 가지고 '선후회의'에 청원서를 제출하면서, 앞으로 있을 국민회의에 자신들에게도 인원을 할당해 줄 것을 요구했다. 그중에 다음과 같은 말이 있다. "국민대표회의의 최대 임무는 중화민국의 헌법을 제정하는 것이므로 유학 경험이 있는 사람들은 특수한 지식계급으로서 두말할 필요 없이 이 회의에 참가해야 하며, 많을수록 더욱 좋다." 루쉰이 비판하고 있는 이른바 '특수한 지식계급'이란 바로 이런 유의 유학생을 가리킨다.

10) 1915년 위안스카이가 제제(帝制)의 부활을 획책하고 있을 때, 그의 헌법고문이었던 미국인 굿나우(F. J. Goodnow)는 8월 10일 베이징의 『아세아일보』(亞細亞日報)에 「공화와 군주에 대하여」(共和與君主論)라는 글을 발표하여, 중국에는 '특별한 나라 사정'이 있어 민주정치를 실행하기에는 적합하지 않고 마땅히 군주정체(君主政體)를 부활시켜야 한다고 했다. 이 '특별한 나라 사정'론은 민주적인 개혁을 저지하고 진보적인 학설을 반대하는 좋은 구실이 되었다.

11) 1919년 7월 후스는 『매주평론』(每週評論)에 「문제를 더 많이 연구하고, '주의'를 더 적게 말하자」(多研究些問題, 少談些主義)라는 글을 발표했고, 얼마 후 또 학자들은 "연구실로 들어가서" "국고(國故)를 정리해야 한다"라는 구호를 제기했다. 루쉰은 이를 두고 '학자들의 연구실로 들어가자는 주의'라고 표현한 것이다.

12) 베이양군벌 통치 시기에 공포정책이 실시되어 도처에 정탐꾼이 깔렸었는데, 찻집이나 술집에는 "국사를 말하지 말라"라는 표어가 곳곳에 붙었고, 몇몇 문인들도 "국사를 말하지 말라"라는 것을 처세를 위한 격언으로 삼았다.

13) "보지 말고, 듣지 말고, 말하지 말고, 움직이지 말라"(勿視勿聽勿言勿動)라는 말은 『논어』 「안연」(顔淵)에 나온다. "예에 어긋나는 것은 보지 말고, 예에 어긋나는 것은 듣지 말고, 예에 어긋나는 것은 말하지 말고, 예에 어긋나는 것은 움직이지 말라."

14) "예를 잃으면 오랑캐에서 구해야 하는"(失禮而求諸野)이라는 말은 공자의 말로서 『한서』 「예문지」(藝文志)에 나온다.

15) "창힐(蒼頡)이 글자를 만들자 밤에 귀신이 울었던 것이다"(蒼頡造字夜有鬼哭)라는 말은 『회남자』 「본경훈」(本經訓)에 나온다. "옛날 창힐이 글자를 만들자 하늘에서 좁쌀 같은 비가 내렸고 귀신이 밤에 울었다."

16) 니콜라이 2세(Николай II, 1868~1918)는 제정 러시아 로마노프(Романов) 왕조의 마

지막 황제이며, 1917년 2월혁명에 의해 무너지고 이듬해 7월 17일 처형당했다. '붕어하신'(龍御上賓)은 옛날 황제가 세상을 떠났음을 가리킨다. 글자대로는 용을 타고 신선이 되었다는 뜻이다. 그 예는 『사기』 「봉선서」(封禪書)에 나온다.

17) 『산해경』(山海經)은 18권이며, 대략 B.C. 4~2세기의 작품이다. 내용은 주로 중국의 민간전설에 나오는 지리 지식에 관한 것이며, 또 상고시대(上古時代)부터 전해져 오던 신화 이야기가 적지 않게 보존되어 있다.
'형천'(刑天)은 형천(形天)이라고도 하며 『산해경』의 「해외서경」(海外西經)에 나온다. "형천은 황제와 여기서 서로 신(神)을 다투었다. 황제가 그의 머리를 잘라 상양(常羊)이라는 산에 묻었다. 이에 형천은 젖꼭지를 눈으로 삼고 배꼽을 입으로 삼아 방패(干)와 도끼(戚)를 휘두르며 춤을 추었다."

18) 도잠(陶潛, 약 372~427)은 일명 연명(淵明)이라고도 하며, 자는 원량(元亮)이고, 진(晋)의 쉰양(潯陽) 차이쌍(柴桑; 지금의 장시江西 주장九江) 사람이다. 동진(東晋)의 시인이다. 저작으로는 『도연명집』(陶淵明集)이 있다. "형천이 방패와 도끼를 휘두르는데"(刑天舞干戚)라는 2구의 시는 그의 「독산해경」(讀山海經) 제10수에 나온다.

등하만필(燈下漫筆)[1]

1.

민국民國 2~3년 무렵의 어느 때인가, 베이징의 몇몇 국립은행이 발행한 지폐의 신용이 나날이 좋아져서 그야말로 날로 상승하는 국면이었다. 듣자하니 줄곧 은화에만 집착하던 시골 사람들조차도 지폐가 편리하기도 하고 믿을 만하다는 것을 알고 기꺼이 사용하게 되었다고 한다. '특수한 지식계급'은 말할 것도 없고 사리에 좀 밝은 사람들이라면 벌써 묵직하여 축 늘어지는 은화를 주머니에 넣고 다니며 무의미한 고생을 스스로 사서 하지는 않았다. 생각건대, 은화에 대한 특별한 기호와 애정을 가지고 있는 사람들을 제외하고 모두가 아마 대체로 지폐를, 그것도 본국의 지폐를 가지고 있었을 것이다. 그러나 애석하게도 나중에 갑자기 적지 않은 타격을 입게 되었다.

바로 위안스카이[2]가 황제가 되려고 하던 그 해에 차이쑹포[3] 선생이 베이징을 빠져나가 윈난에서 봉기를 일으켰던 것이다. 이쪽에서 받은 영향의 하나는 중국은행中國銀行과 교통은행交通銀行이 현금교환을 중지한 것이다. 비록 현금교환은 중지되었지만, 정부는 명령을 내려 상인들이 예전대로 지폐를 사용하도록 할 만큼의 위력은 아직 있었다. 상인들도 상인들 나름의 자주 쓰던 방법이 있어 지폐는 받지 않는다고 하지 않고 잔돈을 내줄 수 없다고 말했다. 가령 몇십, 몇백 원의 지폐로 물건을 산다면야 어떨지 알 수 없지만, 만약 펜 한 자루만을 산다든지 담배 한 갑만을 산다든지 할 경우 일원짜리 지폐를 지불할 수야 없지 않은가? 마음이 내키지 않을 뿐더러 그 많은 지폐도 없는 것이다. 그러면 동전으로 바꾸며 몇 개 덜 받겠다고 해도 다들 동전이 없다고 한다. 그러면 친척이나 친구에게 가서 돈을 빌려 달라고 해도 거기엔들 어찌 있겠는가? 그리하여 격을 낮추어 애국은 그만 따지기로 하고 외국은행의 지폐를 빌린다. 그러나 외국은행의 지폐는 이 당시 은화와 동일한 것이었으므로 만약 그 지폐를 빌리면 바로 진짜 은화를 빌리는 것이 된다.

그 당시 내 주머니에는 그래도 중국은행과 교통은행이 발행한 삼사십 원의 지폐가 있었지만, 갑자기 가난뱅이로 변하여 거의 먹지도 못하며 쩔쩔매던 일이 지금도 기억난다. 러시아혁명 이후에 루블 지폐를 간직하고 있던 부자들의 심경이 아마 이랬을 것이다. 많아야 이보다 좀더 심하거나 좀더 컸을 뿐이었을 것이다. 나는 하는 수 없이 지폐를 할인해서 은화로 바꿀 수 있는지를 알아보았다. 그런 시장은 없다고 했다. 다행히도 마침 6할 남짓으로 바꿀 수 있는 시장이 비밀리에 생겨났다. 나는 대단히 기뻐하며 얼른 가서 절반을 팔았다. 나중에 또 7할로 올랐기 때문에 나는 더욱 기뻐하며 전부 가져가서 은화로 바꾸었다. 묵직하게 주머니에서 축 늘어지는 것이 마치 내 생명의 무게 같았다. 보통 때라면 환전가게에서 동전

하나라도 적게 주는 날이면 나는 절대 가만있지 않았을 것이다.

그런데 내가 은화를 주머니에 가득 넣고 묵직하게 축 늘어짐에 안심하고 기뻐하고 있을 때, 갑자기 또 다른 생각이 떠올랐다. 그것은 바로 우리는 너무 쉽게 노예로 변하며 게다가 노예로 변한 다음에도 대단히 기뻐한다는 사실이다.

가령 어떤 폭력이 '사람을 사람으로 취급하지 않는다', 사람으로 취급하지 않을 뿐만 아니라 소나 말보다 못한 것으로, 아예 아무것도 아닌 것으로 여긴다고 하자. 사람들이 소나 말을 부러워하면서 '난리통에 사람들은 태평 시절의 개만도 못하다'고 탄식하게 될 때가 되어서 사람들에게 소나 말과 같은 값을 부여하면, 예를 들어 원나라 때 남의 노예를 때려죽이면 소 한 마리를 배상해야 한다고 법으로 정한 것처럼 하면,[4] 사람들은 진심으로 기뻐하며 심복하여 태평성세라고 삼가 칭송할 것이다. 왜 그런가? 사람들은 비록 사람으로 대접받지는 못해도 결국 소나 말과는 같아지기 때문이다.

우리는 『흠정 24사』欽定二十四史를 삼가 읽거나 연구실에 들어가 정신문명의 고매함을 깊이 연구할 필요도 없다. 다만 아이들이 읽는 『감략』을 펼쳐 보기만 해도—이것이 번거로운 일이라면 『역대기원편』[5]을 보기만 해도 '3천 년의 오랜 역사를 가진 고국古國'[6]인 중화가 지금까지 열심히 해온 것이라고는 겨우 이런 하찮은 놀음뿐이라는 것을 알 수 있을 것이다. 다만 최근에 편찬된 이른바 『역사교과서』 부류에서는 그다지 분명하게 알아볼 수 없는데, 여기에는 마치 우리가 지금까지 아주 훌륭했다고 씌어 있는 듯하다.

하지만 실제로 중국인들은 지금까지 '사람'값을 쟁취한 적이 없으며 기껏해야 노예에 지나지 않았고 지금까지도 여전하다. 그렇지만 노예보다 못한 때는 오히려 헤아릴 수 없이 많았다. 중국의 백성들은 중립적이어서 전시戰時에 자신조차도 어느 편에 속하는지 몰랐다. 그러나 또 어느 편이든지 속했다. 강도가 들이닥치면 관리 편에 속하므로 당연히 죽임을 당하고 약탈을 당해야만 했다. 관군이 들어오면 틀림없이 한패이겠지만 여전히 죽임을 당하고 약탈을 당해야 하니 이번에는 마치 강도 편에 속하는 듯했다. 이때에 백성들은 바로 일정한 주인이 나타나서 자신들을 백성으로 삼아 주기를——그것이 가당찮은 일이라면 자신들을 소나 말로 삼아 주기를 희망했다. 스스로 풀을 찾아 뜯어먹기를 진심으로 바라면서 어떻게 다녀야 할지만을 결정해 주기를 원했다.

가령 정말 누군가가 그들을 위해 결정하여 노예규칙 같은 것을 정해 줄 수 있다고 한다면 당연히 '성은이 망극하나이다'로 여길 것이다. 애석한 것은 종종 잠시나마 정해 줄 수 있는 사람이 없었다는 점이다. 그 두드러진 예를 든다면, 5호 16국[7] 때, 황소의 난[8] 때, 5대[9] 때, 송말과 원말 때의 경우처럼, 관례대로 복역하고 납세한 다음에도 뜻하지 않은 재앙을 받아야만 했다. 장헌충은 성미가 더욱 괴팍하여 복역이나 납세를 하지 않는 사람도 죽이고, 복역이나 납세를 하는 사람도 죽였으며, 그에게 저항하는 사람도 죽이고, 그에게 항복하는 사람도 죽였다. 노예규칙을 여지없이 파괴해 버린 것이다. 이때에 백성들은 바로 또 다른 주인이 나타나 자신들의 노예규칙에 비교적 관심을 보여 주기를 희망했다. 그것이 예전 그대로의 것이든 새로 정한 것이든 어쨌든 규칙이 있어서 그들이 노예의 길로 들어설 수 있도록 해주기를 희망했다.

"하걸夏桀이 언제 죽을지, 내 너와 함께 죽고 말리라!"[10]라는 것은 분격해서 한 말일 뿐이며 그것을 실행하겠다고 결심한 사람은 드물었다. 실제로는 대체로 뭇 도둑이 어지럽게 일어나고 혼란이 극에 달한 후가 되어야 비교적 강한 사람, 또는 비교적 총명한 사람, 또는 비교적 교활한 사람, 또는 외족外族의 어떤 인물이 나타나 비교적 질서 있게 천하를 수습하게 된다. 어떻게 복역하고, 어떻게 납세하고, 어떻게 절을 하고, 어떻게 성덕을 칭송하는지 규칙을 개정한다. 그리고 이 규칙은 오늘날처럼 조삼모사격인 것과는 다르다. 그리하여 곧 '만백성은 기쁨을 표하게' 된다. 성어成語로 말하자면 '천하태평'이라 부른다.

겉치레를 좋아하는 학자들이 늘어놓으며 역사를 편찬할 때 '한족이 흥기한 시대', '한족이 발달한 시대', '한족이 중흥을 이룬 시대' 등의 보기 좋은 제목을 달아도 호의는 참으로 고맙지만, 말을 너무 에둘러서 사용했다. 더 직접적인 표현법을 쓰자면 다음과 같을 것이다.

첫째, 노예가 되고 싶어도 될 수 없었던 시대

둘째, 잠시 안정적으로 노예가 된 시대

이것의 순환이 바로 '선유'先儒들이 말한 "한번 다스려지고 한번 어지러워지다"[11]이다. 저 혼란을 일으킨 인물들은 후일의 '신민'臣民의 입장에서 볼 때 '주인'을 위해 길을 청소하여 열어 놓은 것이다. 그래서 "성스러운 천자를 위해 깨끗이 제거하여 놓았다"[12]고 말하는 것이다.

지금은 어느 시대에 들어섰는지 나도 분명하지 않다. 그러나 국학자들이 국수國粹를 숭상하고, 문학가들이 고유한 문명을 찬양하고, 도학가들이 복고復古에 열중하는 것을 보니 현재 상태에 다들 만족하지 못하고 있음을 알 수 있다. 그렇지만 우리는 도대체 어느 길로 가고 있는가? 백성들은 영문도 모르는 전쟁을 만나, 돈이 좀 있는 사람은 조계租界로 옮겨 가고 여인이나 아이들은 교회로 피신하여 들어간다. 왜냐하면 이곳은 비교적 '안정적'이어서 잠시나마 노예가 되고 싶어도 될 수 없는 데까지는 이르지 않기 때문이다. 종합하여 말하면, 복고하는 사람이나 피난하는 사람은 지혜롭거나 어리석거나 현명하거나 불초하거나 간에 모두 벌써 삼백 년 전의 태평성세, 즉 '잠시 안정적으로 노예가 된 시대'에 마음이 끌리고 있는 듯하다.

그러나 우리 역시 모두가 옛사람처럼 '예로부터 이미 있었던' 시대에 영원히 만족할 것인가? 모두가 복고를 주장하는 사람처럼 현재에 불만이라고 하여 곧 삼백 년 전의 태평성세에 마음이 끌릴 것인가?

당연히 현재에 대해서는 불만이다. 그러나 되돌아갈 필요는 없다. 왜냐하면 앞에도 여전히 길이 놓여 있기 때문이다. 그래서 중국 역사에서 여태껏 없었던 제3의 시대를 창조하는 것이야말로 바로 오늘날 청년들의 사명이다!

2.

그러나 중국의 고유한 문명을 찬양하는 사람들이 많아졌고 여기에 외국인들까지 가세하게 되었다. 나는 늘 이런 생각을 한다. 중국에 오는 사람마다 만일 골치 아파하고 이맛살을 찌푸리며 중국을 증오할 수 있다면 나는 감히 진심으로 감사를 드리겠다. 왜냐하면 그는 틀림없이 중국인들의 고기를 먹고 싶어 하지 않을 것이기 때문이다.

쓰루미 유스케[13] 씨는 「베이징의 매력」이라는 글에서 한 백인 이야기를 적어 놓았다. 그 백인은 중국에 올 때 1년간 잠시 체류하기로 예정했는데, 5년이 지난 뒤에도 그대로 베이징에 있으며, 게다가 돌아가지 않으려 한다는 것이었다. 어느 날 그 두 사람이 함께 저녁 식사를 하고 있었다.

복숭아나무로 만든 둥근 식탁 앞에 좌정하고 있는데, 산해진미가 쉴 새 없이 나오고, 이야기는 골동품, 그림, 정치 이런 것들로부터 시작되었다. 전등 위에는 지나支那식의 등갓이 씌워져 있었고, 엷은 빛이 옛 물건들이 진열되어 있는 방 안에 가득 넘쳐흐르고 있었다. 무산계급이니 프롤레타리아트니 하는 일들은 어디서 바람이 불고 있지 하는 것에 지나지 않는 것 같았다.

나는 한편으로 지나 생활의 분위기에 도취되어 있었고, 한편으로 외국 사람이 '매력'을 가지고 있는 것들에 대해 깊이 생각하고 있었다. 원나라 사람들도 지나를 정복했지만, 한인 종족의 생활미에 정복당하고 말았다. 지금 서양인들도 마찬가지여서 입으로는 비록 데모크라시democracy니 무엇이니 무엇이니 하고 말하고 있지만 오히려 지나인들이 6천 년을 두고 이룩해 놓은 생활의 아름다움에 매혹되고 있다. 베이징에서 살아 보기만 하면 그 생활의 재미를 잊지 못한다. 바람이 세차게 불 때 만 길 높이로 치솟는 모래먼지나 석 달에 한 번씩 일어나는 독군督軍들의 전쟁 놀음도 이러한 지나 생활의 매력을 지워 버리지 못한다.

이 말에 대해 그를 부정할 힘이 지금 내게는 없다. 우리의 옛 성현들은 옛것을 보존하고 지키라는 격언을 우리에게 남겨 준 데다가 동시에 자녀와 옥백玉帛으로 만든, 정복자들에게 봉헌할 큰 잔치를 잘 차려 놓았던 것이다. 중국인들의 참을성, 중국인들의 자식 많음은 모두 술을 만드는 재료일 뿐인데, 오늘날까지도 우리의 애국자들은 자부하는 것으로 여기고 있다. 서양인들이 처음 중국에 들어왔을 때 오랑캐라고 해서 다들 이맛살을 찌푸리지 않을 수 없었다. 그러나 지금은 기회가 와서 우리가 북위에 바쳤던, 금나라에 바쳤던, 원나라에 바쳤던, 청나라에 바쳤던 성대한 잔치를 그들에게 바치는 때가 되었다. 집을 나설 때는 자동차가 기다리고, 길을 걸을 때는 잘 보호해 준다. 길에 아무도 다니지 못하게 해도 그들만은 통행이 자유롭다. 약탈을 당하는 경우가 있더라도 반드시 배상을 해야 한다. 쑨메이야오[14]가 그들을 잡아다가 군인들 앞에 세워 놓아도 관병은 감히 총을 쏘지 못한다. 하물며 화려한 방 안에서 성찬을 즐기는 경우야 오죽하겠는가? 성찬을 즐길 때가 되면 당연히 바로 중국의 고유한 문명을 찬양할 때인 것이다. 그러나 우리의 일부 낙관적인 애국자들은 아마 도리어 흐뭇해하면서 그들도 이제 중국에 동화同化되기 시작했다고 생각한다. 옛사람들은 여인을 가지고 일시적인 안일의 방패막이로 삼으면서도 자기를 속이며 그 이름을 미화하여 '화친'和親이라고 했다. 오늘날 사람들도 여전히 자녀와 옥백을 노예가 되기 위한 예물로 바치면서 그 이름을 미화하여 '동화'라고 말한다. 그래서 만일 외국 사람 중에서 잔치에 참여할 자격을 이미 갖추게 된 오늘날 우리를 위해 중국의 현 상태를 저주하는 사람이 있다면 이는 그야말로 양심적이고 그야말로 존경할 만한 사람이다!

그러나 우리 스스로 오래전부터 귀천이 있고, 대소가 있고, 상하가 있는 것으로 잘도 꾸며 놓았다. 자기는 남으로부터 능멸을 당하지만 역시 다른 사람을 능멸할 수 있고, 자기는 남에게 먹히지만 역시 다른 사람을 먹을 수 있다. 등급별로 제어되어 움직일 수도 없고 움직이려고도 하지 않는다. 왜냐하면 일단 움직이면 혹시 이득도 있겠지만 역시 폐단도 있기 때문이다. 여기서 한번 옛사람의 멋들어진 법제정신을 보기로 하자.

> 하늘에는 열 개의 해가 있고, 사람에는 열 개의 등급이 있다. 아랫사람은 그래서 윗사람을 섬기고, 윗사람은 그래서 신神을 받든다. 그러므로 왕王은 공公을 신하로 삼고, 공은 대부大夫를 신하로 삼고, 대부는 사士를 신하로 삼고, 사는 조皁를 신하로 삼고, 조는 여輿를 신하로 삼고, 여는 예隸를 신하로 삼고, 예는 요僚를 신하로 삼고, 요는 복僕을 신하로 삼고, 복은 대臺를 신하로 삼는다.[15)] (『좌전』 '소공昭公 7년')

그런데 '대'臺는 신하가 없으니 너무 힘들지 않은가? 걱정할 필요가 없다. 자기보다 더 비천한 아내가 있고, 더 약한 아들이 있다. 그리고 그 아들도 희망이 있다. 다른 날 어른이 되면 '대'로 올라설 것이므로 역시 더 비천하고 더 약한 처자가 있어 그들을 부리게 된다. 이처럼 고리를 이루며 각자 자기 자리를 차지하고 있으므로 감히 그르다고 따지는 자가 있으면 분수를 지키지 않는다는 죄명을 씌운다.

비록 그것은 소공 7년, 지금으로부터 아주 오랜 옛날 일이지만, '복고가'復古家들은 비관할 필요까지는 없다. 태평스런 모습이 여전히 남아 있다. 전쟁이 늘 있고 홍수와 가뭄이 늘 있어도 그 누가 아우성치는 소리를 들은 적이 있는가? 싸우는 놈은 싸우고 죽이는 놈은 죽이지만 덕 있는 선비라도 나서서 시비를 따지는 것[16)]을 보았는가? 국민에 대해서는 그토록 전횡을 일삼고 외국 사람에 대해서는 그토록 비위를 맞추니, 차등差等의 유풍 때문이 아니겠는가? 중국의 고유한 정신문명은 기실 공화共和라는 두 글자에 의해 전혀 매몰되지 않았다. 다만 만주인이 자리에서 물러났다는 것만이 이전과 조금 다를 뿐이다.

이 때문에 우리는 지금도 친히 각양각색의 연회를 볼 수 있다. 불고기 연회가 있고, 상어 지느러미 연회가 있고, 간단한 식사 연회가 있고, 서양 요리 연회가 있다. 그러나 초가집 처마 아래에는 반찬 없는 맨밥이 있고, 길가에는 먹다 남은 죽이 있고, 들에는 굶어 죽은 시체가 있다. 불고기를 먹는 몸값을 매길 수 없는 부자가 있는가 하면, 근당 8문文에 팔리는 굶어 죽기 직전의 아이도 있다(『현대평론』 21기 참조).[17] 이른바 중국의 문명이란 사실 부자들이 누리도록 마련된 인육人肉의 연회에 지나지 않는다. 이른바 중국이란 사실 이 인육의 연회를 마련하는 주방에 지나지 않는다. 모르고서 찬양하는 자는 그래도 용서할 수 있지만, 그렇지 않다면 그들은 영원히 저주받아 마땅하다!

외국 사람 중에서 모르고서 찬양하는 자는 그래도 용서할 수 있다. 높은 자리를 차지하게 되어 사치스럽고 안일하게 지내면서, 이 때문에 꼬임에 넘어가고 영혼을 잃어버려 찬미하는 자도 그래도 용서할 수 있다. 그러나 또 다른 두 종류가 있다. 그 하나는, 중국인은 열등한 종족이므로 원래의 모양대로 하는 것이 가장 잘 어울린다고 하여 일부러 중국의 낡은 것들을 칭찬하는 사람이다. 또 하나는, 세상 사람들이 각기 서로 달라야만 자신의 여행에 흥취를 더할 수 있어 중국에 가서는 변발을 보고, 일본에 가서는 게다를 보고, 고려에 가서는 삿갓을 보고자 하는 사람이다. 만일 옷차림이 한결같다면 아예 재미가 없어질 것이므로 그래서 아시아가 유럽화되는 것을 반대하는 사람이다. 이들은 모두 증오할 만하다. 러셀이 시후

西湖에서 가마꾼이 웃음을 짓는 것을 보고[18] 중국인들을 찬미했는데, 이것은 또 다른 의미가 있을는지 모르겠다. 그러나 가마꾼이 만약 가마에 앉아 있는 사람을 보고 웃음을 짓지 않을 수 있었다면 중국은 벌써 현재와 같은 중국이 아니 되었을 것이다.

이 문명은 외국 사람을 도취시켰을 뿐만 아니라 벌써 중국의 모든 사람들을 다 도취시켜 놓았고 게다가 웃음을 짓는 데까지 이르게 했다. 왜냐하면 고대부터 전해져 와서 지금까지도 여전히 존재하는 여러 가지 차별이 사람들을 각각 분리시켜 놓았고, 드디어 다른 사람의 고통을 더 이상 느낄 수 없게 만들어 놓았기 때문이다. 또한 각자 스스로 다른 사람을 노예로 부리고 다른 사람을 먹을 수 있는 희망을 가지고 있어 자기도 마찬가지로 노예로 부려지고 먹힐 가능성이 있다는 것을 망각하기 때문이다. 그리하여 크고 작은 무수한 인육의 연회가 문명이 생긴 이래 지금까지 줄곧 베풀어져 왔고, 사람들은 이 연회장에서 남을 먹고 자신도 먹혔으며, 여인과 어린아이는 더 말할 필요도 없고 비참한 약자들의 외침을 살인자들의 어리석고 무자비한 환호로써 뒤덮어 버렸다.

이러한 인육의 연회는 지금도 베풀어지고 있고, 많은 사람들이 여전히 계속 베풀어 나가려 하고 있다. 이 식인자들을 소탕하고 이 연회석을 뒤집어 버리고 이 주방을 파괴하는 것이 바로 오늘날 청년들의 사명이다!

1925년 4월 29일

주)

1) 원제는 「燈下漫筆」이며, 두 차례로 나뉘어 1925년 5월 1일과 22일 『망위안』(莽原) 주간 제2기와 제5기에 처음 발표되었다.

2) 위안스카이(袁世凱, 1859~1916)는 허난 샹청(項城) 사람이며, 1896년(청나라 광서光緒 22년) 톈진 샤오잔(小站)에서 군사를 훈련시킬 때부터 실제로 베이양군벌의 영수가 되었다. 그는 1911년 신해혁명(辛亥革命) 후에 국가의 권력을 탈취하여 1912년 3월에 중화민국 임시대총통에 취임하고 첫번째 베이양정부를 조직했다. 또 1913년 10월 '공민단'(公民團)을 고용하여 의회를 포위하고 자신을 정식 대총통으로 선거하도록 했다. 그러나 그는 여기에 만족하지 않고 나아가 1916년 1월 군주전제 정체(政體)를 회복하여 자칭 황제가 되었다. 차이어(蔡鍔) 등이 윈난(雲南)에서 제제(帝制)를 반대하는 봉기를 일으켜 각 성으로부터 호응을 얻었는데, 위안스카이는 1916년 3월 22일 강요에 의해 제제를 취소했고, 6월 6일 베이징에서 죽었다.

3) 차이쑹포(蔡松坡, 1882~1916)는 이름이 어(鍔), 자가 쑹포(松波)이며, 후난 사오양(邵陽) 사람이다. 신해혁명 때 윈난 도독(都督)을 맡았고, 1913년 위안스카이에 의해 베이징으로 소환되어 감시를 받았다. 1915년 그는 몰래 베이징을 빠져 나와 같은 해 12월 윈난으로 돌아가서 호국군(護國軍)을 조직하여 위안스카이에 대항했다.

4) 원나라 때 남의 노예를 때려죽이면 소 한 마리를 배상해야 한다는 규정에 대해, 다상(多桑)의 『몽고사』(蒙古史) 제2권 제2장에서는 원나라 태종(太宗) 오고타이(窩闊台)의 말을 인용하여 다음과 같이 쓰고 있다. "칭기즈칸(成吉思汗)의 법령에 따르면 이슬람교도 한 사람을 죽이면 황금 40바리스(巴里失)를 벌금으로 내고, 한인(漢人) 한 사람을 죽이면 그 배상금은 나귀 한 마리에 상당한다."(펑승균馮承鈞의 번역에 의거) 당시 한인의 지위는 노예와 같았다.

5) 『감략』(鑑略)은 청대 왕사운(王仕雲)이 지은 것으로 옛날 사숙에서 사용하던 초급 역사 독서물인데, 위로는 반고(盤古)에서부터 아래로는 명 홍광(弘光)까지 서술하고 있다. 전체가 4언 운문으로 되어 있다.

『역대기원편』(歷代紀元編)은 청대 이조낙(李兆洛)이 지은 것으로 3권으로 나뉘어 있다. 상권은 기원총재(紀元總載), 중권은 기원갑자표(紀元甲子表), 하권은 기원편운(紀元編韻)이다. 이것은 중국 역사의 간지연표(干支年表)이다.

6) '3천 년의 오랜 역사를 가진 고국'(三千餘年古國古)이라는 말은 청대 황준헌(黃遵憲)의 『출군가』(出軍歌)에 나온다. "4천여 년의 오랜 역사를 가진 고국은 내 완전한 국토이다." (四千餘歲古國古, 是我完全土)

7) 304~439년 중국의 흉노(匈奴), 갈(羯), 선비(鮮卑), 저(氐), 강(羌) 등 다섯 소수민족이 연이어 북방과 서촉(西蜀)에 나라를 세웠는데, 전조(前趙), 후조(後趙), 전연(前燕), 후연(後燕), 남연(南燕), 후량(後涼), 남량(南涼), 북량(北涼), 전진(前秦), 후진(後秦), 서진(西秦),

하(夏), 성한(成漢) 그리고 한족이 세운 전량(前凉), 서량(西凉), 북연(北燕) 등 전체 16국을 역사에서는 '5호 16국'이라고 한다.

8) 황소(黃巢, ?~884)는 차오저우(曹州) 위안쥐(冤句; 지금의 산둥 허쩌菏澤) 사람이며, 당말(唐末) 농민봉기의 지도자이다. 당나라 건부(乾符) 2년(875)에 왕선지(王仙芝)의 봉기에 참가했다. 왕선지가 전사한 후 그는 지도자로 추대되어 뤄양(洛陽)을 함락하고 퉁관(潼關)에 입성했으며, 광명(廣明) 1년(880)에 창안(長安)을 점령하여 대제황제(大齊皇帝)라고 했다. 후에 내부분열 때문에 사타국(沙陀國) 이극용(李克用)에게 패하고 중화(中和) 4년(884)에 타이산(泰山) 후랑구(虎狼谷)에서 포위당하여 자살했다. 황소는 장헌충(張獻忠)의 경우와 마찬가지로, 옛 역사책에서 모두 그들이 사람을 죽인 것에 대해 과장되어 기록되어 있다.

9) 907~960년 양(梁), 당(唐), 진(晋), 한(漢), 주(周) 등 다섯 조대(朝代)를 '5대'라고 부른다.

10) "하걸이 언제 죽을지, 내 너와 함께 죽고 말리라!"(時日曷喪, 予及汝偕亡)라는 말은 『상서』「탕서」(湯誓)에 나온다. 또 시일(時日)은 하걸(夏桀)을 가리킨다.

11) "한번 다스려지고 한번 어지러워지다"(一治一亂)라는 말은 『맹자』「등문공하」(滕文公下)에 나온다. "천하가 생긴 지 오래되었는데, 한번 다스려지고 한번 어지러워졌다."

12) "성스러운 천자를 위해 깨끗이 제거하여 놓았다"(爲聖天子驅除云爾)라는 말은 『한서』「왕망전찬」(王莽傳贊)에 나온다. "성왕(聖王)을 위해 깨끗이 제거하여 놓았다."(聖王之驅除云爾) 당대 안사고(顔師古)는 다음과 같이 주석을 달았다. "몰아내고 제거하여 성인을 기다린다는 뜻이다."

13) 쓰루미 유스케(鶴見祐輔, 1885~1972)는 일본의 평론가이다. 루쉰은 쓰루미 유스케의 수필집 『사상 산수 인물』(思想山水人物) 중에서 일부를 번역한 적이 있는데, 「베이징의 매력」이라는 글은 이 수필집에 수록되어 있다.

14) 쑨메이야오(孫美瑤, 1898~1923)는 당시 산둥의 바오두구(抱犢崮)를 점령하고 있던 토비의 우두머리이다. 1923년 5월 5일 그는 진푸(津浦) 철로의 린청(臨城) 역에서 열차를 강탈하여 중국 및 외국 여행객 200여 명을 납치했는데, 이것은 당시 세상을 떠들썩하게 했던 사건이었다.

15) 왕(王), 공(公), 대부(大夫), 사(士), 조(皁), 여(輿), 예(隸), 요(僚), 복(僕), 대(臺)는 노예사회에서의 등급 명칭이다. 앞의 네 종은 통치자의 등급이고, 뒤의 여섯 종은 노예로 부림을 당하는 등급이다.

16) "덕 있는 선비라도 나서서 시비를 따지는 것"(處士來橫議)이라는 말은 『맹자』「등문공하」에 나온다. "성왕은 더 이상 나오지 않고, 제후들은 방자해져 못하는 짓이 없고, 벼슬 없는 선비들은 함부로 논의를 펴는데, 양주와 묵적의 주장이 천하에 가득 찼다." 여기서 '처사'(處士)는 벼슬하지 않는 선비 또는 초야에 있는 덕 있는 선비를 가리킨다. '처사횡의'(處士橫議)는 『맹자』에서는 부정적인 의미로 사용되고 있지만 본문에서는

긍정적으로 쓰이고 있는 듯하다.

17) '근당 8문에 팔리는 아이'(每斤八文的孩子)의 내용은 1925년 5월 2일 『현대평론』 제1권 제21기에 중후(仲瑚)의 「어느 쓰촨 사람의 통신」(一個四川人的通信)이라는 글에 나온다. 이 글은 당시 군벌 통치하에서 비참하게 생활하고 있던 쓰촨(四川)의 백성들에 대해 서술하고 있는데, 그중에 이런 말이 있다. "남자아이는 근당 동전 8문에 팔리고, 여자아이는 이 가격으로도 팔리지 못한다."

18) 러셀(Bertrand Russell, 1872~1970)은 영국의 철학자이다. 1920년에 중국에 와서 강연을 하고, 각지를 유람한 적이 있다. '가마꾼이 웃음을 짓는 것'에 관한 이야기는 그가 지은 『중국문제』(中國問題, *The Problem of China*)라는 책에 나온다. "어느 한여름 때의 일로 기억된다. 우리 몇 사람은 가마를 타고 산을 넘었는데, 길이 험해 가마꾼들이 아주 고생을 했다. 우리는 산꼭대기에 다다랐을 때, 그들에게 좀 쉬도록 하기 위해 10분쯤 멈추었다. 그러자 그들은 나란히 앉아서 담배를 꺼내 피우며 웃고 이야기했는데, 마치 아무런 근심도 없는 듯이 보였다."

잡다한 추억[1)]

1.

G. Byron의 시를 청년들이 크게 애독하고 있다고 말하는 사람이 있는데, 이 말은 일리가 있다고 나는 생각한다. 나 자신을 두고 보더라도 그의 시를 읽고 어찌나 마음이 설레었던지 아직도 기억하고 있다. 특히 무늬 천으로 머리를 감싸고 그리스의 독립을 도우러 갔을 때의 그의 초상화가 생생히 떠오른다. 이 초상화는 지난해 비로소 『소설월보』에 실려 중국에 소개되었다.[2)] 유감스럽게도 나는 영어를 몰랐기 때문에 읽었다고 해도 모두 번역본이었다. 요즈음의 비평을 들어 보면 아무리 번역을 잘했다 해도 번역시는 이제 한 푼어치의 가치도 없게 되었다. 그러나 그 당시에는 사람들의 식견이 그렇게 높지도 않았으므로 나는 번역본을 보고서도 오히려 훌륭하다고 느꼈다. 아니면 원문을 이해하지 못했기 때문에 냄새나는 풀을 향기로운 난초로 여겼는지도 모르겠다. 『신로마 전기』에 나오는 번역문도, 비록 사조詞調를 사용했고 또 'Sappho'[사포]를 '薩芷波'[사즈포]로 번역

하여[3] 일본어 번역본을 중역한 것임이 확실한데도 한때 널리 읽혔다.

쑤만수[4] 선생도 몇 수를 번역했었는데, 그때 그는 아직 「아쟁을 타는 사람에게 부치다」寄彈箏人와 같은 시를 짓지 않았으므로 역시 Byron과 인연이 있었다. 다만 번역문이 너무 고체古體여서 이해하기 어려웠다. 아마 장타이옌 선생의 윤색을 거쳤던 모양인데, 그래서 흡사 고시古詩와 같았다. 그러나 오히려 널리 유전流傳되지는 않았다. 나중에 그가 자비로 찍은 녹색 표지에 금박 글씨가 씌어진 『문학인연』文學因緣에 수록되었고, 지금은 이 『문학인연』조차도 보기 드물게 되었다.

사실 그때 Byron이 중국인들에게 비교적 잘 알려지게 된 것은 또 다른 원인이 있었다. 그것은 바로 그가 그리스 독립을 도왔기 때문이다. 때는 청나라 말년인지라 일부 중국 청년들의 마음속에는 혁명사조가 크게 일어나고 있었고, 무릇 복수와 반항을 부르짖는 것이라면 쉽게 감응을 불러일으켰다. 그때 내가 기억하고 있는 사람으로는 또 폴란드의 복수시인 Adam Mickiewicz[미츠키에비치], 헝가리의 애국시인 Petőfi Sándor[페퇴피], 필리핀의 문인이며 스페인 정부에 의해 살해된 호세 리살[5] ― 그의 조부는 중국인이며 중국에서도 그의 절명시絕命詩가 번역된 적이 있다 ― 이 있었다. Hauptmann, Sudermann,[6] Ibsen 등 이런 사람들도 이름을 크게 떨치고 있었지만, 우리는 오히려 그다지 주의하지 않았다. 다른 일부 사람들은 만주인의 잔혹함을 기록한 명말 유민들의 저작을 수집하는 데 열을 올려 도쿄나 그 밖의 도서관에서 열심히 찾아 베껴서 인쇄하여 중국으로 들여왔는데, 잊어버린 옛 원한을 부활시켜 혁명의 성공에 도움이 되고자 했다. 그리하여 『양주십일기』,[7] 『가정도성기략』,[8] 『주순수집』,[9] 『장창수집』[10] 등이 모두 번각되어 나왔다. 또한 『황소양회두』[11] 및 그 밖의 단편들의 모음집이 있었는데, 이제는 이미 그 책들의 제목을 들 수가 없다. 다른 일부 사람들은 '박만'撲滿[만주족을 치다], '타칭'打清[청을 타도하다]과 같은 것으로 이름을 바꾸어 영웅인 체했다. 이러한 이름들은 물론 실제의 혁명과는 크게 상관이 없었지만 그 당시 광복을 갈망하는 마음이 얼마나 강했는지 엿볼 수 있겠다.

영웅식의 이름뿐만 아니라 비장감이 넘쳐흐르는 시문도 종잇조각 위의 어떤 것에 지나지 않아서 나중에 일어난 우창봉기武昌起義와 그다지 관계가 없었을 것이다. 만일 영향 면에서 말한다면, 다른 천언만어千言萬語도 대개 평이하고 직설적인, '혁명군의 말 앞에 선 졸병 쩌우룽'이 지은 『혁명군』[12]보다는 못했다.

2.

혁명이 일어나게 되자, 대체로 말하자면 복수의 사상은 그러나 감퇴되고 말았다. 생각건대, 이렇게 된 것은 대략 사람들이 이미 성공에 대한 희망을 품고 있었고, 또 '문명'이라는 약을 복용하게 되어 얼마간 한족의 체면을 세우느라 더 이상 잔혹한 복수는 없었기 때문이다. 그러나 그때의 이른바 문명은 확실히 서양 문명이었으며, 결코 국수는 아니었다. 이른바 공화라는 것도 미국이나 프랑스식의 공화이며 주공周公·소공召公 때의 공화[13]는 아니었다. 혁명당 사람들도 대체로 전력을 다해 본 민족의 영예를 더욱 빛내려고 했기 때문에 병사들도 크게 약탈하지는 않았다. 난징南京의 토비 병사들이 다소 약탈을 하자 황싱[14] 선생이 발끈 화를 내면서 여러 사람을 총살했다. 나중에 토비는 총살을 두려워하지 않고 효수를 두려워한다는 것을 알고 죽은 시체에서 머리를 잘라 내어 새끼줄로 묶어 나무에 내걸었다. 이때부터 더 이상 큰 사고 같은 것은 없었다. 내가 살고 있던 한 관청의 위병衛兵이 내가 외출하자 차렷 자세에서 받들어 총을 하고 난 다음 창문틈으로 기어 들어와서 내 옷을 가져가기는 했지만 어쨌든 그 방법은 이미 훨씬 온화해졌고 또 훨씬 예의가 있었다.

난징은 혁명정부의 소재지인 만큼 유달리 문명적이었음은 당연하다. 그러나 나는 종전에 만주인들이 주재하던 곳을 가 보았는데, 그곳은 온통 폐허였다. 다만 방효유의 혈적석血迹石[15]이 있는 정자만이 어쨌든 그대로 남아 있었다. 이곳은 원래 명대의 고궁이었다. 나는 학생 시절에 말을 타고 이곳을 지나간 일이 있는데, 개구쟁이들이 욕을 해대고 돌을 던지는 것이었다— 그것은 너희들은 이렇게 할 자격이 없다고 말하는 것 같았고, 듣자 하니 예전부터 그렇게 해왔다는 것이었다. 지금은 모습이 완전히 달라져 그곳에 사는 사람도 거의 없다. 몇 칸 부서진 집들이 있어도 역시 문이나 창이 없다. 문이 있다면 그것은 낡은 양철로 만든 것이다. 요컨대, 목재라고는 조금도 없는 것이다.

그렇다면 도시를 함락할 때 한족들은 대대적으로 복수의 방법을 썼단 말인가? 결코 그렇지 않다. 상황을 알고 있던 사람이 내게 이렇게 알려주었다. 전쟁 때 물론 다소 훼손이 있었다. 혁명군이 도시로 들어오자 기인旗人[16] 중에 몇몇은 옛 법도에 따라 순국하기로 작정하고 명대 냉궁[17]의 옛터에 있던 집에서 화약을 터뜨리고 자폭했는데, 공교롭게도 마침 옆을 지나던 기병 몇몇이 함께 터져 죽었다. 혁명군은 지뢰를 묻어 놓고 반항하는 것이라고 여겨 곧 한 차례 불을 질렀다. 그러나 타지 않고 남은 집들도 적지 않았다. 그후 그들은 스스로 알아 집을 헐어 목재를 내다 팔았는데,

먼저 자기 집을 헐었고 다음으로 많은 다른 사람의 집을 헐었다. 집에 목재가 한 토막도 남지 않게 되자 그제야 사람들은 흩어졌고, 우리에게는 폐허만 남겨 놓았다는 것이다. ― 그런데 이것은 내가 귀로 들은 것이며, 정말 진짜인지는 보증할 수 없다.

이 광경을 보고 있노라면 설령 『양주십일기』가 눈앞에 걸려 있어도 어찌 분노를 느낄 수 있겠는가. 내 느낌으로는, 민국이 성립된 이후 한족과 만주족 사이의 악감정은 많이 해소된 듯하며 각 성省의 경계도 이전보다 훨씬 더 느슨해진 듯하다. 그렇지만 '죄업이 무거워도 스스로 죽지 못한'[18] 중국인들은 일 년도 채 못 되어 상황이 또 역전되었다. 종사당의 활동과 유로들의 잘못된 행동[19] 때문에 양 종족의 옛 역사가 사람들의 기억에서 다시 되살아났고, 위안스카이의 잔꾀 때문에 남북의 사이가 더욱 나빠졌고,[20] 음모가들의 교활한 계략 때문에 성의 구분이 또 이용되었다.[21] 게다가 앞으로 더 늘어날 것 같다.

3.

내 성질이 유달리 나빠서인지 아니면 지난 환경의 영향에서 벗어나지 못해서인지 알 수 없지만 나는 항상 복수는 그리 이상할 것이 없다고 생각한다. 비록 무저항주의자들은 인격이 없다고 비난할 생각은 전혀 없지만 말이다. 그러나 때로는, 보복이란 누가 판단하고 어떻게 공평할 수 있는가 하는 의문이 들기도 한다. 그러면 즉각 나 스스로, 자기가 판단하고 자기가 집행하며, 주관할 하느님이 없는 이상 사람이 직접 눈에는 머리로 보상해도 무방하고 머리에는 눈으로 보상해도 무방하다고 답한다. 때로는 관용은 미덕이라는 생각이 들기도 한다. 그러나 즉각 이 말은 겁쟁이가 발명한 것이 아닌가 의심하게 되는데, 왜냐하면 그는 보복할 용기가 없기 때문이다. 또는 비겁한 악인이 창조한 것이 아닌가 의심하게 되는데, 왜냐하면 그는 남을 해칠 생각을 키워 가고 있지만, 그 사람이 보복할까 두려워 관용이라는 미명美名으로 기만하기 때문이다.

이 때문에 나는 항상 오늘날 청년들을 흠모한다. 그들은 비록 청말에 태어났지만 대체로 민국 시기에 자라나서 공화의 공기를 호흡했으므로 틀림없이 이민족의 멍에 아래서 느끼는 불평의 기분이나 피압박민족이 당하는 강제적인 복종[22]의 비애는 더 이상 없을 것이다. 과연 대학교수조차도 벌써 소설은 왜 하등사회를 묘사해야 하는지 그 이유를 이해하지 못하고 있다.[23] 내가 현대인들과 한 세기만큼이나 사이가 벌어져 있다고 하는 말은 어느 정도 확실한 것 같다. 그러나 나로서는 그것을 깨끗이 씻어버릴 생각은 없다—비록 부끄럽고 두려운 느낌이 많이 들지만 말이다.

예로센코[24] 군이 일본에서 쫓겨나기 전에 나는 그의 이름을 전혀 알지 못했다. 추방되고 나서야 그의 작품을 보게 되었다. 그래서 그가 강제 추방된 상황은 『요미우리신문』[25]에 실린 에구치 간 씨의 글[26]을 통해 알게 되었다. 그리하여 그 글을 번역했고, 또 그의 동화도 번역했으며, 그의 극본 『연분홍 구름』桃色之雲도 번역했다. 사실 그 당시 내 생각은, 학대받는 사람의 고통스런 외침을 전하고 나라 사람들에게 강권자들에 대한 증오와 분노를 불러일으키려고 한 것뿐이었다. 무슨 '예술의 궁전'에서 손을 뻗어 외국의 기이하고 아름다운 화초를 뽑아다 화국華國의 문단藝苑에 옮겨 심으려는 것은 결코 아니었다.

일본어로 된 『연분홍 구름』이 출판되었을 때 에구치 간 씨의 글도 실렸는데, 검열기관(경찰청?)에 의해 많이 삭제되었다. 내가 번역한 글은 완전한 것이었는데, 그 극본이 책으로 인쇄되었을 때 그것을 함께 인쇄하지는 않았다. 왜냐하면 그때 나는 또 다른 상황을 보게 되었고, 또 다른 생각이 일어나, 중국인들의 분노의 불길에 장작을 더 지피고 싶지 않았기 때문이다.

4.

공로 선생[27]은 "자기만 못한 사람을 벗 삼지 말라"[28]라고 말한 적이 있다. 사실 세력과 이익을 따지는 이러한 안목은 오늘날 세상에도 아주 흔하다. 우리 스스로가 본국의 꼴을 살펴보면 벗이 있을 리 없음을 알게 된다. 비단 벗이 없을 뿐만 아니라 그야말로 대부분이 원수로 지내 왔다. 그렇지만 갑을 적으로 대할 때에는 을에게서 공정한 판단을 기다리고, 그후 을을 적으로 대할 때에는 다시 갑에게서 동정을 기대한다. 그래서 단편적으로 보면 오히려 전 세계가 다 원수는 아닌 것처럼 보인다. 그러나 어쨌든 늘 원수로서 한 사람은 있어야 하기 때문에 일이 년마다 애국자들은 아무래도 적에 대한 원한과 분노를 한 차례 고무시켜야 하는 것이다.

이 또한 오늘날 흔히 볼 수 있는 현상이다. 이쪽 나라가 저쪽 나라를 적으로 삼을 때면 언제나 수단을 동원하여 국민들의 적개심을 부채질하고 그들에게 일치단결하여 방어하거나 공격하도록 한다. 그러나 필요한 조건이 하나 있는데, 그것은 바로 국민은 용감해야 한다는 것이다. 왜냐하면 용감해야만 용맹스럽게 앞으로 나아가고 강적과 육박전을 벌이고 그리하여 원수를 갚고 원한을 풀 수 있기 때문이다. 가령 겁이 많고 나약한 인민이라면 아무리 고무한다 해도 강적과 맞서려는 결심을 할 수 없을 것이다. 그렇지만 타오르는 분노의 불길은 그래도 남아 있으므로 발산할 장소를 찾지 않을 수 없다. 이 장소가 바로, 동포든 이민족이든 상관없이 자신보다 더욱 약해 보이는 인민이다.

나는 중국인들의 마음속에 쌓여 있는 원한과 분노가 이미 충분하다고 생각한다. 물론 그것은 강자에게서 유린을 당하여 생겨난 것이다. 그러나 그들은 오히려 강자에게는 반항하지 않고 도리어 약자 쪽에 발산한다. 군인과 비적은 서로 싸우지 않고 총이 없는 백성만이 군인과 비적으로부터 고통을 받고 있는데, 이것이 바로 최근 쉽게 볼 수 있는 증거이다. 좀더 노골적으로 말한다면, 이는 이들의 비겁을 증명할 수 있는 것이 아닐까. 비겁한 사람은 설령 만 장 높이의 분노의 불길이 있다 해도 연약한 풀 이외에 더 무엇을 태울 수 있겠는가?

누군가는 우리가 지금 사람들에게 분노와 원한을 품게 하려는 대상은 외적이며 나라 사람과는 상관이 없으므로 해를 입을 리가 없다고 말할 것이다. 그러나 그 전이轉移는 아주 쉬운 것이어서, 비록 나라 사람이라고 말하지만, 구실을 대어 발산하려고 할 때 단지 특이한 명칭만 하나 붙이기만 하면 마음 놓고 칼날을 들이댈 수 있는 것이다. 예전에는 이단異端, 요인妖人[요사스러운 사람], 간당奸黨[간사한 무리], 역도逆徒[반역도]와 같은 이름이 있었고, 오늘날에는 국적國賊, 한간漢奸[매국노], 이모자二毛子[서양인에 고용된 중국인], 양구洋狗[서양인의 주구], 양노洋奴[서양인의 하수인]라는 말을 사용하고 있다. 경자년에 의화단義和團이 길 가는 사람을 잡아다가 멋대로 기독교도라고 이름을 붙였는데, 그들의 말에 따르면, 그런 움직일 수 없는 증거는 그들의 신통한 눈이 이미 그 사람들의 이마에서 '십자가'를 보았다는 것이었다.

그렇지만 "자기만 못한 사람을 벗 삼지 말라"라고 하는 세상에서, 자기 국민을 선동하여 그들에게 불꽃을 뿜도록 하면서 잠시나마 상황을 이겨 내려 하는 것 이외에 다른 훌륭한 방법이 우리에게 없지 않은가. 하지만 나는 위에서 서술한 이유에 근거하여 더욱 한 발 나아가 불이 붙은 청년들에 대해 희망하는 바가 있다. 그것은 군중에 대해 그들의 대중분노公憤만 불러일으키지 말고 내면적인 용기를 주입하려고 노력해야 하고, 그들의 감정을 고무시킬 때에 명백한 이성을 극력 계발하도록 해야 한다는 것이다. 게다가 용기와 이성에 마음을 집중하면서 이제부터 여러 해 동안 계속 훈련을 해야 한다는 것이다. 이러한 소리는 물론 단연코 선전포고니 적의 섬멸이니 하고 크게 부르짖는 것만큼 요란하지는 않겠지만, 그러나 오히려 더욱 긴요하고 더욱 어렵고도 위대한 일이라고 나는 생각한다.

그렇지 않으면 역사가 우리에게 보여 주었듯이, 재앙을 당하는 쪽은 적수가 아니라 자기 동포와 자기 자손이 될 것이다. 그 결과 도리어 적의 앞잡이가 되고, 적은 그 나라의 이른바 강자에 대해서는 승리자가 되며 동시에 약자에 대해서는 은인이 되는 것이다. 왜냐하면 스스로가 미리 서로 잔인한 살육을 저질러 마음에 쌓여 있던 원한과 분노가 이미 다 해소되고 천하도 곧 태평성세가 되기 때문이다.

요컨대, 나는 국민에게 만일 지혜도 없고 용기도 없는데 오로지 이른바 '기'氣에만 의지한다면 이는 참으로 대단히 위험한 일이라고 생각한다. 지금은 더욱 전진하여 보다 견실한 일부터 착수해야 할 때이다.

1925년 6월 16일

주)

1) 원제는 「雜憶」이며, 1925년 6월 19일 『망위안』 제9기에 처음 발표되었다.

2) 바이런의 초상은 영국의 화가 필립스(Thomas Phillips)가 그린 바이런 초상화를 가리킨다. 1924년 4월 『소설월보』(小說月報) 제15권 제4기인 '바이런 서거 백주년 기념 특집호'에 실렸다. 『소설월보』는 1910년 상하이에서 창간되었고, 1921년에 개혁을 통하여 당시 유명한 문학 단체인 문학연구회(文學硏究會)가 주관하게 되었다. 1932년에 정간되었다.

3) 『신로마 전기』(新羅馬傳奇)는 량치차오가 자신이 지은 『이탈리아 건국 삼걸전』(意大利建國三杰傳)에 의거하여 개편한 희곡이다. 여기에는 바이런의 시가 번역되어 있지 않다. 량치차오가 지은 소설 『신중국 미래기』(新中國未來記) 제4회에 희곡의 형식으로 바이런의 장편시 『돈 후안』 제3편의 한 단락이 소개되어 있다. "(동풍에 깊이 취하여) 아아! 그리스여, 그리스여! …… 그대는 본래 평화시대의 사랑스런 소녀이다. 그대는 본래 전쟁시대의 거친 소녀이다. 사즈포(撒芷波; 사포를 가리킴)의 노랫소리 높고, 여시인의 열정은 뜨겁다."

'사포'(Sappho)는 약 B.C. 6세기 그리스의 여류시인이다. 일본어 음역은 'サッフォー'인데, 량치차오는 발음이 나지 않는 'ッ'를 '芷'로 음역하여 '撒芷波'라고 하였다.

4) 쑤만수(蘇曼殊, 1884~1918)는 이름이 쉬안잉(玄瑛), 자가 쯔구(子谷)이고, 광둥 중산(中山) 사람이며, 문학가이다. 20세 때 후이저우(惠州)에서 절에 들어가 중이 되었고, 만수(曼殊)라고 불렀다. 그는 고체시(古體詩)의 형식으로 바이런의 시 다섯 편을 번역한 적이 있다. 「별과 산은 다 생명이 없다」(星耶峰耶俱無生)라는 시는 1908년 일본 도쿄에서 출판된 『문학인연』(文學因緣)에 수록되었고, 「바다의 노래」(贊大海), 「나라를 떠나는 노래」(去國行), 「그리스를 애도하다」(哀希臘), 「그대에 답하여 붉은 비단 리본에 머리털을 묶어 보내는 시」(答美人贈束髮𧝓帶詩) 네 편은 1909년 일본 도쿄에서 출판된 『바이런 시선』(拜倫詩選)에 수록되었다. 「아쟁을 타는 사람에게 부치다」(寄彈箏人)는 「기조쟁인」(寄調箏人)이라는 시를 가리킨다. 이 시는 쑤만수가 직접 지은 것인데, 7언 절구 3수로서 1910년에 출판된 『남사』(南社) 제3집에 처음으로 발표되었으며, 바이런의 시와 맛이 다르다.

5) 호세 리살(José Rizal, 1861~1896)은 필리핀의 작가이며 민족독립운동의 지도자이다. 1892년에 '필리핀동맹'을 발기하여 성립시켰고, 같은 해에 체포되었다. 1896년 두번째 체포된 후 스페인 식민정부에 의해 살해되었다. 작품으로는 장편소설 『나를 건드릴 수 없다』(不許犯我), 『기의자』(起義者) 등이 있다. 그의 절명시(絶命詩) 「내 최후의 이별」은 량치차오가 중국어로 번역했으며, 제목은 「무덤 속에서의 부르짖음」(墓中呼聲)이었다.

6) 하웁트만(Gerhart Johann Robert Hauptmann, 1862~1946)은 독일의 극작가이다. 작품으로는 『직공』(織工, *Die Weber*), 『침종』(沉鐘, *Die versunkene Glocke*) 등이 있다.

주더만(Hermann Sudermann, 1857~1928)은 독일의 작가이다. 작품으로는 극본 『고향』(故鄕, *Heimat*), 소설 『우울한 부인』(憂愁夫人, *Frau Sorge*) 등이 있다.

7) 『양주십일기』(揚州十日記)는 청대 장두(江都)의 왕수초(王秀楚)가 지은 것으로, 순치(順治) 2년 청병(淸兵)이 양저우(揚州)에 쳐들어왔을 때 한족 인민을 무참하게 죽였던 실제 상황을 기록하고 있다.

8) 『가정도성기략』(嘉定屠城記略)은 청대 가정(嘉定)의 주자소(朱子素)가 지은 것으로, 순치 2년 청병이 가정에 쳐들어왔을 때 세 차례나 한족 사람들을 도살했던 실제 상황을 기록하고 있다.

9) 『주순수집』(朱舜水集)은 주지유(朱之瑜)가 지은 것이다. 주지유(1600~1682)는 자가 노서(魯嶼), 호가 순수(舜水)이고, 저장 위야오(余姚) 사람이며, 명말 사상가이다. 명나라가 망한 후 저우산(舟山)을 근거지로 하여 청나라에 대항하며 명나라를 회복하려고 애를 썼으나 실패하여 일본으로 망명했고, 미토(水戶)에서 객사했다. 그의 저작은 일본의 이나바 이와키치(稻葉岩吉)가 편집한 『주순수 전집』(朱舜水全集)이 있는데, 1912년에 간행되었다. 중국에서는 이나바 본(本)에 의거하여 마푸주(馬浮就)가 개정한 『순수유서』(舜水遺書) 25권이 1913년에 간행되었다.

10) 『장창수집』(張蒼水集)은 장황언(張煌言)이 지은 것이다. 장황언(1620~1664)은 자가 현저(玄著), 호가 창수(蒼水)이며, 저장 인현(鄞縣) 사람이다. 남명(南明) 때 항청의군(抗淸義軍)의 지도자이며 문학가이다. 그는 청나라 순치 2년(1645)에 저둥(浙東)에서 기병하여 청에 대항하며 노왕(魯王; 주이해朱以海)을 감국(監國; 국가가 비상 시기로 인하여 임금이 정식으로 등극하지 못하거나 태자가 정식으로 등극하기 이전에 부르는 호칭)으로 받들었다. 군대가 패하자 포로로 잡혔으며 뜻을 굽히지 않고 죽었다. 청말 장타이옌이 인현에서, 상권은 잡문(雜文)이고 하권은 고금체시(古今體詩)로 된 『기령초』(奇零草) 필사본을 발견하여 『장창수집』이라 제목을 고쳐 간행했다.

11) 『황소양회두』(黃蕭養回頭)는 반청혁명의 고취를 주제로 하고 있는 월극(粵劇)이며, 신광동무생저(新廣東武生著)라고 서명되어 있다. 원래는 1902년(청나라 광서 28년) 량치차오가 주편한 『신소설』(新小說) 잡지에 실렸고, 후에 상하이 광지서국(廣智書局)에서 단행본으로 나왔다. 황소양(黃蕭養)은 명대 정통(正統) 말년에 일어난 광둥 농민봉기의 지도자였으며, 경태(景泰) 원년(1450)에 전쟁에서 화살을 맞고 희생되었다. 극본은 황제(黃帝)가 황소양의 영혼을 되살려 구국운동에 종사토록 하여 중국을 '부강한 나라'로 만들게 했다는 내용이다.

12) 쩌우룽(鄒容, 1885~1905)은 자가 웨이단(蔚丹)이고, 쓰촨 바현(巴縣) 사람이며, 청말 혁명가이다. 일본에 유학했으며, 반청혁명투쟁에 적극적으로 참가했다. 1903년 7월 상하이의 영국 조계 당국과 결탁한 청 정부에 의해 체포되었으며, 2년형을 선고받고 1905년 4월에 옥중에서 죽었다.

『혁명군』(革命軍)은 쩌우룽이 반청혁명을 선전한 유명한 작품이다. 1903년에 지어졌고 전체 7장이며 약 2만여 자로 되어 있다. 앞에는 장빙린(章炳麟; 장타이옌)의 서와 작자의 자서가 붙어 있다. 자서의 마지막에는 "황한민족(皇漢民族)이 나라를 잃은 지 260년, 계묘(癸卯)년 3월에 혁명군의 말 앞에 선 졸병 쩌우룽이 적다"로 서명되어 있다. 이 책은 청 정부의 잔혹한 통치를 폭로하고, '자유 독립'의 '중화공화국'을 세워야 한다는 이상을 제기하고 있는데, 혁명을 크게 고취하는 역할을 했다.

13) 『사기』「주본기」(周本紀)에 따르면, 서주(西周) 때 여왕(厲王)이 도를 잃어 나라 사람들로부터 반대에 부딪히자 37년(B.C. 841년)에 달아났고, "소공(召公)과 주공(周公) 두 제상이 정사를 맡았는데, 이를 공화(共和)라 부른다." 또 『죽서기년』(竹書紀年)에 따르면, 주나라 여왕이 달아난 후 공백화(共伯和; 공국共國의 국군國君 이름)가 왕정을 대행했는데, 이를 공화(共和) 원년이라 부른다.

14) 황싱(黃興, 1874~1916)은 자가 커창(克强)이고, 후난 창사 사람이며, 근대 민주혁명가이다. 일찍이 화홍회(華興會)를 조직했고, 1905년 쑨중산(孫中山)이 조직한 동맹회(同盟會)에 참가하여 책임자의 지위에 있었다. 신해혁명 때 혁명군 총사령관을 맡았으며, 1912년 난징(南京) 임시정부가 성립되었을 때 육군총장을 맡았다. 위안스카이에게 총통이 넘어간 후 그는 일본으로 망명했고 1916년 상하이에서 세상을 떠났다.

15) 방효유(方孝孺, 1357~1402)는 자가 희직(希直)이고 저장 닝하이 사람이며, 명나라 혜제(惠帝) 건문(建文) 때 시강학사(侍講學士)를 역임했다. 건문 4년(1402)에 혜제의 숙부 연왕(燕王) 주체(朱棣)가 기병하여 난징을 공격하고 스스로 황제(즉, 영락제永樂帝)에 올라 방효유에게 즉위조서를 기초하라고 명했다. 방효유는 완강히 거부하여 마침내 살해되고 10족이 죽임을 당했으며, 죽은 사람이 870여 명이나 되었다. 전하는 말에 따르면, 혈적석(血迹石)은 방효유가 혀가 뽑히고 이가 부서질 때 그의 혈적이 묻은 돌이라고 한다.

16) 기인(旗人)은 청대 팔기(八旗)에 속한 사람에 대한 호칭이다. 팔기는 만족(滿族)의 군대조직과 호구편제였는데, 후에 일반적으로 만족을 기인이라 부르게 되었다.

17) 냉궁(冷宮)은 옛날 왕의 총애를 잃은 왕비가 거처하던 쓸쓸한 궁전을 가리킨다.

18) 송대 이후 사람들은 부모가 죽은 후 인쇄하여 알리는 부고문에 늘 "불효한 모모는 죄업이 무거워도 스스로 죽지 못하여 그 화를 죽은 아버지(어머니)에까지 미치게 한다"라는 상투어를 사용했다.

19) 종사당(宗社黨)은 청나라 귀족 양필(良弼), 육랑(毓朗), 철량(鐵良) 등이 청나라 황실의 정권을 보전하려고 1911년에 성립한 일종의 조직이다. 일부 사람들은 1912년 3월 7일(하력夏曆 정월 19일)에 '군주입헌유지회'(君主立憲維持會)의 명의로 선언을 발표하고 푸이(溥儀)의 퇴위를 반대했다. 민국이 성립한 후 그들은 톈진과 다롄(大連) 등지로 잠복하여 일본 제국주의의 조종하에 복벽음모운동을 진행했다. 1914년 5월 유로(遺老)

인 라오네이쉬안(勞內宣), 류팅천(劉廷琛), 쑹위런(宋育仁) 등과 결탁하여 복벽을 모의했고, 1917년 7월에 또 장쉰(張勛), 캉유웨이 등과 결탁하여 복벽을 추진했으나 모두 실패하고 말았다.

20) 1913년(민국 2년) 7월에 발생한 위안스카이와 남방의 국민당 토원군(討袁軍; 위안스카이를 토벌하는 군대라는 뜻) 사이에 벌어진 전쟁을 가리킨다. 이 전쟁은 위안스카이가 음모의 수단으로 일으킨 것으로, 목적은 당시 쑨중산을 영수로 하고 남방을 근거지로 한 국민당 세력을 소멸시키기 위한 것이었다. 전쟁 전에 위안스카이는 사람을 시켜 국민당의 주요 인물인 쑹자오런(宋教仁)을 상하이에서 암살했고, 또 제국주의의 지지를 받아 적극적으로 전쟁을 준비했다. 국민당 쪽은 원래 위안스카이에 대해 타협적이었는데, 쑹자오런이 피살된 후 쑨중산은 일본에서 상하이로 돌아와 위안스카이를 토벌하기 위한 군사행동을 개시했다. 전쟁은 7월에 시작되었고, 8월 말에 토원군은 실패하고 말았다. 그후 상당히 오랜 기간 남북은 대립하는 국면에 놓여 있었다.

21) 돤치루이는 위안스카이가 실패한 후에 국무총리를 맡았을 때, 베이양계(北洋系)의 무력을 단결시키기 위해 쉬수정(徐樹錚)을 책동하여 각 성구(省區)에서 쉬저우(徐州)로 대표를 파견하여 회의를 개최하도록 했는데, 1916년 이른바 '성구연합회'(省區聯合會)가 성립되었다. 이는 베이양군벌이 이른바 성계연합(省界聯合)이라는 수단을 이용해 그들의 봉건할거 조직을 보존하려고 했던 것이다. 이와 동시에 남방의 각 성(省)은 연합하여 '호국군 정부'(護國軍政府)를 성립시켰다. 이때부터 제1차 국내혁명전쟁(제1차 북벌)이 있기까지 남북의 각 성에 자리를 틀고 있던 군벌들은 항상 연합이라는 명분으로 성을 단위로 하는 봉건할거를 유지했다. 그리고 이해관계가 충돌할 때에는 서로 간에 전쟁을 벌였다.

22) '강제적인 복종'(合轍)은 이민족 통치자가 강제로 한족 인민들이 자신들의 제도와 정책을 따르도록 한 것을 가리킨다. 철(轍)은 궤도의 뜻이다. 옛날 수레에 대한 규정은 두 바퀴 사이가 8척이 되어야 하는데, 수레를 운용하려면 반드시 궤도규정에 맞아야만 했다.

23) 당시 둥난대학(東南大學) 교수 우미(吳宓)를 가리킨다. 루쉰은 『이심집』(二心集) 「상하이 문예의 일별」(上海文藝之一瞥)에서 다음과 같이 말한 적이 있다. "그때 우미 선생은 글을 발표하여, 왜 일부 사람들이 하류사회를 묘사하기를 좋아하는지 참으로 이해할 수 없다고 말했다."

24) 예로센코(Василий Яковлевич Ерошенко, 1890~1952)는 러시아 시인이자 동화작가이다. 유년 시절에 병으로 말미암아 두 눈을 실명했으나 일본, 태국, 인도 등지를 여행했고, 1921년 일본에서 노동절 시위에 참가했다가 6월에 일본 정부에 의해 추방당하고 중국에 도착했다. 중국에서는 베이징대학, 베이징 에스페란토전문학교(世界語專門學校)에서 강의했으며, 1923년 4월 귀국했다. 그는 에스페란토와 일어로 글쓰기를 했으

며, 루쉰은 그의 『연분홍 구름』(桃色的雲), 『예로센코 동화집』(愛羅先珂童話集)을 번역했다.

25) 『요미우리신문』(讀賣新聞)은 도쿄에서 1874년 11월에 창간되었고, 1924년에는 전국 규모의 대형 신문이 되었다. 이 신문은 항상 문예작품과 평론문을 게재했다.

26) 에구치 간(江口渙, 1887~1975)은 일본의 작가이다. 작품으로는 『화산 아래서』(火山の下に), 『어느 여인의 범죄』(或女の犯罪) 등이 있다. 그가 쓴 예로센코에 관한 글은 제목이 「예로센코 군을 추억하며」이며, 이 글은 예로센코가 일본에서 박해를 받은 과정을 기술하고 있다. 이 글은 루쉰이 번역하여 1924년 5월 14일 『천바오 부간』에 실렸고, 지금은 『루쉰 역문집』(魯迅譯文集) 제10권 『역총보』(譯叢補)에 수록되어 있다.

27) 루쉰은 공자를 공로 선생(孔老先生)이라 했는데, 여기에는 공자를 성인으로 보지 않고 중립적인 인물로 보고자 하는 의도가 깔려 있다.

28) "자기만 못한 사람을 벗하지 말라"(毋友不如己者)라는 말은 『논어』 「학이」에 나온다.

'타마더'에 대하여[1]

누구든지 중국에서 생활하기만 하면 '타마더'他媽的 또는 그와 비슷한 말들을 항상 듣게 된다. 내 생각으로는, 이 말은 대개 중국인들의 족적이 미치는 곳이면 어디든지 퍼져 있는 것 같다. 사용횟수도 아마 정중한 표현인 '안녕하십니까'您好呀보다 더 적지는 않을 것이다. 가령 누군가의 말마따나 모란이 중국의 '나라꽃'이라면, 이 말은 중국의 '나라욕'이라 해도 좋을 것이다.

나는 저장浙江의 동쪽, 시잉西瀅 선생이 말한 이른바 '모적'某籍[2]에서 나고 자랐다. 그곳에서 널리 쓰이는 '나라욕'은 아주 간단하다. 오로지 '에미'媽에만 국한되어 있어 결코 그 밖의 사람들은 끌어들이지 않는다. 나중에 여러 곳을 얼마간 여행하면서 비로소 나라욕의 광범하고도 치밀함에 놀라게 되었다. 위로는 조상을 들먹이고, 옆으로는 자매를 연관시키고, 아래로는 자손에까지 내려가서, 같은 성性이면 누구나 끌어들여, 참으로 "은하수처럼 끝이 없다"[3]는 격이었다. 게다가 사람에만 쓰는 것이 아니라 짐승에도 적용하는 것이었다. 재작년 석탄을 실은 수레 한 대가 깊이 파인

바퀴자국에 바퀴 한쪽이 빠진 것을 보았다. 마부는 잔뜩 화가 나서 곧장 뛰어내려 있는 힘을 다해 수레 끌던 노새를 때리면서, "니쯔쯔더你姊姊的[4]! 니쯔쯔더!"라고 했다.

다른 나라에서는 어떤지 나는 모른다. 다만 노르웨이 사람 Hamsun[5]의 『굶주림』이라는 소설 속에는 거친 말투가 제법 많은데, 그러나 나는 그와 비슷한 말을 보지는 못했다. Gorky[고리키]가 쓴 소설 중에는 무뢰한이 많이 나오지만, 내가 본 바로는 역시 그런 욕설은 없었다. 유독 Artzybashev[아르치바셰프]의 『노동자 셰빌로프』에만 무저항주의자 야라체프가 '니마더'你媽的라 한 마디 욕을 하고 있다. 그러나 그때 그는 이미 사랑을 위해 희생하겠다고 다짐한 터이므로 우리는 그의 자기모순을 비웃을 용기를 잃게 된다. 이 욕의 번역은 중국에서는 아주 용이하지만 다른 나라에서는 어려운 것 같다. 독일어 번역본에는 '나는 너의 엄마를 사용했다'로 되어 있고, 일본어 번역본에는 '너의 엄마는 내 암캐다'로 되어 있다. 내 관점에서 볼 때, 이는 참으로 난해하다.

그렇다면 러시아도 그러한 욕설이 있었던 모양인데, 어쨌든 중국처럼 광범하고도 치밀하지 않으므로 영광은 아무래도 이쪽으로 돌려야 할 것이다. 다행히도 이는 어쨌든 무슨 대단한 영광도 아니므로 그들은 아마 항의할 필요까지는 없을 것이다. '적화'赤化처럼 두렵지도 않으므로 중국의 부자들, 명망가들, 고명한 사람들도 심하게 놀라지는 않을 것이다. 그러나 중국에서라 하더라도 그 말을 사용하는 사람들은 '마부'와 같은 이른바 '하등인'이며, '사대부'와 같은 신분이 있는 상등인은 결코 입 밖에 내지도 않고 더욱이 책에 그 말을 글로 쓰지도 않는다. '이 몸도 늦게 태어난' 까닭에 주대周代를 만나지 못하여 대부가 되지도 못했고 벼슬을 하지도 않았으니 본래 곧이곧대로 까놓고 할 수 있었겠지만, 끝내 겉모습은 바꾸어 '나라욕'에서 동사 하나와 명사 하나를 없애고 다시 이인칭을 삼인칭으로 고친 것은, 아마 아무래도 수레를 끈 적이 없으므로 '얼마간 귀족 냄새'에서 벗어나지 못했기 때문일 것이다. 그 용도가 단지 일부 사람들에 한정되어 있다고 했으니 '나라욕'으로 삼을 수 없을지도 모르겠다. 그러나 그렇지도 않다. 높은 분들이 감상하는 모란을 하등인들도 어찌 "꽃 중에서 부귀를 의미하는 것"[6]으로 여겼겠는가?

이 '타마더'가 어떻게 유래되었고 어느 시대부터 시작되었는지 나도 모른다. 경서와 역사서에서 볼 수 있는, 사람을 욕하는 말로는 대개 '천한 놈'役夫, '종놈'奴, '죽을 놈'死公[7]이 있으며, 비교적 심한 경우로는 '늙은 개'老狗, '오랑캐놈'貉子[8]이 있고, 더 심하면 윗대를 들먹이는 경우인데, 역시 '너의 에미는 종년이다'而母婢也, '더러운 환관놈의 양자 무리'贅閹遺醜[9]에서 벗어나지 않는다. 무슨 '마더'媽的 어쩌고 하는 것은 아직 본 적이 없으니, 아마도 사대부들이 기피하여 기록하지 않았을 것이다. 다만 『광홍명집』[10](권7)에 북위 때의 형자재邢子才에 관한 기록이 있다. 그는 "부인들을 믿을 수 없다고 생각했다. 원경元景더러 말하기를, '그대는 하필 성이 왕王인가?' 원경은 얼굴빛이 변했다. 자재가 말하기를, '나 역시 하필 성이 형인가, 5대를 지나오면서 믿을 수 있을까?'" 여기에 꽤 내막을 짐작할 수 있는 부분이 있다.

진대晋代는 이미 가문을 크게 중시했는데, 그것도 지나칠 정도로 중시하게 되었다. 귀족은 세습되었고, 자제들은 쉽게 관직을 얻을 수 있었다. 설령 먹고 마시기만 하는 식충이라도 높은 자리를 차지할 수 있었다. 북방의 강토를 탁발씨[11]에게 잃었으나 사인士人들은 오히려 더욱 미친 듯이 문벌을 따지고 등급을 구분하여 엄격하게 수호했다. 서민 중에 비록 준재가 있어도 대성大姓과는 비교할 수 없었다. 대성들은 실제로 조상의 음덕을 입어 옛 업적을 빌미로 거만하게 굴고 속은 텅 비었으나 마음은 고상한 척했을 뿐이니 당연히 사람들은 참을 수가 없었다. 그런데 사류士流들이 조상을 빌려 호신부로 삼은 이상, 핍박받던 서민들은 자연히 그들의 조상을 적으로 간주하게 되었다. 형자재의 말은 비록 분격해서 한 것인지는 분명하지 않으나 가문에 의탁하고 있는 남녀들에 대해 확실히 치명적인 중상重傷임에는 틀림없다. 세도와 지위가 본래 '조상'이라는 이 유일한 호신부에 기대어 존재하므로 '조상'이 일단 무너지고 나면 모든 것이 허물어지고 만다. 이는 '음덕'에 의지할 때 필연적으로 나타나는 인과응보이다.

동일한 의미이지만, 형자재처럼 글재주가 없으므로 '하등인'의 입에서 곧바로 튀어나오는 것은 바로 '타마더!'이다.

만약 고문대족高門大族의 견고한 낡은 보루를 공격하려면 오히려 그의 혈통을 겨누는 것이 전략상 참으로 훌륭한 계략이라 할 만하다. '타마더'라는 이 말을 가장 먼저 발명한 인물은 확실히 천재라고 할 수 있다. 비열한 천재이기는 하지만.

당대 이후 높은 가문임을 뽐내는 기풍은 점차 사라졌다. 금원대에 이르러 오랑캐를 제왕으로 받들고 백정이나 장사치를 고관대작卿士으로 임명해도 이상할 것이 없었으니 '등급'의 상하는 원래 이때부터 모호하게 되어야 했다. 그러나 그래도 기를 쓰고 '상등'으로 기어 들어가려는 사람들이 있었다. 유시중의 곡자 속에는 이런 말이 있다.[12] "가소롭게도 저 무식한 시정 사람들, 멋대로에다 아는 게 없었다. 세상 벗님네들 너나없이 재빨리 자호字號나 관명官名을 사용하여 서로 상대를 불러 주니, 발음은 같은 걸로 하고, 글자는 속되지 않은 걸로 했다. 내가 일일이 자세하게 나열할 테니 들어 보라. 쌀 파는 사람을 자량子良이라 부르고, 고기 파는 사람을 중보仲甫라 부르고……, 밥장사 하는 사람을 군보君寶라 부르고, 밀가루 빻고 체 굴리는 사람을 덕부德夫라 부르니, 어찌 더 말하겠는가!"(『악부신편 양춘백설』 권3)[13] 이것이 바로 당시 벼락부자의 추태였다.

'하등인'이 아직 벼락부자가 되기 전이라면 당연히 대체로 '타마더'를 자주 입에 오르내린다. 그러나 어떤 기회가 와서 우연히 한 자리를 차지하고 대략 몇 글자를 알게 되면 곧 점잖아진다. 아호雅號도 있게 되고, 신분도 높게 되고, 족보도 고치게 된다. 그리고 시조를 한 사람 찾아야 하는데, 명유名儒가 아니면 명신名臣이다. 이때부터 '상등인'으로 바뀌고, 선배 상등인과 마찬가지로 언행은 모두 온화하고 우아해진다. 그렇지만 어리석은 백성 중에도 어쨌든 총명한 사람이 있어 벌써부터 이러한 속임수를 꿰뚫어 본다. 그래서 "입으로는 인의예지仁義禮智를 말하지만 마음속은 남도여창男盜女娼이다!"라는 속담이 생긴다. 그들은 훤히 알고 있는 것이다.

그리하여 그들은 반항하며 '타마더'라고 한다.

그러나 사람들이 자기나 남의 여택餘澤이나 음덕을 폐기하거나 일소하지 못하고 억지로 다른 사람의 조상이 되려고만 한다면 어찌 되었건 비열한 일임에는 틀림없다. 이따금 '타마더'라고 불리는 자의 생명에 폭력을 가하는 경우도 있겠지만, 그것은 대체로 허점을 이용하는 것이지 시대의 추세를 만들어 내는 것이 아니므로 어찌 되었건 역시 비열한 일이다.

중국인들은 지금까지도 무수한 '등급'을 가지고 있고, 가문에 의지하고, 조상에 기대고 있다. 만약 고치지 않으면 영원히 유성無聲·무성有聲의 '나라욕'이 있을 것이다. 그래서 '타마더'가 위아래 사방을 포위하고 있다.

게다가 그것도 태평한 시대인데도.

다만 가끔은 예외적인 용법도 있다. 놀람을 나타내거나 감복을 나타내기도 한다. 나는 고향에서 시골농부 부자가 함께 점심을 먹는 것을 본 일이 있는데, 아들이 요리를 가리키면서 그의 부친에게 "이거 괜찮아요, 마더媽的, 드셔 보세요!"라고 했고, 아버지는 "난 먹고 싶지 않아. 마더, 너 먹어라!"라고 말했다. 오늘날 유행하는 '내 사랑하는'의 뜻으로 이미 완전히 순화되어 있다.

1925년 7월 19일

주)

1) 원제는 「論'他媽的!'」이며, 1925년 7월 27일 『위쓰』 제37기에 처음 발표되었다. '타마더'(他媽的)는 중국 사람들이 일반적으로 쓰는 욕이다. '타'(他)는 삼인칭이고, '마'(媽)는 엄마라는 뜻이고, '더'(的)은 소유격이다. 원래 이 말은 앞에 성교를 뜻하는 동사와 뒤에 성기를 뜻하는 명사가 생략되어 있다. 줄여서 '마더'(媽的)라고도 하며, '마'(媽) 대신에 다른 말이 들어가기도 하는데, 본문에 나오는 '니쯔쯔더'(你姊姊的)가 그 경우이다. 삼인칭 '타' 대신에 이인칭 '니'(你)를 쓰면 더 직접적인 욕이 되는데, 우리말 '니에미'와 같은 욕이다.

2) 1925년 베이징여자사범대학 학생들이 교장인 양인위(楊蔭榆)를 반대하는 사건이 있었는데, 루쉰 등 7명의 교원들이 5월 27일 『징바오』에 학생들에 대해 지지를 표한다는 선언을 발표했다. 천시잉(陳西瀅)은 『현대평론』 제1권 제25기(1925년 5월 30일)에 발표한 「한담」(閑話)에서 루쉰 등을 공격하면서 다음과 같이 말했다. "이전에 우리들은 여사대(女師大)의 소동은 베이징 교육계에서 가장 큰 세력을 가지고 있는 모적모계의 사람들이 뒤에서 선동한 것이라는 말을 자주 들었지만, 그래도 우리들은 감히 믿지는 않았다. …… 그러나 이번 선언이 나오면서 불가피하게 유언비어가 더욱 심각하게 유포되었다." 모적(某籍)이란 루쉰의 본적인 저장을 가리킨다. 천시잉(1896~1970)은 천위안(陳源)이며, 자는 퉁보(通伯)이고, 현대평론파의 주요한 성원이었다.

3) "은하수처럼 끝이 없다"(猶河漢而無極也)라는 말은 『장자』 「소요유」(逍遙游)에 나온다.

"나는 그의 말에 오싹해져서 마치 은하수처럼 끝이 없는 듯이 느껴졌습니다." '하한'(河漢)은 은하수를 가리킨다.

4) '쯔쯔'(姊姊)는 누나, 언니를 뜻한다.

5) 함순(Knut Hamsun, 1859~1952)은 노르웨이 소설가이다. 『굶주림』(*Sult*)은 그가 1890년에 발표한 장편소설이다.

6) "꽃 중에서 부귀를 의미하는 것"(花之富貴者也)이라는 말은 송대 주돈이(周敦頤)의 「애련설」(愛蓮說)에 나온다. "모란은 꽃 중에서 부귀를 의미하는 것이다."

7) '천한 놈'(役夫)은 『좌전』 '문공(文公) 원년'에 보이는데, 초(楚)나라 성왕(成王)의 누이동생 강미(江芈)가 성왕의 아들 상신(商臣; 초나라 목왕穆王)을 욕하는 말이다. "아아, 천한 놈! 마땅히 군왕이 너를 죽이고 직(職)을 옹립해야 할 것이다."(呼, 役夫! 宜君王之欲殺女[汝]而立職也) 진대(晋代) 두예(杜預)의 주에는 "역부(役夫)는 천한 놈을 부르는 말이다"(役夫, 賤者稱)로 되어 있다. '직'(職)은 첩에서 난 상신의 동생이다.

'종놈'(奴)은 『남사』(南史) 「송본기」(宋本紀)에 나오는데, "황제(전 황제 유자업劉子業을 폐위시켰음)가 옛날 동궁에 있을 때 효무제(孝武帝)로부터 사랑을 받지 못했다고 스스로 생각하여, 즉위하자 경영릉(景寧陵)을 파헤치려 했고, 태사(太史)가 황제에게 이롭지 않으니 그만두라고 말했다. 이에 왕릉에 인분을 뿌리면서 효무제를 빨간 코 종놈이라고 함부로 욕했다."(帝[前廢帝劉子業]自以爲昔在東宮, 不爲孝武所愛, 及卽位, 將掘景寧陵, 太史言於帝不利而止; 乃縱糞於陵, 肆罵孝武帝爲齇奴) '차'(齇)는 코에 난 붉은 여드름을 가리키는데, 속어로는 '주독이 오른 빨간 코'(酒糟鼻子)라고 한다.

'죽을 놈'(死公)은 『후한서』 「문원열전」(文苑列傳)에 나오는데, 예형(禰衡)이 황조(黃祖)를 욕하는 말이다. "죽을 놈! 더 말하여 무얼 하겠는가?"(死公! 云等道?) 당대 이신(李賢)은 주에서 "사공(死公)은 욕하는 말이다. 등도(等道)는 오늘날 말로 더 말하여 무얼 하겠는가와 같다"(死公, 罵言也. 等道, 猶今言何勿語也)라고 했다.

8) '늙은 개'(老狗)는 한대 반고(班固)의 『한효무고사』(漢孝武故事)에 나오는 말이다. 율희(栗姬)가 경제(景帝)를 욕하며 "늙은 개, 임금의 마음은 원한을 품고 있지만 밖으로 드러내지 않는다"(老狗, 上心銜之未發也) 했다. '함'(銜)은 마음속에 원한을 품다는 뜻이다.

'오랑캐놈'(貉子)은 남송 유의경(劉義慶)의 『세설신어』 「혹닉」(惑溺)에 나온다. "손수(孫秀)가 진(晋)나라에 투항하자 진나라 무제(武帝)가 그를 우대하고 총애하여 자기 이종사촌 누이동생 괴씨(蒯氏)와 부부인연을 맺어 주었고 금슬이 아주 돈독했다. 그러나 본처가 질투하여 손수를 오랑캐놈이라 욕을 하자, 손수는 크게 불평하면서 마침내 다시는 본처 방에 들지 않았다."(孫秀降晋, 晋武帝厚存寵之, 妻以姨妹蒯氏, 室家甚篤. 妻嘗妒, 乃罵秀爲貉子, 秀大不平, 遂不復入)

9) '너의 에미는 종년이다'(而母婢也)라는 말은 『전국책』(戰國策) 「조책」(趙策)에 나온다. "주(周)나라 열왕(烈王)이 붕어하자 제후들이 모두 조문했다. 제(齊)가 나중에 가자 주

(周)가 노하며 제(齊)에게 이렇게 알렸다. '하늘이 무너지고 땅이 갈라져서 천자도 멍석에서 잠을 자고 있는데, 동번(東藩)의 신하 전영(田嬰)의 제(齊)가 나중에 오다니 그의 목을 베겠다.' (제나라) 위왕(威王)은 발끈 화를 내면서 '제기랄, 너의 에미는 종년이다!' 라고 말했다."(周烈王崩, 諸侯皆吊. 齊後往, 周怒, 赴於齊曰 : '天崩地坼, 天子下席, 東藩之臣田嬰齊後至則斮之.' [齊]威王勃然怒曰 : 叱嗟, 而[爾]母婢也!)

'더러운 환관놈의 양자 무리'(贅閹遺醜)는 진림(陳琳)의 『위원소격예주(유비)문』(爲袁紹檄豫州[劉備]文)에 나온다. "조조(曹操)는 더러운 환관놈의 양자 무리인데, 본래 훌륭한 덕이 없었다."(操贅閹遺醜, 本無懿德) '췌엄'(贅閹)은 조조의 부친 조숭(操嵩)이 환관 조등(曹騰)의 양자가 된 일을 가리킨다.

10) 『광홍명집』(廣弘明集)은 당대 도선(道宣) 스님이 편찬한 것으로 30권으로 되어 있다. 내용은 진대에서 당대까지 불법을 밝히고 있는 글을 집록한 것이다.

형자재(邢子才, 496~?)는 이름이 소(邵)이고, 허젠(河間 ; 지금의 허베이河北에 속함) 사람이며, 북위 때의 무신론자이다. 동위 무정(武定) 연간 말에 태상경(太常卿)을 역임했다. 원경(元景, ?~559)은 왕흔(王昕)이며, 자가 원경(元景)이고, 베이하이쥐(北海劇 ; 지금의 산둥 둥창東昌) 사람이다. 동위 무정 연간 말에 태자첨사(太子詹事)를 역임했고, 형자재의 좋은 친구였다.

11) 탁발씨(拓跋氏)는 고대 선비족(鮮卑族)의 한 갈래이다. 386년 탁발규(拓跋珪)는 스스로 위왕(魏王)이 되었고, 후에 더욱 강성해져 황허강 이북의 땅을 점령했다. 389년 핑청(平城 ; 지금의 다퉁大同)에 도읍을 정하고, 황제로 칭하고 연호를 정했는데, 역사에서는 북위(北魏)라고 한다.

12) 유시중(劉時中)은 이름이 치(致), 자가 시중(時中), 호가 포재(逋齋)이고, 스저우(石州) 닝샹(寧鄕 ; 지금의 산시山西 리스離石) 사람이며, 원대 사곡가(詞曲家)이다. 여기에 인용되고 있는 것은 그의 투곡(套曲) 「상고감사 단정호」(上高監司端正好)에 나온다. 자량(子良)은 '양'(粮)에서 그 음을 취했고, 중보(仲甫)는 '포'(脯)에서 그 음을 취했고, 군보(君寶)는 '포'(飽)에서 그 음을 취했고, 덕부(德夫)는 '부'(麩)에서 그 음을 취했다.

13) 『악부신편양춘백설』(樂府新編陽春白雪)은 원대 양조영(楊朝英)이 편선한 산곡선(散曲選)으로서 전체 10권으로 되어 있다.

눈을 크게 뜨고 볼 것에 대하여[1)]

쉬성虛生 선생이 쓴 시사단평 중에는 「우리는 여러 가지 측면을 똑바로 바라보는 용기를 가져야 한다」(『맹진』 19기)[2)]라는 제목의 글이 있었다. 참으로 대담하게 정시正視해야 한다. 그래야만 비로소 대담하게 생각하고, 대담하게 말하고, 대담하게 일하고, 대담하게 맡을 수 있다. 만일 정시하면서도 대담하지 않으면 그 밖에 또 무슨 성과를 이룰 수 있겠는가. 그렇지만 불행하게도 이러한 용기는 우리 중국인들에게 가장 결핍되어 있다.

그러나 지금 내가 생각하고 있는 것은 다른 측면이다. ― 중국의 문인들은 인생에 대해서 ― 적어도 사회현상에 대해서, 여태껏 대부분 정시하는 용기가 없었다. 우리의 성현들은 본래 일찍부터 "예가 아니면 보지 말라"非禮勿視라고 가르쳤다. 게다가 이 '예'는 또 대단히 엄격하여 '정시하는 것'正視뿐만 아니라 '나란히 보는 것'平視, '비스듬히 보는 것'斜視조차도 허락하지 않았다. 오늘날 청년들의 정신에 대해서는 아직 알 수 없지만, 체질 면에서는 대부분이 허리와 등이 굽고, 눈썹은 처지고 순한 눈을 하여, 유서 깊은 노숙한 자제子弟처럼 선량한 백성처럼 모습을 하고 있다. — 대외적으로는 오히려 대단한 역량을 가지고 있다고 하는 말은 최근 한 달 사이에 나온 새로운 주장이므로 도대체 어떠한가는 아직 알 수 없다.

다시 '정시하는 것'의 문제로 돌아가자. 먼저 대담하지 않으면 뒤에 가서는 할 수도 없고, 더 뒤에 가서는 당연히 보지도 않고 보이지도 않게 된다. 자동차 한 대가 고장 나서 길에 멈추었다고 하자. 사람들이 무리를 지어 둘러싸고 멍하니 보고만 있다면 그 결과란 한 뭉치 거무틱틱한 물건밖에 보이지 않을 것이다. 그렇지만 자체의 모순 또는 사회의 결함 때문에 생겨난 고통은 비록 정시하지 않더라도 몸으로 직접 체험하게 마련이다. 문인들은 어쨌든 민감한 인물로서 그들의 작품을 통해 볼 때, 일부 사람들은 확실히 벌써부터 불만을 느끼고 있다. 그러나 결함이 드러날 것 같은 위기일발의 순간이 되면 그들은 언제나 얼른 '전혀 그런 일이 없다'고 하는 동시에 눈을 감아 버린다. 감아 버린 이 눈에는 일체가 원만하게 보이고 눈앞의 고통은, "하늘이 장차 어떤 사람에게 대임大任을 맡기려 할 때에는, 반드시 먼저 그 마음을 괴롭히고, 그 살과 뼈를 단련하고, 그 육체를 굶기고, 그 몸을 허하게 하고, 또한 하는 일마다 어긋나고 뒤틀리게 한다"[3] 라는 것에 지나지 않는다. 그리하여 문제가 없고, 결함이 없고, 불평이 없고, 바로 그 때문에 해결이 없고, 개혁이 없고, 반항이 없다. 모든 일이 어쨌든 '원만'해질 것이므로 우리가 초조해할 필요는 없는 것이다. 마음 놓고 차를 마시고 잠을 자면 대길大吉이다. 군소리를 했다가는 '시의에 맞지 않다'는 허물을 쓰고 대학교수들로부터 교정을 받지 않을 수 없다. 쳇!

나는 결코 실험한 적은 없지만 가끔 이렇게 생각해 본다. 가령 오랫동안 방에 갇혀 있던 늙은 나리를 여름 정오의 뙤약볕에 놓아두거나 규방에서 나온 적이 없는 곱게 자란 아가씨를 광야의 어두운 밤으로 끌어낸다면 대개는 눈을 감고 잠시 자신의 남은 옛 꿈을 지속할 수밖에 없을 것이다. 이미 완전히 다른 현실이지만 전혀 어둠이나 빛을 만나지 못했다고 할 것이다. 중국의 문인들도 이와 마찬가지로 만사에 눈을 감고 잠시나마 스스로 속이고 남도 속인다. 그 방법은 바로 감춤瞞과 속임騙이다.

중국의 혼인 방법에 결함이 있다는 것을 재자가인才子佳人 소설가들도 벌써부터 느끼고 있었다. 그는 그리하여 한 재자가 벽에 시를 쓰고 한 가인이 이에 화답하도록 한다. 경모傾慕——오늘날이라면 연애라고 불러야 할 것이다——에서 '종신의 은약'終身之約에 이르게 한다. 그러나 은약한 이후에는 곧 난관에 봉착하게 된다. 우리가 다 아는 바와 같이, '사적으로 맺은 종신의 은약'은 시와 희곡 또는 소설에서는 미담으로 간주되지만(물론 끝내 장원[4] 급제하는 남자와 사적으로 맺은 경우로만 제한된다), 실제로는 세상에서 용납되지 않고 여전히 헤어지지 않을 수 없다. 명말明末의 작가들[5]은 이 점에 대해 곧 눈을 감아 버렸고, 다른 구제책을 내놓았다. 즉, 재자가 급제하여 임금의 명을 받들어 혼인을 이룬다고 했다. '부모의 명과 매파의 말'[6]은 이 커다란 감투에 짓눌려서 반 푼어치의 가치도 나가지 않게 되고 문제도 전혀 없어진다. 만약 문제가 있다면 그것은 단지 재자가 장원에 급제할 수 있느냐 그렇지 않느냐에 달려 있었고, 결코 혼인제도가 좋은가 그렇지 않은가에 달려 있지 않았다.

(근래에 어떤 사람은 신시新詩 시인이 시를 지어 발표하는 것은 자기를 내세우고 이성異性을 유인하기 위한 것이라고 생각하고 있다. 게다가 신문잡지가 함부로 실어 준다고 그쪽으로 화풀이하고 있다. 설령 신문이 없다 하더라도 벽은 실로 '예부터 이미 있어서' 일찍부터 발표기관이 되었다는 것을 전

혀 모르고 있다. 『봉신연의』에 따를 때, 주왕紂王은 이미 여와女媧 묘당의 벽에 시를 썼는데,[7] 그 기원은 실로 대단히 오래되었던 것이다. 신문은 백화白話를 채택하지 않거나 짧은 시小詩를 배척할 수 있겠지만, 벽은 다 헐 수도, 통제할 수도 없는 노릇이다. 만일 일률적으로 검은색으로 칠한다 해도 사깃조각으로도 그릴 수 있고 분필로도 쓸 수 있으니 참으로 대응할 수 있는 방법이 무궁무진하다. 시를 지어 목판에 새기지 않고 그것을 명산名山에 숨겨 두고 수시로 발표한다면 폐단은 많겠지만, 그러나 아마 철저하게 끊어 버리기는 어려울 것이다.)

『홍루몽』紅樓夢 중에 나오는 작은 비극은 사회에서 흔히 볼 수 있는 일인데, 작가도 비교적 대담하게 사실적으로 썼고 그 결론도 그리 나쁘지 않다. 가賈씨의 가업이 다시 살아나서 화려하게 꽃을 피운 것은 물론이요, 보옥寶玉 자신도 커다란 붉은 모피 망토를 걸치고 있는 스님이 되었다. 스님은 많지만 이처럼 화려한 망토를 걸치고 있는 사람은 몇 사람 되지 않을 것이므로 이미 '비범한 성인의 경지에 들었음'은 의심의 여지가 없다. 그 밖의 사람들의 경우에는 미리부터 책에서 일일이 운명이 정해져 있어 그 말로는 한결같이 문제의 종결이지 문제의 시초는 아니다. 독자들이 조금 불안을 느끼더라도 결국은 어찌할 수가 없다. 그렇지만 나중에 나온 속작續作의 경우나 개작改作의 경우를 보면, 시체를 빌려 혼을 불어넣지 않으면 저승에서 달리 짝을 맺어 주어 반드시 '남녀 주인공을 당장에 원만하게 결합시켜 주고'서야 손을 놓는다. 이는 바로 자기를 속이고 남을 속이는 중독이 너무 심하기 때문이며, 그래서 조그마한 속임수를 보는 것으로는 만족하지 못하고 반드시 눈을 감고 한바탕 제멋대로 지껄인 다음에야 흐뭇해한다. 헤켈(E. Haeckel)[8]은 사람과 사람의 차이는 종종 유인원類人

猿과 원인原人의 차이보다 더 심하다고 말한 적이 있다. 우리는 『홍루몽』의 속작자와 원작자를 한번 비교해 보면 이 말이 대략 확실하다는 것을 승인할 수 있을 것이다.

"선을 행하면 복을 받는다"[9]라는 옛 교훈에 대해 육조六朝 사람들은 이미 다소 회의하고 있었다. 그들은 묘지墓志를 지을 때 어쨌든, "선을 쌓았으나 보답이 없으므로 마침내 스스로 속고 말았구나"[10]라는 말을 할 수 있었다. 그러나 후대의 멍청한 사람들은 또 속이기 시작했다. 원대 유신劉信은 세 살 난 아이를 지전을 태우는 화로에 집어넣고 터무니없이 복을 빌었다는 것이 『원전장』[11]에 나온다. 극본 「장서방이 아들을 태워 어머니를 구하다」[12]에서는 어머니의 목숨을 살리기 위한 것이었는데 목숨도 살리고 아들도 죽지 않았다고 했다. 『성세항언』에는 한 여인이 고질병에 걸린 남편을 시중들다가 마침내 함께 자살했다는 이야기가 있다. 후에 개작한 것을 보면, 오히려 뱀이 약탕관에 떨어져 남편이 그것을 먹자 곧 완전히 나았다고 했다.[13] 대개 결함이 있으면 작자들의 분식粉飾을 거쳐 후반부가 대체로 변모하게 되는데, 독자들을 속임수에 걸려들게 하여 세상은 확실히 광명으로 가득 차 있으며, 누군가가 불행하다면 스스로 자초하여 당한 것이라고 생각하게 만든다.

때로는 관우關羽와 악비岳飛의 피살처럼 아주 명백한 역사적 사실을 만나면 속일 수가 없겠지만, 그때에는 다른 속임수를 고안해 낼 수밖에 없다. 하나는 악비의 경우로서 전생에 이미 숙명으로 정해져 있다는 것이고, 하나는 관우의 경우로서 죽은 다음에 신이 되게 하는 것이다.[14] 정해진 운명은 벗어날 수 없는 것이고 신이 되는 것은 선에 대한 보답이므로 더욱 사람들을 만족시킬 수 있다. 그래서 살인자는 책임을 질 필요가 없고, 피살자도 슬퍼할 필요가 없다. 저승에서 특별히 자리가 정해져 있어 그들은 각자 자기 자리를 얻게 되므로 굳이 다른 사람들이 정력을 소모할 것까지는 없는 것이다.

중국인들은 여러 가지 면을 대담하게 정시하지 못하고 감춤과 속임을 가지고 기묘한 도피로를 만들어 내었는데, 스스로는 바른 길이라고 생각한다. 이 길 위에 있다는 것이 바로 국민성의 비겁함, 나태함, 교활함을 증명하고 있다. 하루하루 만족하고 있지만, 즉 하루하루 타락하고 있지만 오히려 날마다 그 광영을 바라보고 있다고 생각한다. 사실 한 차례 나라가 망하면 순국한 충신이 몇몇 더 보태지는데, 나중에는 옛것들을 광복할 생각은 하지 않고 단지 그 몇몇 충신을 찬미할 뿐이다. 한 차례 재난을 당하면 곧 정절을 지킨 일군의 열녀가 만들어지는데, 사태가 수습된 후 역시 악한을 징벌하거나 스스로 지킬 생각은 하지 않고 오히려 일군의 열녀만을 가송할 뿐이다. 나라가 망하거나 재난을 당하는 일은 도리어 중국인들에게 '천지간의 정기正氣'를 발휘할 기회를 제공하므로, 가치를 높이는 일은 바로 이 한 번의 행동에 달려 있어 그것이 다가오는 대로 내버려 두어야 마땅하므로 근심하고 슬퍼할 필요가 없는 듯이 보인다. 당연히 그 이상 더할 수 있는 일이 없다. 왜냐하면 우리는 이미 죽은 사람을 빌려 최상의 광영을 얻었기 때문이다. 상하이·한커우의 열사 추도회[15]에서 살아 있는 사람들은 앙모해야 할 높고 큰 위패 아래서 서로 때리고 욕설을 퍼부었는데, 역시 우리 선배들과 같은 길을 걷고 있는 것이다.

문예는 국민정신에서 발한 불빛이요, 동시에 국민정신의 전도를 인도하는 등불이다. 이는 서로 인과 작용을 하는 것으로 바로 참기름은 참깨에서 짠 것이지만 거기에 참깨를 담그면 참깨가 더욱 기름지게 되는 것과 같다. 만일 기름이 최상이라고 여긴다면 더 말할 필요가 없겠지만, 그렇지 않다면 다른 것들, 물이나 탄산나트륨을 첨가해야 한다. 중국인들은 여태껏 인생을 감히 정시하지 못하고 감추고 속이기만 했기 때문에 감추고 속이는 문예가 생산되었고, 이러한 문예 때문에 중국인들은 감춤과 속임의 큰 늪에 더욱 깊이 빠지게 되었으며 심지어 이미 스스로 느끼지 못하게 되었다. 세계는 날마다 바뀌고 있으므로 우리 작가들은 가면을 벗어 버리고 진지하게, 깊이 있게, 대담하게 인생을 살피고 또한 자신의 피와 살을 써 내야 할 때가 벌써 도래했다. 진작에 참신한 문단이 형성되었어야 했고, 진작에 몇몇 용맹스런 맹장이 나왔어야 했다!

오늘날, 기상氣象이 거의 일변하여 어디서든 꽃이나 달을 노래하고 읊조리는 소리는 들을 수 없게 되었고, 그 대신에 쇠와 피에 대한 찬송이 일어나게 되었다. 그렇지만 가령 기만적인 마음으로 기만적인 입을 사용한다면, A와 O를 말하든 또는 Y와 Z를 말하든 상관없이 한결같이 허위가 되며, 다만 이전에 꽃과 달을 경멸하던 이른바 비평가들의 입을 벙어리로 만듦으로써 중국은 곧 중흥이 될 것이라고 흐뭇하게 생각할 수 있을 뿐이다. 가련하게도 그들은 '애국'이라는 커다란 감투 아래서 또 눈을 감아 버렸다——아니 본래 감고 있는 것이리라.

일체의 전통사상과 수법을 타파하는 맹장이 없는 한 중국에는 진정한 신문예가 있을 수 없을 것이다.

1925년 7월 22일

주)

1) 원제는 「論睜了眼看」이며, 1925년 8월 3일 『위쓰』 제38기에 처음 발표되었다.
2) 쉬성(虛生)은 주간 『맹진』(猛進)의 주편이던 쉬빙창(徐炳昶)의 필명이다. 『맹진』은 당시 정론(政論)을 다루던 진보적인 경향을 가진 간행물의 일종이다. 1925년 3월 6일에 베이징에서 창간되었으며, 이듬해 3월 19일 제53기를 끝으로 정간되었다.
3) "하늘이 장차 어떤 사람에게 대임(大任)을 맡기려 할 때에는"(天之降大任於是人也) 등의 말은 『맹자』 「고자하」(告子下)에 나온다.
4) 장원(狀元)은 과거시험이 있던 시대에 전시(殿試; 과거에서 최고의 시험으로 궁전의 대전에서 거행하며 황제가 직접 주관하던 시험)에서 일등으로 합격한 진사(進士)를 가리킨다.
5) 명대 말년에 재자가인(才子佳人) 소설을 썼던 작가들을 가리키는데, 예컨대 『평산냉연』(平山冷燕)을 지은 적안산인(荻岸山人), 『호구전』(好逑傳)을 지은 명교중인(名教中人) 등이다.
6) '부모의 명과 매파의 말'(父母之命媒妁之言)이라는 말은 『맹자』 「등문공하」(滕文公下)에 나온다.
7) 『봉신연의』(封神演義)는 신마소설(神魔小說)이며, 명대 허중림(許仲琳)이 편찬한 것으로 총 100회이다. 주왕(紂王)이 여와(女媧) 묘당의 벽에 시를 썼다는 이야기는 이 책의 제1회에 나온다.
8) 헤켈(Ernst Haeckel)은 해서(海棲) 무척추동물을 자세하게 비교·연구하였으며, 다윈의 진화론에 동조하여 그 보급에 노력하였다. 1866년 '생물의 개체 발생은 그 계통 발생을 되풀이한다'라는 생물발생법칙을 제창하였다.
9) "선을 행하면 복을 받는다"(作善降祥)라는 말은 『상서』 「이훈」(伊訓)에 나온다. "오직 하느님만이 비범하여, 선을 행하면 백 가지 복을 내리고 불선(不善)을 하면 백 가지 재앙을 내린다."
10) "선을 쌓았으나 보답이 없으므로 마침내 스스로 속고 말았구나"(積善不報, 終自欺人)라는 말은 동위 때의 『원담묘지명』(元湛墓志銘)에 나온다. "어진 자는 오래 산다고 하기에 그 말을 믿고 선을 쌓았으나 보답이 없으므로 마침내 스스로 속고 말았구나."
11) 『원전장』(元典章)은 바로 『대원성정국조전장』(大元聖政國朝典章)이다. 전집(前集)은 60권으로 되어 있고 신집(新集)은 권이 나뉘어 있지 않다. 원나라 세조(世祖) 중통(中統) 원년(1260)에서 영종(英宗) 지치(至治) 2년(1322) 사이의 법령 문서를 모아 놓은 것이다. 유신(劉信)에 관한 이야기는 이 책 제57권에 실려 있다.
12) 「장서방이 아들을 태워 어머니를 구하다」(小張屠焚兒救母)는 잡극(雜劇)이며, 원대 무명씨의 작품이다. 『고금잡극』(古今雜劇)에 나온다.
13) "한 여인이 고질병에 걸린 남편을 시중들다"(一女愿侍痼疾之夫)라는 이야기는 『성세항언』(醒世恒言) 제9권 「진다수의 생사 부부」(陳多壽生死夫妻)에 나온다. 루쉰이 말한, 후

에 개작한 것이란 아마 청대 선정(宣鼎)의 『야우추등록』(夜雨秋燈錄) 제3권에 나오는 「문둥병에 걸린 여인 구려옥」(痲瘋女邱麗玉)일 것이다.

14) 관우(關羽, 160~219)는 자가 운장(雲長)이고, 허난 제현(解縣; 지금의 산시 린이臨猗) 사람이며, 삼국시대 촉한(蜀漢)의 대장이다. 유비(劉備)가 서촉(西蜀)에 자리를 잡자 그는 남아서 징샹(荊襄)을 지켰다. 건안(建安) 24년에 징저우(荊州)에서 손권(孫權)의 군대와 싸우다 패하여 피살당했다. 소설 『삼국연의』(三國演義)에는 그가 죽은 후 신이 되었다는 묘사가 나온다.

악비(岳飛, 1103~1142)는 자가 붕거(鵬擧)이고, 샹저우(相州) 탕인(湯陰; 지금은 허난에 속함) 사람이며, 남명(南明)의 명장이다. 금나라에 끝까지 저항했으므로 소흥(紹興) 12년에 투항파 조구(趙構; 송나라 고종)와 내부 첩자인 진회(秦檜)에 의해 피살되었다. 소설 『설악전전』(說岳全傳)에는, 악비는 대붕(大鵬)이 세상에 태어난 것이고 진회는 흑룡(黑龍)이 세상에 태어난 것인데, 진회가 악비를 살해한 것은 전세에 대붕이 흑룡을 쪼아 상처를 입힌 원한을 갚은 것이라 했다.

15) 1925년 상하이에서 5·30 참사가 발생한 후, 6월 11일에 한커우(漢口)에서 일어난 반제투쟁도 영제국주의와 후베이 독군(湖北督軍) 샤오야오난(蕭耀南)에 의해 진압되었다. 6월 25일에 베이징에서 각계 수십만 명의 사람들이 시위를 벌였고, 또한 톈안먼(天安門)에서 상하이·한커우 열사 추도회를 개최했다. 어떤 사람은 대회장에서 2장 4척 길이의 나무 위패를 세워 놓았고, 3장 6척 길이의 만련(挽聯)을 걸어 놓았는데, 거기에 '재공왈성인재맹왈정명'(在孔曰成仁在孟曰正命), '어례위국상어의위귀웅'(於禮爲國殤於義爲鬼雄)이라 씌어 있었다. 지휘대 정중앙에 걸려 있는 흰색 천으로 된 횡액(橫額)에는 '천지정기'(天地正氣)라는 커다란 네 글자가 씌어 있었다.

수염에서 이까지의 이야기[1]

1.

『외침』을 뒤적이다 내가 중화민국 9년 쌍십절[2]이 있기 며칠 전에 「머리털 이야기」를 썼구나 하는 것이 기억났다. 작년에, 지금부터 꼭 일년째가 되는 그때에 『위쓰』[3]가 세상에 나온 지 얼마 되지 않았는데, 나는 또 거기에 「수염 이야기」라는 글 한 편을 썼었다. 사실 장스자오[4]의 이른바 "내려갈수록 더욱 나빠지고 있다"[5]라는 바가 다소 있는 것 같았다——물론 이 성어 구절도 장스자오가 처음 잘못 사용한 것은 아니지만 그는 옛 학문에 뛰어나다고 자처하고 있고, 나 또한 그에게 소송을 걸었기 때문에 그에게 누명을 씌우는 것이다. 당시 듣자 하니 ——아마 떠도는 '유언비어'이겠지만——베이징대학의 이름난 한 교수는 분개해서, 수염부터 이야기해서 계속 말해 나가면 앞으로 엉덩이까지 말하게 마련이고, 그렇게 되면 상하이의 『징바오』[6]와 같아져 버린다고 생각했다고 한다. 무엇 때문인가? 이는 모름지기 오늘날의 경전今典[7]에 정통한 사람들이라면 알고 있겠지만,

후진인 '머리 묶은 어린 학생들'[8]은 이해하기 쉽지 않을 것이다. 『징바오』에 「태양쇄비고부」[9]라는 글이 실렸기 때문인데, 엉덩이와 수염은 모두 인체의 한 부분으로서 이걸 말하면 저걸 말하지 않을 수 없기 때문이다. 말하자면 세수하는 사람을 보고, 민첩하고 총명한 학자는 곧 그가 계속 씻어 나가면 앞으로 반드시 엉덩이까지 씻게 마련이라고 짐작할 수 있기 때문이다. 그래서 gentleman에 뜻이 있는 사람은 일이 더 커지기 전에 방비하기 위해 뒤에서 한바탕 조롱을 해야 하는 것이다.—만약 이 밖에 다른 깊은 뜻이 있다고 한다면, 그야 나로서는 알 수 없는 일이다.

구미의 문명인들은 하체와, 하체와 약간이라도 연관이 있는 사물을 말하기 꺼려한다는 이야기를 예전에 들은 적이 있다. 만약 생식기를 중심으로 바른 원을 그린다면 대체로 원주 이내에 있는 것은 한결같이 말하기 꺼리는 것에 속한다. 원의 반지름은 미국의 것이 영국의 것보다 크다. 중국의 하등인은 말하기 꺼리는 것이 없었고, 고대의 상등인도 꺼리지 않았던 것 같다. 그래서 귀족의 자제라 하더라도 검은 엉덩이[10]라는 이름을 지을 수 있었다. 꺼리기 시작한 것이 언제부터인지 모르겠지만, 영미의 반지름을 더욱 크게 해서 그것이 입과 코 사이까지 또는 더 위까지 이르게 되었다면 1924년 가을부터 시작된 것이다.

문인묵객은 대개 감성이 매우 예민하기 때문에 본래부터 아주 까탈스러워 무엇이든 그에게 말해 줄 수도, 보여 줄 수도, 들려줄 수도, 생각하게 할 수도 없다. 도학선생들은 그리하여 지금까지 그들을 금기시해 왔는데, 가는 길이 정반대인 것 같지만 실은 마음이 서로 잘 통했다. 하지만 그들은 그래도 부인의 손수건 또는 첩의 무덤을 보고는 시를 지으려 했다. 나는 지금 필묵을 놀려 백화문들을 짓고 있다지만 재기才氣는 벌써부터 이른바 '수준'[11] 아래에 있는 것이나 다름없다. 그래서 손수건이나 무덤을 보아도 마음에 움직임이 생기지 않는다. 다만 해부실에서 처음으로 여성의 시체에 칼을 대려 할 때 시를 지으려는 생각이 약간 생겼던 것을 기억하고 있다——그러나 '……의 생각'에 지날 뿐이었고, 결코 시는 짓지 않았다. 독자들은 내가 양장본으로 시집을 세상에 내놓으려 한다고 오해하지 말았으면 좋겠다. 그런 사람들에게 알리기 위해 미리 여기서 예고를 해 둔다. 나중에는 '……의 생각'조차도 없어졌는데, 아마도 습관이 되어 버렸기 때문일 것이다. 바로 하등인의 말버릇처럼 말이다. 그렇지 않았다면, 아마도 지금은 감히 수염에 대해 말할 수 없을 뿐 아니라 '사람이 태어날 때의 본성은 원래 선하다는 주장'이나 '천지현황부'[12]가 아니면 전혀 지을 가치가 없다고 여겼을 것이다. 터키혁명[13] 이후 여인의 얼굴 가리개를 찢어 버렸다는 이야기가 생각나는데, 이 얼마나 하등인의 짓인가? 아아, 여인들은 이미 볼을 드러내었으니 앞으로 반드시 엉덩이를 벌겋게 내놓고 길을 걸을 것이다!

2.

어떤 사람은 내가 '병이 없으면서도 신음하고 있는'[14] 무리 중의 하나에 든다고 생각하는 모양인데, 나는 자기 병은 자기가 잘 알며 옆 사람은 대체로 그 진상을 아주 분명하게 알 수는 없다고 생각한다. 병이 없다면 누가 신음하겠는가? 만약 신음하려 한다면, 그야 이미 신음병이 있는 것이니 치료할 수도 없다.——다만 시늉하는 것은 당연히 예외이다. 수염에서 시작하여 엉덩이까지의 것들은, 만약 평안하여 아무 일 없다면 누가 좋아 그것들을 기념하겠는가. 우리가 평상시 아무 일 없을 때에는 자기의 머리, 손, 발 그리고 발바닥을 전혀 생각하지 않는다. '머리를 누가 자르다', '허벅지살(또 아래쪽을 말하고 있으니 신사숙녀 분들은 이를 용서해 주기 바란다)이 다시 돋아나다'[15]에 대해 감개하게 될 때라면, 이미 다른 연고가 있는 것이고, 그래서 '신음하게 된다'. 그런데 비평가들은 '병이 없다'고 한다. 나는 정말 그들의 건강을 흠모한다.

예를 들어 겨드랑이나 사타구니에 난 털은 지금까지 일을 크게 그르치지는 않았는데, 그래서 그것을 제목으로 끌어들여 한바탕 신음하는 사람은 없었다. 머리털은 그렇지 않아서, 몇 오라기 흰 머리털은 노선생에게 거울을 끌어당겨 감개하며 얼른 뽑아 버리도록 할 수 있었고, 청초清初에는 이 때문에 많은 사람들이 죽었다. 민국이 성립되어서야 변발은 간신히 자르게 되었다. 설령 앞으로 어떤 모양으로 다시 나타날지 보장할 수야 없지만, 현재는 이미 일단락 지어졌다고 말해도 무방하다. 그리하여 나는 자신의 머리털에 대해서는 흐릿하게 잊어버렸는데, 하물며 여자가 머리털을 잘라야 하느냐 마느냐 하는 문제에 있어서랴. 왜냐하면 나는 계화유桂花油를 제조하거나 파마용 가위를 판매할 생각이 전혀 없기 때문이다. 나와 상관없는 일이니 거기에 마음을 둘 까닭이 없는 것이다. 그런데 민국 9년에 이르러 내가 사는 집에 기숙하는 한 아가씨가 고등여자사범학교에 합격했고, 그녀는 머리털을 잘라 버려 더 이상 똬리 쪽이나 S자형 쪽을 빗어 올릴 수 없었다. 그제야 나는 비록 민국 9년이 되었지만 머리털을 자른 여자를 질시하는 사람들이 있다는 것을 알았고, 그것은 청나라 말년에 머리털을 자른 남자를 질시하는 것과 같다는 것을 알았다. 교장인 M선생[16]은 비록 죽음이 얼마 남지 않았고 자신의 머리 꼭대기는 거의 반들거리도록 대머리가 되었지만, 여자의 머리털만은 천 균鈞은 되어야 한다고 생각하고서 그녀에게 남겨 두라고 지시했던 것이다. 방도를 내어 몇 차례 손을 썼으나 효과가 없었고, 나로서도 듣고 있노라니 귀찮아졌다. 그리하여 '이 때문에 감개하다'는 격이 되어 되는대로 「머리털 이야기」라는 한 편을 지어 신음했다. 그러나 어찌된 일인지 그녀는 나중에 과연 길게 늘어뜨리지 않았고, 지금은 흐트러진 머리를 하고 베이징의 길거리를 걸어 다니고 있다.

본래 말할 필요도 없는 것이겠으나 수염의 모양조차도 자유롭지 못하니 이것은 내 평생에 분개스럽고 수시로 생각나게 하는 일이다. 수염의 유무, 모양새, 길이에 대해 직접 영향을 받고 있는 사람 이외에는 전혀 참견할 권리와 의무가 없는 것이라고 생각하지만, "제사를 관장하는 사람이 제기를 버려두고 요리사를 대신하여 밥을 지으려는"[17] 사람이 있어 몇 마디 지루하고 쓸데없는 말을 했다. 이는 정말 여자가 머리를 빗지 않으면 안 된다는 교육이나, '기이한 복장을 한' 사람을 경찰서에 잡아다가 처벌하는 정치와 마찬가지로 기이한 일이다. 만약 사람이 반발하지 않으면 자극하지는 말아야 한다. 시골 사람들은 지현知縣의 관아에 잡혀 들어 엉덩이를 다 맞은 다음에 머리를 조아리며 "나리 감사합니다"라고 말한다. 이런 모습은 중국 민족만이 가지고 있는 특이한 것이다.

어느덧 일주년이 되었는가 싶은데, 내 이에 다시 문제가 생겼다. 이에 당연히 이에 대해 말해야겠다. 이번은 아래쪽으로 말해 가는 것이 아니라 안쪽으로 말해 가는 것이지만, 이의 뒤에는 목구멍이요, 그 아래는 식도, 위, 대소장, 직장이므로 밥 먹는 것과 상관된 것으로서 여전히 군자들은 언급하지 않는 것들이다. 하물며 직장 근처에는 방광이 있음에랴, 아아!

3.

중화민국 14년 10월 27일, 즉 음력 9월 9일에 국민들이 관세의 자주를 주장하면서 시위를 벌였다.[18] 그러나 순경들이 교통을 차단하자 충돌이 발생했는데, 양쪽 모두에 사상자가 생겼다고 한다. 이튿날 몇몇 신문(『사회일보』, 『세계일보』, 『여론보』, 『이스바오』, 『순톈시보』[19] 등)의 뉴스에는 이런 말이 있었다.

> 학생 중에 구타를 당한 사람은 우싱선吳興身(제일영문학교)으로서 머리의 창상刀傷이 매우 심했다.…… 저우수런周樹人(베이징대학 교원)은 이를 다쳐 앞니 두 개가 빠졌다. 그 밖의 것은 아직 보고를 받지 못했다…….

이것만으로는 충분하지 않고, 그 다음 날 『사회일보』, 『여론보』, 『황바오』, 『순톈시보』에는 또 이렇게 씌어 있었다.

> …… 시위 군중들 쪽에서 베이징대학 교수 저우수런(즉, 루쉰)은 앞니가 확실히 두 개 나갔다…….

여론도 좋고, 지도적인 사회기관도 좋고, '확실히'도 좋고, 확실하지 않다도 좋지만, 나는 편지를 써서 바로잡을 한가로운 심정이 아니다. 다만 괴롭힘을 당한 것은 우선 많은 학생들인데, 다음 날 내가 L학교[20]에 강의를 나갔을 때 결석한 학생이 이십여 명이나 되었다. 그들은 내가 맞아 앞니가 두 개 빠졌으니 강의의 질이 떨어지겠지라고 생각한 것은 아니겠지만, 아마도 내가 틀림없이 병가를 내었을 것이라고 예상했을 것이다. 그리고 만난 적이 있거나 아직 만난 적이 없는 몇몇 친구들도 찾아와 묻거나 편지로 물었다. 특히 펑치[21] 군은 먼저 중앙의원으로 달려갔으나 내가 없자 다시 내 집으로 달려왔는데, 앞니에 이상이 없는 것을 눈으로 보고 그제야 둥청東城으로 돌아갔다. 그런데 '하늘은 무심하지 않아서'[22] 결국은 큰 바람이 불기 시작했다.

가령 내가 정말로 맞아서 앞니 두 개가 나갔다면 '학풍을 정돈하자'는 사람과 그 일파 무리들의 노기를 약간이라도 누그러뜨릴 수 있었을 것이다. 아마도 수염을 이야기한 대가—아래쪽으로 말해 나간 혐의가 있어 꼭 대가를 치러야 하기 때문이다—라고 여겼을 테고, 박애가의 말대로 당연히 일거양득의 경우라 아니할 수 없다. 그러나 애석하게도 그날 나는 그 현장에는 없었다. 내가 현장에 가지 않은 까닭은 결코 후스[23] 교수의 지시를 받들어 연구실에서 열심히 공부했기 때문도 아니요, 장사오위안[24] 교수의 충고를 좇아 작품을 퇴고하고 있었던 것도 아니요, 더군다나 입센 박사의 유훈[25]에 따라 '자기를 구출하고' 있었던 것도 아니다. 내가 전혀 그러한 큰일을 하지 못한 것이 부끄러우며, 사실대로 자백하자면 하루 종일 창문가의 침상에 누워 있었던 것뿐이다. 무엇 때문인가? 다른 이유는 없고 가벼운 병이 났기 때문이다.

하지만 내 앞니는 '확실히 두 개가 나갔던' 것이다.

4.

이것도 자기 병은 자기가 안다는 일례이다. 만약 이가 건강한 사람은 결코 치통이 있는 사람의 고초를 알지 못할 것이다. 단지 그가 입을 비틀며 공기를 마시는 우스운 꼴을 볼 수 있을 뿐이다. 반고盤古가 천지를 개벽한 이래로 중국은 지금까지 치통을 중지시키는 좋은 방법을 발명하지 못했다. 요즘은 무슨 '서양식 의치와 의안'이라는 것이 있지만 대개는 표피만을 배웠을 뿐이고 소독하고 고름을 제거하는 초보적인 이치도 알지 못하고 있다. 베이징을 가지고 논한다면, 중국의 개인 치과의원을 가지고 논한다면, 몇몇 미국 유학 출신의 의사는 괜찮다. 그러나 yes, 말할 수 없이 비싸다. 가난한 시골이나 궁벽한 곳에는 표피만을 아는 사람도 없어, 만약 불행하게도 이가 아프다면 본분을 지키지 않고 의원을 생각하는 것도 좋지만, 차라리 성황당의 토지어른께 가서 간청하는 것이 나을 것이다.

나는 어려서부터 치통당의 한 사람으로서 결코 이가 아프지 않는 정인군자들과 고의로 대립한 것은 아니다. 사실 '그만두려 해도 그럴 수 없었다'. 듣자 하니 이의 성질의 좋고 나쁨은 유전적이라고 하는데, 그렇다면 이것은 내 부친이 내게 상으로 내려 주신 유산의 일부이다. 왜냐하면 부친의 이도 아주 나빴기 때문이다. 그리하여 썩거나 깨지거나 하여, …… 마침내 잇몸에 피가 났고, 수습할 수 없었다. 사는 곳이 또 작은 읍내라서 치과의원도 없었다. 그때는 세상에 이른바 '서양식……'이라는 것이 있다는 것을 생각지도 못했고, 『험방신편』[26]만이 유일한 구원의 신이었다. 그렇지만 '효험 있는 처방'驗方을 다 해보아도 효험이 없었다. 나중에 어느 자선가가 내게 비법을 하나 전해 주었다. 날을 택하여 밤을 바람에 말리어 매일 그것을 먹으면 신비한 효험이 있다는 것이었다. 어느 날을 택해야 하는지 지금은 이미 잊어버렸는데, 다행히도 이 비법의 결과란 밤을 먹는 것에 지나지 않았고, 아무 때나 바람에 말릴 수 있는 것이어서 우리가 달리

신경을 써 가며 따질 필요가 없었다. 이 일이 있고 난 후 나는 그제야 정식으로 중의中醫에게 진찰을 받고 탕약을 복용했는데, 애석하게도 중의라는 것도 속수무책이었다. 이 병은 '아손'牙損이라고 한다는데, 고치기 매우 어렵다는 것이었다. 또 기억나는 것이 있다. 어느 날 한 선배가 나를 질책하면서, 스스로를 아끼지 않아 이런 병이 생겼으니 의사도 방법이 있을 수 있겠느냐고 말했다. 나는 이해하지 못했으나, 이때부터 다시는 남에게 이에 관한 일을 제기하지 않았다. 마치 이 병은 내 치욕인 양 생각했다. 이렇게 하기를 오래 지속하다가 내가 일본의 나가사키長崎에 도착하고서야 다시 치과의원을 찾았다. 그곳에서는 이 뒤의 이른바 '치석'을 깎아 내 주었는데, 그제야 더 이상 피가 나지 않았다. 의료비로 쓴 것은 2원이요, 시간은 대략 한 시간 이내였다.

나는 나중에도 중국의 의약서를 보았는데, 문득 보기만 해도 몸서리쳐지는 학설을 발견했다. 이는 신장에 속하는 것으로서 '아손'의 원인은 '빈혈'이라고 적혀 있었다. 나는 그제야 이전에 꾸지람을 들었던 원인을 갑자기 깨닫게 되었는데, 바로 이런 것들이 여기서 이렇게 나를 무함하고 있었던 것이다. 지금까지, 누군가가 중의가 정말 믿을 만하다, 처방이 영험이 있다고 말할지라도 나는 도무지 믿지 않았다. 당연히 그중 대부분은 그들이 내 부친의 병을 잘못 치료했기 때문이었지만, 아마 직접 앓아 본 병에 대한 스스로의 개인적인 원한도 얼마간 끼어 있었던 것이다.

할 말이야 많아서, 가령 내게 Victor Hugo[27] 선생의 글재주가 있다면 아마 이 때문에 『*Les Misérables*』의 속편을 한 권 써낼 수 있을 것이다. 그렇지만 그런 재주가 없을 뿐 아니라, 재난을 당한 것도 스스로의 일이어서, 남에게 자기의 억울함을 나누어 주는 것도 그다지 적절하지 않은 것이다. 비록 모든 글은 열에 아홉은 자신의 은밀한 변호에 지나지 않지만 말이다. 지금은 그래도 발걸음을 크게 한 번 내딛어 곧장 '앞니가 확실히 두 개 나갔다'라는 사실을 말해 버리는 것이 낫겠다.

위안스카이도 모든 유자儒者들처럼 공자를 존중해야 한다고 크게 떠들었다. 기이한 옛 의관을 만들어 성대하게 공자를 제사 지낼 때가 대체로 황제가 되려고 하기 일이 년 전의 일이었다.[28] 이때부터 폐지되지 않고 이어져 왔는데, 다만 집권자의 교체에 따라 의식儀式 면에서, 특히 예를 행하는 모습이 다소 달라졌다. 대체로 스스로 유신자維新者라고 생각하는 사람이 나타나면 서양 복장에 허리를 굽혀 절을 했고, 옛것을 존중하는 사람이 흥하면 옛 복장에 머리를 땅에 닿도록 절을 했다. 나는 교육부의 첨사僉事로 지낸 적이 있는데, '보잘것없었기'[29] 때문에 허리를 굽혀 절을 하거나 머리를 땅에 닿도록 절하는 행렬에 끼지 못했다. 다만 춘추이제春秋二祭에 이르러 어쩔 수 없이 파견되어 집사를 맡았었다. 집사란 이른바 '백'帛·'작'爵[30]을, 허리를 굽혀서 절하거나 머리를 땅에 닿도록 절하는 사람들에게 건네주는 급사를 일컫는다. 민국 11년 가을[31] 집사 일을 마치고 인력거를 타고 집으로 돌아오는데, 베이징은 가을인 데다 이른 아침이어서 날씨가 매우 추웠다. 그래서 나는 두터운 외투를 입고 장갑을 낀 손을 호주머니에 찔렀다. 그 인력거꾼은 내가 보기에 졸기도 하고 흐리멍텅해 보여 결코 장스자오 일파는 아니라고 믿었다. 그런데 그는 도중에 이른바 '비상한 조치'를 사용하여 '돌발적으로 일어나 미처 손쓸 수 없는 수단'으로 스스로 넘어졌고, 또한 나를 인력거에서 떨어지게 했다. 내 손은 호주머니에 있었기 때문에 미처 땅을 짚지도 못했고, 그 결과 당연히 땅바닥에 입맞춤할 수밖에 없었으며 앞니가 희생되었다. 그리하여 앞니가 없는 상태로 반년 동안 책을 가르쳤고, 12년 여름에 그것을 때우게 되었다. 그래서 지금 펑치 군에게 보자마자 안심시키고 의문을 풀어 돌아가게 했던 그 두 개는 사실은 의치였던 것이다.

5.

공이孔二 선생[32]은 "만약 주공周公과 같은 아름다운 재능을 지녔다 해도 교만하고 인색하다면, 그 나머지는 더 볼 것이 없다"고 했다. 이 말은 내가 확실히 읽었고 또 무척 탄복했다. 그래서 만약 맞아서 앞니 두 개가 빠졌다면 이 기회에 몇몇 사람들에게 시원함과 '통쾌함'을 줄 수 있어 인색한 마음만은 조금도 없게 되었을 것이다. 그런데 앞니를 보니 이렇게 몇 개가 있고 또 이전에 빠졌던 것이니 어쩌겠는가? 그러나 이전의 일을 끌어다 지금의 일로 여기는 것은 정말 원하지 않는 일이다. 왜냐하면 어떤 일이 생기면 나는 아무래도 진실을 말해 다른 사람들의 '유언비어'를 지우지 않을 수 없기 때문이다. 비록 이것은 대체로 자기에게 이익이 되고 적어도 자기에게 손해는 되지 않는 것에서 끝나지만 말이다. 이 때문에 나는 겸사겸사해서 뒷일을 끌어다 앞일로 여기는 장스자오의 어리석음을 부풀리어 제기했다.

또 장스자오이다. 내가 이 이름을 듣고서 고개를 가로저었던 것은 실로 그 유래가 오래되었다. 그러나 이전에는 그래도 '공'公으로 생각했으나 지금은 중의를 증오하는 것과 마찬가지로 다소 사적인 원한이 끼어들어 있는 것 같다. 그는 '이유 없이' 나를 면직시켰고 그래서 앞서 말해 두었던 것처럼 나는 그에게 법정 소송을 걸어 놓고 있기 때문이다. 근래에 고문古

文으로 된 그의 답변서를 보았는데, '이유 없음'에 대한 구구한 변명 중에 한 단락을 소개한다.

> …… 또 그 가짜 교무유지회校務維持會가 그 사람을 멋대로 위원으로 선출했는데, 그 사람도 부인한다고 성명하지 않았고 분명 의도적으로 본부의 행정에 맞섰으니, 사리로도 받아들이기 어렵고 법률적으로도 허락되지 않는다. …… 부득이하여 8월 12일 정부에 저우수런의 면직을 신청했고, 13일부터 정부는 공문을 내려 면직을 허락했다…….

그러니 나도 '지호자야'之乎者也식으로 그에게 반박했다.

> 교무유지회가 공식적으로 수런을 위원으로 선출한 것을 조사해 보면, 8월 13일이다. 그런데 그 총장이 면직을 신청한 것은 말한 바대로 12일이다. 어찌 수런이 위원으로 선출될 것을 미리 예측하여 그것을 면직의 죄명으로 삼을 수 있겠는가?……

사실, 그 무슨 '답변서'라는 것도 아무렇게나 끌어다 붙일 수 있는 종전의 중국 성문법에 지나지 않으므로 장스자오는 꼭 그렇게 멍청할 필요는 없다. 만약 멍청할 뿐이라면 그래도 멍청이로만 여길 수 있지만, 그는 붓을 놀려 법을 왜곡할 줄 아는 사람이다. 그는 스스로 이렇게 말한 적이 있다. "요새 정치는 담고 있는 내용이 매우 복잡하다. 어떤 한 사건이 발생하면 그 진의는 때때로 현상을 통해서는 알아내기 어렵다. 법에 따른 항쟁도 현상적인 일에 지나지 않는다……."[33] 그래서 만약 자기와 관계가 없는 일이라면 그가 정법政法을 말하고 논리를 말하는 것을 듣느니 「태양쇄비고부」를 보는 것이 훨씬 낫다. 왜냐하면 사람을 속이려는 의도가 이들 부賦 속에는 없기 때문이다.

말을 할수록 더욱 주제에서 벌어져 버렸다. 이런 이야기는 결코 내 몸의 일부분은 아니다. 이제 여기서 거두도록 하고, 앞으로 거기까지 말하려면 아무래도 민국 15년의 가을을 지켜보아야 할 것이다.

1925년 10월 30일

주)______

1) 원제는 「從胡鬚說到牙齒」이며, 1925년 11월 9일 『위쓰』 제52기에 처음 발표되었다.
2) 1911년 10월 10일 쑨중산(孫中山)이 지도한 혁명당이 우창봉기(武昌起義; 즉 신해혁명)를 일으켜 이듬해 1월 1일에 중화민국을 건립했고, 9월 28일에는 임시 참의원(參議院)에서 10월 10일을 국경기념일로 결정하고 속칭 '쌍십절'(雙十節)이라 했다.
3) 『위쓰』(語絲)는 문예 성격을 지닌 주간지이며 처음에 쑨푸위안(孫伏園)이 편집했다. 1924년 10월 17일 베이징에서 창간되었다. 1927년 10월 펑계(奉系) 군벌인 장쭤린(張作霖)에 의해 발간 금지되었고, 곧이어 상하이로 옮겨 속간되었다. 1930년 3월 제5권 제52기까지 나오고 정간되었다. 루쉰은 기고자 및 지지자의 한 사람이었으며, 이 잡지가 상하이에서 출판된 이후에 편집을 담당한 적이 한 번 있었다. 『삼한집』(三閑集)의 「나와 『위쓰』의 관계」(我和『語絲』的始終) 참조.
4) 장스자오(章士釗, 1881~1973)는 자가 싱옌(行嚴), 필명이 구퉁(孤桐)이며, 후난 창사 사람이다. 신해혁명 전에 반청혁명운동에 참가했고, 1914년 5월 도쿄에서 『갑인』(甲寅) 월간(2년 후에 정간)을 주관했다. 5·4운동 후에 그는 복고주의자가 되었다. 1924년에서 1926년 사이에 그는 베이양군벌 돤치루이 정부의 사법총장 겸 교육총장을 역임했고, 학생과 시민들의 애국운동을 억압하였다. 동시에 『갑인』 주간(週刊)을 창간하여 존공독경(尊孔讀經)을 제창하며 신문화운동에 반대했다. 후에 그는 정치·사상 면에서 변화가 있어 혁명에 동정하게 되었다.

5) “내려갈수록 더욱 나빠지고 있다”(每況愈下)는 원래 ‘매하유황’(每下愈況;『장자』「지북유」知北游에 나옴)으로 되어 있다. 장타이옌은『신방언』(新方言)「석사」(釋詞)에서 “유황(愈況)은 ‘더욱 심하다’는 뜻이다”(愈況, 猶愈甚也)라고 했다. 후대 사람들은 항상 ‘매황유하’(每況愈下)로 잘못 인용했고, 장스자오도『갑인』주간 제1권 제3호에 실은「고동잡기」(孤桐雜記)에서 마찬가지로 잘못 사용했다. “일찍이, 명청 교체기에 선비들의 기운은 갑자기 쇠약해졌다고 말했는데, …… 민국은 청나라를 계승했으니 내려갈수록 더욱 나빠지고 있다(每況愈下).”

6)『징바오』(晶報)는 당시 상하이에 있던 저급한 취미의 얇은 신문이다. 원래는『신주일보』(神州日報)의 부간이었는데, 1919년 3월부터 단독으로 출판되었다. 다음에 나오는「태양쇄비고부」(太陽曬屁股賦)는 장단신(張丹炘; 옌리延禮)이 쓴 시시콜콜한 내용의 글이며, 1919년 4월 26일『신주일보』부간에 발표되었다.

7) ‘오늘날의 경전’(今典)은 당시의 이야기를 풍자적으로 가리키는 말이다. 금전(今典)은 고전(古典)의 상대되는 말로 사용하고 있으므로 풍자의 뜻이 강하다.

8) ‘머리 묶은 어린 학생’(束髮小生)은 장스자오가 청년 학생들을 경시하여 자주 사용하던 말이다. 예컨대, 그는 1923년에 쓴「신문화운동을 평하다」(評新文化運動)라는 글에서 이렇게 말했다. “오늘날 머리 묶은 어린 학생들은 붓을 잡고 앞장서고, 이름 있고 뛰어난 사람들(名流巨公)은 절개를 바꾸며 뒤질까 봐 걱정하고 있다.” ‘머리 묶다’(束髮)란 옛날에 남자가 학령이 되었음을 가리킨다.

9)「태양쇄비고부」(太陽曬屁股賦)는 ‘태양 볕에 엉덩이를 말리다’라는 뜻이다.

10) ‘검은 엉덩이’(黑臀)는 춘추시대 진(晋)나라 성공(成公)의 이름이다. 이것은『국어』(國語)「주어」(周語)에 기록되어 있는데, 단양공(單襄公)은 이렇게 말했다. “나는 성공의 탄생에 대해 들었다. 그의 어머니가 꿈을 꾸었는데, 신령이 먹으로 그의 엉덩이에 ‘진나라를 가지게 할 것이다……’라고 썼다. 그래서 그의 이름을 검은 엉덩이라고 지었다.”

11) ‘수준’(水平線)이라는 말은 당시 현대평론사(現代評論社)가 출판한 ‘현대총서’(現代叢書)의 광고에서 인용한 것이다.『현대평론』제1권 제9기(1925년 2월 7일)에 게재된「‘현대총서’ 출판광고」에서 자신들의 작품을 다음과 같이 과장하여 선전했다. “‘현대총서’는 무가치한 책, 읽어 이해할 수 없는 책, 수준 아래에 있는 책은 한 권도 없을 것이다.”

12) ‘사람이 태어날 때의 본성은 원래 선하다’(人之初性本善)라는 말은『삼자경』(三字經)의 첫 구절이다. ‘천지현황부’(天地玄黃賦)는『천자문』(千字文)의 첫 구절이다. 옛날 학당에서는 항상 이런 구절을 사용하여 글짓기 연습의 제목으로 삼았다.

13) 터키혁명은 제1차 세계대전 후 케말(Kemal Atatürk)이 지도하여 오스만투르크를 쓰러뜨리고 현재의 터키공화국을 성립시킨 혁명을 말한다. 여러 해 동안의 민족독립전쟁을 거쳐 1923년 10월 터키공화국의 성립이 선포되었다. 곧이어 종교, 혼인제도, 사

회습속 등에 대해 일련의 개혁이 단행되었는데, 여인들이 베일을 쓰지 않도록 한 것은 풍속개혁 중 하나였다.

14) '병이 없으면서도 신음하고 있는'(無病呻吟)이라는 말은 원래 성어(成語)이다. 당시 복고주의자 장스자오 등은, 백화문(白話文)을 쓰자고 제창한 사람들은 '병이 없으면서도 신음하고 있다'고 자주 공격했다. 예컨대, 그는 『갑인』 제1권 제14기(1925년 10월)에 발표한 「신문화운동을 평하다」(評新文化運動)라는 글에서 백화문으로 글을 짓는 사람들은 "자신의 천박하고 고루함을 망각하고 병이 없으면서도 신음하고 있다"고 빗대었다.

15) 『자치통감』(資治通鑑) 권185의 기록에 따르면, 수(隋)나라 양제(煬帝)가 정국이 불안하다는 것을 느꼈을 때, "거울을 가져와 자신을 비춰 보면서 고개를 돌려 소후(蕭后)에게 '멋진 머리여, 누가 이를 자르려고 하는가?' 하고 말했다." 『삼국지』(三國志) 「촉서(蜀書)·선주기(先主紀)」의 주석에서 『구주춘추』(九州春秋)를 인용하여 다음과 같이 말했다. 유비(劉備)가 징저우목(荊州牧; 목牧은 지방장관을 뜻함)인 유표(劉表)에게 몸을 맡기고 있을 때, 무력을 사용할 지위에 있지 않아 오랫동안 말을 타지 않았는데, 그는 "허벅지에 살이 돋아난 것을 보고", "감개하여 눈물을 흘렸다."

16) 'M선생'은 마오방웨이(毛邦偉)를 가리킨다. 그는 구이저우(貴州) 쭌이(遵義) 사람으로 청나라 광서 때의 거인(擧人)이었다. 훗날 일본에 건너가 유학하여 도쿄고등사범학교(東京高等師范學校)를 졸업하고 1920년에 베이징여자고등사범학교 교장을 역임했다.

17) "제사를 관장하는 사람이 제기를 버려두고 요리사를 대신하여 밥을 지으려는"(越俎代謀)이라는 말은 『장자』 「소요유」(逍遙游)에 나온다. 원문은 '월조대포'(越俎代庖)로 되어 있다.

18) 1925년 10월 26일(본문에서는 '27일'로 잘못되어 있음) 돤치루이 정부는 1922년 2월 워싱턴회의에서 통과된 9개국 관세조약에 근거하여 영국, 미국, 프랑스 등 12개국을 초청하여 베이징에서 이른바 '관세특별회의'를 개최했다. 여기서 불평등조약을 기초로 각 제국주의 국가들과 새로운 관세협정을 체결했다. 이는 당시 전국 인민들이 불평등조약을 철저하게 폐지할 것을 요구한 기대와 상반되는 것이었다. 이 때문에 회의가 개막되던 당일 베이징의 각급 학교와 단체가 참여한 5만여 사람들이 톈안먼에서 집회를 가지고 시위를 벌이며 관세회의를 반대하고 관세 자주를 주장했다. 시위대가 신화먼(新華門)에 이르렀을 때 무장한 경찰들이 저지하고 구타했는데, 군중에서 십여 명이 다치고 여러 사람이 체포되는 등 유혈사태가 발생했다.

19) 『사회일보』(社會日報)는 1921년 베이징에서 창간되었다. 원래 이름은 『신사회보』(新社會報)였으나 1922년 5월에 『사회일보』로 이름을 바꾸고 린바이수이(林白水)가 주편을 맡았다.

『세계일보』(世界日報)는 1924년 베이징에서 창간되었다. 원래는 석간신문이었으나

1925년 2월부터 조간신문으로 바뀌었고 청서워(成舍我)가 주편을 맡았다.

『여론보』(輿論報)는 1922년 베이징에서 창간되었으며 허우이스(侯疑始)가 주관했다.

『이스바오』(益世報)는 천주교회 신문으로 1915년 톈진에서 창간되었다. 이듬해 베이징판이 증간되었다. 벨기에 선교사 레이밍위안(雷鳴遠; 후에 중국 국적을 가지게 되었음)이 주관했다.

『순톈시보』(順天時報)는 일본 제국주의자가 중국에서 운영하던 중국어 신문이며, 1901년에 베이징에서 창간되었고, 창간자는 나카지마 요시오(中島美雄)였다.

본문에서 그 다음에 나오는 『황바오』(黃報)는 1918년 베이징에서 창간되었으며, 쉬에다커(薛大可)가 주편을 맡았다.

20) L학교는 베이징리밍중학(北京黎明中學)을 가리킨다. 루쉰은 1925년에 이 학교에서 한 학기 동안 강의한 적이 있다.

21) 펑치(朋其)는 황펑지(黃鵬基)이며, 쓰촨 런서우(仁壽) 사람이다. 그는 당시 베이징대학 학생이었으며, 『망위안』에 글을 발표하던 사람 중 하나였다.

22) '하늘은 무심하지 않아서'(旻天不弔)라는 말은 『좌전』 '애공(哀公) 16년'에 나온다.

23) 후스(胡適, 1891~1962)는 자가 스즈(適之)이며, 안후이(安徽) 지시(績溪) 사람이다. 당시 베이징대학 교수였다. 5·30운동 이후 혁명이 고조되고 있을 때 후스는 지식인들은 연구실로 돌아가 연구에 전념해야 한다고 주장했다. 예를 들어, 『현대평론』 제2권 제39기(1925년 9월 5일)에 발표한 「애국운동과 학문연구」(愛國運動與求學)에서 그는 독일의 괴테가 나폴레옹 병사들이 베를린을 포위했을 때 문을 잠그고 중국 문물을 연구했다는 사실과 피히테가 베를린이 함락된 후에도 여전히 계속 강의를 했다는 사실을 예로 인용하면서, 공부와 연구에 몰두할 것을 강조했다.

24) 장사오위안(江紹原)은 안후이 징더(旌德) 사람이며, 당시 베이징대학 강사였다. 그는 『현대평론』 제2권 제30기(1925년 7월 4일)에 발표한 「황구와 청년 작가」(黃狗與青年作者)라는 글에서, 청년 작가들이 성숙되지 못한 작품을 발표하는 것은 '유산'(流産)과 같은 것이라고 생각했고, 또 "작은 내 제의는, 무엇을 쓰든지 몇 차례 정밀하고 빈틈없는 퇴고와 수정을 거치지 않은 것이라면 결코 발표하지 않아야 한다는 것이다"라고 했다.

25) 입센은 브란데스에게 보낸 편지에서 이렇게 말했다. "때때로 나는 전 세계가 바다 위에서 배가 부딪쳐 침몰하는 것과 같다는 느낌이 드는데, 가장 중요한 것은 그래도 자신을 구출하는 것이다." 후스는 「애국운동과 학문연구」(愛國運動與求學)에서 이 말을 인용했고, 또 문을 잠그고 공부하는 것이 바로 '자기를 구출하는 것'이라고 말했다.

26) 『험방신편』(驗方新編)은 청대 포상오(鮑相璈)가 편찬한 것으로 8권이다. 이것은 과거에 크게 유행하던 통속적인 의약서이다.

27) 빅토르 위고(Victor Hugo, 1802~1885)는 프랑스의 작가이다. 그의 대표작 『*Les*

Misérables』(레미제라블)은 장편소설로서 중국에서는『悲慘世界』로 번역했다.

28) 위안스카이는 1914년 4월 공자에게 제사 지낼 것에 대하여 전국적으로 훈령을 내리고 '숭성전례'(崇聖典例)를 공포했다. 9월 28일에 그는 각 부(部) 총장과 일련의 문무 관료들을 이끌고 새로 만든 옛 제사 의복을 입고 베이징 공묘(孔廟)에서 공자에게 제사 지내는 의식을 거행했다.

29) 루쉰은 1912년 8월부터 교육부에서 첨사(僉事)로 재직하고 있었는데, 1925년에 베이징여사대 학생들이 교장 양인위(楊蔭楡)를 몰아내는 운동을 그가 지지했다는 이유로 교육총장 장스자오에 의해 불법으로 면직당했다. 이에 루쉰은 평정원(平政院)에 고소장을 제출했다. 당시 어떤 사람은, 그가 '보잘것없는 첨사'를 잃었기 때문에 장스자오에 반대하니 도량이 너무 좁아 '학자의 태도'가 없다고 말했다.

30) '백'(帛)은 옛날에 제사를 지낼 때 신령에게 바치는 견직물로서 제사가 끝난 후 불에 태운다. 나중에는 종이로 대체하여 사용했다. '작'(爵)은 옛날의 주기(酒器)로서 다리가 세 개 달린 구리로 만든 것인데, 제사를 지낼 때에 술을 담아 바치던 것이다.

31) 마땅히 민국 12년 봄이 되어야 한다. 루쉰의 1923년『일기』에 다음과 같은 기록이 있다. "3월 25일 맑음, 일요일, 여명에 공묘(孔廟)에 가서 집사일을 맡았다. 돌아오는 도중에 인력거에서 떨어져 이 두 개가 나갔다."

32) 공이 선생(孔二先生)은 공자를 가리킨다.『공자가어』(孔子家語)「본성해」(本姓解)에 따르면, 공자는 형 맹피(孟皮)가 있고, 그는 항렬이 두번째이다. 본문에 인용되고 있는 말은『논어』「태백」(泰伯)에 나온다.

33) 장스자오의 이 말은『갑인』제1권 제1호(1925년 7월 18일)의 통신란에 실린, 그가 우징헝(吳敬恒)이 보내온 편지에 덧붙인 부언(附言)에 나온다. "담고 있는 내용이 매우 복잡하다"(內包甚復)라는 말은 원래 "담고 있는 내용이 깊고 복잡하다"(內包深復)로 되어 있다.

견벽청야주의[1]

요즈음 나는 중국 사회에서 몇 가지 주의主義를 발견했다. 그중에 하나가 견벽청야주의堅壁淸野主義이다.

'견벽청야'[2]는 병가兵家의 말인데, 병가는 내 본업이 아니므로 이 말은 병가로부터 들은 것은 아니고, 다른 책에서 보았거나 사회에서 들었던 것이다. 듣자 하니 이번 유럽전쟁[제1차 세계대전] 때에 가장 요긴했던 것이 참호전이라 한다. 그렇다면 지금도 이 견벽堅壁의 전법戰法은 사용되고 있는 것이다. 청야淸野의 경우에는, 세계사에서 재미있는 사례가 있다. 전해지는 이야기에 따르면, 19세기 초 나폴레옹이 러시아를 침공하여 모스크바에 도착했을 때, 러시아 사람들은 이른바 청야의 수단을 크게 발휘하여, 그곳에 방화를 하는 동시에 생활에 필요한 것들을 깨끗이 태워 버려서 나폴레옹과 그의 용맹스런 병사와 장군은 텅 빈 성에서 서북풍을 마시게 되었다고 한다. 그리고 서북풍을 1개월도 채 마시지 못하고 그들은 곧 퇴각했다고 한다.

중국은 유교국이라 "제사에 관한 일은 일찍이 들어 알고 있으나, 저는 군사에 관한 일은 배우지 못했습니다"[3]처럼 매년 공자를 제사 지내 왔다. 그러나 위아래 할 것 없이 모두 이 병법을 사용해 왔는데, 이 병법 때문에 나는 이번 달 신문지상에 난 한 줄 뉴스에 주목하게 되었다. 그 뉴스에 따르면 교육 당국은 공공 오락 장소에서 풍속교화를 해치는 사건이 자주 발생한다고 하여 각 학교에 명령을 내려 여학생에게 공연장과 공원의 출입을 금지시켰다. 또 여학생의 가정에 통지를 보내어 금지에 대한 협조를 부탁했다.[4] 물론 나는 이 일이 확실한 것인지 아닌지 깊이 알 수는 없다. 더욱이 그 법령의 원문을 아직 보지 못했다. 또 교육 당국의 의도가, 오락 장소에서 일어나는 '풍속교화를 해치는' 사건이 바로 여학생으로부터 발생했기 때문에 그들을 가지 못하게 하는 것인지, 아니면 여학생이 가지 않기만 하면 다른 사람에게는 발생하지 않는 것인지, 아니면 설령 그런 일이 발생하더라도 전혀 상관하지 않겠다는 것인지 분명하지 않다.

아마도 다음의 한 추측이 그 의도에 가까울 것 같다. 우리의 옛 철인이나 오늘날의 현자들은 말끝마다 '근본을 바르게 하고 근원을 맑게 한다', '천하를 맑고 깨끗이 한다'라고 하지만, 대개는 말만 하고 마음은 없어, '스스로 바르지 않으면서 남을 바르게 할 수 있는 사람은 아직 없었기' 때문에 결과는 '가두어라'가 된다. 첫째, '자기의 마음으로 남의 마음을 헤아리다'의 경우인데, 오로지 '보고 싶은 것을 보여 주지 않음으로써 민심을 어지럽히지 않으려' 든다. 둘째, 겉모습만 그럴듯하고 실제로는 '천하를 맑고 깨끗하게 할' 재능이 전혀 없는 경우인데, 마치 부자의 유일한 경제법처럼 돈을 자기 집 땅 밑에 묻어 두는 것과 같은 것이다. 옛 성인이 가르친, "재물을 허술하게 숨기면 훔치려는 마음이 생기고, 얼굴을 야하게 꾸미면 음흉한 마음이 생긴다"[5]라는 말은 바로 자녀와 옥백玉帛의 처리 방법을 말하는 것으로서 꼭 견벽청야를 해야 한다는 것이다.

사실 이러한 방법은 중국에서는 일찍부터 시행되었다. 베이징을 제외하고 내가 가 본 곳은 거리마다 대체로 남자나 힘 쓰는 일을 하는 여인들만을 볼 수 있었고 이른바 상류의 여인들은 아주 보기 드물었다. 그러나 나는 먼저 여기서, 내가 이러한 현상에 대해 불만을 갖는 것은 결코 중국을 두루 다니면서 모든 여인들과 아가씨들을 훔쳐보려고 사전준비를 하려 했기 때문이 아니라는 것을 밝혀 둔다. 나에게는 모아 놓은 여비가 한 푼도 없으니 이것이 바로 가장 확실한 증거일 것이다. 금년은 '유언비어'가 한창 성행하는 시대로서 조금이라도 신중하지 않았다가는 『현대평론』에서 이것저것 꾸며 대며 게재할 것이므로 그래서 특별히 미리 알려 둔다. 명유名儒의 집에 가 보면 한 집안의 남녀들도 쉽게 만날 수 없도록 되어 있는데, 곽위애의 『가훈』[6]에는 남녀를 떼어 놓는 아주 번거로운 집 구조도가 들어 있다. 성현에 뜻이 있는 사람은 자기의 집안조차도 연예장이나 공원으로 간주해야만 되는 것 같다. 지금은 어쨌든 20세기이고, 게다가 "젊어서는 구애됨이 없다라는 이름을 누렸고, 어른이 되어서는 자유의 학설을 배웠다"는 교육총장[7]이 있어 참으로 크게 관대해졌다.

베이징은 의외로 부녀자들을 크게 구속하지 않아서 바깥에 다녀도 그다지 깔보지 않는 곳이다. 그러나 이는 우리들 옛 철인과 오늘날 현자들의 뜻과는 어긋난다. 아마 이런 기풍은 만주인이 들여온 것일 게다. 만주인은 우리의 '성상'聖上을 지낸 적이 있으니 그 습속도 마땅히 따라야 하는 것이다. 그렇지만 지금은 민국 초년에 변발을 자르던 것처럼 배만排滿하는 시대도 아닌데 여전히 옛 버릇이 다시 나타나고 있으니, 음력 설 때의 폭죽놀이가 나날이 더 심해지고 있음을 보면 된다. 애석하게도 위충현[8] 같은 사람이 다시 나와서 우리를 시험하지 않아도 그의 수양아들이 되어 그를 공묘孔廟에 배향할 사람이 있는 것으로 보인다.

풍속교화를 좋게 하려는 것은 그 목적이 인성을 해방시키는 데 있고, 교육의 보급, 특히 성교육에 있다. 이것이 바로 교육자들이 담당해야 하는 일이며, '가두어라'는 감옥을 관리하는 옥사쟁이들이 전문이다. 하물며 사회의 여러 가지 일들은 감옥처럼 그렇게 간단하지 않아, 장성長城을 쌓았지만 오랑캐들이 여전히 꼬리에 꼬리를 물고 몰려왔고, 구덩이를 더 깊게 파고 담을 더 높이 쌓아도 소용이 없었던 것임에랴. 연예장이나 공원이 아직 없었을 과거에 규수들은 문 밖을 나서지 않았고, 여염집 여인들은 묘당에서 벌어지는 시장에 놀러 가거나 제사를 구경했는데, '풍속교화를 해친' 일이 높은 귀족가문보다 더 많았다고 누가 말할 수 있을까?

요컨대, 사회를 개량하지 않고는 '가두어라'는 무용할 것이며, '가두어라'를 가지고 사회를 개량하는 수단으로 삼는다면, 그것은 진푸선 기차를 타고 펑톈으로 가는 것이다.[9] 이러한 이치는 이해하기 쉬워, 벽이 강하여 견고하면 부딪혀 무너질 수가 있는 법이다. 군대와 토비들의 납치사건[10]은 부녀자를 강탈하는 것인데, 풍속교화에 대해서는 어떠한가? 모르고 있었는지 아니면 알면서도 말할 수 없거나 감히 말하지 않은 것인지? 도리어 그들의 공덕을 가송하는 것이리라!

사실 '견벽청야'는 병가의 한 방법이라고 하지만 이것은 결국 물러나서 지키는 것이지 나아가서 공격하는 것은 아니다. 아마도 이 점 때문에 마침 일반인들의 퇴영주의와 서로 잘 어울리고, 그리하여 의지가 투합되어 보인다. 하지만 군사軍事 면에서는 달리 기다리는 것이 있어, 지원군의 도착을 기다린다든지 적군의 퇴각을 기다리는 것이다. 만약 외로운 성을 어렵게 지키기만 하면 그야 결과는 멸망뿐인데, 교육 면에서의 '견벽청야'법은 기다리는 것이 무엇인가? 지금까지 역대의 여성교육에 비추어 추측하건대 기다리고 있는 것은 오직 한 가지 사실, 즉 죽음뿐이다.

천하가 태평하거나 일시적인 안일을 추구할 수 있을 때, 이른바 남자라는 자는 엄숙하게 정조와 순종을 가르치고 정숙과 고상을 말하면서 "여인의 말은 내실에서 나가지 않는다", "남녀가 주고받을 때에는 직접 하지 않는다"[11]라고 한다. 좋아! 모두 당신 말을 들어 바깥일은 귀하에게 부탁하자. 그러나 천하가 들끓고 폭력이 난무하게 되었을 때, 귀하는 무엇으로 가르칠 것인가? 열부烈婦가 되라[12] 한다.

송나라 이후로 부녀자를 대하는 방법은 이 하나뿐이었고, 지금까지도 이 하나뿐이다.

만약 이런 여성교육이 크게 유행했다면, 우리 중국은 여태까지 수많은 내란과 외환이 있었고 병화가 빈발했으니 부녀자들이 모조리 죽었어야 하는 것이 아닌가? 그렇지 않다. 요행으로 면한 사람도 있고 죽지 않은 사람도 있고, 시대가 바뀌는 때라면 남자와 마찬가지로 항복하여 노예가 된다. 그리하여 자손을 낳아 조상들에 바치는 향불이 다행히도 끊어지지 않았다. 하지만 지금까지도 여전히 노예근성을 지닌 인물들이 있으니 대개는 그 유폐流弊임이 틀림없다. "이로움이 있으면 반드시 폐단도 있다"는 말은 누구나 주고받는 말로 다 알고 있는 것이다.

그러나 이러한 방법 이외에, 유자儒者, 명신名臣, 부옹富翁, 무인武人, 높은 사람에서 일반 백성까지 모두 다른 좋은 방도를 생각해 내지 못하고 있는 듯하며, 이 때문에 여전히 그것을 지극한 보배로 받들 뿐이다. 더욱 우둔한 경우는 이것들과 의견을 달리해야만 한다고 생각하는 사람들인데,

바로 토비들이다. 관官과 상반되는 것을 비匪라 하니, 아주 당연한 일이다. 하지만 최근 쑨메이야오孫美瑤는 바오두구抱犢崓 산을 거점으로 단단히 지키고 있어, 사실은 '견벽'에 해당하며, '청야'에 밝은 사람에 대해서라면 나는 장헌충張獻忠을 추천하겠다.

장헌충이 명말에 백성을 도살했다는 것은 누구나 다 아는 일이며 누구나 아주 두렵게 느낀다. 예를 들어, 그는 ABC 세 갈래 군대로 백성을 죽인 다음 AB에게 C를 죽이게 하고, 또 A에게 B를 죽이게 하고, 다시 A 스스로 서로 죽이게 했다. 무엇 때문인가? 이자성[13]이 이미 베이징에 들어와 황제가 되었던 것이다. 황제가 되려면 백성이 필요한데, 그가 그의 백성을 다 죽여 그에게 황제 노릇을 할 수 없게 하려는 것이었다. 이는 바로 풍속교화를 해치는 일에는 여학생이 필요한데, 지금 모든 여학생을 가두어 버리면 해칠 만한 풍속교화가 없어지는 것과 마찬가지이다.

토비조차도 견벽청야주의를 가지고 있으니 중국의 부녀자들은 참으로 해방의 길이 없다. 듣자 하니 지금의 향민鄉民들도 군대와 비적과 이미 변별할 수 없게 되었다고 한다.

1925년 11월 22일

주)

1) 원제는 「堅壁淸野主義」이며, 1926년 1월 상하이 『신여성』(新女性) 월간 창간호에 처음 발표되었다.
2) '견벽청야'(堅壁淸野)라는 말은 『삼국지』 「위서(魏書) · 순혹전(荀彧傳)」에 나온다. 우세한 적군과 싸우는 일종의 전술로서, 진지를 굳게 지키며 주위의 인구나 물자를 없애고 부근의 건물 · 수목 등을 적군이 이용하지 못하도록 제거 또는 소각하는 것을 가리킨다.

3) "제사에 관한 일은 일찍이 들어 알고 있으나, 저(丘)는 군사에 관한 일은 배우지 못했습니다"(俎豆之事, 則嘗聞之矣, 軍旅之事, 丘未之學也)라는 말은 『논어』「위령공」(衛靈公)에 나온다. 원문에는 '구'(丘)자가 없다. '구'는 공자의 이름인데, 본문에서는 '저'로 번역했다. 조(俎)와 두(豆)는 옛날의 예기(禮器)로서 제사를 지내거나 손님을 접대할 때 사용하던 그릇이다.

4) 여학생이 오락 장소에 가는 것을 금지한다는 뉴스는 1925년 11월 14일 베이징의 『징바오』(京報)에 나온다. "교육부는 어제 경사학무국(京師學務局)에 대해 다음과 같은 명령을 내렸다. 각 처의 보고에 따르면, 정양먼(正陽門) 밖의 샹창루(香廠路), 성남(城南)의 유이원(游藝園) 및 성내(城內)의 둥안시장(東安市場), 중앙공원(中央公園), 베이하이공원(北海公園) 등지에서 연이어 풍속교화를 해치는 사건이 발생했다. 각 여학교 학생들이 놀러 다니는 것을 조속히 단속해야 한다. 특히 경사학무국에서 각급 여학교에 통지하여 오락 장소에 놀러 가는 것을 금지시키고, 또한 학교에서 여학생의 가장들에게 그 취지를 알리도록 해야 한다."

5) "재물을 허술하게 숨기면 훔치려는 마음이 생기고, 얼굴을 야하게 꾸미면 음흉한 마음이 생긴다"(慢藏誨盜, 冶容誨淫)는 『주역』(周易)「계사상」(繫辭上)에 나온다.

6) 곽위애(霍渭厓, 1487~1540)는 이름이 도(韜)이고 광둥 난하이(南海) 사람이며, 명대 도학가이다. 가정(嘉靖) 때 벼슬은 예부상서(禮部尙書)였다. 그의 저서 『가훈』(家訓) 중에 「합찬남녀이로도설」(合爨男女異路圖說)이 있는데, 그 그림은 붉은색과 검은색으로 명시하여 남녀가 출입하는 길을 구분하여 놓았다.

7) 교육총장은 장스자오를 가리킨다. "젊어서는 구애됨이 없다라는 이름을 누렸고, 어른이 되어서는 자유의 학설을 배웠다"는 말은, 그가 「베이징여자사범대학의 운영 중지에 대한 상신서」(停辦北京女子師范大學呈文)에서 자술한 것이다. 이 글은 『갑인』(甲寅) 제1권 제4호(1925년 8월 8일)에 게재되었다.

8) 위충현(魏忠賢, 1568~1627)은 허젠(河間) 쑤닝(肅寧; 지금은 허베이에 속함) 사람이며, 명대 천계(天啓) 연간에 횡포가 가장 심했던 환관이다. 특무기관인 동광(東廣)을 이용하여 정직하고 지조 있는 사람들을 많이 죽였다. 당시 권세에 빌붙어 부끄러움을 모르던 무리들은 그에게 앞다투어 아첨을 하며 온갖 추태를 다 부렸다. 『명사』(明史)「위충현전」(魏忠賢傳)에는 다음과 같은 기록이 있다. "뭇 소인배들이 더욱 아첨했으며", "서로 다투어 수양아들이라 하며 충현에 몰려들었고", "국자감 학생인 육만령(陸萬齡)은 충현을 공자로 불러야 한다고까지 했다."

9) 진푸선(津浦線)은 허베이성 톈진(天津)에서 장쑤성 푸커우(浦口)에 이르는 철도이다. 펑톈(奉天)은 랴오닝성(遼寧省) 선양(瀋陽)이다.

10) 옛날 도적이나 토비들이 사람을 인질로 잡아다가 인질의 가족들에게 일정한 기한 내에 돈을 내고 데려가라고 협박했는데, 그것을 '방표'(綁票)라고 불렀다. 또한 기한이

아주 짧은 경우에는 '방급표'(綁急票)라고 불렀다.

11) "여인의 말은 내실에서 나가지 않는다"(內言不出於閫)라는 말은 『예기』(禮記) 「곡례」(曲禮)에 나온다. "남자(外)의 말은 내실로 들어가지 않고, 여인(內)의 말은 내실에서 나가지 않는다." 곤(閫)은 부녀자들이 거처하는 내실의 문지방을 가리킨다.
"남녀가 주고받을 때에는 직접 하지 않는다"(男女授受不親)라는 말은 『맹자』 「이루상」(離婁上)에 나온다.

12) 루쉰의 설명에 따르면 '절'(節)이란 남편이 죽었을 때 수절하는 것이고, '열'(烈)이란 폭행을 당했을 때 '절'을 지키기 위해 목숨을 바치는 것이다(「나의 절열관」 참조). 여기서 "열부가 되라 한다"는 것은 폭행을 당했을 때 여인은 죽음을 택해야 한다는 것을 말한다.

13) 이자성(李自成, 1606~1645)은 산시 미즈(米脂) 사람이며, 명말 농민봉기의 지도자이다. 그는 숭정(崇禎) 2년(1629)에 봉기를 일으켰고, 후에 틈왕(闖王)으로 추대되었다. 그는 '균전제와 부역의 면제'(均田免賦)를 주장하고 군대의 기율을 엄격하고 공명하게 하여 광대한 인민들로부터 옹호를 받았다. 숭정 17년(1644) 1월에 시안(西安)에서 대순국(大順國)을 세웠다. 같은 해 3월 베이징을 공격하여 입성했다. 후에 명나라 장군 오삼계(吳三桂)가 청병(淸兵)을 끌어들여 관(關) 내로 들어오자 이자성의 군대는 패하여 베이징에서 물러났다. 청나라 순치(順治) 2년(1645) 후베이(湖北) 퉁산현(通山縣) 주궁산(九宮山)에서 살해되었다.

과부주의[1)]

판위안롄[2)] 선생은 지금 많은 청년들로부터 흠모를 받고 있다. 각자 자기만의 생각이 있으므로 나는 당연히 그 연유들을 추측할 길이 없다. 그러나 내 개인적으로 탄복하는 것은 그가 청나라 광서光緖 말년에 가장 먼저 '속성사범'速成師范을 발명했다는 점이다. 학술 부문도 속성할 수 있다니, 고집불통의 선생들은 아마 괴이하다고 여길 것이다. 모르기는 해도 그때 중국에서는 바로 '교육 공황'으로 떠들썩했으니 이것은 그야말로 급하게 구제할 수 있는 대책이었다. 반년 뒤에 일본 유학을 마치고 돌아온 교사들은 적은 수가 아니었다. 그들은 교육상의 각종 주의, 예를 들어 군국민주의, 존왕양이주의[3)] 따위를 가지고 돌아왔다. 여성교육에서는 그때 가장 유행하여 어디서든 시끄럽게 들을 수 있었던 것이 현모양처주의였다.

나도 꼭 이 주의가 틀렸다고 생각하지는 않는다. 어리석은 어머니와 사나운 아내는 누구라도 바라지 않을 것이다. 하지만 오늘날 몇몇 급진적인 사람들은 오히려 여자도 가정의 물건일 수만은 없다고 생각하여 중국이 지금까지 일본의 옛 간행물에 실린 글에서 베껴 와서 자신의 딸아이를 교육하던 잘못을 크게 공격했다. 사람들은 잘못 전해진 말이라도 자주 듣다 보면 아주 쉽게 거기에 빠져 버린다. 예를 들어, 근래에 어떤 사람이, 나라를 팔아먹는 누군가가 있다면 그는 단지 자손을 위해 그렇게 하는 것이라고 말했다. 그리하여 많은 사람들도 그렇게 말했다. 사실 만약 참으로 나라를 팔아먹을 수 있다면 좀더 큰 이익을 얻을 수 있을 것이고, 만약 참으로 자손을 위해 그렇게 하는 것이라면 그래도 양심은 있다 할 것이다. 오늘날 이른바 누군가라는 자는 대개 나라를 넘겨주는 것에 지나지 않고, 또 언제 자손을 생각한 적이라도 있었던가. 이 현모양처주의라는 것도 예외는 아니다. 급진자들은 비록 그것을 병으로까지 보고 있지만, 사실 언제 그런 일이 있었던가. 모든 것이 '과부주의'寡婦主義에 지나지 않을 뿐이다.

이 '과부'라는 두 글자는 마땅히 순수한 중국 사상에서 해석해야지 유럽, 미국, 인도 또는 아랍의 경우와 억지로 비교할 수는 없다. 가령 서양 문자로 번역한다면 의역意譯이나 신역神譯은 전혀 어울리지 않고 Kuofuism[4]이라고 음역音譯할 수밖에 없다.

내가 태어나기 이전에는 어떠했는지 모르겠지만 내가 태어난 이후에 유교는 이미 자못 '뒤섞여' 버렸다. "어머니 명을 받들어 임시로 도량을 만든"[5] 자도 있었고, "신도神道를 설교하는"[6] 자도 있었고, 『문창제군공과격』[7]에 감탄한 자도 있었다. 나는 또 그 『공과격』은 남에게 내실內室을 이야기하는 사람에게 큰 벌을 주고 있다는 것을 기억하고 있다. 내가 집 마당을 아직 나서지 않았고 중국에도 여학교가 아직 없었을 그 이전에는 어떠했는지 모르겠지만, 내가 사회에 발을 들여놓고 중국에도 여학교가 있게 된 다음부터 독서인들이 여학생들의 일을, 그것도 여느 때처럼 나쁜 일을 언급하는 것을 자주 들었다. 때로는 실로 터무니없는 것이었는데, 그러나 가령 그 모순을 지적하면 말하는 사람이나 듣는 사람이나 다 거북해하고, 그야말로 "그 부형이라도 죽인 것처럼"[8] 원한에 사무친다. 이러한 언동은 당연히 '유학자의 품행'[9]에는 들어맞는 것이리라. 왜냐하면 성인의 도는 넓어 포함하지 않는 것이 없기 때문이며, 아니면 사소한 일에 지나지 않아 대수롭지 않기 때문일 것이다.

나는 이전에도 이러한 헛소문의 유래를 대강 추측해 본 적이 있다. 개혁을 반대하는 노선생, 색정광 냄새가 나는 환상가, 유언비어를 만들어 내는 명인名人, 상식조차 없지만 아마 다른 목적을 가지고 있는 뉴스 탐방원이나 기자, 학생들에게 쫓겨난 교장과 교원, 교장이 되려고 꾀하는 교육가, 개 한 마리를 좇아 무리지어 짖어 대는 시골 개……[10] 그러나 근래에는 또 다른 한 종류를 발견했다. 그것은 '과부' 또는 '의사擬似과부'인 교장 및 사감이다.[11]

여기서 이른바 '과부'란 남편과 사별한 경우를 가리키고, 이른바 '의사과부'란 남편과 생이별했거나 부득이하여 독신주의를 끌어안고 있는 경우를 가리킨다.

중국의 여성들이 밖으로 나와 사회에서 일하게 된 것은 겨우 최근의 일이다. 그러나 가족제도는 아직 개혁되지 않았으므로 가사 의무가 여전히 번잡하고, 일단 결혼을 하면 다른 일을 함께 하기가 어렵다. 그리하여 사회적인 사업은 중국에서는 대체로 아직 교육, 그것도 여성교육에만 한정되어 있어 대개의 경우 위에서 말한 바와 같은 독신자들의 수중에 들어갔다. 이는 이전에 도학선생들이 점유하고 있던 것이었으나 뒤이어 완고하다, 무식하다 등의 악명 때문에 실패하고, 독신녀들이 곧 신교육을 받았다, 외국으로 가서 유학했다, 같은 여성이다 등의 좋은 간판을 내세워 그들을 대신했다. 사회적으로도 그녀들은 결코 어떤 남성과도 상관이 없고 또 얽매이는 아들딸도 없어 신성한 사업에 매진할 수 있기 때문에 충분히 믿고 맡길 수 있었다. 그러나 이때부터 젊은 여자들이 당하는 재난은 바로 지난날 도학선생들 밑에서 공부할 때보다 훨씬 심하게 되었다.

설령 현모양처라도, 설령 동방東方식이라도 남편과 자녀에 대해 애정이 없어도 된다고 말할 수는 없다. 애정은 비록 천부적인 것이라 말하지만, 만일 상당한 자극과 활용이 없으면 발달하지 못한다. 예를 들어, 동일한 손과 발이지만 앉아 움직이지 않는 사람의 것과 대장장이나 짐꾼의 것과 한번 비교해 보면 아주 명백할 것이다. 여자의 경우에 남편이 있고, 애인이 있고, 아들딸이 있고, 그런 다음에야 진정한 애정을 깨닫게 되는 법이다. 그렇지 않으면 곧 감추어져 있거나 결국 시들어 버리거나 심지어 변태에 이르게 된다. 그래서 독신자들에게 현모양처를 만드는 일을 맡긴다는 것은 그야말로 맹인에게 눈먼 말을 타고 길에 나서게 하는 것과 다를 바 없으니 현대의 신조류에 들어맞을 수 있을 것인가 그렇지 않은가에 대해 더 무엇을 논하겠는가. 물론 특수한 독신 여성이 전혀 세상에 없는 것은 아니다. 예컨대, 과거의 유명한 수학자 Sophie Kowalewsky,[12] 오늘날 사상가 Ellen Key[13] 등이 이에 해당한다. 그러나 그것은 한 경우는 욕망의 방향을 바꾸었고, 다른 한 경우는 사상이 이미 투철했기 때문이다. 그렇지만 학사회원學士會院이 장학금을 주며 Kowalewsky의 학술상의 명예를 표창했을 때, 그녀는 친구에게 보낸 편지에서 오히려 이렇게 말했다. "나는 많은 사람들로부터 축하 편지를 받았다. 운명의 기이한 장난인가 보다. 나는 지금까지 이러한 불행을 느낀 적이 없었다."

부득이 독신생활을 하고 있는 사람들을 보면, 남녀를 불문하고 대부분 정신 면에서 항상 고집스럽고 의심이 많고 음험한 성격으로 변한다. 유럽 중세의 선교사, 일본의 유신 이전 어전御殿의 여중女中(여자 내시), 중국 역대의 환관은 보통사람보다 몇 배는 더 냉혹하고 음험했다. 다른 독신자들도 마찬가지로 생활이 부자연스럽고 마음 상태도 크게 변하여 세상일이 무의미하고 사람들도 미워 보여서 천진하고 유쾌한 사람을 보면 곧 증오하는 마음이 생긴다. 특히 성욕을 억압해야 하기 때문에 다른 사람들의 성적인 사건에 민감하고 의심이 많으며, 부러워하기 때문에 질투심을 갖는다. 사실은 이것도 피할 수 없는 일이다. 사회로부터 억압을 받아 표면적으로는 순결한 척하지 않을 수 없지만 내심으로는 본능적인 힘의 지배에서 벗어날 수 없어 자기도 모르게 결핍감이 꿈틀거리고 있는 것이다.

그렇지만 학생들은 젊고, 민며느리가 아니거나 계모 밑에서 자란 것이 아니라면 대체로 세상물정을 잘 모르고 만사가 다 밝다고 생각하고 있어 사상과 언행은 그들과는 완전히 상반된다. 그들이 만일 자신들의 젊은 시절을 회상할 수 있다면 당연히 이해할 수 있을 것이다. 그렇지만 세상에서 많은 것이 어리석은 여인네라, 어찌 이런 일들을 생각할 수 있을까. 한결같이 다년간 다듬어 이루어진 자신의 눈빛으로 일체를 관찰한다. 편지를 보면 연애편지가 아닌가 의심하고, 웃음소리를 들으면 이성을 그리워하는 것이라 생각하고, 남자라도 찾아오면 정부情夫라 하고, 공원을 왜 가는가, 밀회 때문에 가는 것이 틀림없다고 한다. 학생들의 반대에 부딪혔을 때 오로지 이런 책략을 사용하는 경우는 말할 것도 없고 평상시라 하더라도 역시 그렇다. 게다가 중국은 원래 유언비어를 생산하는 곳이니 '정인군자'도 항상 이런 유언비어를 화젯거리로 삼고 세력을 확대한다. 자신이 만들어 낸 유언비어조차도 진기한 보배로 받드는 판인데, 하물며 진짜로 학교 당국자들의 입에서 나온 것이라면 당연히 더욱 가치 있는 것으로 여겨 널리 퍼뜨리게 된다.

내 생각으로는, 오래된 나라에서 세상물정에 밝은 사람과 많은 청년들 사이에는 사상과 언행 면에서 상당한 거리가 있는 것 같다. 만일 일률적인 눈빛으로 바라본다면 그 결과는 종종 오류가 될 것이다. 예를 들어 중국에서 많은 나쁜 일들은 각각 고유한 명칭을 가지고 있고, 서적에서도 그에 관한 특별한 명칭과 은어를 흔하게 발견할 수 있다. 주간週刊을 편집하고 있을 때, 보내온 원고 속에서 이러한 특별한 명칭과 은어를 마구 사용하는 경우를 자주 보게 되는데, 나로서는 지금까지 그런 것들을 피하며 사용하지 않았다. 그러나 세심하게 고찰하여 보니 작자는 실제로 내막을 전혀 모르고 그냥 태연하게 쓰고 있었다. 그 허물은 오히려 중국에는 나쁜 일에 대한 특별한 명칭과 은어가 너무 많다는 데 있다. 그래서 나는 그 점을 잘 알고 있기 때문에 의구심을 가지고 기피하고 있다. 이들 청년들을 보면 중국의 장래는 그래도 밝은 것 같다. 그러나 다시 이른바 학자들을 보면 오히려 기가 막힐 지경이다. 그들의 글은 고아古雅할지 모르지만 내심이 참으로 깨끗한 사람은 몇이나 될까. 올해 사대부들의 문언으로 말하자면, 장스자오의 상신서[14]에 나오는 '배움을 게을리 하고 법도를 벗어나서 제멋대로 행동하고 거리낌이 없다'荒學逾閑恣爲無忌, '남녀 접촉의 기운이 일어나다'兩性銜接之機緘締構, '통제를 받지 않으면 몸가짐을 잊는다'不受檢制竟體忘形, '성실한 사람도 다 지켜야 할 도리를 잃고 있다'謹愿者盡喪所守 등은 무례함의 극치에 이르고 있다 할 것이다. 그러나 정작 모욕褻黷[15]을 받고 있는 청년학생들은 이해하지 못하고 있다. 설령 이해하고 있는 것처럼 보이더라도 대개는 나처럼 고문古文을 좀 읽은 사람이 작자의 심보를 심각하게 간파하는 수준에까지는 이르지 못한다.

본론으로 돌아가도록 하자. 사람들은 처지에 따라서 사상과 성격이 이렇게 달라질 수 있다. 그래서 과부나 의사과부가 맡고 있는 학교에서는 정당한 학생들이 생활할 수 없는 것이다. 청년들은 마땅히 천진난만해야 하고 그녀들처럼 음침해서는 안 되는데도 그녀들은 오히려 사악함에 물들었다고 생각한다. 청년들은 마땅히 패기가 있고 대담하게 행동해야 하고 그녀들처럼 위축되어서는 안 되는데도 그녀들은 오히려 본분을 지키지 않는다고 생각한다. 이는 다 유죄이다. 다만 그들과 죽이 잘 맞는 사람들——좀더 허울 좋게 말하면 바로 대단히 '유순한' 사람들은 그녀들을 모범으로 삼아, 눈빛은 생기를 잃고, 얼굴빛은 굳은 채로 학교가 만들어 놓은 음산한 가정에서 숨을 죽이고 지낸다. 그래야만 그럭저럭 졸업을 할 수 있는 것이다. 종이 한 장을 삼가 받아들고 자신이 이곳에서 여러 해 동안 도야했다는 것을 증명하는 것 이외에는 이미 청춘의 진면목을 잃어버리고, 정신면에서 '결혼도 하지 않았는데 벌써 과부인' 인물이 된다. 그후로 다시 이러한 도리를 널리 퍼뜨리기 위해 사회로 들어간다.

중국이라고는 하지만 일부 해방의 기회가 있음은 물론이고, 중국의 부녀자라고는 하지만 일부 독립의 경향이 있음은 물론이다. 끔찍한 것은, 요행으로 독립한 후에 다시 방향을 틀어 아직 독립하지 않은 사람들을 학대하게 된다는 점이다. 바로 민며느리가 일단 시어머니가 되면 역시 자신의 사나운 시어머니처럼 지독하게 굴게 되는 것과 같다. 나는 결코 모든 교육계의 독신녀들에게 반드시 남자를 짝지어 주어야 한다고 말하려는 것은 아니다. 다만 그녀들이 마음을 크게 먹고 더욱 원대하게 사고해 나가기를 바랄 뿐이다. 한편으로 교육에 관심이 있는 사람들은 이 일은 바로 여성교육의 측면에서 커다란 문제라는 점을 인식하고 구제해야 할 부분이 있다는 것을 깨달았으면 하고 바란다. 왜냐하면 교육학자라면 누구나 교육은 효험이 없다고 결코 말하지 않을 것임을 나는 알고 있기 때문이다. 아마도 중국에서 이후로 이러한 독신자는 점점 더 많아질 것이고, 만일 구제할 좋은 방법이 없다면 과부주의 교육의 위세도 점점 규모가 커지게 될 것이며, 많은 여자들은 저 냉혹하고 음험한 도야의 과정에서 생기발랄한 청춘을 잃어버리고 다시는 되살릴 수 없을 것이다. 교육을 받은 전국의 모든 여자가 결혼했든 하지 않았든, 남편이 있든 없든 모두 마음이 마른 우물 같고 얼굴이 서리처럼 차갑다면, 물론 그것대로 참 아름답다고도 할 수 있겠지만, 결국은 진정으로 사람답게 생활하고 있다고 말할 수는 없을 것이다. 곁에 두는 몸종이나 자기가 낳은 친딸에 대해 생각하는 일은 도리어 그 다음 문제인 것이다.

나는 교육을 연구하는 사람이 아니다. 하지만 올해 우연한 기회에 이러한 위해危害를 깊이 깨달았기 때문에 『부녀주간』[16]에서 글을 청탁한 기회를 빌려 내 느낌을 말했다.

1925년 11월 23일

주)

1) 원제는 「寡婦主義」이며, 1925년 12월 20일 『징바오』 부간 『부녀주간』(婦女週刊) 1주년 기념 특집호에 처음 발표되었다.

2) 판위안롄(范源廉, 1874~1934)은 자가 징성(靜生)이며, 후난 샹인(湘陰) 사람이다. 청말 일본에서 속성법정(速成法政)과 사범제과(師范諸科)를 창설한 적이 있으며, 민국 이후에는 베이양정부 내무총장, 교육총장, 베이징사범대학교 교장 등을 역임했다. 1925년

봄 사대(師大)의 경비가 부족하여 교장직을 사임하자 그 학교 학생회에서는 만류운동을 벌였다. 루쉰이 여기서, 그는 "지금 많은 학생들로부터 흠모를 받고 있다"고 한 것은 아마 이 일을 가리킬 것이다.

3) 군국민주의(軍國民主義)는 군국주의(軍國主義)라고도 한다. 이것은 군비 확충을 주장하는 것인데, 국내의 정치, 경제, 문화, 교육을 대외 확장의 군사 목적에 집중하려는 것이다. '메이지 유신' 때부터 일본은 군국주의 교육을 추진했다.
중국 춘추시대에 주(周)나라 왕실을 옹호하고 이민족을 배척하던 것을 존왕양이(尊王攘夷)라고 불렀다. 이것은 일본에 전파된 이후 봉건적인 개량주의 사상이 되었다. 존왕(尊王)이란 천황을 중심으로 하는 중앙집권정부를 옹호하고 막부(幕府) 권력을 약화시키는 것이다. 양이(攘夷)란 외래 침략에 저항하는 것이다. 그러나 그후 그것은 대내적인 전제(專制), 대외적인 침략으로 바뀌어 일본 제국주의 특징의 하나가 되었다.

4) '과부'(寡婦)는 베이징 발음으로는 'kuafu'이지만 작가의 출생지인 저장(浙江) 발음으로는 'kuofu'이므로 'Kuofuism'이라고 했다.

5) 청대 량장쥐(梁章鉅)의 『영련총화』(楹聯叢話) 권1에 다음의 이야기가 나온다. "육가서(陸稼書) 선생을 문묘(文廟; 공자를 제사 지내는 사당)에 배향하자 처음에 이에 대한 논의가 있었다. 어떤 사람은 선생의 집에서는 스님을 초청하여 불경을 낭송한 적이 있다고 의심했다. 그 다음 사람이 선생이 손으로 써서 대청에 걸어 둔 대련 하나를 내와 '유가의 책을 읽고 불교를 받들지 않았고, 어머니의 명을 받들어 잠시 도량을 만들었다'고 말했다. 이에 논의가 마무리되었다." 루쉰이 이를 인용한 것은 당시에 불교도 함께 믿고 있던 도학가들을 지적하려는 것이다.

6) '신도를 설교하다'(神道設敎)라는 말은 『주역』「관괘」(觀卦)에 나온다. "성인이 신도를 설교하자 천하가 복종했다." 이 말은 봉건통치계급이 미신을 이용하여 백성을 속이던 방법 중 하나이다. 장스자오는 돤치루이 집권정부의 교육총장으로 있을 때, 이러한 방법도 이유가 있다고 생각하여, 『갑인』 제1권 제17호(1925년 11월 7일)에 실은 「재소해혼의」(再疏解輯義)라는 글에서 "그러므로 신도의 설교는 성인이 부득이해서 그렇게 한 것이다"라고 했다.

7) 전설에 따르면, 진(晋)나라 때 쓰촨(四川) 쯔퉁(梓潼) 사람인 장아(張亞)는 죽은 다음 신이 되어 인간 세계의 부귀공명을 관장하게 되었는데, 그래서 '문창제군'(文昌帝君)이라 했다. 『공과격』(功過格)은 봉건도덕을 선전하고 미신적으로 선을 권장하는 책이다. 이 책은 사람들의 언행을 열 가지(十類)로 나열하고 선악을 구분하여 각각 약간의 공과(功過)를 정해 놓았다. 사람들이 날마다 자기의 언행에 근거하여 공과를 기록하도록 하고 있는데, 이러한 방법으로 사람들이 선을 행하여 이른바 '음덕'을 쌓도록 권장하고 있다. 『공과격』에 나오는 '경신'(敬愼)류의 '언어과격'(言語過格)에 다음과 같은 항목이 있다. "남에게 내실(內室)을 이야기하는 50가지 과실(過)."

8) "그 부형이라도 죽인 것처럼"(若殺其父兄)이라는 말은 『맹자』「양혜왕하」(梁惠王下)에 나온다.

9) '유학자의 품행'(儒行)은 유가의 이상적인 도덕행위를 가리킨다. 『예기』「유행」(儒行) 편에서 유학자의 도덕행위에 관한 노(魯)나라 애공(哀公)의 질문에 대답하는 공자의 말을 상세하게 기록하고 있다.

10) 『초사』(楚辭) 「구장(九章)·추사(抽思)」에는 다음과 같은 말이 있다. "시골개가 무리지어 짖어 대는 것은, 괴이한 것에 대해 짖어 대는 것이다." 여기서 '개 한 마리를 좇아 무리지어 짖어 대는 시골 개'는 시비를 분별하지 못하고 맹종하는 사람들을 가리킨다.

11) 여기서 '과부' 또는 '의사(擬似)과부'인 교장 및 사감(舍監)이란 당시 베이징여자사범대학교의 교장인 양인위(楊蔭楡)와 사감인 친주핑(秦竹平) 같은 사람을 가리킨다. 사감은 당시 학교 기숙사에서 학생들의 생활을 관리하던 직원이다.

12) 소피아 코발레프스카야(Софья Васильевна Ковалевская, 1850~1891)는 러시아의 수학자, 작가이다. 유럽 최초의 여자 대학교수가 되었으며, 편미분방정식, 대수함수 등에 관한 많은 논문을 발표했다. 1888년 「하나의 고정된 점을 중심으로 하는 무거운 물체의 회전운동에 관하여」라는 논문으로 파리과학원으로부터 보르댕상을 받았다.

13) 엘렌 케이(Ellen Key, 1849~1926)는 스웨덴의 여성 사상가로 문학사, 여성문제, 교육문제에 걸쳐 휴머니즘의 입장에서 저작 활동을 했다. 사회적 자유주의와 개인의 해방, 억압되어 온 여성과 아동의 해방을 주장했다. 저작으로는 『아동의 세기』(*Barnets århundrade*), 『여성운동』(*Kvinnorörelsen*) 등이 있다.

14) 장스자오의 상신서(呈文)는 장스자오의 「베이징여자사범대학의 운영 정지를 위한 상신서」(停辦北京女子師范大學呈文)를 가리킨다. 루쉰이 인용한 구절은 모두 상신서에 나오는 여학생을 모욕하는 말이다.

15) 설독(褻黷)은 놀리고 희롱하다는 뜻이며, 『한서』「매승전」(枚乘傳)에 나온다. "존귀한 사람과 총애받는 사람을 놀리고 희롱하다."

16) 『부녀주간』(婦女週刊)은 당시 베이징의 『징바오』 부간 중 하나이다. 베이징여자사범대학의 장미사(薔薇社)가 편집했다. 1924년 12월 10일에 창간되어 1925년 11월 25일까지 전체 50기를 내었고, 같은 해 12월 20일에 1주년 기념 특집호를 발행한 후 정간되었다.

‘페어플레이’는 아직 이르다[1)]

1. 해제

『위쓰』 제57기에서 위탕[2)] 선생은 ‘페어플레이’(fair play)에 대해 언급하면서, 이러한 정신은 중국에서 몹시 찾아보기 어려우니 우리는 이를 고취하는 데 노력할 수밖에 없다고 했고, 또 ‘물에 빠진 개를 때리지’ 않는다고 하면서 그래야 ‘페어플레이’의 의미를 보충할 수 있다고 했다. 나는 영어를 모르기 때문에 이 글자의 의미가 도대체 어떤 것인지 분명하지 않지만, 만약 ‘물에 빠진 개를 때리지’ 않는다는 것이 이런 정신의 한 형태라면 나는 오히려 좀 따져 보고 싶은 생각이 든다. 그러나 제목에서 ‘물에 빠진 개를 때린다’라고 직접적으로 쓰지 않은 것은 남의 눈에 띄는 것을 피하기 위한 것이다. 다시 말하면 머리에 억지로 ‘가짜 뿔’[3)]을 달 것까지는 없다는 뜻이다. 요컨대, ‘물에 빠진 개’는 때리지 않는다는 것이 아니라 어쩌면 그야말로 때려야 한다고 말하려는 것뿐이다.

2. '물에 빠진 개'는 세 종류가 있는데, 모두 때릴 수 있는 예에 속한다

오늘날의 논자들은 흔히 '죽은 호랑이를 때리는 것'과 '물에 빠진 개를 때리는 것'을 함께 논하면서 모두 비겁한 짓에 가깝다고 생각한다.[4] '죽은 호랑이를 때리는 것'은 겁을 내면서도 용감한 척하는 것으로서 자못 익살스러운 데가 있으며, 비록 비겁하다는 혐의에서 벗어나기는 어렵지만 겁내는 것이 오히려 귀엽게 보인다고 나는 생각한다. '물에 빠진 개를 때리는 것'이라면 결코 그처럼 간단하지 않아서, 어떤 개인지, 그리고 어떻게 물에 빠졌는지 보고 결정해야 한다. 물에 빠진 원인을 따져 보면, 대개 세 종류가 있다. (1) 개가 스스로 실족하여 물에 빠진 경우, (2) 남이 때려 빠뜨린 경우, (3) 자기가 직접 때려 빠뜨린 경우가 그것이다. 만일 앞의 두 경우를 당하여 곧 부화뇌동하며 때린다면 그것은 당연히 부질없는 짓이며 어쩌면 비겁한 짓에 가까울 것이다. 그러나 만약 개와 싸우면서 자기 손으로 직접 때려서 개를 물에 빠뜨렸다면 비록 대나무 장대를 사용하여 물속에서 계속 실컷 때려 주어도 지나치지 않을 듯하니, 앞의 두 종류와 같이 논할 수는 없다.

듣자 하니, 용감한 권법가는 이미 땅에 쓰러진 적수를 절대 더 이상 때리지 않는다고 하는데, 이는 참으로 우리가 모범으로 받들 만하다. 그러나 나는 여기에 한 가지 조건을 더 부가해야 한다고 생각한다. 즉, 적수도 용감한 투사라야 하는데, 일단 패배한 후에는 스스로 부끄러워하고 후회하며 더 이상 달려들지 않거나 당당하게 나와 상대에게 복수해야 한다. 그렇게 하면 물론 안 될 것이 없다. 그러나 개의 경우, 이를 끌어다 예로 삼으면서 대등한 적수로 동등하게 볼 수는 없다. 왜냐하면 개가 아무리 미친 듯이 짖어 대더라도 사실 개는 '도의'道義 같은 것을 전혀 모르기 때문이다. 게다가 개는 헤엄칠 수 있어 틀림없이 언덕으로 기어오를 것이며, 만일 주의하지 않으면 그놈이 먼저 몸을 곧추세워 한바탕 흔들어 대면서 사람의 몸과 얼굴에 온통 물방울을 뿌리고는 꼬리를 내리고 달아나 버릴 것이다. 그러나 그후에도 성격은 여전히 변하지 않는다. 어리숙한 사람은 그놈이 물에 빠진 것으로 세례를 받았거니 여기고, 그놈은 틀림없이 이미 참회했으니 나와도 더 이상 사람을 물지 않을 것으로 생각하지만 이는 참으로 대단히 잘못된 처사이다.

요컨대, 만일 사람을 무는 개라면 그놈이 언덕 위에 있든, 물속에 있든 상관없이 다 때릴 수 있는 예에 속한다고 나는 생각한다.

3. 특히 발바리는 때려서 물에 빠뜨리고 더욱이 계속 때리지 않으면 안 된다

발바리는 일명 땅개라고 하며 남방에서는 서양개라고 한다. 그러나 듣자하니, 오히려 중국의 특산으로서 만국개경연대회에서 자주 금메달을 받는다고 하며, 『브리태니커 대백과사전』의 개 사진에 흔히 나오는 몇 마리도 우리 중국의 발바리라고 한다. 이 역시 나라 영광의 하나이다. 그러나 개는 고양이와 원수가 아니던가? 그런데 그놈이 비록 개라고는 하지만 아주 고양이를 닮아 절충적이고, 공평하고, 조화롭고, 공정한 모습을 물씬 풍기며 다른 것은 다 극단적인데 오직 자기만이 '중용의 도'[5]를 얻은 듯한 얼굴을 유유히 드러낸다. 이 때문에 부자, 환관, 마님, 아씨들로부터 총애를 받아 그 종자가 면면히 이어져 왔다. 그놈이 하는 일이란 단지 영리한 겉모양 때문에 귀인들로부터 비호를 받는 것이거나 중국이나 외국이나 여인들이 길거리에 나설 때 가는 쇠사슬에 목이 매여 그 발꿈치를 따라다니는 것뿐이다.

이런 것들은 마땅히 우선 때려 물에 빠뜨리고 다시 계속 때려야 한다. 만약 그놈이 스스로 물에 떨어졌더라도 사실은 계속해서 때려도 무방하다. 그러나 만약 본인이 지나치게 좋은 사람이 되겠다고 하면 물론 때리지 않아도 되겠지만, 그렇다고 해도 때린 일로 해서 탄식할 필요까지는 없다. 발바리에게 너그러울 수 있다면 다른 개들도 역시 더 때릴 필요가 없게 된다. 왜냐하면 그놈들은 비록 세리勢利에 아주 밝지만, 그러나 어쨌든 이리와 닮은 점이 있어 야수성을 띠고 있어서 발바리처럼 양다리를 걸치는 데까지는 이르지 않을 것이기 때문이다.

이상은 말이 나온 김에 한 말로 본 주제와 크게 상관이 없을 듯하다.

4. '물에 빠진 개를 때리지' 않는 것은 남의 자식을 그르치는 일이다

요컨대, 물에 빠진 개를 때려야 할지 말아야 할지는, 첫째로 그놈이 언덕으로 기어 올라온 다음의 태도를 보아야 한다.

개의 본성은 어쨌든 크게 변하지 않을 것이다. 가령 일만 년 후라 하더라도 아마 지금과 다르지 않을 것이다. 그러나 내가 지금 말하려는 것은 지금이다. 만약 물에 빠진 뒤에 아주 불쌍하게 여긴다고 하면 사람을 해치는 동물 가운데 불쌍한 것은 참으로 많다. 콜레라 병균만 하더라도 비록 빠르게 번식하지만 그 성격은 오히려 얼마나 온순한가. 그렇지만 의사들은 결코 그놈을 놓아두지 않는다.

지금의 관료와 토신사 또는 양신사[6]들은 자기 뜻과 맞지 않으면 빨

갱이赤化니 공산당이니 말한다. 민국 원년 이전에는 이와 조금 달랐다. 처음에는 강당이라 했고, 나중에는 혁당[7]이라 했으며, 심지어 관청에 가서 밀고까지 했다. 이는 물론 자신의 존엄과 영예를 보전하려는 측면이 있었거니와 또한 그 당시의 이른바 '사람의 피로써 모자꼭지를 붉게 물들인다'[8]라는 뜻도 없지는 않았다. 그러나 혁명은 마침내 일어났고, 꼴사납게 빼기던 일군의 신사들은 당장에 상갓집 개처럼 당황하면서 작은 변발을 머리 꼭대기에 틀어 올렸다. 혁명당도 온통 새 기풍—신사들이 이전에 사무치게 증오하던 그런 새 기풍이어서 제법 '문명스러워'졌다. "다 더불어 유신하게"[9] 되었으니 우리는 물에 빠진 개를 때리지 않고 그놈들이 자유롭게 기어 올라오도록 내버려 두어야 한다고 말했다. 그리하여 그놈들은 기어 올라왔고, 민국 2년 하반기까지 엎드려 있다가 2차혁명[10]이 일어났을 때 갑자기 나타나서 위안스카이를 돕고 수많은 혁명가들을 물어 죽였다. 그리하여 중국은 다시 하루하루 암흑으로 빠져들어 오늘에 이르게 되었다. 유로는 말할 필요도 없고 유소[11]조차도 그토록 많아졌다. 이는 바로 선열先烈들이 마음씨가 착하여 괴물들에게 자비를 베풀어 그놈들이 번식하도록 해주었기 때문이다. 그리하여 앞으로 똑똑한 청년들이 암흑에 반항하기 위해서는 더더욱 많은 기력과 생명을 소모해야 할 것이다.

추근[12] 여사는 바로 밀고에 의해 죽임을 당했다. 혁명 후에 잠시 '여협'女俠이라는 이름으로 불렸지만 지금은 그다지 사람들의 입에 오르내리지 않게 되었다. 혁명이 일어나자 그녀의 고향에는 도독都督—오늘날의 이른바 독군督軍에 해당함—한 사람이 부임했는데, 그는 그녀의 동지인 왕진파[13]였다. 그는 그녀의 원수를 갚기 위해 그녀를 살해한 주모자[14]를 잡았고 밀고의 문서들을 수집했다. 그런데 마침내 그 주모자를 석방하고 말았다. 듣자 하니 그 이유는, 이미 민국이 되었으니 다들 더 이상 옛 원한을 청산하지 말자는 것이었다. 그러나 2차혁명이 실패한 후에 왕진파는 오히려 위안스카이의 주구에 의해 총살당했고, 여기에 힘이 되어 준 사람이 그가 석방한, 추근을 죽인 주모자였다.

그 사람도 지금은 이미 '천수를 다하고 집안에서 죽었지'만, 그곳에서 계속해서 발호하고 출몰하고 있는 사람들은 역시 그와 같은 인물들이다. 그래서 추근의 고향도 여전히 그 모양 그대로의 고향이며 해가 바뀌어도 전혀 나아지지 않고 있다. 이런 점에서 볼 때, 중국에서 모범적이라 할 수 있는 유명한 도시[15]에서 나고 자란 양인위[16] 여사와 천시잉 선생은 참으로 하늘만큼 높은 크나큰 복을 타고났다.

5. 거덜 난 인물은 '물에 빠진 개'와 함께 논해서는 안 된다

"남이 나에게 잘못해도 따지고 다투지 않는다"[17]는 것은 서도恕道[관용의 도]이고, "눈에는 눈으로 갚고, 이에는 이로 갚는다"[18]는 것은 직도直道[직접적으로 행하는 도]이다. 중국에서 가장 흔한 것은 오히려 왕도枉道[왜곡하는 도]여서 물에 빠진 개를 때리지 않아 도리어 개에게 물리고 만다. 그러나 이는 사실 어리숙한 사람이 스스로 고생을 사서 한 것이다.

속담에 "충직하고 온후한 것은 쓸모가 없다는 것의 다른 이름이다"라는 것이 있는데, 조금은 너무 냉혹한지 모르겠다. 그러나 곰곰이 생각해 보면 오히려 사람들에게 나쁜 짓을 하라고 부추기는 말이 아니라 수많은 고초의 경험을 귀납한 후에 나온 경구라는 생각이 든다. 예컨대, 물에 빠진 개를 때리지 않는다는 설을 보면, 그것이 만들어진 원인은 대개 두 가지가 있다. 첫째는 때릴 힘이 없는 경우이고, 둘째는 비교를 잘못한 경우이다. 전자는 잠시 논외로 하고, 후자의 큰 잘못에는 다시 두 가지가 있다. 첫째는 거덜 난 인물을 물에 빠진 개와 같이 보는 잘못을 범하는 경우이고, 둘째는 거덜 난 인물이 좋은지 나쁜지 분간하지 못하고 일률적으로 동일시하여 그 결과 도리어 악을 방임하게 되는 경우이다. 즉, 오늘날을 두고 말하면 정국이 불안정하기 때문에 참으로 굴러가는 바퀴처럼 이쪽이 일어나면 저쪽이 넘어지는 꼴이어서 나쁜 사람은 빙산氷山에 기대어 거리낌 없이 나쁜 짓을 자행하고, 일단 실족하면 갑자기 동정을 구걸한다. 그러면 남이 물리는 것을 직접 보았거나 직접 물림을 당한 어리숙한 사람은 어느덧 그를 '물에 빠진 개'로 보면서 때리지 않을 뿐만 아니라 심지어 가엾다는 생각을 가지고, 정당한 도리公理가 이미 실현되었으니 이때야말로 의협義俠은 바야흐로 내 손에 달렸다고 생각한다. 그놈은 진짜 물에 빠지지 않았으며, 소굴은 이미 잘 만들어 놓았고, 식량은 벌써 충분히 저장해 두었으며, 게다가 그것들을 다 조계租界에 해두었다는 것을 전혀 모른다. 비록 이따금 부상을 당하는 것 같지만, 사실은 결코 그렇지 않아 기껏해야 절룩거리는 시늉을 하여 잠시 사람들의 측은지심惻隱之心을 불러일으켜 조용히 피해 숨으려는 것뿐이다. 다른 날 다시 나타나서 예전처럼 먼저 어리숙한 사람을 무는 일부터 시작하여 "돌을 던져 우물에 빠뜨리는"[19] 등 못하는 짓이 없다. 그 원인을 찾아보면 부분적으로는 바로 어리숙한 사람이 '물에 빠진 개를 때리지 않았기' 때문이다. 그러므로 좀 가혹하게 말한다면 역시 스스로가 판 무덤에 스스로 빠진 격이니 하늘을 원망하고 남을 탓하는 것은 완전히 잘못이다.

6. 지금은 아직 '페어'만 할 수 없다

어진 사람들은 혹시, 그렇다면 우리는 도대체 '페어플레이'를 해서는 안 되는가라고 물을지 모르겠다. 나는 즉각, 물론 해야 하는데 그렇지만 아직은 이르다고 대답할 수 있다. 이것이 바로 "자네는 독 안에 들어가게"[20]라는 방법이다. 어진 사람들은 꼭 이 방법을 쓰려고 하지는 않겠지만, 나는 그래도 그것이 일리가 있다고 말할 수 있다. 토신사 또는 양신사들은 늘 중국은 특별한 나라 사정이 있어 외국의 평등이니 자유니 하는 등등의 것을 적용할 수 없다고 말하지 않았던가? 나는 이 '페어플레이'도 그중 하나라고 생각한다. 그렇지 않으면, 그가 당신에게 '페어'하지 않는데 당신이 오히려 그에게 '페어'하여 그 결과 도무지 자기만 손해를 보게 된다. '페어'하려 해도 그렇게 할 수 없을 뿐만 아니라 '페어'하지 않으려 해도 그것마저 그렇게 할 수 없다. 그래서 '페어'하려면 가장 좋은 것은 우선 상대를 잘 보는 것이다. 만약 '페어'를 받아들일 자격이 없는 사람이라면 전혀 예를 갖추지 않아도 된다. 그놈도 '페어'하게 되었을 때, 그때 가서 다시 그놈과 '페어'를 따져도 늦지 않다.

이는 이중二重 도덕을 주장하는 것이 아닌가 하는 혐의가 있을 듯하지만 그러나 부득이해서 그런 것이다. 왜냐하면 이렇게 하지 않으면 중국에는 앞으로 더 좋은 길이 있을 수 없기 때문이다. 중국에는 지금 여러 가지 이중 도덕이 있다. 주인과 노예, 남자와 여자 등 모두 서로 다른 도덕을 가지고 있어 아직 통일되어 있지 않다. 만약 '물에 빠진 개'와 '물에 빠진 사람'만 유독 차별 없이 대한다면, 이는 실로 너무 편향되고 너무 이르다고 하지 않을 수 없다. 바로 신사들이 자유와 평등은 결코 나쁘지 않지만 중국에서는 오히려 너무 이르지 않은가 하고 말하는 것과 마찬가지이다. 그래서 만일 '페어플레이' 정신을 널리 시행하려는 사람이 있다면, 적어도 이른바 '물에 빠진 개'들이 인간다움을 갖출 때까지 기다려야 한다고 나는 생각한다. 그러나 지금은 물론, 절대 시행해서는 안 된다는 것이 아니라 바로 윗글에서 말했듯이 상대를 잘 보아야 한다는 것이다. 그리고 또 차등이 있어야 하는데, 즉 '페어'는 반드시 상대가 어떻게 나오는지 보고서 시행해야 하며 그놈이 어떻게 물에 빠졌든지 간에 사람이라면 그를 돕고 개라면 상관하지 않고 나쁜 개라면 때려 주어야 한다. 이를 한마디로 말하면, "같은 패는 규합하고 다른 패는 공격한다"[21]는 것이겠다.

가슴 가득 '시어미의 도리'[22]를 품고서 입으로는 늘 '공정한 도리'를 외치는 신사들의 명언은 잠시 논의하지 않는 것으로 하더라도, 진심을 가진 사람들이 크게 외치는 공정한 도리도 지금의 중국에서는 좋은 사람을 도울 수 없으며 심지어는 도리어 나쁜 사람을 보호하는 것이 된다. 왜냐하면 나쁜 사람이 뜻을 이루어 좋은 사람을 학대할 때면 설령 공정한 도리를 크게 외치는 사람이 있다고 하더라도 그는 절대 그 말을 따르지 않을 것이며, 외쳐 보았자 외치는 것으로 그칠 뿐 좋은 사람은 여전히 고통을 받기 때문이다. 그러나 어쩌다가 좋은 사람이 조금 일어서게 되면 나쁜 사람은 당연히 물에 빠져야 하겠지만, 그러나 진심으로 공정한 도리를 논하는 사람은 또 '복수하지 말라'느니, '어질고 용서해야' 한다느니, '악에는 악으로 저항하지 말라'느니 크게 떠들게 된다. 이번에는 오히려 실제적인 효과가 나타나서 결코 빈말이 아니다. 즉, 좋은 사람이 그것은 당연하다고 생각하는 순간 나쁜 사람은 그리하여 구제된다. 그러나 그가 구제된 다음에는 틀림없이 덕을 보았다고 생각할 뿐 회개하지 않는다. 게다가 진작에 굴을 세 개나 마련해 놓았고 또 빌붙어 이익을 챙기는 데 뛰어나므로 얼마 지나지 않아 역시 의연히 기세가 혁혁해져 예전처럼 나쁜 짓을 한다. 이 때, 공정한 도리를 주장하는 사람은 당연히 다시 크게 외치겠지만 이번에 그는 너의 말을 들어주지 않는다.

그러나 '너무 엄하게 악을 미워하고', '너무 서둘러 일을 처리하려' 했던 한대의 청류와 명대의 동림[23]은 오히려 바로 그 점 때문에 붕괴되었고, 논평자들도 늘 그렇게 그들을 책망했다. 아닌 게 아니라 그 상대 쪽에서 '선을 원수처럼 미워하지' 않은 적이 있었던가? 이 점에 대해 사람들은 오히려 한마디도 하지 않는다. 가령 앞으로 광명이 암흑과 철저하게 투쟁하지 못하고 어리숙한 사람이 악의 방임을 관용이라고 잘못 여기고 그냥 제멋대로 내버려 둔다면 현재와 같은 혼돈 상태는 끝없이 이어질 수 있을 것이다.

7. '바로 그 사람의 도(道)로써 그 사람의 몸을 다스린다'[24]에 대하여

중국 사람들은 중의中醫를 믿기도 하고 양의洋醫를 믿기도 하는데, 오늘날 비교적 큰 도시에는 이 두 종류의 의원들이 함께 있어 각자 자기에게 맞는 곳을 찾아간다. 이는 확실히 대단히 좋은 일이라고 생각한다. 가령 이를 널리 확대해 나갈 수 있다면, 원성이 틀림없이 훨씬 줄어들 것이며, 어쩌면 천하가 더없이 잘 다스려지는 데에 이를지 모르겠다. 예를 들어, 민국에서 통용되는 예절은 허리를 굽혀 절을 하는 것이지만, 만일 그것이 틀렸다고 생각하는 사람이 있으면 오직 그에게만 머리를 땅에 조아리는 절을 시키면 된다. 민국의 법률에는 태형이 없지만, 만일 육형[25]이 좋다고 여기는 사람이 있다면 그 사람이 죄를 범했을 때 특별히 볼기를 치면 된다. 그릇, 젓가락, 밥, 반찬은 오늘날의 사람을 위해 마련된 것이지만, 수인씨[26] 이전의 백성이 되기를 원하는 사람이 있다면 그에게는 날고기를 먹으라고 하면 된다. 더욱이 수천 칸의 띠집을 지어 놓고는, 대궐 같은 집에서 요순시대를 앙모하는 고결한 선비들이 있다면 다 끌어내어 그곳에 살게 하면 된다. 물질문명에 반대하는 사람은 물론 구태여 싫다는 자동차를 꼭 타라고 할 필요는 없다. 이렇게 해나가면 진정 이른바 "인仁을 추구하여 인仁을 얻었는데 또 무얼 원망하겠는가"[27]의 격이 되어 우리 귀에 들리는 것이 훨씬 청정해질 수 있을 것이다.

그러나 애석하게도 모두가 도무지 이렇게 하지 않으려 하고 오로지 자기 기준에 따라 다른 사람을 규제하려고 하니, 천하가 시끄러워진다. '페어플레이'는 특히 병폐가 있으며 심지어 약점으로 변하여 도리어 악한 세력에게 이용당할 수 있다. 예를 들어, 류바이자오가 여사대[베이징여자사범대학] 학생들을 구타하고 끌어낼 때,[28] 『현대평론』에서는 방귀도 뀌지 않다가 일단 여사대가 회복되자 천시잉은 여대[베이징여자대학] 학생들에게 교사校舍를 점거하라고 선동할 때는 오히려 "만약 학생들이 떠나지 않으려 한다면 어떻게 하겠는가? 당신들은 어쨌든 강제력으로 그들의 짐을 들어낸다면 미안하지 않겠는가?"[29]라고 말했다. 구타하고 잡아끌고, 들어내고 하는 것은 류바이자오의 선례가 있으므로 어찌 이번만 유독 '미안하겠는가'? 이는 바로 그쪽에서 여사대 쪽에 '페어'의 기미가 있다는 것을 냄새 맡았기 때문이다. 그러나 이 '페어'는 오히려 또 약점으로 변하여 도리어 다른 사람에게 이용되면서 장스자오의 '유택'遺澤을 보호해 주었다.

8. 결말

어쩌면 내가 윗글에서 말한 것이 신과 구, 또는 무슨 양파兩派 사이의 다툼을 불러일으켜서 악감정을 더욱 심화시키거나 쌍방의 대립을 더욱 격화시키려는 것이 아닌가 하고 의심할지 모르겠다. 그러나 개혁자에 대한 반反개혁자의 해독害毒은 지금까지 결코 느슨해진 적이 없었으며, 수단의 지독함도 이미 더 보탤 것이 없는 수준에 이르렀다고 나는 감히 단언한다. 다만 개혁자만이 여전히 꿈속에 있으면서 늘 손해를 보고 있으며, 그리하여 중국에는 도무지 개혁이라는 것이 없었으니 앞으로는 반드시 태도와 방법을 고쳐야 한다.

1925년 12월 29일

주)

1) 원제는 「論"費厄潑賴"應該緩行」이며, 1926년 1월 10일 『망위안』 반월간 제1기에 처음 발표되었다.

2) 린위탕(林語堂, 1895~1976)은 푸젠(福建) 룽시(龍溪) 사람이며, 작가이다. 일찍이 미국, 독일에서 유학했고, 베이징대학, 베이징여자사범대학 교수, 샤먼대학(厦門大學) 문과 주임을 역임했다. 『위쓰』의 원고 집필자 중 한 사람이다. 당시에 루쉰과 교류가 있었으나 후에 입장과 취향이 점점 달라져서 교류가 끊어졌다. 1930년대에 그는 상하이에서 『논어』(論語), 『인간세』(人間世), 『우주풍』(宇宙風) 등의 잡지를 주편했고, 자유주의자의 태도로 '성령'(性靈), '유머'(幽默)를 제창했다. 그는 1925년 12월 14일 『위쓰』 제17기에 「위쓰의 문체 ― 온건, 욕설 및 페어플레이에 대하여」(插論語絲的文體 ― 穩健, 罵人, 及費厄潑賴)라는 글을 발표했는데, 여기서 다음과 같이 말했다. "'페어플레이' 정신은 중국에

서 가장 얻기 어려우므로 우리는 그것을 고취하는 데 노력하지 않을 수 없다. 중국에서 '플레이' 정신은 대단히 적으므로 '페어'는 더 말할 것이 못 된다. 오직 가끔 언급되는 이른바 '우물에 빠진 사람에게 돌을 던져서는' 안 된다는 것이 그런 의미를 가지고 있을 뿐이다. 남을 욕하는 사람은 오히려 이러한 조건을 갖추지 않을 수 없다. 남을 욕할 수 있으면 욕을 얻어먹을 수도 있어야 한다. 게다가 실패한 사람에 대해서는 더는 공격해서는 안 된다. 왜냐하면 우리가 공격하는 것은 사상이지 그 사람이 아니기 때문이다. 지금의 돤치루이, 장스자오가 그 예에 해당하는데, 우리는 그 개인을 더는 공격해서는 안 된다."

3) 천시잉(陳西瀅)은 『현대평론』(現代評論) 제3권 제53기(1925년 12월 12일)의 「한담」(閑話)란에서 루쉰을 공격하면서 이렇게 말했다. "꽃은 사람들이 다 좋아하고, 마귀는 사람들이 다 싫어한다. 그런데 대중들에게 잘 보이기 위해서 애석하게도 꽃잎에 색깔을 칠하고 귀신 머리에 가짜 뿔(義角)을 달고 있는데, 우리는 부질없는 짓이라고 생각할 뿐만 아니라 다소 메스껍게 느낀다." 이 글의 의미는, 루쉰의 글은 독자들로부터 환영을 받고 있지만 그것은 독자들에게 잘 보이기 위해서 거짓으로 투사인 체하기 때문이라는 것이다.

4) '오늘날의 논자들'은 우즈후이(吳稚暉), 저우쭤런(周作人), 린위탕 등을 가리킨다. 우즈후이는 1925년 12월 1일 『징바오 부간』에 발표한 「관리인가 - 공산당인가 - 우즈후이인가」(官歟 - 共産黨歟 - 吳稚暉歟)라는 글에서 지금 장스자오를 비판하는 것은 "죽은 호랑이를 때리는 것과 같다"라고 말했다. 저우쭤런은 같은 달 7일 『위쓰』 제56기의 「실제」(失題)에서 다음과 같이 말했다. "'물에 빠진 개'를 때리는 것(우리 고향의 방언으로는 바로 '죽은 호랑이를 때린다'라는 뜻이다)도 그다지 훌륭한 일이 못 된다. …… 일단 나무가 넘어지고 원숭이가 흩어지면 더욱이 어디서 이 흩어진 무리를 찾겠는가. 더욱이 평지에서 원숭이를 뒤쫓는다면 역시 무의미하고도 비열한 짓이다." 린위탕은 「위쓰의 문체 — 온건, 욕설 및 페어플레이에 대하여」라는 글에서 저우쭤런의 의견에 동의하고, 이것이 바로 '페어플레이'의 의미를 보충할 수 있는 것이라고 생각했다.

5) '중용의 도'(中庸之道)는 유가의 학설이다. 『논어』 「옹야」(雍也)에서 "중용의 덕성은 지극한 것이다!"(中庸之爲德也, 其至矣乎!)라고 했다. 송대 주희(朱熹)는 주석에서 이렇게 말했다. "중(中)이란 지나치지도 않고 부족하지도 않다는 뜻이고, 용(庸)이란 변함이 없다는 뜻이다. …… 정자(程子)는 '치우치지 않은 것을 중(中)이라 하고 변하지 않는 것을 용(庸)이라 한다. 중(中)이란 천하의 바른 도리이고, 용(庸)이란 천하의 정해진 이치이다'라고 했다."

6) 여기서 토신사(土紳士)는 토박이 세력가를 가리키고 양신사(洋紳士)는 서양물을 먹은 세력가를 가리킨다. 루쉰은 '토'(土)와 '양'(洋)이라는 말을 사용함으로써 풍자의 뜻을 강하게 풍기고 있다.

7) 강당(康黨)은 캉유웨이(康有爲) 등이 일으킨 변법유신(變法維新) 운동에 참가하거나 이에 찬성한 사람을 가리킨다. 혁당(革黨)은 반청혁명에 참가하거나 이에 찬성한 사람을 가리킨다.

8) 청나라의 관복은 다양한 재질과 색깔로 된 모자꼭지를 사용하여 관직의 고하를 구분했는데, 가장 높은 일품관(一品官)은 붉은 보석이나 붉은 산호 구슬로 모자꼭지를 만들었다. 청말의 관료와 신사들은 흔히 혁명당 사람들을 밀고하거나 잡아 죽이는 것을 진급의 수단으로 삼았는데, 그래서 당시에 '사람의 피로써 모자꼭지를 붉게 물들인다'라는 말이 있었다.

9) "다 더불어 유신하게"(咸與維新)라는 말은 『상서』 「윤정」(胤征)에 나온다. "그 괴수는 섬멸하되 추종자들은 다스리지 않고, 낡고 지저분한 악습은 다 더불어 유신한다." 원래의 의미는, 악습의 영향을 받은 모든 사람들에게 낡은 것을 버리고 새로운 것을 따를 기회를 준다는 뜻이다. 여기서는 신해혁명 때 혁명파가 반동세력과 타협하여 지주와 관료 등이 이를 빌려 투기하게 된 현상을 가리킨다.

10) '2차혁명'은 1913년 7월 위안스카이를 토벌하기 위해 쑨중산이 일으킨 전쟁을 가리킨다. 신해혁명과 비교하여 '2차혁명'이라 부른다.

11) '유로'(遺老)는 전(前) 왕조의 유신(遺臣)을 가리키고, 유소(遺少)는 전 왕조에 충성을 다하는 젊은이나 옛 풍습을 잘 지키는 젊은이를 가리킨다.

12) 추근(秋瑾, 1875~1907). 자는 선경(璿卿), 호는 경웅(競雄), 별호는 감호여협(鑒湖女俠)이며, 저장 사오싱 사람이다. 1904년 일본에 유학했으며 유학생들의 혁명 활동에 적극 참가했고, 이때를 전후하여 광복회(光復會), 동맹회(同盟會)에 가입했다. 1906년 봄에 귀국하여 1907년에 사오싱에서 대통사범학당을 주관하면서 광복군을 조직하여 서석린(徐錫麟)과 저장, 안후이 두 성에서 동시에 봉기를 일으키려고 준비했다. 서석린이 봉기를 일으켰으나 실패하자 그녀는 같은 해 7월 13일 청 정부에 의해 체포되어 15일 새벽 사오싱의 쉬안팅커우(軒亭口)에서 처형당했다.

13) 왕진파(王金發, 1882~1915)는 저장 성현(嵊縣) 사람이다. 원래 저둥(浙東)의 홍문회당(洪門會黨), 평양당(平陽黨)의 지도자였으며 후에 광복회에 가입했다. 신해혁명 후에 사오싱 군정분부(軍政分府) 도독(都督)을 맡았고, 2차혁명 후 1915년 7월 위안스카이의 주구인 저장 도독 주루이(朱瑞)에 의해 항저우에서 살해되었다.

14) 주모자는 본문에서 서술되고 있는 이야기에 따를 때, 당시 사오싱의 대지주인 장제메이(章介眉)를 가리킨다. 그는 저장 순무인 쩡윈(增韞)의 막료로 있을 때, 시후(西湖) 가에 있던 추근의 묘를 파헤쳐 버릴 것을 적극 종용했다. 신해혁명 후에 횡령과 뇌물수수, 추근의 묘를 파괴한 죄목으로 왕진파에 의해 체포되었으나 그는 전답을 '헌납하는' 방법을 사용하여 석방되었다. 감옥에서 나오자 베이징으로 가서 위안스카이 총통부의 비서를 맡았으며, 1913년 2차혁명이 실패하자 그는 '헌납한' 전답을 위안스카이

의 명령으로 되돌려 받았고, 얼마 후 또 주루이가 왕진파를 살해하려는 음모에 참여했다. 추근 사건의 밀고자는 사오싱의 열신(劣紳) 후다오난(胡道南)이었으며, 그는 1908년에 혁명당 사람에 의해 처형당했다.

15) 모범적이라 할 수 있는 유명한 도시는 우시(無錫)를 가리킨다. 천시잉(陳西瀅)은 『현대평론』 제2권 제37기(1925년 8월 22일)에 발표한 「한담」에서 "우시는 중국에서 모범적인 현(縣)이다"라고 했다.

16) 양인위(楊蔭榆, ?~1938)는 장쑤 우시 사람이고, 미국에서 유학한 적이 있으며, 베이징여자사범대학교 교장을 역임했다.

17) "남이 자기에게 잘못해도 따지고 다투지 않는다"(犯而不校)는 말은 공자의 제자 증삼(曾參)이 한 말이다. 『논어』 「태백」(泰伯)에 나온다.

18) "눈에는 눈으로 갚고, 이에는 이로 갚는다"(以眼還眼以牙還牙)라는 말은 모세의 말이며, 『구약』 「신명기」(申命記)에 나온다. "눈은 눈으로 갚고, 이는 이로 갚고, 손은 손으로 갚고, 발은 발로 갚는다."

19) 보통은 "우물에 빠진 사람에게 돌을 던지다"(落井下石)라고 하는데, 이 말은 당대(唐代) 한유(韓愈)의 「유자후묘지명」(柳子厚墓志銘)에 나온다. "조그마한 이해관계에 부딪쳐 그것이 터럭만 한데도 눈을 돌리며 서로 모르는 척하고, 함정에 빠진 사람에게 손을 뻗어 구하지 않고 도리어 밀치고 가서 거기에 돌을 떨어뜨리는 사람은 다 그런 자들이다." 린위탕은 「위쓰의 문체—온건, 욕설 및 페어플레이에 대하여」라는 글에서 "우물에 빠진 사람에게 돌을 던져서는 안 된다는 것이 바로 페어플레이의 의미를 가지고 있다"라고 했다.

20) "자네는 독 안에 들어가게"(請君入甕)라는 말은 당나라 때 가혹한 관리 주흥(周興)에 관한 이야기로서 『자치통감』 권204 측천후(則天后) 천수(天授) 2년에 나온다. "누군가가 문창(文昌) 우승상(右丞相) 주흥이 구신적(丘神勣)과 공모하여 반란을 계획하고 있다고 고발하자, 태후(太后)는 내준신(來俊臣)에게 명하여 그를 심문하도록 했다. 내준신은 주흥을 모시는 자리를 마련하여 마주 앉아 음식을 먹으며 주흥에게 말하기를, '범인은 대개 죄를 인정하지 않는데, 어떤 방법을 사용해야 되겠습니까?'라고 했다. 주흥은 대답하여 말하기를, '이는 아주 간단합니다! 큰 독을 가져다 숯으로 그 사방을 구워 놓고 범인을 그 속에 들어가게 하면 무슨 일이든지 인정하지 않겠습니까!'라고 했다. 내준신은 이에 큰 독을 가져다 주흥이 말한 대로 주위에 불을 피워 놓고는 일어나서 주흥에게 말하기를, '자네를 심문하라는 고발장이 들어왔으니 자네는 이 독 안에 들어가게'라고 했다. 주흥은 두려워 떨면서 머리를 조아리고 자기의 죄를 인정했다."

21) "같은 패는 무리를 짓고 다른 패는 공격한다"(黨同伐異)라는 말은 『후한서』 「당고전서」(黨錮傳序)에 나온다. 천시잉은 『현대평론』 제3권 제53기(1925년 12월 12일)의 「한담」에서 이 말을 이용하여 루쉰을 빗대어 공격했다. "중국 사람에게는 시비가 없다.

…… 무릇 같은 패이면 무엇이든지 다 좋고, 무릇 다른 패이면 무엇이든지 다 나쁘다." 동시에 그는 또 "'같은 패는 무리를 짓고 다른 패는 공격하는' 사회에서 공인된 적을 공격할 뿐만 아니라 자신의 친구도 대담하게 비판하는 사람이 있다"고 하면서 자신들을 치켜세웠다.

22) '시어미의 도리'(婆理)는 공정한 도리(公理)에 맞서는 말이다. 공리(公理)의 공(公)은 중국어에서 시아버지의 뜻이 있으므로 공리는 '시아버지의 도리'라는 뜻이 될 수 있는데, 루쉰은 이를 풍자하기 위해 '시어미의 도리'라는 말을 사용했던 것이다. 천시잉 등은 여사대 사건의 소동 중에 양인위를 극력 변호했고, 후에는 교육계공리유지회(教育界公理維持會)를 조직하여 여사대의 복교(復校)를 반대했다. 여기서 말한 '신사들'은 바로 그들을 가리킨다.

23) 청류(清流)는 동한(東漢) 말년의 태학생(太學生) 곽태(郭泰), 가표(賈彪)와 대신(大臣) 이응(李膺), 진번(陳蕃) 등을 가리킨다. 그들은 연합하여 조정의 정치를 비판하고 환관 집단의 죄악을 폭로했는데, 한 환제(桓帝) 연희(延熹) 9년(166)에 환관의 무함을 받아 작당하여 난을 일으키려 했다는 죄명으로 체포되거나 죽임을 당했다. 10여 년 동안 네 차례에 걸쳐 죽임을 당하거나 충군(充軍; 옛날 유형流刑의 일종으로 죄인을 멀리 보내어 군인으로 충당하거나 노역에 종사토록 했음)을 당하거나 감금된 사람이 칠백 내지 팔백여 명에 달했다. 역사에서는 이를 '당고지화'(黨錮之禍)라고 부른다.

동림(東林)은 명말(明末)의 동림당(東林黨)을 가리킨다. 주요 인물로는 고헌성(顧憲成), 고반용(高攀龍) 등이 있다. 그들은 우시의 동림서원(東林書院)에 모여 글을 가르치며 시국을 논의하고 인물을 비평하여 여론 형성에 큰 영향을 주었다. 비교적 정직한 일부 조정의 관리들도 그들과 의기가 투합했는데, 상층 지식인들을 위주로 하는 정치집단이 형성되었다. 명 천계(天啓) 5년(1625)에 그들은 환관 위충현(魏忠賢)에 의해 살해되었고, 피해자는 수백 명이었다.

24) "바로 그 사람의 도로써 그 사람의 몸을 다스린다"(卽以其人之道還治其人之身)라는 말은 『중용』 제13장에 대한 주희의 주석에 나온다.

25) 육형(肉刑)은 체형(體刑)으로서 신체에 가하는 형벌이라는 뜻으로 사용되고 있다. 원래 옛날의 체형에는 '묵형'(墨刑; 이마에 자자刺字하는 형벌), '의형'(劓刑; 코를 베는 형벌), '비형'(剕刑; 발을 자르는 형벌), '궁형'(宮刑; 거세하는 형벌) 등이 있었다.

26) 수인씨(燧人氏)는 중국의 전설에서 가장 먼저 나무를 비벼 불씨를 얻은 사람이다. '삼황'(三皇) 중 한 사람이다.

27) "인을 추구하여 인을 얻었는데 또 무얼 원망하겠는가"(求仁得仁又何怨)라는 말은 『논어』 「술이」에 나온다.

28) 류바이자오(劉百昭)는 후난 우강(武岡) 사람이며, 베이양정부의 교육부 전문교육사(專門教育司) 사장(司長)을 역임했다. 1925년 8월 장스자오가 여사대를 해산하고 달리 여

자대학(女子大學)을 세울 때, 사전작업을 하도록 류바이자오를 파견했다. 류바이자오는 22일 불량배 여자 거지들을 고용하여 여사대 학생들을 구타하고 또 그들을 강제로 학교 밖으로 끌어내었다.

29) 1925년 11월 여사대 학생들이 투쟁에서 승리하여 복교(復校)를 선포하고 원래의 학교로 돌아와서 수업을 했다. 이때 천시잉은 『현대평론』 제3권 제54기(1925년 12월 19일)에 발표한 「한담」에서, 여기서 인용한 말을 하여 여자대학 학생들을 선동하여 교사(校舍)를 점거하고 여사대의 복교를 파괴하도록 했다.

『무덤』 뒤에 쓰다[1)]

내 잡문雜文이 이미 절반이나 인쇄되었다는 소식을 듣고 몇 줄 제기題記를 써서 베이징으로 부쳤다. 당시에는 간단히 쓰겠다고 하여 다 써서는 얼른 부쳤는데, 20일도 채 되지 않은 지금 벌써 무엇을 말했는지 분명하게 기억나지 않는다. 오늘밤 주위는 이토록 고요하고, 집 뒤의 산기슭에는 들불의 희미한 불빛이 피어오르고 있다. 난푸퉈사[2)]에서는 여전히 인형극놀이를 하고 있고, 이따금 징소리와 북소리가 들려오는데, 그 사이사이마다 고요함을 더해 준다. 전등 불빛이 휘황찬란함에도 불구하고, 별안간 엷은 애수哀愁가 내 마음에 밀려오는 것은 어인 일일까. 나는 내 잡문의 간행을 다소 후회라도 하는 듯하다. 내가 후회를 하다니 아주 이상하다. 이는 내가 그다지 경험하지 못한 것으로, 지금까지 나는 이른바 후회라는 것이 도대체 어떤 일인가 깊이 알지 못했다. 그러나 이러한 심정도 이내 사라지고 잡문도 물론 그대로 간행되겠지만, 내 자신의 지금의 애수를 몰아내기 위해서라도 나는 몇 마디 더 말하려 한다.

이전에 이미 말한 것으로 기억하는데, 이는 내 생활 중에 있던 하찮은 옛 흔적에 지나지 않는다. 만약 내 과거도 생활이었다고 할 수 있다면, 역시 나도 일을 해왔다고 말할 수 있을 것이다. 그러나 나는 결코 샘솟는 듯한 사상이나 위대하고 화려한 글도 없으며, 선전할 만한 주의主義도 없을 뿐더러 운동 같은 것을 일으키려고 생각하지도 않았다. 그렇지만 나는 실망은 그것이 크고 작든 간에 일종의 쓴맛이라는 것을 경험한 적이 있다. 그래서 요 몇 년 동안 내가 펜을 놀리기를 희망하는 사람이 있어서, 의견이 크게 상반되지 않고 내 역량이 감당할 수 있는 것이라면 언제나 힘닿는 대로 몇 구절 써서 찾아온 사람들에게 얼마간 보잘것없는 기쁨이라도 주었다. 인생에는 고통이 많지만 사람들은 때때로 아주 쉽게 위안을 받으니, 구태여 하찮은 필묵을 아껴 가며 고독의 비애를 더 맛보게 할 필요가 있겠는가? 그리하여 소설과 잡감雜感 이외에도 점차 길고 짧은 잡문이 십여 편 모이게 되었다. 그중에는 물론 돈을 벌기 위해 지어진 것도 있는데, 이번에 모두 한데 섞어 놓았다. 내 생명의 일부분은 바로 이렇게 소모되었으며, 또한 바로 이런 일을 했던 것이다. 그렇지만 나는 지금까지도 내가 줄곧 무엇을 하고 있는지 끝내 알지 못하고 있다. 토목공사에 비유하자면, 일을 해나가면서도 대臺를 쌓는 것인지 구덩이를 파는 것인지 알지 못하고 있다. 알고 있는 것이 있다면, 설령 대를 쌓는 것이라 하더라도 반드시 스스로 그 위에서 떨어지거나 늙어 죽음을 드러내려는 것이라는 사실이다. 만일 구덩이를 파는 것이라면 그야 물론 자신을 묻어 버리기 위한 것일 뿐이라는 사실이다. 요컨대, 지나가고 지나가며, 일체 것이 다 세월과 더불어 벌써 지나갔고, 지나가고 있고, 지나가려 하고 있다. — 이러할 뿐이지만, 그것이야말로 내가 아주 기꺼이 바라는 바이다.

그렇지만 이 또한 다분히 말뿐인지도 모르겠다. 호흡이 아직 남아 있을 때, 그것이 나 자신의 것이라면 나도 이따금 옛 흔적을 거두어 보존해 두고 싶다. 한 푼어치의 가치도 없다는 것을 분명히 알지만, 어쨌든 미련이 전혀 없을 수 없어 잡문을 모아 그것을 『무덤』墳이라 이름했다. 이도 결국은 일종의 교활한 속임수일 것이다. 유령劉伶[3]은 술이 거나하게 취해 사람을 시켜 삽을 메고 뒤를 따라오게 하고는, 죽거든 자기를 묻어 달라고 말했다고 한다. 비록 스스로 대범하다고 생각했지만 사실은 극히 어리숙한 사람들만 속일 수 있을 뿐이다.

그래서 이 책의 간행은 나 자신의 입장에서 보면 바로 이와 같은 일이다. 다른 사람에 대해서 말하면, 이전에 이미 말했던 것으로 기억하고 있는데, 내 글을 편애하는 단골에게는 약간의 기쁨을 주고 싶고, 내 글을 증오하는 놈들에게는 약간의 구역질을 주고 싶다.—나는 결코 도량이 크지 않다는 것을 스스로 잘 알아, 그놈들이 내 글 때문에 구역질을 한다면 나는 아주 기쁘다. 이 밖에 다른 뜻은 없다. 만약 억지로 좋은 점을 말해야 한다면, 그 속에 소개된 몇몇 시인들에 관한 일은 아마 한번 읽어 보아도 괜찮을 것이다. 가장 마지막의 '페어플레이'에 관한 글도 참고가 될 만할 것이다. 왜냐하면 이것은 비록 내 피로써 쓴 것은 아니지만 내 동년배와 나보다 나이 어린 청년들의 피를 보고 쓴 것이기 때문이다.

내 작품을 편애하는 독자는 이따금 내 글은 참말을 하고 있다고 비평한다. 이는 사실 과찬이며, 그 원인은 바로 그가 편애하고 있기 때문이다. 나는 물론 남을 크게 속일 생각은 없지만, 속내를 그대로 다 말하지 않고 대체로 보아 제출해도 되겠다 싶으면 끝을 맺는다. 분명 나는 종종 남을 해부한다. 하지만 더 많은 경우 더 사정없이 나 자신을 해부한다. 조금만 발표해도 따뜻함을 몹시 좋아하는 인물들은 이내 냉혹함을 느껴 버리는데, 만약 내 피와 살을 전부 드러낸다면 그 말로가 어떻게 될지 모르겠다. 이 방법으로 주변 사람들을 내쫓고, 그때에도 나를 싫어하지 않는다면, 설령 그가 올빼미, 뱀, 귀신, 괴물 등 추악한 무리라 하더라도 내 친구이며, 이야말로 진정 내 친구가 아닐까 하고 가끔 생각한다. 만일 이런 것조차도 없다면 나 혼자라도 나아가면 되는 것이다. 그러나 지금 나는 결코 그럴 수가 없다. 왜냐하면 나는 그렇게 할 용기가 없기 때문이다. 그 원인은 바로 나는 여전히 이 사회에서 생활하고 싶기 때문이다. 그리고 또 다른 작은 이유가 있다. 이전에도 누차 밝혔듯이, 그것은 바로 오로지 이른바 정인군자의 무리들에게 며칠이라도 더 불편하게 해주려는 것이다. 그래서 내 스스로 싫증을 느껴서 벗어 버릴 그때까지 나는 일부러 몇 겹의 철갑鐵甲을 걸치고, 버티고 서서, 그들의 세계에 얼마간 결함을 더해 주려고 한다.

만일 다른 사람에게 길을 인도하고 있다고 말한다면, 그것은 더욱 쉽지 않은 일이다. 왜냐하면 나 자신조차도 어떻게 길을 가야 할지 아직 모르기 때문이다. 중국에는 대개 청년들의 '선배'와 '스승'이 많은 것 같은데, 그러나 나는 아니며, 나도 그들을 믿지 않는다. 나는 다만 하나의 종점, 그것이 바로 무덤이라는 것만은 아주 확실하게 알고 있다. 하지만 이는 모두가 다 알고 있는 것이므로 누가 안내할 필요도 없다. 문제는 여기서 거기까지 가는 길에 달려 있다. 그 길은 물론 하나일 수 없는데, 비록 지금도 가끔 찾고 있지만 나는 정말 어느 길이 좋은지 알지 못하고 있다. 찾는 중에도 나는, 내 설익은 과실이 도리어 내 과실을 편애하는 사람들을 독살하지 않을까, 그리하여 나를 증오하는 놈들, 이른바 정인군자들이 도리어 더 정정해지지 않을까 걱정이다. 그래서 내가 말을 할 때는 항상 모호하고 중도에서 그만두게 되며, 나를 편애하는 독자들에게 주는 선물은 '무소유'無所有보다 더 좋은 것이 없지 않을까 마음속으로 생각해 본다. 내 번역이나 저서의 인쇄부수는, 처음 1차 인쇄가 일천이었고 후에 오백이 늘어났고 근자에는 이천 내지 사천이다. 매번 증가되었으면 하고 물론 나는 바란다. 왜냐하면 돈을 벌 수 있기 때문이다. 그러나 또한 독자들에게 해가 되지 않을까 하는 애수도 수반되는데, 이 때문에 글을 쓸 때는 늘 더욱 신중하고 더욱 주저하게 된다. 어떤 사람은 내가 붓 가는 대로 쓰고 속내를 다 털어놓는다고 여긴다. 사실 꼭 그런 것은 아니며 망설일 때도 결코 적지 않다. 내 스스로 이미 결국에는 전사 따위도 아니고 게다가 선구자라고도 할 수 없다는 것을 알았고, 그래서 이토록 많은 망설임과 회상이 있는 것이다. 또 삼사 년 전의 일이 기억난다. 어느 한 학생이 와서 내 책을 사고는 주머니에서 돈을 꺼내어 내 손에 내려놓았는데, 그 돈에는 여전히 체온이 묻어 있었다. 이 체온은 곧바로 내 마음에 낙인을 찍어 놓아 지금도 글을 쓰려고 할 때면 항상 내가 이러한 청년들을 독살하는 것이 아닐까 걱정이 되어 머뭇거리며 감히 붓을 대지 못한다. 내가 조금도 망설이지 않고 말하게 되는 날은 아마도 있지 않을 것이다. 그러나 사실은 도리어 전혀 망설이지 않고 말을 해야 이러한 청년들에게 떳떳하지 않을까 하는 생각이 들 때도 있다. 그러나 지금까지도 그렇게 하겠다고 결심하지는 않았다.

오늘 말하려는 내용도 이런 것들에 지나지 않는다. 하지만 상대적으로 보면 오히려 진실하다고 말할 수 있다. 이 밖에 할 말이 조금 더 남아 있다.

처음 백화白話를 제창했을 때 여러 방면으로부터 격렬한 공격을 받았다는 것이 기억난다. 나중에 백화가 점차 널리 사용되고 그 추세도 막을 수 없게 되자 일부 사람들은 얼른 방향을 바꾸어 자기의 공적으로 끌어들이면서 그 이름을 미화하여 '신문화운동'이라 했다. 또 일부 사람들은 백화를 통속적으로 사용하는 것은 무방하다고 주장했고, 또 일부 사람들은 백화를 잘 지으려면 그래도 고서古書를 보아야 한다고 말했다. 앞의 한 부류는 벌써 두번째 방향을 바꾸어 원래대로 돌아가 '신문화'를 비웃고 욕하게 되었다. 뒤의 두 부류는 마지못해 하는 조화파調和派로서 굳은 시체를 며칠이라도 좀더 보존하려고 기도할 뿐인데, 지금까지도 적지 않다. 나는 잡감에서 그들을 공격한 적이 있다.

최근 상하이에서 출판된 어느 한 잡지를 보니[4] 여기서도 백화를 잘 지으려면 고문을 잘 읽어야 한다고 말하고 있었는데, 그 증거로 예를 든 사람 가운데 나도 들어 있었다. 이 때문에 나는 실로 몸서리가 쳐졌다. 다른 사람은 논하지 않겠지만, 만약 나 자신이라면 옛 서적을 많이 보았던 것은 확실하며, 가르치기 위해 지금도 보고 있다. 이 때문에 귀와 눈이 물들어 백화를 짓는 데까지 영향을 주게 되어 항상 그런 자구와 격식이 무의식적으로 드러나지 않을 수 없었다. 그러나 나 자신은 오히려 이런 낡은 망령을 짊어지고 벗어던지지 못하여 괴로워하고 있으며, 늘 숨이 막힐 듯한 무거움을 느낀다. 사상 면에서도 역시 때로는 제멋대로이고 때로는 성급하고 모질어서 장주와 한비자[5]의 독에 중독되지 않았다고 할 수 없다. 공맹孔孟의 책은 내가 가장 먼저 그리고 가장 익숙하게 읽었지만, 그러나 오히려 나와는 상관이 없는 듯하다. 대부분은 나태한 때문이겠지만, 때때로 내 스스로 마음이 풀어져, 일체의 사물은 변화하는 가운데 어쨌든 중간물이라는 것이 다소 있다고 생각한다. 동물과 식물 사이에, 무척추동물과 척추동물 사이에 모두 중간물이 있다. 아니 진화의 연쇄고리 중에서 일체의 것은 다 중간물이라고 간단히 말할 수 있다. 최초에 문장을 개혁할 때에는 이것도 저것도 아닌 작자가 몇몇 생기는 것은 당연하며, 그럴 수밖에 없고 또 그렇게 할 필요도 있다. 그의 임무는, 얼른 깨달은 다음에 새로운 목소리를 질러 대는 것이다. 또 낡은 진영 출신이므로 비교적 분명하게 상황을 볼 수 있어 창끝을 되돌려 일격을 가하면 쉽게 강적의 운명을 제압할 수 있다. 그러나 마땅히 세월과 함께 지나가고 점차 소멸해야 하므로 기껏해야 교량 가운데의 나무 하나, 돌 하나에 지나지 않아 결코 전도前途의 목표나 본보기 따위는 될 수 없다. 뒤이어 일어났다면 달라져야 하는 법, 만일 타고난 성인이 아니라면 당연히 오랜 습관을 단번에 소탕할 수는 없겠지만, 어쨌든 새로운 기상은 더 있어야 한다. 문자를 가지고 말하자면, 더욱이 옛 책에 파묻혀 생활할 필요는 없고, 오히려 살아 있는 사람들의 입술과 혀를 원천으로 삼아 문장이 더욱 언어에 가깝고, 더욱 생기가 있도록 해야 한다. 현재 인민들의 언어가 궁핍하고 결함이 있다는 것에 대해, 어떻게 구제하여 더 풍부하게 할 것인가 하는 것도 아주 커다란 문제이다. 어쩌면 옛 문헌 속에서 약간의 자료를 구하여 사용할 수 있도록 제공할 필요가 있을 것이다. 그러나 이는 내가 지금 말하려는 범위 내에 들지 않으므로 더는 논하지 않기로 한다.

내가 만약 충분히 노력하면 아마 구어를 널리 취하여 내 글을 개혁할 수도 있을 것이다. 그러나 게으르고 바쁜 탓에 여태까지 그러지 못했다. 이는 고서를 읽었던 것과 크게 관계가 있지 않을까 하고 나는 늘 의심하고 있다. 왜냐하면 옛사람이 책에 써 놓은 가증스런 사상이 내 마음속에도 늘 있다고 느껴지기 때문이다. 느닷없이 분발하여 노력할 수 있을지 전혀 자신이 없다. 나는 항상 나의 이런 사상을 저주하며 또 이후의 청년들에게 그것이 더 이상 나타나지 않기를 희망한다. 작년에 나는 청년들은 중국의 책을 적게 읽거나 아예 읽지 말라고 주장했는데,[6] 이는 여러 가지 고통과 바꾼 참말이다. 결코 잠시 즐거움 삼아 하거나 농담이나 격분해서 하는 말 따위가 아니다. 옛사람은 책을 읽지 않으면 바보가 된다고 말했는데, 그야 물론 맞는 말이다. 그렇지만 세계는 오히려 바보들에 의해 만들어졌으며, 총명한 사람은 결코 세계를 지탱할 수 없다. 특히 중국의 총명한 사람은 더욱 그러하다. 지금은 어떠한가? 사상 면에서는 말하지 않겠거니와 문사文辭만 하더라도 많은 청년 작가들은 다시 고문이나 시사詩詞 중에서 아름답지만 알기 어려운 글자들을 뽑아서 요술을 부리는 수건으로 삼아 자신의 작품을 치장한다. 이것이 고문 읽기를 권장하는 주장과 정말 상관이 있는지는 모르겠지만, 바야흐로 복고復古를 하고 있으므로 이 역시 신문예의 자살 시험이라는 것은 명백히 알 수 있는 일이다.

불행하게도 고문과 백화가 섞여 있는 내 잡문집이 마침 이때에 출판되어 아마 독자들에게 약간은 해독을 줄 것이다. 다만 내 입장에서는 오히려 의연하고도 결연하게 그것을 없애 버리지 못하고, 그래도 이를 빌려 잠시나마 지나간 생활의 남은 흔적을 살펴보려고 한다. 내 작품을 편애하는 독자들도 다만 이를 하나의 기념으로만 생각하고 이 자그마한 무덤 속에는 살았던 적이 있는 육신이 묻혀 있다는 것을 알아주기를 바랄 뿐이다. 다시 세월이 얼마 흐르고 나면 당연히 연기나 먼지로 변할 것이고, 기념이라는 것도 인간 세상에서 사라져 나의 일도 끝이 날 것이다. 오전에도 고문을 보고 있었는데, 육사형陸士衡이 조맹덕曹孟德을 애도하는 글 몇 구절이 떠올라서[7] 끌어다가 내 이 글의 맺음으로 삼고자 한다.

옛날을 바라보고 결점이 있다 하여,	既睎古以遺累
간소한 예절에 따라 소박한 장례를 치렀도다.	信簡禮而薄藏
그대의 갖옷과 인수印綬는 어디에 두었기에,	彼裘紱於何有
세상의 비방을 후세 왕에게 남겼던가.	貽塵謗於後王
아, 크나큰 미련이 남아 있음에랴,	嗟大戀之所存
철인哲人이라도 잊지 못하나니.	故雖哲而不忘
유적遺籍을 훑어보고 감개하여,	覽遺籍以慷慨
이 글을 바치니 슬픔이 북받친다!	獻玆文而淒傷

1926. 11. 11. 밤,

루쉰

주)

1) 원제는 「寫在『墳』後面」이다.

2) 난푸퉈사(南普陀寺)는 샤먼대학(厦門大學) 부근에 있다. 이 절은 당대(唐代) 개원(開元) 연간에 세워졌고, 원래 이름은 바오자오사(寶照寺)였다.

3) 유령(劉伶)은 자가 백륜(伯倫)이며, 진대(晋代) 패국(沛國; 지금의 안후이 쑤현宿縣) 사람이다. 『진서』(晋書) 「유령전」(劉伶傳)에 다음과 같은 이야기가 나온다. 그는 "늘 사슴이 끄는 수레를 타고 술 한 병을 차고는 하인에게 삽을 들고 따라오라 하며 말하기를, '내가 죽거든 나를 묻어 달라'고 했다."

4) 당시 상하이 개명서점(開明書店)에서 출판하던 『일반』(一般) 월간을 가리킨다. "백화를 잘 지으려면 고문을 잘 읽어야 한다"는 주장은 이 잡지 1926년 11월 제1권 제3호에 게재된 밍스(明石; 즉 주광첸朱光潛)의 「비 내리는 날의 편지」(雨天的書)에 나온다. 이 편지에서 이렇게 말했다. "백화를 잘 지으려면 약간의 수준 높은 문언문을 읽는 것도 꼭 필요하다. 지금 백화문 작자로는 후스즈(胡適之; 후스), 우즈후이, 저우쭤런, 루쉰 등 제 선생이 거론되고 있는데, 이들 선생의 백화문은 다 고문(古文)에서 힘을 얻고 있는 부분

이 있다(그 자신들은 아마 승인하지 않겠지만)."

5) 장주(莊周, B.C. 369~286)는 전국시대 송(宋) 나라 사람으로서 도가학파의 대표적인 인물 중의 하나이며, 저서로는 『장자』가 있다. 한비자(韓非子, B.C. 280~233)는 전국시대 말기 한(韓)나라 사람으로서 선진(先秦) 법가학파의 대표적인 인물이며, 저서로는 『한비자』(韓非子)가 있다.

6) 「청년필독서」(青年必讀書)라는 글에 보이며, 이것은 1925년 2월 21일 『징바오 부간』에 발표되었고, 후에 『화개집』(華蓋集)에 수록되었다.

7) 육기(陸機, 261~303)는 자가 사형(士衡)이고, 우군(吳郡) 화팅(華亭; 지금의 상하이 쑹장松江) 사람이며, 진대(晋代) 문학가이다. 조맹덕(曹孟德; 조조)을 애도하는 그의 글은 제목이 「조위무제문」(弔魏武帝文)이며, 이 글은 그가 진나라 왕실의 장서각(藏書閣)에서 조조의 「유령」(遺令)을 보고서 지은 것이다. 조조는 「유령」에서, 그가 죽은 후에 고대의 번거로운 예법에 따라 장례를 후하게 치르지 말고 간소하게 하라고 했으며, 유물 중에서 갖옷과 인수(印綬)를 떼놓지 말고, 예기(藝妓)의 음악은 동작대(銅雀臺)에 그대로 남겨두어 제사 지낼 때 제때에 음악을 연주하라고 했다. 육기는 이 애도문에서 조조가 임종 때조차 여전히 이런 것들에 대해 미련을 두고 있다는 점에 대해 유감을 표시했다.

열풍 熱風

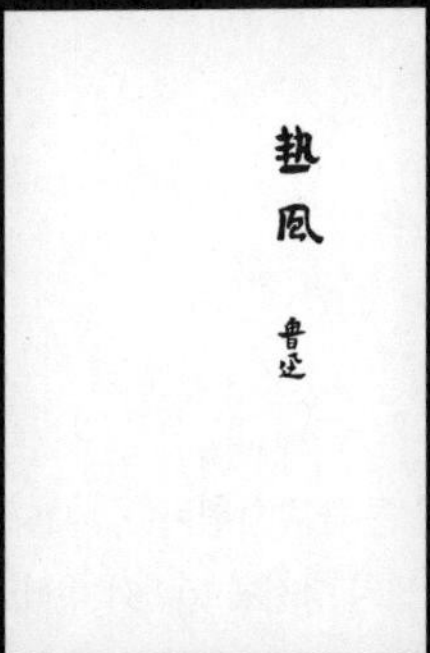

『열풍』(熱風)에 수록된 작품은 1918년부터 1924년까지 쓴 잡문 41편이다. 1925년 11월 베이징 베이신서국(北新書局)에서 초판이 나왔으며, 필자 생전에 10판까지 찍었다.

제목에 부쳐[1]

요즘 시창안가西長安街 일대를 걷다 보면 행색이 남루한 가난한 아이 몇 명이 신문을 사라고 외치는 모습을 볼 수 있다. 삼사 년 전 그들의 옷에 간간이 제복 모양의 흔적이 남아 있던 시절과 그보다 앞서 그야말로 보이스카우트[2]같이 어엿한 품새를 자랑하던 시절을 기억하고 있다.

그때는 중화민국 8년 즉, 서기 1919년 5월 4일 베이징 학생들이 산둥문제[3]에 대한 시위를 벌인 뒤였다. 당시에 전단을 배포한 사람들이 보이스카우트였고, 무슨 영문인지 장사꾼의 주목을 끌어 보이스카우트 식의 신문팔이 아이들이 출현하게 된 것이다. 그 해 12월 일본 공사 오바타 유키치가 항일운동에 항의했는데,[4] 정황이 올해와 대체로 일치한다. 다만 올해의 신문팔이들은 처음에 입었던 새 옷이 다 낡았지만 다시 새로 해 입지 않았기 때문에 세월의 더께가 쌓인 궁기를 드러내고 있을 따름이다.

내가 『신청년』의 「수감록」[5]에 단평을 쓰던 시기는 이보다 한 해 앞선다. 평론의 대부분은 사소한 문제였으므로 말할 것도 못 되고 그 원인도 대부분 잊어버렸다. 그런데 발표된 글을 살펴보니 총론 몇 가지 말고는 점술, 정좌靜坐, 권법에 대하여 이야기한 것, 소위 '국수國粹보존'에 대하여 이야기한 것, 당시 구관료의 경험 과시에 대하여 이야기한 것, 상하이 『스바오』의 풍자화에 대하여 이야기한 것[6] 등이다. 당시 『신청년』은 사면초가의 형국이었다고 기억하는데, 내가 대응한 것은 사소한 사건들에 지나지 않는다. 나머지 큰 사건은 『신청년』에서 다루고 있었으므로 나의 여러 말이 필요 없었다.

5·4운동 이후에 나는 글 따위를 쓰지 않았다. 지금 생각해 보니 쓰지 않았던 것인지 흩어져 사라진 것인지 분명치 않다. 그런데 당시 혁신운동이 표면적으로 꽤 성공했기 때문에 혁신 주장도 왕성해졌고, 게다가 이전에 『신청년』을 조소하고 욕하던 많은 사람들도 신문화운동이라는 위풍당당한 이름을 들고 나왔다. 그들은 훗날 이 이름을 거꾸로 『신청년』에 덧씌워 다시 욕설과 조소를 퍼붓던 사람들이다. 백화문을 비웃고 욕하는 사람이 왕왕 스스로 사회적 풍조의 최선봉임을 자처하며 일찍이 백화문을 주장한 적이 있다고 말하는 것과 같은 형국이었다.

그후로는 더 말할 것도 없다. 다만 1921년에 발표한 한 편은 소위 '허무철학'이라는 것에 대해서 이야기한 것으로 기억하고 있다. 다시 일 년 뒤에는 상하이의 소위 '국학가'國學家라는 것에 대해 이야기했는데, 무슨 영문인지 당시 홀연 많은 사람들이 국학가로 자처하고 나섰던 것이다.

『신청년』이 출판된 이래 모두가 그것에 대응하여 개혁을 비웃고 욕하다가 다시 개혁을 찬성하다가 다시 개혁가를 비웃고 욕했다. 지금 모방한 제복은 일찌감치 낡고 해져 자신의 진상을 드러내고 있다. 그야말로 '사실이 웅변을 이긴다'라는 형국이므로 지필과 혀로 하는 비평이 무슨 소용이겠는가? 따라서 내가 그 시절에 대응하여 쓴 천박한 글 역시 신경

쓸 필요가 없었으므로 사라지도록 내버려 두었다. 그런데 몇몇 벗들이 지금의 사태가 그때와 크게 다를 바 없으니 당시에 쓴 글을 남겨 둘 필요가 있다고 여기고 나를 위해 편집해 주었다. 이것이 바로 내가 비애를 느끼는 바이다. 나는 시대의 폐단을 공격한 모든 글은 반드시 시대의 폐단과 더불어 사멸해야 한다고 생각한다. 백혈구가 종기를 생성하는 것과 마찬가지이기 때문이다. 자신이 제거되지 않으면, 다시 말하면 자신의 생명 유지는 바로 병균이 여전히 존재함을 증명하고 있는 것이다.

그런데 만약 내가 쓴 모든 글이 정녕 차가운 것이라면? 그렇다면 그것의 생명은 애초부터 없었던 것이므로 중국의 병증이 필경 무엇인지는 더욱 문제되지 않는다. 그런데 무정한 냉소와 인정 어린 풍자는 종이 한 장 차이도 나지 않는 법이다. 주위의 느낌과 반응에 대해서는 소위 "물고기가 물을 마실 때 차가운지 뜨거운지를 절로 아는 것과 같다"[7]라고 할 수 있다. 주위의 공기는 너무나 차갑게 느껴진다. 허나, 나는 나의 말을 하고 있으므로 외려 그것을 일러 『열풍』이라 부르기로 한다.

1925년 11월 3일 밤

루쉰

주)______

1) 원제는 「題記」.
2) 보이스카우트(Boy Scouts, 童子軍). 1908년 영국 군관 베이든-파월(Robert Baden-Powell, 1857~1941)이 창립. 군사훈련을 받고 사회공익 활동에 종사한 소년 조직으로 서양 각국으로 퍼졌고, 중국에는 1912년에 만들어졌다. 5·4운동 시기에 전단 배포 등

의 활동에 참가하기도 했다.

3) 제1차 세계대전이 끝난 뒤 연합국은 1919년 1월에 '파리강화회의'를 열었다. 중국은 전승국으로서 참가 초청을 받았으나 회의는 영, 미, 불 등의 주도 아래 패전국인 독일이 1898년 중·독 '자오아오(膠澳) 조계조약'에 따라 산둥(山東)에서 약탈한 각종 특권을 모두 일본에 양위하기로 결의하고, 베이양(北洋)정부도 이 결의에 서명하려고 했다. 이 소식이 전해지자 모든 중국인이 분노했다. 베이징 학생들은 5월 4일, 수업거부를 하고 시위를 하며 파리강화회의의 결의를 반대하고 친일파 관료를 처벌할 것을 요구했다. 베이징 학생들의 투쟁은 5·4운동의 발단이 되었다.

4) 1919년 5·4운동이 폭발한 뒤 중국 민중들은 일본상품 거부운동을 전개했다. 푸저우(福州) 주재 일본 영사관은 이 운동을 방해하기 위하여 11월 15일 일본 낭인과 사복경찰로 하여금 애국적 신극을 공연하는 학생들을 구타하게 했다. 이튿날까지 이어진 무자비한 공격으로 학생과 시민 여러 명이 죽거나 상해를 입었다. 이것을 푸저우 참사라고 한다. 그런데 주중 공사 오바타 유키치(小幡酉吉, 1873~1947)는 12월 5일, 도리어 중국 외교부에 '항의'하고 "사건의 책임은 전적으로 중국에 있다"고 강변하며 중국 민중의 반제국주의 애국운동을 단속할 것을 요구했다. 오바타 유키치는 주중 참찬(參贊)을 역임하던 중 1915년 일본 공사 헤키 마쓰(日置益)와 위안스카이(袁世凱)가 소위 '21개조' 조약을 맺는 데 기여하기도 했다.

5) 『신청년』(新青年)은 1918년 4월 제4권 제4호부터 「수감록」(隨感錄)이라는 이름으로 사회와 문화에 관한 단평을 실었다. 처음 몇 편은 순서만을 표기하고 고유의 제목은 없었다. 56편부터 각 편마다 제목이 달렸다. 루쉰은 1918년 9월 제5권 제3호의 「수감록 25」부터 1919년 11월 제6권 제6호 「66. 생명의 길」까지 총 27편을 발표했는데, 모두 본서에 수록했다.

6) 여기서 말한 상하이의 『스바오』(時報)는 상하이 『시사신보』(時事新報)라고 해야 한다. 「수감록 46」을 참고할 수 있다.

7) 당(唐) 배휴(裴休)가 희운(希運)의 설법을 편집하여 편찬한 『황벽산 단제선사 전심법요』(黃檗山斷際禪師傳心法要)에 "명(明, 상좌)은 암시 속에 홀연 깨달아 곧 절을 하며 '사람이 물을 마심에 차가움과 뜨거움을 스스로 아는 것과 같다'라고 말했다"라는 대목이 나온다. 남송(南宋) 악가(岳珂)가 쓴 『정사』(程史)의 「기룡면해회도」(記龍眠海會圖)에도 "법이 있는지 없는지, 상(相)이 있는지 없는지에 대해서는 물고기가 물을 마실 때 차가움과 따뜻함을 절로 아는 것과 같다"라는 대목이 나온다.

1918년

수감록 25[1)]

나는 예전에 옌유링[2)]이 어느 책에선가 발표한 의론議論을 본 적이 있다. 책 이름과 원문은 모두 잊어버렸으나 대강의 뜻은 이러하다. 베이징 거리에서는 수레바퀴나 말 다리 사이에서 뒹굴며 노는 많은 아이들을 보게 되는데, 그 아이들이 치어 죽지 않을까 아주 걱정스럽고, 또한 그들의 장래가 어떨지를 생각하면 아주 두렵다는 내용이다. 그런데 사실 다른 곳도 수레나 말의 숫자에 차이가 있을 뿐이지 모두 같은 모습이다. 지금 베이징에 와 보니 이런 상황은 여전해서 나도 시시각각 이런 염려가 드는 한편, 옌유링은 필경 헉슬리의 『천연론』을 '지은'[3)] 인물인지라 확실히 뭇사람들과 다르다는 탄복을 하게 된다. 그는 19세기 말 중국에서 감각이 예민한 사람이었던 것이다.

빈민의 자식들은 봉두난발에 꾀죄죄한 얼굴로 거리를 전전하고, 부호의 자식들은 아리따운 모습, 아리따운 자태, 아리따운 목소리, 아리따운 분위기로 집안을 전전한다. 전전함이 대범해지면 모두 날 저물도록 사회를 전전하게 되는데, 그들은 그들의 부친과 같거나 혹은 더 못하다.

따라서 열 살 남짓한 아이들을 보면 20년 후의 중국 상황을 짐작할 수 있고, 스무 살 남짓한 청년들—그들은 대개 아이가 있고 아버지로 존중받고 있다—을 보면 그들의 자식과 손자를 추측할 수 있고 50년 뒤, 70년 뒤 중국 상황을 알 수 있다.

중국에서는 자식을 낳기만 하면 건강하든 건강하지 않든 상관하지 않고, 숫자가 많기만 하면 재주가 있든 없든 상관하지 않는다. 자식을 낳은 사람은 자식 교육에 책임지지 않는다. '인구가 많다'는 말은 짐짓 자랑일 수도 있을 터이다. 그런데 이 많은 사람들이 먼지 속에서 전전하고 있을 뿐이다. 어려서는 사람대접을 못 받고 커서는 사람 노릇을 못 하고 있다.

중국에서는 장가를 일찍 가는 것도 복이고 자식이 많은 것도 복이다. 자식들은 모두 그들의 부모를 위한 복의 재료일 뿐 결코 장래의 '사람'의 씨앗은 아니다. 따라서 제멋대로 전전해도 그들을 보살피는 사람이 없다. 여하튼 간에 숫자를 채우거나 재료가 되는 자격은 그대로 가지고 있기 마련이기 때문이다. 어쩌다 학당에 보내지더라도 사회와 가정의 관습, 어른과 배우자의 품성이 교육과 모순되는 경우가 많으므로 여전히 그는 신시대와 조화되지 못한다. 운 좋게 살아남아 성인이 되더라도 "옛것을 사용하면 어떠한가"[4]에 지나지 않는다. 으레 그렇듯이 '사람'의 아버지가 아니라 자식을 만드는 놈이 되고, 그가 낳은 아이 역시 '사람'의 씨앗이 아니다.

여성을 아주 혐오했던 오스트리아의 바이닝거(Otto Weininger)[5]는 여성을 크게 두 가지 종류, '어머니'와 '창녀'로 나누었다. 이 분류법에 따르면 남자도 '아버지'와 '오입쟁이'라는 두 종류로 나눌 수 있다. 그런데 아버지류는 다시 두 종류로 나눌 수 있으니, 하나는 아이의 아버지이고 다른 하나는 '사람'의 아버지이다. 첫째 종류는 낳을 줄만 알지 교육할 줄 모르고 오입쟁이의 기미까지 있다. 둘째 종류는 아이를 낳고 어떻게 교육할 지를 생각해서 태어난 아이가 장래에 완전한 사람이 될 수 있도록 한다.

청나라 말년 모某 성에서 처음으로 사범학당을 열었을 때의 일이다. 어떤 노老선생이 이 말을 듣고 매우 의아해하며 "선생이 왜 교육을 받아야 한단 말이냐? 그렇다면 부범父範학당이라는 것도 있어야지!"라고 분노했다. 노선생은 아버지의 자격은 자식을 낳기만 하면 된다고 생각했던 것이다. 낳는 일은 누구나 할 수 있으므로 왜 교육받아야 하느냐는 것이다. 그런데 지금 마침 중국에 부범학당이 필요한 시기라는 사실을 그는 몰랐던 것이다. 이 선생이야말로 초등 1학년으로 편입해야 할 것이다.

우리 중국에는 아이의 아버지가 대다수이므로 앞으로 필요한 것은 오로지 '사람'의 아버지일 뿐이다!

주)

1) 원제는 「隨感錄二十五」, 1918년 9월 15일 베이징 『신청년』 제5권 제3호에 실렸다. 필명은 탕쓰(唐俟).

2) 옌유링(嚴又陵, 1854~1921). 이름은 푸(復), 자는 유링. 푸젠(福建) 민허우(閩侯; 지금의 푸저우) 사람. 청말의 계몽사상가이자 번역가. 1877년(청 광서光緖 3년)에 영국에 파견되어 해군을 공부했다. 1879년에 귀국하여 베이양수사학당(北洋水師學堂)의 총교습(總敎習) 등을 역임. 갑오년(1894) 중일전쟁에서 중국이 패배하자 변법유신을 주장하고 서구의 자연과학과 사회과학을 소개하는 데 주력했다. 헉슬리(Thomas H. Huxley)의 『천연론』(天演論, *Evolution and Ethics*), 애덤 스미스(Adam Smith)의 『국부론』(國富論, *The Wealth of Nations*), 몽테스키외(Charles-Louis Montesquieu)의 『법의』(法意, *De l'esprit des lois*) 등을 번역하여 당시 사상계에 지대한 영향을 미쳤다. 그런데 무술정변 후에는 정치적으로 보수적인 성향으로 변화하여 1915년 '주안회'(籌安會)에 참가하고 위안스카이를 옹호하기도 했다. 루쉰이 거론하고 있는 것은 그가 번역한 『법의』 제18권 25장의 역자 주석에 나오는 말인데, 원문은 다음과 같다. "도시의 거리를 걷다 보면 나는 매

번 수천 명의 아이들이 수레바퀴나 말 다리 사이에서 비틀비틀 종종걸음치다 번번이 까끄라기가 찌르는 형국이 되어도 그들이 넘어질 것을 걱정하지 않는 것을 보았다. 삼십 년이 지나면 국민은 얼마나 많아질 것인가? 오호라 지나는 그야말로 바뀌지 않는 나라일진저!"

3) '지은'의 원문은 '做'이다. 이것은 옌푸의 『천연론』 번역이 원문을 충실하게 따르지 않았음을 말하는 것이다. 옌푸 자신도 그의 작업을 '뜻의 전달'(達恉)이라고 하고 '번역'(筆譯)이라고 명명하지 않았다. 그는 『천연론』의 「역례언」(譯例言)에서 "문장 사이에 때때로 전도와 덧붙임이 있다. 글자나 문장의 순서에 얽매이지 않았고 의미는 원문을 벗어나지 않았다. 따라서 달지(達恉)라고 하고 필역(筆譯)이라 말하지 않는다"라고 했다. 『천연론』은 옌푸가 1895년에 헉슬리의 『진화와 윤리』 앞 두 편을 번역한 것이다. 1898년 후베이 옌양(沔陽) 루씨(盧氏)가 목각인쇄했다.

4) 『논어』의 「선진」(先進)에 "노나라 사람이 창고를 지으려고 하자 민자건(閔子騫)이 가로되 '옛것을 사용하면 어떠한가, 하필 고쳐 쓰려고 하는가!'라고 했다"는 말이 나온다.

5) 바이닝거(Otto Weininger, 1880~1903). 오스트리아 사람, 여성혐오주의자. 1903년에 출판한 『성과 성격』(*Geschlecht und Charakter*)에서 여성의 지위가 남성보다 열등함을 증명하려 했다.

수감록 33[1]

최근 귀신소리에 능한 일군의 사람들은 과학을 아주 싫어한다. 과학은 도리가 명백해지도록 가르치고 사고가 분명해지도록 가르치고 흐지부지한 것을 용납하지 않기 때문에 자연스럽게 귀신소리하는 사람들의 적수가 된 것이다. 따라서 귀신소리를 하는 사람은 모름지기 과학을 제거할 방법을 생각해 내야 했다.

그중에서 가장 교묘한 방법은 교란이다. 우선 과학의 이것저것을 끌어와 귀신소리를 뒤섞어 시비를 불분명하게 하여 과학에도 요사스러움을 풍기게 만드는 것이다. 예컨대 한 고관[2]이 연구한 위생철학에는 다음과 같은 말이 있다.

> 우리가 처음 생겨나는 지점은 사실 배꼽에서부터이다. 따라서 사람의 근본은 배꼽에 있다. …… 그러므로 배꼽 아래 복부가 가장 중요한데, 도가 서적에는 그것을 일러 단전이라고 한다.

사람을 식물에 비유하면 뿌리털이 위이고 꼭지에 불과한 배꼽은 떨어지면 그만이므로 중요할 게 뭐가 있겠는가? 그런데 이것은 비유가 이상할 따름이다. 더 무서운 것은 아래 이야기이다.

> 정신은 혈액에 영향을 미칠 수 있다. 과거 독일의 코흐 박사[3]가 콜레라균을 발명했을 당시 그것을 반대한 두 명의 박사는 그가 배양한 병균을 한 입에 삼켰으나 병에 걸리지는 않았다.

내가 아는 바에 따르면 이렇다. Koch 박사가 콜레라균을 발견했다(이제까지 몰랐던 사물을 찾아내는 것을 발견이라고 하고, 이제까지 몰랐던 기구나 방법을 창조해 내는 것을 발명이라고 한다). 그런데 다른 사람도 어떤 균을 발견했다고 하자 Koch는 아니라고 하며 그 사람이 발견한 병균을 삼켰으나 병에 걸리지 않았기 때문에 그 사람이 발견한 것이 병균이 아니라는 것을 확실히 증명했다는 것이다.[4] 요즘 이 이야기를 이리저리 뒤집어서 '정신이 육체를 개조할 수 있다'는 예증으로 삼으니 어찌 위험이 극도에 달한 것이 아니라고 하겠는가?

더욱 지독한 교란은 한 신동이 지은 『삼천대천세계도설』[5]이라는 것이다. 그는 유가, 도사, 승려, 예수교의 찌꺼기를 모아 두루뭉술한 덩어리로 만들고 귀신소리를 빼곡히 끼워 넣었다. 그는 천상천하의 상황을 살필 수 있고, 그가 보는 '지구성'은 우리가 알고 있는 것과 커다란 차이가 없으나 다른 항성계는 형형색색이라고 말했다. 그는 천안통[6]이 있기 때문에 자신의 능력이 과학자를 넘어선다고 한다. 그는 우선 다음과 같이 말한다.

오늘날 과학자의 발명이란 천문天文을 보기 위하여 망원경을 사용하는 것이다. …… 하지만 이것으로는 천당과 지옥을 볼 수 없다. 학문의 도를 궁구하는 것은 대해大海와 같아서 바다로 들어가 물 한 모금 마시는 것으로 자족해서는 절대로 안 된다.

그는 비록 발견과 발명의 차이도 분간할 줄 모르지만 학문에 대한 논의는 꽤 이치에 맞다. 그런데 학문의 대해란 필경 어떤 모양인가? 그는 말한다.

적정천 …… 에는 맹독의 불구덩이가 있는데 수정 덮개가 그것을 누르고 있다. 만일 모某 천체가 그것을 훼손할 때 즉, 모 천체의 수정 덮개를 제거해 버리면 맹독 화염이 폭발하여 백성과 만물을 태워 버린다.

뭇 별들은 …… 대개 항성, 행성, 유성 세 종류로 나뉜다. …… 서학가西學家의 말에 따르면 항성이 3억 5천 개라고 하나 소자가 보기에는 7천억보다 적지 않다. …… 행성은 모두 10억의 거대한 계열이다. …… 유성의 많음은 행성의 배에 이른다. …… 태양을 한 바퀴 도는 데는 약 33년을 1주기로 하는데, 매초 65리를 갈 수 있다.

태양의 표면은 순전히 커다란 불이다. …… 그것의 위력은 지대하여 사람이 살 수 없으므로 태양성군太陽星君이 거주한다.

다른 괴상한 말도 많이 있지만 천당에 관한 말은 육조 방사들의 『십주기』[7]보다 훨씬 못하고, 지옥에 관한 이야기도 『옥력초전』[8]을 베낀 것에 불과하다. 이 신동은 딱하기도 하다! 이 밖에 과학이 사람을 해친다고 하는 감개무량한 말도 있다. 「한漢을 계승한 62대 천사[9] 정일진인正一眞人 장위안쉬張元旭」의 서문에 단도직입적으로 분명하게 나온다.

> 권비拳匪가 귀신을 사칭하여 연합군의 화를 불러일으킴으로써 국망과 종멸에 이를 지경이 되었다. 식자들의 상심과 고심은 진실로 이미 극에 도달했다. 게다가 구화동점歐化東漸에 부응하여 오로지 물질문명의 시절을 이야기한다. 이리하여 세계에는 제신帝神의 관할이 없고 인신人身에는 혼백의 윤회가 없다는 과학자들의 학설에 근거하여 이를 국시國是로 받들고 있다. 개개인의 뇌수에 그것을 전파하여 각인시킴으로써 이로부터 인심人心에는 경외심이 사라졌다. 경외심이 사라지자 도덕에 뿌리가 없어지기 시작했다! 방탕과 사치, 거리낌 없음, 권력과 이권의 다툼, 날마다 서로 싸우고 죽이니 그것의 재앙은 권비보다 심각할 것이로다!……

이것은 정녕 만악萬惡이 모두 과학에서 비롯되고 도덕은 온전히 귀신 소리에 의지한다는 말이다. 뿐만 아니라 과학이 권비[10]보다 못하다는 것이다. 과거에는 순전히 황제에게 기대어 외래의 학술과 사상을 배척했다. 육조에서 당송까지 무릇 불교를 공격하던 사람들은 왕왕 불교가 임금君을 숭배하지 않으므로 조반造反에 가깝다고 말했던 것이다. 이제는 황제가 부재하므로 '도덕'에 대한 중대한 혐의를 찾아내어 그것이 얼마나 지독한가를 살핀다. 사오싱의 『교육잡지』[11]에도 팡구仿古 선생의 「교육에 있어서 과학 편중은 도덕 편중만 못하다」教育偏重科學無寗偏重道德('寗'자는 원문에 이렇게 되어 있다. 아마도 피휘[12]일 것이다)라는, 유의하지 않으면 미처 생각하지 못하는 논문이 실렸다. 그는 말한다.

> 서양인들은 수백 년 동안의 과학적 심력心力으로 기껏 이번 세계대전을 온양시켰을 따름이다. …… 과학을 운운하는가? 그것이 인도人道를 해치는 것을 많이 보았다!

> 과학에 편중하는 것은 곧 지능을 숭상하는 것이고, 도덕에 편중하는 것은 허위를 숭상하는 것이다. 허위를 숭상하면 재앙이 허위에 그치지만, 지능을 숭상하면 허위가 부지불식간에 분명해진다!

귀신이 도덕의 근본이라고 말하지는 않지만 과학에 사형선고를 내린다는 점에서는 두 가지 가르침이 한 마음이다. 그러므로 권비의 전단에는 다음과 같이 분명하게 쓰여 있다.

> 성인 공자
천사 장張의 부언傳言이 산둥山東에서 나왔다. 서둘러 급히 부傳하라, 결코 허언이 없다!(원문에는 부傳로 되어 있는데, 전傳의 오자인 듯하다.)

그들의 관점에 비추어 보건대, 이렇게 가증스런 과학세계를 되돌릴 수 있는 방법은 무엇이겠는가? 『영학잡지』에 실린 우즈후이 선생에게 보낸 위푸 선생의 답신[13]에서는 "귀신의 말을 선양하지 않으면 국가의 운명이 단축된다!"라고 말했다. 따라서 귀신의 학설을 선양하는 것이 최선임을 알 수 있다. 귀신은 도덕의 근본일뿐더러 장 천사와 팡구 선생의 의견과도 전혀 충돌하지 않는다. 애석하게도, 최근 베이징 점술계는 다시 『감현이명록』[14)]을 찍어 냈는데 그 속에는 전임 베이징 서낭신 바이즈白知와 디셴諦閑 법사의 문답이 실려 있다.

> 법사 운운, "아주 긴요한 소원 한 가지를 기원하오. …… 이번에 남방에서 왔소이다. 모처에 제공濟公의 제단 강림 소식을 들었는데, 하는 말들이 아주 믿기 어렵소이다. 제공은 아라한이고 견혹見惑, 사혹思惑이 이미 소멸했으므로 단연코 강림하지 않을 것이오. …… 모某 회합에서 제단에 강림한 자가 제공이 맞소이까? 가르침을 청하나이다."
>
> 점술사 운운, "위의 소원을 수락하겠소. …… 삼가 이 말을 기억하시오. 모처의 제단에는 혼령 귀신이 붙었을 따름이오. 혼령 귀신은 바로 마도魔道임을 반드시 알아야 하오. 앞으로는 이런 귀신을 물리치기를 발원해야 함을 아시오."

서낭신[15)]은 '법사가 운운하는' 소원을 이해하지도 못하고, 우선 모 회합과 정통 다툼부터 시작한다. 여기에 비춰 보면 국가의 운명이 연장되기도 전에 귀신 병사는 미리 싸움부터 하고 보는 것이다. 도덕은 여전히 뿌리가 없고 과학은 아무래도 생존해야 할 운명인가 보다.

사실 중국에서 소위 유신 이래로 진정으로 과학이 있었던 적은 없다. 최근 유가와 도가의 제공諸公들은 농간이나 부리고 인사人事를 살피지 않았던 역사의 후과를 모두 과학의 신상에 갖다 붙인다. 뿐만 아니라 무엇이 도덕인지, 어떤 것이 과학인지를 묻지 않고 함부로 지껄이고 유언비어를 퍼뜨려 일을 만들 따름이다. 국민들을 너무 혼란스럽게 하고 사회는 요상한 기운으로 뒤덮여 있다. 이상에서 인용한 것들은 짚이는 대로 뽑아낸 몇 가지 음영陰影에 불과하다. 이외에도 항구도시에서 산간벽지에 이르기까지 얼마나 많은 기담奇談이 있는지 알 수 없다. 그러나 이상 몇 항목만으로도 우리 주위의 공기와 장래의 상황이 얼마나 무시무시하게 어두운지를 충분히 짐작할 수 있다.

내가 보기에, “국망과 종멸에 거의 이른” 중국을 구원하기 위해서 “성인 공자 천사 장張의 전언이 산둥에서 나”온 방법을 사용하는 것은 절대로 대증요법이 될 수 없다. 귀신의 적수인 과학! ―껍데기가 아닌 진정한 과학! ―이 있어야 한다. 왜 그런가? 진정민의 『둔재한람』[16]에는 설득력 있는 이야기가 나온다(원서는 못 봤고, 『본초강목』[17]의 인용에 근거한다. 그런데 이것 역시 사실이 아니라 전적으로 도사가 지어낸 유언비어이다. 여기서는 이를 비유용으로 사용하기로 한다).

> 양면은 중년에 이상한 질병에 걸렸다. 말할 때마다 뱃속에서 그것을 따라하는 작은 소리가 있었다. 시간이 흐름에 따라 소리도 커졌다. 도사가 그것을 보고는 “이것은 응성충이다! 그런데 『본초』를 읽고 따라하지 않게 하는 것을 얻게 되면 그것을 치유할 수 있다”라고 했다. 뇌환雷丸까지 읽었을 때 따라함이 없었다. 이에 한꺼번에 몇 알을 복용하고 완치됐다.

* * *

세균을 삼킨 일에 관해서는 내가 앞서 말한 것이 틀린 것 같다. 그런데 지금 찾아볼 수 있는 책이 수중에 없다. 아마도 Koch 박사가 콜레라균을 발견했을 당시 Pfeffer 박사가 진짜 세균이 아닌 줄 알고 면전에서 삼키고 거의 죽을 정도로 병에 걸렸던 것 같다. 요컨대, 여하튼 간에 이 사건은 결코 '정신이 육체를 개조할 수 있다'는 것의 예증이 될 수는 없다. 1925년 9월 24일 부기.

주)

1) 원제는 「三十三」, 1918년 10월 15일 『신청년』 제5권 제4호에 발표했다. 필명은 탕쓰.
2) 장웨이차오(蔣維喬, 1873~1958)를 가리킨다. 자는 주좡(竹莊), 호는 인시쯔(因是子), 장쑤(江蘇) 우진(武進) 사람. 민국 1년(1912) 난징(南京)임시정부 교육부 비서장을 역임. 당시 베이양정부 교육부 첨사를 지냈다. 1914년 출판한 『인시쯔 정좌법』(因是子靜坐法)에서 '정좌'를 강조했다.
여기에 인용한 첫번째 문장은 1918년 1월 23, 24, 25일 『베이징대학일간』(北京大學日刊)에 연재한 「장웨이차오 군이 연설한 위생철학 기록(민국 6년 12월 『교육공보』에서 옮겨 싣다)」(蔣君維喬演說衛生哲學記錄[轉載六年十二月教育公報])에 나오는데, 루쉰은 이를 인용하면서 조금 생략했다. 두번째 문장은 장웨이차오가 역술(譯述)한 일본의 스즈키 비잔(鈴木美山)의 『장수철학』(長寿哲学)에 나온다. 이 책의 '병의 원인' 절에는 코흐 박사가 세균을 삼킨 일을 인용하여 "곰팡이가 인체에 침입해도 정신이 분명하면 결코 병이 되지 않는다"라는 것을 증명하고 있다.
3) 코흐(Heinrich Hermann Robert Koch, 1843~1910). 독일의 세균학자. 1882년에 결핵균을 발견했고, 1885년에는 콜레라균을 발견했다.
4) 세균을 삼킨 일은 루쉰이 '부기'에서 고쳤지만 여전히 오류가 있다. 페퍼(Pfeffer) 박사는 페텐코퍼 박사(M. von Pettenkofer, 1818~1901)를 가리킨다. 페텐코퍼는 구식 병리론자로서 질병은 세균과 무관하며 체액의 변환으로 말미암은 것이라고 여겼다. 그는 코흐 박사가 배양한 콜레라균을 삼키고 설사를 일으켰으나 콜레라에 걸리지는 않았다고 전해진다. 그러나 이것은 병균이 병을 일으키는 데는 생리적 조건이 필요하며, 신체가 건강하다면 세균이 체내에 침입해도 저항할 수 있음을 증명한 것에 불과하다고 할 수 있다.
5) '신동'(神童)은 산둥 리청(歷城)의 장시장(江希張)이라는 아이를 가리킨다. 장시장이 열 살도 되기 전에 『사서백화해설』(四書白話解說), 『식전』(息戰), 『대천도설』(大千圖說) 등을 지었다고 했는데, 사실은 그의 부친 장중슈(江鍾秀) 등이 대필한 것이다. 당시에 사람들은 그를 '신동'이라고 불렀다. 미국인 로버트 리처드 리(Robert Richard Lee)는 만국

도덕총회(萬國道德總會)를 이용하여 『식전』을 출판하게 하고, 장시장을 일컬어 "하늘이 용납하는 자태를 갖추고 있고 도를 보위하려는 뜻이 있다", "한 명의 동자임에도 교리를 융합하여 세계의 민족을 위하여 기원한다"라는 내용의 서문을 썼다.

『삼천대천세계도설』(三千大千世界圖說)은 1916년에 출판된 『대천도설』을 가리킨다. 저자는 자신이 '삼천대천세계의 설'을 창립했으며, "근래 유물주의자들이 천제(天帝)와 귀신은 존재하지 않는다는 설을 만들자 사람들은 일시에 휩쓸려 유행을 따르고 그것이 주는 커다란 해독을 알지 못하니 장차 지구상의 백성과 만물이 모두 사라지게 되는" 상황에 비추어 "천하의 사람마다 하늘을 존경하고 하늘을 두려워함이 없지 않게끔" 하고자 한다고 선언했다. 이어서 인용한 문장은 이 책의 '대천세계 총론', '적정천'(赤精天), '중성계 총론'(衆星系總論), '태양성'(太陽星) 등에 나온다.

6) '천안통'(天眼通)은 불교 용어. '여섯 가지 신통한 능력'(六通) 중 하나로 보통사람이 볼 수 없는 것을 투시하는 능력을 가리킨다.

7) 『십주기』(十洲記)는 『해내십주기』(海內十洲記)를 가리킨다. 한(漢)대 동방삭(東方朔)이 지었다고 전해지나 육조시대 방사들이 지은 것이다. 황당무계한 신선들의 이야기를 모은 책이다.

8) 『옥력초전』(玉歷鈔傳)의 원래 이름은 『옥력지보초전』(玉歷至寶鈔傳)이다. 모두 8장. 송대 "담치도인(淡痴道人)이 꿈속에서 전수받아 제자 물미도인(勿迷道人)이 초록하여 세상에 전한다"라는 말이 나온다. 내용은 '지옥십전'(地獄十殿)에 관한 것으로 인과응보를 선양하고 있다.

9) '천사'(天師)는 후한(後漢) 시기 도교를 창도한 도사 장도릉(張道陵)을 존경하여 부르던 말이다.

10) '권비'(拳匪)는 1900년의 의화단 운동에 참가한 민중들을 업신여겨 부른 말이다. 주로 산둥·즈리(直隸) 일대의 농민, 수공업자, 도시 유민들로 구성된 민중조직이다. 처음에는 '반청멸양'(反淸滅洋)을 구호로 내세웠으나 나중에는 '부청멸양'(扶淸滅洋)을 주장함으로써 청 정부에 이용당하기도 했으며, 종국엔 팔군연합군과 청 정부에 의해 진압되었다.

11) 『교육잡지』(敎育雜誌)는 사오싱현(紹興縣) 교육회가 편집하여 1914년에 창간한 월간지이다. 「교육에 있어서 과학 편중은 도덕 편중만 못하다」(敎育偏重科學無甯偏重道德)는 1918년 8월 제25기에 실렸다.

12) 중국에서는 만청시대까지 황제와 연장자들의 이름과 같은 글자를 쓰는 것을 피했는데, 이를 일컬어 '피휘'(避諱)라고 한다. 청 선종(宣宗; 도광道光)의 이름이 민녕(旻寧)이었기 때문에 청나라 사람들과 유로(遺老)들은 '寧'(녕)을 '甯'(녕)으로 썼다.

13) 『영학잡지』(靈學雜誌)라고 한 것은 『영학총지』(靈學叢誌)가 정확한 이름이다. 상하이 영학회(靈學會)의 편집으로 1918년 1월 창간되었다.

위푸(俞復). 장쑤 우시(無錫) 사람으로 '영학파'의 주요 인물이다. 1917년 10월 상하이에서 루페이쿠이(陸費逵) 등과 성덕단(盛德壇)을 만들어 점을 치고 영학회를 조직하였으며 『영학총지』를 주관했다.

우즈후이(吳稚暉, 1865~1953). 이름은 징헝(敬恒)이며, 장쑤 우진 사람이다. 동맹회에 참가했고 자칭 무정부주의자였다. 국민당 중앙감찰위원, 중앙정치회의위원 등을 역임했다.

14) 『감현이명록』(感顯利冥錄)은 『현감이명록』(顯感利冥錄)이 정확한 이름이다.

15) '서낭신'은 인용문에서 말하는 점술사를 가리킨다.

16) 『둔재한람』(遯齋閑覽)은 송대 진정민(陳正敏 ; 호는 둔옹遯翁)이 지은 책으로 원본은 14권이나 지금은 망실되었다. 『설부』(說郛) 제33권에 40여 조목이 수록되어 있다. '응성충'(應聲蟲) 조목에 다음과 같은 이야기가 있다. "화이시(淮西) 선비 양면(楊勔)은 중년에 이상한 질병에 걸렸다고 말했다. 매번 말하거나 대답할 때마다 뱃속에서 번번이 그것을 따라하는 작은 소리가 있었다. 수년이 지나면서 그 소리가 점점 커졌다. 어떤 도사가 그것을 보고 놀라면서 '이것은 응성충이다. 오랫동안 방치하면 처자식에게까지 미친다. 『본초』(本草)를 읽고 벌레가 응하지 않게 하는 것을 보면 그것을 복용해야 한다'라고 했다. 양면은 이 말대로 '뇌환'(雷丸)까지 읽자 벌레가 홀연 소리를 내지 않았으며, 이에 한꺼번에 몇 알을 먹었더니 곧 완치되었다고 한다."

17) 『본초강목』(本草綱目)은 명대 이시진(李時珍)이 지은 약물학 저서로 모두 52권이다. 인용된 말은 제37권 「목부」(木部) 4, '우목류(寓木類) · 뇌환' 조목에 나온다.

수감록 35[1)]

청조 말년부터 지금까지 '국수國粹보존'이라는 말을 자주 듣는다.

청조 말년에 이런 말을 하는 사람은 대개 두 부류였다. 하나는 애국지사이고 다른 하나는 외국을 다녀온 고관들이었다. 이런 구호의 배후에 그들은 각각 다른 의미를 숨기고 있었다. 지사들이 말하는 국수보존은 옛것을 되찾자는 뜻이었고, 고관들이 말하는 국수보존은 유학생이 변발을 자르지 못하도록 하자는 뜻이었다.

이제 민국이 되었다. 이상에서 말한 두 가지 문제는 이미 완전히 사라졌다. 따라서 나는 요즘 이 말을 하는 사람이 어느 부류이고 이 말의 배후에 무슨 뜻이 숨겨져 있는지 알 수 없다.

그런데 국수보존의 긍정적인 의미에 대하여, 나는 잘 모르겠다.

무엇을 '국수'라고 하는가? 문면으로 보면 한 나라의 고유한 것으로 다른 나라에는 없는 사물이다. 달리 말하면 특별한 물건이다. 하지만 특별하다고 해서 꼭 좋은 것은 아닐진대, 왜 보존해야 하는가?

사람을 예로 들어 보자. 얼굴에 혹이 나고 이마에 부스럼이 불거져 있다면 확실히 뭇사람들과 다른 그만의 특별한 모습을 보여 주므로 그것을 그의 '정수'라고 할 수 있겠다. 그런데 내 생각에는 이 '정수'를 제거하여 다른 사람처럼 되는 게 좋을 것 같다.

만일 "중국의 국수는 특별할 뿐만 아니라 좋다"라고 한다면, 지금 왜 신파도 고개를 젓고 구파도 탄식을 하는 이런 상황에 맞닥뜨리게 되었단 말인가?

만일 "이것은 국수를 보존하지 못했기 때문이고 해금[2]이 폐지되었기 때문이므로 국수는 반드시 보존해야 한다. 해금 폐지 이전에는 전국이 모두 '국수'였으므로 당연히 좋았다"라고 한다면, 왜 춘추전국, 오호십육국이라는 끊임없는 소란이 일어나 옛사람들조차도 모두 탄식을 했던 것일까?

만일 "이것은 성탕·문·무·주공[3]을 배우지 않았기 때문이다"라고 말한다면, 왜 진정한 성탕·문·무·주공의 시대에도 걸·주의 폭정이 있었고, 은완의 난리[4]가 있었고, 그후에도 춘추전국, 오호십육국이라는 끊임없는 소란이 일어나 옛사람들조차도 모두 탄식을 했던 것일까?

내 벗이 한 말이 옳다. "우리가 국수를 보존한다면, 모름지기 국수도 우리를 보존할 수 있어야 한다."

우리를 보존하는 것이 분명 첫번째 진리이다. 국수이건 아니건 간에 그것이 우리를 보존할 수 있는 힘이 있는지를 물어보면 된다.

주)______

1) 원제는 「三十五」, 1918년 11월 15일 『신청년』 제5권 제5호에 실렸다. 필명은 탕쓰.
2) 해금(海禁). 명청시대에는 폐관(閉關) 정책을 실시하여 민간 상선이 해외무역에 종사하는 것을 금지하고 외국 상선은 정해진 곳에서만 통상을 하도록 규정했는데, 이러한 조치를 '해금'이라고 한다. 1840년 아편전쟁이 발발하자 서양은 중국의 문호를 개방하고 불평등 조약을 맺을 것을 강요했다. 이에 따라 '해금'은 점차적으로 풀리게 되었다.
3) 성탕(成湯)은 상(商)대 첫번째 군주이다. 문(文)은 주(周) 문왕으로, 성은 희(姬), 이름은 창(昌)이며, 상대 말기 주족(周族)의 영수로서 주대 문왕으로 추존되었다. 무(武)는 주 무왕으로, 이름은 발(發), 문왕의 아들이며, 주대의 첫번째 군주이다. 주공(周公)은 이름이 단(旦)이며, 무왕의 동생으로 성왕(成王) 때 섭정했다. 이어지는 문장의 걸(桀)은 하(夏)대의 마지막 군주이며, 주(紂)는 상대의 마지막 군주이다.
4) 주 무왕은 상(商)을 멸망시킨 다음 상의 도읍이었던 은(殷)의 옛 땅을 세 부분으로 나누어 그의 형제인 관숙(管叔), 채숙(蔡叔), 곽숙(霍叔)에게 관리하게 했다. 그리고 주(紂)의 아들인 무경(武庚)을 제후로 삼으면서 이 세 형제들에게 감시를 맡겼다. 그러나 무왕 사후에 성왕이 왕위를 계승하고 주공이 국사를 관리하여 세 형제들과 불화하자 무경은 동방의 엄(奄), 포고(蒲姑) 등의 나라와 연합하여 반란을 일으켰다. 이에 주공은 병사를 이끌고 동쪽을 정벌하여 무경을 살해하고 반란을 평정했다. 당시 반란을 일으킨 은의 후예들을 일컬어 '완민'(頑民), '은완'(殷頑)이라 불렀다.

수감록 36[1)]

요즘 극심한 공포를 느끼는 사람들이 아주 많다. 나 또한 극심한 공포를 느낀다.

많은 사람이 두려워하는 것은 '중국인'이라는 이름이 사라진다는 것이다. 그런데 내가 두려워하는 것은 중국인이 '세계인'에서 밀려난다는 것이다.

나는 '중국인'이라는 이름은 결코 소멸할 리 없다고 생각한다. 인류가 존재하는 한 어쨌거나 중국인은 존재한다. 예컨대 이집트 유대인[2)]은 그들이 '국수'를 간직하고 있건 아니건 간에 아직까지 이름이 바뀌지 않고 이집트 유대인으로 불리고 있다. 이름을 보존하기 위해서 노력하고 고심할 필요가 전혀 없음을 알 수 있다.

그런데 작금의 세계에서 함께 성장하고 한자리를 차지하고자 한다면 그에 상당한 진보적 지식, 도덕, 품격, 사랑을 갖추고 있어야만 발을 붙일 수 있다. 이 일은 대단한 노력과 고심이 필요하다. 게다가 '국수'가 많은 국민은 훨씬 더 노력하고 고심해야 한다. 왜냐하면 그들의 '정수'精粹가 너무 많기 때문이다. 정수가 너무 많은 것은 너무 특별한 것이다. 너무 특별하면 다양한 사람들과 함께 성장하고 그 속에서 한자리를 차지하기가 어려운 법이다.

이렇게 말하는 사람이 있다. "우리는 특별히 성장해야 한다. 이렇게 못 한다면 어떻게 중국인이라 하겠는가?"

이리하여 '세계인'에서 밀려나려 하고 있다.

이리하여 중국인은 세계를 상실했으면서도 잠시라도 그대로 세계에 머물고자 한다! 이것이야말로 나의 극심한 공포이다.

주)

1) 원제는 「三十六」, 1918년 11월 15일 『신청년』 제5권 제5호에 발표했다. 필명은 쓰(俟).

2) 유대인들은 최초에 이집트의 알렉산드리아 등지에서 거주했는데, B.C. 1320년 유대민족의 지도자 모세가 그들을 데리고 이집트를 떠나 가나안(팔레스타인) 지방에서 나라를 세웠다. 그들이 이집트에서 나왔으므로 이집트 유대인이라고 불린다. 유대인 국가는 A.D. 70년에 로마제국에 의해 멸망하고, 대다수의 유대인들은 세계 각지에 흩어져 살게 되었다.

수감록 37[1)]

근자에 들어 아주 많은 사람들이 여기저기서 권법을 힘껏 주장하고 있다. 예전에도 한 차례 있었던 것으로 기억하는데, 당시에 그것을 주장한 사람은 만청滿淸의 왕공과 대신들[2)]이었다. 요즘은 지위가 조금 다른 민국의 교육자들[3)]이다. 그들의 종지宗旨 하나하나에 대해서는 국외자 신분인지라 알 수가 없다.

요즘 그것을 주장하는 교육자들은 '구천현녀[4)]가 헌원황제에게 전했고, 헌원황제가 비구니에게 전했다'는 낡은 방법을 '신무술'이라 부르고 심지어는 '중국식 체조'라고 하며 청년들로 하여금 단련하도록 한다. 그것은 장점이 아주 많다고 하는데, 중요한 것 두 가지를 들어 보면 이렇다.

첫째, 체육에 이용하는 것이다. 듣자 하니 중국인은 외국 체조를 배워도 효험이 없으므로 본국식의 체조(즉 권법)를 배워야 한다는 것이다. 생각해 보면 외국 병기나 곤봉을 두 손에 들고 손발을 좌로 펼쳤다 우로 펼쳤다 하면 근육의 발달에 당연히 '효험'이 있을 것 같다. 유감스럽게도 끝내 효험을 못 봤다고 하지만! 그렇다면 방법을 바꾸어 '무송탈고권'[5)]과 같은 놀이를 할 수밖에 없다. 어쩌면 중국인의 생리가 외국인과 다르기 때문일 것이다.

둘째, 군사에 이용하는 것이다. 중국인은 권법을 할 줄 알고 외국인은 권법을 할 줄 모르므로 얼굴을 맞대고 싸우는 날이 오면 중국인의 승리는 말할 필요도 없다는 것이다. 외국인의 '비계를 끄집어내'지는 않더라도 '오룡소지'[6] 권법만으로도 다시는 일어나지 못하도록 일제히 쓰러뜨린다는 것이다. 그런데 유감스럽게도 요즘은 전쟁에 총포를 사용한다. 총포라는 물건은 중국의 '과거에 이미 존재했던 것'임에도 불구하고 지금 이 시점에는 없는 것이다. 등패진법[7]도 연습하지 않고 어떻게 총포를 방어할 수 있다는 것인가? 내 생각에는(그들이 해명한 적이 없으므로 이것은 나의 '관중규포'[8]이다) 권법을 하다 보면 언젠가는 '총포가 쳐들어올 수 없는' 수준(즉 내공?)에 도달한다는 뜻일 터이다. 과거에도 이미 한 차례 시도한 적이 있으니 바로 1900년의 일이다.[9] 유감스럽게도 당시에는 명예가 그야말로 완전히 실추되고 말았다. 이번에는 어떨지 한번 두고 볼 일이다.

주)______

1) 원제는 「三十七」, 1918년 11월 15일 『신청년』 제5권 제5호에 발표했다.

2) 청조에서 총리아문대신(總理衙門大臣)을 지낸 단왕재의(端王載漪), 협판대학사(協辦大學士) 강의(剛毅), 종실 재간(載瀾) 등을 가리킨다. 무술변법 실패 이후 자희(慈禧)태후를 위수로 한 완고파는 광서제(光緒帝)를 폐출시키고 재의의 아들 부준(溥儁)으로 하여금 제위를 잇게 하려고 했으나 각국 공사의 반대에 부딪혔다. 그들은 의화단을 '지원'하고 태극권을 제창하면서 외국세력에 대항했다. 1900년 6월 청 조정은 강의 등을 임명하여 의화단을 통솔하게 했다.

3) 당시 지난진수사(濟南鎭守使) 마량(馬良)은 『신무술 초급 권각과』(新武術初級拳脚科)라

는 책을 썼다. 1918년 전국교육연합회 제4차 회의와 전국초중고학교장 회의에서 '신무술 전파'라는 결의를 통과시켜 신무술을 중학과정 이상의 체육과정에 편입하고 마량이 지은 교과서를 사용하는 것에 동의했으며 일부 교육계 인사들도 동조를 표시했다.

4) 구천현녀(九天玄女). 중국 고대신화 속의 여신으로 도교에서는 여선(女仙)으로 받들었다. 중국 고대소설 속에서 영웅을 돕고 악을 제거하는 정의의 신으로 등장한다. 헌원황제가 치우(蚩尤)와 싸울 때 구천현녀가 도와 이겼다는 이야기가 전해진다.

5) 무송탈고권(武松脫銬拳). 『수호전』(水滸傳)을 보면, 무송(武松)이 죄인으로 몰려 쇠고랑을 찬 채 길을 떠나는데, 페이윈푸(飛雲浦)에서 칼잡이들이 나타나 위협하자 쇠고랑을 부수고 이들의 목을 베는 이야기가 나온다(제30회). '무송탈고권'은 이 이야기에서 유래한 권법이다.

6) '오룡소지'(烏龍掃地)는 무술 초식의 하나. 땅을 쓰는 척하면서 상대방의 발목을 공격하는 것이다.

7) 등패진법(藤牌陣法). 중국 고대의 전쟁 진법 중의 하나인 등패진을 가리킨다. 호신 및 공격용으로 사용하던 등패(등나무의 줄기를 심으로 하고 대나무 껍질을 얽어서 불룩하게 만든 둥근 방패)를 전쟁 진법으로 발전시킨 것이다.

8) '관중규포'(管中窺豹)는 대롱 구멍으로 표범을 보면 표범가죽의 얼룩 하나밖에 보이지 않는다는 뜻으로 식견이 좁음을 일컫는 말이다.

9) 의화단이 1900년 팔국연합군에게 저항할 당시 "신령이 육체에 붙으면 총포가 들어오지 않는다"라는 미신이 유행했다.

수감록 38[1)]

중국인은 예부터 자대自大하는 편이었다. '개인적 자대'가 아니라 모두 '군중적, 애국적 자대'라는 점이 아쉬울 따름이다. 이렇게 된 원인은 문화적 경쟁에서 패배한 뒤 다시 분발약진하지 못했기 때문이다.

'개인적 자대'는 바로 독특함이고 용중庸衆에 대한 선전포고이다. 정신병리학적인 과대망상을 제외하면 자대하는 사람은 대체로 약간의 천재성을 가지고 있다. Nordau[2)] 등의 학설에 따르면 약간의 광기라고 할 수도 있다. 그들은 자신의 사상과 견식이 용중을 넘어서고 용중이 이해하지 못한다고 생각하기 때문에 세속에 분노하고 원망하다가 차츰 염세가나 '민중의 적'[3)]으로 변해 버린다. 그런데 모든 새로운 사상은 그들로부터 나온다. 정치적, 종교적, 도덕적 개혁 역시 그들로부터 시작된다. 따라서 '개인적 자대'가 많은 국민은 정녕 얼마나 복된 사람들인가! 대단한 행운이다!

'군중적 자대', '애국적 자대'는 동당벌이同黨伐異이고 소수의 천재에 대한 선전포고이다. 다른 나라의 문명에 대한 선전포고는 부차적이다. 그들 스스로가 남들에게 과시할 수 있는 특별한 재능이 터럭만치도 없기 때문에 나라를 내세워 그림자 속에 숨는다. 그들은 나라의 관습과 제도를 높이 치켜세우며 대단하다고 찬미한다. 자신들의 국수가 이처럼 영광스러우므로 자신들도 자연히 영광스럽게 되는 것이다! 공격을 당하더라도 그들은 자발적으로 응전할 필요가 없다. 그림자 속에 쪼그리고 앉아 눈을 뜨고 혀를 놀리는 사람들의 수가 아주 많으므로 mob[4]의 재주를 발휘하여 한바탕 소란을 피우기만 해도 제압할 수 있기 때문이다. 그래서 성공한다면 자신도 군중 속의 한 사람이므로 당연히 이긴 것이 된다. 실패한다면 군중 속에는 많은 사람이 있으므로 꼭 자신이 상처를 입어야 할 이유는 없는 것이다. 대개 군중을 모아 분규를 일으킬 때 대부분이 이런 심리인데, 바로 그들의 심리이기도 하다. 그들의 움직임은 맹렬한 듯하나 실은 아주 비겁하다. 그 결과 복고復古, 존왕尊王, 부청멸양扶清滅洋 등을 낳았다는 것은 이미 차고 넘치게 가르쳐 주고 있다. 따라서 '군중적, 애국적 자대'가 많은 국민은 정녕 애달프고 정녕 불행하다!

불행히도 중국에는 하필 이러한 자대가 많다. 옛사람들이 만들거나 말한 일들은 나쁜 것이 하나도 없으므로 그것에 못 미칠까 걱정이지 어떻게 감히 개혁을 말한단 말인가? 애국적 자대가自大家의 이러한 생각은 각 파벌마다 조금 다른 점이 있다고 하더라도 뿌리는 일치한다. 이들을 꼽아보면 아래 다섯 부류로 나눌 수 있다.

갑 운운, "중국은 땅이 크고 물산이 풍부하며, 개화가 가장 일찍 시작되었고, 도덕은 천하제일이다." 이것은 완전한 오만이다.

을 운운, "외국은 물질문명이 높지만, 중국은 정신문명이 훨씬 더 훌륭하다."

병 운운, "외국에 있는 것은 모두 중국에 있었던 것이다. 모종某種의 과학은 모某 선생이 이미 말한 바의 운운이다." 이 두 부류는 모두 '고금중외파'古今中外派의 지류이다. 장지동[5]의 격언에 따르면 "중학을 본체로 하고 서학을 쓰임으로 하"는 인물들이다.

정 운운, "외국에도 거지가 있다. (혹은 운운하길) 초가집, 창기, 빈대도 있다." 이것은 소극적 반항이다.

무 운운, "중국 것은 야만이라도 좋다." 또 운운한다. "당신은 중국 사상이 혼미昏迷하다고 말하지만 이것이야말로 우리 민족이 일구어 낸 사업의 결정結晶이다. 조상부터 혼미했으므로 자손들까지 혼미해야 하고, 과거부터 혼미했으므로 미래까지 혼미해야 한다.…… (우리는 인구가 4억인데) 당신이 우리들을 멸종시킬 수 있겠는가?"[6] 이것은 '정'보다 한술 더 뜨는 것이다. 남들을 물고 늘어지지 않는 대신 자신의 추악함을 가지고 도리어 젠체하는 것으로, 강경한 말투는 『수호전』 속의 우이의 태도와 같다.[7]

다섯 부류 중 갑을병정의 말도 너무 황당무계하지만 무에 비교하면 그들은 그나마 승벽이 있어서 봐줄 만하다. 예컨대, 패가망신한 집안의 자손들이 흥성한 집안을 보면 흰소리를 해대고 대가의 품새를 드러내거나 혹은 그 집안의 흠집을 찾아내어 잠시라도 자신을 위해 변명거리를 만드는 법이다. 이런 태도는 극히 가소롭지만 문드러진 코도 조상 대대로 내려오는 병이라며 뭇사람들에게 과시하는 부류에 비하면 어쨌거나 조금 나은 편이다.

무파의 애국론은 제일 나중에 등장했는데, 나는 이것을 듣고 가장 한심하다는 생각이 들었다. 그들의 속셈이 두려웠을 뿐만 아니라 실은 그들의 말이 훨씬 사실적이었던 까닭이다. 혼미한 조상이 혼미한 자손을 길러 낸다는 것은 유전의 정해진 이치이다. 민족성은 일단 만들어지고 나면 좋건 나쁘건 간에 변화시키는 것이 쉽지가 않다. 프랑스의 G. Le bon[8]이 지은 『민족 진화의 심리』에는 이것을 언급하면서(원문은 잊어버렸고 여기서는 대의를 들겠다) "우리의 일거수일투족은 주체적으로 행하는 것 같지만 사실은 죽은 귀신의 견제를 받는다. 우리 세대의 사람들을 과거 수백 세대 이전의 귀신에 비교하면 수적으로 절대로 대항할 수 없다"라고 말했다. 우리의 수백 세대 이전의 조상들 속에는 혼미한 사람이 분명 적지 않다. 도학[9]을 말하는 유생이 있고 음양오행[10]을 말하는 도사가 있고 정좌해서 연단을 만드는 신선이 있고 분장을 하고 무술을 하는 배우[11]도 있다. 그러므로 우리가 이제 '사람' 노릇을 잘해 보려 해도 혈관에 있는 혼미한 요소가 농간을 부리지 않는다는 보장을 할 수 없다. 따라서 우리는 자신도 모르게 단전과 분장술을 연구하는 인물로 변하고 만다. 정녕 한심한 일이 아닐 수 없다. 그런데 혼미한 사상의 유전이라는 폐해가 백에 하나도 비껴가지 못하는 매독만큼 강력하지 않기를 나는 늘 희망하고 있다. 설령 매독과 마찬가지라고 하더라도 지금은 606[12]의 발명으로 육체적인 질병은 치료할 수 있으므로 이제 나는 707 같은 약이 발명되어 사상적인 질병을 치료할 수 있기를 희망한다. 알고 보니 이런 약은 벌써 발명되었으니, 그것은 바로 '과학'이다. 정신적으로 코가 문드러진 벗들이 '조상 대대로 내려온 병'이라는 기치로 복약에 반대하지 않기를 희망할 따름이다. 언젠가는 중국의 혼미병이 온전히 치료되는 날이 있을 것이다. 조상의 세력이 크기는 하지만 이제부터라도 변화에 뜻을 두고 혼미한 마음과 혼미를 조장하는 물건(유·도 두 파의 문서)을 일소하고 병에 맞는 약을 쓴다면 즉각 효험을 보지는 못하더라도 병의 독소는 조금씩 약화될 것이고, 이렇게 해서 몇 세대 지나 우리가 조상이 될 즈음에는 혼미한 선조들의 세력을 얼마간 나누어 가지게 될 수 있을 것이다. 그때가 바로 전기轉機이고, 르봉이 한 말도 두려울 게 없을 것이다.

이상은 '미발달 민족'에 대한 나의 치료방법이다. '멸종'이라는 항목은 얼토당토않으므로 말할 필요가 없다. '멸종'이라는 무서운 두 글자를 어찌 우리 인류가 입에 담을 수 있겠는가? 이런 주장을 한 장헌충[13] 같은 사람은 지금까지도 인류에게 욕을 먹고 있다. 게다가 그런 주장이 실제적으로 무슨 효과를 보겠는가? 그런데 나는 무파의 제공諸公들에게 권하고 싶은 말이 있다. '멸종'이라는 말은 사람들을 놀라게 할 수는 있지만 자연을 놀라게 할 수는 없다는 것이다. 자연은 인정사정없다. 그것은 멸종이라는 길로 향하는 민족을 보면 가차 없이 멸종하도록 내버려 둔다. 우리는 스스로가 살고 싶어 하고, 다른 사람들도 모두 살기를 희망한다. 차마 다른 사람들의 멸종을 말하지 못하고, 그리고 그 사람들이 멸종의 길을 가는 도중에 우리를 연루시켜 멸종시킬 것을 두려워하고 있기 때문에 초조한 것이다. 현상을 바꾸지 않고도 흥성할 수 있고 진실로 자유롭고 행복한 생활을 누릴 수 있다면, 그렇기만 하다면 야만적인 삶도 너무 좋다는 것이다. 그런데 누가 감히 '그렇다'라고 대답할 수 있겠는가?

주)______

1) 원제는 「三十八」, 1918년 11월 15일 『신청년』 제5권 제5호에 발표했다. 필명은 쉰(迅).
2) 막스 노르다우(Max Nordau, 1849~1923). 헝가리 출생의 독일인 의사, 정치평론가, 작가. 저서로는 정치평론 『퇴화』(*Entartung*), 소설 『어울리지 않는 결혼』(*Morganatisch*) 등이 있다.
3) 노르웨이 극작가 입센(Henrik Ibsen)의 희곡 『민중의 적』(*En Folkefiende*)의 주인공 스

토크만(Dr. Thomas Stockmann) 같은 사람을 가리킨다. 스토크만은 공중위생사업에 열심인 온천의 의사이다. 그는 온천에 대량의 전염병균이 함유되어 있는 것을 발견하고 온천의 개선을 건의한다. 하지만 경제적으로 손해 볼 것을 두려워한 시정 당국과 시민은 극력 반대하고 그를 면직하며 '민중의 적'으로 규정한다.

4) 모브(mob). '오합지졸'(烏合之卒)을 의미한다.

5) 장지동(張之洞, 1837~1909). 자는 효달(孝達), 즈리(直隷) 난피(南皮 ; 지금의 허베이성河北省에 속한다) 사람. 청말의 대신이며 양무파 지도자로 양광(兩廣)총독, 후광(湖廣)총독, 군기대신 등을 역임했다. "중학을 본체로 하고 서학을 쓰임으로 하다"(中學爲體西學爲用)는 그의 저서 『권학편』(勸學篇)의 「설학」(設學)에 나온다. "학당의 법은 대략 다섯 가지 요체가 있다. 하나는 신·구를 겸하여 배우는 것이다. 사서오경, 중국 역사, 정치서와 지리가 구학이고, 서양 정치, 서양 예술, 서양 역사가 신학이다. 구학이 본체가 되고 신학은 쓰임이므로 어느 하나를 폐해서는 안 된다." 같은 책의 「회통」(會通)에서는 "중학은 내학이고 서학은 외학이다. 중학은 심신을 다스리고 서학은 세상의 일에 대응하는 것이므로 꼭 경전의 문장에 얽매일 필요는 없지만 그렇다고 해도 경전의 의미와 모순이 있어서는 안 된다"라고 했다.

6) "사상이 혼미"한 것은 "우리 민족이 일군 것"이라는 등의 말은 『신청년』 제5권 제2호(1918년 8월 15일) 「통신」란에 실린 런훙좐(任鴻雋)이 후스(胡適)에게 보낸 편지를 겨냥한 것이다. 런훙좐의 편지에는 다음과 같은 내용이 있다. "나는 첸(錢) 선생님이 한문을 폐지해야 한다고 말한 뜻은 한문이 좋지 않아서가 아니라 한문이 담고 있는 내용이 좋지 않아서라고 생각합니다. 따라서 그것을 모두 훼손하여 일소하자는 것이지요. 그런데 나는 이것이 근본적 방법이라고 생각하지 않습니다. 우리나라의 역사, 문자, 사상이 아무리 혼미하다고 하더라도 어쨌거나 미발달한 우리 민족이 이룩하여 남겨 놓은 것입니다. 이러한 혼미의 씨앗은 문자역사에만 존재하는 것이 아니라 현재와 장래의 자손의 마음과 머릿속에도 존재할 것입니다. 따라서 나는 대담하게 선언하고자 합니다. 만약 중국이 잘 되려면 반드시 중국인을 멸종하게 하는 것이 시급합니다! 애석하게도 한문과 한어를 폐지하자는 주장은 극단으로까지 밀고 가기는 했지만 아직 한 가지 목적에도 도달하지 못했습니다!"

런훙좐(1886~1961)은 자가 수융(叔永), 쓰촨(四川) 바현(巴縣) 사람이다. 일본과 미국에서 유학했고, 베이징대학 교수를 역임했다. 여기에 인용한 말은 그가 공자학 폐지, 도교 박멸, 일반인들의 유치하고 야만적이고 완고한 사상을 없애기 위해서는 우선 한자를 폐지해야 한다는 첸쉬안퉁(錢玄同)의 주장을 겨냥해서 한 말이다.

7) 우이(牛二)는 『수호전』(水滸傳)에 나오는, 야만적이고 이치에 맞지 않는 태도로 양지(楊志)에게 보검을 팔라고 요구하는 인물이다. 제22회 「볜징청(汴京城)에서 양지가 보검을 팔다」에 나온다.

8) 귀스타브 르봉(Gustave Le Bon, 1841~1931). 프랑스 의사이자 사회심리학자. 그가 지은 『민족 진화의 심리학적 법칙』(*Les Lois psychologiques de l'évolution des peuples*; 즉, 본문에서 말한 『민족 진화의 심리』)의 제1부 제1장에 다음과 같은 말이 나온다. "우리는 종족을 시간을 초월한 영구적인 사물로 간주해야 한다. 이 영구적인 사물은 어떤 일정한 시기 내에 그것을 구성하는 삶의 개체들로 구성될 뿐만 아니라 장기적으로 부단히 연속된 죽은 자 즉, 조상들로도 이루어진다. 종족의 진의를 이해하기 위해서는 동시에 과거와 미래에까지 펼쳐야 한다. 죽은 자는 산 자와 비교하면 무한히 훨씬 더 많고 훨씬 더 강력하다. 그들은 무의식의 거대한 범위를 통치한다. 이 무형의 세력이 보여 주는 지혜와 품성의 모든 표현에 있어서도 산 자들에 비교하면 죽은 자들이 더욱 깊이 한 민족을 지도하고 있다. 그들의 몸에서만이 종족을 건설할 수 있다. 한 세기 한 세기 지나면서 그들은 우리의 관념과 정감을 만들어 내고, 따라서 우리 행위의 모든 동기를 만들어 낸다. 과거의 사람들은 그들의 생리적 조직을 우리에게 물려주었을 뿐만 아니라 우리에게 그들의 사상도 물려주었다. 따라서 죽은 자는 산 자의 이론의 여지가 없는 유일한 주재자이다. 우리는 그들이 범한 과실의 무거운 부담을 지고 있으며, 우리는 그들이 행한 덕행의 보응을 받고 있다."(장궁뱌오張公表 번역, 상우인서관商務印書館, 1935년 4월 초판)

9) 이학(理學)을 가리킨다. 송대 주돈이(周敦頤), 정호(程顥), 정이(程頤), 주희(朱熹) 등이 유가의 학설을 정리하여 만든 사상체계. '리'(理)를 우주의 본체로 간주하고 '삼강오상'(三綱五常) 등의 윤리도덕을 '천리'라고 말하며 "천리를 보존하고 인욕을 제거하자"(存天理滅人慾)고 주장했다.

10) 중국 고대의 소박한 유물주의와 변증법적 자연관이라고 할 수 있으며, 전국시대 제(齊)와 연(燕)의 방사들에 의해 시작되었다. 수, 화, 목, 금, 토라는 다섯 가지의 물질과 '음양'의 개념으로 자연계의 기원, 발전, 변화를 해석한다. 후에 음양가, 유가, 도가는 음양오행설을 신비화하여 조대(朝代)의 변화와 사회변동, 인간의 운명을 해석했다.

11) 전통 연극에서 배우들은 '검보'(臉譜; 분장술)에 따라서 분장을 했다. '무술'은 전통 연극 속의 무술을 말한다. 『신청년』은 '분장', '무술'의 존폐 문제에 대해 토론을 하기도 했다.

12) 아르스페나민(Arsphenamine)을 가리킨다. 항매독제로 1909년에 발명되었다. 약의 실험 단계에서 얻은 606화합물로 말미암아 606이라 불리게 되었다.

13) 장헌충(張獻忠, 1606~1646). 옌안(延安) 류수젠(柳樹澗; 지금의 산시陝西 딩볜定邊 동쪽) 사람으로 명말 농민봉기 지도자이다. 숭정(崇禎) 2년(1630)에 봉기하여 숭정 17년에 청두(成都)에서 대서국(大西國)을 건립했다. 청 순치(順治) 3년(1646)에 청나라 군대의 화살에 맞아 죽었다. 야사나 잡기를 포함한 고대의 역사서에는 그의 살인 행각에 대한 기록이 많이 있다.

1919년

수감록 39[1]

『신청년』 제5권 4호는 은연중에 연극개량 특집호가 되었는데, 문외한인 나로서는 별 할 말이 없다. 그런데 「연극개량 재론」[2]이라는 글에 나오는 "중국인이 이상을 말할 때면 경시하는 의미가 포함되어 있어서 이상은 곧 망상이고 이상가는 곧 망상가인 것처럼 느껴진다"라는 대목이 나의 추억을 불러일으켰으므로 부득이 쓸데없는 말 몇 마디 하지 않을 수 없다.

내 경험에 따르면 이상의 가치가 폭락한 것은 겨우 최근 5년 동안의 일이다. 민국 이전에만 해도 이렇지는 않아서 많은 국민들이 이상가는 길을 인도하는 사람으로 인정했다. 민국 5년 전후 이론적인 사업들이 착착 실현되자 이상파들은 — 깊이와 진위는 논하지 않기로 한다 — 유난히 고개를 들고 다녔다. 다른 한편으로는 구관료들의 정권 탈취와 냉대를 못 견디고 하산을 준비한 유로遺老들도 있었다.[3] 이들은 모두 이상파를 통렬히 증오하면서, 듣도 보도 못한 학리學理와 법리法理가 앞을 가로막고 있어 활보할 수가 없다고 했다. 이리하여 이들은 삼일 밤낮의 고심 끝에 마침내 한 가지 병기를 생각해 내고, 이 이기利器가 있어야만 '리'理자 항렬의 원흉을 일률적으로 숙청할 수 있다고 했다. 이 이기의 거룩한 이름은 바로 '경험'이다. 이제 다시 새로운 아호雅號가 보태졌으니, 바로 너무나도 고상한 '사실'事實이라는 이름이 그것이다.

경험은 어디에서 얻는 것인가? 바로 청조에서 얻는 것이다. 경험은 우물쭈물하던 그들의 목청을 높였다. "개는 개의 도리가 있고 귀신은 귀신의 도리가 있고 중국은 다른 나라와 다르므로 중국의 도리가 있다. 도리란 저마다 다른 법인데 무조건 이상이라고 하니 심히 원통하다." 이런 때야말로 상하가 한마음으로 재정을 관리하고 종족을 강하게 만들어야 하는 시기이고, 게다가 '리'理자가 붙은 것들은 태반이 서양 물건이므로 애국지사라면 마땅히 배척해야 한다는 것이다. 따라서 순식간에 가치가 하락하고 순식간에 조롱을 당하고 순식간에 이상가의 그림자조차도 의화단 시절의 교민[4]들처럼 군중에게 버림받아 마땅한 대죄를 저지른 취급을 받게 되었다.

그런데 우리는 인격의 평등 역시 외래의 낡은 이상임을 분명히 알아야 한다. 이제는 '경험'이 이미 등단했으므로 인격의 평등은 당연히 망상으로 지목하고, 조종祖宗들이 만든 법규에 부합하도록 주모자건 공범자건 모조리 대신들의 신발로 짓밟아야 한다. 그런데 이러한 유린이 시작된 지도 어느새 4, 5년이 지났고, 경험가들도 너덧 살 더 나이를 먹어 이제껏 경험하지 못했던 죽음이라는 생물학적 학리에 차츰 가까워지고 있다. 그러나 뭇 나라들과 다른 중국은 여전히 이상이 거주하는 곳이 아니다. 대신들의 신발의 유린 아래에서 배운 제공諸公들은 벌써부터 자신들도 경험을 얻었다고 힘껏 크게 소리 지르고 있다.

그런데 과거의 경험은 황제의 발아래에서 배운 것이지만 현재와 장래의 경험은 황제의 종의 발아래에서 배운 것임을 우리는 알아야 한다. 종의 숫자가 많아질수록 심전[5]의 경험도 많아지기 마련이다. 경험가 2세의 전성시대에는 이상이 경시될 뿐이고 이상가가 망상가로 간주될 뿐이라면 그나마 행복이고 요행이라고 할 수 있다.

작금의 사회에서 이상과 망상의 구분은 분명하지 않다. 다시 얼마 지나면 '할 수 없는 것'과 '하려 하지 않는 것'의 구분도 분명해지지 않고 정원 청소와 지구 쪼개기도 마구 섞어서 이야기하게 될 것이다. 이상가가 정원에 악취가 나므로 청소를 해야 한다고 말하면 — 그때에는 이런 말을 하는 사람도 이상당理想黨 취급을 받을 것이다 — 경험가는 이렇게 말할 것이다. "이제껏 여기서 소변 봤는데 뭐 하러 청소해? 절대로 안 돼, 단연코 안 돼!"

그때가 되면 '원래부터 이러한 것'이기만 하면 무조건 보배가 된다. 이름 모를 종기마저도 중국인의 몸에 난 것이라면 "붉은 종기 난 곳은 도화꽃처럼 요염하고, 곪은 곳은 진한 젖처럼 아름다운" 것이 된다. 국수가 존재하는 곳이라면 오묘하기가 형언할 수 없다. 반면 이상가들의 학리와 법리는 서양 물건이므로 전혀 입에 올리지 않게 될 것이다.

그런데 가장 괴이한 것은 민국 7년 10월 중하순 홀연 경험가, 이상·경험 겸비가, 경험·이상 미결정가들이 대거 등장하여 한결같이 공리公理가 강권을 이겼다고 말한 일이다.[6] 뿐만 아니라 공리를 향해 한바탕 찬양하고 한바탕 공손하게 굴었다. 이 사건은 경험의 범위를 벗어난 것일뿐더러 '리'자 항렬의 혐오스런 물품을 하나 더 보탠 일이기도 했다. 앞으로 어떤 식으로 수습이 될지 나는 아직 경험하지 못했으므로 감히 함부로 말할 수 없다. 생각건대, 경험을 주장하는 제공들도 아직 경험하지 못했으므로 입을 열지 못할 것 같다.

달리 도리가 없어 부득불 여기에서 제기하는 것인데, 경시나 당하는 이상가에게 가르침을 주시기를 청한다.

주)

1) 원제는 「隨感錄三十九」, 1919년 1월 15일 『신청년』 제6권 제1호에 발표했다. 필명은 탕쓰. 본편부터 「수감록 66」까지는 모두 1919년에 발표한 글인데, 루쉰은 1918년 작품으로 착각하고 편집했다.
2) 「연극개량 재론」(再論戲劇改良). 『신조』(新潮) 잡지의 주편이었던 푸쓰녠(傅斯年)이 지은 글이다. 여기에 인용한 단락의 원문은 다음과 같다. "중국인은 '이상론'과 '이상가'의 진의를 이해하지 못한다. '이상'을 말하면 경시하는 의미가 포함되어 있어서 '이상'은 '망상', '이상가'는 '망상가'로 느낀다. 사실 세계의 진보는 철저하게 일부 '이상가'들이 만든 것이다."
3) 신해혁명 뒤 베이양군벌 위안스카이는 청조의 대신들과 협력하여 제국주의의 지지 아래 정권을 장악하여, 1912년 3월 베이징에서 임시대총통에 취임했다. 그는 "정치적 · 군사적 경험이 남들보다 우월하다"고 주장하며 무력으로 반대자를 진압하고, 슝시링(熊希齡)에게 소위 '일류 경험내각'을 조직하게끔 했다. 얼마 뒤 그는 황제 등극을 기도하게 되는데, 청조의 대신 라오나이쉬안(勞乃宣), 쑹위런(宋育人), 류팅천(劉廷琛)도 그를 따라 베이징 등지에서 복벽(復辟)활동을 벌였다. 1917년에는 장쉰(張勛), 캉유웨이(康有爲) 등이 청의 마지막 황제 푸이(溥儀)의 복벽을 도운 사건이 일어나기도 했다.
4) 교민(教民). 아편전쟁 이후 천주교와 기독교는 중국 각지에 교회를 세우고 신도들을 모았는데, 이 신도들을 '교민'이라고 불렀다. 그중 일부는 종교의 세력을 믿고 민중들을 기만하여 분노를 샀다. 의화단 운동 당시에 이러한 교민은 공격을 받기도 했다.
5) '심전'(心傳)은 선종 불교의 용어. 문자나 경전에 의지하지 않고 스승과 제자가 마음이 서로 통하여 주고받는 것을 말한다.
6) 1918년 제1차 세계대전 종결 후 영국, 미국, 프랑스 등 '연합군'은 그들이 독일, 오스트리아 등 '동맹국'을 이긴 것을 두고 "공리가 강권을 이겼다"고 선전했다. 중국은 당시에 연합국의 일원이었으므로 이를 이용하여 중국의 국제적 지위를 변화시키고자 했다.

수감록 40[1)]

온종일 방안에 앉아 기껏 창밖으로 보이는 네모난 처참하게 누런 하늘을 바라볼 뿐이거늘 무슨 감회가 있겠는가? 다만 "한동안 존안을 못 뵈어 시시각각 그리움이 사무치는구려"[2)]라고 씌어진 편지 몇 통과 "오늘 날씨가 참 좋소이다"라고 말하는 손님 몇 명이 있었을 따름이다. 모두 조상 대대로 내려오는 유서 깊은 점포의 문자와 언어들이다. 쓴 사람이나 말한 사람이나 무심코 한 것이므로 보는 사람도 듣는 사람도 아무런 감동이 없다.

오히려 나에게 의미 있었던 것은 일면식 없는 청년이 보낸 한 편의 시였다.

사랑

나는 불쌍한 중국인. 사랑! 나는 네가 무엇인지 모른다.

나에겐 가르쳐 주고 길러 주고 살뜰하게 보살펴 준 부모가 있다. 나 또한 못지않게 그들에게 잘했다. 나에게는 어린 시절 함께 놀고, 자라서는 함께 열심히 공부하고 살뜰하게 보살펴 준 형제자매가 있다. 나 또한 못지 않게 그들에게 잘했다. 그런데 나를 '사랑'했던 사람은 없고, 나도 그들을 '사랑'하지 않았다.

내 나이 19세, 부모는 나를 장가보냈다. 요 몇 해 우리 둘은 그럭저럭 화목하다. 그런데 이 혼인은 남의 주장, 남의 주선으로 이루어졌다. 그들의 하룻밤 농담은 우리의 백 년 약속이 되었다. "워워, 너희 둘 한곳에서 사이좋게 지내거라!", 주인의 명령에 순종하는 두 마리의 가축처럼.

사랑! 불쌍하게도 나는 네가 무엇인지 모른다!

시의 수준이나 의미의 깊이에 대해서는 논하지 않기로 한다. 다만 나는 이 시가 피의 증기蒸氣, 깨어난 사람의 진짜 소리라고 말하고 싶다.

사랑이 무엇인가? 나도 모른다. 중국인 남녀는 대개 한 쌍 혹은 한 떼 — 한 남자에 여러 여자 — 로 살고 있다. 이들 중 누가 사랑을 아는지 모르겠다.

그런데 예전에는 고민의 소리를 듣지 못했다. 고민이 있더라도 소리를 지르기만 하면 곧장 잘못으로 치부되어 젊은이나 늙은이나 일제히 고개를 젓고 일제히 욕설을 퍼부었다.

하지만 사랑 없는 결혼의 후과는 지속적으로 끊임없이 진행되고 있다. 형식적으로 부부이지만 서로가 전혀 상관하지 않으므로 젊은이는 오입질하고 늙은이는 다시 첩을 사들인다. 제각기 양심을 마비시키는 비책이 있었다. 따라서 지금까지도 문제가 되지 않았던 것이다. 그런데 '질투'라는 글자를 만들어 낸 것은 그들이 일찍이 그것을 고심하며 다루었던 흔적을 보여 준다고 할 수 있다.

그런데 동쪽에서 먼동이 트면서 인류가 여러 민족에게 요구한 것은

'사람'—물론 '사람의 아들'도—이었다. 하지만 우리가 가진 것은 다만 사람의 아들, 며느리와 며느리의 남편밖에 없으므로 인류의 앞에 바칠 수가 없다.

그러나 마귀의 손에도 빛이 새는 곳이 있기 마련이므로 광명을 가리지는 못한다. 사람의 아들이 깨어난 것이다. 그는 사람 사이에는 사랑이 있어야 함을 알게 되었고, 과거의 젊은이와 늙은이가 저지른 죄악을 알게 되었다. 따라서 고민이 시작되었고 입을 열어 소리를 지르고 있는 것이다.

그런데 여성들은 애당초 죄가 없었음에도 지금 낡은 습관의 희생 노릇을 하고 있다. 인류의 도덕을 자각한 이상 우리는 양심적으로 저들 젊은이와 늙은이의 죄를 반복하지 않으려 하고, 또한 이성異性을 탓할 수도 없다. 하릴없이 더불어 한평생 희생 노릇을 하며 사천 년의 낡은 장부를 청산해야 한다.

한평생 희생 노릇을 하는 것은 지독히 무서운 일이만, 혈액은 필경 깨끗하고 소리는 필경 깨어 있고 진실하다.

우리는 크게 소리를 지를 수 있다. 꾀꼬리라면 꾀꼬리처럼 소리치고, 올빼미라면 올빼미처럼 소리치면 된다. 우리는 거들먹거리며 사창가를 빠져나오자마자 "중국의 도덕이 제일이다"라고 말하는 사람의 소리를 배워서는 안 된다.

우리는 또한 사랑 없는 비애를 소리쳐야 하고 사랑할 것이 없는 비애를 소리쳐야 한다. …… 우리가 낡은 장부帳簿를 깨끗이 지워 버리는 순간까지 외쳐야 한다.

낡은 장부는 어떻게 깨끗이 지우는가? 나는 대답한다. "우리의 아이들을 철저히 해방하는 것이다."

주)______

1) 원제는 「四十」, 1919년 1월 15일 『신청년』 제6권 제1호에 발표했다. 필명은 탕쓰.
2) 원문은 '久違芝宇, 時切葭思'. 전통시대 서신에서 자주 사용하던 표현이다. '지우'(芝宇)는 미우(眉宇), 즉 양미간이라는 뜻이다. 『신당서』(新唐書)의 「원덕수전」(元德秀傳)에 "방관매(房琯每)가 덕수를 보고는 탄식하면서 '자지(紫芝)의 미우를 보니 명리(名利)를 추구하는 마음이 모두 사라집니다'라고 말했다"는 말이 있다. '자지'는 원덕수의 자(字)이다. 이후로 '지우'는 타인의 용모를 존대하는 말로 사용되었다. '가사'(葭思)는 『시경』의 「진풍(秦風)·겸가(蒹葭)」에서 "우거진 갈대숲, 흰 이슬이 서리가 되었다. 그리운 그대는, 물가 저편에"(蒹葭蒼蒼, 白露爲霜. 所謂伊人, 在水一方)라고 한 데서 나온 말인데, 후에 벗에 대한 그리움을 표시하는 데 사용되었다.

수감록 41[1)]

익명의 편지에서 '돌조각이나 헤아린다'(장쑤江蘇 방언)라는 말을 보았다. 아마도 재주가 없으면 개혁을 주장하지 말고 돌조각이나 헤아리는 게 낫다는 의미인 듯하다. 이로 말미암아 본 잡지 「통신」란에 실린 '석탄을 씻다'[2)]라는 쓰촨 방언이 생각났다. 생각건대, 다른 성의 방언에도 유사한 말이 많을 것 같고, 오롯이 자포자기를 권하는 이런 격언을 지키는 사람도 결코 적지 않을 것이다.

무릇 중국인은 말 한 마디 하거나 일 한 가지 하는 데도 전래의 습관에 약간이라도 저촉되는 경우, 단 한 번의 공중제비로 성공해야만 발붙일 곳이 생기고 달군 쇠만큼이나 뜨거운 공경을 받게 된다. 그렇지 않으면 이단을 세운다는 죄명으로 말을 못 하게 되거나 심하게는 천지가 용납하지 않을 대역무도한 죄를 저지른 것이 되고 만다. 이런 사람들에 대해 과거에는 구족[3)]을 멸하고 이웃까지 연루시켰으나 지금은 익명의 편지 몇 통 받는 정도에 지나지 않는다.[4)] 그러나 의지가 다소 박약한 사람들은 이것만으로도 위축되지 않을 수 없기 때문에 어느새 '돌조각 헤아리기'당黨에 편입되어 버리고 만다.

따라서 지금 중국은 사회적으로 개혁이 전혀 없고 학술에도 발명이 없으며 예술에도 창작이 없다. 많은 사람들의 지속적인 연구와 앞사람이 쓰러지면 뒷사람이 이어 가는 탐험 같은 것은 언급할 필요도 없다. 이 나라 사람의 사업이란 대체로 최신식의 성공을 도모하기 위한 처세와 모든 것에 대한 냉소뿐이다.

그런데 냉소적인 사람은 개혁을 반대하나, 그렇다고 하더라도 보수적인 능력을 갖추고 있는 것도 아니다. 예를 들어 문자만 두고 보더라도 백화는 정녕 눈에 거슬려하면서도 고문도 그다지 잘 쓰는 것도 아니다. 그의 학설에 따르자면 '돌조각이나 헤아려'야 마땅하지만 그렇게 하지 않고 영문을 알 수 없는 냉소를 지을 뿐이다.

중국에 사는 사람들은 이런 분위기에서 성공하고 이런 분위기에서 위축되고 부패하고 죽음에 이른다.

나는 인간과 원숭이의 기원이 같다는 학설을 조금도 의심할 수 없다고 생각한다. 그런데 어째서 고대의 원숭이들은 모두가 노력하여 인간으로 변하지 않고 오늘날까지 자손을 남겨 사람들의 구경거리가 되어 버렸는지 모르겠다. 당시 사람의 말을 배우고자 분발했던 원숭이가 필경 한 마리도 없었던가? 아니면 몇 마리 있었더라도 원숭이 사회가 이단을 세운다고 그들을 공격하여 모두 물어뜯어 죽여 버렸기 때문에 결국 진화할 수 없었던 것인가?

니체 식의 초인은 너무 막연하다고 느껴지지만 세계에 현존하는 인종의 실태를 보면 장래에 언젠가는 더욱 고상하고 더욱 원만한 인류가 출현할 것이라고 확신할 수 있다. 그때가 되면 '유인원' 앞에 어쩌면 '유원인'類猿人이라는 명사를 덧붙여야 할지도 모른다.

그러므로 나는 항상 두려워하며, 중국의 청년들이 냉기를 벗어나 자포자기하는 자들의 말을 듣지 말고 오로지 앞을 향하여 걸어가기를 바란다. 일할 수 있는 사람은 일하고 소리 낼 수 있는 사람은 소리를 내라. 한 점의 열이 있으면 한 점의 빛을 발하라. 반딧불이처럼 어둠 속에서 한 점의 빛을 발할 수 있다면 꼭 횃불을 기다릴 필요는 없다.

앞으로 끝내 횃불이 없다면, 내가 바로 유일한 빛이다. 횃불이 나타나고 태양이 출현한다면, 우리는 자연스레 기꺼이 복종하며 사라질 것이다. 조금도 불평하지 않고 횃불이나 태양을 수희[5]하며 찬미할 것이다. 왜냐하면 그것은 나를 포함한 모든 인류를 비추기 때문이다.

나는 또한 중국의 청년들이 모두 냉소와 암전暗箭을 아랑곳 않고 오로지 앞을 향하여 걸어가기를 바란다. 니체는 말했다.

> 실은, 사람이 탁류이다. 이런 탁류를 받아들여 깨끗하게 할 수 있는 것은 응당 바다이다.
>
> 아, 내가 너희에게 초인을 가르쳤다. 이것은 바로 바다이다. 거기에서 너희의 큰 모독을 받아들일 것이다.
>
> (『차라투스트라는 이렇게 말했다』의 「서문」 제3절)

웅덩이에 지나지 않더라도 대해大海를 배울 수 있다. 여하튼 간에 모두 물이므로 서로 통하는 것이다. 그들이 돌멩이 몇 개를 몰래 던지더라도 내버려 두고, 그들이 구정물 몇 방울을 등 뒤에서 뿌리더라도 내버려 두면 그뿐이다.

이러한 것들은 '큰 모독'이라고 할 수 없다. 큰 모독이라면 모름지기 담력이 있어야 하기 때문이다.

주)______

1) 원제는 「四十一」, 1919년 1월 15일 『신청년』 제6권 제1호에 발표했다. 필명은 탕쓰.
2) 『신청년』 제5권 제2호(1918년 8월 15일)의 「통신」란에는 런훙좐이 후스에게 보낸 편지가 실려 있는데, 내용은 다음과 같다. "『신청년』은 한편으로는 문학개량을 말하고 다른 한편으로는 한문폐지를 말하는데, 서로 모순되는 것이 아닙니까? 폐지하여 쓰지 말자고 하면서 쓰지 않는 것을 힘써 개량하고자 하는 겁니다. 우리 쓰촨(四川)에는 '할 일이 없거든 석탄이나 씻으러 가는 것이 낫다'는 속담이 있습니다."
3) 구족(九族). 자신과 자신의 윗세대인 부, 조, 증조, 고조 그리고 아랫세대인 자, 손, 증손, 현손(玄孫)까지를 가리킨다. 부계 4대, 모계 3대, 처족 2대를 가리키기도 한다.
4) 『신청년』에 처음 발표했을 당시의 원문은 다음과 같다. "이제는 외래의 영향을 받아서 형식적으로 처리하기 어려워졌다. 사회적으로 심히 미워하고 통절해한다고 하더라도 얼굴을 마주하고 전사가 되어 정면으로 죽이러 올 필요는 없다. 몇 개의 암전과 연이은 냉소를 보내며 돌멩이를 던지고 익명의 편지 몇 통을 보내면 그만이다."
5) 수희(隨喜). 불교용어. 불교에서는 선행보시가 기쁜 마음을 낳는다고 믿는데, 다른 사람들을 따라서 좋은 일을 하는 것을 '수희'라고 일컫는다. 『대지도론』(大智度論) 61에 "일체 화합에 수희가 덕이 된다"라는 말이 있다.

수감록 42[1]

벗에게서 들었다. 항저우杭州에 있는 영국 성공회 의사가 의학서적에 서문을 달면서 중국인을 토인土人이라 일컬었다고 한다. 나는 처음에도 자못 편치 않았고 곰곰이 다시 생각해 본 지금도 하릴없이 인내하고 있다. 원래 토인이라는 말은 그 땅에서 태어난 사람을 말하는 것일 뿐 아무런 악의도 없었다. 훗날 그것이 대부분 야만족을 가리키게 되면서 새로운 의미가 보태져 야만인의 대명사처럼 되고 말았다. 그들이 이런 말로 중국인을 지칭한 데는 모독의 의미가 포함되어 있음이 분명하다. 그런데 우리는 지금 이 이름을 수용하는 것 말고는 실제 달리 방법이 없다. 왜냐하면 이러한 시비는 모두 사실에 근거하고 있으므로 결코 말주변으로 싸워 이길 수 있는 게 아니기 때문이다. 중국 사회에 존재하는 식인, 약탈, 살해, 인신매매, 생식기 숭배, 심령학, 일부다처 등등을 보라. 무릇 소위 국수 가운데서 야만인의 문화(?)와 맞아 떨어지지 않는 것은 하나도 없다. 변발하기, 아편 피우기 역시 토인의 괴상한 두발이나 인도대마[2]와 같은 것이다. 전족에 이르면 더욱이 토인의 장식 중에서도 으뜸 가는 새로운 발명이라고 할 수 있다. 토인들은 신체에 온갖 장식을 하기를 좋아한다. 귀를 뚫어 나무를 끼우고, 새 주둥이처럼 아랫입술에 큰 구멍을 내어 짐승 뼈를 꽂는다. 얼굴에는 난초를 그리고 등에는 제비를 새긴다. 여인의 가슴 앞에는 둥글고 긴 많은 혹을 만들어 놓기도 한다. 그런데 그들은 걸을 수도 있고 일할 수도 있다. 그들은 끝내 한 가지는 이룩하지 못했으니[3] 바로 전족이라는 괜찮은 방법을 생각하지 못했던 것이다. …… 세상에는 이처럼 신체적 고통을 알지 못하는 여자와 이처럼 잔혹함을 즐거움으로, 추악함을 아름다움으로 간주하는 남자들이 존재한다. 정말로 기이하고 괴상한 일이다.

자대自大와 호고好古는 선비의 특성이다. 영국인 조지 그레이[4]는 뉴질랜드 총독 시절에 『다도해 신화』를 썼다. 서문에서 그는 글 쓴 목적이 학술에만 있는 것이 아니라 대부분 정치적 수단에 있다고 말했다. 그는 뉴질랜드 토인과는 더불어 이치를 논할 수 없었다고 했다. 그들의 신화적 역사에서 뽑아낸 유사한 사건을 예로 들어 추장이나 제사장에게 들려주어야만 통했다는 것이다. 예컨대 철로를 건설하고자 할 때 이 일이 얼마나 이익이 되는지를 설명해도 결코 들으려 하지 않는다는 것이다. 하지만 신화에 근거하여 옛날 어떤 신선이 무지개 위에서 일륜차를 타고 다녔는데 지금 그것을 모방하여 길을 만들려고 한다고 말하면 안 되는 일이 없었다는 것이다. (원문은 오래전에 잊어버렸고 여기에서 말한 것은 대강의 뜻이다.) 중국에서는 13경, 25사가 바로 추장과 제사장들이 한마음으로 숭배하는 치국평천하의 족보에 해당한다. 앞으로 무릇 토인과 교섭하는 '서양의 철인'들이 이러한 책을 엮어 준다면 우리의 '동학서점'[5]이 성공하도록 도와주는 것이므로 토인들은 아주 즐거워할 것이다. 그런데 그 번역본의 서문에 무엇이 쓰일지는 모르겠다.

주)

1) 원제는 「四十二」, 1919년 1월 15일 『신청년』 제6권 제1호에 발표했다. 필명은 루쉰.
2) 인도대마(印度大麻). 콩과의 1년생 초본식물. 마제품의 원료와 가축 사료로 쓰인다. 진정제와 수면제, 마리화나와 해시시의 원료이기도 하다.
3) 원문은 '未達一間'으로 '여전히 약간의 차이가 있다'는 뜻이다. 한대 양웅(揚雄)이 쓴 『법언』(法言)의 「문신」(問神)에 "안연(顔淵) 또한 중니(仲尼)에 몰두했으나 여전히 약간의 차이가 있었다"라는 말이 나온다.
4) 조지 그레이(George Grey, 1812~1898). 오스트레일리아, 뉴질랜드, 남아프리카공화국의 식민지 총독 역임. 1877년에서 1897년까지 뉴질랜드 총독을 지냈는데, 그 당시에 쓴 『다도해 신화』(*Polynesian Mythology*, 1855)는 뉴질랜드 토착민 마오리족의 신화와 구전 역사를 연구한 저술이다. '다도해'는 폴리네시아(Polynesia)를 일컫는다.
5) 동학서점(東學西漸). 1909년 일본의 한학자 가이난 진진(槐南陳人)은 「동학서점」을 써서 도쿄의 『니치니치(日日)신문』에 발표했다. 당시 상하이의 『신주(神州)일보』는 이 글을 번역 게재했다. 그 가운데 다음과 같은 내용이 있다. "런던에 있는 두세 서점의 판매 목록에는 …… 『십삼경주소』(十三經注疏), 『사기』(史記), 『전후한서』(前後漢書) 등이 있다. 대개 중국의 문물과 예제에 관한 서적은 거의 모두 갖추고 있다. …… 동학서점이 이미 이렇게 성한지 어찌 알았겠는가? 흡사 한밤중에 수탉이 소리를 들은 자로 하여금 춤을 추라고 재촉하는 것과 같다." 『신주일보』의 편집자는 이를 칭송하는 주석을 덧붙였다.

수감록 43[1)]

진보적 미술가, 이것은 내가 중국 미술계에 요구하는 것이다.

미술가는 물론 숙련된 기술이 있어야 하지만, 진보적 사상과 고상한 인격이 더욱 필요하다. 그의 작품은 표면적으로는 그림 한 장이거나 조각상 하나일 따름이지만 실은 그의 사상과 인격의 표현이다. 우리들이 즐거이 감상하도록 해줄 뿐만 아니라, 특히 감동을 불러일으켜 정신적인 영향을 끼친다.

우리가 요구하는 미술가는 '공민단'[2)]의 수령이 아니라 길을 인도하는 선각자이다. 우리가 요구하는 미술품은 수평선 이하의 사상적 평균 점수가 아니라 중국 민족이 지닌 지능의 최고점의 표본을 기록하는 것이다.

최근 상하이에서 발행되는 어떤 신문의 증간본 『포커』[3)]에서 풍자화 몇 장을 보았다. 그의 화법은 서양을 모방하고 있었는데, 나는 어떻게 사상이 이토록 완고하고 인격이 이토록 비열한지 너무나 의아했다. 교육을 받지 못한 아이가 분필로 벽에다 겨우 '아무개는 내 아들'[4)]이라고 쓰는 수준과 다를 게 없었다. 유감스럽게도 외국의 사물은 중국에 들어오기만 하면 검은 잉크병에 집어넣은 것처럼 한결같이 본래의 색깔을 잃어버린다. 미술도 그중 하나이다. 체형이 불균형한 나체화를 배워 포르노를 그리고 명암이 불분명한 정물화를 배워 간판이나 그릴 따름이다. 껍데기가 바뀌었으되 마음은 그대로이므로 결과가 이 모양인 것이다. 따라서 풍자화가 인신공격의 도구로 바뀌었다고 해서 이상할 것 없다.

풍자화에 대해 말하자니 미국의 화가 브래들리(L. D. Bradley, 1853~1917)가 생각이 난다. 오로지 풍자화만을 그린 그는 유럽전쟁에 대한 그림으로 명성이 높은데, 애석하게도 재작년에 사망했다. 나는 「추수기의 달」(*The Harvest Moon*)이란 그의 그림을 보았다. 위에는 해골 같은 달이 황폐한 밭을 비추고 밭에는 병사들의 시체가 한 줄 한 줄 늘어서 있다. 아아, 이 그림이야말로 진정한 진보적 미술가의 풍자화라고 할 수 있다. 나는 장래 중국에도 이러한 진보적인 풍자화가가 출현하는 날이 있기를 희망한다.

주)______

1) 원제는 「四十三」, 1919년 1월 15일 『신청년』 제6권 제1호에 발표했다.
2) 공민단(公民團). 위안스카이의 하수인들로서 1913년 10월 '공민단'이라 자칭하며 국회를 포위하고 의원들에게 위안스카이를 총통으로 뽑을 것을 강요했다. 훗날 베이양군벌 돤치루이(段祺瑞), 차오쿤(曹錕) 등도 공민단과 같은 어용조직을 활용하여 권력을 장악하고자 했다.
3) 『포커』(潑克). 상하이 『시사시보』(時事時報)에서 매주 발행한 그림 증보간행물인 『포커』를 가리킨다. 이 그림판의 내용과 경향에 관해서는 「수감록 46」 참고. '포커'는 영어 'Puck'의 음역으로 영국 민간전설에 나오는 짓궂은 장난을 좋아하는 요정이다.
4) 원문은 '某某是我而子'인데, 여기에서 '아들'로 번역한 단어에 해당하는 글자는 '而子'이다. 원래 아들에 해당하는 중국어는 '얼쯔'(兒子)인데, '而子'와 '兒子'는 발음이 똑같다. 루쉰은 교육을 받지 못한 아이들이 발음이 같은 '而'과 '兒'을 혼동해서 쓰는 것을 흉내 낸 것이다.

수감록 46[1)]

민국 8년 정월 즈음, 나는 친구 집에서 상하이의 어떤 신문에서 매주 증보 간행하는 풍자화를 본 적이 있는데 그것은 바로 첫 발행본이었다. 네모난 작은 그림 몇 개 그려 놓았고, 대의는 한문 폐지를 주장하는 사람을 욕하는 것이었다. 외국인 의사를 위해서 외국 개의 마음으로 바꾸는 것이라고 말했다. 따라서 로마자로 읽는 것은 완전히 외국 개가 짖는 것이 된다.[2)] 그런데 그림 위쪽에는 쌍구[3)]의 커다란 글자로 '포커'潑克라고 씌어져 있었다. 이 증간본의 이름인 듯했지만 전혀 중국말 같지가 않았다. 나는 이로 말미암아 이 미술가가 불쌍하다는 생각이 들었다. 그—개인에 대한 인신공격은 하지 않기로 한다—는 외국 그림을 배워 외국어를 욕하면서 이름은 외국어였던 것이다. 풍자화는 원래 사회의 고질병을 찌르는 것이다. 그런데 침을 놓는 사람의 시선이 사방 한 자 길이의 종이 위에서도 불분명하니 어떻게 정확한 방향을 가리키고 사회를 인도할 수 있겠는가?

요 며칠 다시 소위 『포커』라는 것을 보았더니 신문예 제창자들을 욕하고 있었다. 요지는 숭배 대상이 모조리 외국의 우상이라는 것이다.[4)] 나는 이로 말미암아 이 미술가가 더욱 불쌍해졌다. 그는 그림을 배웠고 게다가 '포커'를 그리면서도 외국화도 문예의 하나라는 사실을 모르고 있는 것이다. 그는 자신의 본업에 대해서도 검은 단지 속에 갇혀 있는 격이니 어떻게 아름다운 창작품을 만들어 내고 사회에 공헌을 할 수 있겠는가?

그런데 '외국의 우상'이라는 말 덕분에 한 가지 생각이 떠올랐다.

중국과 외국을 막론하고 우상은 있기 마련이다. 하지만 외국에는 우상을 파괴하는 사람이 많다. 그들의 영향으로 종교개혁, 프랑스혁명을 성공시키기도 했다. 낡은 우상이 파괴될수록 인류는 진보하는 법이다. 따라서 최근에 벨기에의 의로운 전쟁,[5] 인도人道와 함께하는 광명이 발생했던 것이다. 다윈, 입센, 톨스토이, 니체 등은 최근의 우상파괴의 대인물들이다.

이런 우상파괴자들에게 있어서 『포커』는 전혀 쓸데없는 것이다. 그들은 모두 확고부동한 자신감이 있으므로 우상보호자들의 조소를 전혀 아랑곳하지 않는다. 입센은 말했다.

> 내가 너희들에게 알려 주마. 세계에서 가장 건장하고 힘 있는 이 사람은 바로 고립된 사람이다.(『민중의 적』 중에서)

마찬가지로 우상보호자들의 아첨에도 아랑곳하지 않는다. 니체는 말했다.

> 그들은 칭찬으로 너의 웅웅거리는 외침을 포위한다. 그들의 칭찬은 철면피이다. 그들은 너의 피부와 너의 혈액에 접근하고자 한다.(『차라투스트라는 이렇게 말했다』의 제2장 「시장의 포승」)

이런 사람들이야말로 창작자들이다. 우리 세대가 재주와 능력이 모자라 창작을 하지 못한다면 공부는 해야 한다. 숭배하는 것이 새로운 우상이라고 하더라도 중국의 낡은 것보다는 어쨌거나 낫다. 공자와 관우를 숭배하기[6]보다는 다윈, 입센을 숭배하는 것이 낫다. 온장군, 오도신[7]에게 희생되는 것보다는 Apollo[8]에게 희생되는 것이 낫다.

주)

1) 원제는 「四十六」, 1919년 2월 15일 『신청년』 제6권 제2호에 발표했다. 필명은 탕쓰.
2) 상하이 『시사시보』에서 매주 발행하는 그림 증간본 『포커』(潑克)를 가리킨다. 여기서 언급하는 풍자화는 1919년 1월 5일에 실린 것으로 모두 6장이며 선보천이 그렸다. 글자 설명 가운데 "모 신학자(新學者)들은 한문폐지를 주장한다", "그러나 로마자를 익히는 것은 아무래도 잘 맞지 않는다는 어려움이 있으므로 의사에게 물어본다", "의사는 로마 개의 마음으로 그들의 마음을 바꾸기를 요구한다", "모 신학자들은 마음을 바꿔 먹고 로마자 병음을 읽으니 그것을 들으면 과연 로마 개가 짖는 것과 같다!" 등이 있다. 선보천(沈泊塵, 1889~1920). 본명은 선쉐밍(沈學明), 저장(浙江) 사람. 독학으로 그림을 배워 명성을 얻었다. 유럽전쟁을 풍자하고 매국노를 공격하는 만화를 그리기도 했고, 서방문화의 수입에 대한 조롱을 주제로 한 그림도 그렸다.
3) 쌍구(雙鉤)는 글자의 테두리만 긋고 속은 비게 하는 필법이다.
4) 1919년 2월 9일 『시사시보』 증간본 『포커』에는 신문예를 풍자한 선보천의 그림이 실렸다. 모두 4장. 글자 설명에 모 문학자는 "늘 그가 쓴 신문예로 사람을 현혹한다", "그런데 그의 사상적 근거는 바로 외국의 우상이다" 등의 말이 나온다.
5) 제1차 세계대전 당시 독일은 서부전선에서 프랑스군을 공격하기 위해 벨기에를 경유하고자 했다. 벨기에는 '중립국'을 표방하고 있었으므로 독일군의 경유를 거절하여 전쟁이 발발했다. 당시 '연합군'은 벨기에의 참전을 '의로운 전쟁'이라고 불렀다.
6) 한대 이래 역대 왕조는 공자를 숭배했다. 당 개원(開元) 27년에는 공자를 '문선왕'(文宣王)으로 추존했으며, 원대에는 '대성지성문선왕'(大成至聖文宣王)으로 봉했고, 명청에는 '지성선사'(至聖先師)라고 칭하고 각지에 사당(속칭 문묘文廟)을 건설했다. 송 휘종(徽宗) 때부터는 관우(關羽)를 '무안왕'(武安王), '협천보국충의대제'(協天保國忠義大帝)로 존경했고 각지에 사당(속칭 무묘武廟)을 세웠다.

7) 온장군(瘟將軍), 오도신(五道神)은 과거 중국의 민간에서 섬기던 전염병과 재해를 관장하는 신이다.

8) 로마 신화에 나오는 아폴로(Apollo)를 가리키며, 그리스 신화의 아폴론(Apollon)에 해당한다. 제우스(Zeus)와 레토(Leto)의 아들로 올림포스 십이 신 가운데 하나며, 예언·의료·궁술·음악·시의 신이다. 광명의 신이기도 하여 후에는 태양신과 동일시되었다.

수감록 47[1]

누군가가 사방 반 치 크기의 상아를 조각했는데 별거 아닌 것 같지만 현미경으로 보면 행서로 새긴 『난정서』[2]가 보인다. 나는 이렇게 생각한다. 현미경적으로 만든 까닭은 극히 미세한 자연물들을 보기 위해서였을 것이나, 이제는 수공手工으로 사방 반 자[3] 크기의 상아판에 새기면 일목요연하므로, 현미경을 사용하는 수고를 더는 것도 괜찮지 않을까?

장삼과 이사[4]는 동시대 사람이다. 장삼은 고전을 외어 고문을 짓고, 이사는 고전을 외어서 장삼이 지은 고문을 읽는다. 나는 이렇게 생각한다. 고전은 옛사람의 시사時事이고 당시의 일을 알고자 하면 고전을 꼭 펼쳐 보아야 했을 것이나, 이제는 두 사람이 동시대를 살고 있으니 진실하게 말하면 일목요연하므로, 당신이나 나나 고전을 외는 수고를 더는 것도 괜찮지 않을까?

전문가들은 이렇게 말한다. 무슨 말이오! 이것이 곧 능력이고, 학문이지요!

나는 중국인들 중에 이런 능력과 학문을 갖춘 사람이 많지 않은 것이

다행이라고 생각한다. 누구라도 이런 술수를 부릴 줄 알게 되면, 농부가 쌀가루 한 알을 보내와도 현미경으로 비추면 밥 한 그릇이 되고, 물지게꾼은 물을 적신 흙을 지고 오니 차 마시려는 사람은 젖은 흙 속에서 물을 걸러 내야만 할 것이다. 이 지경이면 정녕 더 이상 버틸 수 없게 되고 만다.

주)

1) 원제는 「四十七」, 1919년 2월 15일 『신청년』 제6권 제2호에 발표했다. 필명은 탕쓰.
2) 『난정집서』(蘭亭集序)를 가리킨다. 진(晉)대 왕희지(王羲之)의 작품으로 행서(行書)의 모범 서적이다. 전문은 320여 자로 되어 있으며 당대의 복각본이 전해진다.
3) 한 자는 한 치의 열 배이며, 약 30.3cm이다. 즉, 반 자는 약 15.15cm.
4) '장삼이사'(張三李四). 장씨의 셋째아들과 이씨의 넷째아들이란 뜻으로 어디에서나 만날 수 있는 평범한 사람들을 가리키는 말이다.

수감록 48[1)]

중국인은 이민족에 대하여 역대로 두 가지 이름으로 불렀다. 하나는 금수禽獸이고 다른 하나는 성상聖上이다. 종래로 그들을 친구로 부르거나 그들도 우리와 같다고 말한 적이 없다.

고서에 나오는 뤄수이[2)]는 필경 우리를 기만했다. 듣도 보도 못한 외국인들이 들어왔기 때문이다. 이들과 몇 번 맞붙어 보고는 차츰 '공자께서 가로되, 시경에서 말하길'子曰詩云이라는 것이 쓸모없게 보였고, 이리하여 유신維新을 하고자 했다.

유신을 하자 중국은 부강해졌다. 배워 온 새것으로 외래의 새것을 막아 내고 대문을 닫고 다시 옛것을 고수했다.

유감스럽게도 유신은 껍데기에 불과했고 대문 닫기 역시 한갓 꿈에 지나지 않았다. 외국의 새로운 사물과 이치는 갈수록 많아지고 갈수록 강해졌다. '공자께서 가로되, 시경에서 말하길'은 밀려날수록 신산해지고 볼수록 쓸모가 없어졌다. 이리하여 두 가지 옛 이름 외에 '서철'西哲이나 '서유'西儒라는 새로운 이름을 생각해 냈다.

그들의 이름은 새로운 것이었으나 우리의 생각은 옛날 그대로였다. '서철'의 재주도 배워야 하지만 '공자께서 가로되, 시경에서 말하길'도 창도해야 하기 때문이다. 바꾸어 말하면 외국의 재주도 배우고 중국의 구습도 보존하자는 것이다. 재주는 새로워야 하고 사상은 옛것을 지켜야 한다. 새로운 재주와 낡은 사상을 갖춘 신인물은 낡은 재주와 낡은 사상을 갖춘 구인물을 등에 업고 그들에게 다년간의 경험이라는 낡은 재주를 발휘하도록 청했다. 한마디로 요약하면, 몇 년 전에는 그것을 일러 "중학을 본체로 하고 서학을 쓰임으로 한다"라고 했고, 최근 몇 년 동안에는 그것을 일러 "시절에 맞추고 절충이 지당하다"라고 했다.[3)]

사실 세상에는 이처럼 마음먹은 대로 되는 일은 절대로 없다. 소 한 마리도 생명을 죽여 공자에게 제사 지내면 밭갈이를 할 수 없고 고기를 먹으면 우유를 짤 수 없다. 하물며 사람이라면 모름지기 자신부터 살고 봐야 하는데 선배 선생을 등에 업고 살아야 함에 있어서랴. 살아 있는 동안 선배 선생의 절충을 삼가 따르며 아침에는 읍하고 저녁에는 악수하고, 오전에는 '음향학, 광학, 화학, 전기학'을 하고 저녁에는 '공자께서 가로되, 시경에서 말하길'을 해야 한다니?

사회적으로 귀신을 가장 신봉하는 사람들조차도 영신회 날 하루만 신여를 들고 나온다.[4)] '음향학, 광학, 화학, 전기학'을 공부한 '신진 영재'들이 산속의 은사와 해변의 유로를 등에 업고서 평생을 절충하면서 지낼 수 있을지 모르겠다.

'서철' 입센은 그럴 수도 없고 그래서도 안 된다고 생각했던 것 같다. 따라서 Brand[5)]의 입을 빌려 말했다. "All or nothing!"

주)______

1) 원제는 「四十八」, 1919년 2월 15일 『신청년』 제6권 제2호에 발표했다. 서명은 탕쓰.
2) 중국의 고서에는 뤄수이(弱水)에 관한 신화와 전설이 많다. 『해내십주기』(海內十洲記)에는 "펑린저우(鳳麟洲)는 서해의 중앙에 있으며 사방이 1500여 리이다. 펑린저우의 사면은 뤄수이가 에워싸고 있다. 기러기 털도 뜨지 않으므로 건너갈 수가 없다"라는 이야기가 나온다. 본문에서 "필경 우리를 기만했다"라고 한 것은 "건너갈 수 없는" 뤄수이라고 했음에도 불구하고 외국인이 침입하는 것을 막지 못했음을 뜻한다.
3) 각각의 원문은 '中學爲體, 西學爲用', '因時制宜, 折衷至當'이다.
4) '영신회'(迎神會)는 과거 민간의 풍속이다. 의장을 갖추고 북과 연극으로 신을 맞이하고 마을을 돌며 제사를 지내고 복을 기원한다. '신여'(神輿)는 종묘제례 때 쓰이던 상여를 가리킨다.
5) 브랜드(Brand). 입센이 지은 시극 『브랜드』의 등장인물이다.

수감록 49[1]

대개 고등동물은 뜻밖의 변고를 당하지 않으면 유년에서 장년으로, 장년에서 노년으로, 노년에서 사망에 이른다.

우리는 유년에서 장년까지 조금도 이상할 것 없이 지나갔으므로 앞으로도 당연히 조금도 이상할 것 없이 지나갈 것이다.

그런데 유감스럽게도 유년에서 장년까지 분명 조금도 이상할 것 없이 지나갔음에도 불구하고, 장년에서 노년까지는 조금 기괴하고 노년에서 죽음으로 다가가는 중에는 기상천외하게도 소년의 길을 죄다 차지하고 소년의 공기를 죄다 마셔 버리려는 사람이 있다.

이런 시절에 사는 소년들은 부득불 우선 누렇게 시드는 길을 가고, 장차 신경과 혈관이 모두 나빠진 노인이 된 이후에나 활동을 시작하게 된다. 따라서 사회적인 상태로 보면 우선 '애늙은이' 노릇부터 하고, 허리와 등이 굽어지는 시기가 되어야 비로소 더욱 '일흥逸興이 빠르게 날아가'[2]게 되어, 흡사 이때부터 비로소 사람 노릇 하는 길에 오르는 것 같다.

그러나 결국 자신의 연로함을 망각할 수가 없으므로 신선이 되기를 희구한다. 남들은 다 늙더라도 자신만은 늙지 않으려는 인물로는 중국의 노老선생을 일등[3]으로 추천하지 않을 수 없다.

진짜로 신선이 된다면 영원히 그들이 주재하게 되고 더 이상 후배가 필요 없게 된다. 따라서 이것이 제일 좋은 일이다. 유감스럽게도 그들은 끝내 신선이 되지 못하고 결국은 하나하나 죽음에 이른다. 다만 그들이 만든 노老천지를 남겨 놓아 소년들로 하여금 그것을 등에 업고 고생하도록 만든다. 이것은 정녕 생물계의 괴이한 현상이다!

나는 종족의 연장—곧 생명의 연속—은 분명 생물계의 사업 가운데 아주 중요한 부분이라고 생각한다. 어떻게 연장하는가? 말할 필요도 없이 진화를 바라는 것이다. 그런데 진화의 도중에는 언제나 신진대사가 필요하다. 따라서 새로운 것은 흥겹게 앞으로 나아가야 한다. 이것이 바로 건강함이다. 낡은 것도 흥겹게 앞으로 나아가야 한다. 이것은 바로 죽음이다. 저마다 이렇게 걸어가는 것이 바로 진화의 길이다.

노인들은 소년들이 걸어가도록 길을 열어 주고 재촉하고 장려해야 한다. 그들이 가는 도중에 심연이 있으면 자신들의 주검으로 메워야 한다.

소년들은 심연을 메워 준 그들에게 감사하며 스스로 걸어 나가야 한다. 노인들도 자신들이 메운 심연 위를 걸어 멀어져, 멀어져 가는 그들에게 감사해야 한다.

이 점을 분명히 깨달으면 유년에서 장년, 노년, 죽음에 이르기까지 모두 즐거워하며 지나갈 것이다. 그리고 한 걸음 한 걸음 내딛는 이들의 대부분은 선조들을 초월하는 새로운 사람들이다.

이것은 생물계가 정당하게 개척한 길이다! 인류의 선조들은 모두 이미 이렇게 해왔다.

주)

1) 원제는 「四十九」, 1919년 2월 15일 『신청년』 제6권 제2호에 발표했다. 필명은 탕쓰.
2) 당대 왕발(王勃, 649~676)의 「등왕각서」(滕王閣序)에 있는 "아득히 읊조리다 고개 숙여 생각하니 일홍이 빠르게 날아간다"(遙吟俯暢, 逸興遄飛)라는 구절에서 나왔다. 왕발은 25세에 이 시를 지었으며 같은 해에 요절했다.
3) 원문은 '一甲一名'. 명청대 과거시험 가운데서 전시(殿試; 과거제도 중 최고의 시험으로 황제가 주관)는 삼갑(三甲)으로 나누어 합격시킨다. 일갑(一甲)은 진사급제를 수여하는데, 장원, 방안(榜眼), 탐화(探花)에 해당하는 세 명을 뽑는다. 일갑의 일등이 '장원'으로, 여기서는 제일이라는 뜻이다.

수감록 53[1)]

상하이에 있는 성덕단의 점복[2)]은 '성현 맹자'가 제단을 주관하고, 베이징에서는 '사귀'邪鬼라고 하는 서낭신 바이즈白知가 제단에 내려온다. 성덕단에는 언젠가 무슨 진인眞人인가가 강림하여 다른 사람들이 멋대로 점을 쳐서는 안 된다고 훈계했다고 한다.

베이징 의원 왕너[3)]는 '강국강종'强國強種을 위한 신무술 보급을 주장했다. 중화무사회는 천강권, 음절각파[4)]를 이끌고 원수 명단을 뿌리며 "조성祖性이 전해 준 국수를 억압하고 포기하"는 사람들이라고 말했다.

루즈사는 '에스페란토'를 주장하고 오로지 '성인 자멘호프'만을 섬기고 다른 종류의 세계어(Ido 등과 같은)는 도용이라고 말했다.[5)]

상하이에는 단행본 『포커』[6)]와 신문의 증보간행물 『포커』가 있다. 증보간행물 『포커』는 잘못 배달된 단행본 『포커』의 편지를 찢어 버려야 한다는 성명을 내는 광고를 실었다.

상하이에는 많은 '미술가'들이 있다. 그중 한 미술가가 동료들과의 관계를 어떻게 단절했는지 모르겠지만, 『포커』에서 미술가들이 "눈이 멀고

마음이 멀어" 새로운 예술, 진짜 예술을 모른다고 욕설을 퍼부었다.[7]

이상 다섯 동종업계의 내홍이 필경 무슨 원인으로 일어났는지는 국외인으로서 알 도리가 없다. 그런데 요즘은 시국이 그리 태평하지 않고 새로운 것이든 낡은 것이든 모두 야단법석을 떨고 있다는 생각이 든다. 점술, 권법과 같은 귀화부鬼畵符는 그렇다고 치자. 그런데 세계어 공부나 그림 그리기와 같은 고아한 일에서도 설마 동종업계에 대한 질투에서 물고기 눈알을 진주로 속인다고 주장하며 번갯불을 내뿜고 있단 말인가?

나는 '미술가'들의 내홍에 대해서 특히 실망했다. 미술에는 완전히 문외한이지만 중국에 신흥미술이 나타나기를 아주 많이 희망하고 있다. 최근 상하이의 미술가들이 그린 것을 미술로 칠 수 있는지 말하기 어렵다. 하지만 그들이 미술가로 자칭하고 있으므로 유치하다고 해도 성장을 희망할 수는 있을 것 같다. 그러므로 나는 그럴싸한 가랑잎나비[8]가 아니라 미술가의 유충이 나오기를 바라고 있다. 최근 그들 쌍방의 성과를 보고는 나는 중국 미술계의 장래에 대해 회의를 품게 되었다.

『포커』의 미술가는 상하이의 미술가들이 눈이 멀고 마음이 멀어 오로지 19세기의 미술을 연구할 뿐 새로운 예술, 진짜 예술의 존재를 알지 못한다고 했다. 나는 상하이의 미술가들의 작품이 박제한 사슴[9] 혹은 기형적 미인으로 확실히 그다지 볼품이 없고 1'8'세기에도 그런 그림은 없었을 것이라고 생각한다. 터놓고 말해서 그런 것들은 중국에서 소위 미술이라고 하는 것이라고 칠 수밖에 없다. 그런데 『포커』의 미술가의 비평 또한 심히 이해하기 어렵다. 19세기 미술에 대한 연구가 어째서 눈이 멀고 마음이 먼 행위란 말인가? 19세기 이후의 새로운 예술, 진짜 예술이란 또 어떤 것인가? 나는 이런 말을 들었다. 후기인상파(Postimpressionism)[10]

그림은 지금까지도 아주 진부하다고 생각하지 않는다는 것이다. 그중 Cézanne과 Van Gogh 등과 같은 위대한 인물은 19세기 후반 사람이며 늦게까지 산 사람은 1906년에 사망했다. 지금은 20세기라고 해도 기껏 19년 초이므로 아직 신파의 흥기는 없는 것 같다. 입체파(Cubism),[11] 미래파(Futurism)[12]의 주장은 참신하지만 아직 기초가 확립되지는 않았고, 뿐만 아니라 중국에서는 충분히 이해되고 있는 것 같지도 않다. 『포커』에도 이런 유파의 그림이 실린 것을 본 적이 없다. 『포커』의 미술가가 말하는 새로운 예술, 진짜 예술이라는 것이 도대체 무엇을 가리키는지 모르겠다. 오늘날 중국의 미술가들이 마음이 멀고 눈이 먼 것은 분명하지만 그것의 병폐는 19세기 미술을 연구한다는 데 있는 것이 아니다. 나는 그들이 결코 어떤 세기의 미술도 연구하고 있지 않다고 생각한다. 그러므로 『포커』의 미술가의 말은 정녕 이해하기 어렵다.

『포커』의 미술가는 걸핏하면 새로운 예술, 진짜 예술을 들먹이고 자신은 새로운 예술, 진짜 예술을 이해한다고 생각한다. 그런데 내가 보기에 그가 그린 풍자화의 태반은 새로운 문예, 새로운 사상을 공격하는 것일 뿐이다. 이것이 20세기의 미술인가? 이것이 새로운 예술, 진짜 예술인가?

주)

1) 원제는 「五十三」, 1919년 3월 15일 『신청년』 제6권 제3호에 실렸다.

2) 1917년 10월 12일 위샤(兪夏), 루페이쿠이(陸飛逵) 등은 상하이에 성덕단(盛德壇)을 만들어 점을 쳤다. 『영학총지』(靈學叢誌) 제1권 제1기에는 이날 "성현과 신선, 부처가 함께 강림했는데" "맹자가 제단을 주관하도록 추천했다"라는 내용이 있다. 제1권 제10기에는 1918년 9월 19일 성덕단에서 재동(梓潼), 관성(關聖), 부우(孚佑)의 세 제군(帝君)이 "함께 모였"는데 각 지방에 점치는 제단이 "많아지고 있"어 "심히 이상하다"라고 말

하며 특히 "각 지방에서는 오류를 배워서는 안 된다"라는 가르침을 내렸다고 한다. '점복'의 원문은 '扶乩'인데, 두 사람이 정(丁)자 모양의 나무를 들고서 아래로 늘어진 부분으로 모래 위에 글을 쓰고 이를 귀신이 내리는 점사로 간주하는 것이다.

3) 왕너(王訥, 1880~1960). 자는 모쉬안(默軒), 산둥 안추(安丘) 사람. 산둥성 교육회 회장과 중의원 의원을 역임했다. 그가 제출한 '중화신무술 보급건의안'이 1917년 3월 22일 중의원을 통과했다.

4) 중화무사회(中華武士會)는 톈진(天津), 베이징 등지에 있던 권술(拳術) 조직이다. 천강권(天罡拳), 음절각(陰截脚)은 권법의 종류이다.

5) 루즈사(綠幟社)는 에스페란토(Esperanto)를 전파하는 단체이며, '성인 자멘호프'는 당시 에스페란토 학자들이 자멘호프를 존경하여 부르던 칭호이다. 자멘호프(Lazar Ludwik Zamenhof, 1859~1917)는 폴란드 사람으로 1887년 에스페란토를 만들었으며, 저서로는 『제일독본』(第一獨本, *Unua Libro*), 『에스페란토 기초』(*Fundamento de Esperanto*) 등이 있다. '이도'(Ido)는 프랑스의 루이 쿠튀라(Louis Couturat, 1868~1914), 덴마크의 예스페르센(Otto Jespersen, 1860~1943) 등이 만든 세계어이다.

6) 『상하이포커』(上海潑克)를 가리키는데, 『보천골계화보』(泊塵滑稽畵報)라고도 한다. 선보천이 편집한 만화 간행물이며, 1918년 9월 출간, 같은 해 12월 정간되었다.

7) 『상하이포커』 제4기(1918년 12월)에 게재된 풍자화 「눈 멀고 마음 먼 미술가」(目盲心盲之美術家)에는 다음과 같은 설명이 달려 있다. "최근 상하이에는 미술을 연구하는 사람들이 많아졌다. 그러나 구구하게 토론하는 것들은 모두 19세기 미술이다. 신예술이 눈앞에 있어도 보지 못한다. 아마도 우리 세대가 눈이 멀었기 때문에 즉, 마음이 멀었기 때문일 것이다."

8) 가랑잎나비(枯葉蝶, *Kallima inachus*). 나비의 일종. 색깔이 고목과 유사하고 휴식할 때 두 날개를 접은 모양이 마른 나뭇잎처럼 보인다.

9) 형식만 갖추고 있을 뿐 생명이 없는 것을 가리킨다.

10) 19세기 80년대 유럽에서 형성된 조류. 아카데미즘의 보수적 사상과 표현 수법을 반대하고 작가의 순간적인 '인상'을 표현할 것을 강조하며 빛과 색의 표현효과를 중시했다. 후기인상파는 회화의 목적이 형, 색, 리듬, 공간 등에 대한 탐색에 있다고 보고 사물에 대한 충실한 묘사가 아니라 색채의 배합으로 체적을 표현하고자 했다. 세잔(Paul Cézanne, 1839~1906)과 고흐(Vincent Willem van Gogh, 1853~1890)는 각각 프랑스와 네덜란드 화가로 모두 후기인상파의 대표인물이다.

11) 20세기 초에 프랑스에서 일어났으며 물체의 형태를 다면적으로 표현할 것을 강조, 정육면체 · 구 · 원추 · 삼각형과 같은 기하학적 도형을 예술 조형의 기초로 삼았다.

12) 20세기 초 이탈리아에서 일어난 예술유파. 문화적 유산과 전통을 부정하고 미래를 바라볼 것을 강조하며, 현대의 기계문명, 힘, 속도를 표현했다.

수감록 54[1)]

중국 사회의 상태는 정녕 수십 세기를 한꺼번에 축소시켜 놓은 형국이다. 송진 기름에서 전등까지, 외바퀴 수레에서 비행기까지, 표창에서 기관포까지, '법리에 대한 망언' 금지에서 헌법수호에 이르기까지,[2)] "고기를 먹고 가죽을 깔고 자던"[3)] 식인사상에서 인도주의에 이르기까지, 제사를 지내고 뱀에게 절하던 것에서 미육으로 종교를 대신하기에 이르기까지,[4)] 이 모든 것이 뒤죽박죽 존재한다.

많은 사물들이 한곳에 몰려 있는 형국은 마치 우리 세대가 수인씨燧人氏 이전의 옛사람들과 함께 식당을 연 것과 같다. 애써 잘 조절해도 반쯤 설익을 뿐이고 동료들이 한마음이 되지 못하므로 장사가 잘될 리가 없고 점포는 결국 폐업하고 말 것이다.

황푸 씨가 지은 『유럽전쟁의 교훈과 중국의 장래』[5)]의 한 단락은 이를 속속들이 묘사하고 있다.

7년 동안 조야의 배운 선비들은 매번 정교政教의 개량에 부심하였으나 습속의 변화에 주의하지 않았다. 옛 관습이 바뀌지 않으면 새로운 운동이 일어나지 않음을 어찌 알았겠는가. 사리가 이와 같을진대 억지로 할 수 없는 것이다. 외국 사람들이 우리를 비판하며 중국인들은 선천적 보수성을 가지고 있다고 한다. 설령 시대의 형편에 몰려서 각종 제도가 개혁이 필요한 시점이 되었을 때도 저들이 말하는 개혁이라는 것은 결코 지난날의 제도를 완전히 폐지하는 것이 아니라 옛 제도에다 새로운 제도를 덧붙인 것이다. 전청前淸의 병제兵制 변천사를 살펴보아도 우리의 말이 그르지 않음을 알 수 있다. 처음에는 팔기군[6]을 각지에 주둔시켜 방어하게 하여 수비 임무를 충당하게 했다. 그런데 해가 갈수록 팔기군은 부패가 아주 심해졌다. 홍수전洪秀全이 흥기하니 부득이하여 샹湘·화이淮 두 군軍을 모집하여 응급조치했다. 이때부터 팔기군과 녹영[7]이 함께 존재하여 마침내 이중 병제로 바뀌게 되었다. 갑오전쟁 이후 녹영의 병력을 믿을 수 없음을 알게 되어 신식 군대를 다시 편성하고 훈련시켰다. 이에 앞의 두 가지를 합하여 삼중 병제로 바뀌었다. 지금 팔기군은 사라졌지만 얼굴을 바꾼 녹영은 여전히 존재하고 있어서 이중 병제를 취하고 있다. 여기에서 우리나라 사람의 철저하지 못한 개혁 능력은 숨길 수 없는 사실임을 알 수 있다. 양력 새해를 지내는 사람은 또 음력 새해를 지내고, 민국의 역법을 받드는 사람은 여전히 선통宣統 연호를 쓰기도 한다. 사회 각 방면을 살펴보면 대개 가는 곳마다 이중제도를 사용하지 않음이 없다. 즉 오늘날 정국이 편안하지 않은 까닭, 시비가 확정되지 않는 까닭에 대해 간략하게 말하면 실은 '이중사상'二重思想이 그 속에서 농간을 부리고 있기 때문이다.

이외에도 신앙의 자유를 허락하면서도 공자 존경을 특별히 강조하고,[8] '전조前朝의 유로'임을 자처하면서도 민국에서 돈을 인출하고, 혁신해야 한다고 말하면서도 복고를 주장한다. 사방팔방 거의 모두 이중, 삼중, 심지어 다중의 사물들로 둘러싸여 있고 겹겹이 각각 서로 모순된다. 모든 사람들이 이 모순 사이에 존재하며 서로가 원망하며 살아가고 있으니, 누구에게도 좋을 게 없다.

진보를 바란다면, 태평을 바란다면 뿌리로부터 '이중사상'을 뽑아내어야 한다. 세계가 비록 작지 않다고 하지만, 방황하는 인종들은 끝내 자신의 자리를 찾을 수 없기 때문이다.

주)

1) 원제는 「五十四」, 1919년 3월 15일 『신청년』 제6권 제3호에 발표했다. 필명은 탕쓰.
2) 신해혁명 이후 위안스카이는 정권을 탈취하자 당시의 혁명당원들은 「중화민국임시약법」을 근거로 '민국의 법리'를 들어 독재를 제약하려고 했다. 그러자 위안스카이는 혁명당원들의 '법리에 대한 망언'(妄談法理)을 금지하고 「임시약법」의 폐지와 국회 해산을 명령했다. 후에 돤치루이도 베이양정부의 국무총리를 역임할 당시 「임시약법」과 국회에 대하여 위안스카이와 같은 조치를 취했다.
'헌법수호'(護法)는 1917년 7월에서 1918년 4월 사이에 쑨중산(孫中山)이 중심이 되어 활동한 「임시약법」 수호와 국회 회복 운동을 가리킨다.
3) 원문은 '食肉寢皮'. 이 말은 『좌전』(左傳) '양공(襄公) 21년'에 나온다. 진(晉)의 주작(州綽)은 제(齊) 장공(莊公)에게 "그러나 두 사람은 비유컨대 금수와 같습니다. 신은 그들의 고기를 먹고 가죽을 깔고 잔 셈입니다"라고 말했다. 여기서 '두 사람'이란 주작에게 포로로 잡혔던 제나라의 식작(殖綽)과 곽최(郭最)를 가리킨다.
4) 차이위안페이(蔡元培)의 주장이다. 그는 「미육으로 종교를 대신하는 학설」(以美育代宗教說)이라는 글을 『신청년』 제3권 제6호(1917년 8월)에 발표했다.
5) 황푸(黃郛, 1880~1936). 자는 잉바이(膺白), 저장 사오싱(紹興) 사람. 청년 시절 동맹회에 가입하여 신해혁명에 참가했다. 베이양정부의 외교총장, 국무총리대리를 역임하고, 후

에 국민당 정부 외교부장, 행정원 주베이핑정무정리위원회 위원장 등을 역임했다. 『유럽전쟁의 교훈과 중국의 장래』(歐戰之教訓與中國之將來)는 1918년 12월 상하이 중화서국에서 출판했으며 여기에서 인용한 구절은 제3편에 나온다.

6) 팔기군(八旗軍). 청나라의 군사제도. 만주족의 전통 군사제도를 발전시키고 한족(漢族)의 군대를 포함시켜 1642년 8개 깃발군으로 확립되었다. 팔기군 중 상위 3개 깃발군(정황기正黃旗, 양황기鑲黃旗, 정백기正白旗)은 황제의 직속부대이고 나머지 5개의 깃발군은 여러 제후들의 관할이다. 19세기 서양 열강의 침략이 가속화되고 아편전쟁, 태평천국의 난을 거치면서 팔기군의 세력은 약화되고 결국 마지막 황제가 자금성에서 떠날 때 완전히 사라졌다.

7) 녹영(綠營). 청나라 때 한족으로 편성되어 지방에 배치된 무장 병력을 가리킨다. 녹색 깃발이 상징이었으므로 '녹영'이라고 불렀다.

8) 1913년 8월 1일 공교회(孔教會) 회장 천환장(陳煥章)은 참의원과 중의원에 제출한 「공교를 국교로 정하기를 요청하는 청원서」(請定孔教爲國教請願書)에서 다음과 같이 말했다. "환장 등이 안으로 제하(諸夏)의 국정을 조사하고 밖으로 외국의 성문헌법을 조사해 보니 귀원에 청원을 하지 않을 수 없었습니다. 헌법상으로 공교가 국교가 되도록 명시하고 자유를 믿고 가르치기를 허락해 주시기 바랍니다."

56. '온다'[1)]

근래에 '과격주의'[2)]가 온다는 말을 자주 듣는다. 신문에도 자주 '과격주의가 온다'라는 말이 나온다.

이리하여 몇 푼 가진 사람들은 아주 기분이 나빠졌다. 관원들도 부산스레 화공[3)]을 경계하고 러시아 사람들을 조심해야 했다. 경찰청도 소속 기관에 '과격당이 설립한 기관의 유무'를 엄정조사하라는 공무를 내렸다.

부산떨기도 이상하지 않고 엄정조사도 이상하지 않다. 하지만 우선 물어봐야 할 것이 있다. 무엇이 과격주의인가?

이것에 대해 그들의 설명이 없으므로 나도 알 도리가 없다. 비록 잘 모르지만 감히 한마디 하려고 한다. '과격주의'가 올 리도 없고 그것을 두려워할 필요도 없지만, 다만 '온다'가 온다면 마땅히 두려워해야 한다.

우리 중국인은 결코 서양 물건인 무슨 주의에 유혹되지 않는다. 그것을 말살하고 그것을 박멸할 힘이 있다. 군국주의라면? 우리가 언제 다른 사람과 싸워 본 적이 있었던가. 무저항주의라면? 우리는 전쟁을 주장하고 참전한 적이 있다.[4)] 자유주의라면? 우리는 사상을 발표하는 것만으로도 범죄가 되고 몇 마디 하는 것으로도 어려움을 당한다. 인도주의라면? 우리는 인신도 매매할 수 있다.

따라서 무슨 주의건 간에 절대로 중국을 교란시키지 못한다. 고대로부터 지금에 이르기까지 교란이 무슨 주의 때문에 일어났다는 말은 듣지 못했다. 목전의 사례를 들어 보자. 산시 학계의 고발,[5] 후난 재해민의 고발[6] 같은 것들은 얼마나 무시무시한가. 벨기에가 공표한 독일군의 잔인한 모습이나 러시아의 다른 당이 발표한 레닌 정부의 잔혹한 모습과 비교해 보면, 이들은 그야말로 태평천하이다. 그런데 독일은 국군주의라고 하고 레닌은 말할 것도 없이 과격주의라고들 하다니![7]

이것은 바로 '온다'가 온다는 것이다. 온 것이 주의이고 주의가 도달했다면 그렇게 해야 할 것이다. 그런데 다만 '온다'라고 한다면 그것은 아직 덜 왔고 다 오지 않았고 올 것이 어떤 것인지도 알 수 없다.

민국이 세워질 무렵, 나는 일찌감치 백기를 든 작은 현에서 살고 있었다. 어느 날 문득 분분히 어지러이 도망치는 수많은 남녀들을 보았다. 성안의 사람들은 시골로 도망가고 시골 사람들은 성안으로 도망쳤다. 그들에게 무슨 일인지 물었더니 "사람들이 곧 온다고 했어요"라고 대답했다.

그들은 모두 우리처럼 다만 '온다'를 무서워하고 있었음을 알 수 있다. 그런데 당시에는 '다수주의'[8]가 있었을 뿐이고 '과격주의'는 없었다.

주)

1) 원제는 「五十六"來了"」, 1919년 5월 『신청년』 제6권 제5호에 발표했다. 필명은 탕쓰.
2) 원래 일본에서 볼셰비키를 폄하하기 위해 사용한 번역어인데, 당시 중국인도 이 말을

연용하곤 했다.

3) 화공(華工). 제1차 세계대전 당시 베이양정부는 연합군에 이십여 만 명을 파견했다. 그런데 실제로는 도로 건설과 운송 등의 노동에 종사했으므로 '화공'이라 불렀다. 10월혁명 후 베이양정부는 러시아에서 귀국한 화공들이 혁명사상을 전파하는 것을 방지하기 위하여 내각의 결의를 거쳐서 통전(通電)으로 둥베이(東北), 멍구(蒙古), 신장(新疆) 등지의 국경수비 관리에게 그들을 엄정조사하고 경계할 것을 명령했다.

4) 제1차 세계대전 말기 연합국에 속해 있던 일본은 중국의 참전을 부추겨 이를 기회로 중국에 대한 통제를 가속화하려고 했다. 돤치루이의 베이양정부는 참전을 명분으로 일본의 원조와 지지를 얻고자 하여 1917년 8월 14일 연합국의 대 독일 전쟁에 참가하기로 선언했다.

5) 1919년 3월 산시(陝西) 뤼징(旅京)학생연합회는 군대와 비적을 동원하여 무고한 민중을 학살한 산시군벌 천수판(陳樹藩)의 만행을 고발한 「진겁통어」(秦劫痛語)를 발표했다. 1919년 4월 1일 베이징 『천바오』(晨報)에는 당시 군대와 비적이 사용한 혹형(酷刑)으로 태양 아래 시체 두기, 매달아 죽이기, 고기 팔찌 차기, 인육 삶기 등이 열거되어 있다.

6) 1919년 1월, 후난(湖南)의 백성들이 장징야오(張敬堯)의 폭압적인 통치를 고발한 「상민혈루」(湘民血淚)를 가리킨다. 1919년 1월 6일 상하이 『스바오』(時報)에는 장징야오 군인들의 간음, 약탈, 무고한 사람에 대한 살인 등의 죄행이 열거되어 있다.

7) 『신청년』에 발표한 글에는 "레닌이 과격주의라는 것은 말할 필요도 없다. 그런데 우리 중국의 잔혹한 강간과 약탈은 도대체 무슨 주의에 근거한 것인가?"라고 되어 있었다.

8) '인구가 많다'는 의미로, '볼셰비키(다수)주의'와는 다른 뜻이다. 「수감록 38」 참고.

57. 현재의 도살자[1)]

고아한 사람들은 말한다. "백화는 비루하고 천박하므로 식자들이 아랑곳할 가치조차도 없다."

중국에서 글자를 모르는 사람들은 말할 줄만 알므로 두말할 필요 없이 '비루하고 천박하다'. "스스로가 고문에 능통하지 않기 때문에 백화를 주장하고, 따라서 문장이 졸렬한" 우리 같은 사람들이 바로 '비루하고 천박하다'는 것도 입에 올릴 필요가 없다. 그런데 가장 한심한 것은 일부 고아한 사람들 또한 『경화연』[2)]에 나오는 군자국의 술집 심부름꾼처럼 "술 한 병 주문이외다, 두 병 주문이외다, 요리 한 접시 주문이외다, 두 접시 주문이외다"라고 종일토록 고아한 말을 달고 다니지 못한다는 것이다. 고문으로 신음할 때나 고고한 품격을 드러내 보일 뿐, 이야기를 할 때는 마찬가지로 '비루하고 천박한' 백화를 사용한다. 4억 중국인의 입에서 나오는 소리 모두가 '아랑곳할 가치조차도 없'는 지경에 이르렀으니, 정녕 가련하기 짝이 없다.

인간으로 살아가면서 신선이 되고자 하고, 땅에서 태어났으면서 하늘에 오르려 한다. 분명히 현대인이고 현재의 공기를 마시고 있으면서도, 하필이면 썩어 빠진 명교[3]와 사후강직된 언어를 강요하며 현재를 여지없이 모멸한다. 이들은 모두 '현재의 도살자'이다. '현재'를 죽이고 '장래'도 죽인다. 그런데 장래는 후손들의 시대이다.

주)

1) 원제는 「五十七 現在的屠殺者」, 1919년 5월 『신청년』 제6권 제5호에 발표했다. 필명은 탕쓰.
2) 『경화연』(鏡花緣). 청대 이여진(李汝珍)이 지은 장편소설로 모두 100회이다. 여기에서 인용한 술집 심부름꾼의 말은 제23회에 나온다. 『경화연』에는 '군자국'(君子國)이 아니라 '숙사국'(淑士國)으로 되어 있다.
3) 명교(名敎)는 명분적 규범을 중시하는 '삼강'(三綱), '오상'(五常)과 같은 전통적인 예교를 가리킨다. 남송시대 유의경(劉義慶)은 『세설신어』(世說新語) 「덕행」에서 "천하의 명교에 관한 시비를 나의 임무로 삼고자 한다"라고 하기도 했다.

58. 인심이 옛날과 똑같다[1)]

강개격앙된 사람들은 말한다. "세상이 경박하고 인심은 옛날과 다르고 국수國粹가 사라지고 있다. 이에 나는 하늘을 우러러 두 손 잡고 이를 갈며 재삼 탄식하고 있는 바이다!"

이 말을 처음 들었을 때도 나는 아주 깜짝 놀랐다. 그런데 고서를 뒤적이다 우연히 『사기』의 「조세가」[2)]에서 주보가 오랑캐 복식으로 바꾸려고 하자 공자 성成이 이를 반대한 일[3)]을 기록한 단락을 보게 되었다.

> 신은 이 나라가 대개 총명하고 지혜로운 사람들이 거주하는 곳이고, 만물과 재용이 모여드는 곳이고, 현인과 성인이 가르치는 곳이고, 인의가 베풀어지는 곳이고, 『시』·『서』와 예악이 사용되는 곳이고, 뛰어난 기량이 시험되는 곳이고, 먼 곳에서 배우러 오는 곳이고, 오랑캐가 모범으로 삼는 곳이라고 들었습니다. 지금 왕께서는 이것을 버리고 먼 곳의 복식을 본뜨고 오래된 가르침을 변화시키고 오래된 도를 바꾸고자 하시고 사람의 마음을 거스르고자 하십니다. 따라서 분노한 학자는 나라를 떠

나고 있습니다. 그러므로 신은 왕께서 이것을 헤아려 주시기를 바라옵니다.

이는 오늘날 혁신을 저지하는 사람들의 말과 조금도 다름이 없지 않은가? 나중에 『북사』[4]에 나오는 주나라 정제靜帝 사마후司馬后의 말에 대한 기록도 보았다.

황후의 품성이 질투가 심하여 후궁들이 감히 어전에 나아가지 못했는데, 위지형尉遲逈의 여식이 미색을 갖추고 있었다. 황제가 인수궁仁壽宮에서 그녀를 보고 좋아하여 은총을 받았다. 황후는 황제가 조회를 보는 틈을 타서 그녀를 몰래 죽였다. 황상께서 대로하여 홀로 말을 타고 궁정 뜰을 나와 지름길로 가지 않고 산 계곡 사이로 30여 리 들어갔다. 고경高熲, 양소楊素 등이 쫓아가서 말을 막으면서 간언하자 황제는 크게 탄식하며 "나는 존귀하기가 천자이나 자유가 없구나"라고 했다.

이는 오늘날 함부로 자유를 주장하거나 자유를 반대하는 사람이 내린 자유에 대한 해석과 조금도 다름이 없지 않은가? 다른 예증도 많을 것이나 좁은 견문 탓으로 더 나열할 것은 없다. 그런데 이것만으로도 수많은 세월이 흘렀어도 생각은 변하지 않았음을 알 수 있다. 오늘날의 인심은 그야말로 아주 오래된 것이지 않은가.

중국인이 좀더 예스럽게 되기를 노력한다면, 삼황오제[5] 이전으로 돌아가기를 희망할 수 없는 것도 아니지만 유감스럽게도 그럴 겨를 없이 시시각각 새로운 조류, 새로운 공기와 부딪혀 격동하고 있다.

현존하는 오래된 민족 가운데 중국식의 이상에 가장 부합하기로는 실론 섬의 베다족[6]을 들 수 있다. 그들은 바깥 세계와 전혀 교류하지 않고 다른 민족의 영향을 받지도 않은 채 원시적 상태를 그대로 보존하고 있으므로 소위 '복희 이전 사람'[7]이라고 하기에 정녕 부끄럽지 않다.

그런데 듣건대, 그들의 인구는 해마다 감소하여 이제는 거의 사라질 지경이라고 한다. 이것은 그야말로 십분 애석한 일이다.

주)______

1) 원제는「五十八 人心很古」, 1919년 5월『신청년』제6권 제5호에 발표했다. 필명은 탕쓰.
2)『사기』(史記). 한대의 사마천(司馬遷) 지음, 모두 130권. 중국 최초의 기전체(紀傳體) 통사. '세가'(世家)는『사기』가운데 주로 왕후(王侯)의 사적을 기록한 글을 가리킨다.「조세가」(趙世家)는 춘추전국 시기 조(趙)나라의 세계(世系)와 역사에 대한 기록이다.
3) 주보(主父)는 전국시대 조나라의 군주 무령왕(武靈王)을 가리킨다. B.C. 307년(조 무령 39)에 무령왕은 군사개혁을 단행하면서 흉노족의 복장을 하고 마상궁술을 배우게 했는데, 이 조치는 공자(公子) 성(成)의 반대에 부딪혔다.
4)『북사』(北史). 당대 이연수(李延壽) 지음, 100권. 남북조시대 북방에 있었던 위(魏), 제(齊), 주(周), 수(隋)의 역사를 기록한 책. 인용된 것은 수 문제의 황후 독고씨(獨孤氏)의 일이라고 해야 맞다.『북사』권14「후비열전하」(后妃列傳下)에 나온다.
5) 삼황오제(三皇五帝)는 중국 전설 속 상고시대의 제왕. 서한의 복생(伏生)이 지은『상서대전』(尙書大傳)에는 수인(燧人), 복희(伏羲), 신농(神農)을 삼황이라고 했으며,『사기』의「오제본기」(五帝本紀)에는 황제(黃帝), 전욱(顓頊), 제곡(帝嚳), 당요(唐堯), 우순(虞舜)을 오제라고 했다.
6) 베다족(Vedda). 실론 섬(지금의 스리랑카)에서 가장 오래된 종족. 깊은 산속에서 수렵생활을 하며 살고, 모계사회의 풍속과 애니머티즘(animatism)을 신봉한다.
7) 진대 도잠(陶潛)이 지은「아들 엄 등에게 보내는 글」(與子儼等疏)에 "오뉴월 북창 아래 누워 서늘한 바람을 잠시 맞으면서 스스로 복희 이전 사람이라고 일컫는다"라는 말이 있다. 원래의 의미는 '한적한 생활을 누렸다고 전해지는 상고시대 사람들'이라는 뜻이나, 본문에서는 '복희 이전 사람'의 원시상태를 가리킨다.

59. '성무'[1)]

나는 지난번에 "어떤 주의도 중국과는 상관없다"는 말을 한 적이 있다. 오늘 문득 또 이런 생각이 들어 다시 쓴다.

우리 중국은 애초부터 새로운 주의가 발생하는 곳이 아니었고 새로운 주의를 용납하는 장소도 없었다고 생각한다. 어쩌다 외래 사상이 조금 들어오더라도 금방 색깔이 변해 버리고, 게다가 많은 논자들은 도리어 이런 점을 들어 자랑스러워한다. 번역본 서문이나 발문, 그리고 외국 사정에 대한 각종 비평문을 유의해 보기만 해도 우리와 다른 나라 사람들의 사상 사이에 분명 여러 겹의 철벽이 가로놓여 있음을 발견할 수 있다. 그들이 가정 문제를 말하고 있음에도 우리는 전쟁을 고취한다고 여기고, 그들이 사회의 결점에 대해 쓰고 있음에도 우리는 우스개를 한다고 말하고, 그들이 좋다고 여기는 것을 우리는 나쁘다고 말한다. 다른 나라의 국민의 성격과 국민문학을 유의해서 보고 또 문인의 평전을 한 권이라도 뒤적여 보면, 다른 나라의 저작 속에 보이는 성정과 작가의 사상은 거의 전부가 중국에 있는 것이 아니라는 사실을 잘 알 수 있다. 따라서 이해하지도 못하고 공감하지도 못하고 감동하지도 못한다. 심지어는 피차간의 시비와 애증마저도 뒤집어 이해하기 십상이다.

새로운 주의를 선전하는 사람이 방화범이라면? 그렇다면 상대에게 정신의 연료가 있어야 불을 붙일 수 있다. 현악 연주자라면? 상대의 마음 속에 현이 있어야 소리를 낼 수 있다. 발성기라면? 상대에게도 발성기가 있어야 공명할 수 있다. 중국인은 전혀 그렇지 않으므로 상관이 있을 리가 없다.

몇몇 독자는 화를 내며 이렇게 말할지도 모르겠다. "중국에는 늘 자신의 주의를 위해서 생명을 바친 사람들이 있었고, 중화민국 이후에도 주의로 말미암아 많은 열사들이 죽었다. 당신은 어째서 일필로 말살해 버리는가? 참내!" 이 말도 맞는 말이다. 오래된 외래사상을 가지고 말해 보기로 하자. 육조에는 분신한 스님[2]들이 분명 많이 있었고, 당조에도 팔을 잘라 무뢰한에게 보시한 스님[3]이 있었다. 새로운 외래사상을 가지고 말해 보더라도 물론 몇몇 사람이 있기는 했다. 그러나 중국 역사와는 아무런 상관이 없다는 점에서는 다르지 않다. 역사의 결산이란 수학처럼 세밀하게 많은 소수를 일일이 다 기록할 수 없기 때문에 속인들의 계산법에 따라 사사오입하여 정수整數를 기록할 수밖에 없다.

중국 역사의 정수 속에는 사실 어떤 사상이나 주의도 포함되어 있지 않다. 이 정수는 두 가지 물질로 구성되어 있는데, 바로 칼과 불이며 '온다'가 그것들의 통칭이다.

불이 북쪽에서 오면 남쪽으로 도망치고 칼이 앞에서 오면 뒤로 후퇴한다. 거대한 결산장부가 다만 이 한 가지 양식으로 구성되어 있다는 것이다. '온다'라는 명칭이 장엄하지 않은 것 같고 '칼과 불'도 눈에 거슬린다면, 우리는 다른 멋진 이름을 고안해 낼 수도 있다. '성무'[4]라는 시호를 봉헌하면 좋아 보일 것이다.

옛날 진시황[5]이 아주 호사스럽게 살았는데, 유방과 항우가 그 모습을 보고 유방은 "아! 대장부라면 마땅히 이러해야 한다!"라고 했으며, 항우는 "그에게서 빼앗아 차지할 수 있겠다!"라고 말했다.[6] 항우는 무엇을 '빼앗'고자 했는가? 바로 유방이 말한 '이러하다'를 빼앗는 것이다. '이러하다'의 정도는 다르더라도 모두가 빼앗고 싶어 한다는 점에서는 일치한다. 빼앗기는 사람은 '그'이고 빼앗는 사람은 '장부'이다. 모든 '그'와 '장부'의 마음은 바로 '성무'의 탄생지이고 수용지이다.

무엇을 가지고 '이러하다'라고 하는가? 이야기하자면 길지만 간단하게 말해 보겠다. 그것은 순수 수성獸性적 측면에서의 욕망의 만족――권위, 자식, 보석과 비단――에 지나지 않는다. 그럼에도 불구하고 모든 대장부, 소장부들이 그것을 최고의 이상(?)으로 간주한다. 나는 요즘 사람들도 이런 이상에 지배되고 있지 않은지 걱정이다.

'이러하게' 된 이후에도 대장부의 욕망은 줄어들지 않지만, 육체는 쇠잔해지기 마련이다. 뿐만 아니라 어느새 죽음이라는 검은 그림자가 가까이 다가온다. 그러므로 하릴없이 신선이 되기를 희구하는 것이다. 중국에서는 이것이야말로 최고의 이상으로 간주된다. 나는 요즘 사람들도 이런 이상에 지배되고 있지 않은지 걱정이다.

신선이 되기를 희구하지만 결국 신선이 되는 것을 보지 못했기 때문에 문득 의혹이 생겨난다. 따라서 무덤을 만들어 시체를 보존하고 자신의 시체로 한 뙈기의 땅이라도 영원히 점유하고자 한다. 중국에서는 이것이야말로 부득이한 최고의 이상으로 간주된다. 나는 요즘 사람들도 이런 이상에 지배되고 있지 않은지 걱정이다.

지금의 외래사상은 어쨌거나 자유평등의 숨결과 상호공존의 숨결을 포함하고 있다. 그런데 오로지 '나'만 존재하고 오로지 '저들에게서 빼앗으려고' 생각하고 오로지 모든 시공간 안의 술을 자기가 죄다 마셔 버리려고 하는 우리들의 사상계에는 정녕 발붙일 여지가 없다.

따라서 '온다'를 막아 내는 것만으로도 충분하다. 다른 나라를 살펴보면 '온다'에 저항하는 사람들은 주의를 가지고 있는 민중들이다. 그들은 자신들이 믿는 주의 때문에 다른 모든 것을 희생하고 뼈와 살로 칼날을 무디게 만들고 피로써 화염을 소멸시킨다. 칼빛과 불빛이 사그라지는 가운데 희미하게 밝아 오는 하늘빛이야말로 바로 신세기의 서광이다.

서광이 머리 위에 있는데도 고개를 들지 않으면 언제까지나 그저 물질의 섬광이나 볼 수 있을 따름이다.

주)________

1) 원제는「五十九 "聖武"」, 1919년 5월 『신청년』 제6권 제5호에 발표했다. 필명은 탕쓰.
2) 양나라(梁朝) 혜교(慧皎)의 『고승전』(高僧傳) 권12 「망신」(忘身) 제6에는 송(宋)의 포판(蒲坂) 석법우(釋法羽)가 "참기름을 마시고 천으로 몸을 감고 「사신품」(舍身品)을 외우기를 마치고 불로 자신을 태웠다"라고 기록되어 있다. 이외에 분신한 스님으로는 혜소(慧紹), 승유(僧瑜), 혜익(慧益), 승경(僧慶), 법광(法光), 담홍(曇弘) 등이 나온다.
3) 당대 도선(道宣)의 『속고승전』(續高僧傳) 권39 「보원전」(普圓傳)에 "악인들이 보원에게 머리를 내놓으라고 하여 잘라서 주려고 했으나 받으려 하지 않았다. 다시 눈을 내놓으라고 하자 도려내어 주려고 했다. 또 손을 내놓으라고 하자 마침내 밧줄로 나무에 팔을 묶고 팔꿈치를 잘라서 그들에게 주었다"라고 했다.
4) '성무'(聖武)는 제왕의 무공을 칭송하여 부르는 말이다. 『상서』(尙書)의 「이훈」(伊訓)에 "오로지 우리 상왕(商王)만이 성스러운 무공을 널리 밝게 비추신다"라는 말이 나온다.

5) 진시황(秦始皇, B.C. 259~210). 성은 영(嬴), 이름은 정(政), 전국시대 진나라의 국군(國君). B.C. 221년 최초로 중국을 통일하여 중앙집권적 봉건국가를 세웠다.

6) 유방(劉邦, B.C. 247~195). 자는 계(季), 페이(沛; 지금의 쑤페이현蘇沛縣) 사람으로 진나라 말기 농민봉기 지도자. 진 2세 원년(B.C. 209)에 병사를 일으켜 진과 초를 멸망시킨 후 서한(西漢) 왕조를 세웠다. 묘호(廟號)는 고조(高祖). 『사기』의 「고조본기」(高祖本紀)에 "고조가 셴양(咸陽)으로 역사를 나갔다가 진 황제를 보고 크게 탄식하며 '아! 대장부라면 마땅히 이러해야 한다!'라고 말했다"라는 기록이 나온다.

항우(項羽, B.C. 232~202). 이름은 적(籍), 샤샹(下相; 지금의 장쑤江蘇 수첸宿遷) 사람. 진나라 말기 농민봉기 지도자. B.C. 202년 유방에게 패했다. 『사기』의 「항우본기」(項羽本紀)에 "진의 시황제가 콰이지(會稽)를 유람하다 저장(浙江)을 건너는 것을 양(梁)과 적(籍)이 함께 보고는 적이 '그에게서 빼앗아 차지할 수 있겠다!'라고 말했다"라는 기록이 나온다.

61. 불만[1]

유럽전쟁이 막 끝날 무렵 중국인들은 많은 희망을 품고 있었다. 이로 말미암아 아직까지도 "세상에는 인도人道가 없다", "인도라는 말은 기만적이다"라며 비관하고 절망하는 소리가 많이 들린다. 일부 평론가들은 스스로를 탓하는 외국 논자들의 문장을 인용하여 소위 문명인이라는 것이 야만인보다 더욱 야만적이라는 것을 증명하기도 한다.

이것은 정녕 아주 통쾌한 말이지만 다음을 질문해 보아야 한다. "우리의 의견에 따르자면 어떤 것이 인도가 있는 것이라고 할 수 있는가?" 대답을 생각해 보니 아마도 '치외법권 회수,[2] 조계지 회수, 경자년 배상금 환수[3] 등'일 것 같은데, 지금 이 모든 것이 너무 막연한 형편이므로 정녕 인도에 부합하지 않는다는 것이다.

그런데 다시 다음을 질문해 보아야 한다. "우리 중국의 인도는 어떠한가?" 대답을 생각해 보니 그저 '……'라고 할 수밖에 없다. 인도에 대하여 그저 '……'라고 할 수밖에 없는 사람의 머리 위에 결코 인도가 떨어질 리는 없다. 인도는 각자가 힘껏 쟁취하여 심고 보호하는 것이지 다른 사람이 보시하고 원조하는 것이 아니기 때문이다.

사실 진정한 인도에 가까운 말을 하는 사람은 아직까지 많지 않을뿐더러 말을 했다가는 죄인이 되고 만다. 인도의 껍데기를 논한다 해도 어쨌거나 약간은 진보했다고 할 수 있겠다. 그런데 유럽전쟁은 나쁜 전쟁임에도 불구하고 뜻밖에 '고기를 먹고 껍데기를 깔고 자는' 일도 없었고 '사직[4]을 헐어 버리는' 일도 없었을뿐더러 18개의 작은 나라가 새로 만들어지기도 했다.[5] 독일이 벨기에에 대하여 잔혹하기가 비길 데 없었다고는 하지만 벨기에의 고발을 보면 죄수들에게 음식을 주지 않았다거나 촌장이 매 맞고 욕먹었다거나 평민들을 전선으로 내몰았다는 따위에 지나지 않는다. 이런 일들은 우리 중국에서 우리가 우리에게 늘 해오던 것이므로 그리 이상하다고 할 수 있겠는가?

인류는 아직 완전히 성숙하지 않았으므로 인도도 물론 아직 완전히 성숙하지 않았지만, 여하튼 간에 이 상태에서 발전하고 성숙할 것이다. 만약 우리가 양심을 걸고 우리도 마찬가지로 성숙하고 있다고 느낀다면 아무것도 근심할 필요가 없다. 장래에는 여하튼 간에 같은 길을 가기 마련이기 때문이다. 보시게나. 그들은 군국주의와 싸워 이겼는데도 그들의 평론가는 스스로를 탓하면서 많은 불만을 드러내고 있다. 불만은 향상을 위한 수레바퀴로서 자신에게 만족하지 않는 인류를 싣고서 인도를 향하여 전진한다.

자신에게 만족하지 않는 사람이 많은 종족은 영원히 전진하고 영원히 희망이 있다.

남을 탓할 뿐 반성을 모르는 사람이 많은 종족에게는 재앙이 있을지니, 재앙이 있을지니!

주)______

1) 원제는「六十一 不滿」, 1919년 11월 1일『신청년』제6권 제6호에 발표했다. 필명은 탕쓰.

2) 아편전쟁 이후 제국주의 국가들이 청 정부와 맺은 불평등조약에 근거하여 중국에서 누린 '영사재판권'을 가리킨다. 이에 근거하여 중국에 거주하는 외국인들은 중국 법률의 관할을 받지 않았을 뿐만 아니라 중국에서 범죄를 저지르거나 민사소송의 피고가 되는 경우에도 본국 영사나 본국이 세운 법정에서 그들의 법률에 따른 심판을 받았다.

3) 1900년(청 광서 26, 경자庚子년)에 영국, 미국, 독일, 프랑스, 일본, 러시아 등 팔군연합군이 중국을 침략했으며, 이듬해 1901년(신축辛丑)에 청 정부는 치욕적인 '신축조약'을 강요받았다. 중국은 팔국에 은 4억 5천만 냥(兩)을 연이율 4리(厘)로 39년에 걸쳐 배상해야 한다는 규정이 있었는데, 원금과 이자를 합산하면 총 9억 8천 2백여 만 냥에 해당한다. 이 배상금을 '경자년 배상금'이라고 한다.

4) '사직'(社稷)은 고대 중국에서 제왕이나 제후가 토지신과 곡신에게 제사지내기 위해서 도성에 설립한 사당을 가리키는데, 국가의 정권에 대한 대명사로 사용되었다.

5) 제1차 세계대전 기간과 전후에 다시 만들어지거나 새로 만들어진 나라로는 세르비아-크로아티아-슬로베니아 왕국(1929년에 유고슬라비아로 개칭), 에스토니아, 라트비아, 리투아니아, 체코슬로바키아, 핀란드, 아이슬란드, 오스트리아, 헝가리, 백러시아(현 벨라루스), 우크라이나, 몰다비아, 그루지야, 아제르바이잔, 아르메니아, 히자즈(헤자즈), 원동공화국(극동공화국) 등이 있다. 이 중에는 이후 다른 국가로 편입된 나라도 있다.

62. 분에 겨워 죽다[1)]

고래로 분에 겨워 죽은 사람들이 있었다. 그들은 '회재불우',[2)] '천도를 어찌 논하랴'[3)]라고 하면서 돈 있는 사람은 오입질과 도박을 하고 돈 없는 사람은 술 수십 사발을 들이켜곤 했다. 그들은 불평으로 말미암아 끝내 분에 겨워 죽기도 했다.

우리는 그들 생전에 물어보았어야 했다. 제공諸公들! 당신은 베이징에서 쿤룬崑崙산까지 몇 리나 되는지, 뤄수이[4)]에서 황허까지는 몇 장丈이나 되는지 아십니까? 화약은 폭죽으로 만드는 것 말고, 나침판은 풍수를 보는 것 말고 무슨 용도가 있는지요? 면화는 붉은색인가요, 흰색인가요? 벼는 나무에서 자라나요, 풀에서 자라나요? 푸수이 상류의 쌍젠[5)]은 상황이 어떻고, 자유연애란 어떤 태도인지요? 당신은 야밤에 문득 부끄럽다고 느끼고, 이른 아침에 불현듯 후회하는지요? 네 근의 봇짐을 당신은 짊어질 수 있는지요? 삼 리 길을 당신은 뛰어갈 수 있는지요?

만약 그들이 곰곰이 생각하고 가만히 후회하기 시작한다면 이것은 희망이 있는 것이다. 만일 더욱 불평을 드러내고 더욱 분노한다면, 이것은

'마음뿐 힘이 없다'라는 뜻으로, 이리하여 그들은 끝내 분에 겨워 죽어 버린다.

요즘 중국에는 마음속으로 불평과 원망을 품고 있는 사람이 아주 많다. 불평은 그나마 개조의 도화선이라고 할 수 있다. 그러나 모름지기 우선 자신부터 개조한 다음 사회를 개조하고 세계를 개조해야 한다. 절대로 불평만으로는 안 된다. 그런데 원망은 거의 아무런 소용이 없다.

원망은 분에 겨워 죽는 싹에 불과하고 옛사람들이 많이 품었던 것이다. 우리는 그들의 전철을 밟아서는 안 된다.

우리는 더더욱 "천하에 공리가 없다, 인도가 없다"는 말을 핑계로 자포자기의 행위를 엄폐하지 말아야 한다. '원망을 품은 사람'이라고 자칭하며 분에 겨워 죽을 것 같은 면상으로는 사실 결코 분에 겨워 죽지도 않는다.

주)

1) 원제는 「六十二 恨恨而死」, 1919년 11월 1일 『신청년』 제6권 제6호에 발표했다. 필명은 탕쓰.

2) '회재불우'(懷才不遇)는 재능이 있으되 벼슬을 얻어 재능을 발휘할 기회를 만나지 못한다는 뜻이다.

3) 원문은 '天道寧論'인데, 남조 양(梁)의 강엄(江淹)이 지은 「한부」(恨賦)에 나온다. "평원을 바라보니 덩굴풀이 해골을 덮고 아름드리나무가 혼백을 거둔다. 인생이 이 지경인데 천도를 어찌 논하랴! 따라서 내 본시 원망을 품은 사람이나 놀라움을 그칠 길이 없다. 옛사람을 생각함에 엎드려 분에 겨워 죽는다."

4) 고대 전적에서는 여러 강을 가리키기도 한다. 『상서』(尙書)의 「우공」(禹貢)에 "뤄수이(弱水)를 허리(合黎)까지 끌어들여 남은 파도가 사막으로까지 들어갔다"고 했는데, 헤이허(黑河)와 그것의 지류인 어지나허(額濟納河)를 가리킨다. 간쑤성(甘肅省) 서북부와

네이멍구(內蒙古) 서부에 있다. 「수감록 48」 참고.

5) 쌍젠(桑間)은 푸수이(濮水) 상류에 있다. 춘추시대 위(衛)의 땅. 당시 근처에 살던 남녀가 여기에서 자주 모임을 가졌다고 한다. 『한서』(漢書) 「지리지하」(地理志下)에 "위 땅에는 푸수이 상류의 험한 곳에 쌍젠이 있었는데, 남녀가 자주 모임을 가져 아름다운 소리와 자태가 있었다. 따라서 속칭 정과 위의 노래(鄭衛之音)라는 말이 생겼다"라는 기록이 있다.

63. '어린이에게'[1)]

「지금 우리는 아버지 노릇을 어떻게 할 것인가」[2)]를 쓰고 이틀 뒤, 아리시마 다케오[3)]의 『작품집』에서 「어린이에게」라는 소설을 보았는데, 거기에는 좋은 말들이 아주 많이 있었다.

> 시간은 쉬지 않고 흘러가는구나. 너희들의 아버지인 내가, 그때가 되면 너희들(의 눈)에게 어떻게 비칠까, 상상하기 어렵구나. 아마도 내가 지금 과거 시대를 비웃고 가엾게 여기는 것처럼 너희들도 나의 고로한 마음을 비웃고 가엾게 여길지도 모르겠구나. 나는 너희들을 위하여 이렇게 되기를 바랄 뿐이다. 너희들이 조금도 개의치 않고 나를 밟고 넘어서서 높고도 먼 곳으로 나아가지 않는다면, 그것은 잘못된 것이다.
>
> 인간 세상은 아주 적막하다. 나는 그저 이렇게 말이나 할 뿐 대수이겠는가? 너희들과 나는 피를 맛본 짐승처럼 사랑을 해보았다. 가거라. 나의 주위를 적막으로부터 구하고자 한다면 힘써 해보거라. 나는 너희들을

사랑했고 영원히 사랑할 것이다. 결코 너희들로부터 아버지의 보답을 받으려고 말하는 것이 아니다. '나로 하여금 너희들을 사랑하도록 가르쳐 준 너희들'에 대한 나의 요구는 나의 감사를 받으라는 것뿐이다. …… 어버이의 사체를 모조리 먹고 힘을 축적한 새끼 사자와 같이 강건하고도 용감하게 나를 버리고 인생의 길을 걸어가면 된다.

나의 일생은 어쨌든 간에 실패했고 어쨌든 간에 유혹을 이겨 내지 못했다. 그런데 여하튼 간에 너희들로 하여금 나의 발자취에서 불순한 것을 찾아낼 수 없도록 하는 일은 해야겠고, 반드시 할 것이다. 너희들은 내가 넘어져 죽은 장소에서 새로운 발걸음을 크게 내딛어야 한다. 그런데 어디를 가고 어떻게 가는 것인가에 대해서는 너희들은 나의 발자취에서 찾아낼 수 있을 것이다.

어린이들아! 불행하고도 행복했던 너희 부모들의 축복을 가슴에 깊이 받아들여 인생의 여로를 걸어가거라. 앞길은 멀고, 또한 어둡다. 그래도 두려워하지 말거라. 두려워하지 않는 사람의 앞에 비로소 길이 있는 법이다.

가거라! 용맹하게! 어린이들이여!

아리시마 씨는 시라카바파[4]의 일원이고 각성한 사람이었으므로 이러한 말을 남길 수 있었다. 그런데 그 이면에는 피치 못할 미련과 처량함을 띠고 있기도 하다.

이것 역시 시대와 관계가 있다. 장래에는 해방이라는 말이 존재하지 않을뿐더러 해방하려는 마음도 생기지 않을 것이며, 무슨 미련이나 처량함 따위는 더더욱 없을 것이다. 오로지 사랑만이 존재할 것이다. 모든 어린이에 대한 사랑만이.

주)

1) 원제는 「六十三 "與幼者"」, 1919년 11월 1일 『신청년』 제6권 제6호에 발표했다. 필명은 탕쓰.
2) 「지금 우리는 아버지 노릇을 어떻게 할 것인가」는 『무덤』에 실려 있다.
3) 아리시마 다케오(有島武郎, 1878~1923). 일본의 소설가. 시라카바파의 일원. 저서로는 『아리시마 다케오 작품집』이 있다. 「어린이에게」(與幼者)는 『작품집』 제7집에 나온다. 루쉰은 중국어로 번역하여 「유소자에게」(與幼小者)라고 제목을 붙여 『현대일본소설집』에 수록했다.
4) 시라카바파(白樺派)는 근대 일본의 문학 유파. 잡지 『시라카바』(白樺, 1910~1923)를 창간하여 얻은 이름이다. 신이상주의와 인도주의를 주장했다.

64. 유무상통[1]

남과 북의 관료는 서로 싸우지만 남과 북의 인민들은 사이가 좋아서 한마음 한뜻으로 자신이 있는 곳에서 '유무상통'한다.

북방사람은 지나치게 문약文弱한 남방사람을 가여워하며 그들에게 많은 권법과 각법脚法을 가르쳐 준다. 무슨 '팔괘권', '태극권'이니, 무슨 '홍가'洪家, '협가'俠家니, 무슨 '음절각'陰截腿, '포장각'抱桩腿, '담각'譚脚, '착각'戳脚이니, 무슨 '신무술', '구무술'이니, 무슨 '실로 진선진미를 위한 체육', '강국과 종족보존保种이 죄다 여기에 달려 있다'라는 등.

남방사람은 지나치게 단순한 북방사람을 가여워하며 많은 글을 보내 준다. 무슨 '…몽', '…혼', '…흔痕', '…영影', '…루淚'니, 무슨 '외사'外史, '취사'趣史, '훼사'穢史, '비사'秘史니, 무슨 '흑막', '현형'現形이니, 무슨 '창녀', '추파', '꼬드김'이니,[2] '아아 그대와 나', '오호 제비와 담쟁이', '아아 바람과 비', '당신은 체면도 필요 없구려!'[3]라는 등.

즈리, 산둥의 협객들이여, 용사들이여! 그대들은 근육이 많으므로 신성한 노동을 아주 잘할 것이다. 장쑤, 저장, 후난의 재자들이여, 명사들이

여! 그대들은 문재文才가 뛰어나므로 쓸모 있는 새 책들을 아주 잘 번역할 것이다. 우리는 자신을 개량하고 다른 사람들은 온전하게 지켜 주어야 한다. 서로 도우려는 방법을 생각하면 서로 해치는 국면으로 끝장나게 되고 말 것이다!

주)

1) 원제는 「六十四 有無相通」, 1919년 11월 1일 『신청년』 제6권 제6호에 발표했다. 필명은 탕쓰. '유무상통'은 있는 것과 없는 것을 서로 융통하여 돕는다는 뜻이다.
2) 루쉰은 '창녀', '추파', '꼬드김'에 해당하는 단어를 과거 상하이 일대에서 사용하던 속어인 '淌牌', '吊膀', '折白'로 쓰고 있다.
3) '당신은 체면도 필요 없구려'의 원문은 '耐阿是勒浪要勿面孔哉'인데, 쑤저우(蘇州) 방언이다. 루쉰은 남방지방의 방언을 사용하여 현실감을 높이고 있다.

65. 폭군의 신민[1)]

예전에 청조의 몇 가지 중요한 안건에 대한 기록을 보면서 '군신백관'[2)]들이 엄중하게 죄를 심의한 것을 '성상'聖上이 늘 경감해 주고 있어서 어질고 후덕하다는 명성을 얻으려고 이런 수작을 부리는 것이라고 생각했다. 나중에 곰곰이 생각해 보니 다 그런 것은 절대로 아니었다.

폭군 치하의 신민은 대개 폭군보다 더 포악하다. 폭군의 폭정은 종종 폭군 치하에 있는 신민의 욕망을 실컷 채워 주지 못한다.

중국은 거론할 필요도 없을 터이므로 외국의 사례를 들어 보기로 한다. 사소한 사건이라면 Gogol의 희곡 『검찰관』[3)]에 대하여 군중들은 모두 그것을 금지했지만 러시아 황제는 공연을 허락했다. 중대한 사건으로는 총독은 예수를 석방하려고 했지만 군중들은 그를 십자가에 못 박을 것을 요구했다.[4)]

폭군의 신민은 폭정이 타인의 머리에 떨어지기만을 바란다. 그는 즐겁게 구경하며 '잔혹'을 오락으로 삼고 '타인의 고통'을 감상거리나 위안거리로 삼는다.

자신의 장기는 '운 좋게 피하는 것'뿐이다.

'운 좋게 피한' 사람들 가운데 누군가 다시 희생으로 뽑혀 폭군 치하에 있는 피에 목마른 신민들의 욕망을 채워 주게 되지만, 누가 될지는 아무도 모른다. 죽는 사람은 '아이고' 하고, 산 사람은 즐거워하고 있다.

주)

1) 원제는 「六十五 暴君的臣民」, 1919년 11월 1일 『신청년』 제6권 제6호에 발표했다. 필명은 탕쓰.
2) 원문은 '臣工'. 『시경』의 「주송(周頌)·신공(臣工)」에는 "아아 군신백관들이여, 삼가 그대는 맡은 일을 다하라"(嗟嗟臣工, 敬爾在公)라는 말이 나온다.
3) 고골(Николай Гоголъ, 1809~1852). 러시아 작가. 농노제도 아래의 정체되고 낙후된 사회생활을 폭로하고 풍자하는 작품을 많이 썼으며, 『검찰관』(Ревизор)은 1834년에서 1836년 사이에 창작되었다.
4) 예수가 예루살렘에서 전도할 당시 제자 유다의 배신으로 대사제와 백성의 원로들은 로마제국의 유대 주재 총독 빌라도에게 예수를 넘겨준다. 빌라도는 예수를 석방시키고자 했으나 대사제와 원로들의 반대에 부딪혔고, 결국 예수는 십자가에 못 박혀 죽었다. 『신약전서』의 「마태오의 복음서」 제27장 참고.

66. 생명의 길[1)]

인류의 멸망은 아주 쓸쓸하고 아주 애달픈 일이다. 그런데 몇몇 사람들의 사망은 결코 쓸쓸해하거나 애달파할 일이 아니다.

생명의 길은 진보의 길이다. 언제나 정신이라는 삼각형의 빗변을 따라 무한히 올라간다. 어떤 것도 그것을 저지하지 못한다.

자연이 인간에게 부여한 부조화는 아직도 많고, 인간 스스로 위축되고 타락하고 퇴보한 측면도 여전히 많다. 그러나 생명은 결코 이로 말미암아 고개를 돌리지 않는다. 어떤 암흑으로 사조思潮를 경계한다고 하더라도, 어떤 비참함으로 사회를 습격한다고 하더라도, 어떤 죄악으로 인도人道를 모독한다고 하더라도, 완전함을 갈망하는 인류의 잠재력은 이러한 가시철망을 밟고서 언제나 앞을 향해 나아간다.

생명은 죽음을 무서워하지 않는다. 죽음 앞에서 웃고 춤추며 사망한 인간을 뛰어넘어 앞을 향해 나아간다.

무엇이 길인가? 그것은 바로 길이 없던 곳을 밟아서 생겨난 것이고 가시덤불로 뒤덮인 곳을 개척하여 생겨난 것이다.

예전에도 길이 있었고 앞으로도 영원히 길은 생길 것이다.

인류는 결국 쓸쓸할 수가 없다. 생명은 진보적이고 낙천적이기 때문이다.

어제 나의 벗 L[2]에게 말했다. "누군가 죽으면 사자死者 자신이나 그의 가족들에게는 비참한 일이겠지만, 촌이나 진[3] 사람들이 보기에는 별일도 아니라네. 그렇다면 한 성省, 한 나라, 한 종족을 놓고 보면……."

L은 매우 불쾌해하며 말했다. "이것은 Natur(자연)가 할 말이지 인간이 할 말은 아니지. 자네 좀 조심하게나."

나는 그의 말도 틀리지 않다고 생각했다.

주)

1) 원제는 「六十六 生命的路」, 1919년 11월 1일 『신청년』 제6권 제6호에 발표했다. 필명은 탕쓰.

2) 여기와 다음 문장의 'L'은 처음 발표된 당시에는 '루쉰'(魯迅)이라고 되어 있었다.

3) 진(鎭). 중국의 행정구역 단위로서 '촌'(村)보다는 크고 '현'(縣)보다는 작다.

1921년

지식이 곧 죄악이다[1)]

나는 원래 신중하고 보수적이고 작은 주점에서 잡일이나 도우며 되는대로 마음 편히 밥이나 먹으면 되는 사람이었다. 불행히도 글자 몇 개를 알게 되고 신문화운동의 영향으로 지식을 추구하고자 하는 염이 생겼다.

시골에서 지낼 당시, 나는 돼지와 양 생각에 아주 불평이 많았다. 비록 힘은 들겠지만 그것들이 소나 말처럼 다른 쓸모가 있었더라면 고기 파는 것을 자랑으로 삼지 않았을 것이라고 생각했다. 그런데 돼지와 양은 멍한 표정으로 평생 바보처럼 지낼 뿐이므로 정녕 현상의 지속 외에는 다른 방법이 없었다. 따라서 생각했다. 정말로, 지식은 긴요한 것이다!

따라서 나는 베이징으로 달려와서 스승을 모시고 지식을 추구했다. 지구는 둥글다. 원소는 70여 종. x + y = z. 듣도 보도 못한 것을 배우자니 고생스러웠지만 사람이라면 응당 알아야 한다고 여겼다.

어느 날 신문을 보고 나의 확신은 무너졌다. 신문에는 "지식은 죄악, 장물이다……"[2)]라고 하는 허무주의 철학자의 말이 실려 있었다. 허무주의 철학은 아주 권위 있는 학문이지 않은가. 그런데 지식이 죄악이라고 말하고 있었다. 나의 지식은 비록 얄팍하다 해도 지식이 있는 것만은 분명하다. 이것이 도리어 나를 위험에 빠뜨리고 있는 것이다. 따라서 나는 스승에게 가르침을 얻으러 갔다.

스승이 말했다. "퉤, 자네는 게으름을 피우는군. 쓸데없는 소리, 돌아가게!"

나는 생각했다. "선생님께서 선물을 욕심내고 있군. 지식은 정말 없는 것만 못하다는 게 맞아. 내 머릿속에 달라붙은 것을 바로 떨쳐 버리지 못하는 것이 안타깝다. 되도록 빨리 그것을 잊어버리자."

그런데 늦었다. 이날 밤에 내가 죽어 버렸기 때문이다.

깊은 밤 내가 아파트의 침대에 누워 있는데, 홀연 두 녀석이 걸어 들어왔다. 하나는 '활무상'이고 다른 하나는 '사유분'[3]이었다. 그러나 나는 결코 놀라지 않았다. 그들은 서낭당에 조각되어 있는 모양과 똑같았기 때문이다. 그런데 뒤편에 따라 들어오는 괴물 두 마리 때문에 깜짝 놀라 엉겁결에 소리를 질렀다. 소머리, 말머리[4]가 아니라 양머리와 돼지머리였던 것이다! 나는 소와 말이 너무 총명하다는 죄목으로 이런 괴물로 변했다는 생각이 퍼뜩 들었다. 이것으로 지식이 죄악임을 알 수 있었다……. 생각을 미처 다하기도 전에 돼지머리가 주둥이로 나를 들어 올렸다. 이리하여 나는 수레가 다 타 버릴 때까지 한참 기다릴 필요도 없이 바로 저승세계로 거꾸러져 들어갔다.

저승에 가 본 선배 선생들은 저승세계의 대문에는 편액과 대련이 있다고 누차 말했다. 주의 깊게 살펴보았지만 그런 것은 없었고 중앙 홀에 앉아 있는 염라대왕이 보일 뿐이었다. 신기하게도 그는 이웃집에 살던 대부호 주랑朱朗 옹이었다. 아마도 돈은 몸 밖의 물건인지라 저승세계에 들고 올 수 없었기 때문에 죽어서는 청렴한 혼령이 된 듯싶었다. 그런데 어떻게 해서 고관이 되었는지는 모르겠다. 그는 아주 소박한 애국포[5]로 만든 용포를 입고 있었고 용안은 살아 있을 때보다 더 많은 살이 붙어 있었다.

"너는 지식이 있는가?" 랑 옹은 아무 표정 없는 얼굴로 물었다.

"없어요……." 나는 허무주의 철학자의 말이 생각나 이렇게 대답했다.

"없다고 하는 것은 곧 있다는 것이다. 데리고 나가!"

나는 저승세계의 이치는 정말 이상하군…… 하는 생각을 하던 참에 다시 양의 뿔에 끼여 염라전에서 고꾸라져 나왔다.

그때 나는 어떤 마을에 넘어져 있었다. 그곳에는 모두 푸른 벽돌에 녹색 대문을 한 집들이 있었고, 대문 꼭대기에는 대개 시멘트로 만든 소위 사자라는 것이 두 마리 있었고, 대문 바깥에는 간판이 걸려 있었다. 인간세상이라면 기관 건물마다 대여섯 개의 간판이 걸려 있겠지만 여기에는 하나밖에 없는 것으로 보아 부지가 넉넉하다는 것을 알 수 있었다. 순식간에 나는 다시 손에 작살을 든 돼지머리 야차의 코에 밀려 어떤 집으로 내던져졌다. 바깥에는 현판이 걸려 있었다.

"기름콩에 미끄러져 넘어지는 작은 지옥."

안으로 들어가자 일망무제의 평지에 동유桐油로 범벅이 된 콩이 가득했다. 셀 수 없이 많은 사람들이 그 위에서 넘어졌다 일어서고, 일어섰다 넘어지기를 반복하고 있는 모습이 보일 따름이었다. 나도 연달아 열두어 번 넘어지고 머리에 많은 혹이 생겼다. 그런데 어찌된 영문인지 문 앞에서 일어날 생각은 하지 않고, 앉았다 누웠다 하고 기름에 흠뻑 젖어 있었지만 혹은 하나도 없는 사람들이 있었다. 나는 안타까워하며 물어보았지만 그들은 눈을 뚱그렇게 뜰 뿐 아무런 말도 하지 않았다. 그들이 못 들었는지 아니면 못 이해했는지, 말하기 싫은지 아니면 할 말이 없는지 알 수가 없었다.

그래서 나는 넘어지며 앞으로 나아가 마침 고꾸라지고 있던 사람들에게 물었다. 그중 하나가 말했다.

"이것은 바로 지식을 벌하는 것이라오. 지식은 죄악이고, 장물이기…… 때문이오. 우리는 그래도 가벼운 벌을 받고 있는 편이라오. 자네는 인간 세상에 있을 때 왜 좀 어리석게 살지 않았소?……" 그는 헐떡거리며 끊었다 이었다 하며 말했다.

"이제부터 어리석게 살면 되겠네요."

"늦었소이다."

"나는 서양 의사들이 잠에 빠져들게 하는 약을 가지고 있다는 말을 들었어요. 그들에게 주사를 놓아 달라고 하면 괜찮을까요?"

"안 되오. 내가 바로 의약을 안다는 이유로 여기에서 고꾸라지고 있다오. 주사도 안 되오."

"그렇다면 …… 모르핀 주사를 자주 맞는 사람은 듣자 하니 대부분 지식이 없는 사람이라고 하던데 …… 그 사람들을 찾으러 가 봐야겠어요."

이런 대화를 나누는 사이에 우리는 수백 번 미끄러져 넘어졌다. 나는 실망하는 순간 조심성을 잃어버려 홀연 콩이 드문드문 떨어져 있는 바닥에 머리를 찧고 말았다. 바닥은 아주 딱딱했고 너무 세게 고꾸라져서 나는 어리바리 멍청해졌다…….

아! 자유다! 나는 홀연 평야 위에 있었다. 뒤쪽으로는 그 마을이 있었고 앞쪽으로는 아파트였다. 나는 여전히 어리바리하게 걸어가며 아내와 아이가 벌써 상경해서 내 시체를 둘러싸고 울고 있겠지, 라고 생각했다.

그래서 나는 나의 껍데기를 향해 돌진해 들어가 똑바로 앉아 일어났다. 그들은 깜짝 놀랐다. 나중에 열심히 설명했더니 그들이 그제서야 알아듣고는 큰소리로 외치며 기뻐했다. "당신 이 세상으로 돌아왔군요, 아이고, 하느님……"

나는 이렇게 어리바리 생각하던 도중 홀연 살아 돌아왔다…….

아내와 아이는 곁에 없었고 책상에 등불 하나가 있을 뿐이었다. 나는 내가 아파트에서 잠이 들었던 것이라고 생각했다. 옆방에 있는 한 학생이 극장에서 돌아와 "선제 어르신, 아아, 아아, 아아"[6]라고 흥얼거리고 있는 것으로 보아 시간이 이미 늦었음을 알 수 있었다.

이 세상으로 너무 조용하게 돌아와서인지 그야말로 이 세상으로 돌아온 것 같지 않았다. 나는 생각했다. 설마 좀 전에도 죽지 않았던 것은 아니겠지?

만약 죽지 않았다면, 그렇다면, 주랑 옹도 염라왕 노릇을 한 적이 없다는 말이다.

이 문제를 해결하기 위해 지식을 사용한다면 필경 죄악이 될 수도 있으므로 아무래도 감정으로 한번 풀어 보아야겠다.

10월 23일

주)______

1) 원제는 「智識卽罪惡」, 1921년 10월 23일 『천바오 부간』(晨報副刊)의 '우스개'(開心話)란에 실렸다. 필명은 펑성(風聲).

2) 주첸즈(朱謙之)가 주장한 허무주의 철학. 그는 1921년 5월 19일 『징바오』(京報) 부간 『청년의 벗』(靑年之友)에 발표한 「교육에서의 반지식주의 — 광타오 선생의 학문론에

관해 보내는 글」(教育上的反智主義—與光濤先生論學書)에서 다음과 같이 말했다. "지식은 장물이다. 지식은 계량화할 수 있고 귀속되는 성질이 있다. 따라서 지식은 누군가에 의해 점유될 수 있고 흘러들어 왔다가 흘러 나갈 수 있다. 나의 친구 취추바이(瞿秋白) 선생이 '지식을 소유물로 간주하면 도둑이 공공연하게 혹은 암암리에 빼앗는 행위이고 남에게 침입하는 권리이다. 나는 지식은 장물이라고 말할 수 있다'라고 했는데, 맞는 말이다. 다시 말하면 지식 그 자체의 이치로 보면 그저 장물에 불과하므로 나는 지식을 반대하고 지식 그 자체를 반대한다. 지식사유제를 폐지하는 방법은 오로지 그야말로 지식을 없애는 것뿐이다. 지식은 장물이므로 지식의 소유자는 어떤 형식이든 간에 모두 도둑에 지나지 않는다." "지식은 죄악이다. 지식이 한 걸음 발달하면 죄악도 그에 따라 한 걸음 전진한다. 지식은 순박한 진정에 반하는 것이므로 지식을 가지게 되면 순박함이 사라지고 천하는 크게 혼란에 빠지게 된다. 무슨 도덕이야! 정치야! 제도문물이야! 하는, 인간이 만든 반(反)자연의 올가미 가운데 어느 하나라도 지식에서 나오지 않은 것이 있는가. 여기에서 지식이 죄악의 원인, 대란의 근원임을 알 수 있다." 주첸즈는 푸젠 민허우 사람으로 당시 베이징대학 철학과 학생이었다.

3) '활무상'(活無常)과 '사유분'(死有分)은 지옥에서 혼을 빼는 사자(使者)로 알려진 전설 속 인물이다.

4) 소머리(牛頭), 말머리(馬頭). 모두 불교 전설에 나오는 지옥의 옥졸.

5) 1920, 30년대 제국주의 국가에서 수입한 포목의 소비를 줄이기 위해 중국산 포목을 '애국포'(愛國布)라고 부르며 이를 사용할 것을 주장하는 운동이 있었다.

6) 전통 경극 「공성계」(空城計)에서 제갈량(諸葛亮)의 창사(唱詞)에 "선제(先帝) 어르신께서는 난양(南陽)으로 내려가 어가를 타고 가서 세 번을 청하셨다"라는 구절이 나온다. '선제'는 유비(劉備)를 가리킨다.

사실이 웅변을 이긴다[1)]

서양의 철인哲人은 말했다. "사실이 웅변을 이긴다." 나는 처음에는 아주 그럴듯하다고 여겼으나 이제는 우리 중국에서는 적용되지 않는다는 것을 알게 되었다.

작년 칭윈거青雲閣의 한 점포에서 구입한 신발이 올해 다 해져서 같은 것으로 사려고 같은 점포에 갔다.

뚱보 점원이 신발을 가져왔는데, 신발 끝이 뾰족하고 얇았다.

나는 헌 신발과 새 신발을 함께 계산대에 늘어놓고 말했다.

"이건 다른 것이네……."

"같아요, 틀림없어요."

"여기……."

"같아요. 선생님, 잘 보시라고요!"

이리하여 나는 끝이 뾰족한 신발을 사서 나왔다.

나는 이참에 우리 중국의 모某 애국 대가에게 삼가 아뢸 말씀이 있다. 당신은 자국의 결점에 대한 공격은 다른 나라 사람이 뱉은 침을 모아 따라

하는 것이며 중국에 시험할 때는 우리라는 두 글자를 덧붙여 그것이 통하는지를 보라고 말했다.

지금 나는 삼가 덧붙였고, 보았고, 그런데 통했다.

선생님, 잘 보시라고요!

11월 4일

주)

1) 원제는 「事實勝於雄辯」, 1921년 11월 4일 『천바오 부간』에 실렸다. 필명은 펑성.

1922년

『쉐헝』에 관한 어림짐작[1)]

2월 4일자 『천바오 부간』[2)]에 실린 스펀 선생의 잡감[3)]을 보고는 이렇게나 물정을 모르고 『쉐헝』[4)]의 제공諸公들과 학리를 논하는 고지식한 선생이 세상에 존재한다는 사실에 깜짝 놀랐다. 무릇 소위 『쉐헝』이라는 것은 내가 보기에 '취보지문'[5)] 부근에 모아 놓은 일부 가짜 골동품에서 발하는 거짓 빛발에 불과하다. 자칭 '저울'[6)]이라고는 하지만 아직 자신의 눈금도 정하지 않은 처지인데 하물며 그것이 저울질한 무게의 시비를 어찌 논하겠는가? 따라서 눈금에 맞출 필요도 없이 어림짐작만으로도 알 수 있다.

「변언」弁言[7)]에서 "주역의글은반드시아음雅音을추종함으로써문을높인다"[8)]라고 했는데, '주역'이 이러하다면 술작이 어떠해야 하는지 잘 알 수 있다.[9)] 무릇 문文이라는 것은 '도를 실을'載道 수 없으면, '사상을 표현'達意해야 한다. 그런데 불행히도 제공들은 국학을 장황하게 말하고 있지만 문체가 순통하지 않아 본인들도 무슨 말을 하고 있는지 모른다. 그런데 어찌하여 남들을 '저울질'하겠는가? 이것이 정녕 커다란 결함이다. 제공들이 어떻게 말하고 있는지를 살펴보기로 하자.

「변언」에서 가로되, "잡지의범례는'변'弁으로써선언한다"라고 했다. 생각건대 선언은 포고이고, 변이라는 것은 주나라 사람들이 머리에 쓰던 수박 모양 모자이므로 분명히 머리 위의 물건이다. 따라서 '변언'은 바로 서언으로 '잡지의범례'의 선언과는 다름에도 불구하고 한꺼번에 말하고 있으므로 너무 허황하다. 「신문화제창자를평함」이란 글에서는 "혹자는붓을잡고기다린다. 신서가출판되면. 반드시서언을써줌으로써. 후진을영도하는본인의책임을다한다. 고정림은가로되사람의우환은남을위해서언을쓰기를좋아하는데있다[10]라고했다. 이말은이들을일러말하는것인가. 고로저들에게학문의표준과양지良知를말하는것은. 장사꾼에게도덕을말하고. 창기에게정조를말하는것과같다"라고 했다. 알고 보니 서언을 써주고 '후진을영도하는본인의책임을다하'는 일이 이렇게 대죄를 짓는 일이었던 것이다. 그런데 제공들은 어찌하여 '돌연모자弁를쓰'[11]고 '언'言하기 시작했는가? 앞의 글에 비추어 추론해 보니 나의 질문이야말로 바로 '장사꾼에게도덕을말하고. 창기에게정조를말하'고 있는 격이다.

「중국의사회주의제창에대한의견」에서는 "무릇이상에관한학설의발생은. 모두역사적인배경을가지고있다. 결코공중누각의허구가아니다. 유토지피아를만드는것. 이것은무병지신음無病之呻하는것이다"라고 말했다. '잉글지리'의 모어[12]를 찾아보니 그는 결코 Pia of Uto라고 쓰지 않았다. '지호자야'[13]식으로 쓰고 있지만 욕심일 뿐 서툴기만 하다. 다른 고전을 찾아보는 것도 어려운 일이 아니었을 것을 하필이면 가운데 지之를 삽입했는지? 옛날에도 '두스지퉈'睹史之陀라는 말은 없었고 요즘에도 '닝구지타'寧古之塔라고 하지는 않는다. 이처럼 어휘가 기이하므로 진실로 이른바

'유병지신음'有病之呻이라 할 만하다.

「국학척담」에서는 "삼황三皇이라고하더라도광활하고끝이없다. 오제五帝진신搢紳선생은그것을말하기어려워했도다"라고 했다. 사람이 '광활'할 수 있다는 것도 이상한 이야기일뿐더러 두번째 구절은 더욱 이해하기 힘들다. 삼황의 일을 오제와 진신 선생 모두가 말하기 어려워했다는 것인지, 아니면 오제의 일을 진신 선생도 이야기하기 어려워했다는 것인지 알 수가 없다. 사리에 따르자면 응당 후자여야 할 것이다. 그런데 태사공이 말한 "진신선생이그것을말하기어려워했도다"[14]라는 것은 '제자백가들이 황제黃帝에 대해 말하는 것'을 가리키는 것이지 결코 오제를 가리키는 것이 아니었다. 따라서 『사기』를 펼쳐 보면 버젓이 「오제본기」가 있고, 또한 언제 '그것을말하기어려워했도다'라고 했는가? 설마 태사공이 한나라 조정에서 하등사회에 속하는 사람으로 치부해야 한다는 말인가?

「바이루둥의호랑이이야기」에서는 "여러어르신들은말힘이좋을수있다. 호랑이를칭하는이야기를많이말한다. 물어서삼키는형상을묘사하면. 듣는사람들중낯빛이변하지않는사람은드물다. 물러나기억하는것은농담을한종류이다"라고 했다. '할수있다', '힘이좋다', '말하다', '칭하다'라는 말은 옥상옥의 쓸데없는 반복이고, '물어서삼키는형상'은 끝내 기억에 남지 않는다고 한 것에 대해서는 거론하지 않기로 한다. 그런데 '낯빛이변하'게 한 것은 오로지 '농담을한' 것이라는 말 또한 사실과 아주 거리가 멀다고 할 수 있다. 그저 '농담을한' 것이라면 듣고 낯빛이 변한 사람은 그야말로 멍청이가 되고 말기 때문이다. 이 글에서는 또 "창귀倀鬼라는것. 새귀신이면서호랑이의이빨을기름지게한다"라고 운운했다. 귀신이 되자마자 '호랑이의이빨을기름지게' 했으니 정녕 가련하다. 그렇다면 호랑이는 사람을 먹을 뿐만 아니라 귀신도 먹는다는 것이다. 이것은 고래로 알지 못했던 새로운 발견이다.

「어장인행」의 서두에서는 "초왕은무도하여오사伍奢를죽였다. 전복된둥지아래성한집이없었다"라고 했다. '성한집이없었다'라는 말은 '성한알이없었다'라는 말보다 신기하기는 하지만 실로 어폐가 있다고 하지 않을 수 없다. '집'이 새 둥지를 두고 한 말이라면 중복이고 '아래'라고 한 말은 갈피를 잡을 수가 없다. 인가를 두고 한 말이라면 떨어진 새 둥지가 지나치게 무거웠다는 것이다. 대붕大鵬과 금시조金翅鳥(『설악전전』說岳全傳에 나온다) 말고는 저들의 집을 무너뜨릴 수 있을 만큼 큰 새 둥지라는 것은 존재하지 않는다. 압운 때문에 부득불 그렇게 쓴 것이라고 한다면, 나는 감히 그것은 '괘각운'[15]이라고 말하겠다. 압운이 문제라면 『시운합벽』의 「육마」[16]편을 펼쳐서 '성한뱀이없었다', '성한오이가없었다', '성한작살이없었다'라고 썼더라면 어느 것이라도 괜찮았을 것이다.

그리고 「저장식물채집유기」라는 글은 제목도 말이 안 된다. 채집이라는 것은 임무가 있는 것으로 결코 만유漫遊가 아니다. 따라서 옛사람들이 글을 쓸 때는 임무와 유람을 나란히 거론하지 않고 지방과 유람을 서로 연관 지었던 것이다. 쾅루와 어메이[17]는 산이므로 기유紀游라고 했고, 유황 캐기나 비석 조사는 임무이므로 일기日記라고 했던 것이다. 채집하면서 유람을 겸했다고 하더라도 주요한 일을 기준으로 말해야지 나란히 열거하는 것은 '고풍'스럽지 않다. 예를 들어 이 글에서 먹고 자는 일도 말했다고 해서 제목을 「저장식물채집침식유기」라고 할 수는 없는 것이다.

이상은 걸리는 대로 뽑아낸 것들이다. 사소한 것까지 거론하자면 붓을 낭비하고 먹을 낭비하고 시간을 낭비하고 힘을 더 낭비해야 하지만 그럴 가치가 없으므로 그만하기로 한다. 따라서 제공의 문리文理는 바로잡아 줄 필요조차도 없다. 문맥도 통하지 않는데 이치가 어찌 타당하겠는가. 궁벽한 시골에 사는 중학생의 성적도 이런 지경은 아닐 것이다.

요컨대 제공들은 신문화를 배격하고 구학문을 과시하고 있는데, 자기모순에 빠지지만 않아도 한 가지 주장은 될 수 있었을 것이다. 아쉽게도 구학문에도 요령이 없고 주장도 맞아떨어지지 않는다. 문장도 제대로 못 쓰는 사람이 국수의 지기知己라면 국수란 더더욱 처참하다! 한바탕 '저울질'한 결과 기껏 자신의 무게를 '저울질'해 냈을 뿐이다. 신문화운동에 상처를 입히지도 못했고 국수와도 너무 거리가 멀다.

내가 제공들을 존경하는 유일한 이유는 이런 글들도 뻔뻔스럽게 발표할 수 있는 용기 때문이다.

주)______

1) 원제는「估『學衡』」, 1922년 2월 9일 『천바오 부간』에 발표했다. 필명은 펑성.

2) 『천바오』(晨報)는 량치차오(梁啓超), 탕화룽(湯化龍) 등이 조직한 정치단체인 연구계(研究系)의 기관지. 1916년 8월 15일 베이징에서 창간했으며, 원래 이름은 『천중바오』(晨鐘報)였으나 1918년 12월에 『천바오』로 개명했다. 『천바오』의 제7면에 학술논문과 문예작품을 게재했고, 1921년 10월 12일부터는 『천바오 부전』(晨報副鐫)이라는 이름으로 단독으로 발간했다. 『천바오』는 정치적으로 베이양정부를 옹호했으나, 부간은 진보적인 인물의 추동 아래 한동안 신문화운동에 찬성하기도 했다. 1921년 가을부터 1924년 겨울 약 3년 동안 쑨푸위안(孫伏園)이 편집했고, 루쉰도 자주 기고했다.

3) 1922년 2월 4일 『천바오 부간』 제3면 '잡감'란에 실린 스펀(式芬; 저우쭤런周作人)의 「「상시집을 평함」의 오류」(「評嘗試集」匡謬)를 가리킨다. 이 글은 후셴쑤(胡先驌)의 「상시집을 평함」(評嘗試集)에 나오는 네 가지 논점을 열거하고 이에 대해 비판을 가하고 있다.

4) 『쉐헝』(學衡)은 1922년 1월 난징에서 창간된 월간지로 주편은 우미(吳宓), 주요 기고자는 메이광디(梅光迪), 후셴쑤 등이었다. 1926년 12월 제60기를 출간한 다음 격월간으

로 바꾸고 간헐적으로 출판되다가 1933년 7월에 79기를 끝으로 정간되었다. 이 잡지는 "국수(國粹)를 발전시키고 새로운 지식을 융화한다. 중정(中正)의 눈으로 비평의 임무를 수행한다"(『쉐헝』지 요람에 보임)라고 하며, 전통문화를 존중하고 신문화운동을 비난했다. 여기에 게재된 문장은 모두 문언문이다.

5) 취보지문(聚寶之門). '취보문'은 난징의 성문 중 하나. '쉐헝파'의 주요 성원이 대부분 난징의 둥난(東南)대학에서 학생들을 가르치고 있었으므로 "'취보의 문' 부근에 모아 놓은"이라고 한 것이다. '취보지문'은 루쉰이 고의로 쉐헝파의 '유토지피아'(烏托之邦), '무병지신음'(無病之呻) 등의 고문 문체를 풍자하기 위하여 모방한 것이다. 이어진 문장의 '잉글지리'(英吉之利), '두스지퉈'(睹史之陀; 두스퉈는 산스크리트어로 '지족'知足이라는 뜻이다), '닝구지타'(寧古之塔; 닝구타는 둥베이의 지명), '유병지신음'(有病之呻)도 마찬가지이다. 주석 13번 참조.

6) 원문은 '衡'. '쉐헝'(學衡)은 글자 그대로 해석하면 '저울을 배운다'라는 뜻이다.

7) 「변언」(弁言)과 아래에 언급되고 있는 「신문화제창자를평함」(評提倡新文化者; 메이광디 씀), 「중국의사회주의주장에대한의견」(中國提倡社會主義之商榷; 샤오춘진蕭純錦 씀), 「국학척담」(國學摭譚; 마청쿤馬承堃 씀), 「바이루둥의호랑이이야기」(記白鹿洞談虎), 「어장인행」(漁丈人行; 사오쭈핑邵祖平 씀) 등은 모두 1922년 1월 『쉐헝』 잡지 제1기에 실렸다. 「저장식물채집유기」(浙江采集植物游記; 후셴쑤 씀)는 1922년의 『쉐헝』 잡지에 단속적으로 연재되었다.

8) 『쉐헝』의 동인들은 백화를 반대하고 고문의 부흥을 도모하고자 했으므로 근대적 문장부호를 따르지 않았다. 루쉰은 소위 '국학'을 주장하는 사람들이 주장하는 문언문의 폐해를 분명하게 드러내기 위해 『쉐헝』의 글을 인용하면서 구식 표점부호를 사용한 원문을 그대로 옮겨 적었다. 따라서 이하 『쉐헝』의 글에 대한 인용문은 현대적 표기법을 따르지 않았음을 밝혀 둔다.

9) '주역의 글'(籀繹之作)은 읽고서 문장의 맥락을 이해할 수 있는 글을 뜻한다. '술작'(述作)에서 '술'(述)은 고대 성현의 문장을 해석하는 데 중점을 둔 문장을 말하고 '작'(作)은 창작에 중점을 둔 문장을 말한다. 『논어』의 「술이」(述而)에 "공자가 가로되, 기술할 따름이지 창작하지 않으며(述而不作) 옛것을 믿고 좋아한다. 은근히 나를 노팽(老彭)에 비유한다"라는 말이 나온다.

10) 고정림(顧亭林)은 고염무(顧炎武, 1613~1682)를 가리킨다. 자는 녕인(寧人), 호가 정림. 장쑤(江蘇) 쿤산(昆山) 사람, 명말청초의 학자이자 사상가이다. 인용한 말은 그의 저서인 『일지록』(日知錄) 권19 「서불당양서」(書不當兩序)에 나온다.

11) 『시경』의 「제풍(齊風)·보전(甫田)」에 "거의 보지 못했더니 돌연 모자를 썼네"(未幾見兮, 突而弁兮)라는 말이 나온다.

12) 토머스 모어(Thomas More, 1478~1535). 영국의 사상가, 공상 사회주의의 창시자 중

한 명. 그의 『유토피아』(*Utopia*, 1516)의 원래 제목은 『이상적 국가제도와 유토피아 섬에 대한 유익하고도 재미있는 귀중한 책』(*Libellus vere aureus, nec minus salutaris quam festivus, de optimo rei publicae statu deque nova insula Utopia*)이다.

13) 문언문에서는 지(之), 호(乎), 자(者), 야(也)와 같은 의미를 가지지 않는 허사를 자주 사용한다. 따라서 '지호자야'라는 말은 문언문의 문체를 풍자할 때 자주 사용된다.

14) 태사공(太史公)은 사마천(司馬遷, B.C. 145년 전후~86년 전후)이다. 자는 자장(子長), 샤양(夏陽; 지금의 산시陝西 한청韓城 남쪽) 사람. 한대의 사학자이자 문학가. 태사령(太史令)을 지냈다. 그가 지은 『사기』의 「오제본기」(五帝本紀)에는 오제의 사적에 관한 일들을 서술한 다음 "학자들은 대부분 오제를 숭상한다고 말한다. 그런데 『상서』에 요의 사적이 실린 이래로 백가들은 황제를 말하는 문장이 고아하고 순통하지 않아서 천신(薦紳) 선생들이 그것을 말하기 어려워했다"라고 했다. '천신'은 곧 '진신'(搢紳)이다. 『사기』의 「봉선서」(封禪書)에 대한 배인(裴駰)의 『집해』(集解)에는 이기(李奇)의 주석을 인용하여 "진(搢)은 삽(揷)이다. 홀(笏)을 신(紳)에 끼운다는 것이다. 신은 예복의 허리띠이다"라고 했다. 후에 '진신'은 관리의 대명사가 되었다.

15) 중국의 구체시에서 구절의 마지막에 하는 압운을 '운각'(韻脚)이라고 하는데, 시의 의미를 생각하지 않고 다만 압운을 위해서 같은 운자로 억지로 끼워 맞추는 것을 '괘각운'(掛脚韻)이라고 한다.

16) 『시운합벽』(詩韻合璧). 청대 탕문로(湯文潞)가 편찬한 운서(전 5권)로서 시 창작을 하는 사람들이 운을 찾아보던 책이다.
'육마'(六麻)는 구체시의 운에서 '하평성'(下平聲)의 여섯번째 운목(韻目). 이어지는 문장의 '뱀'(蛇), '오이'(瓜), '작살'(叉)은 모두 이 운목에 속한다.

17) 광루(匡廬)는 장시(江西) 루산(廬山)의 별칭. 남송의 승려 혜원(慧遠)의 『루산기략』(廬山記略)에는 주나라 때 광유(匡裕)가 신선으로부터 도를 배웠으며, 루산을 유람하던 당시 여기에서 집을 짓고 수련했다고 하며 "당시 사람들은 그가 머물던 곳을 일러 신선의 오두막(廬)이라고 했으며 이로써 유명한 산이 되었다"는 기록이 나온다.
어메이산(峨眉山)은 중국 불교의 명산 중 하나로 쓰촨(四川) 에 있다.

'러시아 가극단'을 위하여[1]

나는 러시아 가극단[2]이 왜 자신들의 고향을 떠나 이토록 아름다운 예술을 중국으로 가져와 찻값 몇 푼을 벌려고 하는지 모르겠다. 사실 그 까닭을 아는 셈이지만 짐짓 모른다고 말하려 한다. 당신들은 아무래도 돌아가는 게 낫겠습니다!

내가 제일무대第一舞臺에서 러시아 가극을 본 날은 4일 밤, 공연 이틀날이었다.

문에 들어서자마자 이상한 기분이 들었다. 중앙에 30여 명, 좌우에 많은 군인들, 이층의 4, 5등석에도 300여 명의 관객이 있었다.

베이징을 처음 방문한 사람이 얼마 지나지 않아 말했다. "나는 마치 사막에 사는 것 같아요."[3]

그렇다. 사막이 여기에 있다.

꽃이 없고, 시가 없고, 등불이 없고, 열기가 없다. 예술이 없을 뿐만 아니라 취미가 없고 심지어는 호기심도 없다.

무거운 사……

나는 얼마나 심약한 사람인가? 순간 나는 생각했다. 만약 내가 가수라면 나의 목소리는 움츠러들 것이다.

사막이 여기에 있다.

그럼에도 불구하고 그들은 춤추고 노래했다. 아름답고도 진실하게, 그리고 용맹스럽게.

움직이고 노래하며 말한다……

군인들이 박수 쳤다, 키스를 할 때. 군인들은 또 박수를 쳤다, 다시 키스를 할 때.

군인이 아닌 사람들 중에서도 몇몇이 박수를 쳤다, 역시 키스를 할 때. 가장 크게 울리는 소리는 군인들의 박수보다 더 셌다.

나는 얼마나 편협한 사람인가? 순간 생각했다. 만약 내가 가수라면 나는 나의 하프를 거두어들이고 나의 노래는 침묵할 것이다. 그게 아니라면 나는 나의 반항의 노래를 부르고자 했을 것이다.

진짜다, 나는 나의 반항의 노래를 부르겠다!

사막이 이곳에 있다. 공포스런……

그럼에도 불구하고 그들은 춤추고 노래한다. 아름답고도 진실하게, 그리고 용맹스럽게.

당신들, 떠돌며 예술하는 사람들, 적막 속에서 노래하고 춤추면서 어쩌면 벌써 귀향하려는 마음이 생겼는지도 모른다. 당신들은 아마 복수할 뜻이 없었겠지만, 당신들이 돌아가면 우리들은 보복당할 것이다.

사막보다도 훨씬 무서운 인간 세상이 여기에 있다.

아아! 이것이 바로 사막에 대한 나의 반항의 노래이자, 안면이 있거나 혹은 생면부지의 공감하는 벗들에 대한 나의 권유이자, 적막 속을 떠도는 가수들을 위한 광고이다.

4월 9일

주)

1) 원제는 「爲"俄國歌劇團"」, 1922년 4월 9일 『천바오 부간』에 발표했다.
2) 1922년 봄 하얼빈(哈爾濱), 창춘(長春) 등지를 거쳐 베이징에 온 러시아 가극단(10월혁명 이후 러시아를 떠난 예술단체)을 가리키는데, 4월 초에 베이징 제일무대(第一舞臺)에서 공연했다. 베이징 '제일무대'는 1912년에 건립을 준비하여 1914년 봄에 완성, 같은 해 6월 9일에 정식으로 개막한 서양식 극장이다.
3) 이 말은 예로센코가 루쉰에게 한 말이다. 『외침』「오리의 희극」 중에도 이 말이 나온다. 바실리 야코블레비치 예로센코(Василий Яковлевич Ерошенко, 1890~1952)는 러시아 시인이자 동화작가이다. 유년 시절에 병으로 말미암아 두 눈을 실명했으나 일본, 태국, 인도 등지를 여행했고, 1921년 일본에서 노동절 시위에 참가했다가 6월에 일본 정부에 의해 추방당하고 중국에 도착했다. 중국에서는 베이징대학, 베이징 에스페란토전문학교(世界語專門學校)에서 강의했으며, 1923년 4월 귀국했다. 그는 에스페란토와 일어로 글쓰기를 했으며, 루쉰은 그의 『연분홍 구름』(桃色的雲), 『예로센코 동화집』(愛羅先珂童話集)을 번역했다.

무제[1]

사립학교 학예대회[2] 이튿날 나도 몇몇 친구들과 더불어 중앙공원에 놀러 갔다.[3]

나는 입구에 '곤곡'昆曲이라는 두 글자를 붙여 놓은 건물 밖에 서 있었다. 앞쪽이 벽이었음에도 누군가 등 뒤쪽에서 전력을 다해 숨도 못 쉴 정도로 밀고 들어왔다. 그는 나를 실체 없는 영혼으로 간주하는 것 같았다. 이것은 그의 잘못이라고 말하지 않을 수 없다.

되돌아가 아이들에게 나눠 줄 간식을 사야겠다. 나는 이리하여 제당회사에 도착하여 먹을 것을 샀다. 산 것은 '매실 주구뤼 싼윈즈'[4]이다.

이것이 상자 위에 씌어진 글자인데, 자못 신비롭기까지 하다. 그런데 그렇지 않은 것이 영어로 쓰면 Chocolate apricot sandwich에 불과하다.

나는 '매실 주구뤼 싼윈즈' 여덟 통을 사기로 하고 돈을 치르고 그것들을 호주머니 속에 집어넣었다. 불행히도 나의 눈은 갑자기 휜해져 회사의 점원이 쫙 펼친 다섯 손가락으로 내가 사지 않은 다른 모든 '매실 주구뤼 싼윈즈'를 가리는 것을 보고 말았다.

이것은 분명 나에게 주는 모욕이다! 그럼에도 불구하고, 사실, 나는 결코 이것이 모욕이라고 생각해서는 안 된다. 왜냐하면 나는 그가 그것을 가리지 않았다면 이 혼란 속에서 언제까지나 도둑맞지 않으리라고 보증할 수 없기 때문이다. 게다가 내가 결코 좀도둑이 아님을 증명할 수도 없고, 내가 과거, 현재 그리고 미래에도 결코 물건을 훔치는 일은 없을 것이라고 스스로 증명할 수도 없기 때문이다.

나는 순간 불쾌했지만 웃는 척하며 점원의 어깨를 두드리며 말했다.

"그럴 필요 없네. 절대로 하나 더 가져가거나 하지는 않을걸세……."

그는 "아닙니다, 아닙니다"라고 말하면서 서둘러 손을 거두어들이고 부끄러워했다. 이것은 아주 뜻밖이었다. 그가 반드시 강변할 것이라고 예측했기 때문이다. 이리하여 나도 부끄러워졌다.

이러한 부끄러움은 왕왕 인류를 의심하는 나의 머리 위에 뿌려지는 한 방울의 차가운 물이 되고, 이것은 나에게 상처가 된다.

야밤에 홀로 방에 앉아 있으면 사람들과 최소한 한 장丈 정도는 멀어진다. 나눠 주고 남은 '매실 주구뤄 싼원즈'를 먹으며 톨스토이의 책 몇 쪽을 읽으면서 차츰 나의 주위에도 저 멀리 멀리서 인류의 희망을 품고 있다는 것이 느껴진다.

4월 12일

주)

1) 원제는 「無題」, 1922년 4월 12일 『천바오 부간』에 발표했다. 필명은 루쉰.

2) 중국의 실험(實驗)학교 등 24개 남녀학교가 경비 문제를 해결하기 위하여 1922년 4월 8,

9, 10일 베이징 중앙공원에서 거행한 학예대회를 가리킨다.

3) 『천바오 부간』에 발표될 당시에는 첫번째 단락과 두번째 단락 사이에 "Sro. E를 보자 몇몇 사람들이 '봉사, 봉사!'라고 소리쳤다. 맞다. 그들은 진리를 발견한 것이다"라는 말이 있었다. Sro. E는 예로센코를 가리킨다.

4) 원문은 '黃枚朱古律三文治'이다. '黃枚'는 매실, '주구뤼'(朱古律)와 '싼원즈'(三文治)는 각각 Chocolate와 Sandwich에 대한 음역이다.

'난해함을 진동하다'[1)]

상하이의 조계지에 사는 '국학가'들은, 백화문을 쓰는 사람들은 대개 청년들이고 골동품 책을 본 적이 없을 것이라고 생각하고, 그리하여 소위 '국학'으로 청년들을 위협한다.

『스바오』에 '한추'라는 필명으로 「문자감상」[2)]이라는 글이 실렸는데, 거기에는 다음과 같은 단락이 있었다.

> 신학가新學家는국학이천박하여말할것도못된다그러므로끼룩끼룩거리는문장으로난해함을진동하지만한번읽으면구토가날지경이고두번읽으면혼수에빠져들게된다.

삼가 가르침을 받았다. 예전에 나는 '끼룩끼룩'[3)]이라는 말은 옛사람들이 자고새의 울음소리를 형용하는 것일 뿐 다른 깊은 뜻은 없다고 생각했다. 「문자감상」 덕분에 이 말은 '난해'하게 우는 자고새를 탓하는 것이며, 이로써 그것을 나무라는 것임을 알게 되었다. 하지만 여하튼 간에 '난해'함이 사람들의 '구토'를 야기할 수 없고, 자고새 울음소리를 듣고 구토했다는 사람은 자고로 존재하지 않았다. 문장을 가지고 말해 보면 '월약계고'[4]에 대해서는 주석이 분분하고 '강즉동옹'[5]의 방점에 대해서도 이론異論이 끊이지 않으므로, 이것이야말로 난해하다고 할 수 있는 것이다. 하지만 이 때문에 구역질 난다는 말은 여태까지 들어 본 적이 없다. 구토의 원인은 결코 다른 사람이 지은 문장이 '난해'해서가 아니라 자신의 신체 속에 있다. 아마도 '국학'이 지나치게 많이 축적되어 필설로 다하지 못하기 때문에 올라오는 것일 터이다.

"난해함을진동한다"에서 '진동한다'라는 말은 국학의 문외한의 입장에서 보면 무슨 뜻인지 통하지 않는다. 아마도 식자공의 실수인 듯하다. 식자하고 인쇄하는 것도 신학新學이므로 어쩌면 '난해함을진동하'는 것을 피할 수 없을지도 모른다.

이것이 아니라면, 이런 '국학'은 난해하지는 않다고 해도 졸작이다. 그야말로 "한번읽으면구토가날지경이고" 두 번 읽으면 반드시 구토를 일으킨다.

국학아, 국학아, 신학가들은 "천박하여말할것도못되"고 국학가들은 말은 하지만 순통하지 않다. 당신들은 정녕 막다른 길로 가려 하는구려!

9월 20일

주)

1) 원제는 「"以震其艱深"」, 1922년 9월 20일 『천바오 부간』에 발표했다. 필명은 머우성저(某生者).

2) 한추(涵秋)는 리한추(李涵秋, 1874~1923)를 가리킨다. 다른 필명으로 친샹거주(沁香閣主), 윈샹거주(韻香閣主)가 있다. 장쑤(江蘇) 장두(江都) 사람이며 원앙호접파(鴛鴦蝴蝶派)이다. 작품에는 『광릉조』(廣陵潮) 등이 있다. 「문자감상」(文字感想)은 1922년 9월 14일 『스바오』(時報)의 『샤오스바오』(小時報)에 실렸다.

3) 원문은 '鉤輈格磔'으로 자고새 울음소리의 의성어이다. 당대 이군옥(李群玉)의 「구자판문자고」(九子坂聞鷓鴣)에서 "구불구불한 험한 길을 지나가려는데 다시 끼룩끼룩 소리가 들렸다"(正穿詰曲崎嶇路, 更聽鉤輈格磔)라는 말이 나온다. 명대 이시진(李時珍)의 『본초강목』(本草綱目) 권48 「금부」(禽部)의 '집해'(集解)에는 "공지약(孔志約)의 말을 인용하여 '자고는 장난(江南)에서 자라며 모양은 암탉과 같으며 우는 소리는 끼룩끼룩거린다'"라고 했다.

4) 월약계고(粵若稽古). 『상서』(尙書)의 「요전」(堯傳)에 "아, 요임금 방훈을 계고해 보니 공경스럽고 총명하고 문아하고 사려 깊고 안온하셨다"(曰若稽古帝堯, 曰放勳, 欽明文思安安)라는 말이 나온다. '월'(粵)은 '왈'(曰)이라고도 쓰며, 발어사(發語辭)이다. '월약계고'에 대해서는 한대 이래로 많은 사람들이 주석을 달았으며 의견도 분분하다. 당대의 공영달(孔穎達)은 "옛 도에 맞추어 살피고 그것을 행할 수 있다"(能順考古道而行之)라는 뜻이라고 주석을 달았다. 공영달은 이 말의 뜻에 대하여 "옛 도에 맞추어 따라 행하는 사람은 요임금이다. 또한 옛 도에 맞추어 펼치는데, 요임금은 선인들의 공덕을 배워 교화를 시행했다. 마음은 공경스럽고 지혜는 밝고 등용은 문아하고 사려는 두루 통했다. 이 네 가지 덕으로써 천하를 편안하게 한다"라고 했다.

5) 강즉동옹(絳卽東雍). 당대 번종사(樊宗師)의 「강수거원지기」(絳守居園池記)에 나온다. 번종사의 문장은 난해한 것으로 유명하다. 이 글에 대한 주석이 매우 많으며 문장 나누기도 모두 다르다. 이 글의 첫번째 구절이 '강즉동옹위수리소'(絳卽東雍爲守理所)이다. '강즉동옹, 위수리소'라고 나누기도 하고 '강, 즉동옹위수리소'로 나누어 읽기도 한다. 그런데 번종사는 장저우(絳州)자사를 역임했으므로 이 말은 '장(絳)은 곧 둥융(東雍) 옛땅에 태수가 다스리는 곳을 지었다'라는 의미로 해석할 수 있을 것 같다.

소위 '국학'[1]

지금 폭발하고 있는 '국학가'들의 소위 '국학'이란 무엇인가?

하나는 상인과 유로들이 구서 몇십 부를 인쇄해서 돈을 버는 것이고 다른 하나는 양장[2]의 문호들이 원앙호접체[3] 소설 몇 권을 써서 출판하는 것이다.

상인과 유로들의 인쇄는 책을 골동품으로 만드는 것으로 그것의 치중점은 서적이 아니라 골동품이다. 유로들은 돈이 있으니 어쩌면 잠시나마 자기위안이 되면 그만일 것이다. 그리고 상인들은 둥둥 북을 울리며 이를 기회 삼아 이익을 얻는다. 차, 소금 판매상들은 원래 '사류'士類 축에 들지 않지만 신과 구의 분란을 틈타서 서적 간행으로 명성을 얻어 유로유소[4]의 '사림'士林에 끼려고 한다. 그들이 간행한 책은 민국 연월이 없고 원元대 판본인지 청淸대 판본인지도 구분할 수 없다. 모두 골동품의 성격을 띠는 것으로 최소한 권당 2, 3위안, 연사지에다 비단 표지[5]로 고색창연하게 만들어 학생들이 살 수도 없다. 이것이 바로 그들의 소위 '국학'이다.

그런데 영리한 상인들은 절대로 학생들의 돈을 가만히 두지 않는다.

나쁜 종이와 안 좋은 먹으로 '청화'靑華, '대전'大典 따위를 따로 인쇄하여 학생들의 돈을 긁어모은다. 정가가 그다지 비싸지는 않지만 종이와 먹에 비교하면 비싼 가격이다. 이러한 '국학' 서적에 대한 교감작업은 신학가들이 하지 않았으므로 상하이의 소위 '국학가'들이 한 것이 분명하다. 그런데 오자가 잇따르고 잘못 찍은 구두점이 계속되니(신식 구두점을 사용하는 것도 아니다) 정녕 청년들을 가지고 노는 것이라고 할 수 있다. 이것이 바로 그들의 소위 '국학'이다.

예전에 양장에는 소위 문호들이 지은 '그대와 나', '원앙과 호접'이 실로 작은 더미를 이루고 있었다. 양장이 생긴 이래로 이런 문장(?)을 국학이라고 칭하는 사람은 없었고 그들 스스로도 결코 '국학가'로 자처하지 않았다. 그런데 요즘은 무슨 영문인지 불현듯 기발한 발상이 터져 나와 그들도 소금, 차 판매상들로부터 배웠는지 터무니없이 '국학가'의 무리 속으로 끼어들려고 한다. 하지만 현실은 아주 참혹하다. 그들의 소위 '국학'이란 "종이가겹쳐진채로인쇄되는일이어디에나있었는데상하이일대가가장심했다 …… 나는한가한때필묵의낭비를아까워하지않고사실을엮어소설로만들어독자들에게바치니독자들도즐겨볼것이라생각한다"라는 것이다. (원본에는 매 구절마다 방점이 있으나 식자공의 일을 덜기 위해 여기서는 생략하니 독자들의 양해를 바란다.) '국학'이란 이것에 지나지 않는 것인가?

역사에 나오는 유림전이나 문원전을 한번 펼쳐 보시게나. 거기에 구서를 골동품 취급하는 홍유鴻儒가 있는가, 종이가 겹쳐진 채로 인쇄하여 독자에게 바치는 문사文士가 있는가?

만약 올해부터 이러한 것들이야말로 '국학'이라고 한다면, 그것은 '신'新 사례가 된다. 그런데 당신들은 '국학'을 말하고 있는 것이 아닌가?

주)

1) 원제는 「所謂“國學”」, 1922년 10월 4일 『천바오 부간』에 발표했다. 필명은 머우성저.
2) '양장'(洋場)은 주로 상하이에서 외국인이 많고 수입한 상품가게들이 즐비했던 곳을 가리키는 말이다.
3) '원앙호접체'(鴛鴦蝴蝶體)는 청말민초 상하이를 중심으로 활동한 통속문학유파의 문체를 일컫는다. 문언문으로 재자가인(才子佳人)의 슬픈 사랑을 묘사한 작품이 많다. “같은 운명의 36마리의 원앙, 가련한 한 쌍의 나비”라는 상투어를 자주 사용했다. 원앙호접으로 재자가인을 비유했으므로 '원앙호접체'라고 칭해졌다. 대표적인 작가로는 쉬전야(徐枕亞), 천데셴(陳蝶仙), 리딩이(李定夷) 등이 있다. 그들이 출판한 간행물로는 『민권소』(民權素), 『소설총보』(小說叢報), 『소설신보』(小說新報), 『토요일』(禮拜六), 『소설세계』(小說世界) 등이 있다. 이중 『토요일』이 영향력이 가장 컸으므로 원앙호접파를 '토요일파'(禮拜六派)라고 부르기도 한다.
4) 유로(遺老)는 왕조가 바뀐 이후에도 이전 왕조에 충성을 다하는 유신을 의미하고, 유소(遺少)는 신시대에 살고 있으면서도 구시대의 낡은 사고를 가지고 있는 젊은이를 뜻하는데, 루쉰의 잡문에 비판의 대상으로 자주 등장한다.
5) '연사지'(連史紙)는 재질이 견고하고 색깔이 희며 귀중한 서적을 인쇄하는 데 사용된 종이이다.

동요의 '반동'[1)]

1. 동요

후화이천[2)]

"달아! 달아!

나머지 반은 어디로 갔니?"

"누군가 훔쳐 갔지."

"뭐 하려고 훔쳐 갔지?"

"거울 삼아 비춰 보려고."

2. 반동가

어린이

하늘에 있는 반달

나는 "깨진 거울이 하늘로 날아갔다"고 말하는데

알고 보니 누군가 훔쳐 땅으로 가져갔어.

재미있군, 재미있어, 거울이 되었네!

그런데 나는 둥글거나 네모나거나 장방형인 팔각, 육각의
마름꽃 모양이거나 보상화[3] 모양 거울을 보았지,
반달 모양 거울은 본 적이 없어.
나는 그래서 정말 김 샜어!

삼가 생각건대 어린이들이 신조류의 영향으로 감히 번번이 함부로 비난을 일삼고 있으니, 인심이 옛날과 달라진 것이 족히 개탄스럽도다! 그런데 원래 시를 삼가 읽어 보았더니 여기에도 약간의 실수가 있었다. 만약 두번째 행을 "반 개짜리 두 개는 어디로 갔니"라고 했으면 완전무결했을 것이다. 후 선생도 평소에 첨삭한 적이 있으므로[4] 소인의 말을 허황되다고 하지 않을 것이다. 하력夏曆 중추절 닷새 전, 머우성저[5]가 삼가 주를 달다.

10월 9일

주)______

1) 원제는「兒歌的"反動"」, 1922년 10월 9일『천바오 부간』에 발표했다. 필명은 머우성저.
2) 후화이천(胡懷琛, 1886~1938). 자는 치천(奇塵), 안후이(安徽) 징현(涇縣) 사람.「소위 '국학'」에 나오는 국학가와 원앙호접파 작가 중 한 명이다. 1922년 9월 정전둬(鄭振鐸)에게 보낸 편지에서 "신문학을 제창하는 사람들은 중국의 문학을 개조한다고는 하지만, 요 몇 년 동안을 보면 수확이 없을 뿐만 아니라 반동도 있다"라고 했다. 루쉰이 여기서 말하고 있는 "동요의 '반동'"은 이와 같은 언설을 겨냥해서 한 말이다.
3) 보상화(寶相花)는 연꽃 모양의 도안으로 전통 공예에서 자주 사용한다. '보상'은 불교 용어로서 불상의 장엄함과 존귀함을 형용한다. 불교에서 연꽃을 존중하는 데서 유래된 이름이다.

4) 후화이천은 후스(胡適)의 『상시집』(嘗試集)에 나오는 시에 첨삭을 가하여 발표한 적이 있는데, 루쉰은 이를 빗대어 말하고 있다.
5) 루쉰의 필명 '머우성저'(某生者)는 당시 원앙호접파 작가를 풍자하는 의미를 포함하고 있다. 원앙호접파 작가들이 자주 '……생(生)'이라는 필명을 사용했고, 그들의 소설에는 "모생이라는 사람(某生者)은 모(某) 땅 사람으로 대대로 고관대작이었으며 문채가 아름다웠다……"라는 등의 말로 시작하는 것이 공식이었다.

'모든 것에 적용되는 학설'[1)]

나는 『학등』에서 우미 군이 쓴 「신문화운동의반응」[2)]이라는 글을 읽고서 『중화신보』[3)]에 실린 원문을 찾아보았다.

그것은 호기로운 장문으로 족히 만여 자는 되고, 뿐만 아니라 필자인 우미 군의 사진도 실려 있었다. 기자는 글 앞에 다음과 같이 소개했다. "징양우미군은미국하버드대학석사이며현재국립둥난대학서양문학과교수이다군은세계문학에정통하여그정수를배웠을뿐만아니라국학을함양하여심히깊이가있다최근에는쉐헝잡지를주편하여실학을제창함으로써시론時論을맡아그것을높이고있다."

그런데 이 방대한 글의 내용은 지극히 단순하다. 대의를 말해 보면 신문화는 주장할 만한 것이지만 주창자들은 "마땅히넓은시야로. 대범한태도로. 학술에진력해야한다. 깊이살피고정밀한연구로. 그전체를조망하여. 그리고관통하고명철히깨닫는다. 그런연후에평정한마음으로이치를저울질하고. 중용을잡고만물을부려. 모든것에적용되는학설을만들고. 중서의정화를융합하여. 한나라한시대의쓰임으로삼는다"라는 것이다. 그런데

"최근에소위신문화운동가라는사람들은. 편벽된주장을기본으로하고. 선전이라는좋은방법으로보좌한다. …… 덧붙여새것을좋아하여맹종하는사람들이많아진" 것이 한탄스럽다. 갑자기 위세가 대단해졌는데, 다만 "물극필반物極必反의. 이치가분명하다"는 것을 모른다. 이리하여 "최근에신문화운동을의심하고비판하는출판물이점점많아지고있는것이다"라고 했다. 이것이 바로 '신문화운동의반응'이라는 것이다. 그런데 "소위반응이라는것은반항을말하는것이아니다. …… 독자는나의논리를반항의행렬에세우지않기를바란다. 그렇게되면신문화에찬성하지않는사람이라는의심을사게된다"라고 운운하고 있다.

신문화운동에 반응하는 출판물로 모두 일곱 개를 거론하고 있는데, 대체로 "중용을잡고만물을부리며" '정도正道'의 신문화를 선전하는 것들이라고 한다. 여기서 나도 소개 한번 해보기로 한다. 하나는 『민심주보』, 둘은 『경세보』, 셋은 『아주학술잡지』, 넷은 『사지학보』, 다섯은 『문철학보』, 여섯은 『쉐헝』, 일곱은 『상군』[4]이다.

나머지 내용은 모두 이 일곱 간행물에 대하여 우 군이 '평정한마음으로저울질한' 비평(?)이다. 예컨대 『민심주보』는 "발간부터정간까지. 소설과한두편원고를제외하면. 모두문언을사용하고있다. 소위신식표점은사용하지않았다. 이한가지단서로보면. 신조류가바야흐로흥성할때. 이것역시소위황허가운데지주산砥柱山이라고할만하다"라고 했다. 『상군』이 백화와 표점을 사용한 까닭에 대해서는 특별한 이유가 있다고 한다. 그것은 "『쉐헝』은본래사리의진실을다루므로. 고로졸렬한백화와영문표점을배척한다. 『상군』은문예의미를추구하므로. 따라서타당한백화와신식표점을겸용하고있다"라는 것이다. 요컨대 주장이 극단적이면 표점 사용도 극단적으로 간주되고 그 백화는 당연히 '타당'하지 않은 것이 된다. 다시 말하면 나의 백화는 타당과 거리가 아주 멀기 때문에 나의 표점은 '영문표점'[5]이라는 것이다.

그런데 가장 '관통하고명철히깨달은것'으로는 『경세보』의 '반응'을 들고 있다. 『경세보』가 출판될 당시에는 '만 가지 악행의 으뜸은 효'라는 유언비어[6]도 없던 시절임에도 그들은 이미 성인 숭배에 관한 수많은 고담준론을 발표했는데, 아쉽게도 지금은 일보에서 월간으로 바뀌어 그야말로 위축된 처지를 보여 주고 있다. "군신의윤리에대해서는. 따로새로운해석을내리고", "『아주학술잡지』가그것의견강부회함을의론하여. 반드시군君을제왕으로간주했다"라는 것에 대해서는 그야말로 맞는 말이므로 이것이야말로 '신문화운동의반응'으로 칠 수 있다. 그런데 우 군은 '잘못이다'라고 했는데, 이것은 우 군이 '잘못한' 것이다. 왜냐하면 시대를 고려하면 당시의 군君은 대총통이 아니라 제왕이었기 때문이다. 민국 이전의 의론이라면 시대적인 원인으로 당연히 혁명의 정신이 많이 포함되어 있을 것이다. 『국수학보』[7]가 바로 그중 하나이다. 그런데 우 군은 『아주학술잡지』가 학술을 말하면서 혁명을 함께 언급하고 있다고 나무라고 있는데, 이것은 시간의 선후를 지나치게 '융합'했기 때문이라고 하겠다.

이외에도 그의 견문이 지나치게 좁음을 보여 주는 것은 『창칭』, 『홍』, 『쾌활』, 『토요일』[8] 등 최근에 풍운처럼 일어나고 있는 간행물을 누락했다는 사실이다. 이들이야말로 '신문화운동의반응'일 뿐만 아니라 '타당한백화'를 사용하고 있는 것들이다.

11월 13일

주)

1) 원제는 「"一是之學說"」, 1922년 11월 3일 『천바오 부간』에 발표했다. 필명은 펑성(風聲).
2) 『학등』(學燈)은 당시 연구계 신문인 상하이 『시사신보』의 부간. 1918년 3월 4일 창간.
우미(吳宓)를 비판한 글이란 푸성(甫生)이 쓴 「「신문화운동의반응」을 반박하다」(駁「新文化運動之反應」)를 가리킨다. 1922년 10월 30일 『학등』에 실렸다.
우미(1894~1978)는 자가 위성(雨僧), 산시(陝西) 징양(涇陽) 사람. 미국, 영국, 프랑스 등지에서 유학했으며 칭화(清華)대학 연구원 주임, 둥난대학 교수 등을 역임했다.
3) 『중화신보』(中華新報)는 당시 정치계(양융즈楊永植, 장췬張群 등이 조직한 정치단체)의 신문. 1915년 10월 상하이에서 창간하여 1926년 여름 정간되었다. 우미의 「신문화운동의반응」은 1922년 10월 10일 이 신문의 증간본에 실렸다.
4) 『민심주보』(民心週報). 1919년 창간. 상하이 민심주보사가 편집했다.
『경세보』(經世報). 1917년 창간. 일간이었으나 1922년부터 월간으로 바꾸었다. 베이징 경세보사에서 편집했다.
『아주학술잡지』(亞洲學術雜誌). 1922년 창간. 월간이며 상하이 아주학술연구회가 편집.
『사지학보』(史地學報). 1921년 창간. 계간이며 난징고등사범학교 사지연구회가 편집.
『문철학보』(文哲學報). 1922년 창간. 계간이며 난징고등사범학교 문학철학연구회 편집.
『상군』(湘君). 1922년 창간. 계간이며 후난 창사(長沙)의 밍더(明德)학교 상군사가 편집.
이 간행물들은 모두 신문화운동을 반대하고 복고주의를 선전했다.
5) 국제적으로 통용되는 표점부호 즉, '신식부호'를 가리킨다. 쉐헝파 등은 신문화운동을 반대하면서 현대식 표점의 사용을 반대하며 국제적으로 통용되는 표점부호를 '영문표점'이라고 지칭했다.
6) 『신청년』 제8권 제6호(1921년 4월 1일)에 '어떤 말'(什麼話)이란 난에 '기자'(記者)의 채록으로 다음과 같은 내용이 실려 있다. "3월 8일 상하이 『중화신보』에서 '천두슈(陳獨秀)의 금수 같은 학설의 …… 요지는 바로 도덕을 폐지하고 효를 원수로 간주하는 것이다. 여러 학교에 강연을 가면 반드시 만 가지 악행의 으뜸이 효이고, 백 가지 선행의 으뜸이 음란함이라는 취지를 힘껏 강조한다. 청년자제들은 호기심이 많고 모방하려는 경향이 많다. 대개 사회적으로 부랑자들이 들끓어 그의 설을 듣기를 좋아하지 않는 사람이 없다. 부자간을 낯선 사람이라고 말하고 간음을 천성이라고 말한다. 목하 민병의 소란은 일시의 고통에 속하지만 천두슈의 학설은 진실로 죄악의 장본인으로서 보호막을 무너뜨리고 있다. 인심세도의 걱정은 천만억겁이 지나도 회복되기 어렵다'라고 말했다." 천두슈는 1921년 3월 18일 『광둥췬바오』(廣東群報)에 발표한 「반박」(辟謠)이라는 글에서 그와 같은 말을 한 적이 없다고 밝혔다.
7) 『국수학보』(國粹學報). 1905년 1월 상하이에서 창간. 월간이며 덩스(鄧實)가 편집. 1911년 12월 정간 때까지 모두 83기 발간했다. 주요 기고자는 장타이옌(章太炎), 류스페이

(劉師培) 등이다. 이 잡지는 명말 유민의 반청(反淸)에 관한 글을 자주 게재하여 혁명운동에 영향을 미쳤다.

8) 『창칭』(長靑). 1922년 9월 창간. 주간이며 바오톈샤오(包天笑), 후화이천이 편집했다. 동년 10월 정간.

『홍』(紅)은 『홍잡지』(紅雜誌)를 가리킨다. 1922년 8월 창간. 주간이며 옌두허(嚴獨鶴), 스지췬(施濟群)이 편집했다. 1927년 『붉은 장미』(紅玫瑰)로 개명했다.

『쾌활』(快活). 1922년 1월 창간한 순간(旬刊)이다. 이한추(李涵秋), 장윈스(張雲石)가 편집, 같은 해 12월 정간되었다.

『토요일』(禮拜六). 1914년 6월 6일 창간. 주간이며 왕둔건(王鈍根), 쑨젠추(孫劍秋)가 편집했다. 1916년 4월에 정간되고 1921년 3월에 복간되었다가 1923년 4월에 다시 정간된 바 있다.

이상은 모두 원앙호접파가 상하이에서 만든 문예간행물이다.

이해할 수 없는 음역[1)]

1.

무릇 한 가지 사물이 언제까지나 뒤죽박죽 구분할 수 없는 것으로는 아마도 우리 중국에 있는 것보다 더한 것은 없을 것이다.

외국인 이름의 번역은 음역을 하는 것이 지극히 타당하고 지극히 일반적이다. 약간의 상식마저 없는 사람이 아니라면 결코 쓸데없는 말을 하지는 않을 것이다. 그런데 상하이의 신문(무슨 신문인지는 분명하지 않은데, 『신선바오』新申報가 아니면 『스바오』時報일 것이다)에 돌을 던지는 사람이 몰래 스며들어 조소를 퍼부었다. 그는 신문학을 하는 사람의 비결 중에 하나는 '투제나푸'屠介納夫, '궈거리'郭歌里[2)] 따위의 사람들이 이해할 수 없는 글자를 사용하는 것이라고 했다.

무릇 역대로 음역한 명사로는 '쉐靴, 스쯔獅子, 푸타오葡萄, 뤄푸羅卜, 포佛, 이리伊犁'[3)] 등이 있다. 이에 대해서는 이상한 사용이라고 전혀 생각하지 않으면서 유달리 몇몇 새로운 번역어에 대해서는 못되게 군다. 잘 알고 있다면 가소롭고, 모르고 있다면 가련하다.

사실 최근의 많은 번역가들은 과거의 번역가들에 비하면 그렇잖아도 몇 배나 완고한 편이다. 예컨대 남북조시대 사람들은 인도인의 이름을 아난타, 실차난타, 구마라습파[4] 등으로 번역했다. 그들은 중국인의 이름 모양에다 억지로 갖다 붙이지 않았기 때문에 우리가 지금까지도 그들의 음역에 따라서 원음을 추론할 수 있는 것이다. 그런데 뜻밖에도 광서 말년 유학생 출판물에 외국인이라고 하며 '커보젠'柯伯堅[5]이라는 이름이 등장했다. 얼핏 보면 그가 커씨 집안의 어르신 커중롼柯仲軟의 영형令兄이 아닐까 싶기도 하지만 다행히 사진이 있어서 그 사람이 아니라 러시아의 Kropotkin임을 알 수 있었다. 그 책에는 '타오쓰다오'陶斯道[6]도 있었는데 Dostoievski였는지 Tolstoi였는지 잘 기억이 나지 않는다.

'투제나푸'와 '궈거리'라는 이름은 고아함의 측면에서는 '커보젠'을 따라갈 수가 없다. 그런데 외국인의 성씨를 『백가성』[7]에 있는 글자로 사용하는 것은 최근 번역계의 관습이 되다시피 했으므로 육조시대의 스님[8]들에 비교하면 매우 '안분'安分적인 태도라고 할 수 있다. 그런데도 몰래 돌을 던지며 귀신인 양하고 있으니, 설마 정말로 '인심이 옛날 같지' 않다는 말인가?

나는 오히려 오늘날의 번역가들이 '옛날의 스님'을 배우는 것이 낫다고 생각한다. 무릇 인명과 지명에서 무슨 음은 어떻게 번역하는가에 대해서 괜한 마음을 쓰며 박아 넣을 필요가 없을 뿐만 아니라 번역어를 고칠 필요도 있다. '커보젠'을 예로 들면 최근에는 '쿠루바진'苦魯巴金으로 번역하고 있는데, 첫번째 음이 Ku가 아니라 K이므로 우리는 '쿠'苦를 '커'克로 바꾸어야 한다. 왜냐하면 중국의 자음에서 K와 Ku는 구별되기 때문이다.

그런데 중국은 이런 것들에 전혀 주의하지 않는다. 따라서 작년 크로포트킨의 사망 소식이 전해졌을 때 상하이의 『스바오』는 러일전쟁 당시 뤼순旅順의 패장 Kuropatkin의 사진으로 무정부주의를 주장한 노老영웅의 사진을 대신하기도 했던 것이다.[9)]

11월 4일

2.

'국학가'로 자처하는 사람은 역음譯音에 대해서도 조소를 퍼붓고 있는데, 이는 분명 고금을 통틀어 기이한 이야기라고 할 수 있다. 그런데 이것은 그의 우매함을 보여 주는 것일 뿐만 아니라 그야말로 그의 비참한 처지가 읽히기도 한다.

그의 훌륭한 뜻을 따르자면 어떻게 해야 하는가? 생각해 보면 세 가지 대책이 있을 것 같다. 상책은 무릇 외국의 사물이라면 모조리 언급하지 않는 것이다. 중책은 무릇 외국인을 모두 양귀신이라고 부르고 투제나푸의 『사냥꾼일기』, 궈거리의 『검찰관』을 모두 '양귀신 지음'이라고 이름 붙이면 된다. 하책은 외국인의 이름을 왕희지, 당백호, 황삼태[10)]라는 식으로 고치는 것이다. 진화론은 당백호가 주장했고 상대성이론은 왕희지가 발명했으며 아메리카 대륙은 황삼태가 발견했다는 식으로 말이다.

만약 이렇게 하지 않는다면, 국학가로 자처하는 사람이 이해할 수 없는 새로운 음역어가 진짜 국학의 영역으로 침입하고 말 것이다.

중국에는 『유사추간』[11)]이라는 책이 있는데 출판된 지 바야흐로 10년이 되었다. 국학을 논한다면 이 정도는 되어야 국학을 연구한 책이라고 할 수 있다. 서두에는 왕궈웨이[12] 선생이 쓴 긴 서문이 있는데, 국학을 논하고자 한다면 이 정도는 되어야 국학을 연구한 인물이라고 할 수 있다. 그의 서문에는 "생각건대고대목간이출토된땅은대개세곳이다…… 세곳이란 허톈和闐동북쪽의니야청과마잔튀라보라화스더[13]이다"라는 말이 있다.

이 역음은 '투제나푸'류에 비교해 보면 결코 고아하지도, 쉽게 이해되지도 않는다. 그런데 어째서 이렇게 번역했는가? 왜냐하면 그 세 곳의 이름이 그렇기 때문이다. 상하이의 국학가들이 아무리 냉소를 흘린다고 해도 그곳은 여전히 그런 이름을 가지고 있다. 가짜 국학가들이 마작과 술을 하고 진짜 국학가들이 고고한 서재에 조용히 앉아서 고서를 읽을 때, 셰익스피어와 동향인 스타인 박사는 이미 간쑤, 신장 등지의 사막에서 한·진 시대의 간독을 발굴했다. 발굴뿐만 아니라 책을 출판하기까지 했다. 따라서 진정으로 국학을 연구하고자 한다면 그것을 번역해서 가지고 오지 않을 수 없다. 진정한 연구를 하고자 한다면 입 다물고 말하지 않거나 "화하華夏에서 획득했다"고 운운하거나 "춘선[14] 포구에서 얻었다"라고 바꾸어 말하는 식의 나의 세 가지 방책을 사용해서는 안 된다.

비단 이 일만이 아니다. 이외에 진정으로 원나라의 역사를 연구하고자 한다면 '투제나푸'라는 국어를 이해하지 않으면 안 된다. 왜냐하면 '원앙', '호접' 등의 글자로는 실제로 버티기 어렵기 때문이다. 따라서 중국의 국학을 발달시키고자 하지 않으면 그만이지만, 발달시키고자 한다면 감히 청하건대 나의 직언을 용서해 주기 바란다. 양장洋場에서 국학가를 자처하고 있는 사람들이 "그 사이에 발을 들여놓을 수 있는 것"이 절대로 아니다.

나는 왕궈웨이의 서문에서 말하고 있는 세 곳 중 '마잔튀라보라화스

더'를 처음에는 정말인지 어떻게 끊어 읽어야 하는지 알 수 없었다. 계속 해서 읽어 가면서 비로소 두번째가 '마잔퉈라'이고 세번째가 '보라화스 더'라는 것을 알게 되었다.

그러므로 국학에 대해 분명하게 설명하고자 한다면 외국 글자도 박아 넣어야 하고 신식 표점도 사용해야 하는 것이다.

11월 6일

주)______

1) 원제는 「不懂的音譯」, 1922년 11월 4일, 6일 『천바오 부간』에 발표했다. 필명은 평성.
2) 각각 투르게네프, 고골에 대한 음역이다. 투르게네프(Иван Сергеевич Тургенев, 1818~1883)는 러시아 작가로 『사냥꾼의 수기』(Записки охотника), 『아버지와 아들』(Отцы и дети) 등의 소설을 썼다. 여기에서 언급하고 있는 글은 1922년 9월 26일 『신선바오』(新申報)에 라오라오(擾擾)라는 필명으로 실린 「소설 창작의 비결」(做小說的秘訣)이다.
3) 여기에서 '러푸'은 채소의 한 종류인 '무'이고 '이리'는 신장 위구르에 있는 지명이다.
4) 아난타(阿難陀). 인도 곡반왕(斛飯王)의 아들로서 석가모니의 10대 제자 중 한 명이다. 실차난타(實叉難陀, 652~710). 위톈(於闐; 지금의 신장 허톈和田 일대) 사람. 무측천(武則天) 증성(證聖) 1년(695)에 창안(長安)에서 『화엄경』과 기타 불경 19부를 번역했다. 구마라습파(鳩摩羅什婆, 344~413). 구마라습이라고도 함. 원적은 인도, 서역 구자국(龜玆國; 지금의 신장 쿠처庫車)에서 출생. 부친은 인도 사람, 모친은 구자국 왕의 동생이었다. 401년 창안에 있을 당시 후진(後秦)의 요흥(姚興)이 국사(國師)의 예로 대접했으며, 불경 380여 권을 번역했다.
5) 크로포트킨(Пётр Алексеевич Кропоткин, 1842~1921)을 가리킨다. 러시아 아나키스트. 프랑스 유학생들이 주편한 『신세기』(新世紀) 주간 제87호(1909년 3월 6일)에 '커보젠'(柯伯堅)이라고 번역한 크로포트킨의 사진이 실렸다.
6) 『신세기』 제73호(1908년 11월 14일)와 76호(동년 12월 5일)에 추커쉬푸(丘克朔夫)의 「나는 양심적으로 이런 것을 좋아한다」(我良心上喜歡如此)라는 글이 번역되어 실렸다. 내용은 러시아 작가 '타오쓰다오'를 비평한 것인데, 톨스토이를 다루고 있다.
7) 『백가성』(百家姓)은 중국의 서당에서 가장 보편적으로 사용한 어린이용 식자 교재이다.

성씨에 해당하는 글자를 모아 4자구로 압운하여 엮었다.

8) 원문은 '도안'(道安). 구라마습 등의 저명한 불경 번역가를 일컫는다.

9) 크로포트킨의 사망 소식은 1921년 2월 1일 상하이의 『스바오』에 보인다. 기사에는 "최근에 사망한 러시아 사회개혁가 쿠루바진(苦魯巴金)"이라고 설명한 사진이 실렸는데, 이 사진은 사실 군복을 입은 러시아 장군 쿠로파트킨(Алексей Николаевич Куропаткин, 1848~1925)이었다.

10) 왕희지(王羲之, 321~379). 자는 일소(逸少), 랑예린이(琅邪臨沂 ; 지금의 산둥 린이臨沂) 사람. 동진의 문학자이자 서법가이다.

당백호(唐伯虎, 1470~1523). 이름은 인(寅), 자가 백호이다. 우현(吳縣 ; 지금의 장쑤) 사람. 명대의 문학가이자 화가이다.

황삼태(黃三太)는 청대소설 『팽공안』(彭公案)에 나오는 강호의 협객.

11) 『유사추간』(流沙墜簡) 3권. 뤄전위(羅振玉), 왕궈웨이 합편, 1914년에 출판. 영국인 스타인(Marc Aurel Stein)은 1900, 1907년 두 차례 신장, 간쑤에서 한·진 시대의 목간을 발굴하여 영국으로 반출했고, 프랑스인 샤반(Édouard Chavannes)은 이러한 목간들로 연구성과를 냈다. 뤄전위와 왕궈웨이는 목간을 분류하고 다시 해석을 가해서 출판했는데, 「소학술수방기서」(小學術數方技書), 「둔술총잔」(屯戍叢殘), 「간독유문」(簡牘遺文) 등 3권으로 나누어진다.

12) 왕궈웨이(王國維, 1877~1927). 자는 징안(靜安), 호는 관탕(觀堂). 저장(浙江) 하이닝(海寧) 사람으로 근대학자이다. 저서로는 『관당집림』(觀堂集林), 『송원희곡사』(宋元戲曲史), 『인간사화』(人間詞話) 등이 있다.

13) '니야청'과 '마잔튀라버라화스더'의 원문은 각각 '尼雅城', '馬咱托拉拔拉滑史德'이다.

14) '춘선'(春申)은 상하이 쑹장구(松江區)에 있는 지명이다.

비평가에 대한 희망[1)]

지난 이삼 년 동안의 출판물 가운데 문예에 관한 것은 몇 편의 창작(우선 이렇게 말하기로 하자)과 번역뿐이어서 독자들은 비평가들의 출현을 무척이나 요구했다. 그런데 지금은 이미 비평가가 출현했을 뿐만 아니라 나날이 많아지고 있는 형국이다.

문예가 이토록 유치한 시절에 비평가가 그나마 더 나은 것을 발굴하여 문예의 불꽃을 피우고자 한다면 그 호의는 정녕 너무 감동적이다. 설령 그렇지 않더라도 비평가가 현대작가의 천박함을 탄식한다면 그것은 작가들이 더욱 깊이를 가지기를 바라는 것이고, 현대작품에 피와 눈물이 없음을 탄식한다면 그것은 저술계가 다시 경박해질까 염려하는 것이다. 완곡한 비평이 지나치게 많은 것 같지만 역시 문예에 대한 열렬한 호의이므로 그것 역시도 그야말로 감사할 일이다.

그런데 한두 권의 '서방'의 낡은 비평론에 기대거나 머리가 굳은 선생들이 뱉은 침을 줍거나 중국 고유의 천경지의天經地義 따위에 기대어 문단을 유린하는 태도에 대해서는 비평의 권위를 지나치게 남용하는 것이라고 생각한다. 비근한 예를 들어, 요리사가 만든 요리가 맛이 없다고 품평하는 사람이 있다고 치자. 그렇다고 해서 요리사가 칼과 도마를 비평가에게 건네주며 당신이 훌륭한 요리를 하는지 두고 보자고 말할 수는 없다. 하지만 요리사도 몇 가지 희망을 가질 수는 있다. 즉 요리를 맛보는 사람이 '부스럼 딱지를 먹는 괴벽'[2]이 없고 술에 취하지 않았고 열병으로 설태가 많이 끼지 않은 사람이기를 바랄 수는 있는 것이다.

문예비평가에 대한 나의 희망은 훨씬 소박하다. 그들이 남의 작품을 해부하고 재판하기 전에 미리 자신의 정신부터 한번 해부하고 재판하여 자신에게 천박하고 비열하고 황당무계한 점이 없는지 살펴보기를 감히 바라지는 않는다. 왜냐하면 이것은 여간 어려운 일이 아니기 때문이다. 나의 희망은 그저 그가 약간의 상식을 갖추기를 바라는 것에 지나지 않는다. 예컨대 나체화와 춘화의 구분, 키스와 성교의 구분, 시체 해부와 시체 도륙의 구분, 해외유학과 '사이四夷로 유배 보내는 것'[3]의 구분, 죽순과 참대의 구분, 고양이와 호랑이의 구분, 호랑이와 서양 음식점의 구분…… 따위를 아는 것이다. 한 걸음 더 나가자면, 영국과 미국의 노老선생의 학설을 중심으로 비평하는 것은 물론 당신의 마음이겠으나 세계에는 영미 두 나라만 존재하는 것이 아님을 알기를 희망한다. 톨스토이를 무시하는 것은 물론 자유이겠지만 우선 그의 행적을 조사해 보고 그가 쓴 책 몇 권이라도 정성 들여 읽어 보기를 희망한다.

또 일부 비평가들은 번역본을 비평하며 왕왕 언급할 가치도 없는 헛수고라고 헐뜯으면서 왜 창작하지 않느냐고 나무란다. 생각해 보면 창작이 존귀하다는 것은 번역가들도 알고 있을 것이다. 하지만 그가 번역가에 그치는 까닭은 번역밖에 할 수 없거나 혹은 번역을 좋아하기 때문일 것이다. 따라서 비평가들이 일의 성격에 맞추어 논하지 않고 이래라 저래라 하는 것은 직권을 넘어서는 것이다. 이런 말은 교훈적 의론이지 비평이 아니기 때문이다. 이쯤에서 다시 요리사에 비유해 보자. 요리를 맛보는 사람은 맛이 어떠하다고 말하는 것으로 충분하다. 만약 이외에 어째서 재봉일이나 토목일을 못하느냐고 요리사를 나무란다면 아무리 멍청한 요리사라고 하더라도 이 손님이 정신줄을 놓았다고 말하고 말 것이다.

11월 9일

주)

1) 원제는 「對於批評家的希望」, 1922년 11월 9일 『천바오 부간』에 발표했다. 필명은 펑성.
2) 원문은 '嗜痂之癖'. 변태적이고 비정상적인 기호를 가리킨다. 남송의 유경숙(劉敬叔)의 『이원』(異苑) 권10에 "동완(東莞) 사람 유옹(劉邕)은 부스럼딱지 먹기를 좋아했으며 맛이 전복과 흡사하다고 생각했다. 맹령휴(孟靈休) 집에 갔을 때 영휴의 뜸자리가 헐어 부스럼딱지가 침대에 떨어져 있었는데, 옹이 그것을 집어먹었다"라는 이야기가 나온다.
3) 원문은 '放諸四夷'. 『예기』의 「대학」에 "오로지 어진 사람만이 그들을 내쫓아 사이(四夷)로 보내어 중국과 함께하지 못하도록 한다"라는 말이 나온다. '사이'는 중국의 사방 변경에 있던 소수민족을 낮추어 부르던 말이다.

'눈물을 머금은' 비평가를 반대한다[1)]

요즘 문예에 대한 비평이 나날이 많아지고 있는 것은 좋은 현상이다. 그런데 비평이 나날이 이상해지는 것은 나쁜 현상이고, 따라서 많아질수록 더욱 나쁜 것이다.

내가 못마땅하게 본 것은 왕징즈 군의 『혜초의 바람』에 대한 후멍화 군의 비평이었고, 특히 아주 못마땅했던 것은 장훙시 군에 대한 후 군의 답신이었다.[2)]

첫째, 후 군은 『혜초의 바람』의 "한 걸음마다 고개를 돌려 내 마음속의 사람을 훔쳐본다"라고 한 구절을 들어 『금병매』[3)]와 같다는 죄를 들씌웠는데, 이것은 죄를 꾸며 함정에 빠지게 하는 것이다.[4)] 『금병매』 권1에도 분명 '마음속의 사람'이라는 글자가 나온다. 하지만 이 구절이 같다는 것만으로 이 책과 저 책이 한 모양이라고 할 수는 없다. 예를 들어 후 군도 청년에게 참회를 요구했고 『금병매』도 '잘못을 뉘우친 책'이라고 분명히 말하고 있는데, 나로서는 이 점에서 우연히 일치한다고 해서 후 군의 주장이 『금병매』와 같다고 말할 경솔함도 대담함도 없다. 나는 중국에서 소위 도덕가라고 하는 사람들의 신경이 자고이래로 과민하고 또 과민하다고 생각한다. '마음속의 사람'이라는 글자를 보자마자 바로 『금병매』를 생각하고 '훔쳐보다'는 글자를 보면 바로 다른 일을 넘겨짚곤 한다. 그런데 청년들의 마음이 모두 꼭 그렇게 불결한 것은 아니다. 그렇게 불결하다면 '직접 주고받지 않는다'[5]라고 하더라도 결국에는 '훔쳐볼' 줄 알게 되고 훔쳐보는 것보다 더한 등등의 일을 하게 될 것이다. 그렇게 되면 『예기』[6]도 『금병매』와 동급일 텐데, 『혜초의 바람』이 어디 낄 자리가 있겠는가?

둘째, 후 군은 시에 나오는 "한 스님이 출가를 후회했다"라는 구절을 들어 온 천하의 스님과 석가모니 부처를 모독했다고 말했다. 이것은 종교인의 태도에 가깝고 다수를 끌어들여 으름장을 놓는 것이지 비평가의 태도라고 할 수 없다. 사실 스님이 출가를 후회하는 것은 결코 이상한 일도 아니다. 온 천하의 스님 가운데 출가를 후회하지 않는 사람이 하나도 없다면 그것이 도리어 이상한 일이다. 중국에는 술과 고기를 먹는 스님, 환속한 스님이 많이 있지 않은가? 이것이 '출가를 후회하는 것'이 아니고 무엇이겠는가? 이런 사람들을 나쁜 스님이라고 말한다면 그 시에 나오는 것은 나쁜 스님 중의 하나이지 어째서 온 천하의 스님을 모욕하는 것이겠는가? 이것은 한 권의 시집이 부도덕하다고 한 후 군의 말이 결코 온 천하의 시인을 모욕한 것이라고 할 수 없는 것과 같다. 석가모니로 말하자면 '결코 만나지 못하는 발정 난 마소들'[7]처럼 문예계와 아무런 상관이 없다. 석가모니 선생의 교훈에 따르면 시 창작은 '기어계'[8]를 범하는 것으로 도덕적이든 부도덕적이든 간에 모두 업보를 면치 못하는 아주 두려운 것이다!

셋째, 후 군이 왕 군의 시가 괴테나 셸리에 비길 수 없다고 말한 것은 맞는 말이라고 생각한다. 그런데 나중에 다시 "인격을 논하면서 괴테가 평생 19번 결혼했다는 이유로 세간의 질책을 받은 사실은 숨길 필요가 없다. 그런데 괴테가 세상에 이름을 길이 남길 수 있었던 까닭은 쉰 살 이후에 참회했기 때문임을 우리도 알고 있지 않은가?"라고 말한 것은 정말 기발하다. 셸리에 대해서는 잘 모르지만 괴테 즉, Goethe에 대해서는 내가 감히 그를 대신해서 몇 마디 억울함을 하소연하고자 한다. 그는 결코 '평생 19번 결혼'하지 않았고 결코 '세간의 질책을 받'지도 않았으며 결코 '쉰 살 이후에 참회하'지도 않았다. 뿐만 아니라 후 군은 "'소문을 바로 믿는' 풍조가 성행하면서부터 나라 사람들은 괴테와 셸리의 진정한 인격을 모르고, 무식한 무리들이 함부로 끌어들이고 있으니 슬프고 가소롭다!"라고 했다. 후 군은 삼가 이 말을 거두어들이기 바란다.

나는 왕 군이 정말로 쉰이 넘었는지 모르겠다. 아니라면 후 군의 논조로 재판한다고 하더라도 "한 걸음마다 고개를 돌려 내 마음속의 사람을 훔쳐본다"라는 시를 쓰는 것도 무방할 듯하다. 괴테의 사례를 따르더라도 아직 '참회'할 때가 되지 않았기 때문이다.

끝으로 후 군은 "비애에 젖은 청년, 나는 그들에 대하여 알 수 없는 눈물이 흐른다!", "나는 아직도 몇 마디 더 쓰고 싶다. 나는 비애에 젖은 청년에 대한 알 수 없는 눈물로 가득 찼다"라고 했는데, 나는 정녕 '이것이 무슨 뜻인지'를 모르겠다. 문예비평에서는 절대로 눈물의 분량으로 시비를 정해서는 안 된다. 문예계는 창작자의 눈물을 거두어들이지만, 그곳에 비평가의 눈물이 묻으면 오점이 된다. 후 군의 눈물은 분명 흘리지 말아야 할 곳, 흘리지 말아야 할 때에 뿌렸다. 심히 안타깝다고 하지 않을 수 없다.

원고를 다 쓴 다음에야 『청광』[9]에 실린 글을 읽었는데, 요즘 사람들이 선생이나 군이라는 말을 사용하는 데는 존경과 경멸이라는 차별적인 생각이 포함되어 있다고 했다. 이 글에서 나는 하필이면 군이라고 쓰고 있는데, 애초에 한 글자라도 줄여 보자는 의도였지 결코 무슨 『춘추』의 필법[10] 같은 것을 생각한 것은 아니다. 지금 여기에서 이 점을 밝히려다 보니 도리어 글자가 더 늘어나고 말았다.

11월 17일

주)

1) 원제는 「反對"含淚"的批評家」, 1922년 11월 17일 『천바오 부간』에 발표했다. 필명은 펑성.
2) 1922년 9월 왕징즈(汪靜之)의 신시집 『혜초의 바람』(蕙的風)이 출판되자 후멍화(胡夢華)는 『시사신보』의 『학등』(1922년 8월 24일)에 「『혜초의 바람』을 읽고 나서」(讀了『蕙的風』以後)를 발표하여, 시집에 나오는 몇몇 애정시가 '타락하고 경박한' 작품이며 '부도덕한 혐의가 있다'고 말했다. 이어서 장훙시(章鴻熙)는 『민국일보』 부간 『각오』(覺悟, 1922년 10월 30일)에 「『혜초의 바람』과 도덕문제」(『蕙的風』與道德問題)를 발표하여 이를 반박했다. 후멍화는 다시 『각오』(1922년 11월 3일)에 「비애에 젖은 청년—장훙시 군에게 답함」(悲哀的青年—答章鴻熙君)을 발표하여 "나는 비애에 젖은 청년에 대한 알 수 없는 눈물로 가득 찼다"라고 했다.
   후멍화(1901~1983)는 안후이 지시(績溪) 사람으로 당시 난징 둥난대학 학생이었다.
   왕징즈(1902~1996)는 안후이 지시 사람으로 시인이다. 작품으로는 『혜초의 바람』, 『적막한 나라』(寂寞的國) 등이 있다.
   장훙시(1900~1946)는 자가 이핑(衣萍), 안후이 지시 사람으로 작가이다.
3) 『금병매』(金甁梅). 명대 난릉소소생(蘭陵笑笑生; 성명 미상)이 지은 장편소설로 모두 100회이다. 명말의 사회생활을 반영하고 있으며 성적인 묘사가 많은 것으로 유명하다.
4) 원문은 '鍛煉周納'. 『한서』의 「노온서전」(路溫舒傳)에 "상주문을 올리며 기각될까 두려워 벼려서 포괄적으로 받아들일 수 있게 만들었다"라는 말이 나온다. 진(晉)의 진작(晉灼)의 주에는 "정통하고 두루 알고 있어서 그를 법망에 집어넣다"라고 되어 있다.
5) 원문은 '接受不親'. 『맹자』의 「이루상」(離樓上)에 "남녀는 직접 주고받지 않는 것이 예

다"라고 했다.

6) 『예기』(禮記)는 유가 경전 중의 하나. 진한 이전의 각종 예의에 관한 논의를 모아 놓은 것이다. 서한의 대성(戴聖)이 편찬했다고 전해진다.

7) 원문은 '風馬牛'로 서로 상관이 없다는 뜻이다. 『좌전』의 '희공(僖公) 4년'에 "(제나라의 임금이) 드디어 초를 정벌하려고 했다. 초나라의 사자가 장수에게 일러 '군(君)은 북해에 있고 과인은 남쪽에 있으니 발정 난 말과 소라도 서로 만날 수가 없습니다'라고 했다"라는 기록이 있다.

8) '기어계'(綺語戒)는 불가의 계율 중 하나. 불가에서는 '음란하고 바르지 않은' 말을 모두 '기어'라고 하며 이것을 금한다.

9) 『청광』(青光)은 상하이의 『시사신보』 부간 중 하나. 루쉰이 보았다고 한 글은 1922년 11월 11일 『청광』에 실린 이푸(一夫)의 「군과 선생」(君與先生)이다.

10) 『춘추』(春秋)는 춘추시대 노(魯)의 역사서, 공자가 정리한 것으로 전해진다. 경학가들은 『춘추』가 "한 글자로 포폄을 나타내고"(두예杜預의 「좌전서」左傳序) "미언대의"(微言大義)(『한서』 「예문지」藝文志)가 숨어 있다고 했는데, 이를 '춘추필법'이라고 한다.

작은 일을 보면 큰 일을 알 수 있다[1)]

베이징대학에서 벌어진 수강료 징수 반대 소동[2)]은 화약의 불꽃처럼 일어났다가 화약의 불꽃처럼 소멸했는데, 이 와중에 펑성싼이라는 학생 한 명이 제적당했다.

이 일은 정말 이상하다. 이 소동의 시작과 끝이 놀랍게도 다만 한 사람과 관련이 있다고 한다. 정녕 그러하다면 한 사람의 기백이 어떻게 그토록 대단할 수 있고, 반면 수많은 사람의 기백은 어떻게 그토록 미미할 수가 있단 말인가?

이제 수강료는 없어졌으므로 학생들이 승리했다. 그런데 누구 하나 이번 사건의 희생자를 위해 기도했다는 이야기는 듣지 못했다.

작은 일을 보면 큰 일을 알 수 있다. 따라서 나는 오랫동안 이해할 수 없었던 일을 깨닫게 되었으니 바로 이것이다. 산베이쯔 화원에는 량비와 위안스카이를 암살하려다 죽은 네 명의 열사의 분묘[3)]가 있는데, 이 중 세 묘비에는 어찌하여 민국 11년에 이른 지금까지도 글자 하나 새기는 사람이 없느냐는 것이다.

무릇 희생이 제단 앞에 피를 뿌린 후에 사람들에게 남겨지는 것은 정녕 '제사 고기 나눠먹기'라는 한 가지뿐인 것이다.

11월 18일

주)

1) 원제는 「卽小見大」, 1922년 11월 18일 『천바오 부간』에 발표했다.
2) 1922년 10월 베이징대학의 학생들은 대학의 수강료 징수를 반대하는 시위를 했는데, 대학의 평의회는 학생 펑성싼(馮省三, 1902~1924)을 제적하기로 의결했다. 펑성싼은 시위가 일어난 뒤 잠시 참가했을 따름이었고 주동자는 아니었다. 펑성싼은 산둥 핑위안(平原) 사람으로 당시 베이징대학 예과 프랑스어반의 학생이었다.
3) 1912년 1월 16일 혁명당원 양위창(楊禹昌), 장셴페이(張先培), 황즈멍(黃之萌) 등 3인은 위안스카이를 폭살하려는 시도를 했으나 실패했다. 같은 해 1월 26일 펑자전(彭家珍)은 청의 대신 량비(良弼)를 폭살하는 데 성공했다. 민국 정부는 그들을 베이징 산베이쯔화원(三貝子花園; 지금의 베이징동물원 안)에 합장하고 '사열사묘'라고 불렀다. 양, 장, 황 등 3인의 묘의 비석에는 글자가 새겨져 있지 않다.
   량비(1877~1912)는 아이신조로씨(愛新覺羅氏), 자는 라이천(賚臣), 만주(滿洲) 샹황(鑲黃) 기인(旗人)이다. 금위군협통(禁衛軍協統) 겸 훈련대신을 역임했다. 우창(武昌)에서 봉기가 일어나자 제제(帝制)를 옹호하는 종사당(宗社黨)을 조직하였으며, 남북의 강화와 청 황제의 손위(遜位)를 반대했다.

1924년

'교정'하지 않기를 바란다[1]

왕위안팡[2] 군은 이미 고인이 되었다. 그가 소설에 단 표점과 교정 작업은 사소한 오류가 있기는 하지만 대체로 작가와 독자에게 도움이 되는 것이었다. 그런데 끝없는 폐단이 생길 줄 누가 짐작이나 했겠는가? 일군의 효빈[3]들이 함부로 책을 집어 너도 나도 표점 달고, 너도 나도 서문을 쓰고, 여기저기서 교정을 하면서 성실하게 하지 않아 결과적으로는 책만 망쳐놓고 말았다.

『화월흔』[4]은 애당초 귀중본도 아닌데 누군가 표점을 달아 인쇄에 맡겼다. 물론 그 사람 마음이기는 하다. 이 책은 처음에는 목각본으로, 나중에는 활자본이 나왔다. 최근에는 석인본이 나왔는데, 오자가 아주 많고 지금 통용되는 판본의 대다수를 차지한다. 그리고 신표점본에는 타오러친[5] 군이 서문에서 "이 책의 원본은 상등품이기는 하나 오자가 여전히 많았다. 내가 교정을 했지만 불가피하게 주의하지 못한 부분이 있을 것이다……"라고 운운했다. 나는 오자가 아주 많은 석인본만 가지고 있는데 우연히 제25회의 서너 쪽을 대조해 보고는 아무래도 석인본이 낫다는 생각이 들었다. 타오 군은 석인본의 오자 가운데 많은 글자를 교정하지 않았을뿐더러 오자가 아닌데도 많은 글자를 엉뚱하게 고쳐 놓았기 때문이다.

> 설보채薛寶釵와 임대옥林黛玉이야말로 허구적이고 존재하지 않는 인물이며, 대단할 것도 없다…….

여기서 '이야말로'는 '그야말로 하나의'라는 의미인데, 교정본은 '진짜로'라고 고쳐 놓았으므로 원래의 의미와 아주 달라져 버렸다.[6]

> 추흔秋痕의 머리에는 주름진 비단을 두르고 있었다. …… 돌연 치주痴珠를 만나서 웃음을 머금고 낮은 목소리로 말했다. "나는 당신이 열흘을 못 버틸 거라고 생각했는데, 그런데 왜 고생을 사서 하나요?"
> …… 치주는 웃으며 말했다. "나중에 다시 의논해 보지요……."

이들 둘은 모두 나락으로 빠져들었지만 이때만 해도 아주 슬퍼하지는 않았으므로 웃고 있는 것이다. 그런데 교정본에는 '웃다'笑를 모두 '울다'哭로 고쳐 놓았다. 만나자마자 우는 것으로 만들어 놓으니 눈물이 너무 가치 없어 보인다. 게다가 "울음을 머금다"[7]는 표현도 말이 되지 않는다.

나는 이로 말미암아 한 가지 바람이 생겼다. 서적 간행이 본시 훌륭한 일이라고 하더라도 자신이 의미를 잘 모르는 경우에 틀린 것으로 간주하고 분연히 '교정을 가하'지 말라는 것이다. 차라리 '그대로 남겨 두는 것'이 오히려 좋을지도 모른다.

나는 이로 말미암아 다시 한 가지 의문점이 생겼다. 번역소설이 "이해가 되지 않는다"라고 공격하는 사람들이 있는데, 그들은 중국인이 쓴 구소설을 보면 진정 이해를 하기는 하는 것일까?

1월 28일

이 짧은 글이 발표된 다음 후스즈胡適之 선생을 만났는데, 왕 선생의 일을 이야기하면서 그가 아직 건강하다는 것을 알게 되었다. 후 선생은 내가 "고인이 되었다"라고 운운한 것이 그가 이제까지 해놓은 그 많은 작업으로도 이미 세상에 자신의 재능을 드러내기에 충분하다는 뜻으로 말했다고 생각하고 있었다. 이것은 실로 나로 하여금 '몸 둘 바를 모르게 만들었다.' 나의 본의는 사실 그게 아니었다. 터놓고 말하면 이미 '죽었다'라고 말했던 것이다. 그제서야 전에 들은 이야기가 허무맹랑한 유언비어였음을 알게 되었던 것이다. 이제 여기에서 삼가 왕 선생께 나의 세심하지 못함을 사죄하고 이 글의 첫번째 구절을 '왕위안팡 군은 아직 고인이 되지 않았다'라고 고친다.

1925년 9월 24일

신열과 두통 속에서 쓰다

주)

1) 원제는 「望勿"糾正"」, 1924년 1월 28일 『천바오 부간』에 발표했다. 필명은 펑성.

2) 왕위안팡(汪原放, 1897~1980). 안후이 지시 사람으로 1913년부터 상하이 야둥(亞東)도서관에서 일했다. '5·4' 이후에 『홍루몽』, 『수호전』 등의 소설에 표점을 달아 상하이 야둥도서관에서 출판했다.

3) 효빈(效顰). 『장자』의 「천운」(天運)에 "그러므로 서시(西施)가 가슴이 아파서 얼굴을 찌

푸리고 마을을 돌아다녔다. 그 마을에서 못난 여자가 보고 아름답다고 생각하고 돌아와서 역시 가슴에 두 손을 얹고 찌푸리고 다녔다. 그 마을의 부자들은 그녀를 보고는 문을 굳게 닫고 나가지 않았으며, 가난한 사람들은 그녀를 보고는 처자를 데리고 그곳을 떠났다. 그녀는 찌푸린 얼굴이 아름답다고만 생각했지 찌푸린 얼굴이 아름다운 까닭은 몰랐다"라는 말이 나온다. 후에 졸렬한 모방을 일컬어 '찌푸린 얼굴을 모방하다', 즉 '효빈'이라고 했다.

4) 『화월흔』(花月痕)은 청말 웨이슈런(魏秀仁, 쯔안子安)이 지은 장편소설로 모두 52회이다. 문사와 기녀들의 이야기이다.

5) 타오러친(陶樂勤)은 장쑤 쿤산 사람이다. 그가 표점을 붙인 『화월흔』은 1923년 상하이 량시(梁溪)도서관에서 출판했다.

6) '이야말로', '그야말로 하나의', '진짜로'에 해당하는 원문은 각각 '直是個' '簡直是一個' '眞是個'이다. 루쉰은 타오러친의 신표점본이 석인본(石印本)에 나오는 '直'을 '眞'으로 잘못 교정했다고 비판하고 있다.

7) "울음을 머금다"의 원문은 '含哭'이다. 중국어에서 '웃음을 머금다'(含笑), '눈물을 머금다'(含淚)라는 표현은 가능하지만 '소리 내어 운다'는 뜻을 가진 '쿠'(哭)를 목적어로 사용할 때는 일반적으로 '티'(啼)를 사용한다. 따라서 루쉰은 '한'(含)을 동사로 사용한 것이 잘못된 표현이라고 하고 있는 것이다.

부록

『무덤』에 대하여

『열풍』에 대하여

『무덤』에 대하여

루쉰魯迅은 중국 현대소설의 창시자로 잘 알려져 있지만, 실제로 그는 잡문 창작을 통해 더 많은 문학적 업적을 남겨 놓았다. 루쉰 문학은 소설집 『외침』, 『방황』, 『새로 쓴 옛날이야기』 이외에 대체로 잡문집이 주종을 이룬다. 산문시집 『들풀』과 산문집 『아침 꽃 저녁에 줍다』를 포함하면 도합 16권의 잡문집이 정식으로 출판되었다. 이 중에서 『무덤』은 가장 대표적인 잡문집이며, 루쉰이 1907년부터 1925년까지 쓴 잡문 23편을 수록하고 있다.

『무덤』에 실린 글은 루쉰 스스로 '에세이'論文라는 말로 표현하였듯이 여타의 잡문과 달리 호흡이 길 뿐 아니라 논리성과 체계성을 갖추고 있다. 루쉰은 「제기」에서 "찌꺼기들을 주워 모아 자그마한 새 무덤을 하나 만들어 한편으로 묻어 두고 한편으로 아쉬워하려 한다"라고 했고, 또 세상을 아름답게 여기는 '정인군자'正人君子들에게 "가증스러운 것을 보여 주어 그들에게 때때로 조금은 불편을 느끼게 하고, 원래 자신의 세계도 아주 원만하기는 쉽지 않다는 것을 알려 주려 한다"라고 했다. 이렇게 본다면, '무덤'이란 지나간 흔적을 지워 버리는 동시에 새로운 탄생을 꿈꾸는 의미를 담고 있을 뿐 아니라, 철저한 자기부정을 내포하면서 낡은 세력과 단호하게 결별하고 끝까지 투쟁하려는 의지를 구상적으로 표현해 주고 있는 것이다.

루쉰은 1902년 3월 24일 만 20세의 나이에 난징南京을 떠나 일본으로 유학했고, 7년여의 일본 체류 기간 동안 의학을 전공하다가 문학으로 전향했다. 『무덤』의 전반부를 장식하는 네 편의 글, 「인간의 역사」, 「과학사교편」, 「문화편향론」, 「마라시력설」은 바로 청년 루쉰이 문학으로 전향한 이후에 쓴 대표적인 글이다. 「인간의 역사」는 헤켈의 종족발생학에 근거하여 진화론을 소개하고 있고, 「과학사교편」은 서양의 자연과학 발전사를 개괄하면서 과학이 자연을 개조하고 사회진보를 이끌어내는 데 매우 중요한 역할을 했다는 사실을 증거하고 있다. 「문화편향론」은 니체의 '초인'超人사상의 영향을 받아 "물질을 배척하여 정신을 발양시키고 개인에 맡기고 다수를 배격해야 한다"라는 관점을 제시하면서 '사람을 확립해야 한다'는 이른바 '입인'立人사상을 제창하고 있다. 「마라시력설」은 바이런, 셸리, 푸시킨, 레르몬토프, 미츠키에비치, 스워바츠키, 페퇴피 등 19세기 유럽의 낭만주의 시인의 생애와 작품을 소개하면서 '정신계의 전사'精神界之戰士의 출현을 강력히 요청하고 있다. 이들은 모두 문언문으로 씌어져 난해하지만, 루쉰 문학의 원형을 구성하고 있어 대단히 중요한 글이다.

그 밖의 잡문은 주로 5·4신문화운동 시기 전후에 쓴 글로서 봉건사상을 비판하거나 중국인의 국민성을 풍자하고 있는데, 「뇌봉탑이 무너진 데 대하여」, 「등하만필」, 「'페어플레이'는 아직 이르다」 등은 '사회비평'과 '문명비평'의 성격을 띠고 있는 뛰어난 문장이다. 루쉰 잡문은 역사와 시대의 병폐를 고발하고 현실사회의 암흑을 비판하고 있어 '비수'와 '투창'이라고 일컬어지는데, 근현대 중국의 살아 있는 사회사社會史를 보여 준다고 해도 과언이 아니다.

끝으로 「제기」와 「『무덤』뒤에 쓰다」는 각기 『무덤』의 머리말과 후기에 해당하며, 『무덤』 전체의 진수를 집약하고 있는 글이라 보아 무방하다. 여기에는 꺾이지 않는 루쉰 특유의 전투정신이 담겨 있고, 청년 독자들에 대한 깊은 애정과 책임이 스며들어 있으며, 모든 사물은 변화하는 가운데 '중간물'中間物에 지나지 않는다고 하는 '중간물' 사상 등이 표현되어 있다. 전통과 현대 사이에 놓여 있었던 루쉰 자신의 현실체험을 바탕으로 하는 '중간물' 사상은 철저한 자기해부 또는 자아부정의식으로 표출된다.

옮긴이 홍석표

『열풍』에 대하여

『열풍』에는 1918년에서 1924년까지 발표한 산문 41편이 실려 있다. 마지막에 실린 「'교정'하지 않기를 바란다」(1924년 발표)를 제외하면, 나머지는 모두 1918년에서 1922년까지 쓴 글이다. 루쉰의 단편소설집 『외침』에 수록된 작품의 창작 시기와 거의 일치한다.

수록된 산문의 상당수는 『신청년』新青年의 한 칼럼인 '수감록'隨感錄에 실었던 작품들이다. 『신청년』은 1915년 9월에 창간하여 1922년 7월에 정간된 잡지로서 5·4신문화운동을 주도하여 20세기 중국에서 가장 영향력이 있었던 잡지로 평가되고 있다. 수감록은 『신청년』의 주편이기도 했던 천두슈가 제4권 제4호(1918년 4월)에 만든 새로운 칼럼으로 '과학과 민주' 등과 같은 사상계몽을 추동하는 내용을 주로 실었다. 루쉰은 1918년 9월부터 '수감록'에 글을 쓰기 시작해서 1919년 11월까지 총 27편을 발표하는데, 이는 당시 수감록에 발표된 산문 총 편수의 근 1/5에 해당한다. 루쉰은 '수감록'을 중국의 문화적 풍경을 비판하는 공론장으로 삼았다. 루쉰은 과학과 민주로 중국의 문화를 혁신할 것을 주장하고, 이른바 '국수'國粹

의 보존이라는 명분으로 신문화운동을 반대한 문화 보수주의를 비판하고 있다. '수감록'에 발표한 글은 이후 루쉰 특유의 '잡문'雜文 문체가 만들어지는 기초가 되었다는 점에서 루쉰의 글쓰기 역사에서 중요한 위치를 점한다. 나머지 14편은 1921년부터 1924년까지 『천바오 부간』에 발표한 글로서 서구문명에 대한 해박한 지식으로 세련된 문화 보수주의 이론체계를 만들고자 했던 이른바 '국학'파들을 비판하고 있다. 따라서 문집에는 5년이란 비교적 긴 시간 동안 창작한 글들이 함께 묶여 있지만 문화 보수주의에 대한 비판이라는 주제로 일관되고 있다고 할 수 있다.

『열풍』은 1925년 11월에 출간되었다. 당시는 루쉰의 생애에서 보자면 삶의 새로운 전환점을 맞이하는 시점이기도 했다. 가오창훙高長虹 등 신진 청년들을 지원하여 잡지 『망위안』莽原을 만들고 베이징여사대 학생으로 후에 루쉰의 아내가 된 쉬광핑許廣平과의 서신 왕래가 시작되던 해이기도 하고 3·18 참사 등에 관하여 후스胡適 등 자유주의 문학을 주장한 『현대평론』 동인들과 신랄한 논쟁을 벌이기도 하고 학생운동을 지원한다는 등의 이유로 교육부 첨사 직에서 해임되기도 했다. 루쉰은 『열풍』의 출판에서 '비애'를 느낀다고 했다. 자신이 과거에 쓴 사회비판의 글들이 한 시대의 폐단과 더불어 사라지기는커녕 새삼스럽게 다시 편집되어 책으로 출판되는 현실을 슬퍼했기 때문이다.

'열풍'이라는 제목은 냉소적인 문체로 지목되는 자신의 글과 주위의 차가운 공기에 대한 '아이러니'이다. 루쉰은 온통 차갑기만 한 세상에 아이러니컬한 방식으로 자신이 품고 있는 뜨거운 말, 뜨거운 바람을 불어넣고 있는 것이다.

옮긴이 이보경

지은이 루쉰(魯迅, 1881.9.25~1936.10.19)

본명은 저우수런(周樹人), 자는 위차이(豫才)이며, 루쉰은 탕쓰(唐俟), 링페이(令飛), 펑즈위(豊之餘), 허자간(何家幹) 등 수많은 필명 중 하나이다.

저장성(浙江省) 사오싱(紹興)의 명문가에서 태어나 어린 시절 조부의 하옥(下獄), 아버지의 병사(病死) 등 잇따른 불행을 경험했고 청나라의 몰락과 함께 몰락해 가는 집안의 풍경을 목도했다. 1898년부터 난징의 강남수사학당(江南水師學堂)과 광무철로학당(礦務鐵路學堂)에서 서양의 신학문을 공부했고, 1902년 국비유학생 자격으로 일본으로 건너갔다. 고분학원(弘文學院)에서 일본어를 공부하고 센다이 의학전문학교(仙臺醫學專門學校)에서 의학을 공부했으나, 의학으로는 망해 가는 중국을 구할 수 없음을 깨닫고 문학으로 중국의 국민성을 개조하겠다는 뜻을 세우고 의대를 중퇴, 도쿄로 가 잡지 창간, 외국소설 번역 등의 일을 하다가 1909년 귀국했다. 귀국 이후 고향 등지에서 교원 생활을 하던 그는 신해혁명 직후 교육부 장관 차이위안페이(蔡元培)의 요청으로 난징 중화민국 임시정부의 교육부 관리를 지냈다. 그러나 불철저한 혁명과 여전히 낙후된 중국 정치·사회 상황에 절망하여 이후 10년 가까이 침묵의 시간을 보냈다.

1918년 「광인일기」를 발표하면서 본격적인 작품 활동을 시작한 그는 「아Q정전」, 「쿵이지」, 「고향」 등의 소설과 산문시집 『들풀』, 『아침 꽃 저녁에 줍다』 등의 산문집, 그리고 시평을 비롯한 숱한 잡문(雜文)을 발표했다. 또한 러시아의 예로센코, 네덜란드의 반 에덴 등 수많은 외국 작가들의 작품을 번역하고, 웨이밍사(未名社), 위쓰사(語絲社) 등의 문학단체를 조직, 문학운동과 문학청년 지도에도 앞장섰다. 1926년 3·18 참사 이후 반정부 지식인에게 내린 국민당의 수배령을 피해 도피생활을 시작한 그는 샤먼(廈門), 광저우(廣州)를 거쳐 1927년 상하이에 정착했다. 이곳에서 잡문을 통한 논쟁과 강연 활동, 중국좌익작가연맹 참여와 판화운동 전개 등 왕성한 활동을 펼쳤으며, 55세를 일기로 세상을 등질 때까지 중국의 현실과 필사적인 싸움을 벌였다.

옮긴이 홍석표(『무덤』)

서울대학교 중어중문학과를 졸업하고 동 대학원에서 『중국의 근대적 문학의식의 형성에 관한 연구』로 박사학위를 받았으며, 현재 이화여자대학교 중어중문학과에 재직중이다. 지은 책으로는 『천상에서 심연을 보다 — 루쉰의 문학과 정신』(2005), 『현대중국, 단절과 연속』(2005), 『중국의 근대적 문학의식 탄생』(2007), 『중국현대문학사』(2009), 『중국 근대문학의 형성과 학술문화담론』(2012) 등이 있고, 옮긴 책으로는 『매의 노래』(공역, 2006), 『악마파 시의 힘』(2012), 『루쉰 전집 5』(공역, 2014) 등이 있다.

옮긴이 이보경(『열풍』)

연세대학교 중어중문학과에서 『20세기 초 중국의 소설이론 재편 연구』로 박사학위를 받았고, 현재 강원대학교 중어중문학과에 재직 중이다. 지은 책으로 『문(文)과 노벨(Novel)의 결혼』(2002), 『근대어의 탄생 — 중국의 백화문운동』(2003)이 있고, 옮긴 책으로는 『내게는 이름이 없다』(2000), 『동양과 서양 그리고 미학』 (공역, 1999), 『루쉰 그림전기』 (2014) 등이 있다.

루쉰전집번역위원회 명단(가나다 순)

공상철, 김영문, 김하림, 박자영, 서광덕, 유세종,
이보경, 이주노, 조관희, 천진, 한병곤, 홍석표